JANE EYRE

W

브론테 세 자매 컬렉션

제인 에어

샬럿 브론테

폭풍의 언덕

에밀리 브론테

아그네스 그레이

앤 브론테

제인 에어

샬럿 브론테 지음
공보경 옮김

윌북

일러두기

1. 이 책은 *Jane Eyre: (Penguin Classics Deluxe Edition, 2010)*을 바탕으로 번역했습니다.
2. 이 책은 저작권법에 의해 한국 내에서 보호를 받는 저작물이므로 무단 전재와 무단 복제를 금합니다.

작가 서문

『제인 에어』의 1판에는 굳이 서문을 쓸 필요가 없겠다 싶어 쓰지 않았는데, 2판에서는 감사 인사를 비롯해 이런저런 말을 몇 마디 쓰고자 한다.

일단 세 곳을 향해 감사 인사를 해야겠다.

꾸밈없는 평범한 이야기에 너그러이 귀를 기울여주신 대중 여러분, 무명작가에게도 정직하고 공정하게 기회의 문을 열어준 언론, 그리고 어디서도 추천받지 못한 무명작가를 뛰어난 편집 솜씨와 에너지, 실용적 감각, 솔직하고 너그러운 마음으로 지원해준 출판사에 감사드린다.

내게 언론과 대중은 막연하게 의인화된 대상이라 감사 인사 역시 모호하게 드릴 수밖에 없다. 하지만 출판사 사람들과는 직접 대면한 적이 있으니 느낌이 사뭇 다르다. 분투하는 무명작가에게 넓은 마음과 고매한 정신으로 용기를 주고 응원해준 관대한 비평가들께도 마찬가지다. 그런 의미에서 출판사 분들과 훌륭하신 비평가들께 진심으로 이 말씀을 드리고 싶다. 여러분, 온 마음을 다해 감사드립니다.

도움을 주고 인정해주신 분들께 감사 인사를 드리고 나니, 달리 신세를 진 분들이 머릿속에 떠오른다. 얼마 되지 않지만 절대 간과할 수 없는 분들, 변화를 두려워하고 트집을 잡으려고 혈안이 되어 있으며 『제인 에어』 같은 소설의 성향에 대해 의심부터 하고 보는 분들이다. 그분들은 기존에 없던 특이한 것은 무조건 잘못된 것으로 여긴다. 편견에 대한 저항을 범죄의 시초, 신앙심과 지상의 하느님 섭정에 대한 모욕으로 생각한다. 그런 어이없는 의혹을 품은 분들에게 단순하지만 분명한 진실을 알려드리고 싶다.

인습을 따르는 것이 반드시 도덕적이라고는 할 수 없다. 스스로를 의롭다고 맹신하는 독선을 종교로 삼아서도 안 된다. 인습과 독선에 대한 공격을 도덕과 종교에 대한 공격으로 간주하지 말아야 한다. 경건한 척하는 바리새인의 얼굴에서 가면을 벗겨내는 일을 그리스도의 가시 면류관을 향해 불경한 손을 뻗는 일로 보아서도 안 된다.

이 두 개념과 언행은 완전히 정반대의 의미다. 선과 악을 구분하는 것만큼이나 분명하다. 이 두 개념을 혼동할 수도 있겠지만 부디 그렇지 않기를 바란다. 겉모습만 보고 진실을 착각해서는 안 된다. 제멋대로 확대 해석을 일삼는 편협한 인간의 교리와 세상을 구원하는 그리스도의 신념을 헷갈려서는 안 된다. 다시 한번 말하는데 이 둘은 분명히 다르다. 이 차이를 널리, 분명하게 알리는 것은 선한 행동이다. 결코 잘못된 행동이 아니다.

세상은 이 두 가지를 혼동하는데 이미 익숙해져 기어이 분리하려는 자를 곱지 않은 시선으로 볼 수도 있다. 얼핏 큰 이상이 없어 보이면 제대로 된 평가 없이 넘겨버리는 것이 편하기 때문이다. 이는 벽에 회반죽을 발라 깨끗한 성소인 것처럼 보이게 만드는 것과 다름없다. 세상은 면밀한 조사로 진실을 드러내고 도금을 벗겨내 그 아래의 평범한 금속을 내보이며 무덤을 파헤쳐 유골을 끄집어내려는 사람을 미워하지만 결국 진실을 밝히려는 사람에게 빚을 지고 만다.

이스라엘의 아합 왕은 예언자 미가야가 자신에 관해 불길한 예언을 한다는 이유로 싫어했다. 어쩌면 아합은 아첨꾼인 그나아나의 아들(시드기야-옮긴이)을 더 좋아했는지도 모른다. 하지만 만약 아합이 아첨을 듣지 않고 진실한 조언에 귀를 기울였다면 끔찍한 죽음만은 면했을 것이다.

이 시대에도 예민한 귀를 가진 사람들을 불쾌하게 하는 말을 하는 분이 있다. 오래전 유다와 이스라엘의 왕들 앞에서 바른 소리를 했던 이믈라의 아들 미가야처럼 이 사회의 권력층 앞에서 당당히 할 말을 하고, 선지자처럼 강단 있게 심오한 진실을 알리며, 의연하고 대범하고 힘 있는 태도를 유지하는 분. 바로 소설 『허영의 시장Vanity Fair』을 쓴 풍자가 윌리엄 새커리다. 그는 과연 이 사회에서 높게 칭송받고 있을까? 글쎄, 모르겠다. 새커리가 퍼부은 그리스 화약 같은 신랄한 풍자와 번개처럼 날카로운 비난의 대상이 됐던 사람들 중 일부라도 그의 경고를 제때 받아들였다면, 그 사람들이나 그 후손이 길르앗 라못(요단 동편 길르앗 지방의 중심 도시. 북이스라엘과 아람 사이에 치열한 격전이 자주 발생한 주요 분쟁 도시 중 하나로, 북이스라엘 왕 아합이 이곳에서 전사했고 그의 아들 요람도 이곳을 지키다 아람 왕 하사엘 군대에 의해 부상을 입었다—옮긴이)에서의 죽음을 피할 수 있지 않았을까 싶다.

왜 내가 지금 이 자리에서 새커리를 언급했을까? 여러분, 그것은 그분이 동시대인들에게 알려진 것보다 훨씬 더 심오하고 독특한 지성인이기 때문이다. 또한 내가 그분을 최초의 사회 개혁가이자 작금의 뒤틀린 시스템을 바로잡아줄 사람 중 한 명으로 여기기 때문이다. 아울러 그분의 글에 대해 언급한 비평가 중 어느 누구도 그분에게 어울리는 비유, 그분의 재능을 제대로 규정짓는 용어를 사용할 줄 모르기 때문이다. 어떤 이들은 그분을 헨리 필딩(18세기 영국의 소설가. 대표작으로 『조지프 앤드루스』와 『톰 존스』가 있다—옮긴이)과 비교하면서 필딩의 위트와 유머, 웃기는 면을 닮았다고 말한다. 하지만 이는 독수리를 콘도르와 비교하는 것과 같다. 필딩은 기꺼이 고개 숙여 썩은 고기도 먹을 수 있었지만 새커리는 그렇지 않았다. 필딩은 뛰어난 위트와 매력적인 유머를 구사했지만 새커리의 진지한 천재성과 비교하자면, 여름날 구름 가장자리 밑에서 희미하게 빛나는 번개와 구름 속에 숨은 치명적인 전기 불꽃만큼 이나 다르다. 마지막으로, 내가 새커리를 언급한 이유는 내가 『제인 에어』 2판을 새커리에게 헌정했기 때문이다. 물론, 그 분이 낯선 이의 찬사를 받아주셔야겠지만 말이다.

커러 벨

1847년 12월 21일

(커러 벨은 샬럿 브론테의 가명이다 – 옮긴이)

3판에 부치는 글

『제인 에어』3판을 찍게 되어 저자로서 다시 한번 독자 여러분께 인사드릴 기회를 누리게 됐습니다. 이 자리를 빌려, 제가 제 작품이라 주장할 수 있는 것은 오직 이 소설뿐임을 분명히 밝혀둡니다. 그러니 다른 소설들(『폭풍의 언덕』과 『아그네스 그레이』를 의미함 – 옮긴이)의 저자가 저라는 소문은 사실이 아니며, 그 소설들의 주인이라는 영예는 마땅히 다른 이가 누려야 할 것입니다.

　이미 이루어진 실수를 바로잡고, 향후 발생할지도 모를 실수를 예방하고자 하는 마음으로 설명하는 바입니다.

커러 벨
1848년 4월 13일

1

그날 더 이상의 산책은 무리였다. 우리는 아침에 이미 한 시간 정도 잎이 진 관목 숲을 거닐었다. 하지만 점심 식사를 마친 후 (리드 부인은 같이 먹을 사람이 없으면 일찌감치 혼자 점심을 먹곤 했다) 차가운 겨울바람이 침울한 구름과 날카로운 비를 몰고 온 탓에, 야외 활동은 이제 불가능하게 됐다.

나는 이런 상황이 은근히 반가웠다. 장거리 산책을 그리 좋아하지 않아서였다. 특히 쌀쌀한 오후의 산책은 질색이었다. 따가운 황혼의 빛 아래서 손가락과 발가락을 여기저기 곱힌 채, 보모 베시의 꾸지람을 들을 생각에 마음이 무거워지고 일라이자, 존, 조지애나 리드 남매보다 떨어지는 체력을 의식하면서 기가 죽어 집으로 돌아가는 건 정말이지 끔찍했다.

일라이자와 존, 조지애나는 거실에서 제 어머니 주변에 옹기종기 모여 있었다. 그들 남매의 모친은 벽난로 앞 소파에 비스듬히 누워 있었고, 사랑스런(지금 이 순간만큼은 말다툼하거나 징징대지 않는) 자식들은 완벽하게 행복해 보였다. 리드 부인은 내가 그 아이들 사이에 끼지 못하도록 했다.

"안됐지만 가까이 올 생각 마라. 네가 좀 더 붙임성 있고 아이다워졌다는 얘기를 베시가 할 때까지, 적어도 베시 눈에 그렇게 보일 때까지는 안 돼. 난 좀 더 애교 있고 활기찬 아이, 경쾌하고 솔직한 아이를 곁에 두고 싶어. 지금에 만족하고 행복하게 지내는 아이들만 내 곁에 올 자격이 있어."

"베시가 저에 대해 뭐라고 했는데요?"

"제인, 난 트집 잡고 따져대는 사람을 정말 안 좋아해. 게다가 어린애라면 저보다 나이 많은 사람한테 그런 태도를 보여서는 안 되지. 넌 그냥 계속 따로 앉아 있어야겠다. 좀 더 사근사근하게 말할 줄 알게 될 때까지 입 다물고 조용히 지내."

나는 거실에 딸린 작은 조찬실로 슬며시 들어갔다. 조찬실 책장에서 책을 한 권 빼들었다. 그림이 많은 책인지 확인하는 것은 필수였다. 창가의 긴 의자에 앉아 발을 올리고 튀르키예 사람처럼 책상다리를 했다. 붉은색 모린(커튼에 사용되는 튼튼한 모직물이나 면모 교직물—옮긴이) 커튼을 당기고 그 뒤에 가만히 몸을 숨겼다.

주름 잡힌 붉은 커튼에 오른쪽 시야가 가렸다. 왼쪽에는 맑은 유리창이 나를 음울한 11월의 낮으로부터 보호해주었지만 완전히 분리해주지는 못했다. 간간이 책 페이지를 넘기면서 겨울의 오후 풍경을 내다보았다. 저 멀리엔 희뿌연 안개와 구름이, 가까이엔 비에 젖은 잔디와 폭풍에 시달린 관목이 보였다. 끝없이 내린 빗물이 휩쓸고 지나간 자리에는 통탄할 만큼 강렬한 바람이 오래도록 불고 있었다.

다시 책으로 시선을 돌렸다. 토머스 비윅의 『영국 조류사』. 아직 어린아이라 그림만 눈에 들어올 뿐 글자는 대체로 관심 밖이었지만, 서문의 몇 페이지만큼은 무심히 넘길 수가 없었다. 바닷새들이 자주 찾는 곳, 이 새들의 유일한 서식지인 외딴 바위섬과 곶串, 섬들이 점점이 박힌 노르웨이 남단의 해안 지역부터 린데니스나 나즈, 노스케이프에 이르는 곳을 다루고 있었다.

거대한 회오리바람 속 북부 대양이 북쪽 끄트머리의 헐벗고 울적한 섬들을 휘도는 곳, 폭풍우 몰아치는 헤브리디스 제도 사이사이로 대서양의 파도가 밀려드는 곳.

'북극대의 광대한 바다, 쓸쓸하고 음울한 공간, 수세기에 걸쳐 엄혹한 겨울이 극지를 중심으로 알프스 산맥보다 더 높게 서리와 눈을 쌓아 올린 단단한 들판, 가혹하기 그지없는 극한의 냉기가 맴도는 곳'이라는 문장으로 표현된 라플란드와 시베리아, 스발바르 제도, 노바야제믈랴 제도, 아이슬란드, 그린란드의 황량한 해변에 대한 묘사도 그냥 보고 넘길 수 없었다. 죽음처럼 새하얀 그 땅에 관한 상상의 나래를 펼쳐보았다.

어린아이의 머릿속에서 반쯤 이해된 채 희미하게 떠다니는 모호한 개념들처럼, 그 상상 역시 어슴푸레했지만 묘하게 인상적이었다. 서두의 단어들은 그 밑의 삽화들과 함께 사나운 파도와 물보라가 뒤덮인 바다에 홀로 서 있는 바위, 적막한 해변에서 옴짝달싹 못하는 망가진 배, 창살 같은 구름 사이로 침몰 중인 난파선을 내려다보는 차갑고 섬뜩한 달 등에 의미를 부여했다.

글이 새겨진 묘비가 자리한 어느 외로운 성당 묘지, 부서진 벽에 둘러싸인 대문과 나무 두 그루와 낮은 지평선, 그리고 어느새 저녁이 되었음을 알리며 새로이 떠오른 초승달에 이르는 그림 속 풍경에 어떤 감정이 스며 있는지 온전히 알 수는 없었다.

무기력한 바다에서 움직임이 없는 배 두 척은 마치 바다의 유령 같았다.

도둑의 짐 보따리를 움켜잡은 악마 그림은 너무 무서워서 얼른 지나쳤다.

바위에 시큰둥하게 걸터앉은 머리에 뿔이 난 검은 존재, 한참 멀리까지 교수대를 둘러싼 군중을 둘러보는 존재도 마찬가지였다.

그림마다 나름의 이야기를 지니고 있었다. 나는 미숙한 이해력과 불완전한 감정으로 인해 그림이 들려주는 이야기를 이해하지 못할 때도 있었다. 하지만 겨울 저녁 무렵 베시가 기분 좋을 때, 유아실의 난로 앞에 다림질 판을 가져다놓고 우리더러 그 주변에 앉아도 좋다면서 이따금 들려주는 이야기만큼이나 재미있었다. 베시는 리드 부인의 레이스 프릴을 수선하고 취침용 모자 가장자리에 주름을 넣으면서 어느 오래된 동화와 그보다 더 오래된 발라드(사랑을 노래한 느린 대중가요-옮긴이)의 사랑과 모험에 대한 구절로, 때로는 『파멜라Pamela』와 『모어랜드 백작 헨리Henry, Earl of Moreland』 같은 소설을 인용해가며 우리의 왕성한 호기심을 충족시켜주곤 했다.

비윅의 책을 무릎에 올려놓으니 기분이 무척 좋았다. 적어도 내 기준으로는 행복했다. 누가 독서를 방해하지만 않으면 걱정할 게 없었는데 방해의 순간은 너무나도 빨리 찾아왔다. 조찬실의 문이 벌컥 열리고 존 리드의 목소리가 들린 것이다.

"어이! 우울한 아줌마!"

방이 비어 있자 그는 멈칫하더니 지껄였다.

"이게 어디로 갔지? 리지? 조지!" 그는 누이들을 소리쳐 불렀다. "제인은 여기 없어. 어머니한테 제인이 비 오는데 밖에 나갔다고 일러. 아주 개 같은 년이야!"

'커튼을 쳐놓길 잘했구나'라고 나는 생각했다. 그가 은신처를 찾아내지 못하길 간절히 바랐다. 아마 존 리드는 제힘으로는 내 은신처를 찾지 못할 것이다. 그는 시력도 이해력도 모자라니까. 하지만 그때 일라이자가 문안으로 머리를 들이밀며 말했다.

"제인은 창가 자리에 숨어 있을 거야, 잭 오빠."

나는 곧장 밖으로 나갔다. 잭이라는 별명으로 불린 존에게 붙잡혀 질질 끌려 나가는 건 생각만 해도 소름 끼쳤다.

나는 기가 죽어 어색한 목소리로 물었다.

"나를 왜 찾는데?"

"'무슨 일로 저를 찾으세요, 리드 도련님'이라고 해야지. 이리 와봐."

안락의자에 앉은 존은 가까이 와서 자기 앞에 서라고 손짓했다.

열네 살 된 남학생 존 리드는 나보다 네 살 많았다. 나이에 비해 몸집이 크고 통통했으며 피부가 우중충하고 거칠었다. 펑퍼짐하고 넙데데한 얼굴, 둔한 팔다리, 큼직한 손발. 식탁 앞에서 늘 게걸스레 음식을 먹어치운 탓에 담즙 이상이 생겨 눈빛이 흐릿하고 침침했으며 볼은 축 늘어졌다. 원래대로라면 지금쯤 학교에 가 있어야 했지만 리드 부인은 '그의 허약한 건강 상태'를 핑계로 한 달 넘게 존을 집에 붙잡아두고 있었다. 학교 교사인 마일스 선생님은 존이 집에서 보내준 케이크와 사탕만 덜 먹어도 건강이 개선될 것이라 단언했지만, 리드 부인은 그런 가혹한 짓은 할 수 없다며 거부했다. 대신 존이 학교에서 공부를 너무 열심히 한 데다 집이 그리워 병이 난 것이라는 보다 고상한 이유를 들먹였다.

존은 어머니와 누이들에게 별로 애정이 없었고 내게는 오직 반감뿐이었다. 그는 끝없이 나를 괴롭히고 벌을 주었다. 일주일에 두세 번이나 하루에 한두 번이 아닌 지속적인 괴롭힘이었다. 내 온 신경이 그를 두려워했고 그가 가까이 오면 온몸이 움츠러들었다. 그가 야기한 공포로 인해 어쩔 줄 모르는 순간들도 있었다. 그의 위협이나 괴롭힘을 어디 가서 호소할 수도 없었다. 하인들은 괜히 내 편을 들었다가 행여 어린 주인의 비위를 거스를세라 모른 척했고, 리드 부인은 어떤 상황에서든 맹목적으로 자식 편을 들었다. 존이 코앞에서 나를 때리거나 욕을 하는데도 그 광경을 보지도 듣지도 못하는 척했다. 물론 그는 리드 부인이 안 보는 곳에서 훨씬 더 자주 나를 학대했다.

나는 습관적으로 존의 말에 굴복해 그가 앉아 있는 의자로 주춤주춤 다가갔다. 그는 혀뿌리가 다치지 않을 만큼 혀를 최대한 길게 빼물고 3분 정도 내 쪽으로 내밀었다. 이러다 그가 곧 공격을 하리라는 걸 나는 잘 알고 있었다. 그의 주먹질이 두려웠지만 그의 역겹고 구역질 나는 꼬락서니를 똑바로 바라보았다. 내 표정을 보고 속내를 읽기라도 했는지, 그는 별안간 세차게 주먹을 날렸다. 나는 비틀거리다가 균형을 잡느라 뒤로 한두 걸음 물러섰다.

"이건 네가 얼마 전에 어머니에게 건방지게 말대꾸하고, 몰래 커튼 뒤에 숨고, 방금 기분 나쁜 표정을 지은 벌이다. 이 쥐새끼 같은 년아!"

존 리드의 괴롭힘에 익숙해진 나는 대꾸할 생각도 못 했다. 욕설 후에 이어지는 구타를 어떻게 견딜 것인가에 온통 신경이 집중돼 있었다.

"커튼 뒤에 숨어서 뭘 하고 있었지?"

"책 읽고 있었어."

"내놔."

나는 창가로 가서 책을 가져왔다.

"넌 우리 책을 가져가면 안 돼. 넌 우리한테 빌붙어 사는 처지라고 어머니가 말씀하셨거든. 넌 땡전 한 푼 없다고, 네 아버지가 너한테 돈 한 푼 물려주지 않았다고 했어. 그러니까 넌 거지처럼 빌어먹어야지. 우리 같은 귀족 자녀들처럼 여기서 편하게 살면서 우리랑 같은 음식을 먹고 어머니 돈으로 산 옷을 입을 게 아니라. 내 책장에서 멋대로 책을 꺼내면 어떻게 되는지 가르쳐줄게. 이 집에 있는 책은 다 내 거야. 이 집이 내 거니까. 앞으로 몇 년 후면 그렇게 될 거거든. 거울이랑 창문에서 거리를 두고 저리 가서 문 옆에 서."

나는 하라는 대로 했다. 처음엔 그가 뭘 하려는 건지 몰랐지만 그가 책을 집어 들고 일어선 순간 그걸 집어 던질 작정임을 알아챘다. 나는 놀라 비명을 지르며 본능적으로 옆으로 비켜섰다. 하지만 이미 책이 날아와 내 몸에 맞고 말았다. 나는 머리를 문에 부딪치며 쓰러졌고 그 바람에 두피가 찢어져

피가 흘렀다. 날카로운 통증이 느껴졌다. 두려움이 최고조를 지나자 다른 감정들이 잇따랐다.

"정말 사악하고 잔인하구나! 넌 살인자나 다름없어. 노예 감시인이나 로마 황제 같은 놈이야!"

나는 골드스미스의 『로마사History of Rome』를 읽은 후라서 네로 황제, 칼리굴라 황제에 대해 나름의 견해를 세워두고 있었다. 책을 읽으면서 존과의 유사점을 포착해두긴 했지만 이런 식으로 소리쳐 말하게 될 줄은 몰랐다.

"뭐? 뭐라고! 지금 나한테 한 소리냐? 너희도 들었지, 일라이자, 조지애나? 어머니한테 일러, 말어? 그 전에……"

그는 내게 달려들었다. 미친 듯이 달려든 그가 내 머리채를 틀어쥐고 어깨를 붙잡았다. 그는 폭군이자 살인자였다. 머리의 상처에서 흐른 핏방울이 목을 타고 흘러내렸고 날카로운 통증이 느껴졌다. 잠시지만 통증이 두려움을 압도해 나도 모르게 죽어라 대응했다. 그 순간 내 손이 무슨 짓을 했는지 모르겠다. 그가 별안간 "이 쥐새끼 같은 게! 이 더러운 년이!"라며 악을 써댔다. 곧 도움의 손길이 그에게 뻗쳐 왔다. 일라이자와 조지애나가 위층에 있는 리드 부인을 부르러 달려갔고, 리드 부인은 하녀 베시와 시녀 애벗을 대동하고 곧 현장에 도착했다. 존과 나는 서로에게서 떨어졌고 하녀와 시녀가 떠드는 소리가 들렸다.

"어머! 세상에! 존 도련님한테 사납게도 달려들었네!"

"이렇게 미쳐 날뛰는 꼴은 처음 봐요!"

그러자 리드 부인이 지시했다.

"얘를 붉은 방에 가둬."

네 개의 손이 곧장 나를 붙잡았다. 나는 꼼짝없이 위층으로 끌려 올라갔다.

2

끌려가는 내내 저항했다. 그렇게까지 한 건 처음이었다. 덕분에 베시와 애벗이 나에 대해 갖고 있던 나쁜 인상이 더욱 강해지고 말았다. 사실 나는 이성을 잃었다. 거의 제정신이 아니었다. 순간의 반란으로 어쩔 수 없이 괴상한 벌을 받게 됐지만, 반란을 일으킨 여느 노예와 마찬가지로 자포자기한 나는 아예 끝까지 가보기로 마음먹었다.

"애 팔 좀 잡아요, 애벗 양. 꼭 미친 고양이 같네."

"어휴, 맙소사! 행실이 어쩌면 이 모양인지. 에어 아가씨, 아가씨를 후원해주는 분의 아들을 어떻게 때릴 수가 있어요! 아가씨의 주인이기도 하신 분인데요."

"주인이라니! 어떻게 걔가 내 주인이야? 내가 하녀야?"

"아뇨. 아가씨는 하녀보다 못하죠. 여기서 먹고 자면서 아무 일도 안 하잖아요. 자, 거기 앉아요. 앉아서 악행을 반성하시라고요."

두 여자는 리드 부인의 지시대로 나를 붉은 방으로 끌고 들어가 억지로 스툴에 앉혔다. 나는 용수철처럼 벌떡 일어나려 했지만 두 쌍의 팔이 즉시 나를 붙잡아 앉혔다.

베시가 말했다.

"가만히 앉아 있지 않으면 묶어놓을 거예요. 애벗 양, 가터(스타킹이나 양말이 내려오지 않게 해주는 끈-옮긴이) 좀 빌려줘요. 내 가터는 너무 약해서 에어 아가씨가 바로 끊어버릴 것 같아."

애벗은 튼튼한 다리에서 가터를 벗겨내려고 뒤로 돌아섰다. 나를 결박하려는 저들의 행동, 그리고 그 행동으로 인해 야기될 수치를 생각하니 흥분이 조금은 가라앉았다.

"가터 벗을 필요 없어. 가만히 앉아 있을 테니까."

그 말을 뒷받침하듯 나는 두 손으로 스툴을 꼭 잡았다.

"그렇게 해주면 좋겠네요."

베시는 이렇게 말하며 나를 살폈다. 정말로 내 흥분이 가라앉았다는 확신이 서자 나를 잡고 있던 손을 놓았다. 베시와 애벗 양은 팔짱을 끼고는 내가 제정신인지 의심스럽다는 듯 인상을 쓰며 나를 내려다보았다.

마침내 베시는 애비게일 애벗을 돌아보며 말했다.

"이렇게까지 한 건 처음이에요."

"하지만 늘 이렇게 행동할 위험은 있었어. 이 아이에 대한 내 의견을 부인께 자주 말씀드렸는데 부인도 내 생각에 동의하셨지. 어린 것이 음흉해. 이 나이의 여자애가 이렇게 비밀이 많은 건 처음 봤어."

베시는 대답하지 않고 가만히 있다가 곧 내게 말했다.

"리드 부인께 큰 신세를 지고 있다는 사실을 잊지 말아요, 아가씨. 부인께서 아가씨를 거둬주고 있잖아요. 부인께서 내치면 아가씨는 구빈원에 가는 수밖에 없어요."

받아칠 말이 없었다. 새삼스럽지도 않았다. 세상에 대한 내 첫 기억도 이런 종류의 말이었으니까. 그동안 더부살이 신세임을 꼬집는 말은 숱하게 들어왔다. 고통스럽고 가슴이 미어지지만 절반 밖에 이해할 수 없는 말들. 애벗이 말했다.

"부인께서 친절하게도 자녀분들과 함께 살게 해주셨지만 아가씨는 리드 아가씨들이나 리드 주인님과는 엄연히 달라요. 그분들은 큰 재산을 물려받으실 테지만 아가씨는 무일푼 신세니까요. 그러니 겸손하게 살아야죠. 그분들 비위를 거스르지 않도록 조심하면서."

베시도 누그러진 목소리로 거들었다.

"다 아가씨를 위해 하는 말이에요. 쓸모 있고 착하게 굴면 이 집에서 편하게 살 수 있지만 발악하고 버르장머리 없이 굴면 부인께선 아가씨를 내보내실 거라고요. 분명히."

애벗도 나섰다.

"하느님도 벌을 주시겠지. 한창 길길이 날뛸 때 때려죽이실 거야. 그럼 이 아가씨는 어디로 가게 될까? 그만 나가자, 베시. 아가씨는 여기 내버려둬. 여기서 뭘 하든 알아서 하라고

25

해. 혼자 있을 때 기도라도 하세요, 에어 아가씨. 그나마 회개라도 하지 않으면 사악한 무언가가 굴뚝을 타고 내려와 아가씨를 잡아갈 겁니다."

방에서 나간 베시와 애벗은 문을 닫고 잠가버렸다.

붉은 방은 손님이 사용할 일이 거의 없는 방이었다. 게이츠헤드 홀에 어쩌다 손님들이 많이 묵게 되어 방이 모자랄 때라면 몰라도. 이 저택에서 제일 크고 우아한 방이기는 했다. 굵직한 마호가니 기둥들이 떠받치고 사방에 진홍색 다마스크 직(실크나 리넨으로 양면에 무늬가 드러나게 짠 두꺼운 직물 – 옮긴이) 커튼이 드리워진 침대는 방 한가운데에 마치 유대 신전처럼 위풍당당하게 자리했다. 늘 블라인드를 내려둔 대형 창문 두 개는 꽃줄, 그리고 그 비슷한 재질로 된 휘장으로 덮여 있었다. 바닥에는 붉은 카펫이 깔렸고 침대 발치에는 진홍색 천으로 덮인 탁자가 놓였다. 벽은 옅은 황갈색에 분홍색이 살짝 가미된 색깔이었다. 옷장과 화장대, 의자들은 고색창연한 마호가니제로 색이 진하고 윤기가 흘렀다. 사방이 진한 색감으로 에워싸인 한가운데에 눈부시게 흰 침대가 있었다. 높이 쌓인 매트리스와 베개들, 눈처럼 흰 마르세유직(두꺼운 돋을무늬 무명 천 – 옮긴이) 침대보. 침대 머리맡 옆에 놓인 푹신한 쿠션 재질의 안락의자도 무척이나 희었다. 발 받침대까지 갖춰진 그 안락의자는 내 눈에는 하얀 왕좌처럼 보였다.

방 안에 오싹한 한기가 돌았다. 벽난로에 불을 거의 때지 않은 탓일 것이다. 이 방은 유아실과 주방에서 멀리 떨어져 있어 조용했고, 워낙 드나드는 사람이 없어 엄숙한 분위기마저 감돌았다. 토요일마다 이 방에 들어와 거울과 가구에 쌓인 일주일치 먼지를 치우는 하녀, 종종 들어와서 옷장의 비밀 서랍 속 내용물을 들여다보는 리드 부인 외에 이 방을 찾는 이는 없었다. 비밀 서랍 안에는 이런저런 문서들, 리드 부인의 보석함, 죽은 남편의 세밀 초상화가 들어 있었다. 위풍당당한 붉은 방이 이렇게 외로이 방치된 이유는 죽은 남편과 관련돼 있기 때문이었다.

리드 씨가 세상을 떠난 건 9년 전이었다. 그는 바로 이 방, 이 침대에 위엄 있게 누워 마지막 숨을 내쉬고 세상을 하직했다. 장의사의 일꾼들이 시신을 관에 담아 방 밖으로 내간 후, 방 안에 감도는 음울한 기운으로 인해 사람들은 이 방에 자주 드나들지 않게 됐다.

베시와 쌀쌀맞은 애벗이 나를 강제로 앉혀놓은 스툴, 즉 야트막한 오토만 의자(소파와 함께 자리하며 발을 기대는 용도의 작은 의자-옮긴이) 옆에는 대리석 벽난로 장식이 있었다. 내 바로 앞에는 침대가 놓여 있고 오른쪽에는 짙은 색깔의 높은 옷장이 있었다. 어둑한 색감의 옷장 패널은 주변 사물들이 단편적으로 표면에 비쳐 얼룩덜룩해 보였다. 왼편에는 커튼이 드리운 창문들이 자리했고, 그 사이에 놓인 큼직한 거울은 이 방과 침대의 공허한 장엄함을 다시 한번 강조했다. 두 여자가 정말 방문을 잠갔는지 확실히 알 수 없어 머뭇거리던 나는 살그머니 일어나 방문을 살펴보았다. 아아! 잠겨 있었다. 어떤 감방 문도 이보다 더 단단히 잠겨 있지는 않을 것이다. 스툴로 돌아가려면 커다란 거울 앞을 지나가야 했다. 거울 속에는 현실보다 차갑고 어둑하며 공허한 환영이 자리했고, 그 안에서 조그맣고 낯선 존재가 나를 빤히 쳐다보았다. 어둠 속에서 그 존재의 하얀 얼굴과 두 팔이 도드라졌다. 평소 같으면 차분했을 빛나는 두 눈에 두려움이 담겨 있어 진짜 유령을 보는 듯했다. 베시가 저녁마다 들려주던 이야기 속 존재 같았다. 페어리 요정과 임프 요정의 혼혈인 작고 희뿌연 존재. 양치식물이 무성하게 자라난 외로운 황무지 계곡에 살면서, 늦은 밤 그곳을 지나가는 여행자의 눈앞에 모습을 드러내는 작은 유령. 나는 겨우 스툴로 돌아가 앉았다.

순간적으로 미신에 사로잡히기는 했어도 정신이 아주 나간 것은 아니었다. 내 피는 아직 따뜻했고 내면에는 반란 노예의 기운이 아직 왕성하게 남아 있었다. 음울한 현실에 굴복하기보다는 솟구쳐 오르는 과거의 기억을 저지해야 했다.

존 리드의 난폭한 행위, 그 자매들의 오만한 무관심, 그 모친의 나에 대한 혐오감, 하인들의 편애가 탁한 우물 속 침전물처럼 내 복잡한 머릿속에서 하나씩 떠올랐다. 나는 왜 늘 고통받고 늘 혼이 나며 비난당하고 욕을 먹어야 할까? 왜 나는 다른 사람들을 흡족하게 해주지 못할까? 왜 타인의 호감을 사려고 노력해도 소용이 없을까? 사람들은 고집불통에 이기적인 일라이자를 소중한 존재로 떠받들었다. 버릇없고 못된 말만 하며 남의 흠 잡기를 좋아하고 건방지기 짝이 없는 조지애나도 오냐오냐 대해줬다. 조지애나가 발그레한 뺨에 금발 고수머리를 가진 예쁜 아이라 쳐다보기만 해도 기쁨이 솟구쳐 어떤 잘못을 해도 용서하고픈 마음이 생기는 걸까. 비둘기 목을 비틀고, 공작 새끼들을 죽이고, 양들 앞에 개를 풀어놓고, 온실의 덩굴에서 포도를 따버리고, 귀하디귀한 온실 식물의 싹을 뜯어버리는 등 제멋대로 구는 존도 체벌 받는 일은 드물었다. 존은 제 어머니를 '늙은 년'이라고 부르기까지 했는데 말이다. 저와 똑 닮은 제 어머니의 짙은 색 피부를 욕했고 제 어머니가 바라는 바를 비뚜름하게 무시했으며 제 어머니의 비단옷을 툭하면 찢고 망쳐놓았다. 그런데도 리드 부인에게 존은 늘 '사랑스러운 아들'이었다. 나는 그들 앞에서 감히 잘못을 저지를 생각도 못 하고 살았다. 매일 의무를 충실히 이행하려 안간힘을 썼다. 그런데도 나는 아침부터 정오까지, 그리고 정오부터 밤까지 늘 버릇없고 짜증스러우며 부루퉁하고 음흉한 아이로 취급받았다.

구타당하고 바닥에 쓰러질 때 문에 부딪힌 머리에서 여전히 피가 흐르고 그 부위가 욱신거렸다. 나를 두들겨 팬 존을 나무라는 사람은 아무도 없었다. 존의 비이성적인 폭력을 피하느라 달려든 나만 모두에게 맹렬한 비난을 받았다.

'부당해! 부당하다고!'

고통스러운 자극을 받아 일시적으로 조숙한 힘을 발휘한 내 이성이 머릿속에서 외쳤다. 마침내 견딜 수 없는 탄압을 피할 방법을 궁리해보자는 결심이 섰다. 이를테면 도망이라든가, 아니면 식음을 전폐하고 목숨을 끊어버리든가 하는 방법이었다.

울적한 오후에 내 영혼은 크게 경악했다! 머리는 지독히 혼란스러웠고 심장은 대단한 반란을 꿈꾸었다! 그러나 내 머리는 짙은 어둠을 헤맬 뿐이었고 세상에 대해 아는 것도 없었다! 속에서 끝없이 치밀어 오르는 질문, 내가 왜 이렇게 고통을 받아야 하느냐에 대한 대답조차 할 수가 없었다. 그러나 수년이 지난 지금은 그 답을 명확히 알고 있다.

나는 게이츠헤드 홀에서 불협화음을 일으키는 존재였다. 나는 그곳에 사는 어느 누구와도 같지 않았다. 리드 부인이나 그 자녀들, 리드 부인이 고른 하인 하녀들과 조화를 이루지 못했다. 그들이 나를 사랑하지 않듯이 나도 그들을 사랑하지 않았다. 그들 또한 자기네와 마음을 나누지 못하는 나 같은 아이를 애정으로 대해줄 의무는 없었다. 그들과는 기질도 능력도 성향도 다른 이질적인 존재였으니까. 한마디로 그들에게 득될 게 없고, 그들을 기쁘게 해주지도 못하는 쓸모없는 존재, 나에 대한 그들의 태도에 분노하고 나에 대한 그들의 판단을 경멸하는 유해한 존재였다. 만약 내가 낙관적이고 밝고 태평하며 꼼꼼하고 더 예쁘장하고 잘 노는 아이였다면, 아무리 이 집에 얹혀살고 다른 친지 하나 없는 아이였어도 리드 부인은 나란 존재를 좀 더 편하게 참아줄 수 있었을 것이다. 리드 부인의 자식들은 나를 동료처럼 받아줬을 것이고, 이 집 하인들도 아이들 사이에서 말썽이 났을 때 내게 모든 잘못을 뒤집어 씌우는 짓을 덜 했을 것이다.

붉은 방에서 햇빛이 걷히기 시작했다. 오후 4시가 넘은 시간이라 오후 내내 구름으로 덮여 있던 하늘은 어스름하게 저물고 있었다. 계단통 창문을 줄기차게 두드리는 빗소리가 들렸다. 현관 복도 뒤쪽의 숲에서 바람이 울부짖었다. 어느새 몸이 돌처럼 차가워지자 용기도 꺾여버렸다. 습관적인 자기 비하, 자기 회의, 허망한 우울감이 잦아드는 분노의 잉걸불에 차가운 물을 뿌린 듯했다. 다들 나더러 못됐다고 했다. 어쩌면 사실일지도 모르겠다. 나 자신을 굶겨 죽일 생각까지 하고 있으니까. 자살은 범죄였다. 내가 죽음과 어울리나? 아니면 게이츠헤드 성당 성단소(성당 예배 때 성직자와 합창대가 앉는 제단 옆 자리-옮긴이) 밑의 지하 납골당이 매력적인 목적지라서일까? 듣기로는 리드 씨가 그런 지하 납골당에 묻혀 있다고 했다. 리드 씨 생각을 하니 점점 두려움이 밀려들었다. 리드 씨에 대한 기억은 없었다. 그분은 내 외삼촌, 그러니까 내 어머니의 오빠였다. 리드 씨는 부모 잃은 젖먹이인 나를 거둬주었다. 임종 순간에 그는 부인에게 나를 친자식처럼 키워주겠다는 약속을 해달라고 요구했다. 아마 리드 부인은 그 약속을 잘 지켜왔다고 생각할 것이다. 천성이 허락하는 한, 자기만의 방식으로 약속을 지켜왔다고 말할 수 있을지도 모른다. 하지만 리드 부인이 자기 핏줄도 아니고 어찌 보면 침입자에 불과한 나를 어떻게 좋아할 수 있을까? 남편이 죽은 후 나와의 친척 관계도 끊어졌다고 봐도 되는 상황인데. 도무지 사랑할 수 없는 낯선 아이의 부모 역할을 해달라는 강요에 가까운 약속에 얽매여 사는 것도, 자기 가족들 사이를 침범하고 들어온 정 안 가는 낯선 아이를 지켜보는 것도 몹시 짜증스런 일일 것이다.

문득 의문이 고개를 치켜들었다. 리드 씨가 살아 있었으면 나를 따뜻하게 대해주셨을까. 지금까지는 그렇다고 굳게 믿었다. 하얀 침대와 어둑해진 벽들을 바라보면서, 한 번씩 희미하게 빛나는 거울 쪽으로 어쩔 수 없이 시선을 돌리며 앉아 있자니, 죽은 자들에 관해 예전에 들은 이야기가 떠오르기 시작했다. 자신이 남긴 유언이 지켜지지 않자, 무덤 속에서 괴로워하던 망자가 유언을 어긴 자를 벌하고 핍박받는 이를 대신해 복수하고자 이 세상으로 돌아온다는 이야기였다. 부당한 대우를 받으며 사는 조카 때문에 괴로워하던 리드 외삼촌의 영혼도 지하 납골당이나 미지의 저세상을 박차고 나와 이 방에 모습을 드러내지 않을까. 격한 슬픔을 표출하던 유령이 나를 위로하기 위해 초자연적인 목소리를 내지 않을까. 어둠 속에서 후광을 두른 얼굴이 나타나 기묘하게 동정하는 눈빛으로 나를 굽어보지 않을까. 이런저런 생각에 두려움이 차올라 눈물을 닦고 울음을 멈췄다. 이론상으로는 유령의 출현이 내게 위안이 될 만한 요소일 수 있겠지만, 막상 그 일이 눈앞에서 펼쳐지면 너무 무서울 것 같았다. 나는 온 힘을 다해 유령에 대한 생각을 머릿속에서 지우려 애썼다. 마음을 단단히 먹어야 했다. 눈으로 흘러내린 머리카락을 뒤로 넘기고 고개를 들어 어두운 방 안을 대담하게 둘러보려 했다. 그 순간, 벽에 빛이 나타났다. 블라인드 커튼의 구멍으로 흘러들어온 달빛일까? 아니었다. 달빛이라면 한 자리에 가만히 있어야 할 텐데 그 빛은 흔들거렸다. 내가 지켜보는 동안 그 빛은 천장으로 올라갔다가 내 머리 위에서 한들거렸다. 잔디밭을 가로지르는 누군가의 손에 들린 랜턴에서 나온 빛일 가능성이 컸지만, 이미 머릿속에 공포가 차오르기 시작하고 신경이 몹시 곤두선 나는 그 흔들거리는 빛을 저세상에서 온 존재의 방문을 알리는 전조로 받아들였다. 심장이 쿵쾅쿵쾅 뛰고 머리가 뜨거워졌다. 퍼덕이는 날갯짓 같은 소리가 귓속을 가득 채웠다. 무언가 내 옆에 있는 듯했다. 숨이 막혀 질식할 것 같아 더는 견딜 수 없었다. 나도 모르게 격한 비명을 내질렀다. 문으로 달려가 잠긴 문고리를 잡고 미친 듯이 흔들었다. 복도를 달려오는 발소리가 들리더니 열쇠가 돌아가고 베시와 애벗이 문 앞에 나타났다.

"에어 아가씨, 어디 아파요?" 베시가 물었다.

"어쩜 이렇게 끔찍한 소리를 질러요! 비명이 아주 내 몸을 뚫고 지나가겠네!" 애벗이 타박했다.

나는 울면서 호소했다.

"나가게 해줘! 유아실로 가게 해줘!"

"왜 그래요? 어디 다쳤어요? 뭘 본 거예요?" 베시가 다시 물었다.

"아! 빛을 봤어. 유령이 온 것 같아."

베시는 내게 덥석 잡힌 손을 뒤로 확 빼지는 않았다.

애벗이 넌더리를 내며 말했다.

"일부러 악을 썼네. 비명소리가 지독하기도 하지! 어디 아파서 소리를 지른 거면 이해가 되지만 그냥 우리를 부르려고 소리를 지른 거잖아. 얄팍한 속임수일 뿐이야."

"왜 이리 시끄러워?" 근엄한 목소리가 그들에게 물었다. 잠옷 모자를 쓴 리드 부인이 잠옷 바스락거리는 소리를 요란하게 내며 복도를 걸어왔다. "애벗, 베시. 내가 올 때까지 제인 에어를 붉은 방에 가둬두라고 분명히 말했을 텐데."

베시가 말했다.

"제인 아가씨가 비명을 질러서요."

"방 안으로 들여보내. 너도 베시의 손을 놔, 제인. 수작 부려도 소용없는 거 알잖니. 어린애가 교활하게 머리 굴리는 건 정말이지 질색이다. 속임수가 통하지 않는 걸 알려주는 것도 내 의무겠지. 붉은 방에 들어가서 한 시간 더 있도록 해. 얌전히 말 잘 듣고 있으면 문을 열어주마."

"숙모님! 제발 저를 불쌍하게 여겨주세요! 잘못을 용서해주세요! 저 방에는 못 있겠어요. 다른 방법으로 벌을 주세요! 저기 더 있다가는 죽을 것……"

"조용히 해! 난리 치는 꼴이 역겹구나." 리드 부인은 진심으로 역겨워하고 있었다. 부인의 눈에 나는 조숙한 배우처럼 보였을 것이다. 리드 부인은 나를 맹렬한 미움과 야비한 근성, 위험한 표리부동이 뒤섞인 아이로 보고 있었다.

베시와 애벗이 물러섰다. 리드 부인은 괴로워하며 흐느껴 우는 나를 더는 못 참겠다는 듯 방 안으로 밀어 넣고는 문을 잠가버렸다. 돌아서서 복도를 걸어가는 리드 부인의 발소리가 들리자마자 나는 발작을 일으켰다. 그리고 그대로 의식을 잃었다. 그 후 어떻게 되었는지는 기억나지 않는다.

3

그다음으로 기억나는 건, 끔찍한 악몽을 꾼 듯한 기분으로 눈을 뜨자 붉은빛이 환하게 펼쳐져 있고 그 앞에 두껍고 시커먼 창살들이 가로질러 있었다는 것이다. 의미를 알 수 없는 공허한 목소리들이 거센 바람 소리와 물 흐르는 소리에 막혀 조그맣게 들려왔다. 불안과 초조, 그리고 두려움이 엄습하면서 내 신체 기능은 혼란에 빠지고 말았다. 곧 누군가 내 몸을 들어 올리는 느낌이 들었다. 나를 앉은 자세로 들어올려 안아주는 것 같았다. 누가 그렇게 다정하게 일으켜주고 내 몸을 지탱해준 건 처음이었다. 베개인지 팔인지 알 수 없지만 나는 머리를 기대고 긴장을 풀었다.

　5분쯤 지났을까. 어리둥절하고 멍하던 기운이 차츰 가셨다. 나는 내 침대에 누워 있었다. 붉고 환한 빛은 유아실 벽난로의 불빛이었다. 밤이었다. 탁자 위에 초가 켜져 있었다. 대야를 손에 들고 침대 발치에 서 있는 베시, 그리고 내 베개 근

36

처에 의자를 놓고 앉아 나를 내려다보는 어떤 신사가 보였다.

　게이츠헤드 홀 사람도 아니고 리드 부인의 혈연도 아닌 낯선 이가 방 안에 함께 있다는 것만으로도 헤아릴 수 없을 만큼 큰 안도감이 밀려왔다. 안전하게 보호받고 있으니 마음을 놓아도 될 것 같았다. 베시(애벗보다는 덜 기분 나쁜)한테서 고개를 돌리고 낯선 남자의 얼굴을 살폈다. 아는 사람이었다. 하인들이 아프면 리드 부인이 종종 불러들이는 약제상 로이드 씨였다. 리드 부인은 본인이나 자녀들이 아프면 의사를 불렀다.

　"자, 내가 누구인지 알아보겠니?"

　로이드 씨가 물었다.

　나는 그의 이름을 말하고는 그에게 손을 내밀었다. 그는 미소 띤 얼굴로 내 손을 잡고 말했다.

　"차차 괜찮아질 거다."

　그는 나를 도로 눕히고는 베시에게 밤새 내가 방해받지 않고 잘 수 있게 해주라고 지시했다. 그 외에 몇 가지 지침을 내리고 내일 다시 오겠다고 말한 후 애석하게도 내 곁을 떠났다. 그가 내 머리맡에 앉아 있는 동안에는 친구 곁에서 보호받는 기분이었는데, 그가 복도로 나가 문을 닫자 방 안이 확 어두워지면서 가슴이 내려앉았다. 무어라 말할 수 없는 슬픔이 심장을 내리눌렀다.

　베시가 부드럽게 물었다.

"잠이 와요, 아가씨?"

베시의 말투가 곧 거칠게 바뀔까 봐 두려워서 나는 주저하다가 겨우 대답했다.

"자볼게."

"뭘 마시거나 먹을래요?"

"괜찮아, 베시."

"그럼 나도 이만 자야겠네요. 벌써 자정이 넘었어요. 필요한 게 있으면 불러요."

베시가 왜 저렇게 공손하게 구는 걸까! 용기를 내어 물어보았다.

"베시, 내가 왜 이래? 아픈 건가?"

"붉은 방에서 울다가 병이 난 것 같아요. 곧 괜찮아질 거예요."

베시는 근처에 있는 하녀 숙소로 건너갔다. 베시의 목소리가 조그맣게 들려왔다.

"세라, 오늘은 나랑 같이 유아실에서 자자. 오늘 밤엔 저 불쌍한 애를 혼자 못 재우겠어. 혼자 자다간 죽을지도 몰라. 발작을 일으킨 것도 심상치 않고. 거기서 뭘 본 모양이야. 부인이 이번엔 너무 심하셨어."

잠시 후 세라와 베시가 함께 유아실로 들어왔다. 그들은 30분 정도 나지막하게 얘기를 나누다가 잠이 들었다. 그들의 대화 소리가 단편적으로밖에 들리지 않았지만 무슨 주제로 얘길 나눴는지는 충분히 추론할 수 있었다.

"허연 옷을 입은 무언가가 아가씨 앞을 지나서 사라졌나 봐." "그 존재 뒤에 크고 시커먼 개가 있었대." "방문을 세 번 두드렸다던데." "그분의 무덤이 있는 성당 묘지에서 빛이 보였대." 등등.

마침내 두 사람은 잠이 들었고 벽난로의 불과 촛불도 꺼졌다. 기나긴 밤 동안 두려움에 사로잡힌 내 귀와 눈, 머리는 긴장한 채 불침번을 섰다. 어린아이 특유의 환상 섞인 두려움이었다.

붉은 방에서 그 일이 벌어진 후 나는 몸에 심각하게 탈이 나거나 오랫동안 앓지는 않았다. 다만 내 신경에 가해진 충격의 여파가 오늘까지도 이어지고 있을 뿐이다. 그래, 리드 부인, 당신 덕분에 나는 끔찍한 심적 고통을 겪고 있어. 하지만 용서해야겠지. 모르고 한 짓일 테니까. 당신은 내 못된 버릇을 뿌리 뽑겠다는 생각으로 내 마음을 찢어발겼을 뿐이니까.

다음 날 정오 무렵, 눈을 뜬 나는 옷을 입고 숄을 두른 채 유아실 벽난로 앞에 가 앉았다. 기운이 없고 몸이 고장 난 느낌이었다. 무어라 형언할 수 없을 만큼 비참한 심정이라 조용히 계속 눈물만 흘렸다. 뺨을 타고 흐르는 짭짤한 눈물을 닦아내고 나면 또 눈물이 흘러내렸다. 오늘은 리드 일가가 집에 없으니 기분이 좋아야 마땅했다. 리드 남매들은 모조리 제 어머니와 함께 마차를 타고 외출을 나섰다. 애벗은 다른 방에서 바느질 중이었고, 베시는 유아실 여기저기 흩어진 장난감을 치우고 서랍을 정리하면서 웬일로 내게 한 번씩 친절한 말을 해주었다. 그동안 쉼 없이 질책당하면서 고맙다는 말 한마디 듣지 못한 채 일만 해야 했던 내게 이 정도면 평화로운 천국이나 다름없었다. 그러나 신경이 잔뜩 곤두서고 괴로운 상태이다 보니 아무리 평온한 상황도 마음을 달래주지 못했고 어떤 기쁨도 기운을 북돋우지 못했다.

　　주방으로 내려갔던 베시가 타르트를 접시에 담아 들고 돌아왔다. 고리 모양의 삼색메꽃과 장미꽃 봉오리에 둥지를 튼 극락조가 그려진 화려한 색감의 도자기 접시였다. 전부터 그 접시를 좀 더 자세히 보고 싶어서, 손에 들고 들여다봐도 되냐고 몇 번이나 부탁했지만 늘 특권을 거부당했다. 그런데 지금 그 귀한 접시가 내 무릎에 놓였고, 가볍게 바스러지는 질감에 화관처럼 둥그렇게 모양을 낸 페이스트리까지 접시에 담겨 있었다. 하지만 너무 늦게 이루어진 소망이었다! 오랫동안 바랐지만 미뤄지기만 했던 다른 대부분의 소망들처럼, 너무 늦어버렸다! 나는 타르트를 먹을 수가 없었다. 극락조의 깃털, 꽃의 색조도 이상하게 색이 바랜 듯 보였다! 나는 타르트가 담긴 접시를 탁자 위에 올려놓았다. 베시는 책을 갖다 줄까 물었다. '책'이라는 단어에 일시적으로 자극 받은 나는 서재에서 『걸리버 여행기』를 가져다 달라고 부탁했다. 그동안 몇 번이나 즐겁게 정독했던 책이었다. 나는 그 책에 적힌 내용이 모두 사실을 기록한 것이라 믿었기에 동화책보다 더 큰 흥미를 느꼈다. 엘프 요정을 찾아 디기탈리스 잎사귀와 종 모양의 꽃 사이, 버섯 밑자락, 오래된 담벼락 한쪽 구석에서 자라는 덩굴광대수염 아래를 열심히 뒤져보기도 했다. 결국 엘프 요정들은 영국을 떠나 더 거칠고 무성한 숲이 있는 야생으로 떠나버렸다는 슬픈 진실을 인정해야 했지만,『걸리버 여행기』속 소인국과 거인국은 지구상에 확실히 존재하는 곳인 만큼 언젠가 장거리 여행을 해서라도 소인국의 작은 들판과 집, 나무, 조그만 사람들, 작은 소와 양과 새, 그리고 거인국의 숲처럼 높이 자란 옥수수밭과 큼직한 마스티프 개, 괴물처럼 커다란 고양이, 탑처럼 키가 큰 남자와 여자를 내 눈으로 꼭 볼 수 있으리라 믿었다. 그러나 막상 그 소중한 책이 두 손에 들어온 지금, 책장을 넘겨 언제나 마음을 사로잡던 경이로운 그림들을 들여다보면서도 그 모든 것이 기괴하고 울적하게만 느껴졌다. 거인들은 수척하게 여윈 고블린 요괴 같고, 소인들은 사악하고 끔찍한 임프 요정 같았으며, 걸리버는 가장 무시무시하고 위험천만한 곳을 돌아다니는 외로운 방랑자일 뿐이었다. 도저히 더는 볼 수 없어서 책을 덮어 탁자 위에, 맛도 보지 않은 타르트 옆에 내려놓았다.

방 안의 먼지를 털고 정돈을 마친 베시는 손을 씻고 아름다운 비단과 공단 천이 잔뜩 담긴 작은 서랍을 열었다. 그리고 조지애나의 인형 머리에 씌울 새 보닛을 만들면서 노래를 흥얼거렸다.

우리가 유랑생활을 했던
머나먼 옛날.

종종 들어본 노래였다. 들을 때마다 활기가 느껴지고 기
분이 좋았다. 베시는 목소리가 고왔다. 적어도 내가 듣기에는
그랬다. 그런데 지금은, 여전히 고운 목소리인데도 불구하고
노랫가락에서 형언할 수 없는 슬픔이 느껴졌다. 베시는 일에
몰두해 있는 동안 한 번씩 이 노래의 후렴을 천천히 나지막하
게 부르곤 했는데, 특히 '머나먼 옛날'이라는 가사를 장송곡
중 제일 구슬픈 가락처럼 불렀다. 그 노래를 끝마친 베시는 다
른 곡으로 넘어갔다. 이번에는 애절한 분위기의 노래였다.

내 두 발은 쑤시고 팔다리는 지쳤네.
갈 길은 먼데 산은 험하기만 하네.
가여운 고아가 걷는 길은
곧 황혼에 물들고 달도 없이 음산해지겠구나.

왜 그들은 황무지가 펼쳐지고 회색 바위들이 쌓인
이 멀고 외로운 곳으로 나를 보냈을까?
사람들은 냉랭하기 그지없고

다정한 천사들은 가여운 고아의 발걸음을 지켜볼 뿐이네.

멀리서 부드러운 밤바람이 불어오고,
구름 한 점 없는 하늘에 맑은 별들이 부드럽게 빛나네.
자비로운 하느님은 가여운 고아를 지키시며
위안과 희망을 주시네.

내가 부서진 다리를 건너다 넘어지고
거짓된 빛에 이끌려 습지에서 헤맬 때도
하느님 아버지는 가여운 고아를
약속과 은총으로 품어주시네.

안식처도 의지할 일가친척도 없는 내게
힘이 되어주는 한 가지 생각이 있네.
천국이 내 집이고 나의 쉼터이며
하느님은 가여운 고아의 친구라는 것.

"아이고, 제인 아가씨, 울지 말아요."
노래를 끝마친 베시가 말했다. 차라리 불에게 '타오르지
마라!'라고 말하는 편이 나았을 것이다. 내가 겪는 끔찍한 고
통을 베시가 어떻게 헤아릴 수 있었을까? 그날 오전에 로이드
씨가 다시 나를 찾아왔다. 그는 유아실로 들어오며 물었다.

"어이쿠, 벌써 일어났네요! 보모, 아가씨 상태는 어때요?"

베시는 아주 좋아졌다고 대답했다.

"그럼 표정이 더 밝아야 할 텐데. 어디 보자. 제인 양. 이름이 제인 맞죠?"

"예, 선생님. 제인 에어예요."

"음, 울고 있었나 보네요, 제인 에어 양. 왜 울고 있었는지 말해줄래요? 어디 아픈가요?"

"아뇨."

그때 베시가 대뜸 끼어들었다.

"아! 리드 부인이랑 마차를 타고 외출을 못 나가서 울고 있었을 거예요."

"그래 보이지는 않는데! 그런 사소한 일로 울 나이는 지났잖아요."

내 생각도 그랬다. 거짓된 비난으로 자존심에 상처가 난 내가 곧바로 대답했다.

"지금까지 전 그런 일로 운 적이 없어요. 마차를 타고 외출 나가는 것도 싫어해요. 비참한 기분이 들어서 울었어요."

"어머나, 아가씨!"

베시가 말했다.

사람 좋아 보이는 약제상은 당황한 표정이었다. 그는 바로 앞에 서 있는 나를 뚫어져라 바라보았다. 그의 작은 회색 눈은 빛나지는 않았지만 예리해 보였다. 인상은 험해도 선한 내면이 드러나는 얼굴이었다. 그는 나를 한참 바라보다가 물었다.

"어제는 어쩌다가 그렇게 아팠죠?"

이번에도 베시가 끼어들었다.

"넘어졌어요."

"넘어지다니! 어이쿠, 아기도 아니고! 이 나이면 걸음마는 제대로 할 수 있지 않아요? 여덟아홉 살은 돼 보이는데."

자존심이 상한 나는 불쑥 대답했다.

"맞아서 넘어졌어요. 그래서 기절했던 건 아니고요."

로이드는 담배통에서 코담배를 약간 집어 들이마셨다.

그가 조끼 주머니에 담배통을 집어넣는데 하인들의 식사 시간임을 알리는 요란한 종소리가 들렸다. 그 소리의 의미를 아는 로이드가 말했다.

"식사하러 오라는 신호네. 내려가봐요, 보모. 그동안 내가 제인 양에게 지침을 주고 있겠습니다."

베시는 옆에 있고 싶은 눈치였으나, 게이츠헤드 홀에서는 식사 시간이 엄격하게 지켜지고 있었기에 내려갈 수밖에 없었다.

베시가 나가자 로이드가 자세히 물었다.

"맞아서 기절했던 게 아니라면 원인이 뭐였죠?"

"어두워지고 나서, 유령이 나오는 방에 갇혀 있었어요."

로이드는 미소를 짓는 동시에 얼굴을 찌푸렸다.

"유령이라니! 이런, 아직 아기 맞네! 유령이 무서워요?"

"리드 외삼촌의 유령이라 무서운 거예요. 그 방에서 돌아가서서 그 방에 시신이 누워 있었거든요. 밤에는 베시도 그렇고 다들 되도록 그 방에 안 들어가려고 해요. 그런 방에 촛불 하나 켜놓지 않고 저를 혼자 가둬둔 건 잔인한 짓이죠. 너무 잔인해서 평생 못 잊을 것 같아요."

"무슨 그런 말을! 그래서 비참한 기분이었어요? 지금은 낮인데도 무서워요?"

"아뇨. 하지만 곧 다시 밤이 오겠죠. 그리고 제가 불행한 건, 너무너무 불행한 건 다른 이유 때문이에요."

"어떤 이유인가요? 조금이라도 얘기해줄 수 있어요?"

속속들이 털어놓을 수 있으면 얼마나 좋았을까! 하지만 머릿속으로 대답할 말을 구성하기가 너무 힘들었다! 아이들은 감정을 느끼지만 그 감정을 분석할 줄 모른다. 부분적으로 분석을 한다고 해도, 적절한 단어를 골라서 분석 결과를 표현하는 방법을 알지 못한다. 감정을 표현함으로써 슬픔을 덜어낼 처음이자 마지막 기회를 잃게 될까 두려워진 나는 초조해진 속을 달래며 어설픈 틀이나마 그럭저럭 구성해 진실한 대답을 전하고자 애썼다.

"저는 아버지도 어머니도, 형제도 자매도 없어요."

"다정한 외숙모와 사촌들이 있잖아요."

나는 또 멈칫했다가 엉성한 대답을 내놓았다.

"존 리드는 저를 때려 쓰러뜨렸고 외숙모는 저를 붉은 방에 가뒀어요."

로이드는 다시 담배통을 꺼냈다.

"게이츠헤드 홀은 아름다운 저택이잖아요? 이렇게 멋진 저택에서 살게 되어서 감사하다는 생각은 안 들어요?"

"여긴 제 집이 아니에요. 애벗은 제가 이 집에 살 자격이 하인보다도 없다고 말했어요."

"하이고! 그래도 아가씨는 이렇게 멋진 저택을 떠나고 싶다는 생각을 할 만큼 어리석어 보이진 않는데요?"

"어디로든 갈 곳이 있으면 기쁜 마음으로 떠날 거예요. 하지만 어른이 될 때까지는 게이츠헤드 홀을 나갈 수가 없어요."

"방법이 없진 않을 텐데. 혹시 또 알아요? 리드 씨 말고 다른 친척은 없나요?"

"없는 걸로 알아요."

"아버지 쪽 친척은요?"

"모르겠어요. 전에 외숙모한테 물어봤는데 '에어'라는 성을 가진 가난하고 천한 친척들은 있겠지만 본인은 아는 바가 없다고 하셨어요."

"만약에 아버지 쪽 친척이 있으면 그쪽으로 갈 생각은 있어요?"

나는 곰곰이 생각을 해봤다. 가난은 어른들의 눈에도 암울해 보이지만 아이들의 눈에는 더욱 끔찍하게 보인다. 아이들은 '근면 성실하게 일하고 남부끄러운 짓도 하지 않지만 가난한 형편'이라는 개념에 대해 알지 못한다. 아이들이 생각하는 가난은 누더기 옷, 부족한 음식, 불 꺼진 벽난로, 상스런 태도, 천박한 범죄와 연관된 개념이다. 가난은 신분 추락과 같은 말이었다.

"아뇨, 저는 가난한 사람으로 살고 싶진 않아요."

"가난한 사람들이 아가씨한테 다정하게 대해준다고 해도요?"

나는 고개를 저었다. 가난한 사람들이 남에게 다정하게 대할 여력이 있으리라는 생각은 들지 않았다. 가난한 사람들처럼 말하고, 그들과 같은 태도를 몸에 익히며, 교양이라곤 없는 가난한 여자 어른으로 자라나는 건 상상조차 하고 싶지 않았다. 게이즈헤드 저택이 위치한 마을의 오두막집에서 자식들을 기르고 옷을 빨며 사는 가난한 여자들을 가끔 본 적이 있었다. 나는 신분을 떨어뜨려 가면서까지 자유를 쟁취하려 들 만큼 투지가 넘치는 아이도 아니었다.

"아버지 쪽 친척들이 심하게 가난해요? 노동자들인가요?"

"모르겠어요. 외숙모 말로는 저한테 아버지 쪽 친척이 있다면 분명히 거지 같은 사람들일 거라고 했어요. 저는 구걸하면서 살고 싶진 않아요."

"학교에 다니고 싶은 마음은 있어요?"

나는 다시 생각에 잠겼다. 학교에 대해서는 잘 알지 못했다. 베시한테 가끔 들은 얘기로는 어린 숙녀들이 목깃을 빳빳하게 세운 옷을 입고 척추 교정판을 착용하고 앉아서 극도로 고상하고 정확한 움직임을 몸에 익히는 곳이라고 했다. 존 리드도 학교를 싫어했고 걸핏하면 학교 선생 욕을 해댔는데, 존 리드의 취향은 내가 알 바 아니었다. 베시가 말한 학교의 규율(베시가 게이츠헤드로 오기 전 다른 집에서 일할 때 그 집의 어린 숙녀들을 보면서 주워들은 정보다)은 무시무시했지만, 어린 숙녀들이 배우고 익혔다는 가르침의 세세한 내용들은 꽤 매력적으로 들렸다. 베시는 어린 숙녀들이 그린 아름다운 풍경화와 꽃 그림, 그들이 부른 노래와 연주한 곡들, 그들이 바느질해서 만든 작은 지갑들, 그들이 번역한 프랑스어 책에 대해 자랑스럽게 주절거렸다. 나는 그 얘기를 들으며 경쟁심이 발동했다. 무엇보다 학교에 다니게 되면 내 인생에 큰 변화가 생기는 거였다. 장거리 여행, 게이츠헤드 홀과의 완전한 분리, 새로운 인생으로의 진입이 가능해질 수도 있었다.

나는 생각 끝에 대답했다.

"무척 다니고 싶어요."

로이드는 의자에서 일어섰다.

"음, 그래요. 앞으로 무슨 일이 일어날지는 아무도 모르는 거니까. 사는 환경을 바꿔보는 것도 괜찮죠." 그는 혼잣말처럼 덧붙였다. "신경이 과민해진 경우에는."

베시가 돌아왔다. 밖에서 자갈길을 달려오는 마차 소리가 들렸다.

로이드가 물었다.

"부인께서 돌아오신 겁니까, 보모? 떠나기 전에 부인과 얘기를 나누고 싶은데요."

베시는 조찬실로 안내해주겠다며 앞장서서 나갔다. 그 후에 일어난 일들을 보면, 로이드와 리드 부인 사이에서 어떤 말이 오갔는지 짐작할 수 있었다. 로이드는 나를 학교에 보내는 게 좋겠다고 제안했을 것이고, 리드 부인은 그 제안을 기꺼이 받아들였을 것이다. 어느 날 밤, 침대에 누워 있던 나는 애벗이 베시와 함께 유아실에 앉아 바느질을 하면서 나누는 얘기를 들었다. 애벗은 내가 잠든 줄 아는 듯했다.

"사람들을 빤히 쳐다보면서 못된 짓이나 저지를 궁리를 하는 성가시고 성질 나쁜 애를 내보낼 수 있게 돼서 부인께서 어찌나 좋아하시던지."

애벗은 나를 무슨 꼬마 가이 포크스(1605년 가톨릭 탄압에 대항해 영국 국회의사당을 폭파하고자 '화약 음모 사건'을 일으킨 주동자 — 옮긴이) 쯤으로 여기는 모양이었다.

그들의 얘기를 들으면서 처음으로 내 부모님에 대해 몇 가지를 알게 됐다. 내 아버지는 가난한 성직자였다. 어머니는 친구들이 급이 맞지 않는다며 말렸지만 기어코 아버지와 결혼했다. 말을 듣지 않는 어머니에게 화가 치민 외할아버지는 땡전 한 푼 주지 않고 어머니와 인연을 끊었다. 결혼하고 1년 후 아버지는 제조업 도시 내에 있는 자신의 교구에 속한 가난한 사람들을 위해 봉사하다가 그들 사이에 창궐하던 발진티푸스에 감염됐다. 어머니도 아버지한테서 그 병이 옮았고 둘은 한 달 간격으로 세상을 떠났다.

애벗한테서 이 얘기를 들은 베시는 한숨을 쉬며 말했다.

"제인 아가씨도 정말 안 됐네요, 애벗 씨."

"그러게. 좀 더 착하고 예쁜 아이였으면 의지할 곳 없는 처지이니 동정을 받을 수도 있었을 텐데. 애가 워낙 기분 나쁘게 구니 정이 딱 떨어진다니까."

"그러게요. 조지애나 아가씨처럼 예뻤으면 안타까운 처지인 만큼 훨씬 더 동정심을 샀겠죠."

"그러게. 조지애나 아가씨는 어쩌면 그렇게 예쁜지 몰라!" 애벗은 신이 나 떠들었다. "정말 귀여워! 긴 고수머리에 파란 눈동자, 피부색은 또 어쩜 그렇게 고운지. 꼭 그림 같다니까. 베시, 오늘 저녁에는 웰시 래빗(치즈를 녹여 향료, 맥주, 우유 등을 섞어 토스트에 바른 것 –옮긴이)을 해 먹는 게 어떨까."

"좋죠. 구운 양파를 곁들여서 먹으면 괜찮죠. 우리 내려가요."

그들은 아래층으로 내려갔다.

4

로이드 씨와의 대화, 그리고 앞서 언급한 베시와 애벗의 수다를 통해 나는 앞으로 내 인생이 잘 풀릴지도 모른다는 희망을 품게 됐다. 얼마 안 있어 인생에 변화가 닥쳐올 듯했다. 나는 어서 변화가 이루어지기를 바라며 조용히 기다렸다. 하지만 별일 없이 시간만 흘러갔다. 며칠이 지나고 몇 주가 흐르면서 내 몸은 평상시처럼 회복됐지만, 그동안 조용히 곱씹어 온 변화라는 주제에 대해서는 별다른 진전이 보이지 않았다. 리드 부인은 종종 엄혹한 눈으로 나를 훑어보기만 할 뿐 어지간해서는 내게 말도 걸지 않았다. 내가 쓰러진 후로 리드 부인은 나와 자기 아이들 사이에 더욱 뚜렷이 선을 그었다. 나를 작은 방에서 혼자 자게 했고, 식사도 혼자 하도록 지시했으며, 사촌들이 거실에서 주로 노는 동안 나는 유아실에서 대부분의 시간을 보내게 했다. 나를 학교에 보내려는 기미는 전혀 보이지 않았다. 그래도 부인은 한 지붕 아래서 나를 오래 데리고 살 것 같지는 않았다. 나를 바라보는 리드 부인의 눈빛에 도저히 극복할 수 없는 뿌리 깊은 혐오감이 한층 진하게 배어 있었다.

제 어머니의 지시에 따라 일라이자와 조지애나는 내게 최대한 말을 걸지 않았다. 존은 나를 볼 때마다 입 안쪽 볼을 혀로 밀며 도발하려 했지만, 내가 영혼의 타락을 감수하며 예전처럼 깊은 분노와 반발심을 드러내자, 곧장 저주의 말을 퍼부으며 도망쳤다. 그러면서도 내가 전에 자기 코를 때렸다며 욕하는 것을 잊지 않았다. 내가 그의 얼굴에서 툭 불거져 나온 그 코를 주먹으로 있는 힘껏 때린 것은 사실이었다. 그런 전적 때문인지 내 표정에 겁을 먹었기 때문인지는 몰라도, 존이 꼬리를 내리자 나는 더 혼을 내주고 싶었다. 하지만 존은 벌써 제 어머니 곁으로 도망친 후였다. 존이 '제인 에어 저 더러운 계집애'가 미친 고양이처럼 자기한테 달려들려 한다고 징징 댔지만 리드 부인은 매몰차게 말을 잘랐다.

"내 앞에서 걔 얘기는 하지 마, 존. 걔 옆에 가까이 가지 말라고 누누이 말했잖니. 관심을 가질 가치도 없는 애야. 너도 그렇고 네 누이들도 급이 맞지 않는 애하고는 어울리지도 마라."

2층 난간에 기대어 그들을 내려다보고 있던 나는 순간적으로 반발심이 치솟아 곧장 소리쳤다.

"그 애들이야말로 저와 어울릴 급이 안 돼요."

리드 부인은 체격이 좋은 편이었다. 하지만 내가 감히 괴상하고 대담한 주장을 펼치자 리드 부인은 곧장 계단을 달려 올라와, 회오리바람처럼 거세게 나를 유아실로 끌고 들어가 침대 가장자리로 밀어붙였다. 그러고는 오늘 남은 시간 동안 방 밖으로 나오거나 한마디 말도 더 지껄이지 말라고 단호하게 못을 박았다.

"리드 외삼촌이 살아 있었으면 외숙모에게 뭐라고 말했을까요?"

나도 모르게 따지고 들었다. 혀가 내 의지와 상관없이 단어들을 내뱉고 있는 것 같았다. 속에서 통제할 수 없는 무언가가 터져 나온 듯했다.

"뭐라고?"

리드 부인이 나지막하게 중얼거렸다. 평소 냉정하고 침착하던 회색 눈동자에 두려움이 깃들었다. 내 어깨를 잡고 있던 손을 뒤로 확 빼더니 내가 어린아이인지 악령인지 판단이 안 선다는 눈빛으로 나를 쳐다보았다. 이러다 또 벌을 받겠구나 싶었다.

"리드 외삼촌은 천국에 계시니 외숙모가 무슨 짓을 하고 어떤 생각을 하는지 훤히 아시겠죠. 제 부모님도 마찬가지일 테고요. 외숙모가 저를 방에 종일 가둬두고, 저를 죽이려 드는 걸 그분들은 잘 알고 계실 거란 뜻이에요."

곧 정신을 차린 리드 부인은 내 어깨를 잡고 마구 흔들어대더니 양쪽 따귀를 번갈아 후려치고 방을 나가버렸다. 그 자리에 멍하니 서 있는데 베시가 들어와 내게 한 시간 동안 훈계를 해대며, 나를 이 집에서 자란 아이들 중 제일 사악하고 제멋대로인 망나니로 취급했다. 가슴 속에 악에 받친 감정만 끓어오르고 있어서인지 베시의 말이 틀림없는 사실처럼 느껴졌다.

어느덧 11월, 12월, 그리고 1월의 절반이 지나갔다. 게이츠헤드 홀에서는 크리스마스와 신년을 축하하는 파티가 열려 연일 흥겨운 분위기였다. 사람들은 선물을 주고받았고, 만찬과 저녁 파티를 즐겼다. 그러나 나는 그들 사이에 낄 수 없었다. 일라이자와 조지애나가 매일 멋지게 차려입고 거실로 내려가는 모습을 구경이나 할 뿐이었다. 그들은 얇은 모슬린 드레스를 입고 진홍색 장식 띠를 둘렀으며 머리카락을 곱슬하게 말아서 우아하게 꾸몄다. 그 후 나는 아래층에서 들려오는 피아노나 하프 연주 소리, 집사와 남자 하인들이 왔다 갔다 하는 발소리, 다과가 담긴 컵과 도자기 그릇이 달그락거리는 소리, 거실 문이 여닫힐 때마다 새어 나오는 대화 소리에 귀를 기울였다. 계단 꼭대기에서 오도카니 남들의 여흥을 엿듣는 일에 싫증이 나면, 홀로 조용히 유아실로 들어갔다. 슬프기는 해도 비참할 정도는 아니었다. 솔직히 말하면 거실에서 사람들과 어울리고 싶은 마음은 눈곱만큼도 없었다. 어차피 저들과 함께 있어 봤자 나한테 신경 써주는 사람도 없을 것이다.

베시가 친절하고 다정하게 대해주기만 한다면, 리드 부인의 살벌한 눈총을 받으며 잘난 신사 숙녀들로 가득한 거실에 있는 것보다 베시와 함께 조용히 저녁 시간을 보내는 편이 나았다. 하지만 베시는 어린 숙녀들의 옷을 다 입혀준 뒤 초를 들고 활기찬 주방이나 하녀 방으로 가버리곤 했다. 그럼 나는 벽난로의 불이 사그라질 때까지 인형을 무릎에 얹어놓고 가만히 앉아 있다가, 어둑해진 방 안에 나 말고 끔찍한 무언가가 있지는 않은지 한 번씩 주변을 둘러보았다. 벽난로의 잉걸불이 흐릿한 붉은빛으로 잦아들면 서둘러 잠옷으로 갈아입은 뒤 침대로 올라가 이불의 매듭과 끈을 바짝 잡아당겼다. 이불 속은 추위와 어둠을 피할 수 있는 안식처였다. 나는 항상 그 안으로 인형을 데리고 들어갔다. 사람은 무언가를 사랑해야만 살 수 있는 존재다. 달리 애정을 쏟을 대상이 없던 나는 색바랜 우상을, 허수아비처럼 허름한 작은 인형을 품에 안고 사랑하며 마음의 안식을 찾았다. 지금 생각하면 터무니없을 정도로 진지하게 그 작은 장난감에게 정을 주었다. 그때는 그 인형이 살아 있다고, 감정을 느낄 수 있다고 상상했다. 인형을 내 잠옷으로 감싸주지 않으면 잠을 잘 수 없었다. 인형이 내 잠옷 안에서 안전하고 따뜻하게 누워 있는 모습을 봐야 비로소 인형이 행복하다는 생각이 들어 나도 기분이 좋아졌다.

손님들이 떠나기를 기다리면서, 계단을 오르내리는 베시의 발소리에 귀를 기울이는 동안 시간은 지루하게 흘러갔다.

베시는 골무나 가위를 가지러, 혹은 저녁 삼아 먹을 빵이나 치즈 케이크를 내게 가져다주기 위해 한 번씩 내가 있는 방을 들락거렸다. 그리고 내가 음식을 먹는 동안 침대에 걸터앉아 있다가 내가 다 먹으면 잠옷을 여며주고 두 번 뽀뽀를 해주며 말하곤 했다. "잘 자요, 제인 아가씨."

이렇게 다정하게 대해줄 때면 베시는 세상에서 제일 착하고 예쁘고 다정한 사람처럼 느껴졌다. 사실 평소에 그는 툭하면 내게 쌀쌀맞게 굴고 혼을 내고 불합리한 일을 시키곤 했다. 나는 베시가 제발 상냥하고 다정하게 대해주기를 간절히 바랐다. 베시는 매사에 야무지고 말솜씨도 좋은 편이었다. 지금 생각하면 꽤 능력 있는 여자였던 것 같다. 베시가 들려준 동화도 인상적이었다. 그의 얼굴과 몸매에 대한 내 기억이 맞다면 베시는 예쁘장한 편이었다. 검은 머리카락과 짙은 색 눈동자, 말쑥한 이목구비, 맑고 고운 피부를 가진 날씬한 젊은 여자였지만, 성질이 변덕스럽고 사나웠으며 원칙이나 공정함 따위에는 관심이 없었다. 그런 단점을 가진 여자였지만 그래도 게이츠헤드 홀에서 베시가 제일 좋았다.

1월 15일 아침 9시경, 베시는 아침을 먹으러 아래층으로 내려갔다. 사촌들은 아직 제 어머니에게 불려가지 않았다. 일라이자는 닭들에게 먹이를 주러 나가려고 머리에 보닛을 쓰고 따뜻한 정원 외출용 외투를 걸치는 중이었다. 일라이자는 닭 기르는 일을 무척 좋아했는데 음식 담당 하녀에게 달걀을

팔아 받은 돈을 모으는 재미 때문이었다. 일라이자는 장사에 소질이 있었고 저축을 별나게 좋아했다. 달걀과 닭을 파는 일 외에도 정원사에게 꽃 뿌리, 씨앗, 꺾꽂이 가지를 팔면서 악착같이 비싼 값을 받으려 했다. 리드 부인은 집 안 일꾼들에게 일라이자가 팔려는 게 무엇이든 사주라고 지시를 내렸다. 일라이자는 큰 이득을 볼 수만 있다면 제 머리카락도 기꺼이 잘라 팔 아이였다. 그렇게 모은 돈을 헝겊이나 머리를 마는 오래된 컬용 종이에 싸서 집 안 구석구석에 숨겨두었다. 그중 일부를 청소 담당 하녀들이 찾아내자, 일라이자는 이러다 소중한 보물을 잃겠구나 싶었는지 50에서 60퍼센트에 달하는 고리대금에 가까운 이자를 받기로 하고 그 돈을 제 어머니에게 맡겼다. 그리고 분기마다 이자를 꼼꼼하게 계산해서 작은 수첩에 정확하게 기재했다.

조지애나는 높은 화장대 의자에 앉아 거울을 들여다보며 조화와 색 바랜 깃털을 제 머리카락에 섞어 땋고 있었다. 그 조화와 깃털은 다락방의 서랍장에서 찾아낸 것이었다. 나는 베시의 명령으로 침대를 정돈하고 있었다. 베시는 자기가 돌아오기 전까지 침대를 정리해두라고 엄격하게 말했다. (요즘 들어 베시는 방 청소나 의자에 먼지 털기 같은 일을 내게 시키면서 유아실 견습 하녀처럼 부리고 있었다.) 나는 누비이불을 침대에 펼쳐놓고 잠옷을 개킨 뒤 창턱 밑의 긴 의자로 향했다. 그림책 몇 권과 바닥에 흩어져 있는 인형의 집 가구들을 치우기 위해서였다. 그런데 조지애나가 자기 장난감(작은 의자와 거울, 소꿉놀이용 접시와 컵 같은 물건들)을 건드리지 말라고 나서는 바람에 나는 치우던 손길을 멈췄다. 달리 할 일이 없어서 창문을 하얀 꽃처럼 뒤덮은 성에에 입김을 불고 손가락으로 문지른 뒤 유리창 너머 바깥을 내다보았다. 바깥은 혹한의 날씨에 겁을 집어먹은 듯 사방이 고요했다.

창밖으로 문지기의 집과 마차 길이 내다보였다. 유리를 덮은 은백색 성에를 어느 정도 녹여 구멍을 넓힌 순간, 대문이 열리고 마차 한 대가 들어오는 모습이 보였다. 마차는 무심하게 진입로를 따라 올라오고 있었다. 게이츠헤드에 마차가 종종 들어오곤 했지만, 지금껏 내 흥미를 끈 방문객은 없었다. 마차가 저택 앞에 멈춰서고 초인종 소리가 요란하게 울리더니 낯선 손님이 집 안으로 들어왔다. 어떤 손님인지는 내가 알 바 아니어서, 나는 곧 배를 주린 작은 개똥지빠귀에게 멍하니 시선을 돌렸다. 개똥지빠귀는 여닫이창 옆의 벽에 붙은, 잎이 다 떨어진 벚나무 가지에 올라앉아 울어대기 시작했다. 아침에 먹고 남은 빵과 우유가 테이블 위에 놓여 있었다. 나는 빵을 한 조각 뗀 후, 여닫이창의 창틀을 잡아당겼다. 빵 조각을 창턱에 올려놓고 싶었다. 그때 베시가 계단을 달려 올라와 유아실로 들어왔다.

"제인 아가씨, 앞치마 벗어요. 거기서 뭐 해요? 아침에 세수는 했어요?"

나는 개똥지빠귀에게 빵을 먹이고 싶어 창틀을 한 번 더 당겼다. 창틀이 드디어 열리자 그 앞에 빵가루를 뿌렸다. 일부는 돌로 된 창턱에, 일부는 벚나무 가지에 떨어졌다. 그제야 나는 창문을 닫고 대답했다.

"아니. 먼지 터는 일을 지금 막 끝마쳤어."

"참 성가시고 부주의하네요! 지금 뭐 하는 거예요? 얼굴이 빨간 게, 무슨 말썽이라도 피우려던 모양이네. 창문은 왜 열었어요?"

굳이 대답할 필요도 없었다. 베시는 엄청 바빠서 내 설명을 들을 정신도 아니었다. 그는 나를 세면대로 끌고 가 짧고 무자비하게 세수를 시켰다. 내 얼굴과 손을 비누, 물, 거친 수건으로 연달아 빠르게 문질러 닦았다. 뻣뻣한 털로 된 빗으로 머리를 빗기고, 앞치마를 벗긴 후 곧장 계단 쪽으로 데려갔다. 그러고는 조찬실에서 나를 찾고 있으니 당장 아래층으로 내려가라고 했다.

누가 나를 찾는지 궁금했다. 리드 부인도 거기 있느냐고 묻고 싶었다. 하지만 베시는 벌써 돌아서서 유아실 안으로 들어가 문을 닫았다. 나는 천천히 계단을 내려갔다. 지난 석 달 동안 리드 부인은 나를 부른 적이 없었다. 오랫동안 거의 유아실에만 있다 보니 조찬실이나 만찬실, 거실로 들어가면 침입자가 된 것처럼 어색한 기분이었다.

아무도 없는 복도에 서서 앞을 바라보았다. 조찬실 문 앞까지 왔지만 겁이 나서 몸이 떨렸다. 그 무렵 부당한 처벌의 제물이 된 탓에 비참한 겁쟁이가 되어버렸다! 두려워서 유아실로 돌아갈 수도, 조찬실로 들어갈 수도 없었다. 초조하게 망설이며 그 자리에서 10분을 서 있었다. 조찬실의 요란한 종소리에 정신이 들었다. 안으로 들어가야 했다.

'누가 날 찾는 걸까?'

뻣뻣한 문손잡이를 두 손으로 잡고 돌려보았다. 처음 1, 2초 동안 문손잡이는 꿈쩍도 하지 않았다.

'저 안에 리드 외숙모 말고 누가 또 있나? 남자일까 여자일까?'

마침내 문손잡이가 돌아가고 문이 열렸다. 안으로 들어간 나는 한쪽 다리를 뒤로 빼고 무릎을 약간 굽히는 인사를 한 뒤 고개를 들었다. 눈앞에 검은 기둥이 보였다! 적어도 처음에는 그렇게 보였다. 키 크고 마른 체격에 흑담비 외투를 입은 형체가 깔개를 밟고 꼿꼿이 서 있었다. 기둥 꼭대기에는 나무를 깎아 만든 가면처럼 생긴 음침한 얼굴이 마치 기둥머리처럼 얹혀 있었다.

여느 때와 마찬가지로 난롯가에 자리한 리드 부인이 나더러 가까이 오라는 손짓을 했다. 내가 다가가자 리드 부인은 냉랭한 얼굴을 한 낯선 남자에게 나를 소개했다.

"말씀드린 그 아이예요."

그 남자는(확실히 남자이기는 했다) 내가 서 있는 쪽으로 천천히 고개를 돌렸다. 그는 숱 많은 눈썹 아래 남의 속을 캐기 좋아하는 듯한 회색 눈동자를 번뜩이며 나를 살펴보더니 낮고 굵은 목소리로 엄숙하게 말했다.

"몸집이 작네요. 나이가?"

"열 살이요."

"그렇게 많다고요?"

미심쩍어하는 말투였다. 남자는 좀 더 찬찬히 나를 바라보며 물었다.

"이름이 뭐냐?"

"제인 에어요."

나는 고개를 들었다. 그는 키가 꽤 커 보였는데, 그에 비하면 내 몸집은 무척 작았다. 그는 이목구비도 컸고, 몸의 윤곽이 전체적으로 차가우면서 간결했다.

"그래, 제인 에어. 넌 착한 아이냐?"

그렇다고 대답하기 힘든 상황이었다. 내가 속한 이 작은 세상은 나에 대해 부정적인 견해를 갖고 있었다. 곤란해진 나는 침묵을 택했다. 리드 부인이 보란 듯이 고개를 흔들며 나섰다.

"그 점에 대해서라면 더 길게 얘기 안 하는 편이 좋아요, 브로클허스트 씨."

"유감이군요! 이 아이와 잠시 얘기를 나눠보겠습니다." 그는 허리를 굽히더니, 리드 부인 맞은편에 있는 안락의자에

가 앉았다. "이리 오렴."

나는 깔개를 가로질러 그의 앞으로 걸어갔다. 그는 나를 앞에 똑바로 서게 했다. 가까이서 눈을 맞추고 보니 얼굴이 대단히 인상적이었다! 엄청나게 큰 코! 큼지막한 입! 툭 불거진 커다란 이빨!

"말 안 듣는 아이를 보는 것보다 더 가슴 아픈 일은 없을 거다. 특히 돼먹지 않은 어린 계집아이는 더 그렇지. 못된 아이들이 죽어서 어디로 가는지 아니?"

나는 준비된 정답을 내놓았다.

"지옥으로 가겠죠."

"지옥이 어떤 곳이지? 설명해볼래?"

"불구덩이요."

"죽어서 그런 불구덩이에 떨어져 영원히 불에 타고 싶으냐?"

"아뇨."

"지옥에 떨어지지 않으려면 어떻게 해야 하지?"

나는 잠시 생각해본 후, 다소 무례하게 들릴 수도 있는 대답을 내놓았다.

"건강을 잘 유지해서 죽지 않아야 해요."

"건강을 어떻게 유지해? 너보다 어린 애들도 매일 죽어나가는데. 어제인가 그제인가, 다섯 살배기를 땅에 묻었다. 착한 아이였으니 그 아이의 영혼은 천국에 가 있겠지. 하지만 넌 죽은 후에 천국으로 가기 어려울 것 같으니 응당 두려워해야 할 게다."

내 천국행에 대한 그의 의구심을 해소해줄 만한 상황이 아니라서 나는 깔개를 밟고 선 그의 큼직한 두 발만 내려다보았다. 어서 여길 떠나 멀리 가버리고 싶은 마음에 한숨을 푹 쉬었다.

"그게 진심에서 나온 한숨이길, 훌륭한 후원자님께 불편을 끼친 일에 대해 후회하는 한숨이길 바라마."

'후원자라니! 후원자는 무슨! 다들 리드 부인을 내 후원자라고 하는구나. 그렇다면 후원자는 기분 나쁜 사람을 뜻하는 말이겠네.'

남자는 심문하듯 물었다.

"아침저녁으로 기도는 하고 있지?"

"예."

"성서를 읽고 있냐?"

"가끔요."

"기쁜 마음으로? 성서를 즐겨 읽는 편이야?"

"요한계시록이랑 다니엘서, 창세기, 사무엘서를 즐겨 읽어요. 출애굽기도 좀 읽었고 열왕기랑 역대기도 읽었어요. 욥기랑 요나서도요."

"시편은? 시편도 마음에 들었어?"

"아뇨."

"아니라고? 아이고, 세상에! 내 아들이 너보다 어린데 시편을 여섯 편이나 암기하고 있어. 그 아이에게 생강쿠키를 먹을 테냐 시편을 한 편 더 배울 테냐고 물어보면 그 아이는 이렇게 대답할 거다. '아! 시편을 외울게요! 천사들이 시편으로 노래를 부르거든요. 저는 이 세상에서 어린 천사처럼 살고 싶어요.' 그럼 그 아이는 어린 나이에 경건한 신앙심을 가진 것에 대한 보상으로 생강쿠키 두 개를 받게 되는 것이지."

"시편은 재미가 없던데요."

"그게 다 네 마음이 사악해서 그런 거다. 그럴수록 마음이 달라지게 해달라고 하느님께 기도해야지. 새로 깨끗한 마음을 갖게 해달라고, 돌처럼 차가운 지금의 마음을 가져가시고 온전한 마음을 달라고 기도해야 돼."

내가 마음에 변화를 일으키는 방식에 관해 질문을 하려는데 리드 부인이 나더러 의자에 가 앉으라고 지시하며 대화를 주도하고 나섰다.

"브로클허스트 씨, 3주 전에 보낸 편지에서 말씀드렸다시피 이 아이는 제가 바라는 성품과 성향을 갖고 있질 못해요. 이 아이가 로우드 학교에 입학하게 되면 교장 선생님과 여러 선생님들이 엄격하게 지켜보면서 이 아이의 가장 큰 결점인 남을 속이는 성향을 고쳐주셨으면 해요. 네가 나중에 브로클허스트 씨까지 속이려들까 봐 일부러 네 앞에서 이 얘기를 하는 거다, 제인."

당연하게도 나는 리드 부인이 두렵고 싫었다. 부인의 천성 자체가 내 마음에 걸핏하면 잔인한 상처를 냈다. 리드 부인 앞에서 나는 결코 행복할 수가 없었다. 아무리 신중하게 복종을 해도, 만족시키려고 아무리 죽어라 애를 써도 내 노력은 늘 거부당했고 지금 같은 터무니없는 비난으로 돌아올 뿐이었다. 리드 부인은 낯선 남자 앞에서 나를 부당하게 비난하며 마음에 상처를 입혔다. 이 여자는 나를 새로운 인생의 길로 내몰면서도, 그 길에서 잘 살아보겠다는 희망마저 빼앗아버렸다. 그 느낌을 정확히 말로 표현할 수는 없었지만, 리드 부인이 내 앞날에 혐오와 불친절의 씨앗을 뿌리는 것만은 분명했다. 브로클허스트에게 나는 이미 교활하고 불건전한 아이로 낙인찍히고 말았다. 비호감이 되어버린 내 인상을 어떻게 해야 바꿀 수 있을까?

'그런 방법 같은 건 없어.'

나는 이런 생각을 하며 울음이 나오려는 걸 꾹 참고 눈가에 고인 눈물을 닦아냈다. 눈물은 내 고통의 무력한 증거일 뿐이었다.

브로클허스트가 입을 열었다.

"어린아이가 남을 속이는 성향이라는 결점을 갖고 있다니 참 애석한 일입니다. 거짓말을 일삼는 성향과 비슷하죠. 거짓말쟁이들 역시 나중에 죽으면 전부 불과 유황이 타오르는 불구덩이에 들어가게 되어 있어요. 이 아이를 잘 지켜보겠습니다, 리드 부인. 템플 선생과 다른 선생들에게도 미리 얘기해 놓도록 하지요."

그러자 내 후원자가 말했다.

"저 아이의 앞날에 어울리는 방식으로 교육이 이루어지면 좋겠어요. 좀 더 쓸모 있고 겸손한 아이가 되도록요. 방학 때도 로우드 학교에 머물도록 해주세요."

"현명한 판단이십니다, 부인. 겸손은 기독교인으로서 가져야 할 덕목 중 하나이고, 로우드 학교 학생이라면 꼭 갖춰야 할 자질입니다. 그런 의미에서 저는 학생들이 겸손의 미덕을 함양하도록 특별히 주의를 기울이고 있습니다. 자만심이라고 하는 세속적인 감정을 억제하는 최선의 방법도 나름으로 연구했고, 제 가르침이 성공을 거뒀음을 증명하는 흡족한 결과를 보기도 했습니다. 얼마 전에 제 둘째 딸 오거스타가 제 엄마와 함께 학교를 방문했다가 돌아가는 길에 이렇게 말하더군요. '아, 아버지, 로우드 여학생들은 모두 조용하고 수수해요. 머리카락을 귀 뒤로 얌전히 넘겼고 다들 긴 앞치마를 입었어요. 원피스 바깥에 작은 주머니가 달린 것도 봤어요. 꼭 가난한 집 아이들처럼요! 여학생들이 저와 어머니의 드레스를 쳐다보는데, 비단 드레스를 생전 처음 보는 것 같은 눈빛이던데요.'"

"제가 원하는 게 바로 그런 면이에요. 영국 전역에 있는 학교들을 알아봤지만 제인 에어 같은 아이에게 꼭 맞는 체계

를 갖춘 학교는 별로 없었어요. 일관성. 저는 모든 면에서 일
관성을 중요시한답니다, 브로클허스트 씨."

"일관성은 기독교인의 가장 중요한 본분이죠, 부인. 제가
로우드 학교를 설립하고 운영하면서 반드시 지켜온 덕목이기
도 합니다. 저희는 학생들이 매일 소박한 식사와 간소한 옷,
수수한 숙소를 통해 강인하고 활동적인 습관을 함양하도록
하고 있습니다."

"그렇군요. 그럼 이 아이를 로우드 학교에 맡기는 걸로
할게요. 이 아이의 지위와 앞날에 걸맞은 교육을 해주시리라
믿어도 되겠죠?"

"그럼요. 엄선된 어린나무들이 자라는 저희 묘목장에 이
아이를 들이도록 하겠습니다. 우리 학교 학생의 일원이 되는
무한한 특권을 누리게 되었으니 이 아이도 감사하게 생각할
겁니다."

"그럼 최대한 빨리 보내도록 할게요, 브로클허스트 씨.
부담스러워서 이제 이 책임감에서 그만 벗어나고 싶네요."

"그럼요. 그러셔야죠, 부인. 이제 슬슬 일어나야겠군요.
저는 앞으로 한두 주일 후에나 브로클허스트 홀로 돌아갈 겁
니다. 제 친구이기도 한 부주교님이 저와 좀 더 함께 있고 싶
어 해서요. 입학 관련해서 어려움이 없도록 템플 선생에게 새
로운 학생이 갈 거라고 미리 말을 해두겠습니다. 그럼 이만 가
보겠습니다."

"안녕히 가세요, 브로클허스트 씨. 부인과 큰 따님, 오거스타와 시어도어, 브로턴 군에게도 안부 전해주시고요."

"그러겠습니다, 부인. 얘야, 이건 『아동 지침서Child's Guide』라는 책이다. 기도하면서 읽도록 해. 특히 '마사 G의 급작스런 죽음'에 관한 부분을 주의 깊게 읽어. 거짓말과 사기에 중독된 못된 아이에 관한 이야기거든."

그는 이렇게 말하며 커버를 씌운 얇은 책 한 권을 내 손에 쥐어주었다. 그리고 종을 울려 마차를 부른 뒤 그곳을 떠났다.

나는 리드 부인과 단둘이 조찬실에 남았다. 정적 속에 몇 분이 흘러갔다. 리드 부인은 바느질을 했고 나는 그런 부인을 쳐다보았다. 그 무렵 그는 서른예닐곱 살쯤이었을 것이다. 키는 크지 않았지만 체격이 단단한 편이었고 어깨가 떡 벌어졌으며 팔다리가 튼실했다. 비만까지는 아니어도 뚱뚱한 편이었다. 얼굴은 너부데데했고 아래턱이 강하게 발달했다. 이마는 좁은 편이고 턱은 큼직하고 돌출됐으며 입과 코는 그럭저럭 균형이 잡혔다. 옅은 눈썹 아래로 인정머리 없는 차가운 눈이 번들거렸고 피부는 어둡고 탁했으며 머리카락은 아마 빛에 가까웠다. 병에 걸린 적이 없는 걸 보면 체력은 상당히 좋은 듯했다. 그는 집을 정확하고 영리하게 관리했다. 고용인들과 소작인들을 철저하게 자신의 관리하에 두었다. 간간이 그의 권위에 대들면서 비웃기까지 하는 건 그의 자식들뿐이었

다. 부인은 옷을 잘 입었고 풍채와 태도가 좋은 편이라 맵시가
났다.

　나는 리드 부인이 앉아 있는 안락의자에서 몇 걸음 떨어
진 낮은 스툴에 앉아, 부인의 모습과 이목구비를 살펴보았다.
내 손에는 거짓말을 일삼는 아이의 갑작스런 죽음에 관한 이
야기가 담긴 책이 들려 있었다. 나더러 적절한 경고로 삼으라
고 준 책이었다. 조금 전에 일어났던 일, 리드 부인이 브로클
허스트 씨에게 나에 대해 한 말, 그 둘의 대화 내용이 내 머릿
속에서 계속 맴돌며 가슴에 생채기를 냈다. 조용히 듣고만 있
었지만 그들의 말 한마디 한마디는 내 속을 날카롭게 후벼 팠
고, 속에서 분노가 끓어올랐다.

　바느질을 하고 있던 리드 부인이 시선을 들더니, 민첩하
게 바늘을 놀리던 손가락을 멈추고 나를 빤히 쳐다보았다.

　"그만 나가. 유아실로 돌아가도록 해."

　내 표정이나 다른 무언가가 비위에 거슬렸는지 리드 부
인은 짜증이 솟구치지만 참는다는 말투였다. 나는 일어서서
문 쪽으로 가다가 다시 돌아왔다. 방을 가로질러 창문 쪽으로
걸어가 리드 부인 앞에 섰다.

　말을 해야 했다. 지독한 모욕을 당했으니 앙갚음을 해줘
야 했다. 하지만 어떻게 해야 할까? 적에게 보복할 힘이 내게
있나? 나는 애써 끌어모은 힘을 직설적인 문장에 담아냈다.

　"저는 남을 속이는 짓을 하지 않아요. 남을 속이는 짓을

일삼는 애였으면 당신을 사랑한다고 말하겠죠. 하지만 저는 그런 말을 하지 않아요. 당신은 존 리드 다음으로 제가 세상에서 제일 혐오하는 인간이에요. 그리고 거짓말쟁이에 관한 이 책은 당신 딸 조지애나한테나 읽으라고 하세요. 거짓말을 일삼는 애는 제가 아니라 조지애나니까요."

리드 부인은 바느질감 위에 손을 가만히 내려놓고는, 얼음장처럼 냉랭한 눈길로 나를 쏘아보았다.

"할 말이 더 남았니?"

어린아이에게 하는 말이라기보다는 어른을 상대로 싸우면서 하는 말 같았다.

리드 부인의 눈빛과 목소리가 내 안의 반감을 건드렸다. 걷잡을 수 없이 흥분한 나는 머리부터 발끝까지 부들부들 떨며 말을 이었다.

"제가 당신의 핏줄이 아니라서 다행이에요. 앞으로 평생 당신을 외숙모라고 부르는 일은 없을 거예요. 나중에 어른이 돼서도 당신을 만나러 오지 않을 거예요. 누가 당신에 대해, 당신이 저를 어떻게 키웠는지에 대해 물으면 생각만 해도 역겨운 인간이었다고, 저를 비참할 정도로 잔인하게 대했다고 대답할 거예요."

"어떻게 감히 그런 말을 하지, 제인 에어?"

"어떻게 감히요, 리드 부인? 어떻게 감히? 그게 진실이니 그렇죠. 당신은 제가 감정이라곤 없는 아이처럼, 사랑이나 자애로움 없이도 살 수 있는 아이처럼 여겼지만 저는 그렇게는 못 살아요. 당신은 동정심도 없는 사람이에요. 저를 거칠고 폭력적으로 붙잡아 빨간 방에 처넣고 죽는 날까지 그 안에 가둬두려 했죠. 평생 잊지 못할 거예요. 고통으로 숨이 막혀 '제발! 제발 자비를 베풀어주세요, 리드 외숙모!'하고 외치며 비명을 지르는데도 당신은 기어이 저를 그 방에 가뒀어요. 제가 그런 벌을 받은 건 당신의 못된 아들이 아무 이유 없이 저를 때렸기 때문이었어요. 그래서 저는 누가 물으면 정확히 그렇게 말해주려고요. 사람들은 당신을 좋은 여자라고 생각하지만 실상은 못되고 차가운 사람이죠. 당신이야말로 남을 속이는 짓을 하고 있어요!"

대답을 마치기도 전에 내 영혼은 지금껏 경험해본 중 가장 괴상한 자유와 승리감에 도취되어 의기양양하게 팽창하기 시작했다. 내 영혼을 결박하고 있던 끈이 끊어지고 뜻밖의 자유를 거머쥔 기분이었다. 내가 그런 감정을 느낀 이유가 있었다. 리드 부인은 겁에 질린 표정이었다. 무릎에 올려두었던 바느질감은 바닥에 떨어졌고, 리드 부인은 두 손을 위로 들어올린 채 몸을 앞뒤로 흔들고 있었다. 얼굴까지 찡그린 것이 곧 울음이라도 터뜨릴 듯했다.

"제인, 그건 네가 잘못 안 거야. 너 왜 이러니? 왜 그렇게 몸을 심하게 떨어? 물이라도 좀 마실래?"

"아뇨, 리드 부인."

"달리 바라는 게 있니, 제인? 난 네 친구가 되어주고 싶을 뿐이야."

"그럴 리가요. 브로클허스트 씨한테 제가 못된 성품과 남을 속이는 기질을 가진 아이라고 하셨잖아요. 저는 로우드 학교의 모든 사람들에게 당신이 어떤 사람인지, 무슨 짓을 했는지 다 말할 거예요."

"제인, 네가 이해를 못 하는 모양인데, 애들은 원래 결점을 바로잡아줘야 하는 거야."

"남을 속이는 기질은 제 결점이 아니에요!"

나는 사납고 날카롭게 소리쳤다.

"격한 성격인 건 맞잖니, 제인. 너도 그건 인정해야지. 그만 유아실로 돌아가. 착하지. 가서 좀 누워."

"착하지는 무슨. 저는 유아실로 가서 누울 생각 없어요. 정말이지 더는 여기서 살고 싶지 않으니까 최대한 빨리 학교로 보내주세요, 리드 부인."

"나도 바라는 바다."

리드 부인은 나지막하게 중얼거리며 바느질감을 챙겨 들고 조찬실 밖으로 나갔다.

나는 그 방에 홀로 남겨졌다. 이 싸움의 승자는 나였다. 지금까지의 싸움 중 제일 힘든 전투였고 처음으로 거머쥔 승리였다. 나는 브로클허스트가 서 있던 깔개를 밟고 서서 잠시 승자의 고독을 만끽했다. 우쭐한 기분이 들어 속으로 웃음 지

73

었다. 하지만 이 격한 기쁨은 급격히 빨라졌던 내 맥박만큼이나 빠르게 사그라졌다. 조금 전의 나처럼 어린애가 어른과 싸우고 나면, 격한 감정을 자제하지 못하고 분출해버리고 나면, 십중팔구 후회하고 반작용으로 감정이 확 가라앉게 마련이다. 리드 부인을 비난하고 위협했을 때 내 마음은 팔팔하게 살아 움직이면서 사방의 기운을 집어삼키는, 불붙은 히스로 뒤덮인 산마루 같았다. 그 후의 내 마음은 불꽃이 잦아들고 시커멓게 타버린 산마루였다. 30분 정도 그 자리에 서서 내 언행을 돌아보니, 얼마나 미친 짓을 했는지 느껴졌다. 미움을 받을 때도, 미워할 때도 내 마음은 황량하기 그지없었다.

처음으로 복수심이란 감정을 맛보았다. 따뜻하고 짜릿하며 향기롭지만 부식된 금속성의 쌉쌀한 뒷맛이 도는 와인 같았다. 독이라도 마신 기분이었다. 당장 리드 부인에게 가서 용서를 빌어야 할까. 하지만 그렇게 했다가는 앞으로 두 배는 더 멸시당할 것이다. 또한 내 안의 격정적인 면이 죄다 다시 불붙을 것을 지금까지의 경험을 통해, 본능적으로 느낄 수 있었다.

격하게 말을 쏟아내는 것 말고 다른 능력이 내게 있었으면 얼마나 좋았을까. 암울한 분노보다는 덜 사악한 감정을 가슴에 품을 수 있게 해줄 양분이 필요했다. 책을 한 권 집어 들었다. 아라비아의 이야기가 담긴 책이었다. 의자에 앉아 무작정 읽기 시작했다. 하지만 내용이 머릿속에 들어오질 않았다. 늘 몰입해서 읽곤 했던 페이지와 나 자신 사이에서 생각의 단편들이 떠다닐 뿐이었다. 조찬실의 유리문을 열었다. 관목 숲은 쥐 죽은 듯 고요했다. 바닥을 뒤덮은 검은 서리는 햇살과 바람에도 녹지 않았다. 치맛자락으로 머리와 팔을 감싸고 한적한 조림지 한구석으로 걸어나갔다. 고요한 숲, 떨어지는 전나무 방울들, 엉겨 붙은 가을의 유물, 바람에 휩쓸렸다가 한데 뭉쳐 뻣뻣하게 마르고 있는 적갈색 낙엽들은 내 마음을 달래주지 못했다. 대문에 기대어 텅 빈 들판을 바라보았다. 들판에는 풀을 뜯는 양떼도 없고, 짧은 풀잎들은 군데군데 뜯겨나간 채 시들고 있었다. 회색빛이 완연한 불투명한 하늘. 곧 온 세상을 뒤덮을 눈이 내릴 것만 같은 날씨였다. 단단히 얼어붙은 길과 시든 초원에 간간이 떨어진 눈송이들은 녹을 기미조차 보이지 않았다. 나는 비참한 기분으로 그 자리에 홀로 서서 나지막이 같은 말을 되뇌었다.

"이제 어떻게 하지? 어떻게 해야 하지?"

별안간 또렷한 목소리가 들려왔다.

"제인 아가씨! 어디 있어요? 점심 먹으러 와요!"

베시의 목소리였다. 나는 분명히 들었지만 그 자리에서 꼼짝하지 않았다. 잠시 후 길을 따라 내려오는 베시의 가벼운 발소리가 들려왔다.

"이런 못된 아가씨를 봤나! 부르는 소리를 듣고도 왜 안 와요?"

암울한 생각에 잠겨 있던 내게 베시는 쾌활함 그 자체

였다. 여느 때처럼 성질이 좀 난 모습이긴 했지만 말이다. 리드 부인과 한바탕하고 승리감에 도취했다가 식어버린 터라, 보모의 일시적인 신경질은 거슬리지도 않았다. 베시의 젊고 가벼운 마음에 기대고 싶었다. 나는 베시를 두 팔로 안고 말했다.

"제발, 베시! 혼내지 마!"

베시는 평소보다 솔직하고 겁 없는 내 행동이 마음에 든 모양이었다.

"아가씨는 정말 특이해요." 베시는 나를 내려다보았다. "고독한 꼬마 방랑자가 따로 없다니까요. 학교에 가고 싶죠?"

나는 고개를 끄덕였다.

"이 불쌍한 베시를 두고 떠나면 마음 아프지 않겠어요?"

"베시가 나를 신경이나 써? 맨날 혼만 내면서."

"아가씨가 특이하고 겁 많고 소심해서 그랬죠. 아가씨는 좀 더 대담해져야 해요."

"무슨 소리야! 그래봤자 더 혼이나 날 텐데!"

"말도 안 되는 소리 말아요! 아가씨가 학대당하고 사는 건 맞아요. 지난주에 우리 엄마가 저를 만나러 왔다가 아가씨를 보더니 본인 자식 같으면 아가씨처럼 살게 두지 않을 거라고 하셨어요. 자, 그만 들어가요. 좋은 소식이 있어요."

"좋은 소식이 있을 리가 없잖아, 베시."

"어머! 무슨 말이에요? 왜 그렇게 슬픈 눈으로 저를 봐요! 아이고! 리드 부인과 아가씨들, 존 도련님이 오후에 차를 마시러 나가실 거래요. 그럼 제인 아가씨는 저랑 차를 마시면 돼요. 요리사한테 작은 케이크를 하나 구워달라고 부탁해놓을게요. 아가씨는 이따가 서랍장 정리나 좀 도와줘요. 조만간 아가씨의 짐 가방을 싸야 될 것 같거든요. 리드 부인께서 하루 이틀 내에 아가씨를 게이츠헤드에서 내보내실 모양이에요. 그러니 어떤 장난감을 가방에 넣어갈지 정하세요."

"베시, 내가 떠나는 날까지 혼내지 않겠다고 약속해 줘."

"뭐, 그럴게요. 하지만 아가씨도 착하게 행동하고 무엇보다 저를 무서워하지 마세요. 제가 다소 날카롭게 말할 때가 있는데 그럴 때도 화들짝 놀라지 마시고요. 아가씨가 그러면 제가 성질이 뻗치거든요."

"이제 익숙해져서 베시를 무서워할 일은 없을 거야. 두려워할 사람들은 조만간 또 생기겠지만."

"아가씨가 그들을 두려워하면, 그들은 아가씨를 싫어할 거예요."

"베시가 그랬던 것처럼?"

"저는 아가씨를 싫어하진 않아요. 다른 누구보다도 아가씨를 좋아한다고 봐야죠."

"티를 냈어야 알지."

"아이고, 신랄하게도 말하시네! 말투가 확 바뀌었네요. 어쩌다 우리 아가씨가 이렇게 대담하고 강해졌을까?"

"베시와 곧 헤어질 거니까. 게다가……."

나는 리드 부인과 있었던 일을 털어놓으려다가 속에 담아두는 편이 낫겠다고 판단했다.

"저를 두고 떠나게 돼서 좋아요?"

"전혀 안 좋아. 지금은 좀 슬퍼."

"지금은! 좀이라니! 어쩌면 그렇게 냉정하게 말해요! 뽀뽀해달라고 부탁해도 안 해줄 것 같네요. '좀 싫어'라고 말할 것 같아요."

"기꺼이 해줄게. 고개 좀 숙여봐."

베시는 몸을 낮췄고 우리는 서로를 껴안았다. 잠시 후 나는 한결 편안해진 마음으로 베시를 따라 집으로 들어갔다. 그날 오후는 평화롭고 조화롭게 흘러갔다. 저녁에는 베시가 지금까지 들려준 이야기 중 제일 재미있는 이야기를 해주었고, 제일 듣기 좋은 노래를 불러주었다. 내 인생에도 햇살이 찾아든 것 같았다.

5

1월 19일 이른 아침, 새벽 5시 종이 채 울리기도 전에 베시가 초를 들고 유아실로 들어왔다. 나는 일찌감치 일어나 옷도 거의 다 입은 상태였다. 베시가 들어오기 30분 전에 일어나 세수를 했고, 침대 옆의 좁은 창문으로 흘러드는 새벽 달빛에 의지해 옷을 입었다. 달은 이미 저물고 있었다. 그날 나는 아침 6시에 문지기의 집 앞을 지나갈 합승마차에 탈 예정이었다. 그 시간에 일어나 있는 사람은 베시 뿐이었다. 베시는 유아실 벽난로에 불을 피우고 내가 먹을 아침을 준비했다. 여행을 떠날 생각에 흥분한 아이는 음식을 잘 먹지 못하게 마련이다. 나도 그랬다. 베시는 나를 위해 준비한 끓인 우유와 빵을 몇 스푼이라도 먹게 하려고 애썼지만 내가 입에 대지 않자 비스킷 몇 개를 종이에 싸서 내 가방에 넣어주었다. 그리고 플리스(안에 털을 대거나 솜을 넣은 외투-옮긴이)를 입고 보닛을 쓰는 걸 도와준 뒤 숄로 몸을 감싸고 나와 함께 유아실을 나섰다. 리드 부인의 침실 앞을 지나가면서 베시가 물었다.

"들어가서 부인께 작별 인사를 할래요?"

"아니야, 베시. 어제 베시가 저녁을 먹으러 내려갔을 때 부인이 내 침대로 와서 말했어. 아침에 출발하면서 자기나 사촌들을 방해하지 말라고. 그리고 자기가 늘 내 가장 친한 친구였다는 걸 기억하라더라. 남들에게도 자기에 대해 그렇게 말하고, 자기한테 고마운 마음을 가지래."

"그래서 뭐라고 했어요?"

"대꾸 안 했어. 이불로 얼굴을 덮고 벽 쪽으로 돌아누웠어."

"그건 잘못된 행동이에요, 제인 아가씨."

"난 옳은 행동이었다고 봐, 베시. 네 주인마님은 내 친구가 아니라 원수였으니까."

"어머, 제인 아가씨! 그런 말 하면 못써요!"

"게이츠헤드야, 잘 있어라!"

나는 복도를 지나 현관문 밖으로 나가며 외쳤다.

달이 완전히 지고 바깥은 칠흑같이 어두웠다. 베시의 랜턴이 이제 막 녹은 눈에 젖은 계단과 자갈길을 비추었다. 겨울 아침 공기는 쌀쌀하고 차가웠다. 서둘러 진입로를 내려가는데 이빨이 딱딱 맞부딪쳤다. 문지기의 집에 불이 켜져 있었다. 가까이 가서 보니 문지기의 아내가 벽난로에 불을 붙이는 중이었다. 전날 저녁에 내려다 놓은 내 짐 가방이 끈으로 묶인 채 문 앞에 놓여 있었다. 6시까지는 몇 분 남지 않았다. 6시 정각을 알리는 종소리가 들리자마자 멀리서 마차 바퀴 굴러오는 소리가 들렸다. 문 앞으로 가서 내다보니 어둠을 뚫고 빠르게 다가오는 램프 불빛이 보였다.

"아가씨 혼자 가요?"

문지기의 아내가 베시에게 물었다.

"네."

"거리가 얼마나 되는데요?"

"80킬로미터 정도요."

"엄청 머네! 리드 부인은 조카를 그렇게 멀리 보내시면서 걱정 안 되시려나."

합승 마차가 대문 가까이 다가왔다. 말 네 마리가 끄는 마차에는 지붕에까지 승객들이 잔뜩 탑승해 있었다. 마차가 문 앞에 서자 마차 경호원과 마부가 빨리 타라며 소리쳤다. 내 가방이 먼저 마차에 실리고, 베시와 포옹하며 목에 매달려 뽀뽀를 하던 나도 곧 마차에 짐짝처럼 실렸다.

베시는 나를 들어올려 마차에 태우는 마차 경호원에게 부탁했다.

"우리 아가씨 잘 좀 돌봐줘요."

"예, 예!"

마차 문이 닫히고 "됐어!"라는 외침과 함께 마차가 출발했다. 나는 그렇게 베시와 게이츠헤드로부터 떨어져나갔다.

미지의 세계로, 아득히 멀고 신비로운 지역으로 휩쓸려가는 기분이었다.

학교까지의 여정에 대해서는 거의 기억나지 않는다. 그날 하루가 괴상할 정도로 길게 느껴졌다는 것, 길을 따라 수백 킬로미터도 넘게 이동한 느낌이었다는 것 정도가 생각날 뿐이다. 우리를 태운 마차는 마을 몇 개를 통과해 지나갔고 그중 꽤 큰 마을에서 정차했다. 말들이 마구간으로 이끌려간 뒤 승객들도 식사를 위해 마차에서 내렸다. 나도 여관으로 덩달아 들어갔는데, 경호원이 뭐라도 먹으라고 권했지만 식욕이 없었다. 그러자 경호원은 양쪽 끝에 벽난로가 있는 큰 방에 나를 남겨두었다. 천장에 샹들리에가 달려 있고, 벽 높은 곳의 작고 붉은 진열대에 악기들이 잔뜩 놓인 방이었다. 묘한 기분으로 그 방에서 한참 서성였다. 누가 이 방으로 들어와 나를 납치하지 않을까 하는 생각이 들어 마음 한편으로는 불안하기도 했다. 나는 아이를 납치하는 자들이 실제로 있다고 믿었고, 그들이 아이를 납치해서 무슨 짓을 벌이는지도 베시의 얘기를 자주 들어 알고 있었다. 마침내 경호원이 방으로 돌아왔다. 나를 다시 마차에 태우고 자기 자리에 앉은 경호원은 힘없는 소리를 내는 나팔을 불었다. 우리를 태운 마차는 L시의 돌길을 덜커덕거리며 내달렸다.

오후부터 공기가 습해지면서 안개가 꼈다. 서서히 땅거미가 질 무렵, 게이츠헤드에서 상당히 멀리까지 왔다는 느낌이 들기 시작했다. 우리가 탄 마차는 여러 마을 사이를 쉼 없이 달려갔다. 주변 시골 풍경이 계속해서 바뀌었다. 어느새 지평선 주변에 커다란 회색 언덕들이 솟아올랐다. 황혼이 깊어질 때쯤 마차는 골짜기를 따라 내려갔다. 숲에 둘러싸인 길은 어두컴컴했고, 밤이 깊어지자 어둠이 사방을 뒤덮으면서 나무 사이로 거세게 몰아치는 바람 소리가 들려왔다.

바람 소리를 위안 삼아 깜박 잠이 들었다. 잠든 지 얼마 안 된 것 같은데 마차가 갑자기 멈춰선 바람에 눈을 떴다. 마차 문이 열리자 하녀처럼 보이는 여자가 문 앞에 서서 안을 들여다보았다. 램프 불빛에 여자의 얼굴과 옷차림새가 보였다.

"여기 제인 에어라는 여자애가 타고 있나요?"

그의 물음에 내가 "저요" 하고 대답하자 누군가 나를 번쩍 들어 마차에서 내려놓았다. 내 짐 가방도 함께 지상으로 내려왔다. 곧 마차는 저만치 멀어졌다.

오랫동안 앉아 있었던 탓에 온몸이 찌뿌둥했고, 마차의 소음과 움직임에 시달려 정신도 몽롱했다. 정신을 바짝 차리려 애쓰며 주변을 둘러보았다. 비가 내리고 바람이 부는 가운데 어둠이 가득했다. 그래도 저 앞에 서 있는 벽과 열린 대문이 희미하게 보였다. 나는 새로운 안내인이 된 하녀와 함께 대문을 통과했다. 하녀는 등 뒤로 대문을 닫고 빗장을 질렀다. 대문 안쪽에 들어서 있는 것은 작은 주택 한두 채가 아니라

옆으로 길게 뻗은 건물이었다. 건물에는 창문이 무수히 많았고 몇몇 창문들은 불을 환하게 밝힌 상태였다. 우리는 비에 젖은 널찍한 자갈길을 철벅철벅 걸어 올라갔다. 하녀는 문안으로 나를 이끌었고, 마침내 벽난로가 켜진 어느 방까지 안내해 주었다. 그는 나를 그 방에 혼자 두고 나갔다.

나는 난로 앞으로 다가서서 추위에 곱은 손가락을 불에 쬐면서 방 안을 둘러보았다. 초는 켜져 있지 않았고, 벽난로의 흐릿한 불빛에 벽지 바른 벽, 카펫, 커튼, 반들거리는 마호가니 가구들이 간간이 보였다. 여기가 응접실인 모양이었다. 게이츠헤드의 거실만큼 넓거나 화려하지는 않았지만 안락한 분위기였다. 벽에 걸린 그림의 주제가 무엇인지 생각해보고 있는데 문이 열리고, 초를 든 사람이 방 안으로 들어왔다. 잠시 후 또 다른 사람 하나가 그 뒤를 따라 들어왔다.

먼저 들어온 사람은 진한 갈색 머리카락과 같은 색 눈동자, 희고 넓은 이마를 가진 키 큰 숙녀였다. 숄을 살짝 두른 차림이었는데 표정이 엄숙했고 자세가 곧은 편이었다.

"혼자 보내기엔 아이가 너무 어린데."

여자는 테이블에 초를 내려놓으며 말했다. 그는 나를 찬찬히 뜯어보다가 내 어깨에 손을 얹으며 물었다.

"어서 잠자리에 들게 하는 게 좋겠어. 피곤해 보이네. 피곤하지?"

"약간요."

"분명히 배도 고플 거야. 자기 전에 저녁을 먹게 하세요, 밀러 선생님. 부모님 곁을 떠나 학교에 온 게 처음이니, 얘야?"

나는 부모님이 없다고 털어놓았다. 여자는 부모님이 돌아가신 지 얼마나 되었고, 내 나이는 몇인지, 이름은 무엇인지, 읽기와 쓰기, 바느질을 조금씩은 할 수 있는지 물었다. 그리고 검지로 내 뺨을 가만히 쓰다듬으며 말했다.

"착한 학생이 되길 바랄게."

그리고 나더러 밀러 선생님과 함께 가라고 지시했다.

그렇게 지시를 내린 여자는 나이가 스물아홉쯤 되어 보였고, 나와 함께 밖으로 나간 밀러 선생이라는 여자는 몇 살 더 어려 보였다. 스물아홉쯤 되어 보이는 여자는 목소리와 외모, 분위기가 무척 인상적인 반면, 밀러 선생은 평범했다. 피부는 불그스름한 편이고 근심과 걱정에 찌든 얼굴이었다. 평소 한 번에 여러 가지 일을 해내야 하는 사람처럼 서둘러 걷고 움직이는 모습이라 보조 교사인가 싶었는데, 나중에 알고보니 정말 그랬다. 나는 밀러 선생님의 안내를 받아 크고 불규칙한 모양의 건물 안에서 이 구획에서 저 구획으로, 이 복도에서 저 복도로 걸음을 옮겼다. 마침내 총체적으로 음울한 정적이 흐르는 구역을 지나 여럿이 웅성대는 소리가 들리는 곳으로 나갔다. 넓고 길쭉한 교실이었다. 양옆에 커다란 송판 책상이 두 줄씩 배치되었고, 각 책상 위에는 초가 두 자루씩 켜져 있었다. 그리고 책상 주변에 놓인 긴 의자에는 나이대가 아홉 내지 열 살부터 스무 살까지 다양한 여학생들이 앉아 있었다. 실 심지 초의 희미한 불빛 때문인지 그 수가 무수히 많아 보였지만 실제로는 80명 안쪽이었다. 다들 고풍스런 갈색 원피스를 입었고 그 위에 기다란 네덜란드식 앞치마를 둘렀다. 지금이 자습 시간인지, 다들 내일까지 익혀야 할 과제에 몰입한 모습이었다. 내가 조금 전에 들은 웅얼웅얼 소리는 저들이 과제 내용을 나지막하게 되풀이하며 외우는 소리였다.

밀러 선생님은 나를 문 옆자리에 앉게 한 뒤 기다란 교실의 맨 앞으로 걸어가 소리쳤다.

"반장들, 교과서 걷어서 치워!"

키 큰 여학생 네 명이 자리에서 일어나 급우들의 교과서를 걷어서 치웠다. 밀러 선생님이 다시 지시를 내렸다.

"반장들, 저녁 식사 들여와!"

키 큰 소녀들은 교실 밖으로 나갔다가 얼마 후 정체를 알 수 없는 내용물이 담긴 쟁반을 하나씩 들고 돌아왔다. 쟁반마다 중앙에 커다란 물주전자와 컵이 하나씩 놓여 있었다. 내용물이 분배되었고, 원하는 사람은 머그의 물을 한 모금씩 마셨다. 머그는 공용이었다. 내 차례가 되자 목이 말랐던 나는 물을 마셨지만 음식에는 손도 대지 않았다. 흥분되기도 하고 피곤하기도 해서 식욕이 나질 않았다. 식사로 나온 것은 작게 부순 얇은 귀리 빵이었다.

식사가 끝나고 밀러 선생님이 기도문을 낭송했다. 학생들은 둘씩 짝을 지어 위층으로 올라갔다. 피곤이 밀려와 정신이 없던 나는 침실이 교실과 마찬가지로 무척 길쭉한 형태라는 점만 어슴푸레하게 인식했다. 오늘 나는 밀러 선생님과 한 침대를 쓰게 돼 있었다. 밀러 선생님의 도움을 받아 옷을 벗은 뒤 자리에 누워, 줄지어 놓인 침대들을 흘끗 바라보았다. 곧 두 명이 침대 하나를 차지하는 식으로 빠르게 침대들이 채워졌다. 10분도 채 되지 않아 방 안을 밝히던 초가 꺼졌고, 정적과 완벽한 어둠 속에서 나는 잠에 빠져들었다.

그날 밤은 순식간에 흘러갔다. 너무 피곤해서 꿈조차 꾸지 않았다. 딱 한 번 요란하게 몰아치는 바람 소리, 억수같이 쏟아지는 빗소리에 깨었고, 어느새 내 옆자리에 밀러 선생님이 누워 있음을 알았다. 다시 눈을 감자마자 요란한 종소리가 울려 퍼졌다. 눈을 뜨자 여학생들은 이미 침대에서 일어나 옷을 입고 있었다. 아직 날도 밝지 않은 시간이라 방 안에는 희미한 초 한두 자루가 켜져 있었다. 나도 마지못해 자리를 털고 일어섰다. 지독하게 추웠다. 떨면서 겨우 옷을 입고 공용 대야 앞으로 가 세수를 했다. 침실 한가운데 놓인 받침대에 공용 대야들이 쭉 놓였는데 여섯 명당 하나씩이라 금세 자리가 나지는 않았다. 또다시 종이 울리자 학생들은 이번에도 둘씩 짝을 지어 일사불란하게 계단을 내려가 희미하게 불이 켜진 싸늘한 교실로 들어갔다. 밀러 선생님은 기도문을 낭독한 후 외쳤다.

"수업 준비해!"

몇 분 동안 시끌벅적했는데, 밀러 선생님은 몇 번이나 '조용히!', '질서 있게!'라고 외치곤 했다. 소동이 가라앉고 보니 반원형으로 배치된 네 개의 책상 앞에 네 개의 긴 의자가 놓였고, 손에 교과서를 든 학생들은 책상 앞에 자리를 잡고 앉았다. 각 책상의 빈 의자 앞에는 성서로 보이는 커다란 책이 한 권씩 놓였다. 나지막하고 희미한 웅성거림이 이어지자 밀러 선생님은 각각의 반을 나타내는 책상마다 돌아다니면서 막연한 소음을 잠재웠다.

멀리서 종소리가 들렸다. 얼마 안 있어 세 여자가 교실로 들어오더니 각각 책상 앞으로 가 빈자리에 앉았다. 밀러 선생님은 문 바로 옆 네 번째 책상의 빈자리에 앉았는데, 그 책상에서 나이대가 제일 어린아이들이 모여 앉아 있었다. 나는 바로 그 하급반에 배정되어 책상 끄트머리에 가 앉았다.

그렇게 수업이 시작됐다. 그날의 특별 기도문을 암송하고 성서의 일부 구절을 낭송했다. 이어서 성서의 몇몇 장을 한 시간 가까이 천천히 낭독했다. 그 과정이 끝날 때쯤 날이 훤하게 밝아 있었다. 그날 네 번째 종이 지칠 줄 모르고 울려댔다. 학생들은 아침 식사를 위해 줄지어 다른 방으로 이동했다. 뭐든 먹을 수 있다는 생각에 어찌나 기쁘던지! 전날 거의 먹지 못한 탓에 속이 비어 울렁거릴 정도였다.

식당은 널찍했고 천장이 낮았으며 대체로 어둑한 분위기였다. 길게 뻗은 식탁 두 개에 큼직한 그릇들이 놓였고 뜨끈한 무언가가 모락모락 연기를 피워내고 있었다. 그런데 당황스럽게도 식욕을 자극하는 냄새가 전혀 아니었다. 그 음식에서 올라오는 수증기를 콧구멍으로 빨아들인 학생들 역시 일제히 불만스런 표정이었다. 제일 먼저 식당으로 입장한 키 큰 여학생들이 저희끼리 속삭거렸다.

"구역질 나! 죽을 또 태웠나 봐!"

"조용히 해!"

누군가 소리쳤다. 밀러 선생님의 목소리는 아니고 상급반 선생님들 중 하나였다. 식탁의 상석에 앉아 있는 키 작고 피부가 까무잡잡한 선생님인데, 말쑥한 차림새에 안 어울리게 뾰로통한 얼굴이었다. 또 다른 식탁의 상석에는 몸집이 좀 더 통통한 선생님이 앉았다. 전날 이 학교에 처음 와서 본 선생님을 찾아보려 주변을 둘러봤지만 보이지 않았다. 밀러 선생님은 내가 앉은 식탁의 끄트머리에 앉았고, 특이하고 이국적인 외모의 중년 여자 선생님은 또 다른 식탁의 끝에 앉아 있었다. 나중에 알고 보니 그 이국적인 선생님은 프랑스어 교사였다. 그들은 식전 감사 기도를 세월없이 길게 올린 후 찬송가를 제창했다. 이윽고 하녀가 선생님들을 위한 차를 들여오자 비로소 식사가 시작됐다.

배가 고파 기절할 지경이라 나는 맛은 생각도 않고 내 몫의 죽을 한두 스푼 입에 퍼 넣었다. 하지만 심한 허기가 누그러지자 내가 받은 음식이 구역질 나는 쓰레기 죽이나 다름없다는 사실을 깨달았다. 타버린 죽 맛은 썩은 감자만큼이나 고약해서, 아무리 허기가 진 상태라지만 곧 속이 메슥거렸다. 다들 숟가락질이 느릿했다. 주변을 흘끗 돌아보니 대부분 자기 몫의 음식을 한 입 맛보고는 억지로 삼키려 애쓰는 모습들이었다. 하지만 곧 그런 노력마저 집어치우고 있었다. 그 누구도 배를 채우지 못한 채 아침 식사 시간은 끝이 났다. 먹지도 못했건만 식후 감사 기도를 올려야 했고, 다시 찬송가 제창이 이어졌다. 다들 식당을 나가 교실로 향했다. 나는 거의 마지막으로 식당을 나서면서 식탁 옆을 지나가다가, 어떤 선생님이 양푼에 담긴 죽을 퍼서 맛보는 모습을 보게 됐다. 그분은 주변의 다른 선생님들을 돌아봤는데, 다들 역겨워하는 표정들이었다. 그중 통통한 선생님이 나지막하게 말했다.

"끔찍한 맛이네요! 정말 창피스러워요!"

수업이 다시 시작되기 전, 15분 정도가 비었는데 그 시간 동안 교실은 상당히 소란스러웠다. 그 시간에는 큰 목소리로 좀 더 자유롭게 떠들 수 있는 모양인데, 학생들은 그 특권을 잘 활용하고 있었다. 대화의 주제는 대체로 그날 아침 식사에 관한 것이었고 다들 신랄하게 욕을 퍼부었다. 가엾기 짝이 없었다! 다들 겨우 그렇게 속풀이나 해야 하는 처지였다. 교실 안에 선생님은 밀러 선생님뿐이었다. 키가 큰 소녀들이 밀러 선생님을 둘러싸고 진지하고 날 선 자세로 얘기를 하고 있었다. 몇몇 입에서 브로클허스트의 이름이 거론되기도 했는데 그럴 때마다 밀러 선생님은 탐탁지 않은 표정으로 고개를 가로저을 뿐, 학생들의 분노를 저지하려는 노력을 보이지는 않았다. 아마 밀러 선생님도 학생들과 같은 의견이기 때문일 것이다.

교실의 시계가 울리며 9시를 알렸다. 밀러 선생님은 자신을 둘러싼 학생들 곁을 떠나 교실 한가운데로 가 서서 소리쳤다.

"조용! 다들 자리로 돌아가!"

교실 안에 규율이 잡히면서 시끌벅적하게 떠들던 학생들은 5분 안에 질서정연하게 자리를 잡고 앉았다. 이내 정적이 감돌면서 바벨(하늘까지 닿도록 탑을 쌓으려다가 신의 노여움을 사서 언어의 혼란이 일어났다고 하는 고대 바빌로니아의 도시 — 옮긴이)처럼 떠들썩하던 소음이 가라앉았다. 상급반 선생님들은 9시 정각에 교실로 들어왔다. 다들 무언가를 기다리는 분위기였다. 80명의 학생들은 교실 양옆의 긴 의자에 곧은 자세로 얌전히 앉아 있었다. 고수머리는 한 가닥도 없이 생머리를 곱게 빗어 내린 채 모여 앉은 그들의 모습은 기묘해 보이기까지 했다. 목깃 높은 갈색 원피스와 목둘레의 짧은 주름 장식, 프록코트 앞쪽에 붙은 바느질 작업용 작은 주머니(스코틀랜드 하일랜드 사람들의 가방처럼 생겼다). 모직으로 된 긴 양말에 놋쇠 버클로 고정된 수제 신발. 이런 복장을 한 학생들 중 스무 명 남짓은 이미 성장이 끝나서 소녀라기보다는 젊은 여성에 가까웠다. 그런 복장은 그들에게 어울리지 않았고, 그중 제일 예쁜 학생마저도 괴상해 보일 뿐이었다.

나는 학생들을 둘러보면서 간간이 선생님들도 살펴보았다. 그들 중 마음에 드는 이는 하나도 없었다. 통통한 선생님은 상스러운 분위기였고, 피부색이 어두운 선생님은 상당히 사나웠으며, 외국인 선생님은 엄격하고 괴상했다. 밀러 선생님은 너무 가여운 몰골이었다! 갖은 풍상을 다 겪고 노동에 절은 듯, 안색이 좋지 않았다. 이리저리 둘러보고 있는데 갑자기 모두가 용수철이 튀어 오르듯 동시에 벌떡 일어섰다.

무슨 일이지? 아무 지시도 들은 게 없어 어리둥절했다. 어떻게 된 상황인지 알아채기도 전에 학생들은 다시 자리에 앉았고, 그들의 시선은 일제히 한 곳으로 향했다. 그곳으로 시선을 돌리자, 어젯밤 나를 맞이해준 분이 보였다. 그분은 기다란 교실의 뒤쪽 끝 난롯가에 서 있었다. 교실 양쪽 끝에는 난로가 하나씩 자리하고 있었다. 그분은 두 줄로 나란히 앉은 학생들을 말없이 엄숙하게 바라보았다. 밀러 선생님이 그분에게 다가가 무어라 물었고 답을 받은 뒤 자리로 돌아와 목청 높여 말했다.

"1반 반장, 지구본을 가져와!"

학생이 그 지시를 수행하는 동안 교실 뒤쪽 끝에 서 있던 그분은 천천히 교실 앞쪽으로 걸음을 옮겼다. 아무래도 나는 골상학적으로 따져볼 때, 누군가를 숭배하는 신체 기관을 가진 듯하다. 지금도 그렇지만 당시에도 나는 경외감에 찬 시선으로 그의 걸음걸이를 쫓고 있었다. 환한 햇살 아래 보니, 키가 크고 피부가 희었으며 균형 잡힌 몸매였다. 인자한 빛이 담긴 갈색 눈동자와 둥글고 길게 그린 눈썹이 넓은 이마의 창백한 기운을 덜어주었다. 머리카락은 아주 진한 갈색이었는데, 양쪽 관자놀이에는 당시 유행대로 머리를 곱슬곱슬하게 말아 붙였다. 그때는 부드러운 머리띠라든지 머리에서 길게 흘러내린 고수머리가 유행하던 시절은 아니었다. 보라색 원피스도 당시 유행하던 스타일이었는데 검은 벨벳으로 스페인풍 장식을 달아놓았고 허리띠에는 금시계가 달려 있었다(요즘처럼 시계가 흔하던 시절이 아니었다). 독자 여러분들이 구체적으로 상상할 수 있게 해드리자면, 그분은 피부가 맑으면서 희었고, 위풍당당한 분위기와 태도를 지닌 분이었다. 이 정도면 템플 선생님의 외모에 대해 최대한 잘 표현했다고 보면 된다. 나중에 그분이 나더러 성당에 들고 가라고 주신 기도서를 보니 그분의 이름이 마리아 템플이라고 적혀 있었다.

로우드 학교의 교장인 마리아 템플 선생님은 양쪽 책상 위에 하나씩 놓인 지구본 앞에 자리를 잡고 앉아 1반 학생들을 불러 모은 뒤 지리 수업을 시작했다. 하급반 학생들도 담당 선생들에게 불려가 한 시간 가까이 역사, 문법 등을 되풀이해

익힌 후 쓰기와 산수 수업을 받았다. 잠시 후 템플 선생님은
나이 든 학생들에게 음악을 가르쳤다. 각 수업 시간의 시작과
끝은 시계 소리로 구분되었는데 어느새 시계가 12시를 알렸
다. 교장이 자리에서 일어나 말했다.

"학생 여러분에게 전달할 사항이 있습니다."

수업이 끝난 후라 다들 왁자하게 떠드는 분위기였으나
템플 선생님의 목소리에 곧 소란이 가라앉았다.

"오늘 아침 여러분은 아침을 거의 먹지 못해서 배가 고플
겁니다. 그래서 여러분 모두에게 빵과 치즈를 점심으로 나눠
주라고 지시를 내렸습니다."

다른 선생님들이 놀란 얼굴로 쳐다보자 템플 선생님은
"내가 책임지겠습니다."라고 말한 뒤 곧바로 교실을 나갔다.

잠시 후 빵과 치즈가 배분되자 다들 몹시 기뻐하며 표정
이 밝아졌다.

"정원으로 나가!"

지시가 떨어지자 학생들은 염색한 옥양목 끈이 달린 조
악한 밀짚모자를 머리에 쓰고, 회색 프리즈 천(한쪽만 보풀을 세운
거친 모직물 – 옮긴이)으로 된 망토를 걸쳤다. 나도 비슷하게 입고
다른 학생들 뒤를 따라 바람을 쐬러 나갔다.

정원은 널찍한 편이었고, 혹시 모를 외부의 시선을 모조
리 차단할 수 있을 만큼 담장이 높았다. 지붕이 있는 베란다가
한쪽으로 길게 나 있었고, 중앙에 뻗어나간 널찍한 산책로 양

옆으로 작게 구획 지어진 화단 수십 개가 보였다. 학생들은 이 화단을 하나씩 맡아서 식물을 키우고 있는 모양이었다. 꽃이 한가득 피면 예쁠 것 같은데 지금은 1월의 끝자락이라 차갑고 어둑했으며 갈색으로 썩어버린 모습이었다. 그 자리에 서서 주변을 둘러보는데 몸이 바들바들 떨렸다. 바깥 활동을 하기엔 썩 좋지 않은 날씨였다. 비가 확실히 쏟아지는 건 아니지만, 부슬부슬한 누런 안개로 사방이 어둑했다. 몸이 튼튼한 소녀들은 이리저리 뛰어다니며 활동적인 놀이를 했지만, 낯빛이 핼쑥하고 여윈 소녀들은 습기를 피해 온기를 찾고자 베란다에 모여 있었다. 나 역시 베란다에 서 있는 이들 중 하나였다. 짙은 안개가 바들바들 떨고 있는 이들 몸에 스며드는 가운데 기침 소리가 간간이 들려왔다.

그때까지 나는 아무에게도 말을 걸지 않았고, 그들 역시 나라는 존재를 특별히 신경 쓰는 것 같지 않았다. 한참을 혼자서 있었지만 워낙 고독에 익숙해서 특별히 우울하진 않았다. 베란다 기둥에 기대어 서서 회색 망토를 바짝 여몄다. 내 몸을 할퀴는 추위와 채워지지 않은 채 내 속을 갉아먹는 허기를 잊으려 애쓰며, 주변을 관찰하고 분석하는 데 집중했다. 너무나도 불분명하고 단편적이라 딱히 기록할 가치도 없는 상념들이 머릿속을 스쳐 지나갔다. 내가 와 있는 이곳이 어떤 곳인지 감도 잡히지 않았다. 게이츠헤드와 내 과거의 삶은 헤아릴 수 없을 만큼 멀리 흘러가버린 듯했다. 나의 현재는 모호하고 괴상했으며, 앞으로 어떤 미래가 펼쳐질 것인지 전혀 알 수 없었다. 수녀원 같은 분위기의 정원을 둘러보다가 학교 건물로 눈길을 돌렸다. 커다란 건물의 절반은 회색빛이고 낡았으며 나머지 절반은 지은 지 얼마 안 된 것처럼 보였다. 교실과 기숙사가 포함된 신축 부분을 보니 중간 문설주와 격자가 설치된 창문들에 불이 켜져 있어 마치 성당 같은 인상을 풍겼다. 현관문 위의 석조 명패에는 이런 글귀가 새겨져 있었다.

로우드 보육학원. ××××년도에 브로클허스트 홀의 나오미 브로클허스트 씨가 이 부분을 개축했음. '이와 같이 너희 빛을 사람들 앞에 비추게 하라. 그래서 사람들이 너희 착한 행실을 보고 하늘에 계신 너희 아버지를 찬양하게 하라.'─마태복음 5장 16절

나는 그 글귀를 읽고 또 읽었다. 어떤 뜻이 담겨 있을 거라 생각하며 해석해보려 했지만 완전히 이해할 수가 없었다. '보육학원'이라는 단어에 대해 곰곰이 생각해보고, 앞 문장과 그 뒤의 성서 구절 사이의 연관성에 대해서 고민해보고 있는데 바로 뒤에서 기침 소리가 들려 고개를 돌렸다. 한 소녀가 근처의 돌로 된 긴 의자에 앉아 있었다. 그 소녀는 책을 향해 몸을 숙인 채 열중하고 있는 모습이었다. 내가 서 있는 곳에서 책 제목이 보였다.『라셀라스』. 처음 듣는 낯선 제목이라 흥미

가 솟았다. 책장을 넘기던 소녀가 고개를 들자 나는 곧바로 말을 걸었다.

"그 책 재미있어?"

나중에 그 책을 빌려달라는 말을 할 생각이었다.

"그럭저럭."

소녀는 일이 초쯤 멈칫하며 나를 관찰하다가 대답했다.

"무슨 내용이야?"

낯선 사람에게 말을 걸 용기가 어디서 났는지 모를 일이었다. 내 천성은 물론이고 평상시 습관과도 맞지 않았다. 하지만 그 소녀가 독서에 몰두해 있는 모습이 어쩐지 공감대를 불러일으켰던 것 같다. 시시하고 유치한 종류의 책들이긴 해도 나 역시 독서를 좋아했으니까. 그러나 진지하거나 두꺼운 책은 소화할 수도, 이해할 수도 없었다.

"직접 보든지."

소녀는 내게 책을 건넸다.

나는 책을 받아 들여다보았다. 잠깐이지만 책의 내용은 제목과는 달리 재미없어 보였다. 『라셀라스』는 내 얄팍한 독서 취향에는 맞지 않을 듯했다. 요정이나 정령에 대한 얘기도 없고, 활자로 빽빽하게 채워진 페이지는 별로 화려해 보이지도 않았다. 책을 돌려주자 소녀는 조용히 받아 들었고 별다른 말 없이 조금 전처럼 다시 학구적인 분위기로 빠져들었다. 나는 한 번 더 소녀를 방해해보기로 했다.

"현관문 위에 붙은 돌판에 뭐라고 적혀 있는지 알아? 로우드 보육학원이라는 게 무슨 뜻이야?"

"네가 앞으로 살게 될 이 건물 이름."

"그런데 왜 보육학원이라고 불러? 다른 학교들이랑 달라?"

"여긴 일종의 자선 보육 시설이거든. 너도 그렇고 나도 그렇고, 여기 다니는 애들은 전부 자선 보육 대상이야. 너도 고아인가 보네. 아버지나 어머니가 돌아가셨니?"

"기억도 할 수 없을 만큼 오래전에 두 분 다 돌아가셨어."

"그래. 여기 다니는 애들은 전부 한쪽이나 양쪽 부모를 잃은 애들이야. 그래서 여기가 고아들을 교육하는 보육학원인 거야."

"그럼 우린 돈을 안 내? 우릴 무료로 돌봐주는 거야?"

"우리가 내거나 우리 친구들이 돈을 내지. 인당 1년에 15파운드씩."

"돈을 내는데 왜 우릴 자선 보육 대상이라고 불러?"

"숙식과 교육까지 시켜주는데 15파운드는 턱없이 모자란 돈이니까. 부족한 돈은 기부받아 충당해."

"누가 기부를 하는데?"

"이 동네와 런던에 사는 여러 자비로운 신사 숙녀들."

"나오미 브로클허스트는 누구야?"

"석판에 적혀 있듯이 이 학교의 신축 교사를 지으신 분.

그분의 아드님이 이 학교 전체를 감독하고 지시를 내리셔."

"왜?"

"그분이 이 학교의 총무 겸 장학사니까."

"그럼 이 학교는 시계를 차고 다니는 키 큰 숙녀의 소유가 아닌 거야? 우리한테 빵과 치즈를 나눠주겠다고 하신 분 말이야."

"템플 선생님? 아, 아니야! 그분 소유면 좋겠지만. 그분은 브로클허스트 씨에게 일일이 보고하는 입장이지. 브로클허스트 씨가 우리한테 줄 음식과 옷을 전부 구입하니까."

"브로클허스트 씨도 여기 살아?"

"아니, 3킬로미터쯤 떨어진 곳에 있는 대저택에 살지."

"좋은 분이야?"

"신부인데, 좋은 일도 많이 한다고들 하더라."

"키 큰 숙녀 이름이 템플이라고 했지?"

"응."

"다른 선생님들 이름은 뭐야?"

"뺨이 불그레한 분은 스미스 선생님이야. 바느질과 재단을 담당하셔. 우린 우리 옷이랑 원피스, 외투 같은 걸 다 직접 만들거든. 흑발이신 분은 스캐처드 선생님. 역사랑 문법을 가르치시고 2반의 암송을 담당하셔. 어깨에 숄을 두르고 노란 리본으로 옆구리에 손수건을 매달고 다니는 분은 마담 피에로야. 프랑스 릴에서 오셨고 프랑스어를 가르치셔."

"선생님들은 다 마음에 들어?"

"그럭저럭."

"흑발 선생님도 마음에 들어? 그리고 이름이 마담⋯⋯ 뭐라고 했는데, 언니처럼 발음은 못 하겠어."

"스캐처드 선생님은 성격이 급하셔. 그분 비위를 거스르지 않도록 조심해. 마담 피에로는 나쁜 분은 아니야."

"그럼 템플 선생님이 제일 좋은 분이구나?"

"템플 선생님은 무척 좋은 분이시지. 똑똑하시고. 다른 선생님들보다 훨씬 많은 걸 알고 계시고 제일 훌륭하셔."

"언니도 여기 오래 있었어?"

"2년."

"언니도 고아야?"

"어머니가 돌아가셨어."

"이곳 생활은 재미있어?"

"질문이 많구나. 대답을 충분히 해준 것 같은데. 난 이만 다시 책을 읽어야겠어."

그때 점심 식사 시간을 알리는 종이 울리자, 다들 건물 안으로 다시 들어갔다. 식당 안을 가득 채운 냄새는 그날 아침 우리의 콧구멍으로 파고들었던 냄새와 별반 다르지 않았다. 주석 판으로 된 커다란 양푼 두 개에 담긴 음식에서 썩은 기름 냄새를 머금은 김이 모락모락 피어올랐다. 상태가 좋지 않은 감자와 고약한 냄새가 나는 괴상한 고기 조각들을 한데 넣고 끓인 엉망진창인 음식이었다. 그나마 학생들에게 배분된 음식의 양은 그럭저럭 풍성한 편이었다. 나는 최대한 음식을 입에 욱여넣으면서도, 앞으로 매일 이런 음식을 먹어야 하는지 걱정됐다.

점심을 먹은 우리는 곧장 교실로 향했다. 수업이 다시 시작되었고 오후 5시까지 계속됐다.

그날 오후 있었던 일 중 유일하게 기억할 만한 사건은, 베란다에서 나와 대화를 나눴던 소녀가 스캐처드 선생의 역사 수업 시간에 널찍한 교실 한가운데에 서 있도록 하는 수치스런 벌을 받은 것이었다. 그 소녀는 열세 살 남짓으로 보였는데, 그 정도로 큰 아이가 감당하기엔 지나치게 창피한 벌 같았다. 나는 그 소녀가 몹시 힘들어하고 수치스러워할 줄 알았는데 뜻밖에도 그는 눈물을 흘리거나 얼굴을 붉히지도 않았다. 엄숙할 정도로 차분하게 모두의 시선을 한몸에 받고 서 있을 뿐이었다.

'어쩜 저렇게 조용하고 확고하게 벌을 견딜 수가 있지? 내가 저 언니 입장이면 땅이 갈라져 나를 집어삼키기를 바랐을 것 같은데. 저 언니는 지금 받는 벌이나 이 상황이 아니라 다른 무언가를 생각하고 있는 표정이야. 지금 일어나고 있는 일이나 눈앞에 보이는 일에 신경 쓰는 게 아닌 것 같아. 백일몽이라는 단어에 대해 들어본 적이 있어. 지금 저 언니는 바로 그런 백일몽에 빠져 있는 건가? 눈은 바닥을 향해 있지만 바닥을 보고 있지 않은 게 분명해. 눈은 내면, 심장을 향해 있어. 현재가 아니라 과거 기억 속의 무언가를 보고 있는 것 같아. 어떤 아이일까. 착한 애인지, 나쁜 애인지 궁금해.'

오후 5시가 막 넘자마자 우리는 간식을 받았다. 작은 컵에 담긴 커피와 갈색 빵 반 조각. 나는 내 몫의 빵을 허겁지겁 먹고 커피로 속을 달랬다. 그 정도로 만족해야 마땅한 처지겠지만 여전히 배가 고팠다. 30분가량 쉬다가 다시 학습을 재개했다. 그리고 물 한 잔과 귀리 빵 한 조각을 받아먹은 뒤 기도를 하고 잠자리에 들었다. 로우드에서의 내 첫날은 그렇게 마무리됐다.

6

다음 날도 전날과 마찬가지로 침상에서 일어나 희미한 촛불에 의지해 옷을 입었다. 하지만 이날 아침에는 물주전자의 물이 꽁꽁 얼어붙은 탓에 세수라는 의식을 생략할 수밖에 없었다. 전날 저녁부터 날씨가 달라지기 시작했다. 날카로운 북동풍이 침실 창문 틈새로 위잉위잉 불어 들어와 우리는 침대에 누워 오들오들 떨었다. 그 바람에 물주전자의 물도 얼음덩어리가 되고 만 것이다.

그 와중에 한 시간 반에 걸친 기도와 성서 읽기를 마치고 나니 이대로라면 얼어 죽겠구나 싶었다. 마침내 아침 식사 시간이 돌아왔다. 죽이 타지 않아서 먹을 만한 수준이었지만 양이 턱없이 적었다. 내 몫으로 받은 죽이 얼마나 적었는지! 양이 두 배만 되었어도 좋았을 것이다.

그날 나는 4반으로 배정됐고, 정기적으로 해야 할 과제와 일을 할당받았다. 그때까지 나는 로우드 학교에서 일어나는 일들을 구경하는 관객에 불과했으나 이제 무대에 오른 배우 중 하나가 됐다. 암기에 익숙지 않은 탓에 처음에는 수업이 지루하고 어렵게 느껴졌다. 이 과제에서 저 과제로 계속 바뀌는 것도 당황스러웠다. 그래서인지 그날 오후 3시쯤 스미스 선생님이 길이 180센티미터가량의 모슬린 테두리 천과 바늘, 골무 등을 내게 쥐여주며 조용한 구석 자리에 앉아 가장자리를 감치도록 지시하자 마음이 놓였다. 그 시간 동안 다른 학생들도 대부분 바느질을 했는데, 스캐처드 선생님의 반은 그 선생님을 둘러싸고 서서 읽기 수업을 받고 있었다. 다른 반 학생들이 조용히 바느질만 하고 있었기 때문에 스캐처드 선생님 반의 수업 내용이 귀에 들어왔다. 그 반 학생들이 어떤 식으로 수업을 받고 있는지, 그 선생님이 학생들을 어떻게 혼내거나 칭찬하는지도 들을 수 있었다. 수업 내용은 영국 역사였다. 자료를 읽는 학생들 중 베란다에서 만났던 학생이 내 눈에 들어왔다. 수업이 시작될 때쯤 그 학생은 맨 앞자리에 앉아 있었는데, 발음 실수 때문인지 끊어 읽기를 잘못한 탓인지 몰라도 갑자기 맨 끝자리로 밀려났다. 스캐처드 선생님은 그 학생을 맨 뒤로 몰아낸 후에도 끝없이 지적해서 눈총을 받게 만들었다. 이를테면 이렇게 계속 꼬집는 식이었다.

"번스."(그 학생의 성이 번스인 듯했다. 여기서는 여학생들도 다른 학교의 남학생들처럼 성으로 불렸다.) "번스, 그렇게 기분 나쁘게 턱을 내밀지 마. 집어넣어." "번스, 고개 똑바로 들라고 누누이 말했잖니. 내 앞에서 그런 태도를 보이는 건 용납 못해." 등등.

학생들은 한 장章을 두 번 쭉 읽고 나서 책을 덮고 시험을 치렀다. 찰스 1세의 통치에 관한 내용이었다. 수출입 관세와 선박세에 관한 잡다한 질문들이 이어졌다. 학생들 대부분은 대답하기 힘들어했는데 번스는 질문을 받은 즉시 대답하곤 했다. 그날 수업 내용이 머릿속에 고스란히 저장된 듯, 막힘없이 답을 내놓는 모습이었다. 집중력이 좋다고 칭찬해주겠구나 싶었는데, 스캐처드 선생님은 별안간 빽 소리를 쳤다.

"이런 더럽고 같잖은 계집애를 봤나! 오늘 아침에 손톱을 제대로 닦지 않았구나!"

번스는 대꾸하지 않았다. 번스가 왜 입을 꾹 다물고 있는지 나로서는 이해가 되지 않았다.

'오늘 아침에 물이 얼어서 손톱은 물론이고 얼굴도 씻지 못했다는 얘기를 왜 안 하지?'

그때 스미스 선생님이 실타래를 잡고 있으라고 지시한 바람에 나는 수행 중인 과제로 관심을 돌릴 수밖에 없었다. 스미스 선생님은 내게 전에 학교에 다닌 적이 있는지, 바느질 자리를 표시한다든지 감치기를 한다든지 뜨개질을 할 줄은 아는지 등을 물어보며 한 번씩 말을 걸었다. 그러다 드디어 스미스 선생님의 관심이 다른 데로 쏠리자 나는 다시 스캐처드 선생님의 언행을 눈여겨볼 수 있게 됐다. 자리로 돌아와 앉은 나는 스캐처드 선생님이 의미를 알 수 없는 지시를 내리는 모습을 봤다. 지시를 받은 번스는 즉각 반을 떠나 책들이 보관된 작은 내실로 들어갔고, 잠시 후 잔가지 여러 개의 한쪽 끝을 모아 만든 회초리를 손에 들고 돌아왔다. 그리고 이 기분 나쁜 회초리를 존경심이 듬뿍 담긴 태도로 스캐처드 선생님에게 갖다 바치더니 별다른 지시가 없는데도 조용히 긴 앞치마 끈을 풀었다. 스캐처드 선생님은 곧장 번스의 목에 회초리를 열 번 남짓 날카롭게 휘둘렀다. 번스는 눈물 한 방울 흘리지 않았다. 나는 그 광경에 속절없이 무력한 분노를 느끼며 손가락이 떨려 바느질도 못하고 있는데, 번스의 처량한 얼굴은 평상시와 다를 바 없는 표정이었다.

스캐처드 선생님이 소리쳤다.

"뻔뻔하기 짝이 없어! 네 칠칠치 못한 습관은 도대체가 고쳐지질 않는구나. 회초리 치워."

번스는 잠자코 그 지시를 따랐다. 나는 번스가 내실에 들어갔다가 나오는 모습을 곁눈으로 훔쳐보았다. 번스는 내실에서 나오면서 주머니에 손수건을 집어넣었는데, 그의 여윈 뺨에 눈물 자국이 살짝 번들거렸다.

그날 저녁 휴식 시간이 로우드에서 보낸 하루 중 그나마 즐거운 편이었다. 오후 5시에 빵 약간과 커피 한 모금을 섭취한 덕분에 원기를 회복했기 때문일 것이다. 허기를 달랠 정도는 아니었지만. 종일 학생들을 죄어대던 분위기도 다소 느슨해졌다. 교실도 오전보다 따뜻해졌는데, 초가 아직 준비되지 않아서 모닥불을 좀 더 세게 때도록 했기 때문일 것이다. 불그레한 황혼의 빛 속에서 학생들은 선생들의 허락하에 수다를 떨었다. 여러 사람의 목소리가 혼란스럽게 섞이면서 이유 모를 해방감마저 느껴졌다.

스캐처드 선생님이 학생인 번스를 매질하는 걸 본 그날 저녁, 나는 각 반 학생들과 책상, 웃고 떠드는 무리 사이를 언제나처럼 혼자 돌아다녔다. 외롭다는 생각은 들지 않았다. 창문 앞을 지나갈 때면 한 번씩 커튼을 젖히고 바깥을 내다보았다. 눈이 세차게 내리고 있었다. 유리창 아래쪽에 어느새 눈이 소복이 쌓여갔다. 창문에 귀를 대자, 교실에서 학생들이 유쾌하게 떠드는 소리와 바깥에서 불어대는 바람의 슬픈 신음을 구분할 수 있었다.

내가 따스한 가정에 상냥한 부모님을 두고 얼마 전에 이곳에 온 학생이라면 지금쯤 가족과의 이별을 절절히 아파하고 있을 것이다. 바람 소리가 심장을 아리게 하고, 뒤편에서 들려오는 불분명한 수다도 심란했겠지. 하지만 나는 묘한 흥분과 무모하면서도 열에 들뜬 기분을 느꼈다. 바람이 더욱 사납게 불기를, 어둑함이 암흑으로 바뀌기를, 혼란한 소음이 더욱 커져 굉음으로 바뀌기를 바랐다.

각 반을 구분 지어놓은 곳과 책상 사이를 지나 벽난로 앞자리로 다가갔다. 그곳에는 높은 철사 난로망 앞에 무릎을 굽히고 앉은 번스가 있었다. 번스는 주변 소음에는 아랑곳없이, 잉걸불의 희미한 빛에 의지해 조용히 독서에 몰두해 있었다.

나는 그 뒤로 다가가 물었다.

"아직도 『라셀라스』를 읽는 중이야?"

"응. 지금 막 다 읽었어."

5분쯤 후에 번스는 책을 덮었다. 기분이 좋았다.

'이제 말을 걸어도 되겠지.'

나는 이런 생각을 하며 옆으로 가 바닥에 앉았다.

"번스는 성일 테고, 이름은 뭐야?"

"헬렌."

"멀리서 왔어?"

"북쪽 멀리서 왔지. 스코틀랜드 국경지대."

"그리로 돌아갈 거야?"

"그렇게 되길 바라지만, 미래는 알 수 없으니까."

"로우드를 떠나고 싶겠네?"

"아니. 내가 왜 그런 생각을 하겠니? 난 교육을 받으려고 여기 왔어. 목적을 달성하기도 전에 여길 떠나면 시간을 낭비한 게 되잖아."

"하지만 스캐처드라는 선생님이 너무 잔인하게 굴던데."

"잔인? 전혀 아니야! 엄격한 분이라서 내 잘못을 못 견디는 것뿐이야."

"내가 언니라면 그 선생님을 싫어할 것 같아. 반항하겠지. 나를 회초리로 때리면 곧장 빼앗아서 그 선생님 코앞에서 부러뜨려버릴 거야."

"네가 그런 행동을 할 리도 없지만 그랬다간 브로클허스트 씨가 널 퇴학시켜버릴 걸. 그럼 네 가족들이 엄청 슬퍼하겠지. 경솔한 짓으로 너와 관련된 모든 사람들에게 부정적인 결과가 미치게 하느니, 차라리 혼자 매질을 견디는 편이 나아. 성서에도 악을 선으로 갚으라고 적혀 있잖아."

"회초리로 맞는 것도 그렇고, 애들이 잔뜩 있는 교실 한가운데에 서 있는 벌을 받는 것도 너무 창피한 일이야. 게다가 언니는 큰 아이잖아. 난 언니보다 어리지만 그런 벌은 못 견뎌."

"피할 수 없으면 견뎌야지 별수 있니. 참고 견디는 게 네 운명인데 그걸 못 참겠다고 말하는 건 나약하고 어리석어."

의아했다. 번스가 주장하는 인내의 원칙을 이해할 수가 없었다. 번스가 자신을 체벌하는 선생을 관대한 시선으로 바라보는 것도 나는 이해하거나 공감할 수 없었다. 하지만 번스가 내 이해의 범주를 벗어나는 관점으로 세상을 바라보고 있음을 느꼈다. 어쩌면 번스가 옳고 나는 틀렸을 수 있었겠지만, 나는 그 문제를 깊게 생각하고 싶지 않았다. 벨릭스(성서에 나오는 제11대 유대 총독. 마지막으로 예루살렘을 방문했다가 체포된 바울에 대한 심문을 계속 미뤘음-옮긴이)처럼 일단 나중으로 미루기로 했다.

"언니는 본인 잘못 때문이라고 하는데 대체 무슨 잘못이라는 거야? 내가 보기에 언니는 정말 착실한데."

"겉모습만 보고 판단하지 말고 내 얘기 잘 들어. 스캐처드 선생님 말씀처럼 난 단정하질 못해. 주변을 깔끔하게 정돈하고 유지하는 것도 잘 못 해. 조심성도 없어. 규칙에 대해서는 잊어버리기 일쑤고 수업 시간에는 다른 책을 읽곤 해. 체계적이질 못하지. 가끔은 나도 너처럼 말을 하곤 해. 체계적 방식에 굴복하는 건 도저히 못 참겠다고. 내 그런 태도가 스캐처드 선생님을 화나게 만드는 거야. 그분은 천성적으로 깔끔하고 정확하고 세밀한 분이거든."

"성질을 잘 내고 잔인한 분이기도 하지."

내가 이렇게 덧붙였지만 번스는 내 말을 인정하지 않고 입을 다물어버렸다.

"템플 선생님도 스캐처드 선생님처럼 언니한테 엄하게 구셔?"

템플 선생님의 이름을 언급하자 그의 굳은 얼굴에 부드러운 미소가 스치고 지나갔다.

"템플 선생님은 더없이 좋은 분이셔. 심지어 학교에서도 누구에게든 엄하게 구는 걸 힘들어하실 정도야. 내 잘못을 아시고도 부드러운 말로 타이르실 뿐이지. 조금이라도 칭찬받을 만한 일을 하면 크게 칭찬해주시고. 그렇게 부드럽고 이성적으로 타일러주시는데도 내 천성이 워낙 형편없다 보니 템플 선생님도 내 결함을 고치지 못하셔. 난 템플 선생님의 칭찬을 무척 값지게 여기면서도 조심스럽고 진중하게 행동하질 못해."

"희한하네. 조심스럽게 행동하는 건 엄청 쉬운데."

"너한테는 그렇겠지. 오늘 아침 수업 시간에 널 지켜봤는데, 수업 시간에 집중을 잘 하더라. 밀러 선생님이 설명하고 나서 너한테 질문을 했을 때도 넌 딴생각 하느라 헤매는 것 같지 않았어. 난 늘 딴생각을 하거든. 스캐처드 선생님 말씀에 집중하고 열심히 배워야 하는데 한 번씩 선생님 목소리를 귓등으로 흘리고 백일몽에 빠져들곤 해. 가끔은 내가 노섬벌랜드에 있다는 상상도 해. 그럴 때면 주변 소음이 마치 우리 집 근처 딥든 마을의 작은 개울이 졸졸 흐르는 소리처럼 들려. 그러다 내가 대답할 차례가 되어서야 정신이 드는 거야. 하지만 상상 속 개울 소리를 듣느라 수업 중에 무슨 내용을 읽고 있었는지 모르니까 대답도 거의 못 해."

"오늘 오후엔 대답을 잘했잖아."

"그건 그냥 우연이고. 수업 시간에 다룬 주제가 흥미가 있었거든. 그래서 오늘 오후엔 딥든에 관한 몽상 대신에 수업 내용에 귀를 기울였지. 찰스 1세가 종종 그랬던 것처럼, 옳은 일을 행하고자 하는 사람이 불공평하고 어리석게 행동하는 이유가 뭘까 궁금하기도 했어. 찰스 1세는 진실하고 성실한 분인데 어째서 왕의 특권 이상을 보지 못했을까 안타까웠어. 그분이 멀리 볼 줄 알았다면, 시대정신이 원하는 바를 깨달았다면 얼마나 좋았을까! 그래도 난 찰스 1세가 좋아. 처형당한 가여운 왕이지만 존경스럽기도 하고, 마음도 아파! 그래, 그분의 적들은 정말 최악이었어. 권리도 없이 달려들어 찰스 1세를 시해했지. 어떻게 감히 그런 짓을 할 수 있었을까!"

헬렌은 혼잣말을 하고 있었다. 내가 자기 얘기를 잘 이해하지 못한다는 사실도 잊은 채. 나는 헬렌이 성토하는 주제에 대해 거의 무지한 상태였다. 나는 내 수준을 일깨워주기로 했다.

"템플 선생님 수업 시간에도 딴생각을 해?"

"아니, 자주 그러진 않아. 템플 선생님 말씀은 내 상념보다 새로울 때가 많거든. 선생님이 하는 말도 듣기 좋고, 선생님이 전해주시는 정보도 내가 알고 싶어 하는 것이랑 자주 맞아떨어져."

"그럼 템플 선생님에겐 착한 학생이겠네?"

"그렇지, 수동적이긴 하지만. 아무 노력도 안 하고 내 성향에 따를 뿐이야. 그런 식으로 착하게 구는 건 아무 의미도 없어."

"큰 의미가 있지. 언니한테 잘해주는 사람한테 언니도 잘해주는 거잖아. 내가 바라는 게 그런 거야. 잔인하고 불공평한 사람들은 사악하기까지 해서 누가 자기한테 상냥하고 고분고분하게 굴면 자기네한테 좋은 쪽으로 이용하려고 들어. 그런 식으로 행동해도 두려워하질 않고 바뀌지도 않아. 시간이 갈

수록 점점 더 못되게 굴 뿐이야. 그러니까 아무 이유 없이 맞으면 아주 세게 되갚아줘야 돼. 반드시, 아주 세게. 우릴 때린 사람이 다시는 그러지 못하게 가르쳐줘야 하니까."

"나이가 들면 생각이 바뀔 거야. 넌 아직 교육받지 못한 어린애라 그런 생각을 하는 거지."

"내 생각엔 그래, 언니. 내가 아무리 노력해도 날 싫어하기만 하는 사람들을 난 싫어할 수밖에 없어. 그리고 부당한 이유로 날 처벌하는 사람들에겐 저항할 거야. 그건 나를 따뜻하게 대해주는 사람들을 사랑하는 것, 내가 응당 받아야 한다고 생각되는 체벌을 순순히 받는 것만큼이나 자연스러워."

"이교도와 야만 부족들이라면 그런 원칙을 고집하겠지만, 기독교인과 문명인이라면 그런 생각은 버려야지."

"어째서? 이해가 안 돼."

"증오를 가장 잘 이겨내는 건 폭력이 아니니까. 상처를 제일 확실하게 치유하는 게 복수가 아니듯이."

"그럼 어떻게 하라고?"

"신약 성서를 읽어 봐. 그리스도께서 무슨 말씀을 하시고 어떻게 행동하시는지 잘 봐. 그분의 말씀을 네 삶의 원칙으로 만들고, 그분의 행동을 본보기로 삼아."

"그리스도가 뭐라고 하셨는데?"

"원수를 사랑하라. 너희를 저주하는 사람들을 축복하고, 너희를 모욕하는 사람들을 위해 기도하라(누가복음 6장

"

"그럼 난 리드 부인을 사랑해야 하는데 그렇게는 못하겠어. 리드 부인의 아들을 축복하는 것도 불가능해."

헬렌 번스는 이유를 설명해보라고 했다. 나는 내 방식대로 그동안 겪은 고통스럽고 억울한 일을 쏟아내다시피 털어놓았다. 흥분이 되면서 격하고 신랄하게, 거리낌 없이 직설적으로 말이 나왔다.

헬렌은 참을성 있게 내 얘기를 끝까지 들어주었다. 나는 얘기를 다 듣고 헬렌이 한마디 할 줄 알았는데 아무 말이 없었다.

나는 참다못해 물었다.

"이 정도면 리드 부인은 냉혹하고 못된 여자 아니야?"

"그분이 너한테 불친절하셨던 건 맞는 것 같네. 너도 느꼈다시피 그분은 네 성격을 싫어한 거야. 스캐처드 선생님이 내 성격을 싫어하듯이. 그런데 넌 리드 부인이 너한테 한 말과 행동을 상세하게도 기억하는구나! 그런 걸 가슴에 새기고 살 필요 없어. 그분이 너한테 가혹하게 군 걸 잊어야 너도 격한 감정에 휩싸이지 않고 행복해지지 않을까? 적대감을 품거나 잘못을 곱씹으면서 살기에 인생은 너무 짧아. 우린 누구나 결점을 갖고 태어나서 세상을 살아갈 수밖에 없어. 그리고 곧 이 썩어버릴 육신을 벗어버리고 떠날 때가 오는 거야. 거추장스런 육신이 벗겨지고 타락과 죄악이 떨어져 나가면 우린 비로소 영혼의 불꽃으로 남게 돼. 그게 바로 창조주께서 피조물에게 불어넣으신, 순수한 생명과 생각의 미묘한 본질이야. 영혼은 애초에 왔던 곳으로 되돌아가서 인간보다 고차원적인 존재와 소통하게 돼. 영광의 품계를 거치면서, 흐릿한 인간의 영혼에서 환하게 빛나는 치품천사(구품 천사 가운데 가장 높은 천사-옮긴이)의 단계에 다다르는 거야! 그럼 인간에서 마귀로 타락하는 고통은 겪지 않겠지? 그래, 그럴 리 없어. 난 어느 누구에게도 배운 적 없는 나만의 신조를 갖고 있어. 자주 입 밖에 내진 않지만, 모두에게 희망을 주는 그 신조를 기꺼이 마음에 품고 살지. 그 신조에 따르면 영원의 사후 세계는 안식처야. 공포와 지옥이 아니라 멋진 집이지. 이 신조 덕분에 난 죄인과 죄악을 명확히 구분할 수 있고, 죄악은 혐오하지만 죄인은 진심으로 용서할 수 있어. 복수하겠다는 생각으로 마음을 어지럽히지도 않아. 타락은 늘 구역질 나고, 부당한 취급을 받아도 우울해지지 않아. 난 인생의 끝을 기대하면서 차분한 마음으로 살고 있으니까.”

　　말을 마치면서 헬렌은 평소에도 숙이고 있던 머리를 조금 더 깊게 숙였다. 표정을 보니 더 이상 나와 얘기하고 싶어 하지 않는 듯했다. 자신만의 생각에 몰두하고 싶어 하는 분위기였다. 하지만 헬렌에겐 명상에 잠길 시간이 오래 허락되지 않았다. 몸집이 크고 거칠어 보이는 반장이 나타나 강한 컴벌랜드주(잉글랜드 북서부의 옛 주, 지금은 컴브리아주의 일부-옮긴이) 억양으로 소리쳤다.

"헬렌 번스, 당장 서랍을 정리하고 바느질감을 제대로 접어놓지 않으면 스캐처드 선생님한테 와서 보시라고 할 거야!"

상념이 달아나버리자 한숨을 쉬며 일어선 헬렌은 곧바로, 그리고 조용히 반장의 지시를 따랐다.

7

로우드 학교에서 보낸 첫 삼 개월은 너무나도 긴 시간처럼 느껴졌다. 그 시절을 내 인생의 황금기라고는 절대 부를 수 없을 것 같다. 새로운 규칙과 예상치 못한 과제들에 적응하느라 지루하고 힘겨운 싸움을 하던 시기였으니까. 하루하루 일을 해내는 것도 쉽지 않았지만, 몸 고생보다 실패에 대한 두려움으로 더 괴로웠다.

1월과 2월, 그리고 3월 초에는 눈이 잔뜩 내렸고 그 후 눈이 녹으면서 거의 통행이 불가능하게 되어 우리는 학교 정원 담장 밖으로 나가기가 어려웠다. 하지만 그런 날씨에도 우리는 매일 한 시간씩 걸어서 성당에 가야 했다. 우리의 옷은 지독한 추위로부터 몸을 보호해주기엔 턱없이 얇았다. 장화도 없어서 눈이 신발 속으로 들어와 녹아버리곤 했다. 장갑도 끼지 못한 손은 발과 마찬가지로 감각이 없어지고 동상에 걸렸다. 저녁마다 발이 염증으로 아팠는데, 아침이면 퉁퉁 붓고 쓰리고 뻣뻣한 발가락을 신발에 쑤셔 넣느라 고통을 참아야만 했다. 부족한 식사량도 고통을 더했다. 우리는 성장기라 식욕이 왕성했지만 골골하는 병약자도 죽지 않고 겨우 살려둘 만큼의 음식으로 연명해야 했다. 그로 인해 하급반 학생들은 학대에 가까운 시달림을 받았는데, 배를 주린 상급반 학생들이 기회가 있을 때마다 하급반 학생들을 구슬리거나 협박해서 그들의 몫을 빼앗아 먹었던 것이다. 나도 차 마시는 시간에 받은 귀한 갈색 빵 조각을 상급반 학생 두 명에게 일부 나눠줘야 했다. 가뜩이나 배가 고픈데 커피의 절반까지 세 번째 상급반 학생에게 내주고 나서는 남몰래 눈물을 흘리며 남은 커피로 빈속을 달래야 했다.

그해 겨울, 일요일은 무척이나 지루했다. 우린 후원자가 예배를 집전하는 브로클브리지 성당까지 3킬로미터를 걸어가야 했다. 가뜩이나 추운데 성당에 도착하면 몸이 더 차갑게 얼어붙었다. 아침 예배를 보는 동안 몸이 거의 마비될 지경이었다. 학교로 돌아가 점심을 먹기엔 너무 먼 거리라 아침 예배와 오후 예배 사이에 찬 고기와 빵을 지급받았는데 평소 식사량과 마찬가지로 양이 지독하게 적었다.

오후 예배가 끝나면 우리는 사방이 트인 언덕 지대의 길을 따라 매서운 바람을 뚫고 학교로 돌아갔다. 눈 쌓인 언덕배기를 넘어 북쪽으로 부는 혹독한 겨울바람에 얼굴 피부가 벗겨질 지경이었다.

후줄근하게 걸어가는 우리 옆에서 격자무늬 망토를 입은 템플 선생님이 가볍고 빠른 걸음으로 걷던 모습이 지금도 기억난다. 차가운 바람에 펄럭이는 망토를 바짝 여민 선생님은 본인 말씀대로 '용감한 군인처럼' 씩씩하게 걸으며 모범을 보이고자 했고, 우리를 격려하고 사기를 북돋우려 애썼다. 다른 가여운 선생님들은 대체로 축 처진 상태라 다른 이들의 기운을 북돋울 처지가 아니었다.

어서 빨리 학교로 돌아가 활활 타오르는 벽난로 앞에서 빛과 열기를 쬐고 싶은 마음뿐이었다! 하지만 어린 하급반 학생들은 그마저도 불가능했다. 교실의 각 난로 앞은 먼저 두 줄로 빙 둘러선 상급반 학생들의 차지였다. 그 뒤에 선 어린 학생들은 긴 앞치마 안쪽으로 여윈 두 팔을 모아 제 몸을 감싼 채 서로 바짝 붙어 앉았다.

그나마 일요일에는 차 마시는 시간에 평소보다 양이 두 배나 많은 빵을 받아 챙길 수 있어 다행이었다. 빵은 반 조각이 아니라 한 덩어리였고 버터까지 얇게 발라 맛을 더했다. 일주일에 한 번씩 받는 이런 배급을 우리는 손꼽아 기다렸다. 나는 나중에 먹으려고 빵 일부를 따로 떼어놓곤 했지만 결국에는 늘 상급반 학생에게 빼앗겼다.

일요일 저녁이면 우리는 교리문답과 마태복음 5, 6, 7장을 암송하고, 밀러 선생님이 읊어대는 기나긴 설교 말씀에 귀를 기울여야 했다. 하지만 설교하는 밀러 선생님도 피곤함을 참지 못하고 연신 하품을 해댔다. 그 와중에 여섯 명의 하급반 학생들은 종종 막간극 같은 상황을 연출했는데, 마치 유디코(사도행전 20장 7~20절에 등장하는 트로아스의 청년. 3층 창에 걸터앉아 바울의 설교를 듣던 중 졸다가 떨어져 죽었으나 바울이 그를 되살렸음-옮긴이)처럼 설교 중에 졸음에 못 이겨 바닥으로 쓰러지곤 했다. 유디코와는 달리 3층이 아니라 네 번째 줄 의자에서 바닥으로 쓰러진 것뿐이라 부축을 받아 반쯤 죽은 것 같은 모습으로 일어서긴 했다. 밀러 선생은 그 아이들이 또 졸다가 쓰러지지 않도록 교실 한가운데로 불러내 설교가 끝날 때까지 세워두었다. 아이들은 그런 상황 속에서도 또 졸다가 다리에 힘이 빠져 여럿이 한꺼번에 쓰러지기 일쑤여서 결국 반장의 높은 의자 등받이에 몸을 기대고 서서 버텨야 했다.

아직 나는 브로클허스트 씨가 학교를 방문한 일에 대해 언급하지 않았다. 학교에 도착하고 첫 달 동안 그를 본 적이 없었는데 아마 친구인 부주교의 집에 더 오래 머물게 되어 그런 듯했다. 그가 학교에 오지 않아 나는 마음이 놓였다. 내가 그의 방문을 꺼리는 이유에 대해서는 설명할 필요도 없을 것이다. 하지만 결국 그는 학교에 오고야 말았다.

어느 날 오후(로우드 학교에 입학하고 3주쯤 지났었다), 나는 석판을 손에 들고 앉아 긴 나눗셈 문제를 풀다가 문득 시선을 들어 창밖을 내다보았다. 창밖으로 지나가는 사람의 모습을 얼핏 보았는데, 그 비쩍 마른 윤곽의 주인이 누구인지 나는 본능적으로 알아챘다. 2분 뒤 선생님과 학생들이 일제히 자리에서 일어섰다. 대체 누가 교실로 들어왔기에 다들 자리에서 일어서기까지 했는지 나는 굳이 눈을 들어 확인할 필요도 없었다. 그는 교실로 성큼성큼 걸어 들어와 이미 일어서 있던 템플선생님 옆으로 가 섰다. 게이츠헤드 홀의 벽난로 앞 깔개를 밟고 서서 눈살을 찌푸리며 나를 기분 나쁘게 내려다보던 바로 그 검은 기둥이었다. 나는 그 기둥을 향해 슬쩍 곁눈질했다. 그랬다. 짐작한 대로였다. 몸에 붙는 외투를 입고 단추를 끝까지 채운 브로클허스트였다. 그는 전보다 몸이 더 길쭉해지고 여위어서 더욱 엄격한 분위기를 풍겼다.

유령 같은 그의 모습에 가슴이 철렁해질 만한 이유가 있었다. 리드 부인이 브로클허스트 앞에서 내 기질을 은근히 깎아내리자, 브로클허스트는 내 포악한 본성에 대해 템플 선생님을 비롯한 다른 교사들에게 알리겠노라고 리드 부인에게 약속했었다. 그동안 나는 그가 이 약속을 지키는 날이 올까 봐 두려웠다. 그가 '적그리스도'처럼 등장해 내 과거에 관해 선생님들에게 알리고 나를 나쁜 아이로 낙인찍을까 봐 매일 겁이 났다. 그런데 이제 그가 온 것이다. 그는 템플 선생님 바로 옆에 서서 귀에 대고 나지막하게 속삭였다. 내 악행을 고해바치고 있는 게 분명했다. 나는 고통스러울 만큼 지독하게 불안해하면서 템플 선생님의 눈빛을 살폈다. 선생님의 짙은 색 눈동자가 혐오와 경멸을 담은 채 나를 돌아볼 것만 같았다. 우연찮게 교실 맨 앞쪽에 앉아 있던 터라 브로클허스트가 하는 말을 대부분 들을 수 있었다. 듣고 나니 당장은 걱정하지 않아도 될 듯했다.

"템플 선생, 내가 로턴에서 사온 실이면 될 겁니다. 옥양목 속옷에 딱 맞는 품질인 것 같아 사왔어요. 그 실에 맞는 바늘도 같이요. 스미스 선생에게는 내가 감침질용 바늘을 장 봐올 목록에 적는 걸 깜박했다고, 하지만 다음 주 안으로 종이를 받을 수 있게 해주겠다고 전해요. 그리고 종이를 받으면 학생 한 명당 한 번에 한 장 넘게 주지 말라고 하세요. 종이를 그 이상으로 줬다가는 학생들이 조심성 없이 굴다가 잃어버릴 겁니다. 그리고 아, 하나 더 있는데, 양모로 된 긴 양말들을 좀 더 잘 손질하라고 하세요! 지난번에 여기 왔을 때 채소밭에 들어갔다가 빨랫줄에 널린 옷들을 좀 살펴봤습니다. 검은 양말들 상당수가 수선 상태가 극히 불량했어요. 양말에 난 구멍 크기를 보니 자주 수선하지 않는 티가 나더군요."

그가 말을 마치자 템플 선생님이 입을 열었다.

"지시하신 대로 하겠습니다, 원장님."

"그리고 세탁 담당 하녀한테 들었는데 학생 몇 명이 목깃 장식을 일주일에 두 장씩이나 썼다고 하던데. 너무 과하지 않습니까. 학교 규칙에 따르면 한 장씩만 쓰게 되어 있는데."

"이유를 설명하겠습니다, 원장님. 지난 목요일에 아그네스와 캐서린 존스턴이 로턴에 사는 몇몇 친구들한테서 차를 마시러 오라는 초대를 받았어요. 그래서 제가 그날만큼은 깨끗한 목깃 장식을 하고 가라고 허락했습니다."

브로클허스트는 고개를 끄덕였다.

"음, 이번만은 눈감아주도록 하죠. 하지만 이런 일이 자주 일어나지 않게 하세요. 내가 놀란 게 한 가지 더 있는데, 하녀장과 장부 확인을 하면서 보니까, 지난 2주일 동안 학생들에게 두 번이나 빵과 치즈를 점심 식사로 내줬더군요. 어떻게 된 거죠? 학교 규정집을 아무리 뒤져봐도 점심 때 그런 식사를 내줘도 된다는 말은 없던데. 누가 그렇게 획기적인 짓을 한 겁니까? 무슨 권한으로?"

"전적으로 제 책임입니다, 원장님. 아침 식사로 나온 음식이 너무 형편없어서 학생들이 먹질 못해서요. 저녁 식사 때까지 굶게 둘 수가 없어서 그렇게 했습니다."

"교장 선생, 한마디 하죠. 내가 이 여학생들을 낭비와 사치에 물든 아이들이 아니라 강인하고 끈기 있고 참을성 있는 아이들로 제대로 길러낼 계획을 갖고 있는 건 잘 알 겁니다. 간이 너무 짜거나 싱거워서 음식 맛이 떨어지고 그래서 식욕이 동하지 않는 사소한 문제가 발생했을 때, 맛있는 음식으로 바꿔주는 짓을 해서는 안 됩니다. 그랬다가는 아이들이 포식에 길들여져 이 보육학원의 설립 취지가 무색해지고 맙니다. 일시적으로 궁핍의 시기가 닥쳐오더라도 학생들이 용기를 내도록 다독여 영적으로 교화해야죠. 판단력 있는 교사라면 초기 기독교인들이 겪은 고난이라든지 순교자들의 고통, 제자들에게 각자의 십자가를 지고 뒤따르라고 했던 신성한 주님의 말씀, '사람이 빵으로만 살 것이 아니라 하나님의 모든 말씀으로 살아야 한다(마태복음 4장 4절-옮긴이)'라고 하신 주님의 경고, '나를 위해 굶주리고 목마른 사람들은 행복하다'(브로클허스트가 마태복음 5장 6절의 '의로움을 위해 굶주리고 목마른 사람들은 행복하다. 그들은 원하는 것을 다 얻을 것이다'를 변형해서 멋대로 끌어다 쓴 말-옮긴이)라고 하신 주님의 위로를 언급하면서 간단히 설교를 해주는 것도 적절할 겁니다. 아, 교장 선생, 선생은 아이들의 입에 탄죽 대신 빵과 치즈를 넣어줌으로써 아이들이 타락한 육신의 욕구에 굴복하게 만들었습니다. 아이들의 불멸의 영혼을 얼마나 굶주리게 했는지는 생각도 않고 말입니다!"

브로클허스트는 감정이 북받치는지 잠시 말을 멈췄다. 브로클허스트가 떠들기 시작할 때부터 템플 선생님의 시선은 바닥에 꽂혀 있었는데 지금은 시선을 들어 똑바로 앞을 보고 있었다. 원래도 흰 템플 선생님의 얼굴이 대리석처럼 차갑고 단단하게 굳었다. 특히 꾹 다문 입은 조각가의 끌이 있어야만 열 수 있을 듯했고, 이마는 점차 엄하고 싸늘한 빛을 띠었다.

브로클허스트는 뒷짐을 지고 벽난로 앞에 서서 학생 모두를 엄중한 시선으로 둘러보았다. 그러다 마치 눈이 부시거나 놀랄만한 무언가를 발견한 것처럼 별안간 눈을 껌벅거렸다. 고개를 돌린 그는 지금까지와는 달리 빠르게 말했다.

"템플 선생, 템플 선생, 저기 저 곱슬머리를 한 여학생은 뭡니까? 온통 빨간 곱슬인 저 여학생 말입니다."

그러고는 지팡이로 그 가련한 아이를 가리키며 손까지 부들부들 떨었다.

템플 선생님은 침착하게 대답했다.

"줄리아 세번이라는 학생입니다."

"줄리아 세번이라, 템플 선생! 대체 저 학생은 어째서 곱슬머리인 거죠? 복음주의적이고 자선을 베푸는 이 학원에서, 어째서 계율과 원칙을 철저히 무시한 채 세속의 유행을 따르면서 저렇게 온통 머리를 곱슬곱슬하게 만든 겁니까?"

템플 선생님은 한층 더 차분하게 대답했다.

"줄리아는 타고난 곱슬머리입니다."

"타고났다고요! 그래요. 하지만 타고났기 때문에 그렇게 살아야 할 필요는 없습니다. 나는 우리 학생들이 하느님의 은총을 받기를 바라요. 머리에 사치를 부리는 게 웬 말입니까? 머리는 늘 짧고 깔끔하고 소박하게 해야 한다고 누누이 강조했건만. 템플 선생님, 저 여학생의 머리카락을 싹 다 자르도록 하세요. 내일 이발사를 보내도록 하죠. 그 외에도 보기 싫은 머리 모양을 한 학생들이 몇몇 더 눈에 띄는군요. 저기 있는 키 큰 여학생에게 뒤로 돌아 서보라고 하세요. 첫 줄에 앉은 학생들 모두 일어서서 벽을 보며 서라고 하세요."

템플 선생님은 자기도 모르게 새어 나오는 웃음을 가리

려는 듯 손수건을 입술로 가져갔다. 템플 선생님이 지시하자 1반 학생들은 하라는 대로 따랐다. 의자에 앉은 채로 몸을 뒤로 기울인 나는 뒤돌아선 학생들이 이 짓거리에 대해 못마땅해하며 짓는 찡그린 표정을 모두 볼 수 있었다. 브로클허스트가 그들의 표정을 못 본 게 안타까울 정도였다. 만약 봤으면 컵과 접시의 겉면을 놓고 아무리 나무란다고 해도 안쪽 면까지 단속할 수는 없음을 깨달았을 것이다.

브로클허스트는 살아 있는 훈장과도 같은 여학생들의 뒤통수를 5분 동안 꼼꼼히 살핀 후 형을 선고했다. 그의 입에서 최후의 심판을 알리는 종소리처럼 단어들이 떨어졌다.

"땋아서 위로 올려 묶은 머리들을 전부 자르도록 하세요."

템플 선생님이 항의하려 했지만 그는 틈을 주지 않았다.

"템플 선생, 나는 하느님의 종복으로서, 아직 그분의 왕국이 이 세상에 임하지 않았다는 걸 잘 알고 있습니다. 그런 만큼 내 사명은 우리 여학생들이 육신의 욕망을 떨쳐내도록 이끌고, 겸손하고 진지하게 옷을 입게 하며, 땋은 머리를 하거나 값비싼 옷을 입지 못하도록 단속하는 것입니다. 우리 앞에 있는 이 학생들의 땋은 머리는 허영심 그 자체라고 할 수 있어요. 그러니 다시 한번 말하지만 땋은 머리를 모조리 자르도록 하세요. 머리를 땋고 매만지느라 낭비한 시간을 생각……"

그때 숙녀 셋이 교실로 들어온 바람에 브로클허스트의

일장 연설이 중단됐다. 그 숙녀들이 조금만 일찍 왔어도 옷차림에 관한 그의 설교를 들을 수 있었을 것이다. 세 명의 숙녀는 벨벳, 비단, 털로 된 화려한 옷을 차려입었다. 그중 나이가 어린 두 명(열여섯 살, 열일곱 살인 예쁜 소녀들)은 당시 유행하던 회색 비버 모피 모자를 썼는데, 모자에는 타조 깃털까지 붙어 있었다. 우아한 머리쓰개 아래로는 곱슬곱슬하게 손질한 옅은 색깔의 풍성한 머리카락이 보였다. 셋 중 나이가 지긋한 부인은 가장자리에 어민(북방족제비의 일종 — 옮긴이) 털을 붙인 값비싼 벨벳 숄을 걸쳤고 허세스러운 프랑스식 곱슬머리 가발을 썼다.

템플 선생님은 이 세 여자에게 브로클허스트 부인, 브로클허스트 양이라고 호칭하며 공손히 맞아들여, 교실 위쪽의 상석에 앉도록 안내했다. 그들은 신부인 브로클허스트와 같은 마차를 타고 여기 도착했지만, 브로클허스트가 하녀장과 얘기를 나누고 세탁 담당 하녀에게 질문을 하고 템플 교장 선생에게 훈계하는 동안 위층의 방들을 꼼꼼히 검사하고 온 듯했다. 그들은 리넨 관리와 기숙사 점검을 맡은 스미스 선생에게 잡다한 질문을 던지고 괜한 트집을 잡기 시작했다. 하지만 나는 다른 문제에 정신이 팔려 그들이 하는 말을 제대로 들을 여유가 없었다.

지금까지 브로클허스트와 템플 선생님이 주고받는 대화를 들으면서 나는 내 개인적인 안전을 위해 주의를 게을리 하

지 않았다. 브로클허스트의 주의를 끌지 않으면 내 안전 정도
는 지킬 수 있으리라 생각했다. 그때까지 나는 셈 공부를 하느
라 바쁜 척, 석판으로 얼굴을 가린 채 적당히 뒤쪽에 앉아 있
었다. 쥐고 있던 망할 석판을 실수로 떨어뜨리지만 않았으면
주목받을 일은 없었을 것이다. 석판이 요란한 소리를 내며 떨
어져 모두의 시선이 내게 쏠린 순간, 나는 다 끝났다는 생각부
터 들었다. 허리를 숙여 두 동강 난 석판을 집어 들면서 최악
의 순간에 대비했다. 드디어 그 순간이 찾아오고야 말았다.

　"부주의하구먼!" 브로클허스트는 곧장 말을 이었다. "새
로 온 학생이네." 그러더니 내가 숨 한 번 들이마실 새도 없이
몰아붙였다. "저 학생에 대해 할 말이 있는데 잊어버리기 전
에 해야겠군요!" 그리고 너무나도 큰 목소리로 명령했다. "석
판을 깬 학생은 앞으로 나와요!"

　다리가 마비된 듯 움직여지질 않았다. 내 의지로는 발을
뗄 수도 없는 상황이었다. 그러자 키 큰 여학생 둘이 양옆으로
다가와 나를 일으켜 세운 뒤 무시무시한 재판관 앞으로 떠밀
었다. 템플 선생님은 나를 차분히 부축해 그의 발치에 가 서도
록 해주면서 나지막하게 조언을 해주었다.

　"겁내지 마, 제인. 실수로 떨어뜨린 걸 내가 다 봤어. 벌
받을 일 없을 거야."

　그 상냥한 속삭임이 내 심장에 비수처럼 날아와 박혔다.

　'앞으로 일 분 후면 템플 선생님은 나를 위선자라며 경멸

하시겠지.'

이 생각이 확신으로 바뀌면서 리드 부인과 브로클허스트 같은 사람들에 대한 분노가 치솟았다. 나는 헬렌 번스가 아니었다.

"거기 있는 의자를 이리 가져와요."

브로클허스트는 반장이 앉아 있던 높은 의자를 가리켰다. 그의 지시를 받은 학생이 의자를 가져갔다.

"이 아이에게 그 의자에 올라서라고 하세요."

나는 누군지 모를 이의 부축을 받아 의자 위로 올라갔다. 세세한 부분까지 신경 쓸 상황이 아니었다. 누군가 나를 의자에 올려 브로클허스트의 코를 마주 볼 수 있게 했다는 것, 그가 90센티미터 앞에 서 있다는 것, 오렌지색과 보라색의 비단 외투와 구름처럼 보송보송한 깃털이 내 시선 아래서 나부끼고 있다는 것 정도만 인식할 수 있었다.

브로클허스트가 헛기침을 하며 그의 가족들을 돌아보았다.

"여러분. 템플 선생, 교사 여러분, 그리고 학생 여러분, 이 소녀를 한번 보시죠."

모두가 그의 지시를 따랐다. 그들의 시선이 볼록렌즈처럼 내게 향하자 내 피부는 곧 타버릴 듯했다.

"다들 보다시피 아직 어린 소녀입니다. 평범한 어린아이의 모습을 하고 있죠. 하느님께서는 은혜롭게도 우리에게 주신 것과 같은 육신을 이 소녀에게도 주셨습니다. 특별히 눈에 띄는 기형적인 요소는 없죠. 누가 이 소녀를 보면서 악마의 종이자 대리인이라 여길까요? 하지만 안타깝게도 그게 사실입니다."

정적이 감돌았다. 나는 있는 대로 곤두서서 마비될 것 같은 신경을 진정시키려 애썼다. 이미 일은 벌어졌다. 어차피 시련을 피할 수 없으니 굳건하게 견디자고 마음먹었다.

"친애하는 학생 여러분." 검은 대리석 기둥 같은 브로클허스트 신부가 비애 가득한 목소리로 말을 이었다. "이건 정말이지 안타깝고 슬픈 일입니다. 나는 하느님의 양처럼 보이는 이 소녀가 실은 버려진 아이이며, 참된 양떼의 일원이 아닌 침입자이자 이방인임을 알기에 여러분에게 경고하지 않을 수 없군요. 여러분은 이 소녀를 경계하고, 이 소녀를 본받지 않도록 조심해야 합니다. 가급적 이 소녀와 어울리지 말고 놀이에서 배제해야 하며 대화에도 끼워주지 말아야 해요. 교사 여러분들은 이 소녀를 잘 지켜보세요. 이 소녀의 행동과 말과 태도를 세심히 살피고, 육신을 벌해 이 소녀의 영혼을 구해야 합니다. 영혼을 구원하는 게 가능할지 모르겠지만 말이죠. (말도 잘 나오지 않습니다만, 어쨌든.) 기독교의 땅에서 태어난 이 소녀, 이 아이는 힌두교의 브라마 신에게 기도하고 크리슈나 신상 앞에 무릎을 꿇는 수많은 어린 이교도들보다 더 사악합니다. 무엇보다 이 소녀는 거짓말쟁이입니다!"

그리고 10분 동안 다시 정적이 흘렀다. 그동안 나는 마음을 진정시키고 제정신을 차릴 수 있었다. 주변을 둘러보니 브로클허스트가의 여자들은 하나같이 손수건을 꺼내 눈가에 갖다 대고 있었다. 브로클허스트 부인은 몸을 앞뒤로 흔들었고, 두 딸은 "충격적이네!"라고 속삭였다.

브로클허스트가 다시 입을 열었다.

"이게 다 이 소녀의 후원자한테서 들은 얘기입니다. 고아가 된 이 소녀를 거둬준 독실하고 인정 많은 부인이죠. 그 부인은 이 소녀를 친딸처럼 키웠지만 이 소녀는 부인의 친절과 자비를 배은망덕한 언행으로 되갚았습니다. 너무나 끔찍하고 무서운 일이죠. 결국 그 훌륭한 후원자도 어쩔 수 없이 이 소녀를 본인의 자식들한테서 분리하기로 결정했습니다. 이 소녀의 악랄한 언행이 순수한 자녀들을 물들일까 두려웠던 것이겠죠. 그 옛날 유대인들이 물결치는 베데스다(병을 고치는 효험이 있었다고 하는 예루살렘의 못－옮긴이)로 병자들을 보냈듯이, 후원자께서는 이 소녀를 치료해달라며 이곳으로 보내셨습니다. 그러니 교사 여러분과 교장 선생께서는 이 소녀의 주변에 물이 고여 썩지 않도록 각별히 신경 쓰기 바랍니다."

황당한 결론을 내린 브로클허스트는 외투의 맨 위쪽 단추를 매만지면서 가족들에게 무어라 중얼거렸다. 그러자 그의 가족들은 템플 선생님에게 고개 숙여 인사한 뒤 위엄 있게 교실에서 퇴장했다. 내 재판관은 교실 문 쪽으로 돌아서며 말했다.

"이 소녀를 앞으로 30분 동안 그 의자에 세워두고, 오늘 아무도 이 소녀에게 말을 걸지 못하게 하세요."

그렇게 나는 의자 위에 홀로 서 있게 됐다. 교실 한가운데서 서 있는 벌을 받는 것도 창피해서 견딜 수 없다고 말했던 나인데, 불명예의 단에 올라 모두의 시선을 받게 된 것이다. 그때 기분은 말로 표현할 수 없을 정도로 참담했다. 온갖 감정이 치받아 올라와 숨이 막히고 목구멍이 조이는 듯했다. 그때 한 여학생이 일어나 내 옆으로 지나가면서 눈을 들어 나를 슬쩍 쳐다보았다. 묘한 눈빛이었다! 그 순간 특별한 감정이 내 안을 훑고 지나갔다! 한 번도 느껴보지 못한 감정이기도 했다! 마치 순교자나 영웅이 노예나 희생자 옆을 지나가면서 힘을 실어주는 것 같은 눈빛이었다. 치솟는 불안감을 가라앉힌 나는 고개를 들고 의자에 굳건히 섰다. 헬렌 번스는 스미스 선생님에게 바느질에 관해 시시한 질문을 했다가 별 쓸데없는 걸 다 묻는다는 핀잔을 듣고 자리로 돌아갔는데, 내 옆을 지나가면서 내게 다시 미소를 지었다. 그 미소가 어찌나 멋지던지! 지금도 기억이 난다. 나는 그 미소가 뛰어난 지성과 진정한 용기의 산물임을 알고 있다. 그 미소는 안 그래도 눈에 띄는 그의 외모와 야윈 얼굴, 움푹 들어간 회색 눈을 마치 천사의 얼굴에서 흘러나오는 빛처럼 돋보이게 했다. 물론 그 순간에도 헬렌 번스의 팔뚝에는 '단정하지 못한 학생' 배지가 붙어 있었다. 한 시간쯤 전에 나는 스캐처드 선생이 헬렌에게 내일 점심 때 빵과 물만 먹으라는 벌을 주는 소리를 들었다. 헬렌이 연습 문제를 베끼다가 잉크 방울을 흘렸다는 이유에서였다. 사람은 원래 불완전한 존재가 아닌가! 가장 깨끗하고 동그란 별의 표면에도 얼룩은 있게 마련이었다. 하지만 스캐처드 선생 같은 사람은 사소한 결점만 볼 뿐, 그 별의 환한 빛은 보지 못한다.

8

30분도 채 지나지 않아 5시를 알리는 종소리가 울려 퍼졌다. 수업이 끝나고 학생들은 모두 차를 마시러 식당으로 갔다. 나는 겨우 의자에서 내려갔다. 밖에는 짙은 어스름이 깔려 있었다. 나는 한쪽 구석으로 가 바닥에 주저앉았다. 지금까지 나를 지탱해주던 마법은 사라지고 말았다. 어쩌면 당연한 반응이었다. 곧 압도적인 슬픔이 밀려와 나는 바닥에 엎드려 엉엉 울고 말았다. 헬렌 번스도 이곳에 없고, 나를 지탱해줄 사람은 아무도 없었다. 홀로 남겨진 나는 자포자기한 심정이었다. 뺨에서 흘러내린 눈물이 바닥 널빤지를 적셨다. 나는 착하게 굴려고 애써왔다. 로우드에서 정말이지 잘하고 싶었다. 친구들도 많이 사귀고 존중과 애정도 받고 싶었다. 사실 그런 면에서 눈에 띄게 진전을 보이고 있었다. 그날 아침 나는 내가 속한 학년에서 1등을 하기까지 했다. 밀러 선생님은 나를 따뜻한 말로 칭찬해주셨고 템플 선생님도 내게 응원의 미소를 보내주셨다. 템플 선생님은 내가 앞으로 두 달 동안 계속 이런 식으로 학습을 잘 해내면 그림을 가르쳐주고 프랑스어도 배울 수 있게 해주겠다고 약속했다. 나는 급우들 사이에 잘 섞여 들어갔고 같은 나이인 학생들에게도 나름대로 인정받고 있었다. 누구에게도 들볶이지 않았다. 그런데 지금 나는 자존심을 온통 짓밟히고 만 것이다. 내가 다시 일어설 수 있을까?

'절대 못 해.'

죽고 싶었다. 이런 바람을 흐느낌 속에 토해내고 있는데 누군가 내게 다가왔다. 고개를 들자 내 곁으로 다가오는 헬렌 번스의 모습이 보였다. 희미해지는 벽난로의 불빛이 길쭉하고 텅 빈 교실을 가로질러 오는 헬렌 번스를 비추었다. 헬렌은 내게 줄 커피와 빵을 가져왔다.

"자, 좀 먹어."

하지만 나는 둘 다 거부했다. 지금 커피 한 모금, 빵 한 조각이라도 먹었다간 질식할 것 같아서였다. 헬렌은 놀랍다는 눈빛으로 나를 바라보았다. 나는 자제하려고 안간힘을 썼지만 점점 더 초조해져 견딜 수가 없었다. 계속 울음만 나왔다. 헬렌은 내 옆 바닥에 앉아 두 무릎을 모으고 두 팔로 감싼 뒤 무릎 위에 머리를 얹었다. 그리고 마치 인디언처럼 말없이 내 곁을 지켰다. 결국 내가 먼저 입을 열었다.

"헬렌 언니, 왜 모두가 거짓말쟁이라고 믿는 애 옆에 와서 앉아 있어?"

"모두라고, 제인? 네가 거짓말쟁이라고 불리는 걸 들은 사람은 겨우 80명밖에 안 돼. 세상에는 수억 명이나 있어."

"내가 그 수억 명이랑 엮일 일이 뭐가 있어. 내가 아는 80명이 나를 경멸하는 게 문제지."

"제인, 너 뭘 잘못 알고 있구나. 이 학교에서 널 경멸하거나 혐오하는 사람은 아마 아무도 없을 걸. 오히려 널 동정하는 사람들이 많을 거야."

"브로클허스트 씨가 한 말을 듣고도 어떻게 나를 동정하겠어?"

"브로클허스트 씨는 신이 아니야. 대단한 사람도 아니고 존경받고 있지도 않아. 오히려 비호감이지. 그 사람은 이곳 사람들한테 호감을 얻으려고 애쓰지도 않아. 그 사람이 너를 특별히 마음에 들어 하는 양 굴었으면 오히려 다들 대놓고 혹은 은연중에 너를 적으로 생각할 걸. 말은 못 해도 너를 안 됐다고 생각하는 사람들이 훨씬 많을 거야. 선생님들이나 학생들이 앞으로 하루 이틀 정도는 너한테 차갑게 구는 척 할 수도 있어. 하지만 다들 마음속으로는 너를 좋아하고 있을 걸. 네가 잘 견뎌내기만 하면 그들도 억누르고 있던 너에 대한 호감을 오래지 않아 표현하게 될 거야. 그리고 제인……"

"뭔데, 언니?"

나는 헬렌의 두 손 사이에 내 손을 집어넣었다. 헬렌은 내 손가락을 부드럽게 어루만지며 말을 이었다.

"세상 사람들이 너를 미워하고 너를 사악하다고 믿어도, 네 양심만 깨끗하면 넌 아무 죄도 없는 거야. 그럼 주변에 친구들이 없을 수가 없어."

"나도 나 자신을 좋게 생각해야 한다는 건 아는데 생각만으로는 되질 않아. 다른 사람들에게 사랑받지 못하고 사느니 그냥 죽는 게 나아. 미움받는 외톨이로 사는 건 도저히 견딜 수 없어. 여기서도 마찬가지야. 언니한테나 템플 선생님, 내가 정말로 좋아하는 사람들한테서 진심 어린 애정을 받을 수만 있다면 나는 팔뼈를 부러뜨릴 수도 있어. 황소가 나한테 덤벼들어도 좋고, 발길질하는 말 뒤에 서 있다가 발굽에 가슴을 차여도 좋아……."

"그만 해, 제인! 넌 사람들의 사랑을 과대평가하고 있어. 내가 보기에 넌 지나치게 충동적이고 감정이 격해. 하느님께서는 네 틀을 창조하셨고 그 안에 생명을 불어 넣으셨어. 그리고 너처럼 나약한 인간이 나약한 자아로도 살아갈 수 있도록 다른 좋은 자질들도 주셨어. 나는 이 세상 말고, 지상의 인간들 말고 우리 눈에 보이지 않는 세상, 영혼들의 왕국이 존재한다고 믿어. 그 세상은 우리 주변에 어디에든 존재해. 그 영혼들은 우리를 보호하기 위해 늘 지켜보고 있지. 우리가 고통과 수치심으로 죽어가고 있을 때, 사방에서 밀려드는 경멸로 숨이 막힐 때, 증오가 우리를 깔아뭉갤 때에도 천사들은 고통받는 우리를 지켜보면서 아무 죄가 없다는 걸 인정해 줘. (정말로 아무 죄가 없다면 그렇다는 얘기야. 브로클허스트 씨는 리드 부인한테서 전해 들은 설득력도 없는 너에 대한 비판을 그냥 주워섬겼을 뿐이야. 난 네 열정적인 눈빛과 맑은 얼굴에서 신실한 본성을 읽어냈어.) 하느님께서는 우리에게 온전한 보상을 해주기 위해 우리의 영혼이 육신을 벗어나는 날을 기다리고 계셔. 삶이 너무도 짧은데 우리가 괴로움에 압도되어 있을 필요는 없잖아. 죽음은 행복과 영광으로 가는 길인데 말이야. 안 그래?"

나는 조용히 듣기만 했다. 헬렌의 말에 마음이 차분하게 가라앉았다. 하지만 헬렌이 풍기는 평온한 분위기에는 무어라 설명할 수 없는 비애가 섞여 있었다. 말투에서도 슬픔이 느껴졌는데 그 슬픔의 근원이 무엇인지는 알 수 없었다. 말을 마친 헬렌은 가쁜 숨을 쉬더니 짧은 기침을 토해냈다. 나는 순간적으로 헬렌이 걱정되어 내 슬픔을 잊었다.

헬렌의 어깨에 머리를 기대고 그의 허리에 두 팔을 둘렀다. 헬렌은 나를 더 가까이 끌어당겨 안아주었다. 우리는 그대로 조용히 앉아 있었다. 얼마 지나지 않아 누군가 우리가 앉아 있는 교실로 들어왔다. 묵직한 구름이 바람에 떠밀리면서 하늘에 달이 드러났다. 근처 창문을 통해 흘러든 달빛이 우리와 우리에게 다가오는 사람을 환히 비추었다. 우리는 그 사람이 템플 선생님임을 알아보았다.

"너를 찾으러 왔어, 제인 에어. 내 방으로 가자. 헬렌 번스도 같이 오렴."

우리는 템플 교장 선생님을 따라서 교실을 나섰다. 복잡한 복도를 이리저리 지나 계단을 올라가 템플 선생님의 방에 이르렀다. 벽난로가 피워져 있는 방 안은 쾌적한 분위기였다. 템플 선생님은 헬렌 번스에게 난로 한옆의 야트막한 안락의자를 권했고, 본인은 그 옆의 다른 의자에 가서 앉은 뒤 나를 옆으로 불렀다. 그리고 내 얼굴을 내려다보며 물었다.

"다 울었니? 실컷 우니까 슬픔이 좀 가셨어?"

"아무리 울어도 슬픔을 떨칠 수가 없어요."

"어째서?"

"부당하게 비난받았으니까요. 선생님도 그렇고 다들 저를 못된 아이라고 생각하겠죠."

"우린 네가 보여주는 모습대로 평가해. 그러니까 앞으로도 착하게 처신하면서 우릴 기쁘게 해주면 되는 거야."

"제가 그렇게 할 수 있을까요, 템플 선생님?"

"물론이지." 선생님은 한 팔로 나를 안았다.

"브로클허스트 씨가 네 후원자라고 한 부인에 대해 얘기해줄래?"

"리드 부인이에요. 제 외삼촌의 부인이요. 외삼촌이 돌아가시면서 저를 돌봐달라고 부인에게 맡겼어요."

"그 부인이 자발적으로 널 받아들인 게 아니었구나?"

"예, 선생님. 리드 부인은 내켜하지 않았어요. 하인들이

하는 얘길 들었는데, 외삼촌이 돌아가시기 전에 부인한테 약속해달라고 했대요. 저를 쭉 맡아서 키워주기로."

"그렇구나, 제인. 적어도 이 말은 해줄 수 있겠다. 고소당한 범죄자도 자기 입장을 얘기할 기회는 있어. 넌 거짓된 비난을 받았으니 최대한 너 자신을 변호해보렴. 기억이 나는 대로 진실하게 얘기해봐. 말을 보태거나 과장하지 말고."

나는 차분하고 정확하게 말해야겠다고 마음속 깊이 결심했다. 말할 내용을 일관성 있게 정리하느라 몇 분 동안 뜸을 들인 다음, 애달팠던 어린 시절 얘기를 전부 털어놓았다. 한바탕 눈물로 감정을 쏟아낸 상태여서, 슬픈 주제임에도 불구하고 평소보다 침착하게 말을 이어갈 수 있었다. 분노에 함몰되지 말라는 헬렌의 경고를 유념하며, 평소보다 울분과 비통함이 덜 섞인 말투로 얘기해나갔다. 감정을 자제하고 단순하게 얘기하니 한층 더 믿을 만하게 들리기도 했다. 얘기를 할수록 템플 선생님이 나를 믿어주고 있다는 느낌이 들었다.

그러다 발작을 일으킨 나를 돌봐주러 로이드 씨가 왔다는 얘기로 넘어갔다. 빨간 방에서 겪은 무시무시한 경험은 평생 잊을 수 없을 것이다. 그 일을 털어놓으면서 다소 감정이 격해졌다. 내 심장을 죄어들게 한 고통에 찬 발작은 도저히 평범한 말로는 설명이 되지 않았다. 리드 부인이 제발 용서해달라고 애원하는 내 말을 들은 척도 않고 유령이 나오는 컴컴한 방에 나를 가뒀으니까.

얘기를 마치자 템플 선생님은 한동안 말없이 나를 바라보다가 드디어 입을 열었다.

"로이드 씨라면 나도 아는 사람이야. 로이드 씨한테 편지를 보내야겠다. 그분이 네가 지금 한 말을 사실이라고 확인해주면, 네가 받은 비난은 거짓이었던 것으로 모두에게 말할게. 일단 내가 보기에 넌 아무 잘못도 없어."

템플 선생님은 내게 뽀뽀를 해주고 계속 곁에 두었다. (나는 선생님 옆에 서 있는 게 그저 좋았다. 선생님의 얼굴과 드레스, 장신구 한두 개, 하얀 이마, 윤기가 흐르는 곱슬머리, 반짝이는 까만 눈을 바라보는 게 너무 좋았다.) 그리고 헬렌 번스를 불렀다.

"오늘 저녁엔 몸이 좀 어때, 헬렌? 오늘도 기침을 많이 했니?"

"많이는 아니었어요, 선생님."

"가슴 통증은 어때?"

"나아졌어요."

템플 선생님은 의자에서 일어나 헬렌의 손을 잡고 맥박을 쟀다. 그러고는 도로 의자에 앉아 나지막하게 한숨을 쉬었다. 잠시 깊은 생각에 잠겼던 선생님은 얼마 후 명랑한 목소리로 말했다.

"오늘 저녁엔 너희가 내 손님이니, 손님 대접을 제대로 해줘야겠다."

템플 선생님은 종을 울려 하녀를 부른 뒤 지시를 내렸다.

"바버라. 내가 아직 차를 못 마셨어. 차 쟁반을 가져오면서 이 두 숙녀를 위한 찻잔도 같이 가져와."

하녀는 곧 차 쟁반을 가져왔다. 벽난로 앞의 작고 동그란 탁자 위에 놓인 도자기 잔과 밝은색 찻주전자가 어찌나 예쁘던지! 차의 수증기와 토스트의 향기는 또 얼마나 좋던지! 하지만 (배가 고파지기 시작한 상태) 토스트의 크기가 터무니없을 정도로 작아 보였다. 템플 선생님도 같은 생각인지 하녀에게 지시했다.

"바버라, 빵과 버터를 가져와. 우리 셋이 먹기에는 양이 충분치 않아."

밖으로 나갔다가 얼마 안 있어 들어온 바버라가 보고했다.

"하든 부인이 평소와 같은 양으로 올려보냈다는데요."

하든 부인은 이곳의 하녀장이었다. 브로클허스트처럼 고래수염과 쇠로 된 심장을 가진 듯한 여자였다.

"아, 그래! 어쩔 수 없지. 알았어, 바버라."

바버라가 물러가자 선생님은 미소를 지으며 우리에게 말했다.

"다행히 오늘은 부족한 양을 채울 수 있는 음식이 여기 또 있어."

선생님은 헬렌과 내게 탁자 쪽으로 가까이 오라고 한 뒤 우리 앞에 맛있는 향을 풍기지만 너무도 얄팍한 토스트, 그리고 찻잔을 놓아주었다. 의자에서 일어선 선생님은 서랍의 자물쇠를 열고 그 안에서 종이로 싼 꾸러미 하나를 꺼냈다. 꾸러미를 풀자 꽤 넉넉한 크기의, 캐러웨이 씨앗이 든 케이크가 나왔다.

"원래는 너희가 방으로 돌아갈 때 싸주려고 했는데 토스트 양이 너무 적으니 지금 먹으렴."

선생님은 케이크를 넉넉하게 잘라주었다.

그날 저녁 우리가 먹은 것은 진미나 다름없었다. 무엇보다 선생님이 본인이 차려준 맛있는 음식을 신나게 먹는 우리를 바라보며 흡족한 미소를 짓고 있어서 더더욱 좋았다. 차를 다 마시고 차 쟁반을 치운 뒤 선생님은 우리를 다시 벽난로 앞으로 불렀다. 우린 선생님 양옆에 자리를 잡고 앉았다. 선생님은 헬렌과 얘기를 나눴는데, 그들의 대화를 바로 옆에서 들을 수 있었던 건 특권이었다.

템플 선생님은 언제나 침착하셨다. 표정도 차분했고, 말투도 교양이 있었다. 열을 올리면서 흥분하고 격하게 구는 일이 거의 없었다. 덕분에 선생님을 바라보고 그의 말에 귀를 기울이는 이들은 큰 기쁨을 느끼면서도 그를 향한 경외감에 감정을 자제하게 됐다. 나도 그랬다. 하지만 헬렌 번스는 볼수록 경이로웠다.

기운을 북돋우는 음식과 환한 벽난로 불빛, 사랑하는 선생님이 다정하게 곁을 지켜주고 있다는 점 때문인지 몰라도 오늘따라 헬렌의 내면에 깃든 독특한 지성이 빛을 발하는 듯했다. 창백하고 핏기 하나 없던 헬렌의 볼이 발그레하게 달아올랐다. 촉촉해진 눈동자가 반짝거리자 돌연 템플 선생님보다도 아름다워졌다. 고운 화장과 긴 속눈썹, 연필로 그린 눈썹으로는 얻어낼 수 없는 아름다움이었다. 의미 있는 말과 행동, 눈빛에서 비롯된 아름다움이었으니까. 이윽고 영혼이 입술에 내려앉자 편안하게 말이 흘러나왔다. 어디서 비롯된 말인지 나로서는 알 수 없었다. 열네 살밖에 안 된 소녀의 활기차고 큼직한 심장 안에 이토록 순수하고 그득한 열변의 샘이 가득 차올라 있는 게 어떻게 가능할까? 영원히 내 기억에 새겨진 그 날 저녁에 헬렌의 입에서 나온 말들이 바로 그랬다. 그의 영혼은 오래도록 이 땅에 존재할 수많은 이들과 달리, 짧은 수명만을 허락받았기에 더욱 서두르는 듯 보였다.

두 사람은 내가 들어본 적 없는 주제들로 대화를 나눴다. 과거에 존재했던 국가와 시대, 머나먼 나라들, 발견되거나 추측되고 있는 자연의 비밀들. 그리고 책에 관한 대화도 나눴는데 두 사람의 독서량은 어마어마했다! 지식이 어찌나 풍부한지! 그들은 프랑스 인명과 프랑스 작가들에 대해서도 잘 아는 것 같았다. 그러다 템플 선생님은 헬렌에게 아버지가 가르쳐 준 라틴어를 요즘도 한 번씩 복습하고 있는지 물었다. 그 부분에서 나는 제일 크게 감탄했다. 템플 선생님은 책장에서 책 한 권을 꺼내오더니 헬렌에게 건넸다. 베르길리우스(기원전 70년~

기원전 19년, 고대 로마 최고의 시인—옮긴이)의 책이었다. 헬렌은 선생님이 지시한 대로 한 페이지를 읽고 해석했다. 헬렌이 한 줄 한 줄 읽어나가자 누군가를 숭배하는 일에 특화된 내 신체 기관이 확장하는 듯했다. 헬렌이 해석을 마치자마자 취침 시간을 알리는 종소리가 울려 퍼졌다. 더는 이 방에 머물 수 없었다. 템플 선생님은 우리를 가까이 끌어안으며 말했다.

"하느님께서 너희를 축복해주시기를!"

선생님은 나보다 헬렌을 좀 더 오래 품에 안고 있다가 마지못해 품에서 놓아주었다. 선생님은 문으로 향하는 헬렌한테서 좀처럼 눈을 떼지 못했다. 선생님은 헬렌 때문에 두 번이나 슬픔에 겨운 한숨을 내쉬었고 뺨을 타고 흐르는 눈물을 닦았다.

침실에 도착하자 스캐처드 선생님의 목소리가 들렸다. 스캐처드 선생님은 우리 방 서랍을 검사 중이었다. 헬렌 번스의 서랍을 열어젖힌 스캐처드 선생님은 방으로 들어서는 헬렌을 날카롭게 나무라면서, 너저분하게 개켜놓은 옷 여섯 벌을 내일 하루 동안 어깨에 걸치고 있으라는 벌을 내렸다.

헬렌은 나지막한 목소리로 내게 속삭였다.

"내 서랍 안이 창피할 정도로 정리가 안 되어 있기는 했어. 정리하려고 생각은 했는데 깜빡 잊고 말았어."

다음 날 아침 스캐처드 선생님은 두꺼운 종이에 눈에 확 띄는 글씨체로 '지저분한 학생'이라고 적고는 헬렌의 넓고 온순하며 지적이고 유순한 이마에 묶어 성구함처럼 고정해놓았다. 헬렌은 마치 응당 받아야 할 벌을 받는 듯, 분노하지도 않고 순순히 저녁때까지 그 종이를 이마에 매달고 있었다. 오후 수업이 끝나고 스캐처드 선생님이 교실을 나가자마자 나는 헬렌에게 달려가 그 종이를 벗겨내 벽난로 안에 던져 넣었다. 헬렌은 분노하지 않았는데 나는 종일 분노가 끓어올랐다. 뺨이 델 정도로 뜨거운 눈물이 줄줄 흘렀다. 비통하게 체념한 헬렌의 모습을 보는 것만으로도 내 심장은 견딜 수 없을 정도로 아팠다.

그 일이 있고 일주일 정도 지났을 때, 템플 선생님은 로이드 씨에게 보냈던 편지의 답장을 받았다. 로이드 씨의 답장 내용이 내가 설명했던 바와 일치한 모양이었다. 템플 선생님은 학생들과 교사들이 모두 모인 자리에서, 제인 에어에게 가해진 비난에 대해 조사를 해봤는데, 다행히 근거 없는 비방임이 확인되었다고 선언했다. 선생님들은 내 손을 잡고 흔들며 뽀뽀를 해주셨고 학생들도 기뻐하며 조용히 자기네끼리 말을 나눴다.

드디어 괴로운 짐을 벗어던진 나는 그때부터 새로운 마음으로 살아가기로 결심했다. 어떤 어려움이 닥치더라도 뚫고 나아가고 말 것이다. 나는 열심히 공부했고 노력에 비례하는 성과를 얻어냈다. 타고난 기억력이 좋지는 않았지만 외우는 연습을 열심히 하다 보니 점점 개선됐고 공부를 할수록 판단력도 좋아졌다. 몇 주 후에는 상급반으로 올라가게 됐고, 두 달도 채 안 되어 프랑스어와 그림을 배워도 좋다는 허락을 받았다. 첫날에 '*Etre*'라는 프랑스어 동사의 두 가지 시제를 배웠고 오두막집을 그렸다. (그날 그린 오두막집의 벽은 피사의 사탑보다도 더 비딱하게 기울었다.) 그날 밤, 잠자리에 든 나는 평소처럼 뜨거운 구운 감자나 흰 빵과 신선한 우유로 구성된 화려한 저녁 식사를 상상하며 내적 갈망을 달래는 대신, 어둑한 허공에 대고 이상적인 그림들을 그리며 즐거워했다. 머릿속 상상의 연필로 자유롭게 그린 집과 나무들, 아름다운 바위와 폐허, 코이프(1620~1691년. 네덜란드의 화가–옮긴이)풍의 소 떼, 아직 피지 않은 장미 위를 날아다니는 나비들, 잘 익은 체리를 쪼아먹는 새들, 어린 담쟁이덩굴 잔가지로 만들어지고 진주처럼 고운 알들이 담긴 굴뚝새의 둥지가 내 눈앞에 펼쳐졌다. 마담 피에로가 그날 내게 보여준 프랑스 동화책을 언젠가 내가 직접 번역하게 될 가능성에 대해서도 생각해보았다. 그 궁금증을 풀기도 전에 어느새 나는 달콤한 잠에 빠져들고 말았다.

'채소를 먹어도 서로 사랑하는 것이 살찐 소를 먹으면서 서로 미워하는 것보다 낫다(잠언 15장 17절–옮긴이)'라고 솔로몬 왕은 말했다.

게이츠헤드 시절은 매일이 호화찬란했지만, 아무리 궁핍해도 로우드 학교에서 사는 편이 훨씬 나았기에 그 시절로는 절대 되돌아가고 싶지 않았다.

9

로우드 학교에서 겪은 궁핍, 아니 고생은 시간이 흐르면서 점점 개선됐다. 봄이 시작됐기 때문이었다. 봄은 이미 와 있었다. 겨울 서리는 이미 그쳤고 그동안 내린 눈도 녹았다. 살을 에던 칼바람도 온화해졌다. 1월의 날카로운 바람에 피부가 일어나고 발이 퉁퉁 부어 절뚝거리기까지 했는데 4월에 접어들면서 공기가 따뜻해지자 점차 나아졌다. 캐나다처럼 추워져 몸 안의 피까지 얼어붙게 만들었던 밤과 아침 기온도 조금씩 올라갔다. 이제 우리는 쉬는 시간이면 정원에 나가 있을 수 있었다. 화창한 낮에는 기온이 기분 좋을 정도로 따뜻해졌고 갈색으로 시들었던 화단에도 파릇파릇한 새싹이 돋아났다. 매일 새로이 돋아나는 초목을 바라보면서 밤 동안 희망의 여신이 화단을 가로지른 흔적이 아침마다 저렇게 환하게 보이는구나 싶었다. 잎사귀 사이에서 스노드롭, 크로커스, 자주색 앵초, 황금 눈 팬지 같은 꽃들이 고개를 내밀었다. 목요일

148

(반휴일이었다) 오후마다 우리는 산책하러 나갔고 길가의 울타리 아래 피어난 좀 더 예쁜 꽃들을 볼 수 있었다.

얼마 후 나는 담장 못이 박힌 높다란 정원 벽 너머, 오직 지평선만이 경계를 이루는 저 바깥에서 큰 기쁨을 찾을 수 있음을 알게 됐다. 그곳에는 드넓고 완만한 분지를 에워싸고 있으며 푸른 초목이 우거지고 그림자가 져 있어 숭고한 분위기를 자아내는 산꼭대기, 시커먼 바위와 반짝이는 물회오리가 잔뜩 보이는 맑은 시냇물이 있었다. 쇠처럼 싸늘하던 겨울 하늘 아래, 서리에 얼어붙고 눈으로 뒤덮여 있을 때와는 어찌나 달라 보이는지! 지독하게 싸늘한 안개는 보랏빛 산봉우리를 따라 변덕을 떠는 동풍을 따라 흘러가면서 시냇가에 이르러 냇물의 얼어붙은 안개와 하나로 합쳤다. 시냇물은 탁한 급류였다. 요란한 소리를 내며 숲 사이로 흘러내려갔고, 세찬 비나 소용돌이치는 진눈깨비와 합해지면서 한층 불어나기도 했다. 시냇가의 숲은 마치 뼈들이 줄지어 서 있는 듯한 모습이었다.

어느덧 4월이 지나고 5월이 됐다. 5월은 한층 밝고 평화로웠다. 푸른 하늘, 차분한 햇살, 부드러운 서풍이나 남풍이 부는 나날이었다. 초목이 제대로 여물고 로우드는 삼단 같은 머리를 풀어헤쳤다. 풀밭은 꽃으로 뒤덮였다. 앙상하던 높은 느릅나무와 물푸레나무, 참나무는 장엄하게 되살아났다. 숲 속 우묵한 곳에서 다양한 식물들이 차츰 모습을 드러냈다. 헤아릴 수 없을 만큼 다양한 종류의 이끼들이 움푹 꺼진 땅을 채워나갔다. 야생 프림로즈가 흐드러지게 피어있는 곳은 마치 햇살이 환하게 쏟아지는 듯한 묘한 풍경을 만들어냈다. 어둑한 곳에 피어난 연노란 프림로즈는 그곳에 흩뿌려진 아름다운 빛 같았다. 나는 자주 그리고 한껏, 자유롭게, 누구의 감시도 받지 않고 홀로 이 모든 풍경을 즐겼다. 내가 이처럼 뜻밖의 자유로움과 기쁨을 누리게 된 것에는 다 이유가 있었다. 지금부터 그 이유에 대해 말하겠다.

로우드 학교가 언덕과 숲 사이의 시냇가에 자리하고 있어 생활하기에 좋은 곳이라는 말을 내가 한 적이 있었나? 하지만 이 학교는 아름답기는 해도 건강에 좋은 곳은 아니었다.

로우드 주변의 숲은 언제나 안개가 자욱했는데, 그로 인해 전염병의 온상이 되기 쉬웠다. 빠르게 퍼져나가는 봄기운처럼 전염병은 이 고아 보호소로 빠르게 밀어닥쳐 학생들로 가득한 교실과 기숙사에 발진티푸스를 퍼뜨렸다. 5월이 채 되기도 전에 학교는 병원이나 다름없게 되어 버렸다.

제대로 먹지도 못하고 추위에 방치된 채 생활하던 대부분의 학생들은 쉽게 전염병에 걸리고 말았다. 80명의 학생들 중 45명이 한꺼번에 앓아누웠다. 수업은 중단되고 규율은 느슨해졌다. 그때까지 건강을 유지하던 몇 안 되는 학생들은 무한한 자유를 누리게 됐다. 담당 의사가 자주 운동을 하면서 건강을 유지하게 해야 한다고 조언한 덕분이었다. 그런 조언이 아니더라도 선생님들은 학생들을 감시하거나 저지할 여유가 없었다. 템플 선생님의 관심은 온통 환자들에게 가 있었다. 선생님은 밤에 몇 시간씩 쉴 때를 제외하고는 병실에서 살다시피 했다. 다른 선생님들은 친구들과 친척들의 도움으로 이 전염병의 온상에서 벗어날 수 있게 된 운 좋은 학생들이 짐을 싸서 떠날 수 있게 돕느라 정신이 없었다. 감염된 여러 학생들은 죽을 날만 기다리는 신세가 되어 집으로 돌아갔다. 학교에서 죽은 학생들은 매장을 지체할 수 없는 이 병의 특성 때문에 조용히 그리고 신속하게 땅에 묻혔다.

어느새 발진티푸스는 로우드 학교의 거주자가 되었고 죽음은 단골손님이 되고 말았다. 학교 담장 안은 우울과 두려움이 가득했다. 교실과 복도는 병원 냄새가 풍겼고, 아무리 온갖 약물이며 사탕 모양의 알약까지 써도 죽음의 악취를 몰아내기에는 역부족이었다. 그 와중에도 5월의 햇살은 학교 담장 너머 푸른 언덕과 아름다운 숲을 환히 비추고 있었다. 학교 정원에도 꽃이 흐드러지게 피었다. 접시꽃이 나무만큼 높게 자라났고 백합이 피었으며 튤립과 장미도 봉오리를 활짝 열었다. 자그마한 화단 가장자리에는 분홍색 아르메리아 꽃과 진홍색 데이지 꽃이 화려하게 피어났다. 들장미도 아침저녁으로 진한 향신료 향과 사과 향을 뿜어냈다. 하지만 종종 관 속에 넣어주는 한 줌의 허브와 꽃 외에는, 로우드 학교의 대부분의 학생들에게 이 향기로운 보물들은 아무 도움도 되지 못했다.

나를 비롯해 건강을 유지하고 있는 일부 학생들은 아름다운 봄 풍경을 한껏 즐겼다. 선생님들은 우리가 집시처럼 아침부터 저녁까지 숲속을 쏘다니게 내버려 두었다. 우리는 하고 싶은 대로 행동했고 원하는 곳을 돌아다녔다. 확실히 전보다 나아진 삶이었다. 브로클허스트와 그 가족은 로우드 학교 근처에는 얼씬도 하지 않았다. 학교 살림살이에 대한 감시도 확연히 줄어들었다. 성질 고약한 하녀장이 전염병 때문에 겁을 먹고 떠나버리자 로턴 진료소에서 수간호사로 일한 경력이 있는 분이 후임자로 부임했다. 이 학교의 살림살이 운영 방식에 익숙하지 않은 새 하녀장은 비교적 후하게 식사를 차려주었다. 먹일 입이 줄어서 가능했던 것도 있었다. 환자들은 조금밖에 먹질 못했다. 덕분에 우리는 아침 식사를 넉넉하게 챙겨 먹을 수 있었다. 규칙적으로 점심 식사를 준비할 여유가 없자 하녀장은 우리에게 큼직한 식은 파이라든가 두툼한 빵과 치즈를 내주었다. 우린 음식을 받아서 숲으로 가져가 각자 좋아하는 장소에 앉아서 호화로운 만찬인 양 즐겼다.

내가 제일 좋아한 식사 자리는 시냇물 한가운데 솟아있는 매끈하고 널찍한 바위였다. 건조하고 하얀 그 바위로 가려면 시냇물을 가로질러 가야 했는데 나는 기꺼이 맨발로 물속에 들어가곤 했다. 바위가 꽤 널찍해서 그 무렵 친하게 지내던 또 다른 소녀와 편안하게 함께 앉아 있을 수 있었다. 그 소녀의 이름은 메리 앤 윌슨이었다. 기민하고 관찰력이 좋은 언니였다. 재치 있고 특이한 데다 나를 편안하게 해주는 구석이 있어서 함께 있으면 즐거웠다. 나보다 몇 살 많다 보니 세상도 더 잘 알아서 재미있는 얘기를 자주 들려주었다. 덕분에 나는 호기심을 충족할 수 있었다. 메리 앤은 내 잘못에 대해서도 관대한 편이었고 내가 무슨 말을 해도 가로막거나 고삐를 죄려 들지 않았다. 메리 앤은 말주변이 좋았고 나는 분석을 잘하는 편이어서, 메리 앤이 온갖 정보를 물고 와 풀어놓으면 나는 질문을 하는 식으로 대화가 이루어졌다. 그래서인지 우리는 상호 교류를 통해 대단한 발전을 이루지는 못했지만, 같이 있으면 마냥 즐거웠고 죽이 잘 맞았다.

그동안 헬렌 번스는 어디 있었을까? 나는 왜 그 자유롭고 즐거운 나날을 헬렌과 함께 보내지 않았을까? 내가 헬렌을 잊었냐고? 헬렌과의 순수한 교류에 지겨움을 느낄 만큼 내가 하찮은 인간이었냐고? 메리 앤이 온갖 재미있는 얘기를 들려주고 내가 좋아하는 짜릿하고 즐거운 소문을 잘 주워섬기긴 했지만, 헬렌만큼 훌륭한 벗은 아니었다. 솔직히 헬렌은 자신과 대화를 나누는 특권을 누리게 된 상대에게 보다 고상한 주제로 얘기를 들려줄 수 있는 사람이었다.

그 사실을 나는 분명히 알고 있었고 마음으로도 느꼈다. 나는 참 모자란 아이였다. 온갖 잘못을 저지르면서도 그런 잘못을 상쇄할만한 장점도 별로 없었다. 하지만 헬렌 번스에게 지겨움을 느낀 것은 아니었다. 헬렌에 대한 애정이 식은 것도 아니었다. 어떤 상황에서도 조용히 충직하게 나와의 우정을 지켜준 헬렌인 만큼, 내 마음속에는 헬렌에 대한 따뜻한 존경심이 늘 가득했다. 우리의 우정은 언짢은 감정으로 뒤틀리거나 짜증으로 변질된 적이 없었다. 하지만 헬렌은 그 무렵 병을 앓고 있었다. 헬렌을 본 지 수 주일이 넘었는데 정확히 위층 어느 방에 가 있는지도 알 수 없었다. 헬렌은 발진티푸스로 열이 오른 환자들이 머무는 곳에 가 있지도 않았다. 헬렌은 발진티푸스가 아니라 폐결핵을 앓고 있기 때문이었다. 폐결핵에 대해 잘 알지 못했던 나는 그게 간호만 잘 받으면 틀림없이 낫는 가벼운 병인 줄 알았다.

따뜻하고 화창한 오후에 헬렌이 한두 번 아래층으로 내려온 적이 있고, 템플 선생님과 함께 정원에 나오는 모습도 본터라 그리 생각한 것이었다. 하지만 나는 헬렌에게 다가가 말을 걸 수가 없었다. 교실 창문 너머로 헬렌의 모습을 볼 수 있을 뿐이었다. 그나마도 헬렌이 담요로 몸을 둘둘 만 채로 베란다 아래 멀찌감치 앉아 있었기에 분명히 보지 못했다.

6월 초의 어느 날 저녁, 나는 메리 앤과 함께 숲에서 늦게까지 놀며 시간을 보냈다. 우린 평상시처럼 무리와 떨어져 꽤 깊은 숲속으로 들어갔고 길을 잃고 말았다. 어느 외딴 오두막을 발견해 길을 물어야 했다. 그 집에는 반半야생 상태에서 숲의 떡갈나무 열매로 돼지 떼를 기르는 남자와 여자가 살고 있었다. 어쨌든 우리는 달이 뜨고 나서야 학교로 돌아올 수 있었다. 와서 보니 정원 문 옆에 눈에 익은 조랑말이 서 있었다. 이 학교 학생들을 돌봐주는 담당 의사 베이츠 씨의 조랑말이었다. 메리 앤은 늦은 저녁 시간에 베이츠 씨까지 불러온 걸 보면 누가 많이 아픈 모양이라고 말했다. 메리 앤은 먼저 건물 안으로 들어갔고 나는 조금 더 정원에 머물며 숲에서 캐온 식물 몇 뿌리를 땅에 심었다. 바로 심지 않고 아침까지 두면 시들어버릴 것 같아서였다. 식물을 다 심고 나서도 정원에 좀 더 머물렀다. 이슬을 맞은 꽃들의 향기가 무척이나 향기로웠다. 평화롭고 따뜻하며 기분 좋은 저녁이었다. 내일도 맑은 날씨가 계속될 것임을 예고하듯, 저무는 해가 서쪽 하늘에서 여전히 강렬한 빛을 뿌렸다. 어둑한 동쪽 하늘에는 달이 장엄하게 떠 있었다. 어린애답게 주변 풍경을 바라보며 즐기고 있는데 문득 한 번도 해본 적 없는 생각이 머릿속에 떠올랐다.

'아파서 누워 있거나 죽음을 눈앞에 두고 있으면 얼마나 우울할까! 세상은 이렇게 재미있는데……. 저 하늘의 부름을 받고 아무도 알지 못하는 곳으로 가야 한다면 얼마나 슬플까?'

나는 그동안 들은 천국과 지옥에 관한 온갖 얘기들을 처음으로 진지하게 생각해보면서 이해하려 애썼다. 그러자 두려움과 당혹감이 밀려왔다. 내 뒤와 양옆, 그리고 앞에 깊이를 헤아릴 수 없는 심연이 펼쳐진 듯했다. 지금 내가 존재하는 현재를 제외하고, 나머지는 형체 없는 구름과 텅 빈 골짜기 같았다. 자칫 발을 잘못 디뎠다가는 그 혼란의 구덩이 속으로 떨어질 것 같아서 두려움으로 몸이 떨릴 지경이었다. 이 새로운 생각에 몰두해 있는데 현관문이 열리는 소리가 들렸다. 베이츠 씨가 간호사와 함께 현관문을 나서고 있었다. 베이츠 씨는 조랑말을 타고 떠났고 그를 배웅한 간호사는 건물 안으로 들어가 현관문을 닫으려 했다. 나는 얼른 간호사에게 달려가 물었다.

"헬렌 번스는 좀 어때요?"

"상태가 많이 안 좋아."

"베이츠 씨가 헬렌을 보러 오신 거예요?"

"맞아."

"헬렌에 대해 뭐라고 하세요?"

"여기 오래 있지 않을 것 같다고 하셨어."

어제 그 말을 들었으면 나는 헬렌이 고향인 노섬벌랜드로 돌아가게 됐다는 의미로 알아들었을 것이다. 죽을 날이 가까워졌다는 뜻이라고는 생각하지 않았을 것이다. 하지만 지금 나는 그 뜻을 곧장 알아들었다. 헬렌이 이 세상에서 살날이 얼마 남지 않았고, 곧 영혼들의 나라로 가게 되리라는 뜻이었다. 그런 나라가 진짜로 있다면 말이다. 나는 공포와 슬픔, 그리고 당장 헬렌을 만나고 싶다는 갈망을 느꼈다. 나는 간호사에게 헬렌이 어느 방에 있는지 물었다.

"템플 선생님 방에 있어."

"올라가서 헬렌이랑 얘기를 해도 돼요?"

"그건 안 돼! 있을 수 없는 일이야. 그만 네 방으로 돌아가. 이슬이 내린 지금까지 밖에 나가 돌아다녔으니 잘못하면 너도 열병에 걸릴 수 있어."

간호사는 현관문을 닫았다. 나는 교실로 이어지는 옆문으로 들어갔다. 시간을 딱 맞춰 돌아온 것이었다. 밤 9시 정각이라 밀러 선생님은 학생들에게 잠자리에 들라는 지시를 내리고 있었다.

두 시간쯤 지나 밤 11시 가까이 됐을 무렵, 그때까지도 잠들지 못하고 있던 나는 조용히 침대에서 일어나 잠옷 위에 외투를 걸쳐 입었다. 기숙사 안이 조용한 걸 보니 다른 학생들은 전부 깊은 잠에 빠져든 모양이었다. 나는 신발도 신지 않고 살그머니 복도로 나가 템플 선생님의 방을 찾아갔다. 템플 선생님의 방은 건물 반대편 끝에 있었지만 나는 그리로 가는 길을 잘 알았다. 구름 한 점 없는 여름 하늘의 달빛이 복도 창문으로 흘러들어온 덕분에 어려움 없이 길을 찾아갈 수 있었다. 장뇌와 불에 탄 식초 냄새가 코끝에 와 닿는 걸 보니 열병을 앓는 이들이 머무는 방이 가까워진 듯했다. 밤새 자리를 지키고 앉아 있던 간호사에게 발소리를 들킬까 봐 나는 그 방 앞을 빠른 걸음으로 지나갔다. 간호사에게 붙들려 방으로 돌아가게 될까 봐 두려웠다. 오늘 나는 꼭 헬렌을 봐야 했다. 헬렌이 죽기 전에 안아줘야 했다. 마지막 입맞춤을 해주고 작별 인

157

사를 나눠야 했다.

계단을 내려가 아래층을 가로지른 뒤 소리 없이 문 두 개를 여닫는 데 성공했다. 그리고 또 다른 계단을 올라갔다. 바로 맞은편에 템플 선생님의 방이 보였다. 열쇠 구멍을 통해 불빛이 새어 나오고, 문 밑으로 깊은 정적이 흘러나오고 있었다. 가까이 가서 보니 문이 살짝 열려 있었다. 환자가 답답해하지 않게 신선한 공기를 들이기 위해서인 듯했다. 내 영혼과 감각은 격한 고통으로 떨렸다. 나는 망설임 없이, 충동적으로 방 안을 들여다보았다. 헬렌을 찾으려 두리번거리면서도 혹시라도 죽어 있는 그를 보게 될까 두려웠다.

템플 선생님의 침대 바로 옆에, 하얀 커튼으로 절반쯤 가려진 작은 침대가 보였다. 옷을 입고 누운 누군가의 윤곽은 보였지만 얼굴은 커튼에 가려 보이지 않았다. 정원에서 내가 말을 걸었던 간호사가 안락의자에 앉아 잠들어 있었다. 탁자 위에는 미처 끄지 못한 양초가 희미한 빛을 내고 있었다. 템플 선생님의 모습은 보이지 않았다. 나중에야 나는 그 시각에 템플 선생님이 고열로 정신이 혼미해진 환자를 돌보러 발진티푸스 병실에 가 있었음을 알게 됐다. 나는 조심스럽게 방 안으로 들어갔다. 작은 침대 옆에 가만히 서서 커튼에 손을 갖다 댔다. 커튼을 열기 전 말을 해보기로 했다. 혹시라도 커튼 너머에 시신이 있을까 봐 두려웠기 때문이었다.

나는 나지막하게 불렀다.

"헬렌 언니! 깨어 있어?"

헬렌이 뒤척이더니 커튼을 당겨 열었다. 그제야 나는 헬렌의 얼굴을 볼 수 있었다. 창백하고 지쳐 있었지만 차분해 보였다. 크게 달라진 것 같지 않아 나는 곧 두려움을 떨쳐냈다.

"제인이니?"

헬렌의 부드러운 목소리가 물었다.

'아! 죽지는 않을 것 같아. 사람들이 잘못 안 거야. 곧 죽을 사람이면 이렇게 차분하게 말하고 침착한 모습일 리 없잖아.'

나는 속으로 생각하며 헬렌의 침대로 다가가 입을 맞췄다. 이마가 차가웠다. 뺨도 싸늘하고 여위어 있었다. 손과 손목도 마찬가지였다. 하지만 미소만큼은 변함이 없었다.

"뭐 하러 왔어, 제인? 밤 11시가 넘었는데. 조금 전에 종소리를 들었어."

"언니를 보러 왔어. 많이 아프단 얘길 들었거든. 얘기를 나누지 않으면 잠을 못 잘 것 같아서."

"작별 인사를 하러 왔구나. 늦지 않게 잘 왔네."

"어디 가, 언니? 집으로 돌아가는 거야?"

"그래. 내 영면의 집, 마지막 집으로 갈 거야."

"안 돼, 언니!" 비통해진 나는 더 이상 아무 말도 할 수 없었다. 눈물을 삼키려 애쓰는데 헬렌이 발작적으로 기침을 뱉어냈다. 하지만 간호사의 잠을 깨울 정도는 아니었다. 기침을 다 하고 난 헬렌은 지친 얼굴로 잠시 가만히 누워 있다가 조그렇게 속삭였다.

"제인, 너 맨발이구나. 이리 올라와 누워서 내 이불 같이 덮어."

나는 그렇게 했다. 헬렌은 내게 팔을 둘렀고 나는 헬렌 옆에 바짝 붙어 누웠다. 한참 침묵하던 헬렌이 다시 나지막하게 입을 열었다.

"정말 기분이 좋구나, 제인. 나중에 내가 죽었다는 얘기를 들어도 절대 슬퍼하지 마. 슬퍼할 필요 전혀 없어. 누구나 언젠가는 죽게 마련이거든. 지금 내가 앓고 있는 이 병 때문에 특별히 아프지도 않아. 워낙 조금씩 천천히 진행되어온 병이라서. 마음도 편안해. 내 죽음을 크게 슬퍼할 사람도 없어. 아버지가 계시긴 하지만 최근에 재혼하셔서 내가 죽어도 별로 그리워하지 않으실 거야. 어린 나이에 죽으면 어른으로서의 고통을 겪지 않아도 되니 다행이지 뭐. 나는 세상을 잘 살아낼 능력이나 재능이 없거든. 이대로 어른이 되면 늘 잘못만 저지르며 살겠지."

"어디로 가는 거야, 언니? 어딘지 보여? 알아?"

"난 분명히 믿어. 난 하느님 곁으로 가게 될 거야."

"하느님은 어디 있는데? 하느님은 어떤 존재야?"

"나와 너를 만드신 창조주셔. 그분은 자신이 창조한 피조물을 없애는 법이 없으시지. 나는 하느님의 권능을 무조건 믿고 선하신 하느님께 내 속을 다 털어놓으며 살아왔어. 이제 마지막이 다가오고 있으니 하느님께 돌아가게 될 날을, 하느님을 만나게 될 날을 손꼽아 기다리고 있어."

"천국 같은 곳이 있다고, 우리가 죽으면 영혼이 그리로 가게 된다고 믿어?"

"죽음 뒤의 세상이 있다고 믿어. 하느님의 선하심도 믿어. 난 아무 의심 없이 내 영혼을 하느님께 맡길 거야. 하느님은 내 아버지이고 친구거든. 나는 하느님을 사랑해. 하느님도 나를 사랑한다고 믿어."

"나도 죽으면 언니를 다시 만날 수 있을까?"

"너도 행복의 왕국으로 오게 될 거야. 전능하시고 어디에나 계시는 하느님의 품에 안기겠지. 확실해, 제인."

나는 또 다른 의문이 생겼지만 그 질문은 머릿속에 담아 두었다. '행복의 왕국이라는 건 어디 있는데? 정말 존재해?'라는 질문이었다. 나는 헬렌을 두 팔로 꼭 껴안았다. 지금 헬렌은 과거 어느 때보다도 내게 소중한 사람이었다. 도저히 헬렌을 보낼 수 있을 것 같지 않았다. 헬렌의 목덜미에 얼굴을 묻었다. 헬렌이 다정하기 그지없는 목소리로 말했다.

"정말 편안하구나! 조금 전에 기침을 했더니 좀 지치네. 잠이 올 것 같아. 내 곁을 떠나지는 말아줘, 제인. 내 옆에 있어주면 좋겠어."

"옆에 있을게, 헬렌 언니. 아무도 날 데려가지 못해."

"따뜻하니?"

"응."

"잘 자, 제인."

"잘 자, 헬렌 언니."

헬렌은 내게 입을 맞추었고 나도 헬렌에게 입을 맞췄다.
우리는 곧 잠이 들었다.

눈을 떴을 때 날이 훤하게 밝아 있었다. 주변에서 일어난
심상치 않은 움직임에 잠이 깬 것이다. 고개를 들고 보니 누
군가 나를 품에 안고 있었다. 간호사였다. 간호사가 나를 안고
복도를 지나 기숙사 쪽으로 데려가고 있었다. 나는 내 침대에
서 자지 않았다고 혼나지 않았다. 사람들은 다른 생각을 하느
라 그럴 겨를이 없었다. 내가 이것저것 물었지만 아무도 대답
해주지 않았다. 하루 이틀이 지나서야 나는 동틀 무렵 방으로
돌아온 템플 선생님이 작은 침대에 헬렌과 함께 누워 있는 나
를 발견했다는 사실을 전해 들었다. 나는 헬렌 번스의 어깨에
얼굴을 기대고 그의 목에 두 팔을 두른 모습이었다고 했다. 나
는 잠들어 있었고 헬렌은 죽어 있었다.

헬렌의 무덤은 브로클브리지 성당 묘지에 있다. 헬렌이
죽고 15년 동안 그의 무덤은 풀로 뒤덮인 봉분에 불과했지만
지금은 그 앞에 회색 대리석으로 된 묘비가 세워져 있다. 묘비
에는 그의 이름과 함께 'Resurgam(나는 부활할 것이다)'이라는
라틴어 글귀가 새겨졌다.

10

지금까지는 어린 시절의 시시콜콜한 일들을 상세하게 기록했다. 열 살 때까지의 삶을 기록하는데 거의 10장 가까이 쓰고 말았다. 하지만 이 책은 일반적인 자서전이 아니다. 어느 정도 흥미로운 내용이 담긴 기억만 불러내서 써야 할 필요가 있다. 그런 의미에서 그 후 8년 동안에 대해서는 굳이 기록할 필요 없이 건너뛰고자 한다. 내용 연결에 필요한 부분만 몇 줄 적으면 될 것이다.

발진티푸스는 로우드를 초토화하고 나서 점차 사그라지기 시작했다. 하지만 그 병의 지독함과 희생자의 숫자는 대중의 관심을 불러 모았다. 전염병이 퍼져나가게 된 원인에 대한 조사가 이루어졌고 다양한 사실들이 드러나면서 대중은 크게 분노했다. 건강에 해로운 학교 부지, 학생들에게 제공된 부실한 양과 질의 식사, 요리에 사용된 염분 높고 악취 진동하는 물, 학생들에게 지급된 형편없는 옷과 숙소 등이 모조리 밝혀진 것이다. 브로클허스트는 몹시 당황했지만, 학교는 혜택을 받게 됐다.

이 지역에 사는 부유하고 자비로운 몇몇 분들이 나서서, 좀 더 나은 환경에 보다 편리한 건물을 새로 짓도록 큰돈을 기부했다. 새로운 학교 규정이 만들어지고, 학생들의 식사와 옷도 개선되었으며, 학교 운영 위원회가 학교 기금을 맡아 관리하게 됐다. 브로클허스트는 워낙 부유한 데다 가문의 인맥도 있어서 학교의 총무 자리를 유지했지만, 총무 업무 수행에 있어서 보다 관대하고 측은지심이 있는 사람들의 도움을 받아야만 했다. 장학사 업무도 마찬가지로 이성과 엄격함, 안락함과 절약, 연민과 강직함을 모두 갖춘 사람들과 협의해서 진행해야 했다. 그렇게 개선된 로우드 학교는 진심으로 유익하고 숭고한 기관으로 거듭났다. 나는 그 후 8년 동안 그 학교에서 살았다. 6년 동안은 학생으로, 그 후 2년 동안은 선생으로. 학생일 때나 선생일 때나 나는 내 가치와 중요성을 모두 입증해 보였다.

8년 동안 내 삶에는 변화가 없었지만 나름대로 활기차게 살아서 딱히 불행하지는 않았다. 무엇보다 훌륭한 교육을 받을 수 있는 여건이 갖춰져 있었다. 공부를 좋아하고 모든 과목에서 두각을 나타내고 싶은 욕심이 있는 데다 선생님들을 기쁘게 해주고 싶은 마음도 있었다. 특히 내가 좋아하는 선생님들에게 잘 보이고 싶었다. 주어진 기회를 최대한으로 활용한 결과, 얼마 안 가서 최상급 반의 최우수 학생이 됐다. 그리고 교사직을 제안 받았다. 2년 동안 열정적으로 교사직을 수행했는데 그 기간이 끝나갈 때쯤 심경에 변화가 일어났다.

학교에 온갖 변화가 일어난 와중에도 템플 선생님은 계속 교장 자리를 유지했다. 내가 얻어낸 성취 대부분은 템플 선생님 덕분이었다. 선생님과의 우정과 교류는 내 마음에 지속적인 위안이 되어 주었다. 선생님은 내게 어머니이고 교사이며 벗이었다. 그런 분이 결혼을 하면서 남편(템플 선생님 같은 좋은 아내를 얻을 자격이 있는 훌륭한 신부였다)과 함께 먼 지역으로 떠나게 된 것이다. 그렇게 난 템플 선생님을 잃고 말았다.

선생님이 학교를 떠난 후 나도 달라졌다. 안정된 정서, 로우드를 어느 정도 집처럼 여겼던 마음이 사라지고 말았다. 그동안 나는 템플 선생님의 본성과 습관의 일부를 내 것으로 받아들인 덕분에 조화로운 사고를 할 수 있었고, 감정도 좀 더잘 통제할 수 있었다. 의무와 규율에 헌신하면서 고요한 삶을 살았고 그런 삶에 만족한다고 믿었다. 남들 눈에도 그렇고 내가 보기에도 조용하고 절제된 성격으로 살고 있었다.

하지만 네이즈미스 신부가 운명처럼 나타나 선생님과 나사이에 끼어들고 만 것이다. 선생님은 결혼식을 마치고 얼마 안 있어 여행복 차림으로 상자형 사륜마차에 올라탔다. 나는 언덕을 달려 올라간 마차가 꼭대기 너머로 사라지는 모습을 바라보았다. 그리고 결혼식을 기념해 반휴일이었던 그날의 대부분을 홀로 방에 틀어박혀 보냈다.

방 안에서 줄곧 서성이며 생각을 거듭했다. 선생님과의 이별을 아쉬워하는 거라고, 헛헛한 마음을 채울 방법을 궁리하고 있을 뿐이라고 여겼다. 하지만 생각을 정리하고 고개를 들고 보니 오후는 이미 지나갔고 저녁이 깊어가고 있었다. 문득 내가 변화의 과정을 겪고 있음을 깨달았다. 내 마음은 그동안 템플 선생님에게 빌린 모든 것을 내려놓았다. 선생님이 떠나면서 선생님 주변에 존재하던 차분한 분위기도 사라졌다. 내 본연의 성격이 수면 위로 떠오르자 묵은 감정이 요동치기 시작했다. 버팀목이 사라졌다고까지는 말할 수 없지만, 내 삶을 지탱해주던 동기가 사라진 셈이었다. 고요하고 평온한 삶을 살 능력이 사라진 게 아니라, 그런 삶을 살아야 할 이유가 사라진 것이다. 지난 수년 동안은 로우드 학교가 내 세상의 전부였고, 학교의 규칙과 체계에 관한 경험 말고는 별다른 인생 경험도 없었다. 이제 나는 저 바깥에 진짜 세상이 펼쳐져 있음을 기억해냈다. 그 넓은 세상으로 나아가 위험 가운데서 참된 삶의 지혜를 구하려는 용기가 있는 사람만이 다양한 희망과 두려움, 감각과 흥분을 경험할 수 있을 것이다.

창가로 걸어가 창문을 열고 바깥을 내다보았다. 건물 양 옆으로 뻗어 나간 두 개의 별관과 정원, 로우드 학교 주변, 완만한 언덕이 펼쳐진 지평선이 보였다. 내 시선은 그 모든 것들을 지나쳐, 저 멀리 아득한 곳에 솟아 있는 푸른 산봉우리에 가 닿았다. 나는 그 봉우리에 오르고 싶었다. 바위와 황야로 이루어진 경계선 안쪽이 이제는 감옥처럼, 유배지처럼 느껴졌다. 그중 한 산기슭 주변을 구불구불 돌아가는 하얀 길이 두 산 사이의 협곡 너머로 사라졌다. 나는 그 길을 따라가고 싶었다! 마차를 타고 그 길을 달려 이 학교에 도착했던 어린 시절이 떠올랐다. 황혼 무렵에 저 언덕길을 달려 내려왔었다. 로우드 학교에 처음 도착한 날로부터 오랜 세월이 흐른 기분이었다. 나는 이 학교 부근을 벗어난 적이 없었다. 방학도 학교 안에서 보냈다. 리드 부인은 나를 한 번도 게이츠헤드로 부른 적이 없었다. 리드 부인은 물론이고 그의 가족 중에 나를 만나러 온 이도 없었다. 나는 바깥세상의 누군가와 편지나 전갈을 주고받은 적도 없었다. 학교에서의 규칙, 학교에서의 의무, 학교에서의 습관과 개념, 목소리들, 얼굴들, 구절들, 옷, 학교가 좋아하는 일과 싫어하는 일을 챙기는 것이 내 삶의 전부였다. 그런데 지금의 나는 그런 것으로는 충분하지 않다고 느끼고 있었다. 8년 동안 반복해온 일상이, 그날 오후 동안 완전히 진저리가 나버렸다. 나는 자유를 원했다. 자유를 갈망했다. 자유를 얻을 수 있기를 기도했다. 하지만 내 자유는 희미하게 부는 바람을 타고 이리저리 흩어져버렸다. 결국 나는 자유를 포기하고, 보다 소박한 대상을 마음에 품기로 했다. 바로 변화와 자극이었다. 그러나 곧 그것마저도 희미한 공간으로 휩쓸려 가버렸다. 나는 절박하게 애원했다. "그럼 새로운 예속의 삶이라도 허락해주세요!"

그때 저녁 식사 시간을 알리는 종소리가 들려와 나는 아래층으로 내려갔다.

끊어진 생각의 흐름은 취침 시간까지도 편하게 이어갈 수가 없었다. 취침 시간에도 같은 방을 쓰는 그라이스 선생이 자꾸만 소소한 대화를 끌어가려고 하는 바람에 나는 그 생각을 마저 할 수가 없었다. 그 선생이 어서 잠들기를 얼마나 바랐는지 모른다! 그날 창문 앞에서 마지막으로 떠올린 생각의 흐름으로 다시 돌아갈 수만 있다면 내 심적 괴로움을 덜어줄 독창적인 생각이 떠오를 것 같았다.

마침내 그라이스 선생이 코를 골기 시작했다. 그라이스는 웨일스 출신으로 몸이 육중한 편이었다. 그때까지 성가시게만 느껴지던 그의 코 고는 습관은 내게 새로운 의미로 다가왔다. 오늘 밤만은 깊게 코 고는 소리가 더없이 반가웠다. 이제 나를 방해할 사람은 아무도 없었다. 반쯤 묻혀 있던 생각의 고리가 다시금 수면 위로 떠올랐다.

'새로운 예속! 그 안에 답이 있을 거야.' 나는 혼잣말을 했다. (물론 소리를 낸 게 아니라 속으로 한 말이었다.) '분명해. 예속이라는 단어가 자유, 흥분, 즐거움 같은 단어들처럼 듣기 좋지는 않지. 듣기 좋은 이 단어들은 내겐 진정성이라곤 없이 공허하게 흘러가버릴 뿐이라서 귀 기울여 봤자 시간 낭비에 불과해. 하지만 예속은 달라! 예속은 사실적인 단어거든. 누구나 무언가에 예속된 삶을 살고 있으니까. 나는 이곳에서 8년 동안 예속됐어. 지금은 다른 곳에서 다르게 예속된 삶을 살고 싶은 거야. 내 의지대로 하지 못할 이유가 있을까? 과연 실현조차 불가능할까? 그래, 어쩌면……. 그 정도는 그리 어려운 일이 아닐지도 몰라. 머리를 잘 굴려서 그런 삶을 얻어낼 방법만 찾아낸다면.'

나는 머리를 굴려보기 위해 일단 침대에서 일어나 앉았다. 쌀쌀한 밤이라 어깨를 숄로 감싸고 다시금 온 힘을 다해 생각을 이어나갔다.

"내가 원하는 게 뭐지? 새로운 장소, 새로운 집, 새로운 환경에서 새로운 얼굴들 사이에서 살고 싶어. 기껏해야 이런 걸 원하는 이유는 다른 걸 원해봤자 소용없기 때문일 거야. 새로운 곳에서 살려면 사람들은 어떻게 할까? 친구들에게 도움을 구하겠지. 하지만 난 친구가 없어. 친구가 없어서 혼자 알아서 해야 하는 사람들은 많아. 어떤 방법을 사용할 수 있을까?"

답이 바로 떠오르지 않았다. 나는 신속히 답을 찾아내라고 뇌에게 요구했다. 뇌는 점점 더 빠르게 굴러갔다. 머릿속과 관자놀이에 맥박이 뛰는 게 느껴질 정도였다. 하지만 한 시간 가까이 지나도록 머릿속은 혼란스러울 뿐이었고 답은 나오지 않았다. 헛되이 애를 쓴 탓에 열이 오른 나는 침대에서 일어나

방 안을 한 바퀴 돌다가 커튼을 열어젖혔다. 창밖에 별이 한두 개 보였다. 그러다 추위에 몸을 떨면서 다시 침대로 기어들어 갔다.

내가 침대를 비운 동안 친절한 요정이 내 베개에 원하던 답을 놓고 간 모양이었다. 베개에 머리를 대자마자 머릿속에 조용히, 자연스럽게 답이 떠올랐다. '새로운 곳에 가서 살고 싶으면 광고를 내야지. 이 지역《헤럴드Herald》신문에 광고를 내.'

'어떻게? 난 광고에 대해 아는 게 없는데.'

자연스럽고 즉각적으로 답이 떠올랐다.

'광고할 내용과 광고비를 봉투에 담고, 받는 사람을《헤럴드》의 편집장 앞으로 적어. 그리고 기회가 닿자마자 바로 나가서 로턴 우체국에 가서 부쳐. 광고에 대한 답장은 로턴 우체국 J. E.(Jane Eyre의 머리글자―옮긴이) 앞으로 받겠다고 해. 광고 편지를 보내고 일주일쯤 지나서 우체국에 가서 물어봐. 광고를 보고 답장을 보낸 사람이 있으면 그걸 보고 상황에 따라 행동해.'

나는 이 계획을 두 번, 세 번 곱씹었다. 마침내 머릿속에서 생각이 정리되어 또렷하고 실질적인 형태를 띠었다. 만족한 나는 드디어 잠이 들었다.

날이 밝자마자 침대에서 일어났다. 기상 시간을 알리는 종소리가 들리기도 전에 광고할 내용을 써서 봉투에 담고 주소를 적어 넣었다. 내용은 다음과 같았다.

'교사로 일한 경험이 있는(나는 2년 정도 이 학교에서 교사로 일했다) 젊은 숙녀가 열네 살 미만의 어린이가 있는 집에 가정교사 자리를 구합니다(내 나이가 열여덟 살이 아직 안 되어서 비슷한 나이의 학생을 가르치는 것은 부담스러웠다). 영어와 프랑스어, 그림, 음악을 가르칠 수 있습니다(몇 개 안 되는 과목 같지만 당시에는 그 정도면 가르칠 수 있는 폭이 상당히 넓은 편이었다). ○○주 로턴 우체국의 J. E. 앞으로 답장을 보내주세요.'

나는 광고가 담긴 이 봉투를 종일 내 책상 서랍 안에 넣어두었다. 차를 마시고 나서 새로 부임한 교장 선생님에게 개인적인 볼일도 보고 동료 교사들의 부탁도 들어줄 겸 로턴에 다녀와도 되겠느냐고 물었다. 흔쾌히 허락이 떨어졌다. 나는 곧장 학교를 나섰다. 3킬로미터 정도를 걸어야 하는 거리였다. 저녁이 되면서 비가 내리기 시작했지만 아직 해는 남아 있었다. 한두 군데 가게에 들렀다가 우체국에서 편지를 보내고 장대비를 맞으며 학교로 돌아왔다. 옷에서 빗물이 줄줄 흘렀지만 마음은 한결 가벼웠다.

그 다음 주는 무척 길게 느껴졌다. 그래도 세상만사가 그렇듯 마침내 그 주가 끝나고 쾌적한 가을날이 저물어갔다. 나는 로턴으로 향했다. 그리로 가는 길은 그림처럼 아름다웠다. 시냇물을 옆에 끼고 굽이굽이 뻗어나간 멋진 계곡을 통과하는 길이었다. 하지만 그날 내 머릿속은 자그마한 자치구에서 기다리고 있을지 모를 편지 생각을 하느라 주변의 초원과 시냇물을 돌아볼 겨를이 없었다.

학교에 새 신발을 맞추기 위해서라는 핑계를 대고 외출을 나섰기에 그 일부터 우선해야 했다. 신발 가게에서 일을 보고 나서 곧장 깨끗하고 조용한 길을 건너 우체국으로 들어갔다. 우체국에는 뿔테 안경을 코에 걸치고 검은 손모아장갑을 낀 나이 지긋한 여자가 자리를 지키고 있었다.

"J. E. 앞으로 온 편지가 있나요?"

내 물음에 여자는 안경 너머로 나를 쳐다보더니 서랍을 열고 그 안에 든 내용물을 한참 뒤적거렸다. 어찌나 오래 걸리는지 편지가 왔을지 모른다는 내 희망이 꺼져버릴 것만 같았다. 여자는 봉투 하나를 꺼내 들고 거의 5분 동안 들여다보더니 마침내 카운터 너머로 건넸다. 호기심 많고 미심쩍어하는 눈빛은 덤이었다. J. E. 앞으로 온 봉투가 맞았다.

"이거 하나뿐인가요?"

"더는 없어요."

나는 봉투를 주머니에 넣고 학교로 돌아갔다. 그 자리에서 열어볼 수는 없었다. 교칙에 따르면 저녁 8시까지 학교로 돌아가야 하는데 벌써 7시 반이었다.

학교에 도착하자 해야 할 일들이 기다리고 있었다. 우선 학생들이 자습하는 동안 옆에 앉아 있어야 했고, 오늘은 내 차례라 기도문도 낭송해야 했으며, 학생들이 잠자리에 들도록 감독도 해야 했다. 그 후에는 다른 선생님들과 저녁 식사를 했다. 마침내 다들 밤의 휴식을 위해 마침내 각자의 방으로 흩어졌지만 나는 방을 함께 쓰는 그라이스 선생을 상대해야 했다. 우리 방의 초가 조금 밖에 남아 있질 않아서 나는 그라이스 선생이 초가 다 탈 때까지 수다를 떨까 봐 속을 끓였다. 다행히 저녁을 많이 먹어 졸음이 쏟아지는지 그라이스는 내가 옷을 다 벗기도 전에 벌써 코를 골며 잠이 들었다. 초는 3센티미터 정도 남아 있었다. 드디어 편지를 꺼냈다. 봉투의 봉인에 F라는 머리글자가 찍혀 있었다. 봉인을 깨고 편지를 펼쳤다. 짧은 내용이 담겨 있었다.

'지난 목요일에 ○○주《헤럴드》신문에 광고를 실은 J. E.라는 분이 본인 말씀처럼 자격을 갖추고 계시고, 본인의 성격과 능력을 입증할 수 있는 추천서를 보내주실 수 있다면 가정교사 자리를 제안하고자 합니다. 열 살이 채 안 된 어린 소녀를 가르치는 일이고 급료는 1년에 30파운드입니다. J. E.께서는 추천서와 추천인 이름 및 주소 등을 ○○주 밀코트 부근의 손필드 홀, 페어팩스 부인 앞으로 보내주십시오.'

나는 그 편지를 한참 들여다보았다. 고풍스런 필체였고 확실하지는 않지만 나이 많은 부인이 쓴 글 같았다. 일단은 마음에 들었다. 혼자 판단하고 알아서 행동하다가 곤경에 빠질지 모른다는 걱정을 남몰래 했었다. 무엇보다도 내 노력의 결과가 남 부끄럽지 않고 적절하며 원칙에 맞게 보이길 바랐다.

그런 의미에서 내게 편지를 보내온 사람이 나이 많은 부인이라는 점은 그다지 기분 나쁜 요소는 아닌 듯했다. 페어팩스 부인이라! 검은 드레스에 베일 모자를 쓴 여성의 모습이 머릿속에 그려졌다. 차갑지만 무례하지는 않을 듯했다. 아마도 존경할 만한 인품을 가진 영국 노부인이 아닐까. 그리고 손필드는 분명 그 노부인의 집 이름일 것이다. 그 부지에 관한 분명한 정보는 없지만, 이름만 들으면 깔끔하고 정돈된 곳일 듯했다. ○○주 밀코트라. 영국 지도를 머릿속에 떠올리고 ○○주와 밀코트의 위치를 파악했다. ○○주는 지금 내가 살고 있는 외진 주보다 런던에 100킬로미터 이상 더 가까웠다. 나는 활기차고 움직임이 많은 곳으로 가고 싶었다. 밀코트는 A 강변에 위치한 큰 제조업 도시이니 부산한 곳일 듯했다. 높다란 굴뚝과 진한 매연을 좋아하진 않았지만 부산한 곳일수록 좋았다. 내 인생에 확실한 변화를 가져다 줄 테니까.

'하지만 손필드 홀은 번화가에서 한참 떨어진 곳에 있겠지.'

나는 속으로 반박했다.

그때 초가 다 타고 심지의 불이 꺼졌다.

다음 날, 지금껏 해본 적 없는 일들을 진행해야 했다. 이제 계획을 가슴 속에만 품고 있을 수는 없었다. 계획을 현실로 만들려면 사람들에게 알려야 했다. 교장 선생님과 둘이 얘기를 나눌 기회를 찾다가 정오의 쉬는 시간에 드디어 얘기를 꺼냈다. 나는 지금 받는 연봉의 두 배를 받을 수 있는 새로운 일자리를 얻게 됐다고 알렸다. (로우드에서 내가 받는 연봉은 겨우 15파운드였다.) 나는 브로클허스트나 학교 운영회에 이 소식을 알리고 추천인으로 이름을 올려도 되는지 알아봐달라고 교장 선생님에게 부탁했다. 교장 선생님은 기꺼이 그 일의 중재자 역할을 맡아 해주기로 했다. 다음 날 교장 선생님은 브로클허스트에게 나에 관한 얘기를 꺼냈는데, 브로클허스트는 내 후원자인 리드 부인에게 편지를 써서 알려야 한다고 답했다. 교장 선생님은 리드 부인에게 편지를 보냈고 얼마 후 '이미 오래전에 내 일에 관여하는 것을 그만뒀으니 하고 싶은 대로 하게 하라'는 취지의 답장이 왔다. 운영 위원회에서 이 편지를 쭉 돌려 보았다. 시간이 오래 걸려 답답했지만, 결국 더 좋은 조건의 일자리로 옮겨가도 좋다는 공식적인 허락이 떨어졌다. 또한 운영 위원회는 내가 로우드에서 교사로서나 학생으로서 처신을 잘해왔고 성격과 능력도 훌륭하니 운영 위원들의 서명이 적힌 추천서를 내주겠다고 했다.

약 한 달 정도 후에 나는 추천서를 받았고 페어팩스 부인에게 사본을 보냈다. 그리고 얼마 후 페어팩스 부인은 내가 보낸 서류에 만족하며, 2주 후부터 내가 가정교사로 일하는 것으로 확정 짓자는 답장을 보내왔다.

그때부터 나는 학교를 떠날 준비를 하느라 정신없이 바빴다. 2주일은 빠르게 지나갔다. 필요할 때 적절히 입을 만큼은 됐지만 원래 옷이 많은 편은 아니어서, 옷은 마지막 날에 짐 가방에 챙겨 넣었다. 8년 전 게이츠헤드에서 이 학교로 올 때 가져왔던 바로 그 가방이었다.

짐이 담긴 상자를 끈으로 묶고 명찰도 못으로 박아 고정했다. 30분 후에 짐 상자를 로턴으로 가져갈 배달부가 올 예정이었다. 짐을 미리 실어놓고 나는 다음 날 아침 일찍 로턴으로 가서 마차를 타면 되었다. 검은색 여행복에 묻은 먼지를 털고 보닛과 장갑, 방한용 토시를 준비해두었다. 혹시 빠뜨리고 가는 물건은 없는지 확인하기 위해 서랍들을 샅샅이 뒤져가며 확인했다. 그리고 더는 할 일이 없어서 의자에 앉아 쉬려고 했지만 도무지 쉴 짬이 나지 않았다. 종일 돌아다니느라 잠시도 앉아 쉴 수가 없었다. 너무 흥분됐다. 오늘 밤 내 인생의 한 단계가 끝나고 내일이면 새로운 단계가 시작된다. 그사이에 잠을 자는 것은 있을 수도 없는 일이었다. 변화가 일어나고 있는 동안 눈을 크게 뜨고 지켜봐야 했다.

불안한 사람처럼 로비를 서성이고 있는데 하인이 다가와 말했다.

"선생님. 아래층에서 선생님을 만나러 온 사람이 있습니다."

'배달부가 왔나 보네.'

나는 이런 생각을 하며 묻지도 않고 곧장 아래층으로 달려 내려갔다. 교사용 거실로 쓰이는 뒤쪽 응접실을 지나 반쯤 열린 문을 열고 주방으로 향했다. 그곳에서 누군가 튀어나오며 소리쳤다. 그 사람은 내 앞을 가로막고 내 손을 덥석 잡았다.

"맞네, 맞아! 어디서든 알아보겠어요!"

나는 그 사람을 쳐다보았다. 옷을 잘 차려입었지만 하녀 분위기가 나는 아주머니였다. 잘 보니 아직 젊은 나이였고 무척 예뻤다. 검은 머리카락과 검은 눈, 생기 있는 안색이 인상적이었다.

"누구게요?" 여자의 목소리와 미소가 익숙하게 느껴졌다. "설마 나를 까맣게 잊은 건 아니죠, 제인 아가씨?"

다음 순간 나는 여자를 얼싸안고 입을 맞추며 외쳤다.

"베시! 베시! 베시!"

내 입에서는 이 말 밖에 나오질 않았다. 베시는 웃다가 울다가 했고 우리는 함께 응접실로 향했다. 벽난로 옆에 격자무늬 프록코트와 바지를 입은 소년이 서 있었다. 소년은 세 살쯤 되어 보였다.

"아들이에요."

"결혼했어, 베시?"

"예. 5년쯤 전에 마부 로버트 레븐이랑 결혼했어요. 저기 있는 바비 말고 딸도 하나 있어요. 이름은 제인이에요."

"요즘은 게이츠헤드에 안 살아?"

"문지기 집에 살고 있어요. 전에 살던 문지기가 떠났거든요."

"그렇구나. 다들 어떻게 지내고 있어? 얘기해줘, 베시. 우선 앉자. 바비, 이리 와서 내 무릎에 앉을래?"

하지만 바비는 옆걸음질 쳐 제 엄마 곁으로 갔다.

"키가 별로 많이 자라질 않았네요, 제인 아가씨. 살도 별로 안 쪘고요." 레븐 부인이 된 베시가 말했다. "학교에서 아가씨를 잘 돌봐주지 못한 것 같네요. 리드 아가씨(일라이자)가 머리 하나만큼 더 키가 크겠어요. 조지애나 아가씨가 몸집이 두 배는 더 크겠고요."

"조지애나는 여전히 예쁘지, 베시?"

"엄청요. 지난겨울에 모친이랑 런던에 갔는데 다들 조지애나 아가씨를 보고 감탄했어요. 어느 젊은 귀족은 조지애나 아가씨를 보고 첫눈에 반했다니까요. 그런데 그 귀족 집안에서 조지애나 아가씨를 반대했거든요. 그래서 어떻게 됐는지 아세요? 그 귀족이랑 조지애나 아가씨가 도망을 치기로 한 거예요. 하지만 발각되고 말았죠. 리드 아가씨가 일러바친 거예요. 질투가 나서 그랬을 거예요. 요즘 리드 아가씨랑 조지애나 아가씨는 개와 고양이처럼 서로 으르렁거려요. 눈만 마주치면 싸운다니까요."

"그래. 존 리드는 어떻게 됐어?"

"아, 모친이 바라는 만큼 잘 되지는 못했어요. 대학에 가기는 했는데 낙제를 당했다나 봐요. 삼촌들이 나서서 존 도련님을 법정 변호사로 만들겠다며 법 공부를 시키고 있어요. 하지만 워낙 방탕한 젊은이라 쉽지 않을 거예요."

"생김새는 어때?"

"키가 아주 커요. 잘생긴 청년이라고 하는 사람들도 있는데 내가 보기엔 입술이 너무 두꺼워요."

"리드 부인은?"

"얼굴은 여전히 살집이 있고 보기 좋죠. 하지만 마음은 편치 않으실 거예요. 존 도련님의 행실 때문이겠죠. 존 도련님이 돈을 워낙 많이 써대거든요."

"리드 부인이 보내서 여기 온 거야, 베시?"

"아뇨. 하지만 전부터 아가씨를 너무 보고 싶었어요. 그런데 아가씨한테서 편지가 왔다는 소식을 듣고, 아가씨가 다른 지역으로 떠나게 됐다는 얘기까지 들으니까, 영영 못 보게되기 전에 얼굴이라도 한번 보려고 왔어요."

"실망했겠네."

나는 웃으며 이 말을 했다. 나를 바라보는 베시의 눈빛에 관심은 담겨 있었지만 감탄하는 기색은 없었다.

"실망은 무슨요. 여전히 품위 있는 모습이세요. 숙녀답고요. 딱 예상했던 모습이에요. 아가씨가 어렸을 때도 미인은 아니었잖아요."

베시의 솔직한 대답에 나는 미소를 지었다. 틀린 말은 아니었지만 영 아무렇지 않을 수는 없었다. 열여덟 살은 대부분 남들 눈에 잘 보이고 싶어 하는 나이다. 그런 효과를 불러일으킬 수 있는 외모를 갖지 못했다는 사실은 그다지 만족스러울 수가 없는 것이다.

"그래도 아가씨는 똑똑하잖아요." 베시가 위로하듯 말했다. "뭘 할 줄 알아요? 피아노도 칠 줄 알아요?"

"조금."

마침 그 방에 피아노가 있었다. 베시가 가서 피아노 뚜껑을 열더니 나더러 앉아서 한 곡 연주해달라고 했다. 내가 왈츠 한두 곡을 연주하자 베시는 감탄하는 모습이었다.

"리드 아가씨들은 이렇게 피아노를 잘 못 쳐요!" 베시는 기뻐하며 말했다. "아가씨가 배움에서는 리드 아가씨들을 앞선다고 내가 늘 얘기했거든요. 그림도 그릴 줄 알아요?"

"저 벽난로 선반 위에 걸려 있는 게 내 그림이야."

수채 풍경화였다. 나를 위해 학교 운영 위원회에 중재 역할을 잘해준 교장 선생님께 감사의 뜻으로 드린 선물인데, 교장 선생님이 액자에 담아 선반 위에 걸어놓았다.

"어머, 정말 아름답네요, 제인 아가씨! 리드 아가씨의 그림 선생이 그린 것만큼이나 훌륭해요. 리드 아가씨들 그림은 옆에 갖다 대지도 못하겠어요. 프랑스어도 배웠어요?"

"응. 프랑스어로 된 글을 읽을 수 있고 말할 줄도 알아."

"모슬린이나 캔버스 천 바느질은 할 줄 알아요?"

"응."

"아이고, 숙녀가 다 됐네요, 제인 아가씨! 이렇게 될 줄 알았어요. 친척들이 알아주든 말든 아가씨는 잘 살 거예요. 참, 아가씨한테 물어볼 게 있어요. 아버지 쪽 친척들한테서 연락받은 적 없어요? 에어 가문에서요."

"한 번도 없었어."

"마님이 에어 가문 사람들은 가난뱅이에 파렴치한 인간들이라고 늘 말씀하셨잖아요. 에어 가문 사람들이 가난할지는 몰라도 리드 가문 못지않은 상류층인 것 같더라고요. 7년쯤 전인가 에어라는 성을 가진 남자분이 게이츠헤드에 찾아오셔서 아가씨를 만나고 싶다고 했어요. 마님이 아가씨는 80킬로미터 떨어진 곳에 있는 학교에 가 있다고 했더니 그분은 무척 실망한 표정이었어요. 이 나라에 더 머물 수 없는 상황인 것 같더라고요. 하루인가 이틀 안에 런던에서 출항하는 배를 타고 외국으로 가야 된다고 했어요. 한눈에 봐도 점잖은 신사던데 아가씨 아버님의 형제인 것 같았어요."

"그분이 외국 어디로 간다고 했어, 베시?"

"집사한테 들은 얘기로는, 영국에서 수천 킬로미터 떨어진 어떤 섬이라고 했어요. 거기서 와인을 만든다고 했는데……"

"마데이라 섬?"

"예. 맞아요. 거기라고 했어요."

"그래서 그분은 떠났어?"

"예. 게이츠헤드에 몇 분 머무르지도 않으셨어요. 마님이 워낙 거만하게 대하셨거든요. 나중에는 그분을 '재수 없는 장사치'라고 하시더라고요. 남편은 그분이 와인 상인인 것 같다고 했어요."

"그렇겠네. 아니면 와인 상인 밑에서 일하는 직원이거나 중개상일 수도 있겠지."

베시는 나와 한 시간쯤 더 옛 시절에 관한 얘기를 나누다가 떠났다. 나는 다음 날 새벽 로턴에서 베시를 만나 마차를 기다리는 몇 분 동안 얘기를 더 나눴다. 그리고 마침내 우리는 브로클허스트 가문의 문장이 새겨진 건물 앞에서 헤어져 각자의 길을 떠났다. 베시는 게이츠헤드로 가는 마차를 타러 로우드 언덕 꼭대기로 향했고, 나는 새로운 의무와 새로운 삶이 기다리는 밀코트의 미지의 장소로 나를 데려갈 마차에 올랐다.

11

소설의 새 장章은 연극의 새 장場과 같다. 지금 내가 막을 들어올리면, 밀코트에 있는 조지 여관의 방을 보고 있다고 상상하시기 바란다. 여느 여관방과 마찬가지로 커다란 무늬가 들어간 벽지가 발려 있고 그저 그런 카펫이 깔린 방이다. 방에는 흔해 빠진 가구가 있고 벽난로 위 선반에도 흔한 장식이 놓여 있으며 벽에는 조지 3세의 초상화, 웨일스 공의 초상화, 울프 장군의 죽음을 묘사한 판화 그림이 걸려 있다. 이 모든 것은 천장에 걸린 석유램프에서 흘러나오는 빛과 훌륭한 벽난로 불빛 덕분에 보이는 풍경이다. 나는 망토와 보닛을 착용한 채 벽난로 근처에 앉아 있다. 내 토시와 우산은 탁자 위에 놓여 있다. 10월의 쌀쌀한 공기에 열여섯 시간 동안 노출된 나는 얼어붙은 몸을 벽난로의 온기로 녹이고 있는 중이다. 새벽 4시에 로턴을 출발했는데 밀코트에 도착하니 저녁 8시를 알리는 종소리가 울려 퍼지고 있었다.

독자 여러분, 내가 지금 편안하게 숙소에 자리를 잡은 것처럼 보이겠지만 마음은 그리 편치 않다. 마차가 여기 도착했을 때 누구든 마중 나올 줄 알았다. 나는 신발 담당 하인이 마차 앞에 놓아준 이동식 나무 계단을 밟고 마차에서 내리면서 초조하게 주변을 둘러보았다. 누가 내 이름을 부르든지, 아니면 손필드로 나를 태우고 갈 마차가 보일 거라 생각했다. 하지만 전혀 보이질 않았다. 에어 양을 찾는 사람이 없었냐고 여관 직원에게 물어봤지만 없다는 대답이 돌아왔다. 결국 나는 객실로 안내받아 들어가는 수밖에 다른 도리가 없었다. 그래서 이렇게 온갖 의심과 두려움에 휩싸인 채 이곳 여관방에 앉아 기다리고 있는 것이다.

세상 경험이라곤 없는 젊은 여성에게 세상에 홀로 내던져진 기분은 지극히 낯설게 다가온다. 모든 인연으로부터 멀어진 채 홀로 떠다니는 기분, 어느 항구로 찾아가야 할지 알 수 없고 온갖 방해물들 때문에 출발지로 되돌아갈 수도 없는 막막한 기분이니까. 모험심이 불안을 가라앉혀주고 자존심이 따뜻한 위로를 건네기는 하지만 불안감이 마음을 흔들어놓는다. 30분이 지나도록 오도카니 앉아 있자니 두려움에 사로잡히고 말았다. 벨을 울려 직원을 부르기로 했다.

나는 호출을 받고 온 여관 직원에게 물었다.

"손필드라는 곳이 이 근처에 있나요?"

"손필드요? 글쎄요, 모르겠네요. 바에 가서 물어보겠습니다."

직원은 방을 나갔다가 곧 돌아왔다.

"손님 성이 에어인가요?"

"맞아요."

"기다리는 분이 계십니다."

나는 벌떡 일어나 토시와 우산을 챙겨 들고 서둘러 여관 복도로 나갔다. 한 남자가 열린 문 앞에 서 있었고, 가로등 불빛이 말 한 마리가 끄는 마차를 희미하게 비추고 있었다.

"선생님 짐인가요?"

남자는 나를 보자마자 복도에 놓인 내 짐 가방을 가리키며 이렇게 물었다.

"예."

남자는 내 짐 가방을 마차에 실었다. 나는 짐마차처럼 생긴 그 마차에 올라탔다. 남자가 마차 문을 닫기 전에 나는 손필드까지 거리가 얼마나 되는지 물었다.

"10킬로미터쯤 됩니다."

"시간이 얼마나 걸릴까요."

"한 시간 반 정도요."

남자는 마차 문을 닫고 마차 바깥의 자기 자리로 올라갔다. 이윽고 마차가 출발했다. 마차가 느긋하게 달리는 편이라 나는 이런저런 생각을 여유 있게 할 수 있었다. 드디어 이번 여정의 목적지에 다 왔구나 싶어 마음이 놓였다. 우아하지는 않지만 편안한 마차 안에서 뒤로 등을 기대고 상념에 잠겼다.

'마부도 그렇고 마차도 소박한 걸 보니 페어팩스 부인은 화려한 걸 좋아하는 분은 아닌가 보네. 나야 좋지. 난 어렸을 때 말고는 고상 떠는 상류층들 사이에서는 살아본 적 없으니까. 그때도 내 삶은 비참하기만 했어. 페어팩스 부인은 어린 소녀와 단둘이 사는 건가. 그렇다면, 그리고 페어팩스 부인이 어느 정도 상냥한 사람이라면 나는 그분과 잘 지낼 수 있을 거야. 최선을 다해야지. 최선을 다해도 알아주지 않는 건 너무 서글픈 일이야. 로우드 학교에서 나는 마음을 단단히 먹고 열심히 노력했고 결국 다른 사람들을 흡족하게 하는 데 성공했어. 하지만 리드 부인은 내가 최선을 다해도 늘 경멸하고 깔보기만 하셨지. 페어팩스 부인은 제발 리드 부인 같은 사람이 아니어야 할 텐데. 만약 그렇다면, 난 그 집에 머물지 않을 거야. 최악의 경우 다시 신문에 광고를 실으면 돼. 앞으로 얼마나 더 가면 되는 걸까?'

창문을 열고 바깥을 내다보았다. 마차는 이미 밀코트로 들어섰다. 저 멀리 보이는 불빛들로 판단컨대 꽤 큰 규모인 듯했다. 확실히 로턴보다는 큰 도시였다. 지금 내가 지나는 곳은 황무지였고 집들이 띄엄띄엄 눈에 들어왔다. 로우드와는 완전히 다른 환경임을 느낄 수 있었다. 인구는 더 많지만 풍경은 덜 예쁜 곳, 더 부산스럽지만 덜 낭만적인 곳이었다.

길이 험했고 밤안개가 끼어 있었다. 마부는 말이 알아서 가게 내버려두고 있었다. 한 시간 반 정도 걸린다더니 두 시간은 걸린 듯했다. 마침내 마부가 자리에 앉은 채 고개를 돌리며 말했다.

"이제 조금 있으면 손필드 홀에 도착합니다."

나는 다시 창밖을 내다보았다. 마차는 성당 앞을 지나가고 있었다. 낮고 널찍한 성당의 종탑이 밤하늘을 배경으로 솟아 있었고, 15분 단위로 종이 울렸다. 언덕 비탈에 좁게 퍼져 나간 은하수처럼 반짝이는 불빛들은 마을의 불빛인 듯했다. 10분쯤 더 달린 끝에 마부는 마차를 세우고 내려서 저택의 대문을 열어젖혔다. 마차가 안으로 들어가자 대문이 뒤에서 쾅 소리를 내며 닫혔다. 마차는 천천히 진입로를 따라 올라갔고 이윽고 옆으로 길게 뻗어 나간 저택 건물 앞에 이르렀다. 커튼이 드리워진 내닫이창에서 촛불 빛이 새어 나오고 있었다. 그 외에 나머지 창문들은 전부 어두웠다. 마차가 저택 현관문 앞에 멈춰 서자 하녀가 현관문을 열고 나왔다. 나는 마차에서 내려 저택 안으로 들어갔다.

"따라오시겠어요?"

앳되어 보이는 하녀가 말했다. 나는 하녀를 따라 널찍한 홀을 가로질렀다. 홀 주변에는 여러 개의 높은 문들이 줄지어 있었다. 하녀는 벽난로와 촛불이 환한 빛을 내뿜는 방으로 나를 안내했다. 두 시간 동안 어둠 속에서 마차를 타고 온 후라 갑작스런 밝은 빛에 눈이 부셨다. 잠시 후 시야가 적응되자 안락하고 쾌적한 방 안 풍경이 눈에 들어왔다.

아늑한 분위기의 작은 방이었다. 기분 좋게 타오르는 벽
난로 앞에 동그란 탁자가 놓였고, 등받이가 높은 고풍스런 안
락의자에는 깔끔해 보이는 노부인이 앉아 있었다. 노부인은
검은 베일 모자를 썼고 검은색 비단 드레스를 입었으며 눈처
럼 하얀 모슬린 앞치마를 둘렀다. 내가 페어팩스 부인에 대해
상상했던 바와 거의 일치했는데, 위엄은 덜하고 좀 더 부드러
워 보이는 인상이었다. 부인은 뜨개질을 하는 중이었다. 부인
의 발치에는 커다란 고양이가 얌전히 앉아 있었다. 이 정도면
안락한 가정의 이상적인 모습에 가까울 듯했다. 처음으로 일
을 시작하는 가정교사에게 이보다 더 마음이 놓이는 집 안 분
위기는 아마 없지 않을까. 너무 화려해서 위압감을 주지도 않
았고 당황스러울 정도로 위엄이 있지도 않았다. 내가 안으로
들어가자 노부인은 의자에서 곧바로 일어나 다정한 모습으로
내게 다가왔다.

"안녕하세요. 오는 길이 지루하지 않았나 모르겠어요. 존
이 워낙 마차를 천천히 모는 편이라서요. 추우시겠네. 난로 앞
으로 오세요."

"페어팩스 부인이시죠?"

"예, 맞아요. 와서 앉으세요."

부인은 나를 자기가 앉아 있던 의자에 앉히더니 내 숄을
벗기고 보닛 끈을 풀어주기 시작했다. 나는 굳이 수고롭게 그

러시지 않아도 된다고 만류했다.

"수고는요 무슨. 추워서 손이 다 얼었네요. 리아, 뜨끈한 니거스 술(포도주, 더운물, 설탕, 레몬 등을 섞어 만든 음료-옮긴이)이랑 샌드위치 좀 만들어 와. 식료품 저장실 열쇠 여기 있어."

부인은 주머니에서 가정주부라면 누구나 갖고 있을 법한 열쇠 꾸러미를 꺼내서 하녀에게 내주었다.

"난로에 더 가까이 와서 앉으세요. 짐 가방은 가져오 셨죠?"

"예."

"선생님 방으로 올려다 놓으라고 할게요."

부인은 이렇게 말하며 서둘러 방 밖으로 나갔다.

'나를 손님처럼 대접해주네. 이렇게 깍듯한 대우를 받을 줄은 생각도 못 했는데. 차갑고 딱딱하게 대할 줄 알았어. 가 정교사에게 이렇게 따뜻하게 대해준다는 얘긴 들어본 적이 없어. 너무 빨리 기뻐할 필요는 없겠지만.'

잠시 후 돌아온 페어팩스 부인은 탁자 위에 놓인 뜨개질 감과 책 한두 권을 손수 치우고 리아가 가져온 쟁반을 놓을 자리를 만들었다. 그러고는 내게 음식을 권했다. 지금까지 받 아본 적 없는 따뜻한 대접이라 당황스러웠다. 내 고용주면서 연장자인 분에게 받는 대접이라 더 그런 것도 있었다. 하지만 부인은 자신의 지위에 맞지 않는 행동을 한다는 생각을 딱히 하지 않는 듯했다. 나는 부인이 대접해주는 대로 조용히 받아들이기로 했다.

나는 부인이 권한 음식을 먹으며 물었다.

"오늘 밤에 페어팩스 양을 만날 수 있을까요?"

"뭐라고 하셨죠? 내가 귀가 어두워서요."

부인은 자기 귀를 내 입 가까이에 들이밀었다.

나는 좀 더 분명한 발음으로 조금 전에 했던 질문을 되풀이했다.

"페어팩스 양이요? 아, 바렝 양 말이군요! 선생님이 가르치게 될 학생의 성은 바렝이에요."

"그렇군요! 부인의 딸이 아닌가 봐요?"

"아, 나는 가족이 없답니다."

그렇다면 바렝 양이 부인과 어떤 관계인지를 묻는 것이 순서겠지만, 지나치게 많은 질문을 하는 것은 예의가 아닌 듯해서 그만두었다. 그 의문에 대한 답은 나중에 들으면 될 것이다.

맞은편에 앉은 부인은 고양이를 무릎에 안아 올리며 말했다.

"선생님이 와주셔서 정말 기쁘네요. 이제 얘기를 나눌 벗이 생겼으니 여기서 사는 것도 즐거워지겠어요. 물론 언제든 여기 사는 건 즐겁지만요. 손필드 홀은 유서 깊고 격조 있는 저택이에요. 수년 동안 방치돼 있었지만 여전히 훌륭하죠. 그래도 겨울이면 우울하고 외로울 수밖에 없어요. 혼자 있으면요. 리아는 좋은 아이이고, 존과 그의 아내도 괜찮은 사람들이지만 하인들이라 동등한 입장에서 대화를 나누기는 힘들어요. 자칫 잘못해서 권위를 잃지 않도록 늘 적당한 거리를 유지해야 하죠. 지난겨울에는 (지난겨울이 참 혹독했잖아요. 눈이 안 내리면 대신 비가 오고 강풍이 불곤 했죠) 11월부터 2월 사이에 정육점 주인과 우편배달부 말고는 이 저택을 찾아온 사람이 한 명도 없었어요. 밤마다 혼자 앉아 시간을 보내려니까 어찌나 우울하던지. 가끔 리아를 불러서 책을 읽어달라고 했는데 리아는 그 일을 별로 좋아하지 않는 눈치였어요. 가만히 앉아 책을 읽게 하니까 답답해하는 것 같더라고요. 그래도 봄과 여름에는 괜찮아요. 햇빛이 잘 들고 낮이 기니까. 가을이 시작될 때쯤에 아델 바렝이 보모와 함께 이 집에 왔어요. 아이가 있으니까 집에 활기가 도네요. 이제 선생님까지 오셨으니 정말 잘됐어요."

부인의 말을 들으며 내 마음은 따뜻하게 녹아내렸다. 나는 의자를 부인 쪽으로 좀 더 가까이 끌어다 놓고 앉아서, 나와 함께하는 시간이 부인이 기대한 만큼 즐거우면 좋겠다고 진심을 담아 말했다.

"오늘 밤엔 선생님을 늦게까지 잡아두지 않을 거예요. 벌써 밤 12시 종이 울렸어요. 마차를 타고 종일 먼 길을 오셨으니 피곤하시겠어요. 발을 충분히 데우셨으면 이만 선생님 방으로 안내해드릴게요. 제 방 바로 옆에 선생님 방을 준비해뒀어요. 크기가 작기는 하지만, 저택 앞쪽의 큰 방을 쓰시는 것보다 나을 거예요. 큰 방에 더 좋은 가구가 갖춰져 있긴 하지만 분위기가 어둡고 너무 외따로 떨어져 있어서요. 나도 큰 방에서는 절대 안 자요."

나는 사려 깊게 방을 골라주셔서 감사하다고 말했다. 먼 길을 왔더니 몹시 피곤한 게 사실이라, 이만 가서 쉬어야겠다는 뜻을 밝혔다. 부인은 초를 들고 앞장섰고 나는 그 뒤를 따라갔다. 부인은 홀의 문이 잘 잠겨 있는지부터 확인했다. 부인은 자물쇠를 잠근 뒤 열쇠를 빼 손에 들고 위층으로 올라갔다. 계단과 난간은 모두 참나무로 되어 있었고, 계단통에는 높은 격자 창문이 설치돼 있었다. 창문의 모양도 그렇고 열린 침실 문들이 도열해 있는 기다란 복도의 모습이 집보다는 성당에 더 어울리는 듯했다. 계단과 복도에 지하 납골당처럼 한기가 돌아서, 이곳이 얼마나 넓고 고적한 곳인지 다시금 느낄 수 있었다. 마침내 내 방에 들어가 보니 방 크기는 작지만 평범하고 세련된 가구들로 잘 꾸며져 있어서 기뻤다.

페어팩스 부인은 잘 자라고 다정하게 인사를 한 뒤 떠났고 나는 문을 닫은 뒤 느긋하게 방 안을 돌아보았다. 방이 워낙 아늑한 분위기라서 널찍하지만 괴괴한 홀, 어둑하고 높은 계단통, 길게 뻗은 서늘한 복도에서 받았던 좋지 않은 인상이 어느 정도 상쇄됐다. 몸도 피곤하고 마음도 편치 않았던 하루를 마치고 드디어 안식처에 무사히 도착했음을 실감했다. 감사하는 마음이 솟구쳐 올라 나는 침대 옆에 무릎을 꿇고 앉아 마땅히 감사를 받으셔야 할 분께 감사 기도를 드렸다. 앞으로 내가 나아갈 길을 보살펴주시고, 아직 별로 노력한 게 없는데도 다정한 대우를 받았으니 그만한 가치가 있는 사람일 수 있게 해달라는 바람도 덧붙였다. 그날 밤 내 방의 침대에는 가시가 돋쳐 있지 않았고 비록 홀로 있었지만 두렵지 않았다. 피곤하기도 하고 마음이 흡족하기도 해서인지 나는 곧 곤한 잠에 빠져들었다. 눈을 뜨자 어느새 날이 훤히 밝아 있었다.

화사한 분위기의 파란색 친츠 면직물로 된 창문 커튼 사이로 아침 햇살이 비집고 들어와 방 안을 환하게 밝혀주었다. 벽지를 바른 벽, 카펫이 깔린 바닥을 보니 로우드 학교의 아무것도 깔려 있지 않은 널빤지 바닥, 얼룩진 회반죽벽과 확연히 차이가 나서 나는 더욱 기분이 좋았다. 젊은 사람에게는 겉으로 보이는 모습이 큰 영향을 미치게 마련이다. 내 삶의 아름다운 시절이 이제 막 시작되는 것 같은 기분이었다. 가시와 고생으로 점철됐던 내 인생도 드디어 꽃피고 기쁨이 함께하는 걸까. 환경의 변화 덕분인지 가슴 속에 희망이 들어차면서 내 심신도 활기를 띠는 듯했다. 앞으로 어떤 상황이 펼쳐질지 정확히 알 수는 없지만 즐거운 나날을 보낼 수 있지 않을까 싶었다. 오늘 당장, 이번 달에 바로는 아니겠지만 미래에는 분명 즐거울 것이라는 생각이었다.

침대에서 일어나 신중하게 옷을 차려입었다. 옷차림은

소박할 수밖에 없었다. 내가 가진 옷은 전부 극도로 단순한 옷뿐이라 평범하고 깔끔하게 보이려고 애썼다. 나는 원래 천성적으로 깔끔한 편이었다. 내 외모에 무심하거나, 남들 눈에 내가 어떻게 보여도 상관없다는 식은 아니었다. 예쁜 편은 아니지만 남들에게 최대한 좋게 보이고 싶은 마음이었다. 때로는 내가 아름답지 않은 것이 아쉽기도 했다. 나도 장미처럼 발그레한 뺨, 오똑한 코, 체리처럼 붉고 작은 입술을 가졌으면 얼마나 좋을까 하는 생각을 했다. 나도 훤칠한 키와 당당한 자세가 잘 발달한 몸을 가졌으면 좋았을 것이다. 안타깝게도 나는 키가 작고 피부는 창백했으며 이목구비가 조화를 이루지 못하고 두드러진 편이었다. 왜 내가 외모에 대해 그런 열망과 아쉬움을 가졌을까? 이유를 굳이 짚어내기는 어려울 것이다. 그 이유를 분명히 끄집어내서 말할 수는 없지만 나름의 이유는 있었다. 논리적이고 자연스러운 이유. 하지만 머리를 깔끔하게 빗고 검은색 프록을 입은 뒤 (퀘이커 교도처럼 보이기는 했지만, 몸에 잘 맞는 옷이었다) 깔끔한 흰색 깃 장식을 달았더니 페어팩스 부인 앞에 서도 괜찮을 만큼 보기에 나쁘지 않았다. 내가 새로 맡게 된 학생도 이런 나를 보며 혐오감으로 뒷걸음질치지는 않을 듯했다. 창문을 열고 내 물건들이 화장대 위에 깔끔하게 정돈되어 있는지 확인한 뒤 방을 나섰다.

매트가 깔린 긴 복도를 지나 살짝 미끄러운 참나무 계단을 밟고 홀로 내려갔다. 홀에서 잠시 걸음을 멈추고 벽에 걸린 그림 몇 점을 바라보았다. (동체 갑옷을 입은 엄격한 표정의 남자, 머리카락에 하얀 분을 바르고 진주 목걸이를 한 귀부인의 그림이 특히 눈에 띄었다.) 곧이어 천장에 매달린 청동 램프, 특이한 조각이 새겨져 있고 오랜 세월과 청소 덕분에 흑단처럼 까맣게 변한 큼직한 벽시계로 시선을 옮겼다. 내 눈에는 이 집의 모든 것들이 위풍당당하고 인상적으로 보였다. 그 당시 나는 장엄한 분위기에 익숙하지 않았다. 반은 유리로 된 홀 문이 열려 있었다. 나는 그 문 너머로 걸어 나갔다. 화창한 가을 아침이었다. 갈색으로 물든 숲과 여전히 푸른 들판을 아침 해가 고요히 비추고 있었다. 나는 잔디밭을 밟고 걸어가 저택의 정면을 올려다보았다. 거대하다고까지 말할 수는 없지만 그래도 큰 편에 속하는 3층 건물이었다. 상류층까지는 아니어도 시골 귀족의 저택 정도는 돼 보였다. 총안 흉벽이 지붕 주변을 에워싸고 있어서 그림 같은 아름다움을 더했다. 뒤쪽에 까마귀들이 까악까악 소리를 내며 날아다니는 시커먼 숲이 있어서 건물의 회색 정면부가 더욱 두드러져 보였다. 까마귀들은 은장隱墻(정원의 경관을 해치지 않도록 경계 도랑을 파서 만든 울타리 – 옮긴이) 너머 잔디밭으로 날아왔다가 넓은 목초지에 내려앉았다. 목초지에는 한눈에 봐도 오래돼 보이는 가시나무thorn tree들이 참나무만큼이나 단단하고 널찍하게 뒤엉켜 있었다. 이 저택의 이름이 손필드Thornfield 홀인 이유를 짐작할 수 있었다. 저 멀리에는 언덕들이 펼쳐졌다. 높이 솟고 험준해서 학교를 세속과 분리하는 경계선 역할을 하던 로우드 학교 부근의 언덕 같지는 않았다. 오히려 고요하고 외로운 분위기가 풍겼다. 덕분에 활기찬 밀코트 가까이에서 느낄 수 있으리라고는 기대하지 않았던 호젓한 분위기가 조성됐다. 언덕 한옆에는 나무들이 지붕을 뒤덮다시피 한 작은 마을이 펼쳐져 있었다. 마을 성당이 손필드 홀에 가까이 있어서 낡은 종탑이 저택과 마을 사이의 둔덕을 굽어보는 것처럼 보였다.

나는 고요한 분위기와 신선하고 쾌적한 공기를 즐기며 까마귀들이 짖어대는 소리에 귀를 기울였다. 그러다 저택의 널찍하고 고색창연한 정면을 바라보면서 페어팩스 부인 같은 외로움을 잘 타는 부인이 살기에는 너무 큰 집이 아닌가 하는 생각을 하고 있는데 페어팩스 부인이 건물 현관문 밖으로 나왔다.

"어머, 선생님! 벌써 일어나셨네요? 아침잠이 별로 없으신가 보네." 내가 가까이 다가가자 부인은 따뜻한 입맞춤과 악수로 나를 맞아주었다. "손필드 홀이 마음에 들어요?"

나는 무척 마음에 든다고 대답했다.

"그렇죠. 아름다운 곳이에요. 하지만 로체스터 씨가 여기 와서 정착할 생각을 안 하시니, 지금보다 자주 방문하지 않으시면 체계가 무너지지 않을까 걱정스러워요. 이런 큰 집과 너른 정원에는 주인이 마땅히 살아야 하니까요."

"로체스터 씨라고요? 그분은 누구신데요?"

"손필드의 주인이세요." 부인은 나지막하게 대답했다. "주인어른의 성이 로체스터라는 걸 모르고 오셨어요?"

나는 당연히 몰랐다. 로체스터라는 성에 대해서는 들어본 적도 없었다. 하지만 부인은 누구나 당연히 아는 보편적인 사실처럼 말하고 있었다.

"저는 이 집이 부인의 소유라고 생각했어요."

"내 소유요? 아이고, 무슨 그런 생각을! 아니에요. 난 이 집 하녀장 겸 관리인에 불과해요. 모계 쪽으로 로체스터 가문과 먼 친척 관계이긴 하지만요. 정확히 말하면 남편 쪽이 그렇죠. 남편은 저 언덕 위에 있는 헤이라는 작은 마을의 교구 신부였어요. 마을 근처에 있는 성당이 그이의 것이었죠. 로체스터 씨의 어머니 성이 페어팩스였고 남편과 6촌 관계였어요. 나는 이 댁과 먼 친척 관계라고 해서 그 점을 이용해 우위에 설 생각은 없어요. 그런 건 나하고는 맞질 않아요. 나는 그저 이 집의 평범한 하녀장이에요. 제 고용주가 늘 점잖게 대해주셔서 더는 바라지도 않아요."

"그럼 제가 가르치게 될 어린 학생은요?"

"로체스터 씨가 돌봐주고 있는 아이예요. 로체스터 씨는 그 아이의 교육을 맡아줄 가정교사를 찾아보라고 나한테 시키셨어요. 그 아이를 이 ○○주에서 키울 생각이신 것 같아요. 저기 보모랑 같이 오네요. 저 아이는 보모를 늘 '본bonne(보모라는 뜻의 프랑스어-옮긴이)'이라고 불러요."

그제야 수수께끼가 풀렸다. 이 작은 체구의 다정하고 친절한 부인은 이 댁의 지체 높은 귀부인이 아니라 나와 마찬가지로 이 집에서 일하는 사람이었다. 그렇다고 해서 이 부인이 싫어지지는 않았다. 오히려 더 좋아졌다. 페어팩스 부인과 나는 현실에 기반을 둔 평등한 관계였다. 부인 쪽에서 생색을 내며 나를 배려해준 게 아니었다. 그러니 나로서는 더 좋을 수밖에 없었다. 우리 관계가 평등해질수록 나는 더 자유로운 입장이 될 테니까.

내가 이런 상념에 잠겨 있는데 어린 소녀가 보모를 뒤에 두고 우리가 있는 곳을 향해 잔디밭을 가로질러 달려왔다. 나는 내가 맡게 될 학생을 쳐다봤지만, 소녀는 내 존재를 알아챈 것 같지 않았다. 나이가 꽤 어려 보였다. 일곱 살이나 여덟 살 정도. 체격은 자그마했고 작은 얼굴에 피부가 희었다. 곱슬거리는 긴 머리카락이 허리까지 내려왔다.

"좋은 아침이에요, 아델 아가씨." 페어팩스 부인이 소녀에게 말했다. "아가씨를 가르쳐 똑똑한 여성으로 만들어주실 선생님께 인사 드려요."

"*C'est là ma gouvernante?*(내 가정교사야?)"

소녀가 나를 가리키며 보모에게 물었다.

"*Mais oui, certainement.*(그런 것 같아요.)"

나는 난데없는 프랑스어에 놀라 부인에게 물었다.

"외국인들인가요?"

"보모는 외국인이고 아델 양은 유럽에서 태어났어요. 6개월 전까지만 해도 유럽을 한 번도 떠난 적이 없는 것 같아요. 처음 여기 왔을 때 영어를 한마디도 못 했거든요. 지금은 영어로 대화를 약간은 할 수 있는데, 프랑스어를 섞어 써서 난 잘 알아듣지 못하겠어요. 하지만 선생님은 프랑스어를 하시니 잘 알아들으실 거라 믿어요."

다행히 나는 프랑스 숙녀에게 프랑스어를 직접 배웠다. 최대한 자주 마담 피에로와 대화를 나누려 애썼고 지난 7년 동안 프랑스어 표현을 매일 꾸준히 암기해왔기 때문에(특히 억양에 신경을 많이 썼고 마담 피에로의 발음을 최대한 비슷하게 모방하려 노력했다) 어느 정도 프랑스어를 편안하고 정확하게 구사할 수 있어서 아델 양의 갑작스런 프랑스어에도 크게 당황하지 않았다. 아델은 내가 자기 가정교사라는 얘기를 듣고는 내게 다가와 악수를 했다. 나는 아델을 아침 식사 자리로 데려가면서 프랑스어로 몇 마디 건넸다. 아델은 처음에는 단답식으로만 대답했다. 그러다 함께 식탁 앞에 앉자 커다란 녹갈색 눈으로 나를 10분 동안 뚫어져라 바라보더니 별안간 신나게 프랑스어로 재잘대기 시작했다.

"아! 로체스터 씨만큼 프랑스어를 잘하시네요. 로체스터 씨나 소피한테 하는 것처럼 선생님한테도 편하게 말을 할 수 있겠어요. 소피도 좋아할 거예요. 이 집 사람들은 소피가 하는 말을 못 알아듣거든요. 페어팩스 부인은 영어만 하세요. 참,

소피는 제 보모예요. 저랑 같이 연기를 내뿜는 굴뚝이 달린 커다란 배를 타고 이곳으로 왔어요. 그 배는 연기가 진짜 지독했어요! 저도 그렇고 소피랑 로체스터 씨도 뱃멀미를 심하게 했죠. 로체스터 씨는 살롱이라고 불리는 예쁜 방의 소파에 누워 지내다시피 했고 저랑 소피는 다른 선실의 작은 침대를 썼어요. 자다가 침대에서 떨어질 뻔한 적도 있어요. 침대가 엄청 좁았거든요. 그런데 선생님 이름은 뭐예요?"

"에어. 제인 에어."

"에허? 아! 발음이 잘 안되네요. 아무튼, 우리가 탄 배는 날이 밝기도 전에 큰 도시의 항구에 도착했어요. 시커먼 집들이 온통 연기를 뿜어내는 거대한 도시였어요. 제가 살던 예쁘고 깨끗한 마을과는 완전히 다른 분위기였어요. 로체스터 씨는 저를 품에 안고 널빤지를 건너서 땅에 내려섰어요. 소피도 뒤따라왔죠. 우린 다 함께 마차를 타고 크고 멋진 집으로 향했어요. 여기보다 훨씬 크고 고급스러웠는데 사람들이 그 집을 호텔이라고 부르더라고요. 우리는 호텔에서 일주일 정도 살았어요. 저는 소피랑 함께 나무로 가득한 푸르른 곳을 매일 산책했어요. 그곳은 공원이라고 불렸어요. 공원에는 다른 아이들도 많았고 예쁜 새들이 날아드는 연못도 있었어요. 저는 그 새들한테 빵부스러기를 먹이로 줬죠."

페어팩스 부인이 내게 물었다.

"엄청 빨리 말하는데 알아듣겠어요?"

나는 마담 피에로의 유창한 프랑스어에 익숙해서 아델의
말 정도는 편하게 알아들었다.

선량한 페어팩스 부인이 계속해서 말했다.

"아델 양에게 부모에 관해 좀 물어봐 주실래요? 기억하
고 있을지 모르겠지만요."

나는 아델에게 프랑스어로 물었다.

"아델, 네가 얘기한 그 예쁘고 깨끗한 마을에서 누구랑
함께 살았니?"

"오래전에 엄마랑 살았어요. 하지만 엄마는 성모 마리아
님 곁으로 갔어요. 엄마는 제게 춤과 노래, 시 낭송을 가르쳐
주셨죠. 신사 숙녀들이 엄마를 보러 많이 오셨는데 저는 그분
들 앞에서 춤을 추곤 했어요. 그분들 무릎에 앉아서 노래를 불
러드리기도 했고요. 즐거웠어요. 제 노래 들어보실래요?"

아델이 아침 식사를 마친 터라 나는 노래를 해도 좋다고
허락했다. 의자에서 내려간 아델은 내 무릎에 올라앉아 작은
두 손을 얌전하게 앞으로 모았다. 곱슬머리를 뒤로 젖히고 천
장을 올려다보면서 오페라 곡을 부르기 시작했다. 애인에게
버림받은 여인이 배신감에 치를 떨며 자존심을 회복하고자
시녀에게 가장 화려한 보석과 옷으로 자신을 치장하게 하고,
무도회 날 밤 그 애인을 만나러 가고, 애인의 배신이 자신에게
는 아무 영향도 미치지 못하는 척 애인 앞에서 유쾌하게 군다
는 내용이었다.

어린 소녀가 부르기에는 주제가 어울리지 않았다. 무엇보다 어린아이가 혀 짧은 소리로 사랑과 질투에 관한 노래를 부르게 하는 것은 상당한 과시욕이며 악취미라는 생각마저 들었다.

아델은 제 나이에 맞는 순수한 소가요곡도 듣기 좋게 불렀다. 노래를 마친 아델은 내 무릎에서 뛰어내리며 말했다.

"선생님께 시도 낭송해드릴게요."

아델은 제법 시 낭송에 어울리는 자세를 취하고는 「쥐 떼 La Ligue des Rats」라는 라퐁텐(1621~1695년. 프랑스의 시인 겸 우화 작가—옮긴이)의 우화시를 낭송하기 시작했다. 구두점과 강세, 목소리의 강약, 손동작까지 적절하게 맞춰가면서 들려주었다. 그 나이치고는 상당히 뛰어났는데 그것만 봐도 세심한 훈련을 받았음을 알 수 있었다.

"엄마한테 배웠니?"

"예. 엄마는 이런 식으로 말하곤 했어요. '*Qu'avez vous donc? lui dit un de ces rats, parlez!*(뭐가 문제야? 쥐들 중 하나가 말했어요. 이렇게 해봐!)' 그리고 저더러 손을 위로 들면서 질문 부분에서 목소리를 높여야 한다고 하셨어요. 이제 춤 보여 드릴까요?"

"아니, 그만하면 충분히 봤어. 엄마가 성모 마리아님께 가신 후에 넌 누구랑 살았니?"

"프레더릭 부인이랑 그분 남편이랑요. 프레더릭 부인이

절 돌봐주셨는데 저랑 친척 관계는 아니에요. 그분은 엄마처럼 좋은 집에서 살지 못하신 걸 보면 가난하셨던 것 같아요. 저는 그 집에서 오래 살지는 않았어요. 로체스터 씨가 같이 영국에 가서 살 생각 있냐고 물어보셔서 그러겠다고 했어요. 프레더릭 부인보다 로체스터 씨와 먼저 아는 사이이기도 해서요. 로체스터 씨는 저한테 늘 다정하게 대해주셨어요. 예쁜 옷과 장난감도 주셨고요. 그런데 약속은 지키지 않으셨어요. 저를 영국에 데려다 놓고는 혼자 떠나버리셔서, 저는 그 후 그분을 뵌 적이 없어요."

아침 식사를 마치고 나서 나는 아델과 함께 서재로 갔다. 서재를 둘러보니 로체스터 씨가 교실로 쓸 수 있도록 꾸며놓게 한 것 같았다. 책들은 대부분 책장 유리문 안쪽에 보관돼 있었고 자물쇠로 잠겨 있었다. 초등 교육에 필요한 책들이 꽂힌 책장의 문은 열려 있었는데 경문학, 시, 자서전, 여행기, 로맨스 소설 몇 권도 함께 꽂혀 있었다. 가정교사가 개인적으로 읽을 만한 책들을 이렇게 따로 빼놓은 게 아닌가 싶었다. 그 정도 책만으로도 내겐 충분했다. 지금 내가 가진 책이 몇 권되지 않고, 로우드 학교에서 구할 수 있는 책도 얼마 되지 않았던 것에 비해, 이 책들 정도면 내게 충분한 즐거움과 정보를 제공할 수 있을 듯했다. 그 방에는 꽤 새것인 데다 소리도 뛰어난 소형 피아노, 그림 그릴 때 쓰는 이젤, 지구본 두 개도 갖춰져 있었다.

내가 맡게 된 학생은 유순한 인상이지만 학업에 매진하려는 뜻은 없어 보였다. 아델은 어떤 종류든 규칙적인 생활이 몸에 익질 않았다. 하지만 처음부터 아델을 지나치게 옥죄는 것은 부당한 처사라는 생각이 들었다. 나는 아델에게 많은 얘기를 해주고 공부는 조금만 가르쳤다. 오전부터 공부를 시작해 정오가 되면 보모에게 돌아가도 좋다고 허락했다. 그 후 점심 식사 시간까지는 아델을 위해 혼자 스케치를 몇 점 그리곤 했다.

화첩과 연필을 가지러 위층으로 올라가고 있는데 페어팩스 부인이 나를 불렀다.

"오전 수업이 끝났나봐요."

페어팩스 부인이 들어가 있는 방의 접이식 문이 열려 있었다. 나는 그 방으로 들어갔다. 장엄한 분위기의 널찍한 방이었다. 보라색 의자와 커튼, 튀르키예산 카펫, 호두나무 패널을 댄 벽, 화려한 스테인드글라스로 장식된 커다란 창문, 멋지게 만들어놓은 높다란 천장. 페어팩스 부인은 사이드보드 탁자에 놓인 자줏빛 꽃병들의 먼지를 터는 중이었다.

"정말 예쁜 방이네요!"

나는 감탄하며 방을 둘러보았다. 이 방의 절반 수준의 방도 나는 본 적이 없었다.

"그렇죠. 여긴 식당이에요. 신선한 공기와 햇빛을 좀 들이려고 조금 전에 창문을 열어놨어요. 사람이 안 쓰는 방은 아무래도 눅눅해지기 쉬워요. 저기 있는 응접실은 꼭 지하 납골당 같죠."

부인은 커다란 아치형 창문을 가리켰다. 그 창문에는 티리언 퍼플(고대의 자줏빛 또는 진홍색의 고귀한 염료-옮긴이)로 염색한 커튼이 걸려 있었는데, 지금은 위로 말려 올라가 있었다. 나는 널찍한 계단을 두 칸 올라가 응접실을 들여다보았다. 그 안은 마치 요정의 방 같았다. 그런 풍경에 익숙하지 않은 나 같은 사람 눈에는 더없이 화려해 보였지만 사실 그 방은 안쪽에 내실이 갖춰진 예쁜 응접실일 뿐이었다. 거실과 내실 모두 꽃무늬가 들어간 하얀 양탄자가 깔려 있었다. 꽃무늬도 어찌나 훌륭한지 화사한 화환이 놓여있는 듯 보였다. 두 방 모두 흰 천장에 하얀 포도와 덩굴이 들어간 몰딩이 붙어 있었고 그 아래에는 진홍색 긴 의자와 오토만 의자가 놓여 있었다. 파로스 섬에서 생산된 하얀 벽난로 선반 위에는 붉은 루비 빛깔로 반짝이는 보헤미아산 유리 장식들이 놓였다. 두 창문 사이의 대형 거울들은 방 안의 하얗고 붉은 장식들을 담아내고 있었다.

"방 안을 잘 정돈해놓으셨네요, 페어팩스 부인! 캔버스천으로 덮어놓지도 않으셨는데 먼지 하나 없어요. 공기가 좀 쌀쌀한 것 빼고는 매일 사람이 생활하는 곳 같아요."

"로체스터 씨가 집에 자주 오시지는 않지만, 오실 때는 연락도 없이 갑자기 오세요. 방 안의 물건들을 전부 천으로 덮어 뒀는데 로체스터 씨가 갑자기 집에 돌아오시면 부랴부랴

천을 걷어내고 정돈을 하는 게 쉽지 않겠더라고요. 그래서 언제든 쓰실 수 있게 방을 늘 정돈해두는 게 최선이겠다 싶었어요."

"로체스터 씨는 까다롭고 꼼꼼한 분인가요?"

"그렇지는 않아요. 다만 신사다운 취향과 습관을 지닌 분이라, 집 안도 그렇게 정돈되어 있기를 바라시죠."

"그분이 마음에 드세요? 그분은 모두에게 호감을 사는 편인가요?"

"그럼요. 로체스터 가문은 이곳에서 늘 존경받아왔어요. 선생님의 시야가 닿는 이 동네의 모든 땅이 아주 오래전부터 로체스터 가문의 소유였죠."

"하지만 본인 땅을 떠나서 자주 돌아오지도 않는데 그래도 그분이 좋으세요? 다른 사람들도 그분을 개인적으로 좋아하나요?"

"나는 그분을 좋아하지 않을 이유가 딱히 없어요. 그분은 소작인들에게 공정하고 후하게 대해주세요. 소작인들과 오랫동안 함께 살지는 않으셨지만요."

"특이한 점은 없는 분인가요? 가령 성격 면에서요."

"아! 비난받을 정도는 아니에요. 특이하다고 볼 수는 있죠. 여행을 엄청 많이 다니셔서 견문이 넓으실 거예요. 똑똑하실 테고요. 하지만 그분과 얘기를 많이 나눠본 게 아니라서 더는 모르겠네요."

"어떤 면에서 특이하신가요?"

"글쎄요. 무어라 꼬집어 말할 수도 없고 확연하게 드러나지도 않지만, 대화하다 보면 느껴져요. 말씀하실 때 농담을 하시는 건지 아니면 진지하게 말하는 건지, 만족해하시는지 아니면 그 반대인 건지 잘 알 수가 없거든요. 한마디로 속을 분명히 알 수 없어요. 하지만 훌륭한 주인이시니 그런 게 뭐가 중요하겠어요."

내가 우리의 주인인 로체스터라는 남자에 관해 페어팩스 부인한테서 얻어낸 정보는 그게 전부였다. 타인의 성격을 묘사하거나 사람이든 사물이든 핵심적인 면을 관찰하고 묘사하는 부분이 미흡한 사람들이 있다. 안타깝게도 마음씨 좋은 페어팩스 부인이 바로 그런 부류였다. 부인은 내 질문에 당황스러워할 뿐 제대로 답을 해주지는 못했다. 부인의 눈에 로체스터 씨는 그냥 로체스터 씨일 뿐이었다. 신사이고 지주인 분. 그게 전부였다. 부인은 그 외에 더 자세히 누군가에게 물어보거나 답을 찾아내려 하지 않았다. 주인이 어떤 사람인지에 대해 더 자세히 알아내고 싶어 하는 내가 그에게는 의아하게 여겨질 수도 있었다.

함께 응접실을 나서며 부인은 이 집의 다른 곳들을 구경시켜주겠다고 제안했다. 나는 그를 따라 위층과 아래층을 돌아다니며 구경했고 가는 곳마다 감탄했다. 집 안의 모든 곳이 잘 정돈되고 멋지게 꾸며져 있었다. 특히 건물 앞쪽의 큰 방들이 내 눈에는 무척 장중해 보였다. 3층에 있는 방 몇 개도 비록 어둡고 천장이 낮기는 하지만 고풍스럽고 흥미로운 분위기였다. 아래층에서 사용하던 가구들은 유행이 바뀌면 3층으로 옮겨다 놓는 모양이었다. 좁은 여닫이창으로 흘러들어오는 흐릿한 빛이 가구들을 비췄다. 100년 된 침대 틀, 종려나무 가지와 아기 천사의 머리가 조각되어 있어 마치 히브리인의 성궤처럼 보이는 참나무나 호두나무로 만든 서랍장, 등받이가 높고 좁으며 고색창연한 의자들, 위쪽 쿠션에 반쯤 색 바랜 자수들이 수놓아진 구식 스툴들. 2대에 걸쳐 그 스툴에 자수를 놓은 사람들은 이미 고인이 된 지 오래였다. 이런 유물들을 보고 있자니 손필드 홀 3층은 과거의 흔적들이 모여 있는 기억의 성소라는 생각이 들었다. 나는 낮에 이런 방들에서 느껴지는 고요하고 어둑하며 운치 있는 느낌이 좋았다. 하지만 그런 널찍하고 육중한 침대에서 하룻밤이라도 잠을 자고 싶은 생각은 추호도 없었다. 어떤 침대는 참나무 문이 달린 방 안에 있었다. 그 방에는 괴상하게 생긴 꽃과 새, 사람들의 형상이 그려진 오래된 영국식 벽걸이 장식이 걸려 있었는데, 창백한 달빛이 흘러들면 더욱 낯선 분위기를 자아냈다.

"하인들이 이런 방에서 자요?"

"아뇨. 뒤쪽에 있는 작은 방을 써요. 이쪽 방을 사용하는 사람은 아무도 없어요. 만약 손필드 홀에 유령이 있다면 이런 방을 돌아다니고 있을 거라는 얘기도 있고 하니까요."

"그럴 것 같네요. 여기엔 유령 같은 건 없죠?"

"들어본 적 없어요."

페어팩스 부인은 미소를 지으며 나를 돌아보았다.

"전승된 얘기도 없나요? 전설이나 유령 이야기 같은 거요."

"아마 없을 거예요. 로체스터 가문 남자들이 조용한 성격이 아니라 난폭한 편이었다는 얘기는 들은 적 있어요. 어쩌면 그래서 다들 각자의 무덤 안에서 조용히 쉬고 계신 것일 수도 있고요."

"그렇군요. 변덕스러운 삶의 열병을 끝내고 편히 자고 있겠네요(셰익스피어의 희곡 『맥베스』에서 인용 – 옮긴이). 이제 어디로 가요, 페어팩스 부인?"

부인은 계속해서 어딘가로 발을 옮기고 있었다.

"지붕으로요. 지붕에 올라가서 주변 경치를 구경할래요?"

나는 부인을 따라서 비좁은 계단을 올라가 다락으로 향했다. 다락에서 사다리를 밟고 천장의 작은 문을 열자 지붕으로 올라갈 수 있었다. 드디어 까마귀 떼와 같은 눈높이에서 까마귀 둥지를 들여다볼 수 있게 됐다. 총안 흉벽에 기대어 서서 아래쪽을 내려다보았다. 저택 주변의 풍경이 마치 지도처럼 펼쳐져 있었다. 찬란한 빛깔에 벨벳처럼 부드러운 느낌의 잔디밭이 잿빛 저택 건물을 둘러쌌고, 공원처럼 넓은 들판 이곳저곳에는 오래된 숲이 조성돼 있었다. 잎사귀 무성한 나무들보다 이끼로 더욱 푸르게 덮인 길이 회갈색으로 시든 숲 앞에 경계선을 그려놓았다. 마을의 성당과 도로, 평온한 언덕이 가을 낮의 햇살 아래 나른하게 잠들어 있었다. 진주처럼 하얀 구름이 점점이 박힌 파란 하늘이 지평선과 맞닿았다. 특별할 것 없는 풍경이지만 마음을 흡족하게 해주었다. 지붕에서 내려가기 위해 작은 문을 열고 그 아래로 발을 내디뎠다. 사다리 아래쪽이 어두워서 잘 보이지 않았다. 지금까지 내가 올려다본 아치형의 푸른 하늘, 햇볕이 쏟아지는 숲과 초원과 푸른 언덕에 비하면 다락은 지하 납골당처럼 캄캄했다. 그 숲과 초원과 언덕 한가운데에 손필드 홀이 자리하고 있었고, 나는 기쁜 마음으로 주변 풍경을 둘러보았다.

잠시 후 뒤따라 내려온 페어팩스 부인이 지붕의 작은 문을 잠갔다. 나는 손을 더듬거리며 다락방 출구를 찾아냈고 그 문을 통해 비좁은 계단을 내려갔다. 나는 3층의 앞쪽 방과 뒤쪽 방을 분리해주는 긴 복도에 잠시 서 있었다. 복도는 좁고 천장이 낮았으며 끝에 좁은 창문이 하나뿐이라 어둑한 편이었다. 양옆에 도열한 작은 검은색 문들이 전부 닫혀 있어서 마치 푸른 수염(폭력적인 귀족 남자와 그의 호기심 많은 아내에 관한 유명한 동화의 주인공-옮긴이)의 성 복도에 서 있는 기분이었다.

조용히 발걸음을 옮기려는데, 이 조용한 곳에서 듣게 되리라곤 전혀 예상치 못한 소리가 들려왔다. 깔깔대는 웃음소리였다. 분명하고 작위적이며 전혀 즐겁지 않은 괴상한 웃음소리였다. 나는 걸음을 멈췄다. 그 소리는 잠시 멈췄다가 다시, 좀 더 크게 시작됐다. 처음에는 분명하기는 하지만 들릴 듯 말 듯 낮은 소리였다. 그 소리는 모든 빈방을 훑듯이 고루 울리며 지나갔다. 나는 그 소리가 새어 나오는 방이 어디인지 알 것 같았다.

"페어팩스 부인!" 부인이 계단을 내려오는 소리가 들려 나는 그쪽에 대고 부인을 불렀다. "저 요란한 웃음소리 들리세요? 누가 저렇게 웃는 거죠?"

"하녀겠죠. 아마 그레이스 풀일 거예요."

"소리 들리시죠?"

"들려요. 자주 듣는 웃음소리예요. 그레이스는 바느질 하녀인데 종종 리아와 함께 시간을 보내거든요. 둘이 같이 있으면 저렇게 시끄러워요."

그때 나지막하고 분명한 웃음소리가 다시 들리더니 괴상하게 웅얼대는 소리로 이어졌다.

"그레이스!"

페어팩스 부인이 소리쳤다.

나는 그레이스라는 하녀가 자기를 부르는 소리를 듣고 방 밖으로 나올 거라고는 생각하지 않았다. 웃음소리는 지금까지 들어본 어떤 소리보다도 애처롭고 기이했다. 훤한 대낮이라 그 괴상한 웃음소리가 유령일 것 같지도 않았다. 만약 두려움을 자아내는 장소나 시간이었으면 나는 분명 미신적인 공포에 사로잡혔을 것이다. 상황은 잠시라도 놀랐던 나를 비웃듯 일상적으로 돌아왔다.

내가 서 있는 곳에서 제일 가까운 방의 문이 열리고 하녀한 명이 밖으로 나왔다. 서른 살에서 마흔 살 사이 정도로 보이는, 몸이 다부지고 어깨가 각이 진 빨간 머리의 하녀였다. 평범한 얼굴은 그저 무표정했다. 그 여자보다 덜 낭만적이고 덜 유령 같은 형체는 상상하기 힘들 듯했다.

"너무 시끄러워, 그레이스. 지침을 명심해!"

페어팩스 부인의 말에 그레이스는 한쪽 다리를 빼고 허리를 약간 숙여 인사를 하고는 조용히 물러나 방으로 들어갔다.

"바느질도 하고 리아를 도와 집안일을 하는 하녀예요. 몇 가지 마뜩잖은 점이 있긴 하지만 일은 잘하는 편이죠. 그런데 오늘 아침에 새 학생과 만나보니 어땠어요?"

우리의 대화는 아델에 관한 내용으로 옮겨갔고 환하고 쾌적한 아래층에 다다를 때까지 계속됐다. 홀에 있던 아델이 우리를 보고 달려오며 소리쳤다.

"*Mesdames, vous êtes servies! J'ai bien faim, moi!*(어서들 오세요, 식사 준비됐어요! 저 배고파 죽겠어요!)"

페어팩스 부인의 방에 우리를 위한 점심 식사가 준비돼 있었다.

12

날이 갈수록 손필드 홀 생활이 익숙해지고 그곳 사람들과 친해졌다. 페어팩스 부인은 첫인상 그대로 침착한 성격에 다정한 심성을 가진 분이었고, 맡은 일을 유능하게 해낼 수 있을 만큼의 교육을 받았으며, 평균적인 지능을 갖고 있었다. 내가 맡은 아델은 활기찬 아이였지만, 버릇이 없고 응석받이라 때때로 멋대로 굴었다. 하지만 이제 내가 맡아서 가르쳐야 하는 학생이 된 만큼 누구도 함부로 개입하지 않았기에 나는 내 계획대로 아이의 품성을 개선해나갈 수 있었다. 소소하게 별나게 굴던 아델은 어느새 순하고 가르침을 잘 받아들이는 아이가 되어갔다. 뛰어난 재능이 있거나 별난 성격을 가진 것은 아니었고, 보통보다 조금이라도 더 도드라지는 특별한 감성이나 취향을 갖고 있지도 않았다. 그렇다고 해서 보통 수준 이하인 결함이나 약점을 지닌 것도 아니었다. 아델은 날이 갈수록 잘 배워나갔고 나에 대해서도 깊지는 않지만 따뜻한 애정을 품게 됐다. 아델이 순수하고 명랑한 품성을 가진 데다 타인을 만족시켜주려고 노력하고 있어 나 역시 아델과 함께 있으면 즐겁고 편안해졌다.

여담이지만, 나의 이런 말은 아이들이 천사 같은 본성을 갖고 있다고 믿는 사람들, 아이들에게 전적으로 헌신하며 교육해야 한다고 여기는 사람들에게는 다소 차갑게 들릴지도 모르겠다. 하지만 나는 이기적인 부모들의 비위를 맞추거나 위선을 떨거나 헛소리를 지지하려고 이 글을 쓰는 게 아니다. 그저 진실을 말하고 싶다. 나는 아델의 안녕과 발전을 위해 성실하게 배려했고, 아델의 어린 자아를 좋아했다. 페어팩스 부인에 대해서도 마찬가지여서, 나는 부인의 다정함에 감사했고 그가 나를 차분하게 배려해주고 온화하게 대해주는 게 좋았다.

내가 이런 말을 덧붙인다고 해서 비난하려는 사람이 있다면 좋을 대로 하기 바란다. 가끔 저택 부근을 홀로 산책할 때, 대문 앞으로 가서 그 너머 길을 따라 펼쳐진 풍경을 바라볼 때, 아델이 보모와 놀고 있고 페어팩스 부인은 식료품 저장실에서 젤리를 만들고 있는 동안 혼자 3층으로 올라가 다락의 작은 문을 열고 지붕에 올라서서 한적한 들판과 언덕을 내다보거나 흐릿한 지평선을 바라볼 때, 나는 경계선 너머까지 볼 수 있는 능력이 있다면 얼마나 좋을까 하는 생각을 했다. 그런 능력이 생기면 들어보기만 하고 실제로는 본 적 없는 분주한 세상과 도시를 볼 수 있을 텐데. 나는 내가 겪어온 것보다 더 실제적인 경험을 쌓고 싶었다. 나 같은 부류와 교류하고, 좀 더 다양한 사람들과 어울려보고 싶었다. 물론 페어팩스 부인은 좋은 사람이고 아델도 마찬가지지만, 세상에는 좀 더 선명한 종류의 선함을 가진 사람들이 존재하지 않을까. 나는 내가 믿는 바를 직접 눈으로 확인해보고 싶었다.

이런 나를 누가 비난할까? 아마 꽤 많은 사람이 비난할지도 모른다. 현실에 만족할 줄 모르는 여자라고. 나는 천성적으로 한곳에 머물기 힘든 사람이었다. 그런 점 때문에 때때로 몹시 고통스러웠다. 그럴 때면 3층 복도로 올라가 고요하고 외로운 가운데 안도감을 느끼면서 복도를 서성이곤 했다. 그리고 머릿속에서 펼쳐지는 온갖 화려한 환상들을 곱씹었다. 그 환상들은 종류도 다양하고 매우 생생했다. 그런 상상을 할 때면 내 심장은 기뻐 어쩔 줄 몰라 하며 고통스러울 정도로 부풀고 활기로 가득 찼다. 무엇보다도 그 환상들은 내 내면의 귀를 열어 끝나지 않는 이야기를 들을 수 있게 해주었다. 그것은 내 상상력이 끝없이 만들어내는 이야기, 간절히 바라지만 현실에서는 가질 수 없는 온갖 사건과 생활, 열정, 감정으로 점철된 이야기였다.

어떤 이들은 사람은 평화로운 삶에 만족하며 살아야 한다고 말하지만 그건 실상과 다르다. 사람은 행동을 하며 살아야 한다. 만약 아무런 행동을 할 만한 게 없는 상황이라면 스스로 행동할 거리를 만들어내야 할 것이다. 나보다 더 정적인 운명에 처해 있는 사람들도 많은데, 그들 역시 자신의 운명에 조용히 반기를 들고 있다. 정치적 반란 외에 얼마나 많은 일상의 반란들이 생활 속에서 흙에 파묻혀 버렸는지는 아무도 모른다. 여성들은 대체로 차분한 성격이라고 여겨지지만, 실상은 여자도 남자처럼 온갖 감정을 느낀다. 여성들도 능력을 마음껏 발휘하며 살아야 한다. 남자 형제들처럼 노력을 기울일 만한 분야를 찾아내야 한다. 여성들도 남성들과 마찬가지로 세상의 가혹한 제약과 절대적인 침체로 인해 고통을 받는다. 그러니 여성들보다 특권을 많이 누리고 사는 남성들이 여성들에게 집에서 푸딩이나 만들고 스타킹이나 짜라고, 피아노나 치고 가방에 수나 놓고 살라고 말한다면 참으로 편협한 짓이 아닐 수 없다. 여성들이 관습이 허용하는 범위를 넘어서는 일을 해보려 하고 더 많은 것을 배우려 할 때 그런 그들을 비난하고 비웃는 것은 배려 없는 짓이다.

이렇게 3층에서 홀로 상념에 빠져 있는 동안 나는 종종 그레이스 풀의 웃음소리를 듣곤 했다. 지난번처럼 낮고 천천히 울려 퍼지는 하! 하! 소리. 처음 들었을 때 소름이 쫙 돋았던 소리였다. 웃음소리보다 더 기묘한 중얼거림도 들었다. 그가 아무 소리도 내지 않는 날들도 있었지만 대체 무슨 뜻으로 내는 소리인지 알 수 없는 소리가 들릴 때가 종종 있었다. 가끔은 그레이스를 보기도 했다. 그레이스는 대야나 접시, 쟁반을 들고 방에서 나와 주방으로 내려왔다가 흑맥주 주전자 같은 걸 들고 곧장 다시 올라오곤 했다. (아, 낭만적인 독자 여러분, 사실을 있는 그대로 쓰고 있는 나를 용서하기 바란다!) 그레이스의 외모는 그가 내뱉는 괴상한 소리가 유발하는 호기심에 찬물을 끼얹는 작용을 하곤 했다. 인상이 좋지 않은 데다 냉정해 보이기까지 해서 매력적으로 느껴질 만한 구석이 전혀 없었다. 그와 몇 번 대화를 시도했는데, 대부분 한두 마디로 대답이 끝나버려서 도무지 대화를 이어갈 수가 없었다.

존과 그의 아내, 하녀 리아, 프랑스 보모 소피 같은 이 집의 다른 구성원들은 모두 예의 바른 사람들이었고 특별히 눈에 띌 만한 점은 없었다. 가끔 소피와 프랑스어로 얘기를 나누면서 프랑스에 관해 물어보기도 했다. 하지만 소피는 이야기를 잘하는 편이 아니었고, 상대의 관심을 차단하려는 의도가 들어간 게 아닌가 싶을 만큼 김빠지고 앞뒤가 맞지 않는 말을 늘어놓았다.

10월, 11월, 12월이 지나가고 1월의 어느 날 오후, 페어팩스 부인이 아델에게 하루 휴일을 달라고 요청했다. 감기에 걸렸다는 이유에서였다. 아델도 간절하게 부탁했는데, 그 모습을 보니 어쩌다 한 번 오는 휴일을 고대했던 내 어린 시절이 떠올라 나는 부탁을 들어주었다. 그런 일은 유연하게 처리하는 게 좋다는 생각이었다. 몹시 춥지만 맑고 고요한 날이었다. 오전 내내 서재에 앉아 있자니 지루해졌다. 페어팩스 부인이 막 편지 한 통을 다 쓴 터라, 나는 보닛을 쓰고 망토를 걸치면서 부인 대신 헤이 마을 우체국에 가서 편지를 부쳐주고 오겠다고 제안했다. 3킬로미터 정도 되는 거리이니 겨울 오후에 기분 좋게 산책하러 다녀올 만한 거리라고 생각했다. 아델이 페어팩스 부인의 응접실 난로 앞에 놓인 작은 의자에 앉아 있는 걸 보고, 나는 아델이 제일 좋아하는 밀랍 인형(평소 내가 은박지에 싸서 서랍에 넣어두었던 인형)을 가지고 놀라고 주면서, 인형 놀이에 질리면 보라고 동화책도 한 권 내주었다. 아델은 "*Revenez bientôt, ma bonne amie, ma chère Mdlle Jeannette.*(얼른 다녀오세요. 내 좋은 친구, 사랑하는 선생님.)"라고 인사를 건넸고 나는 대답 대신 뽀뽀를 해주고 집을 나섰다.

땅은 단단히 굳어 있고 바람 한 점 불지 않았다. 길에는 오가는 이 하나 없었다. 나는 몸에 열이 오를 때까지 빠른 걸음으로 걸어가다가, 나를 위해 기다리고 있을 다양한 즐거움을 생각하고 분석하느라 걷는 속도를 늦췄다. 어느새 오후 3시였다. 성당의 종탑 밑을 지나가는데 종이 울렸다. 해가 낮아지면서 흐릿하게 빛을 잃어가고 날이 점점 어두워지는 이 시간만의 매력이 있었다. 손필드 홀에서 1.5킬로미터쯤 떨어진 곳에 이르자 여름에는 들장미, 가을엔 견과류와 블랙베리가 시야를 사로잡는 길이 나왔다. 한겨울인 지금도 그곳에는 들장미 열매와 산사나무 열매가 산호처럼 영롱하게 매달려 있었다. 하지만 그 길에서 맛볼 수 있는 최고의 기쁨은 완벽

한 고독을 느끼며 잎사귀 하나 없이 쉬고 있는 나무들을 바라
보는 것이었다. 바람이 한 번씩 불어도 이곳에서는 소리가 들
리지 않았다. 호랑가시나무와 늘푸른나무가 한 그루도 없어
서 나뭇잎이 팔랑거릴 일도 없기 때문이었다. 벌거벗은 산사
나무와 개암나무 덤불도 길 중간에 깔린 하얀 돌들만큼이나
고요히 서 있었다. 길 양옆으로는 저 멀리까지 너른 들판이 펼
쳐져 있었다. 들판에 나와 풀을 뜯는 소도 없었다. 산울타리에
앉아 있다가 한 번씩 포르르 날아오르는 작은 갈색 새들은 마
치 지상으로 떨어지는 것을 잊어버린 적갈색 낙엽 같았다.

헤이 마을까지는 쭉 오르막길이었다. 중간 지점에 도착
한 나는 잠시 쉬기 위해 들판으로 이어지는 울타리 계단에 걸
터앉았다. 얼어붙게 추운 날씨였지만 망토를 입고 두 손을 토
시로 감싸서인지 많이 춥지는 않았다. 둑길을 뒤덮은 얇은 얼
음을 보니 춥긴 추운 날씨구나 싶었다. 며칠 전에 갑자기 녹
아내린 물에 실개천이 흘러넘치면서 이렇게 얼어붙은 것이었
다. 나는 앉은 자리에서 손필드 홀을 내려다보았다. 총안 흉벽
을 갖춘 잿빛 저택은 저 아래 골짜기에서 유일하게 두드러져
보였다. 서쪽 하늘을 배경으로 저택 주변의 숲과 시커먼 까마
귀 떼의 집들이 보였다. 나는 해가 나무 사이로 넘어가 진홍색
의 맑은 노을만 하늘에 남을 때까지 그 자리에서 뭉그적거리
다가 동쪽으로 고개를 돌렸다.

저 앞 언덕 꼭대기에 달이 떠오르고 있었다. 구름처럼 흰

달은 시간이 흐를수록 점점 밝은 빛을 퍼뜨렸다. 나무 사이로 모습을 반쯤 감춘 달이 몇몇 굴뚝에서 푸른 구름을 뿜어내는 헤이 마을을 내려다보았다. 헤이 마을까지는 1.5킬로미터를 더 가야 했다. 완벽한 정적 속에서 문득 마을 쪽에서 희미한 생활 소음이 들려왔다. 물 흐르는 소리도 들렸다. 어떤 골짜기에서 흐르는 물인지 아니면 어떤 깊고 깊은 샘에서 뿜어나오는 물인지는 알 수 없었다. 헤이 마을 너머에 작은 언덕들이 많이 있으니 개울들이 그 사이로 흘러가지 않을까. 너무나도 고요한 저녁 시간이라 제일 가까이에서 흐르는 개울 소리와 제일 멀리서 흐르는 개울 소리까지 다 들렸다.

그런데 이 곱게 속삭이는 듯한 물소리에 거슬리는 소음이 끼어들었다. 꽤 멀리서 들렸지만 귀에 또렷하게 박히는 소리였다. 따그닥, 따그닥. 금속성의 그 소리가 어느새 부드럽게 흐르는 개울물 소리를 뒤덮었다. 마치 그림의 전경에 시커멓고 명확하게 그려진 큼직한 바윗덩어리나 거대한 참나무의 거친 줄기가 후경에 그려진 공기처럼 가벼운 하늘색 언덕과 햇살이 내리쬐는 지평선, 흩어진 구름을 압도하듯이, 따그닥거리는 소리가 개울 소리를 삼켜버렸다.

둑길을 타고 그 소리가 가까워지고 있었다. 말 한 마리가 보였다. 길이 굽어져 잘 보이지는 않았지만 분명 말이었다. 나는 계단에서 일어나 막 그 자리를 떠나려던 참이었다. 하지만 길이 너무 좁아서 말이 지나갈 때까지 그냥 앉아 있기로 했다.

그때까지만 해도 젊은 시절이라 내 머릿속에는 온갖 밝고 어두운 공상들이 뒤얽혀 있었다. 특히 유아실에서 들었던 무서운 이야기에 대한 기억이 자꾸만 떠올랐다. 좀 더 나이를 먹었기 때문에 그 이야기에 대한 기억에 좀 더 또렷하고 생생한 상상을 추가할 수 있었다. 말이 다가오는 동안, 그 말이 어스름을 뚫고 나타나기를 기다리는 동안 나는 어렸을 때 베시가 해준 무서운 이야기를 떠올렸다. '가이트래시'라고 하는 영국 북부 지방의 유령에 관한 이야기였다. 말이나 노새, 커다란 개의 모습으로 변한 가이트래시는 인적 없는 곳에 출몰하거나 늦은 시간에 길을 다니는 여행자에게 달려든다고 했다. 그런데 지금 저쪽에서 내가 있는 곳으로 말이 달려오는 것이다.

말과의 거리는 사뭇 가까워진 것 같은데 아직 모습은 보이지 않았다. 따그닥 따그닥 울려 퍼지는 말발굽 소리 외에 산울타리 아래로 빠르게 달려오는 무언가의 발소리도 들렸다. 잠시 후 개암나무 줄기 바로 밑으로 커다란 개 한 마리가 달려 지나갔다. 검은색과 흰색이 얼룩덜룩하게 섞인 개여서 나무를 배경으로 모습이 확 두드러졌다. 긴 털과 커다란 머리를 가진 사자처럼 생긴 개였다. 베시가 얘기해준 가이트래시가 현실 세계에 나타난다면 딱 그렇게 생겼을 것 같았다. 하지만 개는 나를 그냥 지나쳐 갔다. 내 예상과는 달리, 내 앞에 멈춰서서 개답지 않은 기묘한 눈빛으로 내 얼굴을 쳐다보지도 않았다. 이윽고 말이 나타났다. 덩치가 큰 말이었고 등에 사람을 태우고 있었다. 남자가, 인간이 말을 타고 있는 모습을 보고서야 나는 망상에서 깨어날 수 있었다. 가이트래시를 누군가 타고 다니는 것은 말이 되지 않았다. 가이트래시는 늘 혼자 다닌다고 했다. 그리고 내가 알기로 악령은 짐승의 사체에는 깃들 수 있을지 모르지만 평범한 인간의 몸에 들어가 자리를 차지할 수는 없었다. 이건 가이트래시가 아니었다. 그저 밀코트를 향해 지름길을 달려가는 여행자일 뿐이었다. 말을 탄 남자는 내 앞을 지나갔고 나는 내 갈 길을 갔다. 그런데 무언가 미끄러지는 소리가 들리면서 "뭐 하는 거야?"라고 외치는 소리가 들려 나는 몇 걸음 못 가 뒤를 돌아보았다. 이어서 둔탁하게 쓰러지는 소리가 들렸다. 남자와 말이 함께 바닥에 쓰러져 있었다. 둑길의 얇은 얼음판을 밟고 미끄러진 모양이었다. 저만치 달려가던 개가 다시 돌아왔다. 주인이 곤경에 처해 있고 말도 신음 소리를 내자 개는 저녁 언덕에 온통 울려 퍼질 만큼 요란하게 짖어댔다. 몸집이 큰 만큼 짖는 소리도 우렁찼다. 개는 쓰러진 주인과 말 주변에서 냄새를 맡다가 내게 달려왔다. 달리 도움의 손길을 구할 곳이 없으니 나한테 올 수밖에 없었을 것이다. 나는 쓰러진 남자에게 다가갔다. 남자는 말에게 깔린 다리를 빼내려 애쓰고 있었다. 기운이 쭉 빠진 모습은 아닌 걸 보니 많이 다치지는 않은 듯했다. 그래도 나는 그에게 물어보았다.

"다치셨어요?"

남자가 무어라 욕을 한 것 같은데 명확히는 듣지 못했다. 그는 혼자 중얼거리느라 내 질문에 곧바로 대답하지 못했다. 나는 다시 물었다.

"도와드릴까요?"

"저리 비켜나 있어요."

남자는 무릎을 먼저 바닥에 대고 발로 바닥을 디디며 일어섰다. 나는 그가 말한 대로 옆으로 물러섰다. 그가 고삐를 잡고 일으켜 세우려 하자 말이 숨을 몰아쉬며 발을 굴렀다. 마구가 덜그럭거렸다. 옆에서 개가 요란하게 짖어대는 바람에 나는 몇 미터쯤 더 물러나 지켜볼 수밖에 없었다. 하지만 내 앞에서 사고가 난 걸 본 이상 쌩하고 가버릴 수는 없는 노릇이었다. 다행히 일은 크게 꼬이지 않는 듯했다. 말은 다시 일어섰고 남자가 "조용히 해, 파일럿!"하고 지시를 내리자 개도 더는 짖지 않았다. 남자는 허리를 굽히고 자기 발과 다리를 만져보았다. 온전한 상태인지 확인하려는 것 같았다. 통증이 느껴지는지 남자는 조금 전 내가 앉아 있던 계단으로 가 털썩 주저앉았다.

나는 그에게 도움을 주고 싶었다. 적어도 호의를 베풀고 싶은 마음에 다시 그에게 다가갔다.

"다쳐서 도움이 필요하시면 손필드 홀이나 헤이 마을에서 사람을 불러올게요."

"고맙지만 괜찮습니다. 뼈가 부러진 것도 아니고 발목을 접질린 겁니다."

그는 다시 일어서서 발로 바닥을 디뎠다가 "으윽!" 하고
소리를 내질렀다.

아직 저녁 해가 남아 있었고 한쪽에서는 달도 뜨고 있어
그 남자의 모습이 확연히 보였다. 털 목깃에 강철 고리가 있는
승마복 차림이었다. 세세하게 다 보이지는 않았지만 중간 키
에 가슴이 떡 벌어진 체격임은 알 수 있었다. 피부색은 어두웠
고 엄격해 보이는 인상에 이마가 넓었다. 넘어진 바람에 화가
치밀었는지 미간을 잔뜩 찌푸린 모습이었다. 청년은 아니고
중년이라고 하기에도 애매했다. 나이는 서른다섯 정도일 듯
했다. 나는 그가 두렵지는 않았지만 약간 수줍기는 했다. 그가
잘생기고 투지 넘치는 젊은 신사였으면 나는 그가 필요 없다
고 해도 도움을 주겠다고 고집부리며 옆에 서 있지는 못했을
것이다. 그때까지 나는 잘생긴 청년을 본 적이 없었고 그런 청
년에게 말을 붙여본 적은 더더욱 없었다. 나는 아름다움과 우
아함, 용맹함, 매력을 이론적으로 숭배하고 동경했다. 하지만
그런 장점을 갖춘 자가 남성이라는 형태로 내 앞에 나타난다
면, 나는 본능적으로 그런 남자가 나와는 어떤 공감대도 형성
하지 못한다는 것을 본능적으로 알게 될 터였다. 그리고 그런
남자를, 밝게 빛나지만 성미에 맞지 않는 불이나 번개를 대하
듯 피해버리고 말았을 것이다.

그리고 내가 말을 걸었을 때 이 낯선 남자가 미소를 지으

면서 쾌활하게 말을 받았다면, 도와주겠다는 내 제안을 고맙지만 괜찮다고 명랑한 말투로 거절했다면, 나는 분명 내 갈 길을 가버렸을 테고 도와주겠다는 말도 다시 꺼내지 않았을 것이다. 그러나 남자는 인상을 찌푸린 채 태도도 사나워서 나는 오히려 마음이 편해졌다. 그는 내게 가던 길을 계속 가라고 했지만 나는 물러서지 않고 말했다.

"이 늦은 시간에 사람도 잘 오가지 않는 길에 두고 갈 수는 없어요. 선생님이 말에 올라타는 모습을 보기 전까지는 못 가요."

그때까지 내게 눈길도 안 주던 남자가 나를 쳐다보았다.

"아가씨는 지금 집에 있어야 할 시간 아닙니까. 이 근처에 집이 있다면요. 어디 사는 분이죠?"

"저 아래요. 달빛만 환하다면 늦은 시간이라도 밖에 나와 돌아다니는 게 무섭지는 않아요. 원하시면 헤이 마을에 가서 사람을 불러올 수 있어요. 어차피 편지를 부치러 그리로 가는 길이거든요."

"저 아래라면 혹시 저 총안 흉벽이 있는 저택에 사십니까?"

남자는 달빛을 받아 허옇게 빛나는 손필드 홀을 가리켰다. 시커먼 숲을 배경으로 저택은 또렷이 도드라졌다. 그림자 덩어리로만 보이는 숲은 서쪽 하늘과 뚜렷한 대조를 이루었다.

"예."

"저기가 누구네 댁이죠?"

"로체스터 씨 댁입니다."

"로체스터 씨를 알아요?"

"뵌 적은 없어요."

"그분은 저기서 안 사시나 봐요?"

"예."

"그분이 지금 어디 있는지 알아요?"

"아뇨."

"하인 같지는 않은데……." 그는 내 옷차림을 위아래로 훑어보았다. 평소와 다름없이 수수한 차림이었다. 검은색 메리노 양모 망토와 검은색 비버 털 보닛. 둘 다 귀부인을 모시는 시녀가 몸에 걸치기에도 턱없이 부족한 차림이었다. 내가 무슨 일을 하는 사람인지 영 알아채지 못하는 것 같아서 나는 그를 도와주기로 했다.

"저는 저 댁 가정교사예요."

"아, 가정교사! 그 생각을 못 했네! 가정교사!"

그는 다시 내 차림을 자세히 훑어보았다. 2분 뒤 그는 계단에서 일어섰다. 그가 발을 움직이자 얼굴이 고통에 일그러졌다.

"도와줄 사람을 데려와 달라고 아가씨한테 시킬 수는 없고, 와서 나를 좀 도와주면 좋겠네요."

"그러죠."

"지팡이로 쓸 만한 우산이 있습니까?"

"없어요."

"그럼 내 말의 고삐를 잡아서 이쪽으로 좀 데려와줘요. 겁나지는 않죠?"

그 자리에 나 혼자였으면 처음 보는 말의 고삐를 잡는 일이 무서웠을 것이다. 하지만 부탁받았으니 잘 해내고 싶었다. 나는 토시를 계단에 내려놓고 키 큰 말에게 다가갔다. 고삐를 잡아보려고 했지만 말이 워낙 힘이 좋아서 내가 머리 쪽으로 다가오게 두질 않았다. 몇 번이나 시도해봤지만 소용없었다. 말이 앞발로 나를 뭉갤까 봐 두렵기도 했다. 조용히 지켜보던 남자는 갑자기 웃음을 터뜨렸다.

"됐어요. 산을 마호메트에게 가져갈 수 없으면 마호메트가 산으로 갈 수 있게 도와주면 되는 거겠죠. 이쪽으로 와서 좀 도와줘요."

나는 그의 옆으로 다가갔다.

"실례하겠습니다. 어쩔 수 없이 기대야겠어요."

그는 두툼한 손을 내 어깨에 올려놓고 살짝 짚으면서 말에게 절뚝절뚝 걸어갔다. 남자는 고삐를 손에 잡고 곧장 말을 제어했다. 훌쩍 뛰어올라 안장에 앉는 남자의 표정이 일그러졌다. 접질린 발목에 통증을 느낀 듯했다.

남자는 아랫입술을 꽉 깨물며 말했다.

"저 산울타리 밑에 떨어져 있는 채찍을 좀 건네줘요."

나는 채찍을 찾아주었다.

"고맙습니다. 이제 헤이 마을에 가서 편지를 부치고 가급적 빨리 돌아와요."

남자가 박차가 달린 뒤꿈치로 옆구리를 살짝 건드리자 말이 움찔하며 앞발을 올리더니 앞으로 달려 나갔다. 개도 그 뒤를 따라 달렸다. 이윽고 그들 셋의 모습이 시야에서 사라졌다.

황무지에 자라는 히스처럼,
사나운 바람이 휘몰아치네.
(토머스 무어의 『신성한 노래들』에서 인용 - 옮긴이)

나는 토시를 집어 들고 헤이 마을로 향했다. 조금 전에 사건이 일어났지만 빠르게 정리되었다. 아무 의미도 낭만도 흥미도 없는 사건이었다. 하지만 그 한 시간 동안 내 단조로운 삶에는 약간이나마 변화가 생겼다. 누군가 내 도움을 필요로 했고 나는 도움을 주었다. 사소하고 짧은 일이지만 그래도 뭔가 했다는 생각에 뿌듯했다. 내가 적극적으로 나서서 한 일이었으니까. 수동적으로만 존재하는 것에 진력이 났다. 그가 내 인생에 들어온 새 얼굴이라는 것도 기억의 화랑에 새로 들어온 그림처럼 느껴졌다. 그는 기존에 걸려 있던 그림들과는 색이 달랐다. 첫째, 남성이라서였다. 둘째, 어둡고 강하고 엄격한 얼굴이라서였다. 헤이 마을에 도착해 우체통에 편지를 집어넣을 때까지 그 남자에 대해 생각했다. 빠른 걸음으로 언덕길을 내려가 집으로 향하는 동안에도 마찬가지였다. 산울타리 계단에 도착하자 잠시 걸음을 멈추고 주변을 둘러보며 소리에 귀를 기울였다. 둑길을 따라 말발굽 소리가 또다시 들려오지 않을까. 망토를 입은 기수와 가이트래시를 닮은 뉴펀들랜드종 개가 다시 모습을 드러내지 않을까. 하지만 보이는 거라고는 산울타리와 달빛을 향해 곧게 뻗어 올라간, 윗가지를 모조리 쳐낸 버드나무 한 그루뿐이었다. 손필드 홀 주변의 나무들 사이를 배회하며 희미하게 발작적으로 내지르는 바람 소리 말고는 아무 소리도 들려오지 않았다. 그 소리가 나는 곳으로 눈길을 돌리자 손필드 홀 정면에 불 켜진 창문이 보였다. 내가 너무 늦게 왔음을 의미하는 것이라 나는 서둘러 걸음을 옮겼다.

손필드 홀에 다시 들어가는 게 왠지 내키지 않았다. 손필드 홀 문지방을 넘어가는 순간 정체된 생활로 돌아가게 되기 때문이었다. 조용한 홀을 가로질러 어둑한 계단을 올라가 혼자 쓰는 외롭고 작은 방으로 들어간 뒤, 차분하기 그지없는 페어팩스 부인을 만나 긴긴 겨울 저녁을 함께 보내야 할 것이다. 산책으로 일깨운 약간의 흥분마저 가라앉아버리겠지. 획일적이고 정적인 보이지 않는 존재의 족쇄가 나를 다시 옥죌 것이다. 차라리 그 시기에 불안정함 속에서 온몸으로 발버둥치는 삶으로 내던져졌으면, 거칠고 비통한 삶을 경험했으면 내가 지금 누리는 평온한 삶을 다시 갈망하게 되었을 것을! 그렇다. 너무 편한 의자에 앉아 있는 게 지겨워진 사람에게 장거리 산책이 도움이 되듯이, 내게도 도움이 됐을 것이다. 내가 처한 상황에서는 어쩌면 그게 자연스러운 바람이었는지도 모르겠다.

대문 앞에서 망설였다. 잔디밭을 걸어가면서도 시간을 끌었다. 돌이 깔린 마당에서도 앞뒤로 서성였다. 유리문의 덧문이 닫혀 있어 집 안을 볼 수가 없었다. 그 순간, 내 눈과 영혼은 어두컴컴한 저택으로부터, 불빛 한 점 없는 감방들로 채워진 텅 빈 회색 저택으로부터 멀어져 저 앞에 펼쳐진 하늘로 옮겨갔다. 구름 한 점 없이 새파란 바다 같은 하늘이었다. 그 하늘을 향해 달이 엄숙하게 행진하고 있었다. 저 아래 깊은 곳에서 올라와 마침내 언덕배기를 떠난 둥그런 달은 헤아릴 수 없이 깊고 넓은 정점을 향해 올라가고 있었다. 그 뒤를 따라 별들이 몸을 떨며 함께 떠올랐다. 그 풍경을 바라보는 내 심장도 떨리고 혈관에 빛이 들었다. 하지만 사소한 것들이 우리를 공상에서 현실로 끌어내리곤 한다. 현관 홀에서 들려오는 시계 종소리, 그 소리면 충분했다. 달과 별로부터 눈을 돌린 나는 옆문을 열고 집 안으로 들어갔다.

현관 홀은 어두컴컴하지는 않았다. 불이 켜져 있지는 않았지만 높은 천장에 매달린 청동 램프에서 따뜻한 불빛이 퍼져나가 현관과 참나무 계단 아래쪽을 비추고 있었다. 이 불그레한 불빛은 커다란 식당에서 새어 나왔다. 문짝 두 개가 약간 열려 있고 벽난로 쇠살대 안쪽에서 타오르는 다정한 불빛이 보였다. 그 불빛에 대리석 벽난로와 황동 철물이 기분 좋게 반짝였다. 자주색 커튼과 윤기 나는 가구들도 그 쾌적한 불빛에 물들었다. 벽난로 앞에 모여 있는 사람들도 그 빛을 받았다. 하지만 내가 그들의 얼굴을 보고, 아델의 목소리가 섞인 유쾌한 목소리들을 판별하기 전에 그만 문이 닫히고 말았다.

서둘러 페어팩스 부인의 방으로 향했다. 그 방에 벽난로는 피워져 있었지만, 촛불은 켜져 있지 않았다. 페어팩스 부인도 없었다. 대신 검은색과 흰색이 섞인 긴 털을 가진 커다란 개 한 마리가 깔개 위에 엎드려 심각한 표정으로 난롯불을 들여다보고 있었다. 길에서 본 가이트래시와 비슷한 생김새였다. 너무 생김새가 비슷해서 나는 앞으로 다가가 이름을 불러봤다.

"파일럿!"

개가 벌떡 일어나 내게 다가와 냄새를 킁킁 맡았다. 내가 쓰다듬어주자 개는 커다란 꼬리를 신나게 흔들었다. 하지만 이 방에 단둘이만 있기에는 개의 생김새가 너무 험상궂었다. 이 개가 대체 어디서 왔을까. 나는 촛불이 필요해 종을 울렸다. 누구든 와서 이 방문객에 대해 설명해주길 바랐다. 잠시 후 리아가 들어왔다.

"이건 무슨 개예요?"

"주인님과 함께 왔어요."

"누구랑 왔다고요?"

"주인님이요. 로체스터 주인님. 방금 도착하셨어요."

"그렇군요! 페어팩스 부인이 그분과 함께 있나요?"

"예. 아델 양도요. 다들 지금 식당에 계세요. 주인님이 사고를 당하셔서 존이 의사를 부르러 갔어요. 말이 넘어진 바람에 발목을 접질리셨대요."

"헤이 길에서 넘어졌대요?"

"맞아요. 언덕을 내려오다가 빙판에 미끄러졌다고 했어요."

"아! 촛불 좀 가져다줄래요, 리아?"

잠시 후 리아가 촛불을 가져다주었다. 뒤따라 들어온 페어팩스 부인이 방금 들은 소식을 되풀이하면서 의사인 카터 씨가 저택에 도착했다고, 지금 로체스터 씨와 함께 있다고 알려주었다. 그러고는 차를 내오라는 지시를 하러 서둘러 밖으로 나갔다. 나는 옷을 갈아입기 위해 위층으로 올라갔다.

13

그날 밤 로체스터 씨는 의사의 지시에 따라 일찍 잠자리에 든 모양이었다. 다음 날 아침에도 그는 일찍 일어나지는 않은 듯 했고, 그러다 마침내 용무를 처리하러 아래층으로 내려왔다. 그의 대리인과 소작인 몇 명이 얘기를 나누고 싶다며 집에 와 있었다.

아델과 나는 서재를 비워줘야 했다. 평소 손님들이 찾아 왔을 때 응접실로 사용되는 방이니 어쩔 수 없었다. 하녀가 위층 방 한 곳에 난로를 피웠다. 나는 그 방을 교실로 쓰기 위 해 그리로 책을 옮기고 정돈했다. 아침나절에 문득 손필드 홀 이 완전히 다른 곳처럼 변했음을 알아챘다. 이곳은 이제 더 이 상 성당처럼 고요하지 않았다. 한두 시간 간격으로 문을 두드 리는 소리, 종 울리는 소리가 들렸다. 홀을 가로지르는 발소 리, 저쪽 다른 방에서 새로운 목소리들이 두런두런 얘기를 나 눴다. 바깥세상의 새로운 시냇물이 집 안으로 흘러들어온 듯

했다. 이 댁 주인이 돌아왔기 때문이었다. 나는 바뀐 분위기가
마음에 들었다.

그날은 아델을 가르치기가 쉽지 않았다. 아델이 학습에
집중하지 못했다. 로체스터 씨의 모습을 보려고 그러는지 걸
핏하면 문으로 달려가 계단 난간에 기대어 아래층을 흘끔거
렸다. 그야말로 온갖 핑계를 대면서 아래층으로 내려가려 했
다. 부르지도 않았는데 서재에 들어가려 하는구나 싶어서 나
는 살짝 엄한 표정을 지으며 얌전히 앉아 있으라고 타일렀다.
아델은 평소 부르던 대로(그전까지 나는 로체스터 씨의 성 말고
이름은 들어본 적이 없었다) '*Ami, Monsieur Edouard Fairfax de
Rochester*(내 친구 에드워드 페어팩스 로체스터 씨)'라고 로체스
터 씨를 지칭하면서 끝없이 그에 대해 떠들었고, 그가 가져온
선물들에 대해 추측했다. 전날 밤에 도착한 그가 밀코트에서
짐이 오면 그 안에 아델이 관심을 가질 만한 물건이 담긴 작
은 상자가 있을 거라고 넌지시 말한 모양이었다.

"*Et cela doit signifier, qu'il y aura, là dedans un cadeau pour
moi, et peut-être pour vous aussi, mademoiselle. Monsieur a
parlè de vous: il m'a dedandé le nom de ma gouvernante, et si elle
n'était pas une petite personne, assez mince et un peu pâle. J'ai dit
qu'oui: car c'est vrai, n'est-ce pas, mademoiselle?*(그렇다는 건 그
안에 저한테 줄 선물이 있다는 거잖아요. 선생님을 위한 선물도 있을
거예요. 그분이 선생님에 대해 물었어요. 마르고 창백하고 몸집이 작

은 분이 가정교사가 맞냐고 물으시더라고요. 저는 맞다고 대답했어요. 맞죠, 선생님?)"

　나와 아델은 평소처럼 페어팩스 부인의 응접실에서 식사를 했다. 그날 오후에는 바람이 사납게 불고 눈이 내렸다. 우리는 오후 내내 교실에 있었다. 날이 어두워지자 나는 아델에게 책과 바느질감을 치우고 아래층에 내려가도 좋다고 허락했다. 아래층이 비교적 조용해졌고 끝없이 울리던 초인종 소리도 그친 것으로 보아 로체스터 씨가 지금쯤 한가해졌을 거라고 생각했기 때문이었다. 교실에 혼자 남은 나는 창가로 걸어갔다. 창밖 풍경이 잘 보이지 않았다. 황혼의 땅거미 속에 눈발이 공기 중에 잔뜩 휘날려 잔디밭의 관목마저 시야에서 가려졌다. 커튼을 닫고 벽난로 앞으로 돌아갔다.

　맑은 잉걸불 속에서, 라인 강변의 하이델베르크 성에 관한 그림을 본 기억을 떠올리고 있는데 페어팩스 부인이 방으로 들어왔다. 부인의 등장으로 잉걸불을 바라보며 머릿속에서 조각조각 이어 붙이던 그림 조각들이 흩어지고 말았다. 혼자 있을 때면 언제나 치받아 올라오는 울적하고 무거운 상념도 마찬가지였다.

　"로체스터 씨가 오늘 저녁 응접실에서 선생님, 아델과 함께 차를 마시고 싶다고 하시네요. 종일 일 때문에 바빠서 미리 요청을 못 하셨나 봐요."

　"그분이 차 마시는 시간이 언제죠?"

"아, 저녁 6시요. 시골이라 좀 이르게 마시는 편이에요. 지금 프록을 갈아입도록 해요. 같이 가서 단추 잠그는 걸 도와 줄게요. 여기 촛불이요."

"굳이 프록을 갈아입을 필요까지 있을까요?"

"있죠. 그러는 편이 좋아요. 로체스터 씨가 집에 있는 동안에는 나도 저녁 시간에 늘 그렇게 입어요."

이런 의식이 쓸데없이 권위적으로 느껴졌다. 하지만 나는 방으로 돌아가 페어팩스 부인의 도움으로 검은색 모직 드레스를 벗고 검은색 비단옷으로 갈아입었다. 내가 가진 옷 중에는 은회색 옷을 제외하고 가장 좋은 옷이었다. 로우드 학교에서 입고 다니던 옷을 생각하면 은회색 옷은 너무 화려해서 아주 특별한 경우가 아니면 입을 수가 없었다.

"브로치를 달아야겠어요."

페어팩스 부인이 말했다. 내가 가진 브로치라고는 템플 선생님이 작별 선물로 주신 작은 진주 한 알로 된 브로치뿐이었다. 나는 그 브로치를 옷에 달았고 우리는 아래층으로 내려 갔다. 원래 낯선 사람 만나는 것에 익숙하지 않은 데다가 로체스터 씨의 부름을 받아 격식을 차려가며 만나는 자리라 마음이 편치 않았다. 페어팩스 부인이 나보다 먼저 응접실로 들어 갔고 나는 조용히 뒤를 따랐다. 우리는 커튼이 내려진 아치형 문을 지나 우아한 분위기의 응접실 안으로 들어갔다.

탁자 위와 벽난로 선반 위에 밀랍 초가 두 개씩 켜져 있었다. 그리고 파일럿이 벽난로의 빛과 열기를 한껏 받으며 엎드려 있었고 아델은 파일럿 옆에 무릎을 꿇고 앉아 있었다. 로체스터 씨는 쿠션에 발을 올리고 긴 의자에 눕다시피 앉아 있는 모습이었다. 그의 시선은 아델과 개에게 가 있었다. 벽난로 불빛이 그의 얼굴을 환하게 비쳤다. 숱 많은 검은 눈썹, 수평으로 정리된 검은 머리카락 때문에 한층 더 각이 져 보이는 이마가 눈에 들어왔다. 우뚝한 코는 아름답기보다는 단호한 성격을, 커다란 콧구멍은 성급한 성미를 나타내는 듯 보였다. 단호한 입술 라인이나 턱도 하나같이 험악해 보이니 내 짐작은 틀림없을 것 같았다. 망토를 벗은 그의 몸은 얼굴과 마찬가지로 각져 있었다. 넓은 가슴팍에 가느다란 허리, 키는 그다지 크지 않고 우아한 면도 없으니 한마디로 운동선수 같은 몸이었다.

로체스터 씨는 페어팩스 부인과 내가 응접실로 들어온 걸 분명 알 텐데도 우리 쪽을 돌아볼 생각이 없는 듯했다. 그는 우리가 응접실로 들어갔는데도 고개 한 번 들지 않았다.

"이쪽이 에어 양입니다."

페어팩스 부인이 평소처럼 차분하게 말했다. 그는 개와 아이한테서 시선을 떼지 않은 채 고개만 끄덕였다.

"에어 양한테 가서 앉으라고 하세요."

조급하면서도 형식적인 말투, 억지로 건넨 인사에서 '에어 양이 여기 있든 말든 그게 나하고 무슨 상관이지? 지금 난 그 여자한테 말을 걸 기분이 아니야'라는 그의 속내가 읽혔다.

나는 당황하지 않고 의자에 가 앉았다. 그가 만약 나를 정중하게 맞아주었으면 오히려 당황했을 것이다. 그런 대접에 걸맞은 우아하고 품위 있는 인사로 대응할 수 없었을 테니까. 그가 제멋대로인 태도로 대하자 나는 오히려 부담이 덜해졌다. 그가 점잖을 떨며 침묵을 지키니 나는 마음이 편했다. 게다가 괴상한 첫인사 과정이 흥미롭게 느껴지기도 했다. 나는 그가 이제 어떻게 나올지 궁금해졌다.

그는 조각상처럼 아무 말도 하지 않았고 자리에서 꼼짝하지도 않았다. 페어팩스 부인은 분위기를 쾌활하게 띄울 필요가 있다고 느꼈는지 입을 열었다. 평소처럼 다정하게, 그리고 늘 그렇듯 진부하게 부인은 종일 업무에 시달리느라 고생이 많으셨다고 그를 위로했다. 그리고 발목이 아파 더 힘들었겠다고, 그런데도 잘 견디고 일을 잘 처리하셨다고 덧붙였다.

"차 한 잔 갖다줘요."

돌아온 대답은 이게 전부였다. 페어팩스 부인은 서둘러 종을 울렸다. 하녀가 쟁반을 들여오자 부인은 찻잔과 스푼을 부지런히 탁자에 늘어놓았다. 나와 아델이 탁자 앞으로 다가갔는데도 주인은 긴 의자에서 일어날 생각을 안 했다. 그러자 부인이 내게 말했다.

"로체스터 씨에게 찻잔을 가져다드릴래요? 아델한테 시키면 쏟을 것 같아서요."

나는 시키는 대로 했다. 그는 찻잔을 받아 들었고, 아델은 나를 위해 어떤 요구를 할 좋은 기회라고 생각했는지 대뜸 말했다.

"*N'est-ce pas, monsieur, qu'il y a un cadeau pour Mademoiselle Eyre dans votre petit coffre?*(가져오신 작은 상자에 에어 선생님을 위한 선물도 들어 있죠, 아저씨?)"

"누가 선물 얘기를 했지?" 그가 무뚝뚝하게 대답했다. "선물을 기대했습니까, 에어 양? 선물 받는 걸 좋아해요?"

내 얼굴을 뚫어져라 쳐다보는 그의 검은 눈동자에 짜증과 화가 담겨 있었다.

"모르겠어요. 선물을 받아본 적이 별로 없어서. 선물이라는 게 받으면 대체로 기분이 좋기는 하죠."

"대체로 기분 좋은 것이다? 당신 생각은 어떤데요?"

"납득할 만한 대답을 해드리려면 시간이 좀 필요할 것 같아요. 선물이라는 건 여러 가지 측면이 있으니까요. 선물의 본질에 대한 의견을 내기 위해서는 다각도로 생각해봐야 할 것 같습니다."

"에어 양, 당신은 아델과는 달리 복잡한 사람이군요. 아델은 나를 보자마자 큰 소리로 선물을 달라고 요구했는데 당신은 말을 빙빙 돌리네요."

"저는 선물을 받을 자격이 있는지에 관해 아델과는 달리 확신이 없어서 그렇습니다. 아델은 관습에 따라 오랜 지인에게 선물을 요구할 권리가 있어요. 아델 얘기를 들어보니 주인께서 늘 장난감을 선물로 사주신다고 했습니다. 하지만 저는 낯선 사람이고 선물을 받을 만한 일을 한 적이 없어서, 선물을 받아야 할 이유를 대기가 곤란하네요."

"아, 이거 너무 겸손하게 구시네! 아델을 보니, 당신이 그동안 아델을 공들여 가르친 걸 알겠네요. 아델은 똑똑하지도 않고 재능도 없는데 단시일 내에 꽤 발전하기는 했어요."

"방금 제게 선물을 주셨네요. 감사합니다. 학생에 대한 칭찬이야말로 선생으로서 받고 싶은 최고의 선물이죠."

"흠!"

그는 별다른 대꾸 없이 차를 마신 후 다시 말했다.

"난로 앞으로 와 앉아요."

하녀가 쟁반을 치우고 페어팩스 부인은 한쪽 구석에 앉아 뜨개질을 시작했다. 그때까지 아델은 내 손을 잡고 방을 한 바퀴 돌면서 콘솔과 작업대 위에 놓인 아름다운 책들과 장식들을 구경시켜주고 있던 참이었다. 주인의 지시에 우리는 난로 앞으로 갔다. 아델은 내 무릎에 앉아 있고 싶어 했지만 파일럿과 놀고 있으라는 지시를 받았다.

"내 집에서 산 지 석 달째라고요?"

"예, 그렇습니다."

"그전에는 어디서 일했죠?"

"○○주에 있는 로우드 학교입니다."

"아! 자선 학교. 거기 얼마나 있었습니까?"

"8년이요."

"8년이나! 인내심이 많은 편인가 봅니다. 그런 곳에서 살면 누구나 기운이 쭉쭉 빠질 것 같은데! 당신이 다른 세상에서 온 것 같은 모습인 것도 놀랍지가 않군요. 어젯밤 헤이 길에서 당신을 만났을 때 요정 이야기가 생각이 났습니다. 하마터면 당신이 내 말한테 마법을 걸었냐고 물을 뻔했죠. 아직도 아니라는 확신은 서질 않아요. 부모님은 어떤 분들이시죠?"

"안 계세요."

"처음부터 안 계셨던 게 아닐까 싶기도 한데. 기억은 납니까?"

"아뇨."

"그럴 줄 알았습니다. 산울타리 계단에 앉아 당신 패거리를 기다리고 있었죠?"

"누굴 기다렸다고요?"

"초록색 옷을 입은 요정들 말입니다. 어제처럼 달빛이 훤한 밤이면 요정들이 출몰하기에 좋으니까. 그곳이 당신네 모임 장소 중 하나인데 내가 그리로 달려 지나가려니까 둑길에 망할 얼음판을 만들어놓은 거 아니에요?"

나는 고개를 저었다.

"초록색 옷을 입은 요정들은 100년 전에 영국을 버리고 떠났어요." 나는 그 못지않게 진지하게 대답을 이어갔다. "헤

이 길뿐만 아니라 그 부근 들판에서도 요정의 흔적은 찾으실
수 없을 거예요. 여름철이나 추수철에도, 겨울 달 아래서도 요
정들이 흥청대는 모습은 못 보실 거예요."

페어팩스 부인은 이게 대체 무슨 대화인가 싶은지 뜨개
질감을 내려놓고 눈썹을 치켜떴다.

"음, 부모가 없어도 친척은 있겠죠. 삼촌이나 이모, 고모
는요?"

"없어요. 한 분도 뵌 적이 없어요."

"집은?"

"없습니다."

"형제나 자매는 어디 살아요?"

"형제도 자매도 없습니다."

"누가 당신을 추천해서 이 집에 왔죠?"

"제가 신문에 광고를 냈고 페어팩스 부인이 제 광고를 보
고 답장을 보내셨어요."

"맞아요." 선량한 페어팩스 부인이 드디어 우리가 나누는
대화 내용을 이해하고 끼어들었다. "제가 선택을 정말 잘했다
싶어서 하느님께 매일 감사 기도를 드린답니다. 에어 양은 저
한테 좋은 벗이 되어 주었고 아델도 친절하고 세심하게 보살
펴주고 있어요."

"이 사람의 성품에 대해 감싸주려고 나서지 말아요. 아무
리 옆에서 칭찬을 해도 난 내가 직접 보고 판단합니다. 이 사

람은 내 말을 넘어뜨렸어요."

"그게 무슨 말씀이신지?" 페어팩스 부인이 물었다.

"내가 이렇게 발목을 접질린 게 이 사람 덕분이란 말입니다."

부인은 더욱 이해가 안 된다는 표정이었다.

"에어 양, 전에 이런 도시에서 살아본 적 있습니까?"

"없습니다."

"여러 사람과 어울려본 적은?"

"없어요. 로우드 학교에서 학생들, 교사들과 교류했고 지금은 손필드 홀의 사람들과 어울려 지내고 있어요."

"책은 많이 읽었습니까?"

"손에 들어오는 책들을 읽었어요. 몇 권 되지도 않고 학술적인 내용이 담긴 책들도 아니었어요."

"거의 수녀처럼 살아왔군요. 종교인처럼 사는 게 익숙하겠어요. 브로클허스트 신부가 로우드 학교를 운영한다고 들었는데 맞습니까?"

"예."

"수녀가 신부를 숭배하듯이 당신을 비롯한 여학생들은 브로클허스트 신부를 숭배했겠네요?"

"그렇지는 않습니다."

"냉정하군요! 어떻게 아니라고 할 수 있죠? 수련 수녀가 신부를 숭배하지 않다니! 불경스럽네요."

"저는 브로클허스트 씨를 좋아하지 않았습니다. 저만 그랬던 게 아니에요. 그분은 가혹한 분이었습니다. 오만하고 온갖 간섭을 다 했죠. 여학생들의 머리카락을 싹둑 잘라버렸고, 돈을 아끼기 위해 저희에게 품질 떨어지는 바늘과 실을 사다 주셨어요. 그 바늘과 실로는 바느질을 제대로 할 수 없을 정도였어요."

"그런 걸 허위 절약(명목만의 절약으로 실제 더 지출하는 것-옮긴이)이라고 하잖아요, 왜."페어팩스 부인이 대화의 맥락을 파악하고 한마디 거들었다.

로체스터 씨가 물었다.

"그 사람의 잘못은 그게 전부인가요?"

"그분은 학교 음식 제공 업무를 단독으로 감독하면서 저희를 굶기다시피 했어요. 그 후 학교 운영 위원회가 그 업무를 맡으면서 달라지긴 했지만요. 일주일에 한 번씩 우릴 앞에 두고 엄청나게 긴 연설을 하고, 저녁마다 자기가 쓴 책에서 발췌한 내용을 읽어대서 우리를 지치게 했습니다. 갑작스런 죽음과 심판에 관한 내용이라 우리는 두려움에 떨면서 잠자리에 들어야 했어요."

"로우드 학교에 몇 살 때 갔죠?"

"열 살 때쯤에요."

"그 학교에 8년 동안 있었다고 했으니 그럼 지금 나이가 열여덟이겠군요."

나는 그렇다고 대답했다.

"알다시피 산수는 참 유용하죠. 산수의 도움이 없었으면 나는 당신 나이를 짐작도 못 했을 겁니다. 이목구비와 얼굴 분위기가 생각했던 나이대와 전혀 다르니. 로우드에서는 뭘 배웠습니까? 피아노 연주할 줄 알아요?"

"조금요."

"그렇겠죠. 그렇게 대답할 줄 알았습니다. 서재로 가요. 그러니까, 내 말은 서재로 가보라는 뜻입니다. (내 말투가 명령조인 걸 이해하기 바랍니다. 남에게 이래라저래라 지시를 내리고 확인받는 것에 익숙해서요. 새로 들어온 사람이라고 해서 평소의 습관을 바꿀 수는 없는 노릇이죠.) 초 한 자루를 들고 서재로 가서 문을 열어놓고 피아노 앞에 앉아 한 곡 연주해보세요."

나는 그의 지시에 따랐다.

잠시 후 그가 소리쳤다.

"됐습니다! 당신 말대로 조금은 연주할 줄 아는군요. 여느 영국의 여학생 정도 수준이에요. 좀 더 나을 수도 있지만 뛰어나진 않네요."

나는 피아노 뚜껑을 닫고 응접실로 돌아왔다.

"오늘 아침에 아델이 당신 그림이라며 스케치 몇 장을 가져와 보여주던데, 혼자 그린 그림은 아닌 것 같더군요. 미술 선생이 도움을 준 것 같기도 하고."

"그렇지는 않습니다!"

"아! 자존심이 상했나 보네요. 본인이 독창적으로 그린 그림이라면 어디 그동안 그린 그림들 좀 봅시다. 자신 없으면 더 얘기할 필요 없어요. 남의 그림을 짜깁기한 거면 바로 알아볼 수 있으니까."

"저야말로 더 얘기할 필요 없이, 직접 보고 판단해주시면 좋겠어요."

나는 서재에 가서 그동안 그린 그림들을 가져왔다.

"탁자를 이리 가져와요."

나는 바퀴 달린 탁자를 그가 앉아 있는 긴 의자 앞으로 끌고 갔다. 아델과 페어팩스 부인도 같이 그림을 보려고 가까이 다가왔다.

"내가 먼저 보고 나서 내줄 테니 가까이 몰려들지 말아요. 내 앞으로 얼굴 들이밀지 좀 말고."

그는 스케치와 그림들을 한 장 한 장 세심하게 살펴보았다. 그중에 세 장을 따로 빼서 옆에 두고 나머지 그림들을 훑어본 뒤 옆으로 치웠다.

"이 그림들을 다른 탁자로 가져가서 아델이랑 같이 봐요, 페어팩스 부인. 당신은 (그가 나를 흘끗 쳐다보면서 말했다) 이리 와 앉아 내 질문에 대답하고. 한 사람이 그린 그림은 맞는 것 같은데 직접 그린 겁니까?"

"예."

"언제 시간을 내서 그린 거죠? 시간이 꽤 많이 걸렸을 것 같은데."

"로우드 학교에서 보낸 마지막 두 번의 방학 기간에 그렸습니다. 달리 할 일이 없어서요."

"뭘 보고 그린 거죠?"

"머릿속에 떠오르는 대로 그렸습니다."

"당신 어깨 위에 얹혀 있는 그 머리?"

"예."

"그 안에 다른 그림들에 대한 아이디어도 있습니까?"

"있을 거라고 생각합니다. 있으면 좋겠다고 바라고 있어요."

그는 앞에 그림들을 쭉 펼쳐놓고 다시 번갈아가며 들여다보았다.

그가 그림에 몰두해 있는 동안, 독자 여러분에게 그게 어떤 그림들인지 설명해드리겠다. 우선 대단한 그림은 아니라는 점을 말씀드리고 싶다. 그저 내 머릿속에 생생하게 떠오른 주제들이었다. 영혼의 눈으로 보았을 때 너무나도 강력한 이미지라 그림으로 표현하게 된 것이다. 하지만 내 상상을 그림 솜씨가 따라가지 못해, 막상 그림으로 그리고 나니 내가 생각했던 바를 희미하게 나타냈을 뿐이었다.

세 그림 모두 수채화였다. 첫 번째 그림은 낮게 깔린 검푸른 구름이 부푼 바다 위를 넘실넘실 떠가는 풍경을 담은 것이었다. 육지는 없고 전경에도 비슷하게 큰 파도를 그려 넣었다.

물에 반쯤 잠긴 돛대를 한 줄기 빛이 비추고, 크고 시커먼 가마우지가 바다 거품을 날개에 묻힌 채 보석 박힌 금팔찌를 부리에 물고 돛대 위에 앉아 있었다. 나는 수중에 있는 물감으로 보석을 최대한 빛나게, 연필이 허락하는 최대한으로 영롱함을 표현했다. 가마우지와 돛대 아래에는 익사한 시신이 푸른 바닷물 위를 멀거니 바라보고 있었다. 시신의 몸에서 유일하게 명확하게 표현된 부분은 하얀 팔이었는데, 가마우지가 물고 있는 팔찌는 그 시신으로부터 빠져나간 것이거나 가마우지가 빼낸 것이었다.

두 번째 그림은 전경에 흐릿한 언덕배기가 배치돼 있고 산들바람에 한쪽으로 기울어진 풀과 나뭇잎이 표현돼 있었다. 언덕 너머에는 황혼 무렵의 드넓은 하늘이 검푸른색으로 물들어 있었다. 하늘을 향해 여성의 상반신 형체가 떠오르고 있었는데, 나는 그 부분을 어스름처럼 부드럽게 표현했다. 흐릿한 이마에 별을 왕관처럼 썼고, 그 아래 얼굴은 수증기 사이로 보는 것처럼 흐릿하게 그렸다. 검은 눈동자는 사납게 빛났고 머리카락은 폭풍우나 전기 흐름에 찢긴 칙칙한 구름처럼 시커멓게 흘러내렸다. 여자의 목에 창백한 달빛이 내렸다. 달빛을 받은 가늘고 긴 구름들 사이에서 샛별이 고개를 내밀었다.

세 번째 그림에는 북극의 겨울 하늘 위로 솟구친 빙산 봉우리가 담겼다. 북극광이 희미한 빛깔의 창처럼 지평선에 늘어섰다. 이런 풍경을 뒤에 두고 전경에는 거대한 머리를 배치했다. 그 머리는 빙산 쪽으로 비딱하게 기울어 빙산에 기대어 있는 형상이었다. 흑담비 색 베일을 위로 잡아 올린 앙상한 두 손이 이마 바로 아래에 가 있었다. 핏기 하나 없이 뼈처럼 새하얀 이마, 아무 의미 없이 앞을 바라보는 퀭한 눈. 그 눈에는 오직 절망만이 담겨 있었다. 관자놀이 위쪽, 머리를 둘둘 싸맨 검은 터번의 주름 한가운데에 구름처럼 흐릿하고 희미하며 초승달을 닮은 하얀 빛 고리가 박혔고 그 고리 주변에는 한층 더 강한 색감의 보석들이 반짝거렸다. 이 하얀 초승달은 왕관을 닮았고 이 왕관을 쓴 자는 일정한 형체가 없는 존재였다.

"이 그림들을 그릴 때 행복했습니까?"

로체스터 씨가 물었다.

"그림에 푹 빠져 있어서요. 예, 행복했어요. 그림 그리기가 제가 아는 가장 강렬한 기쁨 중 하나였으니까요."

"그렇다면 행복이라는 말로도 부족하겠군요. 얘기를 들어보니 살면서 즐거운 일도 별로 없었을 것 같은데. 이 괴상한 색깔들을 조합해 쓰는 동안 당신은 예술가의 꿈나라에 다녀온 것 같네요. 매일 장시간 앉아서 그렸습니까?"

"방학이라 달리 할 일이 없었어요. 아침부터 정오까지, 그리고 정오에서 밤까지 줄곧 앉아 그렸죠. 한여름이라 낮이 길어서 그림 그리기에 좋았어요."

"열정을 쏟아부은 결과물에 만족했습니까?"

"전혀요. 그림 솜씨가 부족해서 상상했던 것과 결과물이 다르게 나와 괴로웠어요. 매번 그림을 그릴 때마다 그랬어요."

"글쎄요. 생각한 바를 약간은 담아낸 것 같은데. 그 이상은 아니지만. 예술가로서의 역량과 기교가 부족해 아이디어를 완전하게 표현하진 못 했지만, 여학생의 그림치고는 독특한 편이에요. 상상한 주제는 요정 이야기 같군요. 당신은 샛별이 그려진 이 그림 속 두 눈을 아마 꿈에서 봤을 겁니다. 눈은 뚜렷하게 그려져 있는데 어째서 전혀 빛나지 않을까요? 그 위에서 비추는 달빛에 눌렸기 때문이겠죠. 이 침통하고 깊은 눈에 담긴 의미는 뭡니까? 바람을 그림으로 표현하는 방법은 누구한테 배웠죠? 하늘에 강풍이 불고 있군요. 이 언덕배기에요. 라트모스 산(그리스 신화에 나오는 소아시아에 있는 산-옮긴이)은 어디에서 봤습니까? 이 그림 속 언덕은 라트모스 산입니다. 이제 그림들을 치워요!"

내가 그림들을 다 모아 끈으로 채 묶기도 전에 그는 손목시계를 내려다보며 말했다.

"밤 9시네. 아델을 이렇게 늦은 시간까지 안 재우고 뭐 하는 겁니까, 에어 양? 침실로 데려가세요."

아델은 로체스터에게 입을 맞추고 응접실을 나갔다. 아델이 뽀뽀를 해줄 때 로체스터 씨는 파일럿이 와서 핥을 때만도 못한 표정이었다.

"다들 잘 자요."

로체스터 씨는 이제 누구와도 함께 있고 싶지 않다는 듯, 다들 나가보라는 뜻으로 응접실 문을 손으로 가리켰다. 페어팩스 부인은 바느질감을 주섬주섬 모아들었고, 나는 챙겨온 그림들을 집어 들었다. 우리가 그에게 인사를 하고 물러서는데 그는 고개를 차갑게 한 번 까딱할 뿐이었다.

"로체스터 씨가 별난 성격은 아니라면서요, 페어팩스 부인."

나는 아델을 침대에 눕히고 페어팩스 부인의 방으로 돌아와 말했다.

"맞아요. 별난 것 같아요?"

"예. 변덕도 심하고 퉁명스러우시던데요."

"그렇죠. 처음 보는 사람한테는 그렇게 보일 수도 있어요. 나는 워낙 익숙해서 별생각 안 들지만요. 그리고 별난 성격에 대해서는 이해할 만한 사정이 있어요."

"뭔데요?"

"원래 성격적으로 그런 면이 있을 수도 있겠죠. 누구나 타고난 성격은 어쩔 수 없는 거니까. 그런데 그분은 고통스러운 기억을 갖고 계세요. 시시때때로 속을 갉아먹고 영혼을 괴롭게 만드는 기억이요."

"무슨 일이 있었나요?"

"가족 내에 불화가 있었어요."

"가족이 없으시잖아요."

"지금은 그렇지만 전에는 있었어요. 몇 년 전에 형님이 돌아가셨어요."

"형님이요?"

"예. 로체스터 씨는 차남이라 원래 이 저택을 물려받을 입장이 아니었어요. 9년 전까지만 해도 그랬어요."

"9년이면 오랜 시간이네요. 형님이 돌아가신 일로 그렇게 오래 슬퍼할 만큼 형님을 무척 좋아하셨나 봐요?"

"전혀요. 그렇지는 않을걸요. 두 분 사이에 오해가 있기는 했어요. 롤런드 로체스터 씨는 동생 에드워드 로체스터 씨를 잘 대해주지 않았는데, 아버지에게도 동생에 대해 모함하곤 했어요. 돌아가신 어르신이 돈을 참 좋아하셨는데 집안 대대로 내려오는 부동산을 꼭 지키고 싶어 하셨어요. 그래서 두 형제에게 쪼개서 나눠주고 싶어 하질 않으셨죠. 그러면서도 에드워드 씨가 가문의 이름에 걸맞도록 어느 정도 재산을 갖고 살기를 바라셨어요. 에드워드 씨가 성인이 되자 어르신은 도저히 공평하다고 볼 수 없는 조치를 취하셨고 그로 인해 말썽이 생기고 말았어요. 어르신과 롤런드 씨는 에드워드 씨에게 돈을 벌게 해주겠다면서 험하고 고통스러운 곳으로 보내버렸죠. 정확히 어떤 곳이었는지는 저도 잘은 몰라요. 다만 에드워드 씨는 기질상 그런 곳에서 참고 견딜 사람이 아니었어요. 남에게 너그러운 분도 아니고요. 결국 에드워드 씨는 가족과 절연해버렸고 수년 동안 불안정한 삶을 살았어요. 형님이 유언장 없이 사망하시는 바람에 손필드 저택을 물려받으셨지 만 에드워드 씨는 손필드에서 2주일 이상 머무른 적이 없으 세요. 이 오래된 집을 꺼리시는 것도 이해가 돼요."

"왜 꺼리세요?"

"음침한 분위기 때문이겠죠."

페어팩스 부인은 명확한 대답을 회피했다. 나는 좀 더 분 명하게 알고 싶었지만, 페어팩스 부인은 로체스터 씨가 별난 성격이 되어 버린 원인과 천성에 대해 더 자세한 설명은 하지 않았다. 실은 자기도 잘 모른다고, 아는 것도 대부분 추측에 근거하고 있을 뿐이라고만 했다. 더 이상 그 주제로 얘기하고 싶지 않다는 눈치라 나도 더는 캐묻지 않았다.

14

그 후 며칠 동안 로체스터 씨를 거의 보지 못했다. 그는 아침에는 일하느라 바빴고 오후에는 밀코트에 사는 신사들이 찾아와 그와 얘기를 나누거나 같이 점심을 먹거나 했다. 말을 타도 될 만큼 발목이 낫자 그는 자주 말을 타고 외출했는데, 밤늦은 시간까지 집으로 돌아오지 않는 걸 보면 그동안 받은 방문에 대해 답방을 하는 듯했다.

그동안 아델도 로체스터 씨에게 자주 불려가지 않았다. 나 역시 현관 홀이나 계단, 복도에서 그를 가끔 마주칠 뿐이었는데 그는 고개를 살짝 끄덕이거나 차갑게 쳐다보는 정도로 인사를 받았다. 오만하고 차갑게 나를 지나칠 때도 있었고 신사답게 다정한 태도로 고개를 숙이고 미소를 지으며 인사를 받을 때도 있었다. 그가 그렇게 변덕을 떨어대도 나는 기분이 상하지 않았는데, 그의 기분 변화가 나와 무관했기 때문이었다. 나와 관계없는 이유로 일어나는 감정 변화까지 신경 쓰고 싶지는 않았다.

어느 날 손님들과 점심 식사를 마친 그는 내 그림들을 가져오라고 지시했다. 자랑삼아 보여주려고 했던 모양인데, 나중에 페어팩스 부인이 알려준 바로, 손님들은 밀코트에서 공적인 모임이 있다며 일찌감치 떠났다고 했다. 그날 밤, 비가 내리고 날씨가 좋지 않아 로체스터 씨는 손님들과 함께 가지 않았다. 손님들이 떠난 후 로체스터 씨가 종을 울렸다. 나와 아델에게 아래층 식당으로 내려오라는 지시가 내려졌다. 나는 아델의 머리를 빗기고 깔끔하게 매무새를 잡아주었다. 내 머리는 퀘이커 교도처럼 늘 단정해서 따로 손댈 것이 없었다. 짧고 수수한 머리카락을 땋아 놓았기에 어지간해서는 흐트러지지도 않았다. 아래층으로 내려가면서 아델은 착오 때문에 도착이 지연되고 있다는 작은 상자가 드디어 온 게 아닐까 궁금해했다. 식당에 들어간 아델은 탁자 위에 작은 상자가 놓여 있는 걸 보고 무척 기뻐했다. 본능적으로 그 상자가 무엇인지 알아챈 모양이었다.

아델은 상자를 향해 달려가며 외쳤다.

"*Ma boite! ma boite!*(내 상자야! 내 상자!)"

"그래 네 상자가 드디어 왔어. 저쪽 구석으로 가지고 가, 파리에서 온 소녀야. 내용물을 꺼내서 실컷 갖고 놀아." 벽난로 앞 커다란 안락의자에 깊게 몸을 묻고 있던 로체스터 씨가 낮고 냉소적인 목소리로 말했다. "명심해. 상자를 열고 그 안에 담긴 내용물에 대해 떠들면서 나를 귀찮게 하지 마. 내용물의 상태에 대해 이런저런 말을 해서도 안 돼. 조용히 열어보란 말이야. *tiens-toi tranquille, enfant; comprends-tu?*(조용히 하라고, 알겠지?)"

아델에게 따로 경고의 말을 해줄 필요도 없었을 것 같다. 아델은 이미 보물 같은 상자를 들고 소파로 물러갔고, 뚜껑을 고정한 끈을 풀어내느라 바빴다. 드디어 뚜껑을 열고 은색 포장 종이를 끄집어낸 아델은 탄성을 내질렀다.

"*Oh ciel! Que c'est beau!*(아, 세상에! 엄청 예뻐!)"

그러고는 황홀해하는 표정으로 정신없이 선물들을 들여다보았다.

"에어 양도 왔습니까?"

그제야 로체스터 씨는 안락의자에서 몸을 반쯤 일으켜 문 쪽을 돌아보았다. 나는 문 옆에 조용히 서 있었다.

"아! 이쪽으로 와요. 여기 앉아요." 그는 의자 하나를 자기 쪽으로 끌어다 놓았다. "내가 원래 애들 수다는 별로 안 좋아합니다. 노총각이라 애들하고 즐겁게 떠들며 살았던 추억도 없고 하니까요. 버릇없는 어린애와 저녁 내내 둘이 마주 앉아 있는 건 정말 견딜 수가 없어요. 의자를 뒤로 빼지 말아요, 에어 양. 내가 놓아둔 그 자리에 앉아요. 괜찮다면요. 이렇게 예의를 차리는 건 참 성가시네요! 자꾸 잊어버리게 돼서. 순박한 노부인처럼 말하는 건 도저히 못하겠네요. 우리 집에도 그런 분이 계시는데, 그분을 무시하려는 건 아닙니다. 그분도 페어팩스 가문 사람이니까요. 엄밀히 말하면 페어팩스 가문의 남자와 결혼하신 분이죠. 어쨌든 피는 물보다 진하다고 하니까."

그는 종을 울려 하인을 부른 뒤 페어팩스 부인을 불러오라고 지시했다. 얼마 후 페어팩스 부인이 바느질감이 담긴 바구니를 들고 식당으로 들어왔다.

"어서 와요. 부탁할 게 있어서 불렀습니다. 아델에게 선물에 관해 나한테 수다를 떨지 말라고 지시해뒀는데 지금 떠들고 싶은 걸 꾹 참고 있는 표정이라서요. 저 애의 대화 상대가 되어주면 고맙겠어요. 아마 부인이 베푸는 가장 자비로운 행동 중 하나가 될 겁니다."

아델은 페어팩스 부인을 보자마자 자기가 앉아 있는 소파로 부르더니 상자 안에 들어 있던 자기, 상아, 밀랍으로 된 장난감들을 부인의 무릎에 올려놓고 서툰 영어로 이런저런 설명을 하면서 감탄을 쏟아냈다.

로체스터 씨가 말했다.

"이만하면 좋은 주인 역할을 잘 수행한 것 같네요. 손님들이 재미있는 시간을 보낼 수 있게 만들었으니. 그럼 이제 나도 즐겁게 지내도 될 것 같군요. 에어 양, 의자를 좀 더 앞으로 끌고 와요. 지금도 너무 멀리 있네요. 이 편안한 안락의자에서 자세를 바꾸지 않으면 당신 얼굴이 보이질 않습니다. 난 굳이 자세를 바꾸고 싶지 않아요."

나는 그의 시야가 닿지 않는 곳에 계속 앉아 있고 싶었지만, 지시받은 대로 했다. 로체스터 씨는 워낙 대놓고 명령을 내리는 사람이라 그의 지시에 신속하게 따르지 않으면 안 될 것 같았다.

우리가 앉아 있는 곳은 식당이었다. 점심 식사를 위해 밝혀놓은 촛불이 방 안을 유쾌한 빛으로 가득 채웠고, 커다란 벽난로에는 맑은 불이 붉게 타오르고 있었다. 높은 창문과 더 높은 아치문 앞에는 고급스럽고 두툼한 보라색 커튼이 드리워졌다. 아델이 나지막하게 떠드는 소리 외에는 고요했다. (아델은 감히 큰 소리로 떠들 생각도 못했다.) 아델이 입을 잠시 닫을 때면 유리창을 때리는 겨울비 소리가 정적을 메웠다.

다마스크 천을 씌운 안락의자에 앉은 로체스터 씨는 전에 봤을 때와는 좀 달라 보였다. 전처럼 엄격한 모습도 아니었고 덜 우울해 보였다. 입술에는 미소를 머금었고 눈도 반짝였다. 와인을 마셨기 때문인지는 알 수 없었지만 그럴 가능성이 컸다. 점심을 먹고 배가 부르니 마음까지 넉넉해진 게 아니었을까. 차갑고 엄격하던 아침나절보다는 확실히 풀어진 모습이었다. 벽난로의 불빛이 화강암을 깎아 놓은 듯한 그의 얼굴과 커다란 검은 눈동자를 비췄다. 커다란 머리를 푹신한 등받이에 기대고 앉아 있는 모습을 보니 여전히 표정이 굳어 있는 것도 같았다. 그의 크고 검은 눈은 멋져 보였다. 눈동자의 깊이가 때때로 달라져 보이기도 했는데, 그럴 때면 원래 부드럽게 생기지 않은 눈이지만 부드러운 느낌이 들기도 했다.

그는 2분 가까이 벽난로의 불만 쳐다보았고 나 역시 같은 시간 동안 줄곧 그를 쳐다보았다. 갑자기 고개를 돌린 그는 자기 얼굴에 고정된 내 시선을 포착하고 물었다.

"나를 관찰하고 있군요, 에어 양. 잘생겼다고 생각해요?"

그런 질문에 대해서는 예의 바르고 모호하게 얼버무리는 대답을 해야 신중한 처신일 것이다. 하지만 내 입에서 의식할 새도 없이 불쑥 대답이 튀어나오고 말았다.

"아뇨."

"아! 역시! 참 특이한 사람이군요. 당신은 'nonnette(젊은 수녀)' 같은 분위기가 있어요. 옛스럽고 조용하고 진지하고 단순한 분위기. 평소에도(지금처럼 내 얼굴을 똑바로 쳐다볼 때는 제외하고) 늘 두 손을 앞으로 모으고 앉아 시선은 카펫에 두고 있더군요. 그러다 누가 질문을 한다거나 해서 당신이 말을 해야 할 일이 생기면 무뚝뚝하진 않지만 직설적으로 대답하죠. 조금 전에 한 대답은 무슨 뜻으로 한 겁니까?"

"제가 너무 솔직했어요. 죄송합니다. 외모에 대한 질문에 즉각적으로 답하는 게 쉽지 않다고, 사람마다 취향은 다르니 외적 아름다움은 크게 중요하지 않다는 식으로 대답했어야 했는데."

"그렇게 대답할 필요 없어요. 외적 아름다움이 중요하지 않다니! 방금 말한 무례한 말을 무마하는 척, 나를 어르고 달래면서 내 귀밑에 슬쩍 펜나이프를 들이대는군요! 계속해봐요. 나한테서 또 어떤 결점을 찾아냈습니까? 내가 그래도 사지 멀쩡하고 이목구비도 다 붙어 있지 않습니까?"

"로체스터 씨, 제가 앞서 한 대답은 못 들은 걸로 해주세요. 기분 나쁘게 하려던 게 아니었는데 말실수했습니다."

"그래요. 그럴 수 있죠. 그래도 말을 꺼냈으니 책임을 져야죠. 나를 비판해봐요. 내 이마가 마음에 안 듭니까?"

그는 이마를 가로로 덮은 검고 굽슬굽슬한 머리카락을 위로 들어올렸다. 지적 능력을 나타내는 부분은 탄탄했지만 관대한 성격을 나타내는 부분은 내려앉아 있었다.

"바보 같죠?"

"전혀 아닙니다. 만약 주인님에게 자선 활동을 하시냐고 물어보면 저를 무례하다고 생각하실까요?"

"또 그런다! 내 머리를 쓰다듬어주는 척하면서 또 펜나이프로 찔러대는군요. 내가 어린애들이랑 나이 든 여자들(그는 여기서 목소리를 낮췄다!)과 어울리는 걸 싫어한다고 말해서 그렇게 생각하나 보네. 그래요, 난 관대한 자선가는 아닙니다. 그래도 양심은 있는 사람이에요." 그는 골상학에서 양심을 나타낸다고 하는 이마 부위를 손으로 가리켰다. 다행히 그 부위는 충분히 솟아 있었는데, 그래서 이마 위쪽 부분이 두드러지게 넓어 보일 정도였다. "예전에는 말도 안 될 정도로 가슴이 따뜻했어요. 내가 당신 나이였을 때 감정도 풍부했죠. 어리고 돌봄을 받지 못하고 불행한 이들에게 특히 마음이 쓰였어요. 하지만 그 후 운명이 나를 시련에 빠뜨렸습니다. 나를 아주 많이 짓이겨놓았죠. 그래서 지금은 고무공처럼 탄탄하고 질긴 사람이 되고 만 겁니다. 고무공에 한두 군데 틈이 있고, 한가운데에 아직 감정이 남아 있으니, 나도 아직 희망은 있는 거죠?"

"무슨 희망이요?"

"고무공에서 다시 사람으로 변할 수 있다는 희망 말입니다."

'와인을 너무 많이 드셨나 보네.'

그의 괴상한 질문에 무어라 대답해야 할지 알 수 없었다. 그가 다시 사람으로 변할 수 있을지에 대해 내가 어떻게 대답한단 말인가?

"당황했나 봅니다, 에어 양. 내가 잘생기지 않은 것처럼 당신도 예쁜 편은 아닙니다만, 당황하는 모습이 잘 어울리는군요. 내 골상을 살피는 당신의 두 눈이 다시 꽃무늬 소모사 깔개로 향하게 할 수 있으니 편리하기도 하고 말이죠. 그러니 계속 당황하도록 해요. 오늘 밤에는 왠지 누군가와 어울리면서 얘기를 나누고 싶네요."

이 말을 하면서 그는 의자에서 일어나 대리석 벽난로 선반에 팔을 기댔다. 그런 자세로 서 있자 얼굴뿐만 아니라 몸의 전체적인 형태가 잘 드러났다. 그의 가슴팍은 팔다리의 길이에 비해 별나게 넓은 편이었다. 아마 대다수 사람은 그를 추남이라고 생각했을 것이다. 하지만 그는 자신의 풍채에 무의식적으로 대단한 자긍심을 갖고 있었고 태도도 여유로웠다. 그는 외모에 완벽하게 무심해도 될 만큼 다른 대단한 자질들을 갖추고 있다는 자부심이 강했다. 그게 타고난 것이든 어쩌다보니 갖게 된 것이든 말이다. 그 자질들이 개인적인 매력의 부족을 상쇄할 수 있을 정도라고 생각하는 듯했다. 그를 보고 있으면 외모에 대한 무관심에 공감하게 되어, 맹목적이고 불완전하지만 그의 확신을 신뢰하게 됐다.

"오늘 밤에는 누군가와 어울리면서 얘기를 나누고 싶어요. 그래서 당신을 불러오라고 했습니다. 벽난로의 불과 샹들리에만으로는 충분치가 않아서. 파일럿도 그렇고요. 얘기를 나눌 수가 없으니. 아델은 그나마 말은 할 수 있지만 대화 상대는 못 됩니다. 페어팩스 부인도 마찬가지예요. 당신은 내 대화 상대로 적합할 것 같았습니다. 처음 아래층으로 부른 날 저녁에 당신은 나를 당황하게 했으니까 말이죠. 그 후로는 당신에 대해 거의 잊고 지냈습니다. 머릿속에 생각할 게 많아서요. 하지만 오늘은 여유를 부려볼 생각입니다. 성가신 일들은 다치워버리고 기분 좋은 일만 생각하면서요. 당신에 대해 좀 더알게 된다면 즐거울 것 같으니 한 번 얘기해봐요."

나는 대답 대신 미소를 지었다. 흡족해하는 미소도 아니고 순종하겠다는 의미의 미소도 아니었다.

"얘기해보라니까요."

그가 재촉했다.

"무엇에 대해서요?"

"뭐든 하고 싶은 얘길 해봐요. 대화의 주제나 그 주제를
다루는 방식을 알아서 선택해요."

나는 입을 다물고 생각했다.

'아무 말이나 하면서 자기 과시를 할 거라고 예상했다면
사람 잘못 봤어.'

"입이 붙었나요, 에어 양."

나는 대꾸하지 않았다. 그는 내 쪽으로 고개를 약간 기
울이면서 마치 당장 내 눈에 뛰어들 것처럼 성급하게 쳐다보
았다.

"고집이 센 사람입니까? 아니면 화가 난 건가. 아! 일관성
은 있네요. 내가 말도 안 되는 무례한 요구를 했나 봅니다, 에
어 양. 미안하게 됐어요. 사실 당신을 나보다 열등한 존재로
취급하고 싶지 않습니다. 그러니까, 다시 말하자면 (그는 굳이
말을 고쳤다) 내가 당신보다 나이가 스무 살 정도 많고 인생 경
험도 한 세기쯤 앞서 있다는 점에서나 우위를 주장할 수 있겠
죠. 이건 아델이 잘 쓰는 말로 하자면 나의 '*et j'y tiens*(신경 쓰
이는 것)'인 거죠. 이런 우위에 기대어서 난 당신이 내게 조금
이라도 얘기를 해줬으면 합니다. 어디 콱 박혀 있는 녹슨 못처

럼, 한 지점에서 멈춰버린 내 머릿속 생각을 다른 방향으로 돌려주면 좋겠어요."

그가 주절주절 늘어놓는 설명은 거의 사과에 가까웠다. 그렇게까지 자신을 낮추고 말하는데 더는 모른 척할 수 없었다.

"즐겁게 해드리고 싶어요. 진심으로요. 하지만 제가 주제를 고를 수는 없어요. 어떤 얘기를 좋아하시는지 제가 어떻게 알겠어요? 그러니 질문을 하세요. 최선을 다해 대답할게요."

"그렇다면 우선, 내 나이가 당신 아버지뻘은 된다는 점을 얘기해두죠. 그리고 당신이 한 건물에서 같은 사람들하고만 교류하며 조용히 살아온 반면에, 나는 지구의 절반 정도를 돌아다니면서 여러 나라에서 수많은 사람과 부대끼며 다양한 경험을 쌓았습니다. 그러니 내가 당신 앞에서 갑자기 주인 티를 내면서 이래라저래라 간섭할 권리가 있다는 점에 동의합니까?"

"하고 싶은 대로 하세요."

"그건 대답이 아니죠. 대답을 회피하면서 번거롭게 하지 말고 명확히 대답해요."

"저는 주인님이 저보다 나이가 많고 세상 구경을 많이 하셨다고 해서 저한테 명령할 권리가 있다고는 생각하지 않아요. 우월한지 아닌지는 본인의 시간과 경험을 어떻게 활용해 왔는지에 달려 있으니까요."

"흠! 참 빠르게도 대답하는군요. 나는 두 가지 이점을 무심하게 대했을지언정 나쁘게 이용하지는 않았습니다. 따라서 내 경우와 맞지 않으니 받아들이지 못하겠네요. 우월성에 관한 문제는 일단 접어두죠. 그래도 내 명령조 말투에 기분이 상하거나 상처받지 않고 내 지시를 받아들이겠다고 동의합니까?"

나는 로체스터 씨가 참 특이한 사람이라는 생각을 하면서 미소 지었다. 그는 내가 그의 지시를 받는 대가로 1년에 30파운드를 받는 사람이라는 사실을 잊은 모양이었다.

잠깐 스치고 지나간 내 입가의 미소를 포착한 그가 말했다.

"미소를 지으니 좋네. 말도 해봐요."

"급료를 받는 아랫사람에게 지시를 불쾌해하거나 상처받는지 아닌지를 굳이 물어보는 주인은 거의 없을 거라고 생각합니다."

"급료를 받는 아랫사람이라! 그렇군요! 당신은 나한테 급료를 받는 아랫사람이네요? 아, 급료를 잊고 있었네! 그렇다면, 아랫사람으로서 다소 위협적인 내 말투를 용납할 수 있겠습니까?"

"아뇨, 아랫사람이라서는 아닙니다. 제가 아랫사람이라는 사실을 잊으셨다는 점, 아랫사람의 마음이 편안한지 신경 써주셨다는 점 때문에 용납하겠습니다."

"그렇다면 내가 관습적인 형식이나 표현을 생략하고 말해도, 그게 무례해서가 아니라고 생각해줄 겁니까?"

"그럼요. 저는 소탈함을 무례함으로 오해하지 않습니다. 소탈함은 저도 좋아합니다만, 무례함은 자유인이라면 누구도 받아들이고 싶어 하지 않습니다. 아무리 급료를 받는 입장이라도요."

"말도 안 돼! 대부분 자유인은 급료를 받기 위해서라면 무슨 일에든 굴복합니다. 그러니 본인이 제대로 알지도 못하는 그런 일반론은 속으로나 생각해요. 부정확하긴 하지만 그래도 그 대답에 대해서는 칭찬해주고 싶군요. 말한 내용도 괜찮았고, 태도도 솔직하고 성실했습니다. 그런 태도는 요즘 보기가 쉽지 않아요. 솔직하게 대해봤자 가식과 냉담함, 어리석음, 상스러운 오해로 돌아오는 게 다반사거든. 가정교사 중에 지금 당신처럼 대답하는 사람은 3000명 중에 셋이 채 안 될 겁니다. 내 말을 듣고 본인이 잘난 줄 착각하진 말아요. 당신이 남들과 다른 틀 속에서 살아왔기 때문이지 타고난 장점은 아니니까. 내가 너무 빨리 결론을 내렸군요. 지금까지 내가 알게 된 점으로 판단컨대 당신은 다른 사람들에 비해 특별히 나을 게 없습니다. 몇 안 되는 장점을 상쇄해버릴 만큼 지독한 단점을 갖고 있을 수도 있으니까 말이죠."

'그건 당신도 마찬가지일 텐데요.'

이런 생각이 머릿속을 스치고 지나가는데 그와 눈이 마

주쳤다. 그는 내 눈빛을 보며 그 생각을 읽어낸 듯했다.

　"그래요, 당신 생각이 맞아요. 나 역시 수많은 단점을 갖고 있어요. 압니다. 굳이 변명하고 싶지 않군요. 남을 가혹하게 판단해서도 안 될 테고요. 내게는 과거가 있고, 온갖 행동을 하며 살아왔습니다. 그 모든 기억이 내 가슴 속에 다양한 색으로 담겨 있어요. 그런 점 때문에 이웃들에게 비웃음과 비난을 받을 수도 있을 겁니다. 스물한 살 때 내 인생은 잘못된 방향으로 흘러갔고 그 후 옳은 방향으로 돌아가질 못했습니다. (인생을 대충 살아온 다른 사람들처럼, 나도 불운이나 역경 탓을 할 수도 있겠죠.) 물론 다르게 살 수도 있었을 겁니다. 당신처럼 선량하고, 어쩌면 더 지혜로운, 무결한 사람일 수도 있었을 거라는 얘깁니다. 당신의 평화로운 마음과 깨끗한 양심, 오염되지 않은 기억이 부럽군요. 오점이나 오염이 없는 기억은 귀중한 보석이나 마찬가지예요. 언제든 순수하게 원기를 회복할 수 있는 무궁무진한 원천이니까. 안 그렇습니까?"

　"열여덟 살 때 기억은 어땠나요?"

　"그때는 괜찮았죠. 맑고 건전했습니다. 배 바닥에 괸 물이 솟구쳐 악취가 진동하는 물웅덩이가 될 일도 없었고요. 열여덟 살 때는 나도 당신과 마찬가지였어요. 비슷했죠. 천성적으로 나도 좋은 사람입니다, 에어 양. 지금은 그렇게 안 보이겠지만. 전혀 그렇게 안 보인다고 말하고 싶을 겁니다. 당신 눈을 보면 생각을 읽어낼 수 있습니다. (그러니 눈으로 생각을 표현할 때 조심하도록 해요. 난 그걸 재빨리 읽어내는 편이니까.) 내 말 믿어요. 난 처음부터 못된 놈으로 태어나지 않았어요. 그러니 나한테 그런 오명을 씌우려들지 말기 바랍니다. 내가 아무짝에도 쓸모없는 부자들처럼 방탕하게 인생을 낭비하면서, 진부하고 흔해 빠진 죄인이 된 것은 타고난 본성 때문이 아니라 내가 처한 상황 때문입니다. 이 사람이 왜 갑자기 이런 고백을 하나 싶어요? 앞으로 살아가는 동안 당신은 본의 아니게 지인들의 비밀을 들어주는 역할을 자주 하게 될 겁니다. 나도 그랬지만, 사람들은 당신이 자기 얘기를 늘어놓기보다는 남의 얘기를 잘 들어주는 사람이라는 걸 본능적으로 알아차릴 겁니다. 아주 무분별한 행동에 대해서도 당신이 경멸보다는 공감을 해주고 있다는 걸 다들 느낄 테니까요. 당신이 그런 사람이라는 걸 의식적으로 드러내려 하지 않기 때문에 상대는 위안을 받고 편안하게 얘기를 풀어놓을 수 있을 겁니다."

"어떻게 아세요? 어떻게 그런 걸 다 추측하실 수 있죠?"

"잘 아니까요. 그래서 일기장에 생각을 옮겨 적는 것처럼 편안하게 얘기할 수가 있는 겁니다. 당신은 내가 상황을 극복했어야 한다고 말하고 싶겠죠. 그래요, 극복했으면 좋았겠죠. 하지만 보다시피 극복을 못 했습니다. 운명이 나를 짓이겼을 때 지혜가 부족해서 의연하게 참아내지 못했어요. 자포자기했고 타락했습니다. 어떤 잔인하고 멍청한 놈이 시시한 음담패설로 내 혐오감을 자극해도, 내가 그놈보다 낫다고 말할 수 없을 정도가 되고 만 겁니다. 그놈이나 나나 같은 수준일 테니까요. 내가 좀 더 꿋꿋이 버텨냈으면 좋지 않았을까, 이런 생각을 한 번씩 합니다! 유혹에 빠져 실수를 범하면 이렇게 나중에라도 후회하게 됩니다. 후회는 인생의 독이죠."

"속죄를 통해 치유 받을 수 있다고들 하잖아요."

"속죄로 무슨 치유가 되겠습니까. 완전히 개심을 해야지. 나도 개심을 할 수는 있을 겁니다. 그럴 힘도 남아 있고요. 하지만…… 나처럼 운명에 짓이겨지고 무거운 짐을 지고 사는 저주받은 인간이 그런 생각은 해서 뭐하겠습니까? 무엇보다 난 행복할 수 없는 사람입니다. 그저 인생의 쾌락만 누릴 수 있을 뿐이죠. 그러니 어떤 대가를 치르더라도 쾌락을 누리며 살 겁니다."

"그렇게 살면 더 타락하고 말 텐데요."

"그렇겠죠. 하지만 달콤하고 신선한 기쁨을 누린다고 해서 그걸 꼭 타락이라고 봐야 할까요? 벌들이 황무지를 돌아다니며 모아놓은 야생 꿀처럼, 달콤하고 신선한 기쁨을 맛보며 살아도 되지 않을까 싶은데요."

"그랬다간 벌에게 쏘여서, 꿀맛도 씁쓸할 거예요."

"그걸 어떻게 압니까? 시도해보지도 않았으면서. 당신은 참 진지하고 엄숙해 보여요. (그가 벽난로 선반에서 장식용 조각상을 집어 들었다.) 이런 머리 조각상만큼이나 그런 일에는 무지하겠죠. 그러니 나한테 설교할 권리도 없습니다. 당신은 제대로 인생의 쓴맛을 본 적도 없고, 인생의 신비에 대해서도 알지 못하는 풋내기일 뿐이니까."

"조금 전에 하신 말씀을 상기시켜드리자면, 실수는 후회를 낳고, 후회는 인생의 독이라고 말씀하셨어요."

"지금 누가 실수에 대해 말하고 있습니까? 내 머릿속을 스치고 지나가는 생각을 실수라고 여기진 않아요. 그건 단순한 유혹이 아니라 영감일 테니까. 아주 따뜻하고 위안이 되는 생각인 거죠. 어서 와라! 분명히 말하지만 이건 악마가 아닙니다. 혹시 악마라고 해도 빛의 천사와 같은 옷을 입고 있어요. 이처럼 아름다운 손님이 내 마음에 들어오겠다고 청하니 받아들일 수밖에요."

"그리 생각하시면 안 돼요. 그건 진짜 천사가 아닙니다."

"다시 묻지만, 그걸 당신이 어떻게 압니까? 지옥의 타락 천사와 천년 왕국의 전령을, 유혹자와 안내자를 대체 어떤 본능에 따라 구분한다는 겁니까?"

"주인님의 얼굴을 보고요. 방금 영감에 관한 생각이 떠올랐다고 했을 때 주인님의 표정은 편해 보이지 않았습니다. 그 생각에 귀를 기울이면 더 불행해지실 겁니다."

"그렇지는 않을 텐데. 그 생각에는 세상에서 제일 자애로운 전갈이 담겨 있어요. 당신이 내 양심을 지켜주는 자도 아니니, 괜히 뒤숭숭할 필요는 없습니다. 자, 어서 와라, 아리따운 방랑자여!"

그는 자기 눈에만 보이는 환영에게 말하고 있었다. 그러더니 그 보이지 않는 존재를 감싸안는 것처럼 두 팔을 가슴가까이에 대고 반쯤 접었다. 그러고는 다시 내게 말했다.

"자, 나는 순례자를, 모습을 바꾼 하느님을 받아들였습니다. 벌써 나한테 좋은 영향을 미친 것 같군요. 납골당 같던 내 심장이 이제부터 성소가 되겠어요."

"솔직히 말하면, 무슨 말씀을 하시는 건지 이해가 안 돼요. 제가 이해할 수 있는 바를 넘어서서, 더는 대화를 이어갈 수 없을 것 같네요. 한 가지는 알겠습니다. 주인님은 본인이 그다지 착한 분이 아니라고, 불완전하게 살아온 게 아쉽다고 하셨어요. 그리고 오염되지 않은 기억이 있는 게 부럽다고 하셨어요. 제가 보기엔 주인님도 열심히 노력하시면 본인이 인정할 수 있는 사람이 되실 수 있을 겁니다. 오늘부터라도 생각과 행동을 올바르게 해보세요. 몇 년 안에 오염되지 않은 새로운 기억들을 쌓아 올릴 수 있을 거예요. 그런 기억들에 대해서는 나중에 기쁜 마음으로 회상할 수 있을 테고요."

"올바른 생각이고 올바른 말입니다, 에어 양. 그렇다면 지금 나는 열심히 지옥으로 가는 길을 닦고 있는 셈이 되겠군요."

"예?"

"나는 내 삶의 길에 선의를 깔고 있으니까요('지옥으로 가는 길은 선의로 포장되어 있다'라는 관용적 표현을 활용한 구절. 이 구절의 의미는 '실제 행동으로 옮기지 않은 선의는 의미가 없다'는 뜻임 -옮긴이). 아마도 부싯돌처럼 단단한 길이 되겠죠. 당신 말대로 하자면, 내가 교류하는 사람들과 내가 추구하는 일도 과거와는 달라져야겠군요."

"그럼 더 나은 모습이 되지 않을까요?"

"더 나아진다라. 순수한 광석이 녹인 금속의 찌꺼기보다 낫다는 말처럼 들리는군요. 당신은 나를 의심하고 있어요. 나는 나를 의심하지 않습니다. 나는 내 목표가 뭔지, 내 동기가 뭔지 분명히 압니다. 바로 지금, 나는 메디아와 페르시아의 법률처럼 절대 바꿀 수 없는 법안을 통과시켜야겠습니다."

"그 법안을 합법화하기 위한 새로운 법령이 필요하다면, 통과시키지 않는 게 좋을 텐데요."

"새로운 법령이 필요하긴 하지만, 통과시켜야 합니다. 지금껏 들어본 적 없는 상황들의 조합이니 들어본 적 없는 규칙이 필요해요."

"위험한 격언처럼 들려요. 누가 봐도 남용될 게 분명한 법안 같거든요."

"되게 현자처럼 딱딱거리네! 내 집을 두고 맹세하지만 절대 남용할 일은 없어요."

"주인님은 실수를 범하기 쉬운 인간입니다."

"맞아요. 그러는 당신은 어떻죠?"

"실수를 범하기 쉬운 인간은 신처럼 완벽한 존재에게 안전하게 맡겨져야 할 힘을 가지려 들면 안 된다고 생각합니다."

"무슨 힘을 말하는 건지?"

"'내 말이 무조건 옳다'라는 괴상하고 수용할 수 없는 말을 하는 힘이죠."

"당신이야말로 늘 '내 말이 무조건 옳다'라는 식으로 말하던데."

"그럼 '내 말이 옳을 수도 있다'라는 정도로 말해야겠군요."

암흑 속에서 헤매는 듯한 이 대화를 이어가는 것은 쓸모없는 짓이라는 생각이 들어 나는 그만 자리에서 일어섰다. 대화 상대의 성격을 도무지 파악하기 어려운 것도 이유였다. 적어도 현재까지는 그랬다. 대화하는 동안 내 무지를 확신하게 되면서 점점 불안해지고 마음이 편치 않았다.

"어디 갑니까?"

"아델을 재워야 해서요. 취침 시간이 지났어요."

"스핑크스처럼 알 수 없는 얘기를 늘어놓는 내가 두렵나 보네요."

"수수께끼 같은 말을 하고 계시긴 해요. 그래서 당황스럽지만 두렵지는 않아요."

"두려울 텐데. 실수해서 자기애에 흠이 갈까 봐 겁이 나겠죠."

"걱정되기는 해요. 허튼소리를 늘어놓고 싶지 않으니까요."

"허튼소리를 해도 엄숙하고 조용하게 해서, 진지하게 하는 말로 내가 오해를 하겠죠. 그런데 잘 안 웃는 편입니까, 에어 양? 굳이 대답할 필요 없어요. 웃는 얼굴을 거의 본 적이 없는 게 사실이니까. 내가 포악한 인간성을 타고난 게 아니듯이 당신도 금욕적인 인간성을 타고나진 않았을 겁니다. 로우드 학교에서 워낙 자유를 못 누리고 살아서, 표정을 드러내지도 못하고 목소리도 낮추고 움직임을 제한하며 살다 보니까 그렇게 됐겠죠. 그래서 남자나 남자 형제, 아버지나 주인 앞에서 너무 밝게 웃거나 너무 자유롭게 말하거나 너무 가볍게 움직이는 모습을 보이게 될까 봐 두려운 겁니다. 하지만 내가 당신을 관습적인 방식으로 대하기 어려울 것 같으니, 당신도 차차 나를 자연스럽게 대하게 될 겁니다. 그러면 당신의 표정과 움직임도 훨씬 활기차고 다양해지겠죠. 한 번씩 당신을 보면 새장의 창살을 통해 바깥세상을 내다보는 호기심 많은 새 같다는 생각이 들더군요. 활기차면서 초조하고, 의연하기도 한 포로의 모습인 거죠. 자유의 몸이 되면 저 하늘 높이 날아오르겠구나 싶어요. 여전히 이 자리를 떠나고 싶습니까?"

"벌써 밤 9시를 알리는 종이 쳤어요."

"괜찮으니까 좀 더 기다려요. 아델이 아직 잠자리에 들 준비가 안 됐어요. 지금 내가 벽난로를 등지고 방을 향해 서 있어서 방 안 모습이 잘 보입니다, 에어 양. 당신과 얘기를 나누면서 간간이 아델을 살펴봤어요. (내가 아델을 흥미롭게 지켜보는 나름의 이유가 있는데 언젠가 당신한테 말해줄 수도 있을 겁니다.) 아델은 10분 전쯤에 상자에서 분홍색 비단 프록을 꺼냈어요. 프록을 펼치는 아델의 얼굴이 기쁨으로 확 밝아지더군요. 저 아이의 핏속에는 교태가 흐릅니다. 뇌와 골수에까지 스며 있죠. 아델은 '*Il faut que je l'essaie! et à l'instant même!*(입어봐야겠어요! 지금 당장요!)'라고 소리치면서 식당 밖으로 달려나갔습니다. 지금 아마 소피와 함께 있으면서 옷을 갈아입고 있겠죠. 몇 분 뒤에 다시 올 겁니다. 내가 뭘 보게 될지 이미 알고 있어요. 막이 오르고 무대 위에 서 있던 셀린 바렝의 축소판이 내 앞에 서 있을 겁니다. 어떤 무대인지는 신경 쓸 거 없어요. 어쨌든 내 연약한 감성은 곧 충격을 받게 될 겁니다. 예감이 그래요. 내 말대로 되는지 어떤지 지켜봐요."

얼마 후 아델의 조그만 발이 홀을 가로질러 오는 소리가 들렸다. 후견인인 로체스터 씨가 예견한 대로 아델은 옷을 갈아입고 왔다. 아까 입고 있던 갈색 프록 대신에 치맛자락에 최대한 주름을 많이 잡은 장미색 공단 소재의 짧은 드레스를 입은 모습이었다. 이마에는 장미꽃 봉오리로 만든 화관을 썼고, 발에는 비단 소재의 긴 양말에 앙증맞은 하얀색 공단 샌들을 신었다.

"*Est-ce que ma robe va bien? et mes souliers? et mes bas? Tenez, je crois que je vais danser!*(내 드레스 어때요? 신발은요? 긴 양말은요? 춤을 출 테니까 잘 보세요!)"

치맛자락을 펼친 아델은 식당을 가로지르며 샤세 스텝(발을 빨리 미끄러지듯이 옮기는 스텝–옮긴이)으로 춤을 추었다. 로체스터 씨 앞에 다다르자 발끝으로 서서 가볍게 빙글 돌고는 한쪽 무릎을 굽히며 외쳤다.

"*Monsieur, je vous remercie mille fois de votre bonté.*(아저씨, 친절을 베풀어주셔서 정말 감사드려요.)" 아델은 무릎을 펴고 일어서며 덧붙였다. "*C'est comme cela que maman faisait, n'est-ce pas, monsieur?*(엄마가 했던 거랑 똑같죠, 아저씨?)"

"똑같구나!" 로체스터 씨는 이렇게 대답하고는 내게 말했다. "딱 저렇게, 저 애 엄마가 내 영국제 바지 주머니에서 영국 금화를 가져갔습니다. 그때는 나도 파릇파릇했어요, 에어 양. 풀잎처럼 파릇파릇했죠. 지금 당신한테 깃든 봄의 기운은 한때 내게 깃들었던 봄의 기운에 비할 바가 못 됩니다. 하지만 내 봄은 지나갔고, 내게 남은 건 저 자그마한 프랑스 꽃뿐이에요. 어쩔 땐 저 꽃을 없애버리고 싶기도 합니다. 저 꽃의 뿌리가 이제 소중하지 않고, 금가루로만 피워낼 수 있는 꽃이라는 걸 아니까, 꽃을 봐도 기분이 좋지 않아요. 지금처럼 저렇게 제 몸을 꾸민 모습을 볼 때면 더더욱요. 그래도 내가 저 꽃을 거둬서 키우고 있는 건 한 번의 제대로 된 선행을 통하여 크고 작은 무수한 잘못을 속죄할 수 있다는 로마 가톨릭 교리 때문입니다. 자세한 사정은 나중에 또 기회가 되면 말해줄게요. 그럼 잘 자요."

15

그 후 로체스터 씨는 그 사정에 대해 들려주었다. 어느 날 오후 그는 아델과 함께 집 밖에 나와 있는 나를 우연히 마주쳤다. 아델이 셔틀콕을 가지고 파일럿과 노는 동안 그는 아델이 보이는 범위 안에서 긴 너도밤나무 길을 함께 산책하지 않겠냐고 물었다.

그는 아델이 프랑스의 오페라 댄서 셀린 바렝의 딸이라고 말했다. 그는 한 때 셀린 바렝에게 '대단한 열정'을 품었다고 털어놓았다. 셀린은 그의 열정에 대해 더 큰 열정으로 보답하겠다고 답했다고 했다. 그는 비록 자신이 추남이지만 셀린에게 우상과도 같은 존재이며, 셀린이 벨베데레의 아폴로(바티칸 궁전의 벨베데레에 있는 대리석 아폴로 상-옮긴이)같은 우아한 몸보다 자신의 운동선수 같은 몸을 더 좋아한다고 여겼다.

"프랑스 요정 같은 그 여자가 노움(옛이야기에 나오는, 뾰족한 모자를 쓴 작은 남자 모습의 요정-옮긴이)같이 생긴 나를 좋아한다는

사실에 고무된 나는 셀린을 호텔 방에 살게 해주고 하인과 마
차, 캐시미어 옷감, 다이아몬드, 레이스 천을 갖다 바쳤습니
다. 여느 멍청이들처럼 뻔한 방식으로 나 자신을 망치는 짓거
리를 시작한 거죠. 수치와 파멸로 가는 새로운 길을 독창적으
로 개척할 위인도 못 됐습니다. 오랜 세월 멍청이들이 밟고
지나간 길에서 한 치도 벗어나지 않고 정확히 그 길을 따라
간 겁니다. 멍청이들이 맞게 되는 운명을 고스란히 따르게 된
거였죠. 어느 날 저녁, 그날은 셀린과 만나기로 한 날이 아니
었는데 그냥 찾아갔습니다. 저녁 공기가 따뜻하기도 했고 파
리 거리를 거닐다 지치기도 해서 셀린이 머무는 호텔의 내실
로 들어가 앉았습니다. 조금 전까지 그가 머물렀던 흔적이 공
기 중에 향수로 남아 있어 기분 좋게 공기를 들이마셨습니다.
이건 좀 과장된 표현이긴 합니다만 난 셀린에게 성스러운 면
이 있다는 생각은 해본 적이 없어요. 사실 그 향기는 그 여자
가 즐겨 쓰는 향수 냄새였어요. 성스러운 향기가 아니라 머스
크와 앰버 향이었죠. 방 안의 꽃과 향수 냄새에 점차 숨이 막
혀 창문을 열고 발코니로 나갔습니다. 달빛과 가로등이 비추
는 바깥은 고요하고 평화롭더군요. 발코니에 의자 한두 개가
놓여 있어 그리로 가 앉아서 담배를 꺼냈습니다. 괜찮다면 지
금 한 대 피우고 싶네요."

　　그는 얘기를 잠시 멈추고 시가를 꺼내 불을 붙인 뒤 입에
물었다. 햇빛이 비치지 않는 흐릿하고 차가운 공기 속에 하바

나 시가의 연기가 퍼져나갔다. 잠시 후 그는 하던 얘기를 계속했다.

"당시 나는 과자를 아주 좋아했습니다, 에어 양. 특히 초콜릿 캔디라면 환장했죠. (야만적인 표현을 썼는데 그냥 넘어가요.) 캔디를 씹어 먹고 또 담배를 피우면서, 근처 오페라 극장으로 이어지는 멋스러운 거리를 오가는 마차들을 내려다보고 있었죠. 반짝이는 도시의 밤을 배경으로 아름다운 영국 말 두 필이 끄는 우아한 마차 한 대가 이쪽으로 오는 게 보였습니다. 내가 셀린에게 선물한 마차였어요. 그가 집으로 돌아오고 있었던 겁니다. 기대어 선 쇠 난간이 울릴 정도로 내 심장은 빠르게 뛰었습니다. 예상대로 마차는 호텔 문 앞에 멈췄습니다. 그리고 내 불꽃(오페라 댄서 애인에게 걸맞은 별명이었죠)이 마차에서 내렸죠. 망토로 몸을 감싸고 있었는데, 여담이지만 따뜻한 6월 저녁인데 뭐 하러 망토를 걸쳤나 싶더군요. 나는 치맛자락 아래로 살짝 드러난 자그마한 발을 보자마자 그를 알아봤습니다. 셀린은 마차 계단을 밟고 내려섰어요. 내가 그의 귀에만 들릴 정도로 목소리를 낮춰 '*Mon ange*(나의 천사)'라고 부르려는데 그의 뒤에서 누군가가 마차에서 따라 내리더군요. 그 사람도 망토로 온몸을 감싼 모습이었어요. 보도를 딛는 발꿈치에 박차가 박혀 있었고 머리에는 모자를 쓴 남자였습니다. 그 남자는 호텔의 아치형 마차 출입문을 통해 안으로 들어왔습니다.

질투라는 감정을 느껴본 적 없죠, 에어 양? 당연히 없겠죠. 물어볼 필요도 없지. 당신은 사랑을 느껴본 적도 없을 겁니다. 두 감정 모두 경험해본 적 없겠죠. 당신의 영혼은 잠들어 있는 상태나 마찬가지예요. 제대로 충격을 받아야 깨어날 겁니다. 당신은 당신의 젊은 날이 그렇듯이 다른 사람들의 삶도 고요할 거라고 생각할 겁니다. 눈을 감고 귀를 막고 물 위를 떠가고 있으니 물 밑에 박혀 있는 암초 따윈 보이지 않겠죠. 파도가 밀려와 암초에 부딪히는 소리도 들리지 않을 테고. 하지만 명심해요. 언젠가는 험악한 암초 사이로 나아가야 할 날이 올 겁니다. 온 삶이 소용돌이에 휘말려 요란한 거품과 소음을 뿜어내고 당신이라는 존재는 뾰족한 바위에 부딪혀 산산이 쪼개질지도 몰라요. 아니면 큰 파도에 휩쓸려 잔잔한 물길로 잦아들던가. 지금의 나처럼.

오늘은 날이 참 좋네요. 쇠 같은 저 하늘도 마음에 들고. 서리 내린 세상의 엄혹함과 고요함이 나는 참 좋습니다. 내가 그래서 손필드를 좋아해요. 고풍스럽고 유유자적한 분위기, 까마귀들이 집을 짓고 사는 곳, 가시나무들, 건물의 회색 정면, 쇳빛 하늘을 담아내는 시커먼 창문들. 내가 얼마나 오랫동안 저 집을 생각하면서 진저리를 쳤는지, 전염병 격리 병원처럼 가까이 가지 않으려고 피해왔는지 알아요? 내가 얼마나……"

그는 이를 갈다가 입을 다물었다. 걸음을 멈추고 단단한 길바닥을 장화 신은 발로 걷어찼다. 증오에 영혼이 사로잡히다 못해 단단히 붙들려 한 걸음도 나아가지 못하는 듯했다.

우리는 큰길을 따라 올라가던 중이었다. 저택이 저 앞에 있었다. 그는 눈을 들어 저택의 총안 흉벽을 바라보았다. 일찍이 본 적 없는 눈빛이었다. 고통과 수치심, 분노, 초조함, 역겨움, 혐오 같은 감정들이 그의 검은 눈썹 아래 팽창된 눈동자 속에서 마구 충돌하는 게 보였다. 감정 간의 전투가 한껏 치열해졌다 싶을 때쯤 또 다른 감정이 치고 올라와 다른 감정들을 찍어 눌렀다. 고집스럽고 단호하며 단단하고 냉소적인 감정이었다. 그 감정은 그의 격정을 가라앉혔고 그의 얼굴을 무표정하게 만들었다. 그는 다시 입을 열었다.

"잠시 침묵하면서 나는 내 운명과 협상 중이었습니다. 포레스의 히스 벌판에서 맥베스 앞에 나타난 마녀처럼, 저 너도밤나무 옆에 운명의 여신이 서 있었어요. '손필드가 좋다고?' 운명의 여신이 이렇게 묻더니 손가락을 들어올려 허공에 대고 경고의 말을 썼습니다. 위층 창문들과 아래층 창문들 사이, 건물 정면을 가로질러 선명하게 상형 문자를 그리더군요. 그러고는 이렇게 말했습니다. '할 수 있으면 어디 계속 좋아해봐! 감히 그럴 수 있다면!'

'좋아할 겁니다. 감히 좋아하겠습니다.' 나는 이렇게 대답했습니다. (그는 우울하게 덧붙였다.) 나는 그 말을 지킬 겁니다. 행복과 선함으로 가는 길에 놓인 장애물들을 깨부숴야죠. 지금까지의 나, 지금의 나보다 나은 인간이 되고 싶네요. 욥기에 나오는 리바이어던(성서에 나오는 바다 괴물—옮긴이)이 창과 화살, 쇠사슬 갑옷을 부순 것처럼, 남들이 쇠와 청동이라 여기는 방해물들을 나는 지푸라기와 썩은 나무로 여기며 가볍게 박살 내버릴 겁니다."

그때 아델이 셔틀콕을 들고 달려오자 그는 거친 목소리로 외쳤다.

"가까이 오지 말고 저리 가서 놀아! 소피한테 가든지!"

그러고는 다시 말없이 걸음을 옮겼다. 나는 그가 돌연 그만두었던 주제를 상기시켰다.

"바렝 양이 호텔로 들어왔을 때 발코니를 떠나셨나요?"

난데없는 질문이라 여겨 대답을 거부할 수도 있겠다고 생각했는데, 상념에 잠겨 있던 그는 찌푸린 인상을 펴며 나를 돌아보았다. 그의 이마에서 어두운 기운이 걷힌 듯했다.

"아, 셀린 얘기를 하던 중이었죠! 깜빡했네요. 다시 시작해보죠. 애인이 웬 남자와 함께 들어오는 걸 봤을 때 어디서 쉬익 소리가 들린 것 같았습니다. 달빛 아래 발코니에서 똬리를 틀고 있던 질투의 초록색 뱀이 미끄러지듯 다가와 내 조끼 안으로 들어와서는 불과 2분 만에 내 심장 속으로 파고들었죠. 그런데 이상하군요!" 그는 갑자기 움찔하더니 말했다. "내가 이런 얘기를 털어놓을 상대로 당신을 선택하다니, 참 이상하네. 나 같은 남자가 세상 경험이라곤 없는 당신 같은 고풍스런 아가씨에게 오페라 댄서 애인에 관한 얘기를 들려주고 있는데, 그런 게 세상 흔한 일이라는 듯이 조용히 듣고 있는 당신도 희한하고! 하지만 아까도 말했듯이 당신은 엄숙하고 진중하고 사려 깊은 태도를 갖고 있어서, 비밀 얘기를 털어놓고 싶은 마음이 들게 하는 게 사실입니다. 게다가 나는 내가 어떤 사람과 얘기를 나누고 있는지 잘 압니다. 쉽게 오염되지 않는 특이하고 독특한 마음의 소유자죠. 난 그 마음에 해를 가하고 싶지 않습니다만, 혹시 나도 모르게 그렇게 할 수도 있으니 나 때문에 상처받지 않길 바랍니다. 대화를 나눌수록 더 좋아질 겁니다. 난 당신을 망치지 않을 거고, 당신은 내게 기운을 불어넣을 테니까."

그는 잠시 주제를 벗어났다가 다시 돌아왔다.

"나는 발코니에 그대로 있었습니다. '저들이 내실로 들어오면 기습해야겠다'라고 속으로 생각했죠. 발코니로 통하는 여닫이창 사이로 손을 넣어, 안쪽을 들여다볼 수 있을 만큼의 틈만 남기고 커튼을 당겨 닫았습니다. 그리고 창을 닫았죠. 물론 완전히 닫지는 않고, 두 남녀가 속삭이는 사랑의 맹세가 새어 나올 정도는 열어 뒀습니다. 발코니의 의자로 돌아가 앉으려는데 그들이 내실로 들어왔어요. 나는 재빨리 창문 틈에 눈을 갖다 댔습니다. 셀린의 방을 담당하는 객실 청소부가 들어와 램프를 켜서 탁자 위에 올려놓고 방 밖으로 나갔습니다. 램프 불 덕분에 두 남녀의 모습이 훤히 들여다보였습니다. 둘 다 망토를 벗더군요. 공단과 반짝이는 보석으로 치장한 바렝의 모습이 보이더군요. 다 내가 사준 선물이었습니다. 남자는 장교복 차림이었어요. 나는 그가 난봉꾼으로 유명한 젊은 자작이라는 걸 바로 알아봤습니다. 멍청하고 공격적인 젊은이인데 사교계 모임에서 몇 번 만난 적이 있었죠. 그동안 나는 그 남자를 워낙 혐오해서 증오 같은 감정을 품을 일도 없었습니다. 그자의 얼굴을 확인한 순간 질투의 뱀의 송곳니가 별안간 깨지고 말았습니다. 셸린에 대한 사랑이 확 식어버렸기 때문이었죠. 저 정도 남자 때문에 나를 배신하는 여자를 굳이 다퉈가면서까지 갖고 싶지는 않았습니다. 그저 경멸이나 받으면 충분한 여자니까. 그런 여자에게 사기당한 나는 더 심한 경멸을 당해야 마땅했어요.

그들은 얘기를 나누기 시작했습니다. 그들의 대화를 들으면서 마음이 편해졌어요. 듣는 사람을 분노하게 만들기보다는 지치게 만드는, 경솔하고 돈밖에 모르고 비정하고 무의미한 대화였으니까요. 탁자 위에 내 명함이 놓여 있었고, 그들은 그 카드를 내려다보며 내 이름을 입에 올렸습니다. 나에 대해 제대로 비판할 힘도 재치도 없었던 그들은 그저 상스럽게 나를 모욕할 뿐이었어요. 특히 내 신체적 약점에 대해 신나게 욕을 해댔습니다. 심지어 그 약점을 기형이라고까지 말하더군요. 그전까지만 해도 바렝은 내 외모에 대해 *beauté mâle*(남성적인 아름다움)'이라 칭송해 마지않았는데 말이죠. 그 점에

284

있어서 셀린은 당신과는 정반대였어요. 당신은 나와 두 번째 만나는 자리에서 나를 잘생겼다고 생각 안 한다고 솔직하게 대답했죠. 셀린과 대조되는 당신 대답이 인상적이었어요. 그리고……"

그때 아델이 다시 이쪽으로 달려오며 말했다.

"아저씨, 존이 그러는데 대리인이 아저씨를 만나러 찾아왔대요."

"아! 뒷얘기를 짧게 줄여 말해야겠군요. 나는 창문을 열고 그들에게 걸어갔습니다. 셀린에게 더 이상 후원은 없다고 말하면서 자유로이 풀어주었죠. 호텔을 비우라고 통고하고, 당장 급히 써야 할 돈을 내줬습니다. 셀린은 악을 쓰면서 히스테리를 부리고 기도를 해댔습니다. 변명을 늘어놓으면서 경기를 일으켰죠. 하지만 나는 싹 무시했습니다. 자작과는 다음날 아침에 불로뉴 숲에서 만나기로 약속을 잡았습니다. 다음날 아침 나는 기꺼이 그를 만나러 나갔고, 결투 끝에 그의 창백하고 볼품없는 팔에 총알을 박아 넣었습니다. 그의 팔은 닭날개처럼 힘없이 늘어져버렸죠. 그만하면 다 정리됐다고 생각했는데 아직 하나가 남아 있었습니다. 불행히도 6개월 전에 셀린이 저 아이를 낳았던 거죠. 셀린은 저 애가 내 딸이라고 주장했습니다. 외모로 봐서는 도저히 나를 닮은 구석이 없지만 정말 내 딸일지도 모르죠. 저 애보다는 파일럿이 차라리나를 더 닮았을 겁니다. 나와 헤어지고 몇 년 뒤에 셀린은 저

애를 버리고 웬 음악가인지 가수인지 확실치 않은 남자와 이탈리아로 도망을 쳐버렸습니다. 나는 아델을 아버지로서 부양해야 한다는 저들의 주장을 받아들일 수 없고, 그건 지금도 마찬가지입니다. 저 애는 내 딸이 아니니까요. 하지만 아델이 궁핍하게 지낸다는 얘기를 듣고 모르는 척 할 수가 없어서 파리의 진창에서 끄집어내 이리로 데려왔습니다. 영국 시골 정원의 온전한 토양에서 깨끗하게 자라게 하는 편이 낫겠다 싶어서요. 그리고 페어팩스 부인이 당신을 찾아내 아이의 가정교사 자리를 맡긴 겁니다. 이제 저 애가 프랑스 오페라 댄서의 사생아라는 걸 알았으니, 지금 자리와 당신 학생이 달리 보이겠군요. 이제 곧 나를 찾아와 새로운 가정교사 자리를 알아봐 달라고 간청하겠죠?"

"아뇨. 아델은 제 엄마의 잘못이나 주인님의 잘못에 대해 아무 책임이 없는 아이입니다. 저는 아델을 좋게 보고 있어요. 아델이 부모가 없는 아이라는 걸 알았으니, 그리고 제 엄마에게 버림받고 주인님한테는 딸로 인정받지 못하는 처지이니, 전보다 더 따뜻하게 품어줘야겠어요. 제가 어떻게 저를 친구로 여기고 의지하는 외로운 고아 소녀를 버리고, 가정교사를 성가셔하고 미워하는 버르장머리 없는 부잣집 아이한테 가겠어요?"

"아, 이 상황을 그런 식으로 보는군요! 그럼 나는 이만 들어가 봐야겠습니다. 당신도 이만 들어가요. 날이 어두워지고 있어요."

하지만 나는 아델, 파일럿과 함께 몇 분 더 밖에 머물렀다. 아델과 달리기 경주도 하고 배틀도어(배드민턴의 전신－옮긴이) 채로 셔틀콕을 치며 놀기도 했다. 집으로 들어가서는 아델의 보닛과 외투를 벗기고 내 무릎에 앉혔다. 한 시간 정도 품에 안고 아델이 실컷 수다를 떨게 해주었다. 응석을 받아줄 때면 늘 그렇듯 아델이 버릇없이 굴며 얄팍한 성격을 드러내고 쓸데없는 소리를 늘어놔도 혼내지 않았다. 모친한테서 물려받은 게 분명한 그런 성격은 영국인의 정서와는 잘 맞지 않았다. 그래도 아델은 나름의 장점이 있는 아이였다. 나는 아델의 좋은 점을 최대한 찾아서 칭찬해주고 싶었다. 아델의 얼굴과 이목구비에서도 로체스터 씨와 닮은 구석을 찾아보려 애썼는데 아무리 봐도 없었다. 특징적인 생김새나 표정 변화를 봐도 전혀 닮은 구석이 없었다. 안타까운 일이었다. 아델이 조금이라도 로체스터 씨와 닮은 점이 있었으면 그도 아델을 조금은 더 귀하게 여겼을 텐데.

그날 밤 방으로 돌아온 후에야 나는 로체스터 씨에게 들은 얘기를 차분히 곱씹어볼 수 있었다. 그가 말한 내용 자체는 그다지 특별할 게 없었다. 부유한 영국인이 프랑스인 댄서에게 반해 열정을 불사르다가 배신당한다는 얘기는 사교계에서 흔해 빠진 스토리였다. 하지만 요즘 들어 만족스러운 기분을 느끼고 있으며 이 저택과 그 주변에 대해서도 새록새록 즐거움을 느끼고 있다고 별안간 감정을 표출하던 모습은 확실히 묘하기는 했다. 그 점에 대해 곰곰이 생각해보다가 지금 당장 이유를 알 수는 없겠다 싶어 일단 생각을 접었다. 그리고 나에 대한 주인님의 태도 변화에 대해 생각해보기로 했다. 그가 나를 신뢰하고 과거까지 털어놓은 것은 내 분별력을 높이 샀기 때문이라고 할 수 있었다. 나는 그렇게 인정하고 받아들이기로 했다. 일단 지난 수주일 동안 나를 대하는 그의 태도는 일관성이 있었다. 그는 내 존재를 거슬려하지 않는 듯 보였다. 별안간 싸늘하고 오만하게 대하는 짓도 하지 않았다. 예상외의 곳에서 나를 만나도 반가워하는 듯했다. 내게 늘 말을 건네거나 미소를 지어줄 때도 있었다. 정식으로 나를 호출한 자리에서는 어찌나 따뜻하게 맞이해주는지 내가 그를 즐겁게 해줄 힘이라도 가진 듯했다. 나와 함께하는 저녁의 대화 시간도 그는 나 못지않게 즐기는 것 같았다.

나는 비교적 말수가 적었고 그의 얘기를 즐겁게 듣는 편이었다. 그는 천성적으로 말을 잘했다. 세상 물정을 잘 모르는 나 같은 사람에게 세상 곳곳의 새로운 장소와 세상 돌아가는 방식을 알려주고 싶어 했다. (부패한 장소와 사악한 방식을 가르쳐주려 하지는 않았다. 그런 일들이 벌어지는 방대한 세상, 특이하고 색다른 일들에 대해 알려주고 싶어 했다.) 나는 그가 알려주는 새로운 개념을 받아들이고, 그가 묘사하는 새로운 풍경을 상상하면서 그가 펼쳐 보여주는 새로운 영역을 따라다니며 큰 기뿜을 느꼈다. 다소 유해한 암시가 있더라도 크게 놀라거나 곤혹스러워하지는 않았다.

그가 나를 편하게 대해주자 나도 고통스러운 속박에서 벗어날 수 있었다. 그는 친밀하고 솔직하게, 다정하고 올바르게 대해주면서 거리감을 좁혀갔다. 때로는 그가 내 주인이 아니라 친척이라는 생각이 들 정도였다. 때때로 고압적으로 굴 때도 있었지만 나는 크게 싫지는 않았다. 그게 그의 방식이라고 여겼기 때문이다. 내 삶에 더해진 새롭고 흥미로운 상황이 나는 그저 행복하고 좋아서 그동안 품어온 가족에 대한 열망도 한옆에 밀쳐두었다. 초승달처럼 얇기만 하던 내 운명이 커지는 듯하고 삶의 공백이 채워지는 기분이었다. 건강도 좋아져서 살이 오르고 기력도 생겼다.

로체스터 씨가 여전히 내 눈에 못생겨 보였냐고? 아니, 그렇지 않았다. 고맙기도 하고 여러 가지로 유쾌하고 다정한 대화를 나누게 되면서 그의 얼굴은 내가 제일 보고 싶어 하는 대상이 됐다. 그와 한방에 있으면 가장 환하게 타오르는 벽난로를 볼 때보다 더 기분이 좋아졌다. 물론 그의 결점을 다 잊지는 않았다. 그가 때때로 결점을 내 앞에서 드러냈기에 잊을 수도 없었다. 그는 오만하고 냉소적이었으며 열등한 모든 것들에 대해 가혹할 정도로 냉정했다. 나에 대한 그의 크나큰 친절은 다른 많은 이들에게 부당할 정도로 엄격하게 대하는 태도를 벌충하기 위한 게 아닐까 싶을 정도였다. 그는 왜 그러는지 이유를 알 수 없을 정도로 기분 변화가 심했다. 그에게 책을 읽어주기 위해 불려가곤 했는데, 그럴 때면 그는 서재에 홀로 앉아 두 팔을 포개고 그 위에 머리를 기댄 채 엎드려 있다가 고개를 들었다. 어둡고 시무룩하며 악의에 찬 얼굴을 잔뜩 찡그린 모습이었다. 나는 그의 심한 기분 변화와 냉혹함, 과거의 도덕적 결함(지금은 개선된 듯해서 '과거'라고 말했다)의 원인이 잔인한 운명 탓이라 여겼다. 나는 그가 환경이 만들어내고 교육으로 주입받고 운명이 끌어낸 것보다 더 다정한 성격과 고매한 원칙, 순수한 취향을 타고났다고 믿었다. 다소 망가지고 꼬여 있기는 하지만, 그의 내면에는 훌륭한 자질들이 여전히 남아 있다고 믿었다. 나는 다 이해할 수 없는 그의 슬픔에 마음이 아파서 그가 슬픔을 덜어낼 수 있도록 최대한 돕고 싶었다.

촛불을 끄고 침대에 누웠지만 오늘 큰길에서 본 그의 표정이 떠올라 잠을 이룰 수가 없었다. 운명의 여신이 앞에 나타나, 손필드에서 감히 행복하게 살고 싶다면 어디 해보라고 했다던 말을 할 때의 그의 표정.

'왜 행복하면 안 된다는 걸까? 그는 무슨 이유로 그 집에서 소외감을 느끼지? 그가 곧 다시 집을 떠날까? 페어팩스 부인은 그가 한 번에 2주 이상 이 집에 머문 적이 없다고 하셨어. 하지만 지금 그가 여기 머문 지 8주가 다 되어가잖아. 그가 가버리면 그로 인해 달라졌던 내 삶도 우울해지겠지. 그가

없는 봄과 여름, 가을을 생각하면, 햇빛과 화창한 날들도 얼마나 재미없게 느껴질까!'

그런 생각을 하다가 잠이 들었는지 아니면 잠이 들려던 참이었는지 모르겠지만, 희미하게 웅얼거리는 소리에 화들짝 놀라 깨고 말았다. 내 머리 위에서 괴상하고 애처로운 소리가 들리고 있었다. 초를 켜놓을 걸 하는 후회가 밀려왔다. 황량한 밤의 어둠 속에서 영혼마저 짓눌리는 기분이었다. 침대에서 일어나 앉아 그 소리에 귀를 기울였다. 이내 그 소리는 잦아들었다.

다시 잠을 자보려고 했는데 심장이 빠르게 뛰어 도저히 잘 수가 없었다. 마음속 평온은 이미 깨지고 말았다. 홀의 벽시계가 새벽 2시를 알리는 종을 울렸다. 그때 내 방문을 누군가가 만지는 느낌이 들었다. 누군가 패널을 손으로 훑으며 어두운 복도를 지나가는 듯했다.

"누구세요?"

대답이 없었다. 두려움에 등골이 오싹해졌다.

문득 파일럿일지도 모른다는 생각이 들었다. 주방문이 어쩌다 열려 있으면 그리로 들어와 로체스터 씨의 방 앞까지 혼자 올라온 적이 있었다. 아침에 보면 그의 방문 앞에 엎드려 있는 모습을 몇 번 봤다. 그 생각을 하니 불안감이 다소 가라앉아 다시 침대에 누웠다. 정적이 곤두선 신경을 진정시켜주었다. 그대로 집 전체에 고요한 기운이 감돌았다. 다시 잠이 올 것 같기도 했다. 하지만 그날 밤 나는 잠을 잘 운명이 아니었던지, 꿈이 내 귓가에 도달하려는 찰나, 골수를 얼어붙게 하는 일이 생겨난 바람에 꿈은 겁을 먹고 저만치 달아나고 말았다.

무언가에 억눌린 듯 나지막하고 굵은, 악마 같은 웃음소리가 내 방문의 열쇠 구멍을 통해 들려온 것이다. 내 침대 머리 판이 방문 가까이에 있어서 마치 악귀가 내 침대 옆이나 내 베개 바로 옆에 쭈그리고 앉아서 웃어대는 듯 느껴졌다. 나는 침대에서 일어나 주변을 둘러봤지만, 아무것도 보이지 않았다. 주변을 계속 둘러보고 있는데 부자연스러운 그 웃음소리가 또다시 들려왔다. 문득 그 웃음이 벽의 패널 너머에서 들리고 있음을 알아챘다. 벌떡 일어나 방문의 빗장을 잠근 뒤 소리쳤다.

"거기 누구 있어요?"

무언가가 *끄으끄으*대며 신음을 흘렸다. 그리고 얼마 안 있어 발소리는 복도를 지나 3층으로 이어지는 계단통으로 향했다. 얼마 전에 그 계단통 앞에 문이 설치됐는데 그 문이 열렸다 닫히는 소리가 나더니 사방이 조용해졌다.

'그레이스 풀인가? 그 여자가 악마에 사로잡히기라도 한 걸까?'

도저히 혼자 있을 수가 없었다. 페어팩스 부인한테 가야겠다 싶어서 얼른 프록을 입고 숄을 걸쳤다. 떨리는 손으로 빗장을 끄르고 문을 열었다. 복도 매트 위에 불붙은 초 한 자루가 놓여 있었다. 복도에 초가 놓여 있는 것을 보고도 놀랐지만, 연기가 깔린 듯 희미해진 공기 때문에 한층 더 놀랐다. 이 푸릇한 연기가 어디서 흘러나오는지 확인하기 위해 복도 오른쪽과 왼쪽을 번갈아 살펴보았다. 어디선가 독하게 타는 냄새가 났다.

삐걱거리는 소리가 들려 돌아보니 방문 하나가 약간 열려 있었다. 로체스터 씨의 방이었는데 그 방에서 연기가 쏟아져 나오고 있었다. 페어팩스 부인이나 그레이스 풀, 웃음소리를 생각할 겨를이 없었다. 곧장 그 방으로 뛰어 들어갔다. 침대 주변에서 불길이 혀를 날름대고 있었고 커튼에도 불이 붙었다. 불과 연기의 한가운데서 로체스터 씨는 깊은 잠에 빠져 꼼짝 않고 누워 있었다.

"일어나세요! 어서요!"

그를 잡고 흔들었지만 그는 무어라 중얼대면서 돌아누울 뿐이었다. 연기를 마시고 멍해진 상태인 듯했다. 한순간도 낭비할 수 없었다. 이미 침대 시트에 불이 옮겨붙었다. 나는 그의 방에 놓인 대야와 큰 물병 쪽으로 달려갔다. 다행히 대야는 널찍했고 물병도 깊었으며 둘 다 물이 채워져 있었다. 나는 대야와 물병의 물을 침대와 그 침대 주인에게 쏟아부은 뒤 내 방으로 달려갔다. 내 방에 있던 물주전자를 가져와 침대에 더 쏟아부었다. 다행히 불길을 잡을 수 있었다.

불이 꺼지면서 내는 치이익 소리, 물을 쏟아부은 뒤 던져 버린 물병이 깨진 소리, 무엇보다 내가 쏟아부은 물세례 덕분에 드디어 로체스터 씨가 깨어났다. 사방이 캄캄했지만 나는 그가 정신을 차렸음을 알 수 있었다. 그는 물웅덩이 속에서 누워 있게 된 상황에 질색하며 무어라 욕을 내뱉고 있었다.

"홍수라도 난 건가?"

"아뇨. 불이 났어요. 일어나세요. 물에 흠뻑 젖으셨어요. 촛불을 가져다드릴게요."

"제기랄, 맙소사. 거기 제인 에어 양입니까? 당신 마녀야 뭐야. 나한테 무슨 짓을 한 겁니까? 당신 말고 이 방에 또 누구 있어요? 당신이 나한테 물을 쏟아부었어요?"

"초를 갖다 드릴게요. 그리고 제발 일어나세요. 누가 무슨 짓을 벌인 것만은 확실해요. 누구 짓인지, 왜 그랬는지 어서 알아내셔야죠."

"그래요! 일어났어요. 촛불이나 어서 가져와요. 마른 옷으로 갈아입어야 하니 잠깐 기다려요. 마른 옷이 있을까 모르겠네. 아, 여기 잠옷이 있네. 어서 초를 가져와요!"

나는 달려가 복도에 놓여 있는 초를 들고 들어왔다. 그는 내게서 초를 받아 들고 침대를 살펴보았다. 침대는 시커멓게 그을었고 시트는 물에 젖었으며 침대 주변의 카펫도 온통 물바다였다.

"이게 어떻게 된 겁니까? 누구 짓이에요?"

나는 조금 전에 일어난 일들에 대해 그에게 간략히 들려주었다. 복도에서 들려온 괴상한 웃음소리, 3층으로 올라가던 발소리, 그리고 연기, 나를 그의 방으로 이끈 불타는 냄새, 그의 방에서 보게 된 광경, 닥치는 대로 물을 가져다가 그에게 퍼부은 일까지 설명했다.

그는 심각한 표정으로 내 얘기에 귀를 기울였다. 내 얘기를 듣는 동안 그는 놀랐다기보다는 걱정하는 표정이었다. 내가 말을 마친 후에도 그는 바로 입을 열지 않았다.

"페어팩스 부인을 부를까요?"

"페어팩스 부인? 아니, 그럴 필요 없어요. 불러서 뭐 하게. 그 부인이 뭘 할 수 있겠어요? 그냥 자게 둬요."

"그럼 리아라도 불러올게요. 존과 그의 아내도 깨우고요."

"그럴 필요 없다니까. 그냥 가만히 있어요. 숄이나 다시 걸치고. 그래도 추우면 내 망토로 몸을 감싸고 있어요. 저기 안락의자에 앉아 있도록 해요. 내가 입혀줄게요. 바닥이 물에 젖었으니 발은 스툴 위에 올려놓고. 잠깐 나갔다 올게요. 초는 내가 가져가야겠군요. 내가 돌아올 때까지 거기 가만히 앉아 있어요. 3층에 잠깐 올라갔다 올게요. 움직이지 말고, 다른 사람을 불러오지도 말아요."

그는 초를 들고 방 밖으로 나갔다. 조용히 복도를 걸어간 그는 계단 문을 최대한 소리 없이 열었다가 닫았다. 촛불의 희미한 빛이 사라졌다. 나는 완전한 암흑 속에 홀로 남아 있었다. 무슨 소리라도 들릴까 싶어 귀를 기울였지만 아무 소리도 들리지 않았다. 꽤 오랜 시간이 흘렀고, 나는 점점 지쳐갔다. 망토를 걸쳤는데도 추웠다. 어차피 다른 사람들을 깨울 게 아니면 굳이 이 방에 계속 머물 필요는 없었다. 그의 지시를 어겨 그를 불쾌하게 만들어도 어쩔 수 없겠다는 생각이 드는 순간, 복도 벽에 희미한 불빛이 비치더니 신발을 신지 않은 그의 발이 매트를 밟으며 걸어오는 소리가 들렸다.

'다른 흉측한 것이 아니라 제발 주인님이길.'

속으로 이런 생각을 하고 있는데 창백하고 울적한 얼굴을 한 그가 방으로 들어왔다. 그는 방 안의 세면대 위에 초를 내려놓으며 말했다.

"어떻게 된 일인지 알아냈어요. 생각한 대로였습니다."

"어떻게 된 일이에요?"

그는 대답 대신 팔짱을 긴 채 바닥을 내려다보면서 가만히 서 있었다. 몇 분 지난 후에야 그는 다소 어색하게 물었다.

"방문을 열었을 때 당신이 뭔가를 봤다고 했는지 기억이 안 나는데."

"복도에 초가 놓여 있는 것밖에 못 봤어요."

"괴상한 웃음소리를 들었다고 했잖아요? 전에도 들어본 적 있는 웃음소리일 텐데?"

"맞아요. 이 집에서 바느질 일을 하는 그레이스 풀이라는 여자가 그런 식으로 웃었어요. 이상한 여자예요."

"그래요. 그레이스 풀. 그렇죠. 특이한 여자 맞아요. 그 점에 대해 다시 생각을 해봐야겠군요. 오늘 밤에 일어난 일에 대해 자세히 아는 사람이 나 말고, 당신뿐이라 다행입니다. 당신은 멍청하게 수다나 떠는 사람이 아니니까. 이 일에 대해서는 잠자코 있어요. (그가 침대를 가리키며 말했다.) 이 상황에 대해서는 내가 하인들에게 설명할 테니까 그만 방으로 돌아가요. 나는 아침까지 서재의 소파에서 쉬어야겠어요. 어차피 두 시간 후면 하인들이 올라올 겁니다."

"안녕히 주무세요."

내가 나가려 하자 그는 조금 전에 한 말을 잊었는지 놀란 얼굴로 말했다.

"뭡니까? 벌써, 그런 식으로 나를 혼자 두고 가겠다고요?"

"방으로 가라고 하셨잖아요."

"그래도 그냥 가는 건 좀 아니지 않나. 아직 제대로 고맙다는 말도 못 했는데. 이렇게 짧고 무미건조하게 보낼 수는 없어요. 당신은 내 목숨을 구했습니다. 끔찍하게 고통스러운 죽음을 맞지 않도록 날 살려줬어요! 그래 놓고 그냥 낯선 사람 대하듯이 가버리려 하다니! 적어도 악수라도 해야죠."

그러고는 손을 내밀었다. 나도 그에게 손을 뻗었다. 그는 처음에는 한 손으로, 곧 두 손으로 내 손을 잡았다.

"당신 덕분에 살았어요. 이렇게 큰 빚을 진 사람이 당신이라 다행입니다. 더는 뭐라고 말해야 할지 모르겠네요. 이렇게 큰 신세를 지게 된 사람이 당신이 아니라 다른 사람이었으면 난 아마 못 견뎠을 겁니다. 당신이라서, 몸을 짓누르는 압박감을 느끼지 않아도 되겠어요, 제인."

그는 말없이 나를 바라보았다. 그의 입술에서 더 말이 나올 것 같았지만 그는 애써 자제하는 모습이었다.

"안녕히 주무세요. 빚졌다는 생각은 마시고요. 신세라든지, 짐이라든지, 압박감 같은 것도 생각 마세요."

"언젠가 어떤 식으로든 당신이 나를 도와줄 걸 알고 있었어요. 처음 당신을 봤을 때 눈빛에서 읽었죠. 당신의 표정과 미소가…… (그가 말을 더듬었다) 내 마음속 깊은 곳에…… (그가 다시 서둘러 말했다) 아무 이유 없이 환한 빛을 드리웠을 리 없어요. 자연스럽게 통하는 마음이라는 게 있다고 하더군요. 선한 수호신에 관한 얘기도 들은 적 있습니다. 아무리 기괴하게 꾸며낸 이야기라 해도 한 톨의 진실은 있게 마련이에요. 당신은 고마운 수호 요정입니다. 잘 자요!"

그의 목소리에 괴상한 힘이 담겼고 표정에도 묘한 불꽃이 일고 있었다.

"그 시간에 깨어 있어서 다행이었어요."

내가 나가려 하자 그가 또 말했다.

"뭡니까! 정말 가려고요?"

"추워서요."

"춥다고요? 아, 물웅덩이에 서 있었군요! 그래요, 어서 가요, 제인. 어서!"

그는 그렇게 말하면서도 내 손을 붙잡고 있었다. 나는 손을 빼내려고 방법을 생각해냈다.

"페어팩스 부인의 발소리가 들린 것 같아요."

"그렇군요. 어서 가요."

그제야 그는 손가락을 풀어 나를 놓아주었다. 나는 그의 방을 나섰다.

내 침대로 돌아온 후에도 잠은 오지 않았다. 아침이 밝아올 때까지, 솟구치는 기쁨 아래 수심의 파도가 일렁이는 불안한 바다를 떠다니듯 이리저리 뒤척였다. 한 번씩 그 거친 파도 너머로 해변과 뿔라(이사야서 62장 4절. 이스라엘의 빛나는 미래를 상징-옮긴이)의 아름다운 언덕이 보이는 것도 같았다. 한 번씩 희망이 일깨운 신선하고 강한 바람이 불어와 내 영혼을 그곳까지 의기양양하게 데려가기도 했다. 하지만 나는 상상 속에서도 끝내 그곳에 가닿을 수 없었다. 육지 쪽에서 맞바람이 불어와 나를 계속해서 떠밀어냈다. 분별력이 몽환의 환상을 일깨우고, 판단력이 격정에 경고를 보냈다. 너무 들떠 좀처럼 잠들지 못하던 나는 동이 트자마자 바로 일어났다.

16

잠을 설치고 일어난 다음 날, 나는 로체스터 씨가 보고 싶으면서도 한편으로는 그를 만나기가 두렵기도 했다. 그의 목소리를 다시 듣고 싶으면서도 그의 눈을 마주 보는 게 겁이 났다. 이른 아침에 그가 나를 만나러 오지 않을까 기대가 되기도 했다. 그는 교실에 자주 찾아오는 편은 아니었지만 몇 번 들러서 잠시 머물다 나간 적이 있었기 때문이다. 그날은 그가 교실로 찾아올 것 같기도 했다.

하지만 오전은 평소처럼 아무 일 없이 흘러갔다. 아델의 공부를 방해할 만한 일은 일어나지 않았다. 그러나 아침 식사를 마치자마자 로체스터 씨의 방 근처에서 시끌벅적한 소리가 들려왔다. 페어팩스 부인과 리아, 요리사인 존의 아내의 목소리, 그리고 존의 걸걸한 목소리였다. "주인님이 침대에서 타죽지 않으신 게 얼마나 다행인지!" "밤에 초를 켜놓고 자는 건 늘 이렇게 위험하다니까요." "방에 물병이 있다는 걸 생각해내셨다니 하늘이 도우셨죠." "왜 아무도 안 깨우셨나 모르 겠어요!" "서재 소파에서 주무셨다는데 감기에 걸리지 않으셔야 할 텐데."

이런 얘기들이 오가더니 곧장 무언가를 박박 문지르는 소리, 옮기고 치우는 소리가 들려왔다. 점심을 먹으러 아래층으로 내려가면서 그 방 앞을 지나가며 열린 문틈으로 들여다보니 방 안은 완벽하게 정돈된 상태였고 침대 커튼만 벗겨져 있는 상태였다. 창턱 밑의 긴 의자에 올라선 리아가 연기로 시커멓게 그을린 유리창을 문질러 닦고 있었다. 나는 이 사태에 대해 무슨 얘기를 들었는지 궁금해서 리아에게 말을 걸려고 했다. 그런데 다가가면서 보니 방 안에 또 한 명이 보였다. 한 여자가 침대 옆 의자에 앉아서 새 커튼에 고리를 달고 있었다. 바로 그레이스 풀이었다.

고리타분하고 과묵한 평소 모습 그대로였다. 갈색 모직 드레스에 체크무늬 앞치마, 하얀 손수건과 모자를 착용한 그레이스는 지금 하는 일에 온 생각을 집중하고 있는 듯했다. 단단한 이마, 흔하디흔한 이목구비에는 창백하게 질리거나 다급한 기색 따위는 전혀 담겨 있지 않았다. 살인을 시도했고, 어젯밤 살해당할 뻔한 남자에게 본인 방에서 범죄를 추궁받은(그렇다고 믿었던) 여자라고는 볼 수 없는 모습이었다. 놀랍고 어이가 없었다. 빤히 쳐다보는 내 눈길에 그레이스가 눈을 들었다. 그는 움찔하지도, 혈색이 확 붉어지거나 창백해져 감정이나 죄책감, 범행을 들키지 않았을까 하는 두려움을 드러내지도 않았다. 그저 평소처럼 침착하고 간결하게 "좋은 아침이에요, 선생님" 하고 인사를 건네고는 고리와 끈을 더 집어 들고 바느질을 계속할 뿐이었다.

'속을 좀 떠봐야겠어. 저렇게까지 침착한 건 말이 안 돼.'

"좋은 아침이에요, 그레이스. 이 방에 무슨 일 있었어요? 조금 전에 하인들이 모여서 떠드는 소리를 들은 것 같아서요."

"어젯밤에 주인님이 침대에서 초를 켜놓고 책을 보시다가 그대로 잠이 드셨대요. 침대 커튼에 불이 붙었는데 다행히 침대보와 침대 틀에 불이 옮겨붙기 전에 깨셔서 큰 물병에 담긴 물로 불을 끄셨다고 하더라고요."

"이상하네!" 나는 나지막하게 내뱉고는 그를 뚫어져라 바라보며 물었다. "로체스터 씨가 아무도 안 깨우셨어요? 그분이 밤에 그러고 계시는데 아무도 그 소리를 듣지 못했다는 거예요?"

그레이스가 다시 눈을 들어 나를 쳐다봤다. 이번에는 무언가 생각이 있는 표정으로 나를 면밀히 살피는 듯했다.

"하인들이 자는 곳은 여기서 멀리 떨어져 있잖아요, 선생님. 아마 그래서 못 들었을 거예요. 페어팩스 부인과 선생님 방이 주인님의 침실에서 제일 가까운데 페어팩스 부인은 아무 소리도 못 들었대요. 사람이 나이가 들면 잠에 깊게 들곤 하죠." 잠시 말을 멈춘 그레이스는 무심한 척하면서도 확실히 무언가를 의식하는 투로 덧붙였다. "하지만 선생님은 젊으니 얕은 잠을 잘 수도 있겠네요. 간밤에 무슨 소리를 들으셨어요?"

"들었어요." 나는 유리창을 닦고 있는 리아의 귀에 들리지 않도록 목소리를 낮췄다. "처음에는 파일럿인 줄 알았어요. 하지만 파일럿이 웃음소리를 낼 수는 없잖아요. 분명 웃음소리, 그것도 괴상한 웃음소리를 들었거든요."

그레이스는 실을 한 가닥 잡고 조심스럽게 왁스 칠을 한 뒤 흔들림 없는 손으로 바늘귀에 실을 꿰었다. 그리고 여전히 침착한 태도로 내 표정을 관찰하며 말했다.

"위험한 상황에 놓인 주인님의 웃음소리였을 리는 없을 것 같네요. 선생님이 꿈이라도 꾸신 모양이에요."

"꿈을 꾼 게 아니에요."

그레이스의 뻔뻔하고 차분한 태도에 화가 치민 나는 목소리에 다소 열을 올렸다. 그러자 그레이스는 여전히 내 표정을 세심히 살피면서 뭔가를 아는 듯한 눈으로 물었다.

"주인님께도 웃음소리를 들었다고 말했어요?"

"오늘 아침에 뵙지를 못해서 말할 기회가 없었어요."

"어제 방문을 열고 복도로 나가볼 생각은 안 해봤어요?"

그레이스는 나한테서 어떤 정보를 캐내려는 듯 따져 묻는 말투였다. 내가 이 일에 관해 알고 있거나 적어도 그를 의심하고 있음을 알아채면, 나한테 악의에 찬 짓을 할지도 모른다는 생각이 퍼뜩 들었다. 몸을 사려야겠다 싶었다.

"아뇨. 방문에 빗장을 지르고 자서요."

"평소에는 잠자리에 들기 전에 방문을 안 잠그고 자요?"

'이런 악마 같은 여자를 봤나! 내 습관에 대해 알아내서 나를 해칠 계획이라도 세우려는 건가!'

신중해야 하는 상황이지만 분노가 앞섰다. 나는 날카롭게 대답했다.

"지금까지는 방문을 잠그는 걸 깜빡할 때도 있었어요. 굳이 그럴 필요 없다고 생각해서요. 손필드 홀에서는 방문을 안 잠그고 자도 위험하거나 불쾌한 일은 없을 거라고 생각했거든요. 하지만 앞으로는, 자기 전에 꼭 방문을 잠가야겠어요(나는 이 말에 특히 힘을 주었다)."

"그러는 게 현명하죠. 여긴 사건 사고 없이 조용한 동네고, 손필드 홀이 지어진 이래로 이 저택에 강도가 들었다는 얘기도 들어본 적이 없어요. 저택의 그릇장에 수백 파운드어치는 될 만한 그릇들이 쌓여 있는데도요. 주인님이 여기 오래 머물지 않으셔서, 저택치고는 하인 수도 별로 없잖아요. 총각이시라 시중들 일이 별로 없기도 하고요. 어쨌든 안전 문제에 대해서만큼은 최대한 조심하는 게 좋겠죠. 자기 전에 문도 꼭 잠가야 하고요. 어떤 불상사가 일어날지 모르니 방에 빗장을 걸어 잠그는 게 좋아요. 하느님의 가호에 모든 걸 다 맡기고 스스로 조심하지 않는 사람들이 많은데, 제 생각엔 그래요. 하느님은 최소한의 보호 수단도 강구하지 않는 사람들까지 보호해주진 않을 것 같아요. 현명하게 자기 보호 수단을 강구하는 사람들에게 하느님의 은총도 따르는 거겠죠."

그러고는 입을 닫았다. 평소 퀘이커 교도처럼 얌전하고 말수가 적은 그레이스로서는 꽤 길게 말을 한 것이었다.

놀라울 정도로 침착하고 위선적으로 구는 그의 모습에 말문이 막혀 멍하니 서 있는데 존의 아내가 들어와 그레이스에게 말했다.

"풀 부인. 하인들의 점심 식사가 곧 준비될 건데 내려오실래요?"

"아뇨. 흑맥주 1파인트랑 푸딩만 조금 쟁반에 담아주세요. 위층으로 가지고 올라가게요."

"고기도 좀 드려요?"

"조금만요. 치즈도 약간. 그거면 돼요."

"사고sago(사고야자나무에서 나오는 쌀알 모양의 흰 전분 - 옮긴이) 빵은요?"

"지금은 됐어요. 차 마시는 시간 전까지 다시 내려올게요. 음식은 위층에서 알아서 먹을게요."

요리사가 나를 돌아보면서 페어팩스 부인이 기다리고 있다고 전했다. 나는 그 방을 나섰다.

점심 식사 시간에 페어팩스 부인이 침대 커튼에 불이 붙은 얘기를 늘어놨지만 내 귀에는 거의 들어오지 않았다. 그레이스 풀이라는 수수께끼 같은 인물에 관한 생각으로 머릿속이 가득 차버렸다. 손필드 홀에서 그레이스가 어느 정도 지위를 누리고 있는지, 그날 아침 어째서 그가 불을 지른 범인으로 지목되어 방에 감금되지 않았는지, 적어도 주인님을 모시는 일에서는 배제되어야 마땅하지 않은지 등을 곰곰이 생각했다. 어젯밤 로체스터 씨는 그레이스가 불을 지른 게 분명하다고 확신에 차 있었다. 그런데 어째서 그레이스에게 화재에 대한 책임을 추궁하지 않았을까? 왜 나더러 그 일에 관해 함구하라고 했을까? 이상했다. 대담하고 복수심이 강하며 오만한 신사가 집안일을 하는 사람 중에서도 제일 지위가 낮은 바느질 담당 하녀에게 휘둘리고 있다니. 그레이스가 얼마나 대단한 힘을 가졌길래 자기 목숨에 위협을 받았는데도 살해 시도를 한 그레이스에게 벌을 주기는커녕 추궁조차 안 하는 걸까.

그레이스가 젊고 예뻤으면 로체스터 씨가 신중하기 위해서나 두려워서가 아니라, 마음이 약해져 그랬을 수도 있다고 생각할 수 있을 것이다. 하지만 그레이스는 인상이 좋지 않고 나이도 지긋하니 로체스터 씨가 그의 미색에 흔들렸다고 볼 수는 없을 듯했다.

'하지만 그레이스도 예전에는 젊었잖아. 주인님과 같은 시절에 젊은 날을 보냈겠지. 예전에 페어팩스 부인에게 듣기로 그레이스는 수년째 이 저택에서 일하고 있다고 했어. 예쁘지는 않지만, 잘은 몰라도 외모적 약점을 상쇄할 만큼 독특한 개성이나 성격적인 장점이 있을지도 몰라. 로체스터 씨는 단호하고 특이한 여자를 좋아하는 취향인 것 같은데. 예전에 나한테도 보였던 것 같은 갑작스러운 변덕(로체스터 씨처럼 강하고 고집불통인 성격을 가진 사람이면 당연히 그런 변덕을 부릴 수 있다) 때문에 그레이스에게 옴짝달싹 못하게 된 거라면, 그래서 그레이스가 지금 로체스터 씨에게 은밀한 영향력을 행사하고 있는 거라면, 그분이 지각없이 행동한 탓이니 쉽게 떨쳐버리거나 무시할 수 없겠지?'

그런데 여기까지 생각하고 보니 그레이스의 각지고 굴곡 없는 몸매와 못나고 메마르다 못해 거칠기까지 한 얼굴이 마음에 걸렸다.

'아니야. 불가능해! 아무래도 잘못 추측한 것 같아.' 그때 누구나 심장 속에 간직하고 있는 비밀스러운 목소리가 입을 열었다. '너도 아름답지 않잖아. 그런데도 로체스터 씨는 너를 좋게 보셔. 적어도 넌 그렇다고 생각하고 있지. 어젯밤에 그가 한 말과 표정, 목소리를 떠올려봐!'

물론 생생히 기억하고 있었다. 그가 한 말과 눈빛, 말투까지 전부. 나는 교실에 있고 아델은 그림을 그리는 중이었다. 내가 허리를 굽히고 연필 쓰는 방법을 지도해주자 아델은 약간 놀란 표정으로 눈을 들었다.

"Qu'avez-vous, mademoiselle? vos doigts tremblent comme

la feuille, et vos joues sont rouges: mais, rouges comme des ceris-es!(무슨 일 있으세요, 선생님? 선생님 손가락이 잎사귀처럼 떨려요. 양 볼은 체리처럼 빨갛고요!)"

"구부정하게 서 있으니까 열이 올라서 그래, 아델!"

아델은 스케치를 계속했고 나는 다시 상념에 빠져들었다.

그레이스 풀에 관한 혐오에 찬 생각을 서둘러 마음에서 몰아냈다. 기분이 좋지 않았다. 나를 그 여자와 비교하다니. 우린 엄연히 달랐다. 베시 레븐은 나더러 숙녀가 다 됐다고 했다. 그 말은 사실이었다. 나는 숙녀니까. 베시가 그 말을 했을 때보다 지금 내 상태는 확연히 좋아졌다.

좀 더 큰 희망을 품고 기쁨을 누리며 생활한 덕분에, 혈색이 좋아졌고 몸에 살도 붙었으며 생기와 활력이 돌았다.

나는 창밖을 내다보며 중얼거렸다.

"저녁때가 다 됐네. 오늘은 집 안에서 로체스터 씨의 목소리나 발소리를 전혀 듣지 못했어. 밤이 되기 전에는 볼 수 있겠지. 아침에는 그를 보게 될까 봐 두려웠는데 지금은 보고 싶어. 보고 싶은데 오랫동안 못 봤더니 점점 못 참겠어."

드디어 땅거미가 졌다. 수업을 마친 아델이 소피와 놀기 위해 유아실로 건너가자, 로체스터 씨를 만나고 싶다는 내 열망은 더욱 강해졌다. 아래층에서 종이 울리기를, 리아가 말을 전하러 올라오기를 기다리며 애를 태웠다. 몇 번이나 로체스터 씨의 발소리가 들린 것 같아 교실 문 쪽으로 고개를 돌리기도 했다. 문이 열리고 그가 들어올 것 같아서였다. 하지만 문은 줄곧 닫혀 있었고 창문으로 어둠이 밀려들었다. 그래도 아주 늦은 시간은 아니었다. 평소에 그는 저녁 7시나 8시쯤에도 나를 호출하곤 했으니까. 지금은 아직 6시였다. 지레 실망하기에는 이른 시간이었다. 그에게 할 말이 무척 많았다! 그레이스 풀에 관한 얘기를 다시 꺼내고 그에게 대답을 듣고 싶었다. 어젯밤에 그를 죽이려는 끔찍한 시도를 한 사람이 정말 그레이스라고 믿는지 분명히 묻고 싶었다. 그렇게 믿는다면 왜 그가 저지른 사악한 짓을 비밀로 묻어두는지도 알고 싶었다. 내 호기심 때문에 그가 짜증을 내도 상관없었다. 나는 요즘 그를 성가시게 하다가 달래다가 하는 일에 재미를 붙였다. 즐겁기는 했지만 지나치다 싶으면 본능적으로 멈췄고 그가 화를 낼 만한 경계선을 넘어간 적은 한 번도 없었다. 그런 극단적인 줄타기를 하면서 내 능력을 시험해보는 일이 그저 좋았다. 덕분에 사소한 면에서도 그에 대한 존경심을 잃지 않고 적절히 내 위치를 지키면서, 두려움이나 불안감 없이 그와 편안하게 논쟁을 할 수 있었다. 우린 둘 다 그런 논쟁을 즐겼다.

이윽고 계단을 올라오는 발소리가 들렸다. 하지만 페어팩스 부인의 방에 차가 준비돼 있다는 것을 알려주러 온 리아였다. 그래도 아래층으로 내려갈 핑계가 생겨 좋았다. 아래층으로 내려가면 로체스터 씨가 있는 곳에 조금이라도 가까이 있게 될 것이다.

내가 방으로 들어가자 마음씨 좋은 페어팩스 부인이 말했다.

"차라도 마셔요. 아까 점심을 거의 안 먹던데. 오늘은 몸 상태가 별로 좋지 않은가 봐요. 얼굴이 붉고 열이 나는 것 같네요."

"아, 괜찮아요! 몸 상태는 어느 때보다 좋아요."

"그럼 식욕이 좋다는 걸 보여줘야죠. 내가 이 바늘에서 실을 떼어내는 동안 찻주전자에 물을 채워줄래요?"

바느질을 마무리한 부인은 일어서서 창문의 블라인드를 내렸다. 낮 동안 햇빛을 최대한 많이 들이려고 블라인드를 올려두었던 것 같았다. 땅거미가 빠르게 지고 있어 블라인드를 내리자 방 안이 확연히 어두워졌다.

"오늘 저녁은 날씨가 좋네요." 부인은 유리창 너머를 내다보며 말했다. "별빛은 보이지 않지만요. 외출하신 로체스터 씨가 밤길을 다니기에 좋은 날씨예요."

"외출이라고요? 어디 가셨어요? 외출하신 줄 몰랐는데."

"아, 아침 식사를 마치자마자 바로 외출하셨어요! 리스라는 곳에 가셨는데, 에슈턴 씨 저택이 있는 곳이에요. 밀코트 반대편 지역이고 여기서 15킬로미터쯤 떨어져 있어요. 아마 그 집에서 파티가 열릴 거예요. 잉그럼 경, 조지 린 경, 덴트 대령님 같은 분들이 모이겠죠."

"오늘 밤에는 집으로 돌아오실까요?"

"아뇨. 내일도 안 오실 거예요. 거기서 일주일 이상 머무르실 것 같아요. 멋진 상류층 인사들이 모여 우아하고 유쾌한 모임이 계속되겠죠. 온갖 흥미롭고 재미있는 유흥거리도 넘쳐날 테고요. 그러니 누가 굳이 서둘러 돌아가려 하겠어요. 그런 모임에 신사분들이 빠지면 서운하죠. 로체스터 씨는 사교계에서 재능 있고 활기찬 분으로 알려져 있어서, 참석자들 사이에서도 좋은 평을 받으실 거예요. 숙녀분들도 로체스터 씨를 무척 좋아해요. 외모 때문에 숙녀분들의 눈에 차지 않을 거라고 생각할 수도 있지만, 학식과 능력을 갖춘 데다 재산과 좋은 집안까지 가지셨으니 외모가 좀 떨어져도 충분히 매력을 발휘하실 거예요."

"리스에 숙녀분들도 오세요?"

"에슈턴 씨와 그분의 세 따님이 참석하시겠죠. 세 아가씨 모두 아주 우아하세요. 그리고 고결한 블랜치 잉그럼 양과 메리 잉그럼 양도 오실 텐데, 아마 참석자 중에 제일 아름다운 분들일 걸요. 6, 7년 전쯤에 열여덟 살이던 블랜치 잉그럼 양을 뵌 적이 있어요. 로체스터 씨가 주최한 크리스마스 무도회에 참석하러 오셨을 때였죠. 그날 식당의 풍경을 선생님도 봤어야 하는데. 굉장히 호화롭게 장식됐고 조명도 눈부시게 밝았어요! 50명쯤 되는 신사 숙녀분들이 참석하셨을 거예요. 다들 이 지역에서 제일가는 고위층이셨어요. 블랜치 양은 그날 저녁 참석자들 중 가장 아름다웠죠."

"직접 보셨다니 여쭤볼게요, 페어팩스 부인. 외모가 구체적으로 어땠어요?"

"키가 크고 가슴도 깨끗하고 어깨선도 예쁘게 쳐졌어요. 길고 우아한 목, 까무잡잡하지만 맑은 올리브색 피부, 고상한 이목구비, 로체스터 씨처럼 크고 까만 데다 보석처럼 빛나는 눈을 가지셨죠. 까마귀처럼 새까만 머리카락을 잘 어울리게 단장하셨어요. 긴 머리카락을 땋아서 머리 뒤로 왕관처럼 둘렀죠. 길고 윤기 나는 앞머리는 곱게 말았고요. 순백색 드레스를 입으셨는데 어깨와 가슴을 가로질러 호박색 스카프를 비스듬히 두르고 한옆으로 매듭을 지어서 술 장식이 달린 긴 끝자락이 무릎 아래까지 늘어지게 하셨죠. 머리에도 호박색 꽃을 꽂으셨어요. 흑옥색 고수머리와 대조를 이뤄서 어찌나 잘 어울리던지."

"다들 보고 감탄했겠네요?"

"그럼요. 아름다울 뿐 아니라 재능도 갖춘 분이었거든요. 그날 노래를 부른 숙녀 중 한 분이셨어요. 한 신사분이 피아노 연주를 해주셨는데 블랜치 양은 로체스터 씨와 듀엣을 하셨어요."

"로체스터 씨가 노래를요? 노래를 하시는 줄 몰랐어요."

"아! 멋진 베이스 목소리를 갖고 계세요. 음악에 관한 식견도 뛰어나시고요."

"블랜치 양의 목소리는 어땠어요?"

"풍성하고 힘 있는 목소리죠. 노래를 유쾌하게 부르시더라고요. 그분의 노래를 듣고 있으니 기분이 좋아졌어요. 나중에 악기 연주도 하셨어요. 저는 음악을 잘 모르지만 로체스터 씨는 잘 아시거든요. 로체스터 씨는 블랜치 양의 연주가 훌륭하다고 하셨어요."

"아름답고 재능 많은 그 숙녀분은 아직 미혼인가요?"

"그럴걸요. 블랜치 양도 그렇고 자매인 메리 양도 물려받을 재산이 많지 않은 걸로 알아요. 두 분의 아버님이신 잉그럼 경의 재산이 대부분 사유지라서 장남이 거의 다 물려받았거든요."

"부유한 귀족 자제나 상류층 인물 중에 지금껏 블랜치 양을 마음에 들어 하는 분이 없었던 건가요? 예를 들어 로체스터 씨 같은 경우도 상당히 부유하시잖아요?"

"아! 그렇죠. 하지만 두 분 나이 차이가 너무 많이 나서요. 로체스터 씨는 마흔에 가까운 나이인데 블랜치 양은 겨우 스물다섯 살이에요."

"그게 문제가 되나요? 더 어울리지 않는 사람들도 매일 짝을 이루는데."

"그렇죠. 하지만 로체스터 씨가 그런 쪽으로 생각하고 계실 것 같지는 않아요. 그런데 전혀 먹질 않네요. 차만 마시고 음식은 전혀 입에 대질 않네요."

"그런가요. 갈증이 너무 나서 음식은 안 넘어가서요. 차 한 잔 더 주시겠어요?"

로체스터 씨와 아름다운 블랜치 잉그럼 양이 맺어질 가능성에 관한 얘기를 다시 이어가려는데 아델이 들어온 바람에 대화의 방향이 다른 쪽으로 흘러갔다.

혼자 있게 되자 나는 지금까지 들은 정보를 머릿속으로 곱씹어보았다. 내 마음을 들여다보고 그 안의 생각과 감정을 살펴보았다. 그러다 문득 정처 없이 까마득하게 흘러가는 상상의 조각들을 안전한 상식의 범주 안으로 엄격하게 밀어 넣으려 애썼다.

내 머릿속 기억은 어젯밤 이후로 품어온 희망과 소망, 감정 그리고 지난 2주 동안 내가 탐닉해온 전반적인 마음 상태를 모조리 드러냈다. 그러자 이성이 앞으로 나와 특유의 고요한 말투로 있는 그대로의 사실을 늘어놓았다. 그동안 내가 현실을 부정하고 이상을 게걸스럽게 탐해왔다는 내용이었다. 나는 이에 대해 판결을 내렸다.

제인 에어보다 더 멍청한 인간, 제인 에어보다 더 환상에 휘둘리고 달콤한 거짓말로 스스로를 속이며 독을 꿀처럼 빨아들이는 바보는 없다는 판결이었다.

'로체스터 씨가 너를 좋아한다고? 네가 로체스터 씨를 즐겁게 해주는 힘을 가졌다고? 네가 로체스터 씨에게 중요한 사람이라고? 웃기지 마! 네 어리석음에 신물이 나. 상류층 가문의 신사가 널 좀 마음에 들어 했다고 해서, 세상 물정 잘 아는 남자가 풋내기에게 간간이 호의를 좀 보였다고 해서 기뻐 어쩔 줄 모르는 꼴이라니. 어떻게 감히 그런 생각을 해? 불쌍하고 멍청하구나! 너 자신을 챙기기 위해서라도 좀 더 현명해질 수는 없니? 오늘 아침에도 넌 어젯밤의 그 짧은 순간을 수없이 머릿속에 떠올렸지? 창피한 줄 알아! 그분이 네 눈에 대해 칭찬을 좀 했다 이거지? 멍청한 강아지도 아니고! 눈 제대로 뜨고 네가 얼마나 분별없이 구는지 잘 봐! 윗분에게 받는 칭찬에 마음이 흔들려 봤자 좋을 거 하나 없어. 그분이 아랫사람과 결혼하실 리도 없잖아. 어떤 여자든 마음에 품은 은밀한 사랑에 스스로 불까지 붙이는 건 완전히 미친 짓이야. 보상도 못 받고 알릴 수도 없는 마음이니 결국 목숨까지 끝장날 수 있어. 만약 그 마음을 상대가 알아주고 응답을 받는다고 해도 결국 도깨비불에 이끌리듯이 도망칠 수 없는 황무지의 수렁으로 빠져들고 말 거야.

형을 선고할 테니 잘 들어, 제인 에어. 내일, 네 앞에 거울을 놓고 분필로 네 초상화를 충실하게 그려. 결점을 가리지 말고, 거친 선도 빠뜨리지 말고, 마음에 안 드는 부분을 생략하지 말고. 그리고 그 밑에 이렇게 써. "천애 고아이며 가난하고 평범한 가정교사의 초상".

그리고 부드러운 상아색 종이를 꺼내. 네 미술 재료 상자 안에 한 장 들어 있을 거야. 팔레트를 꺼내 제일 신선하고 곱고 또렷한 색깔의 물감들을 준비해. 낙타털로 만든 제일 섬세한 붓을 골라서 상상할 수 있는 가장 사랑스러운 얼굴을 신중하게 그려. 페어팩스 부인에게 들은 블랜치 잉그럼 양의 모습 그대로, 가장 부드러운 농담과 아름다운 색조로 칠을 해. 까맣고 윤기 나는 곱슬머리와 동양적인 눈동자를 잊지 마. 뭐야! 로체스터 씨를 모델로 삼아 그리겠다니! 안 돼! 징징대지 마! 감상에 빠지지도 마! 후회도 하면 안 돼! 오직 분별과 결단성만 있으면 돼. 위엄은 갖췄지만 조화로운 얼굴 모양, 고대 그리스풍의 목과 가슴을 잊지 마. 둥글고 눈부신 팔과 고운 손도 그려. 그 손에 끼워진 다이아몬드 반지와 금팔찌도 빠뜨리면 안 돼. 전체적인 차림, 하늘하늘한 레이스, 반짝이는 공단 천, 우아한 스카프와 황금색 장미 자수도 충실하게 그려 넣어. 그리고 그 밑에 이렇게 제목을 붙여. "상류층 가문의 교양 있는 숙녀 블랜치 양의 초상".

나중에라도 로체스터 씨가 널 좋게 생각한다는 착각이 들 때마다 두 그림을 꺼내 비교하면서 이렇게 말해. "로체스터 씨는 마음만 먹으면 이 귀하디귀한 아가씨의 사랑을 얻을 수 있어. 그런 분이 나처럼 가난하고 하찮은 평민을 진지하게 생각이나 하시겠니?"라고.'

'꼭 그렇게 할 거야'라고 나는 결심을 굳혔다. 이렇게 결심하고 나니 마음이 차분해져 비로소 잠을 제대로 잘 수 있었다.

나는 자신에게 내린 판결을 따랐다. 크레용으로 내 초상화를 그리는 데는 한두 시간이면 족했다. 그리고 2주일 만에 가상의 블랜치 잉그럼 양의 세밀 초상화를 완성했다. 초상화 속 얼굴은 무척 예뻤다. 분필로 그린 내 초상화와 비교해보니, 내 자제심이 원했던 만큼이나 두 그림의 차이는 현격했다. 이 일을 하면서 또 다른 좋은 점도 있었다. 머리와 손을 바쁘게 움직일 수 있었고, 나에 대한 새로운 생각을 가슴 속에 분명하고 확고하게 새겨 넣을 수 있었다.

얼마 지나지 않아, 내 감정을 다스리기 위한 훈련 과정에서 자신을 칭찬할 일이 생겼다. 그동안의 훈련 덕분에 나는 품위 있고 차분하게 여러 가지 일에 대처할 수 있었다. 만약 준비되지 않은 상태에서 그런 일을 겪었더라면 겉으로조차 절대 감당할 수 없었을 것이다.

17

일주일이 지나도록 로체스터 씨한테서는 아무 소식도 없었다. 열흘이 지났는데도 그는 돌아오지 않았다. 페어팩스 부인은 그가 그대로 리스에서 런던으로, 그리고 유럽으로 떠나버린다고 해도, 그리고 앞으로 1년 동안 손필드에 얼굴 한 번 안비춘다고 해도 놀라운 일은 아닐 거라고 했다. 원래 그는 그런 식으로 갑작스럽고 예고 없이 떠나버리곤 한다고 했다. 그말을 듣자 가슴 속이 이상하게 시리고 무너져 내리는 기분이들었다. 실망감 때문에 속까지 울렁거릴 정도였다. 하지만 이내 정신을 바짝 차리고 내가 세운 원칙을 떠올리면서 감각들이 제구실을 하게 만들었다. 일시적으로 무너진 마음을 잘 추스른 내가 대견할 정도였다. 로체스터 씨가 어디로 가든 그일에 내가 지대한 관심을 가지는 것은 명백한 잘못임을 인지한 덕분이었다. 비굴하게도 열등감 때문에 스스로를 낮춘 것은 아니었다. 오히려 나는 속으로 이렇게 되뇌었다.

'넌 손필드 홀의 주인과 아무 관계도 아니야. 그분의 피후견인을 가르치고 급료를 받는 가정교사일 뿐이야. 주인이 존중해주고 친절하게 대우해주는 걸 감사히 여기면 되는 거야. 그분이 인정하는 너와 그분 사이의 인연은 딱 그 정도인 거야. 그러니 그분을 네 섬세한 감정과 황홀감, 고뇌의 대상으로 삼아서는 안 돼. 그분은 너와 급이 맞지 않아. 주제를 알아야지. 자존감이 넘치다 못해 온 마음과 영혼, 기력을 다 바치는 사랑을 하고 싶겠지만, 그런 사랑을 원치도 않고 경멸할 뿐인 사람에게 바치려고 하지 마.'

나는 그날 해야 할 일을 조용히 해나갔다. 하지만 이따금 내 이성은 내가 손필드 홀의 일을 그만두어야 할 이유를 늘어놓았다. 새로 광고에 낼 문구를 생각해보거나 새로운 환경에서 살아보면 어떨지를 추측해보기도 했다. 그런 생각까지 막을 필요는 없을 듯했다. 어쩌면 이런 생각들이 싹을 틔우고 열매를 맺을 수도 있으니까.

로체스터 씨가 집을 비운 지 2주일쯤 지났을 때 배달부가 페어팩스 부인에게 편지를 전했다.

부인은 주소지를 보며 말했다.

"주인님이 보내신 편지네요. 주인님이 돌아오실 건지 아닌지 드디어 알 수 있겠어요."

부인이 봉투의 봉인을 깨고 편지를 읽는 동안 나는 커피를 계속 마셨다(우리는 아침 식사 중이었다). 커피가 뜨거웠다.

나는 얼굴이 갑작스럽게 달아오른 이유를 뜨거운 커피 탓으로 돌려야 했다. 손은 왜 그렇게 떨리는지. 나도 모르게 컵에 담긴 내용물을 받침 접시에 반이나 쏟고 말았다. 그 이유에 대해서는 굳이 생각하지 않기로 했다.

"그동안 우리가 너무 조용히 살고 있는 게 아닌가 하는 생각을 했는데, 이제 꽤 바빠지게 생겼네요. 당분간이지만."

페어팩스 부인은 안경 앞에 편지를 들어올린 채로 말했다.

편지 내용을 알려달라고 말하고 싶었지만 우선 풀려버린 아델의 앞치마 끈부터 매주었다. 아델에게 빵을 하나 더 먹게 하고 머그에 우유를 다시 채워주었다. 그리고 무심한 척 물었다.

"로체스터 씨가 곧 돌아오신다는 소식은 아니죠?"

"사흘 안에 돌아오신다고 여기 적혀 있네요. 다음 주 목요일이에요. 혼자 오시는 게 아닌가 봐요. 몇 분이나 되실지 모르겠지만 리스에서 만난 상류층 분들도 같이 오실 모양이에요. 제일 좋은 침실들을 준비해놓고, 서재와 응접실도 청소해 놓으라고 편지로 지시하셨어요. 조지 여관에서든 어디서든 주방 하녀들을 몇 명 더 구해와야겠어요. 숙녀분들은 시녀를, 신사분들은 하인을 데려오실 테니 집이 아주 꽉 차겠네."

페어팩스 부인은 아침을 서둘러 마저 먹은 뒤 지시를 이

행하러 갔다.

사흘 동안은 페어팩스 부인이 예상한 대로 몹시 바빴다. 나는 손필드 홀의 모든 방들이 전부 깔끔하게 잘 정돈돼 있다고 생각했는데 잘못 알았던 모양이었다. 외부에서 여자 일꾼 세 명이 더 동원돼서 다들 쓸고 닦고 페인트를 벗겨내고 카펫을 털어댔다. 그림을 내렸다가 다시 걸고, 거울과 샹들리에를 윤나게 문질렀다. 각 침실의 벽난로에 불을 지피고, 눅눅해진 깃털 침대와 침대보를 난롯불에 바짝 말렸다. 처음 보는 광경이었다. 아델은 그 한가운데서 신나게 뛰어다녔다. 손님맞이 준비를 하는 모습을 보면서 곧 도착할 손님들에 대한 기대감으로 잔뜩 들떠 있는 듯했다. 아델은 소피에게 본인이 '투알렛'이라고 부르는 예복을 전부 꺼내게 한 뒤, 유행이 지난 옷들은 손질하고 새 옷들은 환기해 걸어놓으라고 했다. 그래놓고 본인은 청소 중인 앞쪽 방 아무 곳에나 들어가 이리저리 뛰어다니거나, 침대 위로 올라갔다가 폴짝 뛰어내리거나, 매트리스에 드러누워 뒹굴거리거나, 굴뚝으로 세찬 숨을 내뿜는 거대한 벽난로 앞에서 베개 받침과 베개를 쌓아 올리며 놀았다. 당분간은 수업도 없었다. 페어팩스 부인이 나를 압박해 일을 돕게 했기 때문이었다. 나는 종일 창고에서 부인과 요리사를 도왔다(어쩌면 방해한 것이었을 수도 있다). 커스터드와 치즈 케이크, 프랑스식 페이스트리를 만들고, 새의 날개와 다리를 묶고, 디저트를 장식하는 것 같은 일이었다.

손님들은 목요일 오후 만찬 시간에 맞춰 6시에 도착할 예정이었다. 그때까지 나는 머릿속에 잡념을 떠올릴 겨를조차 없었다. 아델만큼은 아니지만 나도 활기차고 명랑한 모습이었다. 하지만 유쾌한 기분이 불쑥불쑥 꺾이고, 나도 모르게 의심과 불길한 전조, 우울한 추측에 빠져들곤 했다. 특히 3층 (최근 줄곧 닫혀 있던)의 계단통 문이 천천히 열리고, 단정한 모자와 흰 앞치마, 손수건을 갖춘 그레이스 풀의 모습이 보였을 때 더욱 그랬다. 그레이스가 얼룩무늬 슬리퍼를 신고 소리 없이 복도를 걸어가는 모습이 보일 때, 그 여자가 청소 중이라 몹시 분주한 침실 안을 슬며시 들여다보면서 청소 담당 하녀에게 쇠살대를 문질러 닦거나 대리석 벽난로 선반을 청소하거나 벽지에서 오염을 없애는 방법에 관해 한마디씩 하고 지나갈 때도 마찬가지였다. 그레이스는 하루에 한 번 주방으로 내려와 식사를 하고 벽난로 부근에서 파이프 담배를 피우다가, 흑맥주 병을 들고 위층의 음침하기 짝이 없는 자기 방으로 올라가곤 했다. 그 방에서 혼자 그렇게 술을 마시는 모양이었다. 그 여자는 하루 24시간 중 딱 한 시간만 아래층의 동료 하인들과 어울렸고, 나머지 시간은 3층의 참나무로 만들어진 천장 낮은 방에서 보냈다. 지하 감옥에 갇힌 죄수처럼, 그 방에 홀로 앉아 바느질을 하고 음울하게 웃으면서.

무엇보다 이상한 것은 나를 제외하고는 이 집 사람들 중 누구도 그의 괴상한 습관을 눈여겨보거나 의아하게 생각하지 않는다는 것이었다. 그레이스의 지위나 하는 일에 대해 이 러쿵저러쿵 떠드는 사람도 없고, 그의 고독이나 고립을 동정 하는 사람도 없었다. 한번은 리아와 청소 담당 하녀가 그레이 스에 관해 나누는 얘기를 들은 적이 있었다. 리아가 무슨 말을 했는데, 그 부분은 내가 듣지 못했고, 청소 담당 하녀의 대답 부터 들었다.

"그 여자가 높은 급료를 받나 봐요?"

"맞아요. 나도 그렇게 많이 받으면 좋겠어요. 내 급료가 적어서 불평하는 건 아니지만요……. 손필드가 급료에 인색 한 편은 아니거든요. 하지만 풀 부인이 받는 급료에 비하면 5분의 1 수준이에요. 풀 부인은 저축도 하고 있어요. 분기마 다 밀코트 시내에 있는 은행에 가더라고요. 그렇게 모으면 나 중에 이 집을 떠나도 독립적으로 살 수 있겠죠. 이 집 생활에 익숙해진 것 같으니 당장 떠나지는 않겠지만요. 나이가 마흔 도 안 됐는데 힘도 좋고 능력도 있잖아요. 그런 사람이 일을 빨리 그만둘 필요는 없죠."

"일을 잘하기는 하나 봐요."

"아! 일은 똑 부러지게 해요. 누구보다 잘하죠." 그리고 리아는 의미심장하게 덧붙였다. "풀 부인이 받는 만큼 돈을 준다고 해도 누가 대신할 수 있는 일도 아니고요."

"하긴 그래요. 혹시 주인님께서……"

청소 담당 하녀가 말을 하려는데, 고개를 돌린 리아가 나를 보더니 얼른 그 하녀의 옆구리를 쿡 찔렀다.

그러자 청소 담당 하녀가 소곤거렸다.

"저분은 모르시나 봐요?"

리아는 고개를 저었고 그들의 대화는 거기서 끝났다. 그 때까지 주위들은 얘기로 추측하자면, 손필드 홀에 뭔가 비밀이 있고 나는 그 비밀로부터 의도적으로 소외당한 거였다.

드디어 목요일이 됐다. 손님맞이를 위한 준비는 전날 저녁에 모두 완료됐다. 하인들은 카펫을 깔고, 침대에 커튼을 달았으며, 눈부시게 하얀 침대보를 깔았고, 화장대를 정돈했고, 가구를 윤이 나게 닦았고, 꽃병에 꽃을 꽂아두었다. 침실과 휴게실 모두 사람 손으로 할 수 있는 최대한으로 깔끔하고 밝게 꾸몄다. 홀도 박박 문질러 닦았다. 조각이 새겨진 커다란 벽시계와 계단, 계단통의 난간도 정성스레 닦아 유리처럼 반짝반짝하게 윤기를 냈다. 식당의 사이드보드 탁자 위에는 눈부시게 반짝이는 식기들이 놓였다. 이국적인 꽃들로 거실과 내실 곳곳을 장식했다.

오후가 되자 페어팩스 부인은 본인이 가진 옷 중 제일 좋은 검은색 공단 드레스를 차려입고 손에 장갑을 꼈으며 금시계를 착용했다. 오늘 페어팩스 부인은 손님들을 맞이하고 숙녀들을 각자의 방으로 안내하는 일을 맡았다. 그걸 보더니 아델도 드레스를 입고 싶어 했다. 그날 아델이 손님들에게 소개될 가능성은 별로 없어 보였지만, 나는 아델의 기분을 좋게 해주기 위해 소피의 도움을 받아 짧은 모슬린 프록을 입어도 좋다고 허락했다. 나는 굳이 옷을 갈아입을 필요가 없었다. 내 성소聖所와도 같은 교실을 나갈 일도 없을 거라고 생각했다. 교실은 내게 정말 성소 같은 곳이 됐다. 그야말로 '고난 받을 때에 피신할 쾌적한 성(시편 9장 9절에 나오는 '고난 받을 때에 피신할 견고한 성'이라는 구절을 변형시킨 말―옮긴이)'이었다.

따뜻하고 평화로운 봄날이었다. 여름의 전조처럼 따스한 햇살이 대지를 비추는, 3월의 끝 혹은 4월의 시작을 향해 나아가는 나날이었다. 어느새 날은 저물고 저녁이 되었지만, 아직 온기가 남아 있었다. 나는 창문을 열어놓고 교실에 앉아 일을 하고 있었다.

바스락거리는 옷을 입은 페어팩스 부인이 교실로 들어오며 말했다.

"늦네요. 로체스터 씨가 말씀하신 시간보다 한 시간 늦게 만찬을 준비하라고 하인들에게 이르길 잘한 것 같아요. 지금 6시가 넘었어요. 길에 손님들이 보이는지 알아보라고 존을 대문으로 내려보냈어요. 거기서는 밀코트 방향으로 한참 멀리까지 내다보이거든요." 부인은 창밖을 내다보더니 말했다. "저기 오네요! (그가 창밖으로 고개를 내밀었다.) 존, 손님들이 보여요?"

"오고들 계세요. 10분 안에 도착하시겠어요."

아델도 날듯이 창문 앞으로 달려갔다. 나도 뒤따라가 밖에서 내 모습이 보이지 않도록 커튼 뒤에 몸을 숨기고 창문 옆에 조심스럽게 가 섰다.

존이 말한 10분이 긴 시간처럼 느껴졌다. 하지만 어느새 마차 바퀴 소리가 들려오기 시작했다. 네 명이 말을 타고 먼저 달려오고 있었고 그 뒤로 무개마차 두 대가 오고 있었다. 펄럭이는 베일과 하늘거리는 깃털로 장식된 마차들이었다. 말을 타고 오는 이들 중 두 명은 늠름한 자세의 젊은 신사들이었고, 세 번째는 본인의 검은 말 메즈로를 탄 로체스터 씨였다. 파일럿은 로체스터 씨보다 약간 앞서서 뛰어오고 있었다. 로체스터 씨 옆에서 나란히 말을 타고 오는 이는 젊은 숙녀였다. 로체스터 씨와 그 숙녀가 일행 중 제일 앞에서 오고 있었다. 숙녀의 보라색 승마복 치맛자락은 거의 바닥을 쓸다시피 했고, 베일은 산들바람에 길게 펄럭였다. 검고 윤기 나는 고수머리가 투명하게 접힌 베일 속에서 빛을 발했다.

"블랜치 잉그럼 양이 오셨네요!"

페어팩스 부인은 이렇게 외치며 본인이 맡은 역할을 하기 위해 서둘러 아래층으로 내려갔다.

긴 진입로를 지나온 행렬은 저택의 각진 모퉁이를 빠르게 돌아 지나갔다. 그들의 모습은 더 이상 내 눈에 보이지 않았다. 아델은 아래층으로 내려가게 해달라고 애원했지만 나는 아델을 무릎에 앉히고 다독였다. 내려오라는 지시가 없으면 지금도 그렇고 앞으로도 절대 숙녀들 앞에 모습을 드러낼 생각을 해서는 안 된다고, 멋대로 행동했다가는 로체스터 씨가 굉장히 화를 낼 거라고 알아듣게 타일렀다. 이 말을 들은 아델의 뺨에서 눈물이 흘렀지만 내가 엄격한 표정을 짓자 아델은 조용히 눈물을 닦으며 입을 닫았다.

아래층 홀에서 왁자하고 유쾌한 소리가 들려왔다. 신사들의 굵은 목소리와 숙녀들의 은처럼 고운 억양이 조화롭게 어우러지는 가운데, 손필드 홀 주인이 낭랑한 목소리로 아름다운 숙녀들과 점잖은 신사들에게 환영 인사를 건넸다. 이어서 계단을 올라오는 가벼운 발소리가 들리고, 복도를 걸어가는 소리, 부드럽고 명랑한 웃음소리, 문이 여닫히는 소리가 연달아 들리더니 한동안 잠잠해졌다.

"Elles changent de toilettes. (다들 옷을 갈아입고 있어요.)"

손님들의 움직임 하나하나에 귀를 쫑긋 세우던 아델이 한숨을 쉬며 말했다.

"Chez maman, quand il y avait du monde, je les suivais partout, au salon et à leurs chambres; souvent je regardais les femmes de chambre coiffer et habiller les dames, et c'était si amusant: comme cela on apprend. (엄마 집에서 손님들이 오시면 전 거실에서부터 방까지 손님들을 계속 따라다녔어요. 시녀들이 숙녀들의 옷을 입혀주고 머리 손질을 해주는 모습을 구경하는 게 엄청 재미있었거든요. 구경하면서 배우기도 했죠.)"

"배고프지 않니, 아델?"

"*Mais oui, mademoiselle: voilà cinq ou six heures que nous n'avons pas mangé.*(예, 배고파요, 선생님. 뭘 먹은 지 대여섯 시간은 지났잖아요.)"

"지금 숙녀분들이 각자 방에 들어갔으니까 내가 잠깐 내려가서 먹을 걸 좀 가져올게."

조심스럽게 은신처를 나선 나는 곧바로 주방과 연결되는 뒤쪽 계단을 이용해 아래층으로 내려갔다. 주방에서는 화덕에 불을 피워놓고 식사 준비가 한창이었다. 수프와 생선 요리는 식당으로 내가기 바로 직전으로 보였다. 요리사는 온몸과 마음을 다 불사르겠다는 듯 화덕을 향해 몸을 기울인 모습이었다. 하인들이 머무는 방에는 마부 두 명과 사내종 세 명이 벽난로 앞에 서거나 앉아 있었다. 시녀들은 숙녀들과 함께 위층에 있는 게 분명했다. 밀코트에서 임시로 데려온 하인 몇 명이 이리저리 돌아다니며 바쁘게 일을 돕고 있었다. 혼란스러운 분위기 속에서 겨우 식품 저장실을 찾아간 나는 식은 닭고기와 빵 한 롤, 타르트 약간, 접시 한두 개와 나이프, 포크를 챙겼다. 전리품을 손에 들고 서둘러 걸음을 옮겼다. 복도로 나가서 뒷문을 닫으려는데 웅성대는 소리가 들려왔다. 숙녀들이 방에서 나오기 시작하는 모양이었다. 교실로 가려면 숙녀들 방 앞을 지나가야 할 텐데, 자칫 잘못하면 음식을 손에 든 모습을 그들에게 보일 수도 있었다. 나는 창문이 없어 어두컴컴한 복도 끄트머리에 잠시 서 있기로 했다. 해가 저물면서 황혼이 짙어지고 있어서 그쪽은 꽤 진한 그림자가 져 있었다.

이윽고 방문이 열리고 아름다운 여자들이 하나둘씩 방을 나섰다. 다들 화사하고 가분가분한 걸음이었다. 땅거미 속에서 그들의 드레스가 어슴푸레 빛났다. 그들은 복도 끝에 잠시 모여 서서 달콤하고 활기차면서도 부드러운 목소리로 얘기를 나눴다. 그리고 빛나는 안개가 언덕을 굴러 내려가듯, 거의 발소리를 내지 않고 계단을 내려갔다. 그들이 그렇게 함께 움직이는 모습을 보고 있자니, 명문가의 우아함이라는 게 바로 저런 것이구나 싶었다. 나로서는 처음 보는 광경이었다.

교실 앞에 가서 보니 아델이 교실 문을 살짝 열고 밖을 내다보고 있었다. 아델이 영어로 감탄을 쏟아냈다.

"정말 아름다운 숙녀들이에요! 아, 저분들한테 가서 인사를 드릴 수 있으면 얼마나 좋을까! 로체스터 아저씨가 만찬이 끝나면 우리를 내려오라고 부르시겠죠?"

"글쎄, 그러진 않을 것 같아. 로체스터 씨도 생각할 게 있어 바쁘실 거야. 오늘 밤은 숙녀들 생각 그만해. 내일은 만날 수 있겠지. 여기 먹을 거 가져왔어."

아델은 배가 무척 고팠는지 닭고기와 타르트를 먹는 동안은 숙녀들 얘기를 하지 않았다. 음식을 챙겨오길 다행이었다. 안 그랬으면 아델과 나, 소피까지 쫄쫄 굶을 뻔했다. 아래층 하인들은 만찬 준비에 너무 바빠서 우릴 챙길 겨를이 없어 보였다. 밤 9시가 되어서야 식당으로 디저트가 나갔고, 10시

329

에도 하인들은 쟁반과 커피잔을 들고 부산스레 식당을 드나들었다. 나는 평소보다 늦게까지 아델이 자지 않고 의자에 앉아 있게 두었다. 아델은 아래층에서 문 여닫히는 소리, 사람들이 시끄럽게 돌아다니는 소리 때문에 잠을 잘 수가 없다고 했다. 자려고 옷을 벗었는데 아래층에서 로체스터 씨가 내려오라는 전갈을 보내면 어떻게 하냐고 덧붙였다.

"Et alors quel dommage!(그럼 너무 속이 상할 거예요!)"

나는 아델이 듣고 있는 동안 최대한 오래 이야기를 들려주었고, 기분 전환을 위해 복도로도 데리고 나갔다. 홀에는 줄곧 램프가 켜져 있어서 아델은 난간 너머로 하인들이 왔다 갔다 하는 모습을 내려다보며 즐거워했다. 밤이 깊어지자, 피아노를 옮겨다 놓은 거실에서 음악 소리가 흘러나왔다. 아델과 나는 계단 꼭대기에 앉아 음악 소리에 귀를 기울였다. 피아노의 풍성한 선율과 함께 노랫소리가 들려왔다. 곱고 아름다운 숙녀의 노랫소리였다. 독창이 끝나자 이중창이 시작됐고 잠시 후 합창으로 이어졌다. 노래 중간중간에 그들은 유쾌하게 담소를 나눴다. 나는 한참 귀를 기울였다. 문득 나는 내 귀가 뒤섞인 목소리들을 분석하면서, 온갖 억양들 사이에서 로체스터 씨의 목소리를 가려내고 있음을 알아챘다. 곧장 그 목소리를 포착한 후에는 불분명하게 들리는 그의 말소리를 구별해내려 하고 있었다.

벽시계가 밤 11시를 알렸다. 아델을 보니 어느새 내 어깨에 머리를 기댄 모습이었다. 눈꺼풀이 잔뜩 무거워져 있었다. 아델을 안아 들고 침대로 데려가 눕혔다. 새벽 1시가 다 되어서야 신사 숙녀 들은 각자의 방으로 들어갔다.

다음 날도 전날과 마찬가지로 날씨가 좋았다. 로체스터 씨와 손님들은 집 근처에서 소풍을 즐겼다. 그들은 오전에 일찌감치 길을 나섰는데 몇 명은 말을 탔고 나머지는 마차로 이동했다. 나는 그들이 저택을 떠났다가 돌아오는 모습을 모두 지켜보았다. 전에도 그랬던 것처럼 블랜치 양은 숙녀들 중에 유일하게 말을 탔고, 로체스터 씨는 그의 옆에서 말을 달렸다. 두 사람은 나머지 일행과 약간 거리를 두고 달리고 있었다. 나는 함께 창밖을 내다보던 페어팩스 부인에게 그 두 남녀를 손으로 가리키며 말했다.

"저 두 사람이 결혼할 생각을 하지는 않을 것 같다고 하셨죠. 그런데 로체스터 씨는 다른 숙녀들보다 확실히 저분에게 마음이 있는 것 같네요."

"그러게요. 블랜치 양을 흠모하는 것 같네요."

"블랜치 양도요. 지금도 마치 둘이 비밀 얘기를 하는 것처럼 로체스터 씨 쪽으로 고개를 기울이고 있어요. 저분의 얼굴을 보고 싶네요. 아직 얼핏이라도 보질 못했어요."

"오늘 저녁에 보게 될 거예요. 오늘 로체스터 씨한테 아델이 숙녀들에게 인사를 하고 싶어 한다는 얘길 어쩌다 하게 됐거든요. 로체스터 씨가 이렇게 말씀하셨어요. '아! 만찬 끝

나고 거실로 오라고 하세요. 에어 양과 함께 오라고 하면 되겠
군요.'"

"그냥 예의상 하신 말씀이겠죠. 저까지 갈 필요는 없잖
아요."

"그게, 제가 선생님은 이런 모임에 익숙하지 않을 거라
고, 시끌벅적하고 낯선 사람들 앞에 나서는 걸 안 좋아할 거
라고 말씀을 드렸거든요. 그런데 로체스터 씨는 '말도 안 되는
소리! 싫다고 하면 내가 특별히 오라고 했다고 전해요. 그래
도 싫다고 하면, 내가 직접 가서 데리고 올 거라고 하세요'라
고 하시는 거예요."

"주인님이 그런 수고를 하시게 할 수는 없죠. 다른 수가
없으니 아델과 같이 갈게요. 솔직히 내키지는 않아요. 부인도
그 자리에 함께 있으실 거죠?"

"아뇨, 난 안 있겠다고 했어요. 로체스터 씨는 그러라고
하셨고요. 손님들 앞에서 정식으로 거실에 입장하면 당황스
럽고 기분도 좋지 않을 테니까 그런 상황을 피하는 요령을 알
려줄게요. 거실이 비어 있을 때, 그러니까 숙녀들이 식당의 식
탁 앞을 떠나기 전에 미리 거실에 들어가는 거예요. 구석지고
조용한 곳을 찾아서 앉아 있어요. 그리고 신사분들이 다 들어
올 때까지 그곳에 머물 필요는 없어요. 로체스터 씨에게 그 자
리에 와 있는 모습만 보이고 슬쩍 빠져나오면 돼요. 그럼 다른
손님들 눈에는 띄지 않을 거예요."

"손님들이 여기 오래 머무르실까요?"

"2, 3주 정도 계실 거예요. 그 이상은 아니고요. 부활절 기간이 끝나면 조지 린 경이 시내로 가서 회의에 참석하셔야 하거든요. 조지 린 경이 최근에 밀코트 시의원으로 당선되셨어요. 로체스터 씨도 조지 린 경과 함께 가실 것 같아요. 로체스터 씨가 이번에는 손필드 홀에 생각보다 훨씬 오래 머물고 계셔서 놀라울 정도예요."

아델을 데리고 거실로 가야 하는 시간이 다가올수록 조금씩 두려움이 밀려들었다. 아델은 그날 저녁 숙녀들 앞에 나서게 될 거라는 얘기를 들은 후부터 종일 흥분 상태였다. 소피가 옷을 입혀주기 시작해서야 비로소 차분해졌다. 옷을 입고 치장하는 일이 얼마나 중요한지를 깨닫고 흥분을 가라앉힌 것이었다. 고수머리를 매끈하게 빗고 아래로 늘어뜨린 뒤 분홍색 공단 프록을 입고 긴 장식용 허리띠를 매고 레이스 장갑까지 끼고 나니 아델은 마치 판사처럼 근엄한 모습이었다. 옷을 다 입고 나서 아델은 구김이 가지 않도록 공단 치맛자락을 살짝 들어올리고 작은 의자에 얌전히 앉았다. 옷맵시를 흐트러뜨리지 말라고 경고할 필요도 없을 듯했다. 내가 채비를 마칠 때까지도 그 자리에서 꼼짝 안 할 것 같은 모습이었다. 나는 준비를 금방 끝마쳤다. 내가 가진 제일 좋은 옷(템플 선생님의 결혼식 때 사서 입고 그 후 한 번도 입지 않은 은회색 드레스)으로 갈아입고 머리를 빠르게 매만졌다. 유일한 장식인 진주 브

로치를 착용하는 것으로 치장은 끝났다. 우리는 함께 아래층
으로 내려갔다.

다행히 손님들이 만찬을 즐기며 모여 앉아 있는 휴게실
을 통과하지 않고도 다른 문을 통해 거실로 갈 수 있었다. 거
실은 비어 있었다. 대리석 벽난로 안에서 큼직한 불이 조용히
타고 있었고, 탁자 위를 장식한 아름다운 꽃들 사이에서 밀랍
초 하나가 홀로 빛을 발하고 있었다. 아치문 앞에는 진홍색 커
튼이 드리워졌다. 바로 옆 휴게실에 있는 손님들과 우리 사이
에는 커튼뿐이었지만 말소리가 워낙 낮아서 조그맣게 웅얼대
는 소리로만 들릴 뿐 정확한 대화 내용은 알 수 없었다.

방 안의 엄숙한 분위기에 짓눌린 아델은 내가 가서 앉으
라고 한 발 받침대에 얌전히 앉아 한마디 말도 하지 않았다.
나는 창턱 아래 긴 의자에 앉아서 근처 탁자에 놓인 책을 집
어 들고는 읽으려고 애썼다. 아델은 내 발치로 발 받침대를 가
져와 앉더니 내 무릎에 손을 얹었다.

"왜 그래, 아델?"

"*Est-ce que je ne puis pas prendre une seule de ces fleurs
magnifiques, mademoiselle? Seulement pour completer ma toi-
lette.*(여기 있는 예쁜 꽃 한 송이만 가져도 될까요, 선생님? 제 옷에
장식하게요.)"

"옷차림에 너무 신경 쓰는 것 같구나, 아델. 원한다면 꽃
한 송이는 가져도 돼."

나는 꽃병에서 장미 한 송이를 뽑아 아델의 허리띠 안쪽에 끼워 넣어주었다. 아델은 마치 행복의 컵이 그것으로 다 채워진 듯 몹시 기뻐하며 만족스런 한숨을 내쉬었다. 나는 자꾸만 나오려는 미소를 감추려 고개를 옆으로 돌렸다. 이 어린 파리 아가씨의 옷에 대한 진지하고 천성적인 애착은 웃기면서도 마음 아픈 구석이 있었다.

사람들이 의자에서 일어서는 소리가 조그맣게 들려왔다. 이윽고 아치문을 가린 커튼이 젖혀지자 그 너머 식당이 보였다. 긴 식탁에 놓인 은식기와 화려한 디저트용 유리 식기에 화려한 불빛이 쏟아지고 있었다. 아치문 앞에 서 있던 몇몇 숙녀들이 거실로 들어오고 그들 뒤로 커튼이 다시 닫혔다.

숙녀는 여덟 명이었는데 막상 안으로 들어온 숙녀들은 실제보다 더 많아 보였다. 그들 중 몇몇은 키가 무척 컸고 대부분 흰 옷을 입었으며 하나같이 바닥에 끌릴 정도로 기다란 옷을 입었다. 그래서 안개에 달이 확대되어 보이듯이 그들의 수도 실제보다 많아 보인 것이다. 나는 의자에서 일어나 한쪽 다리를 뒤로 약간 빼고 무릎을 굽히며 인사를 했다. 한두 명은 고개를 끄덕여 화답했지만 나머지는 빤히 쳐다볼 뿐이었다.

그들은 거실 이곳저곳으로 흩어졌다. 움직임이 가볍고 경쾌해서 마치 흰 깃털을 가진 새들을 보는 듯했다. 몇 명은 소파와 오토만 의자에 눕다시피 앉았고 몇 명은 탁자 앞에 앉아 꽃과 책을 들여다보았다. 나머지는 벽난로 앞에 모여 앉아

나지막하지만 자기네끼리는 늘 써온 또렷한 말투로 대화를 나눴다. 나는 그들의 이름을 나중에 알았지만 편의상 지금 그들의 이름을 언급하면서 설명하도록 하겠다.

우선, 에슈턴 부인과 그의 두 딸들이 있었다. 젊은 시절 꽤 미인이었을 것 같은 에슈턴 부인은 여전히 미모를 간직한 모습이었다. 큰딸 에이미는 체구가 작았는데, 순진하고 아이 같은 얼굴과 태도와는 달리 몸매는 상당히 뇌쇄적이었다. 흰 모슬린 드레스와 파란색 허리띠가 무척 잘 어울렸다. 둘째 딸 루이자는 언니보다 키가 크고 우아한 모습이었다. 얼굴은 무척 예쁜 편이었는데, 프랑스어로 '*minois chiffoné*(개성 있는 미인)'라는 종류의 미모였다. 두 자매 모두 백합처럼 고왔다.

린 부인은 몸집이 크고 튼튼해 보이는 40대 여성으로, 자세가 곧고 대단히 오만해 보이는 인상이었다. 보는 각도에 따라 색깔이 다르게 보이는 화려한 공단 소재 원피스를 입었다. 윤기 나는 검은 머리카락을 하늘색 깃털로 장식했고 보석 띠로 만든 장식 고리를 착용했다.

덴트 대령 부인은 덜 화려한 차림이었지만 내가 보기엔 누구보다 더 숙녀다웠다. 자그마한 체구에 희고 점잖은 얼굴, 금발을 가진 분이었다. 그의 검은 공단 드레스, 화려한 외제 레이스 스카프, 진주 장식은 린 부인의 무지갯빛 휘황한 드레스보다 아름다워 보였다.

키가 제일 컸기 때문일 수도 있지만 이 방에 들어온 여자들 중 제일 눈에 띄는 세 명이 바로 잉그럼 부인과 그의 두 딸 블랜치와 메리였다. 그들은 키가 상당히 큰 편이었다. 잉그럼 귀부인의 나이는 마흔에서 쉰 사이로 보였고 몸매는 여전히 좋은 편이었다. 머리카락도 여전히(촛불에 비친 것이긴 하지만) 검었다. 치아도 아직 완벽해 보였다. 누가 봐도 나이에 비해 빼어난 미모를 가진 부인이라고 평할 만했다. 몸만 보면 확실히 그랬다. 하지만 태도와 얼굴에는 지독한 오만함이 배어 있었다. 로마인 같은 이목구비와 기둥처럼 목 아래로 바로 이어지는 이중 턱 때문에 인상이 다소 과장되고 어두워 보였고, 주름마저도 거만함의 표시인 듯 느껴졌다. 기이할 정도로 곧게 뻗은 턱도 그런 인상을 풍기는데 일조했다. 사납고 냉정해 보이는 눈은 리드 부인의 눈을 떠올리게 했다. 말할 때 들어보니 목소리는 낮고 굵었고 억양에는 허세가 배어 있었으며, 심하게 독단적인 성격이 엿보였다. 진홍색 벨벳 드레스에 숄을 이용한 터번을 머리에 둘렀는데, 터번은 금실로 수를 놓은 인도 천이었다. 그런 차림 때문인지 마치 왕족 같은 위엄을 풍겼다. (그런 효과를 노리고 그렇게 차려입었으리라는 생각도 든다.)

블랜치와 메리는 키가 비슷했다. 둘 다 포플러 나무처럼 자세가 곧고 키가 컸다. 메리는 키에 비해 너무 마른 편이었지만 블랜치는 사냥의 여신 디아나처럼 몸이 탄탄해 보였다. 나는 특별히 관심을 갖고 블랜치를 바라보았다. 그 이유는 첫째, 그의 외모가 페어팩스 부인이 묘사했던 대로인지 확인하고 싶었다. 둘째, 내가 상상으로 그린 초상화와 닮은 부분이 있는지 궁금했다. 셋째, 로체스터 씨가 좋아하는 취향의 여성인지 (앞으로 밝혀지겠지만) 알고 싶었다.

전체적으로는 내가 그린 초상화와 페어팩스 부인의 설명과 대체로 일치하는 편이었다. 고결해 보이는 가슴, 곱게 쳐진 어깨선, 우아한 목, 검은 눈동자와 검은 고수머리. 하지만 얼굴은 어땠을까? 얼굴은 모친을 빼닮았다. 아직 젊어서 주름은 없지만 무척 닮은 모습이었다. 좁은 이마, 도드라진 이목구비, 오만한 인상. 다만 모친처럼 음침한 분위기가 감도는 오만함은 아니었다. 블랜치는 잘 웃는 편이었는데 웃음에 늘 빈정거림이 배어 있었다. 웃을 때마다 습관적으로 한쪽 입꼬리가 거만하게 올라갔다.

천재는 자의식이 강하다는 말이 있다. 블랜치 양이 천재인지는 모르겠지만 자의식은 강해 보였다. 그것도 대단히. 블랜치 양은 점잖은 덴트 부인과 식물학에 관한 대화를 나누기 시작했다. 덴트 부인은 꽃을, 특히 야생화를 좋아하는데 과학적으로 파고든 적은 없는 듯했다. 블랜치 양은 식물학을 공부했는지 전문 용어를 잔뜩 섞어가면서 말을 늘어놓았다. 가만 보니 블랜치 양은 (말 그대로) 덴트 부인의 무지를 약점 삼아 가지고 노는 것처럼 보였다. 그 교묘한 태도를 보니 확실히 성품이 좋지는 않은 듯했다. 블랜치 양은 악기를 잘 다뤘고 연주도 훌륭하게 해냈다. 아름다운 목소리로 노래도 잘 불렀다. 모친에게 말할 때 프랑스어를 썼는데 유창하고 억양도 좋았다.

메리는 블랜치보다 성격이 온화하고 좀 더 솔직해 보이는 모습이었다. 이목구비도 좀 더 부드러웠고, 피부색도 조금 더 밝았다(스페인 사람처럼 피부가 까무잡잡한 블랜치 양에 비해). 하지만 전체적으로 생기가 없었다. 무표정했고 눈에 총기라곤 없었다. 사람들과 말을 섞고 싶지도 않은지, 한번 자리에 앉으면 벽감 속 조각상처럼 꼼짝도 안 했다. 잉그럼 자매는 둘 다 티 하나 없이 새하얀 드레스 차림이었다.

로체스터 씨가 블랜치 양을 짝으로 선택할 가능성이 커 보였냐고? 글쎄, 모르겠다. 그가 여성의 어떤 아름다움에 끌리는 취향인지 나로서는 알 수 없었다. 만약 그가 당당한 여성을 좋아한다면 블랜치 양은 당당한 여성의 표본이라고 할 수 있었다. 그는 다방면으로 재능도 있었다. 대부분의 신사가 블랜치 양을 흠모하고 있지 않을까. 그런 면에서 로체스터 씨도 블랜치 양을 마음에 두고 있을 수도 있었다. 벌써 결정적인 증거라도 확보한 기분이었다. 이제 마지막 의심을 거두기 위해, 두 사람이 함께 있는 모습을 살펴볼 일만 남았다.

독자 여러분, 내가 상념에 잠겨 있는 내내 아델이 내 발치의 발 받침대에 꼼짝 안 하고 앉아 있었을까. 아니었다. 숙녀들이 거실로 들어오자 아델은 벌떡 일어나 그들 앞으로 가서 우아하게 인사를 한 뒤 위엄 있게 말했다.

"*Bon jour, mesdames.*(안녕하세요, 숙녀분들.)"

블랜치는 비웃음 어린 표정으로 아델을 내려다보며 소리
쳤다.

"어머, 인형 같은 아이네!"

린 부인이 나섰다.

"로체스터 씨가 후원해주시는 그 아이인가 보네. 그분이
전에 말씀하신 프랑스 소녀요."

덴트 부인이 다정하게 아델의 손을 잡고 볼에 뽀뽀를 해
주었다. 에이미와 루이자 에슈턴이 거의 동시에 외쳤다.

"어쩌면 이렇게 사랑스러울까!"

에슈턴 자매는 아델을 소파로 불러 자기네들 사이에 앉
혔다. 아델은 프랑스어와 서툰 영어를 섞어가며 재잘거렸다.
젊은 숙녀들 뿐 아니라 에슈턴 부인과 린 부인의 관심까지 사
로잡은 아델은 한껏 만족스러운 표정이었다.

마침내 하인들이 커피를 가져오고 신사들을 거실로 안내
했다. 나는 어둑한 곳에 조용히 앉아 있었다. 환하게 불이 밝
혀진 거실에 그림자 진 곳이 있다고 해야 할지 모르겠지만, 창
문의 커튼이 내 몸을 반쯤 가려주고 있기는 했다. 아치문의 커
튼이 젖혀지고 신사들이 거실로 들어오기 시작했다. 여럿이
모여 선 신사들의 모습은 숙녀들의 모습 못지않게 위풍당당
했다. 다들 검은 옷을 입었는데 대체로 키가 큰 편이었다. 그
중에는 청년들도 있었다. 헨리 린과 프레더릭 린은 특히 활기
가 넘쳤다. 덴트 대령은 훌륭한 군인다운 모습을 하고 있었고,

이 지역 치안 판사인 에슈턴 씨는 신사다운 모습을 하고 있었다. 에슈턴 씨는 머리카락은 백발인데 눈썹과 구레나룻은 아직 검어서 연극에서 묘사되는 전형적인 귀족 아버지 같은 모습이었다. 젊은 시어도어 잉그럼 경은 누이들과 마찬가지로 키가 대단히 컸다. 누이들처럼 잘생겼지만 메리처럼 심드렁하고 무기력한 표정이었다. 핏속의 혈기나 뇌의 활력은 별로 없고 팔다리만 길쭉한 사람 같았다.

로체스터 씨는 어디 있을까?

그는 마지막으로 들어왔다. 나는 아치문 쪽을 쳐다보고 있지 않았지만 그가 들어온 걸 알아챘다. 지갑을 뜨고 있던 나는 그물 뜨는 바늘에 신경을 집중하려 애썼다. 지금 하고 있는 일만 생각하고, 내 무릎에 얹힌 은색 구슬과 비단실에만 시선을 모으고 싶었다. 하지만 내 시야에는 그의 모습이 분명하게 들어왔고, 그를 마지막으로 봤을 때의 모습을 다시 떠올리고 말았다. 그가 몹시도 필요로 하던 구원의 손길을 내가 그에게 뻗었을 때, 그가 내 손을 잡고 내 얼굴을 내려다보면서, 열정이 넘치는 눈빛으로 나를 바라봤을 때의 모습이었다. 그때는 나도 그와 같은 감정이었다. 그 순간 그와 얼마나 가깝게 느껴졌는지 모른다! 그 후 대체 무슨 일 때문에 그와 내 입장이 이렇게 바뀌어버린 걸까? 우리 둘 사이는 너무나 멀어지고 어그러졌다! 사이가 너무 소원해져서 그가 내게 다가와 말을 걸 것 같지도 않았다. 그가 내게 눈길 한 번 주지 않고 거실 저쪽

의자에 앉아 다른 숙녀들과 대화를 시작한 것도 놀라운 일이 아니었다.

그의 관심이 숙녀들에게 가 있다는 것을 알게 되고, 그에게 들킬 염려가 없다는 생각이 들자, 내 눈은 나도 모르게 그의 얼굴로 향했다. 나는 눈꺼풀을 의지대로 제어할 수가 없었다. 눈꺼풀이 멋대로 떠지고 홍채는 그에게 고정되었다. 나는 그를 멍하니 바라보았다. 기쁘고 그 순간이 소중하면서도 가슴이 아렸다. 순수한 금 같은 행복 속에서 강철처럼 날카로운 고통을 느꼈다. 갈증으로 죽어가다가 겨우 우물을 찾아 기어간 사람이 그 우물물에 독이 있다는 것을 알면서도 어쩔 수 없이 허리를 숙이고 물을 마실 때와 같은 심정이었다.

'아름다움은 보는 이의 눈에 달려 있다'라는 말이 있는데, 틀림없는 사실이다. 로체스터 씨의 혈색 없는 올리브색 얼굴, 각지고 넓은 이마, 숱 많은 검은 눈썹, 깊은 눈, 강한 이목구비, 단호하고 엄숙한 입매는 활력과 결단력, 의지가 느껴지기는 했지만 일반적인 아름다움과는 거리가 멀었다. 하지만 내게는 단순한 아름다움 이상이었다. 나에게는 무척이나 흥미롭고 영향력이 큰 요소들이었다. 그 요소들 때문에 나는 감정을 제어할 수 없었고 그에게 자꾸 빠져들었다. 그를 사랑하려고 의도한 것은 아니었다. 오히려 내 영혼 속에서 탐지된 사랑의 싹을 뽑아내려고 얼마나 애썼는지 모른다. 그를 다시 보게 되자 이 싹은 자발적으로 푸르고 강하게 되살아났다! 내게 눈길

한 번 주지 않으면서도 그는 내가 그를 사랑하게 만들었다.

나는 그를 손님들과 비교하기 시작했다. 우아하고 정중한 린 형제, 나른하면서도 우아한 잉그럼 경, 군인답게 절도 있는 덴트 대령의 모습은 활기 있고 진정한 힘을 가진 그의 모습과 어떻게 달랐을까? 나는 그들의 외모나 표정을 보고도 아무 감흥을 느끼지 못했다. 여느 관찰자 같았으면 매력적이고 잘생겼으며 당당한 그들에 비해, 로체스터 씨는 인상이 험악하고 우울해 보인다고 평가했을 수도 있을 것이다. 나는 그들의 미소와 웃는 모습에도 아무 느낌도 받지 못했다. 그들의 미소는 촛불의 불빛 정도였고, 그들의 웃음은 종소리 정도의 감정을 불러일으켰을 뿐이었다. 그에 비해 로체스터 씨는 미소를 지으면 엄격한 인상이 한결 부드러워졌고 눈이 따뜻하게 빛났다. 그럴 때 그의 눈빛은 상대를 다정하게 탐색하는 듯했다. 로체스터 씨는 루이자와 에이미 에슈턴 자매와 대화를 나누고 있었다. 내게는 속까지 꿰뚫어 보는 듯 느껴지는 그의 눈빛을 두 자매는 아무렇지 않게 받아들이고 있었다. 내 예상과 달리 그들은 눈을 내리깔거나 얼굴을 붉히지 않았다. 그들이 그의 눈빛에 감정적으로 흔들리는 모습을 보이지 않자 나는 속으로 기뻤다.

'저 숙녀들은 그에게 나 같은 감정을 갖고 있진 않구나. 그는 저 숙녀들과 같은 종류가 아니야. 나랑 같은 종류야. 분명해. 그는 나랑 비슷한 사람이란 생각이 들어. 난 그의 표정과 움직임만 봐도 무슨 말을 하고 싶어 하는지 알 수 있어. 비록 우리는 계급과 재산이 크게 차이 나지만 내 머리와 가슴, 피와 신경 속에는 그와 정신적으로 동화될 수 있는 무언가가 있어. 며칠 전만 해도 나는 그와 이어질 수 없다고, 나는 그에게 급료를 받는 가정교사일 뿐이라고 말했잖아? 그를 내게 급료를 주고 부르는 사람으로만 봐야 한다고 다짐했지? 그와 이어지려는 것은 천성을 거스르는 불경한 짓이라고 하지 않았냐고! 내 모든 선하고 진실하고 활기찬 감정이 그를 충동적으로 에워싸고 있어. 내 감정을 숨겨야 하는 거 알아. 희망의 빛도 꺼뜨려야 하겠지. 그가 나를 특별하게 생각하지 않는다는 사실도 인정해야 해. 내가 그와 같은 종류라고 하지만, 그처럼 대단한 영향력과 매력을 가진 사람이라는 뜻은 아니야. 그저 그와 같은 취향과 감정을 갖고 있다는 뜻일 뿐. 그러니까 나는 우리가 완전히 다른 세상 사람이라는 사실을 계속해서 되뇌어야 해. 하지만 이렇게 숨 쉬고 생각이라는 걸 하는 한, 나는 그를 사랑할 수밖에 없어.'

하인들이 커피를 건넸다. 신사들이 거실로 들어온 후부터 숙녀들은 종달새처럼 활기를 띠기 시작했다. 대화 분위기도 유쾌하고 밝아졌다. 덴트 대령과 에슈턴 씨가 정치에 관한 논쟁을 벌이는 동안 그들의 아내들은 옆에서 가만히 듣고 있었다. 작고한 남편의 작위를 물려받은 린 부인과 잉그럼 부인은 담소를 나눴다. 몸집이 크고 활기차 보이는 젊은 조지 경

(이 사람에 관해 미리 소개했어야 하는데 깜박했다)은 손에 커피 잔을 들고 두 귀부인 앞에 서서 간간이 한마디씩 하고 있었다. 프레더릭 린 씨는 메리 잉그럼 양의 곁에 앉아서 화려한 책에 담긴 판화를 보여주고 있었다. 메리는 간간이 미소를 지을 뿐 말은 거의 하지 않았다. 키 크고 무기력한 인상의 잉그럼 경은 몸집이 작고 적극적인 에이미 에슈턴의 의자 뒤에 서서 등받이에 팔짱 낀 두 팔을 얹어 놓았다. 에이미 양은 그를 올려다보면서 굴뚝새처럼 재잘대고 있었다. 에이미 양은 로체스터 씨보다는 잉그럼 경에게 더 관심이 있어 보였다. 헨리 린은 루이자의 발치에 놓인 오토만 의자에 아델과 함께 앉아 있었다. 헨리가 아델과 프랑스어로 말을 주고받으려 애썼는데 루이자는 그가 실수할 때마다 웃음을 터뜨렸다. 블랜치 양은 누구와 짝이 될까? 그는 탁자 앞에 홀로 서서 우아하게 앨범을 들여다보고 있었다. 누군가 자신을 찾아주길 기다리는 걸까. 하지만 그는 오래 기다리지 않고 직접 상대를 찾아 나섰다.

에슈턴 자매와 대화를 마친 로체스터 경이 탁자 앞에 홀로 서 있는 블랜치 양만큼이나 외로운 모습으로 벽난로 앞에 서 있었다. 블랜치 양이 벽난로 선반 옆에 자리를 잡고 서서 그를 바라보며 말을 걸었다.

"로체스터 씨, 아이를 안 좋아하시는 줄 알았는데요?"

"안 좋아합니다."

"그럼 저 인형 같은 아이는 어쩌다 데리고 있게 되신 거예요? (그가 아델을 손으로 가리켰다.) 어디서 주우셨어요?"

"주운 게 아니라 나한테 맡겨진 아이입니다."

"학교에 보내시지."

"그럴 여유가 못 되어서요. 학비가 워낙 비싸서."

"어머, 저 아이를 위해 가정교사까지 고용하셨으면서. 저 아이와 함께 있는 가정교사를 제가 봤거든요. 갔나? 아니네! 저기 있네요. 창문 커튼 뒤에. 저 가정교사한테 급료를 주시잖아요. 학비 못지않게 비쌀 텐데요. 집에 데리고 있으면 두 사람의 생활비까지 감당하셔야 하잖아요."

나는 두려웠다. 아니, 희망을 품었다고 해야 할까? 블랜치 양이 나를 언급한 바람에 로체스터 씨가 내 쪽을 쳐다볼 수도 있었다. 나도 모르게 커튼 뒤의 그림자 속으로 몸이 더욱 움츠러들었다. 하지만 그는 내 쪽으로 눈길을 돌리지 않았다.

"그런 쪽으로는 생각을 안 해봤습니다."

그는 앞만 보며 무심하게 대답했다.

"남자들이 이렇게 집안 경제와 상식을 생각 안 한다니까요. 가정교사에 관한 우리 어머니의 견해를 들어보셔야 해요. 메리와 저를 가르친 가정교사가 열두 명이 넘었는데, 그중 절반은 가증스러웠고 나머지는 우스꽝스러웠어요. 그렇죠, 어머니?"

"뭐라고, 우리 딸?"

특별한 소유물처럼 언급된 젊은 아가씨 블랜치 양은 설

명을 곁들여 모친에게 다시 질문했다.

"아이고, 가정교사 얘기라면 꺼내지도 마. 듣기만 해도 신경이 곤두서. 그것들의 무능함과 변덕 때문에 힘들었던 걸 생각하면. 이제 그것들 없이 살아도 되니 얼마나 하늘에 감사한지!"

덴트 부인이 독실한 잉그럼 부인에게 몸을 기울이며 귓속말을 속삭였다. 잉그럼 부인의 대답으로 짐작하건대, 가정교사라는 저주스런 족속 중 하나가 바로 이 방에 있음을 상기시켜주는 말인 듯했다.

"*Tant pis!*(괜찮아요!) 저 여자한테도 다 쓸모가 있는 말이니까!" 잉그럼 부인은 목소리를 약간 낮추기는 했지만 내 귀에는 여전히 들릴 정도로 말을 이었다. "나도 저기 있는 걸 알고 있었어요. 내가 골상을 좀 볼 줄 알잖아요. 저 여자는 그 부류의 결점을 전부 가지고 있어요."

그러자 로체스터 씨가 큰 소리로 물었다.

"어떤 결점입니까?"

"나중에 따로 말해드릴게요."

잉그럼 부인은 대단히 중요한 의미라도 있는 것처럼 터번을 세 번 흔들며 말했다.

"시간이 지나면 제 호기심도 사라지고 말 텐데요. 당장 듣고 싶습니다."

"블랜치한테 물어보세요. 나보다 친하잖아요."

347

"아, 저한테 떠넘기지 말아요, 어머니! 가정교사들에 대해서는 한마디면 충분해요. 성가신 존재요. 제가 그들 때문에 대단한 고통을 겪었다는 뜻은 아니에요. 제가 우위에 있었으니까요. 시어도어랑 저는 윌슨 선생, 그레이 선생, 주베르 선생한테 온갖 장난을 다 쳤어요! 메리는 늘 조느라고 장난에 동참을 못 했죠. 주베르 선생을 놀릴 때 제일 재미있었어요. 윌슨 선생은 몸이 약해서 불쌍하긴 했는데 걸핏하면 울고 의기소침해서 찍어 누를 가치도 없었어요. 그레이 선생은 상스럽고 분별력도 없어서 우리가 아무리 공격해도 효과가 없었어요. 불쌍한 주베르 선생이 제일 호되게 당했죠! 우리가 극단까지 몰고 갔더니 길길이 날뛰더라고요. 우리 차를 엎지르고 빵과 버터를 짓뭉개고 우리 책을 천장으로 집어 던지고 자로 책상과 난로망, 난로용 철물을 마구 두드려댔어요. 시어도어, 그때 정말 재미있었는데 기억나?"

"응, 기억나." 잉그럼 경이 느릿하게 말을 이었다. "불쌍한 주베르 선생은 '야, 이 못된 녀석들아!'라고 소리치곤 하셨잖아. 그럼 우린 당신 같이 무식한 사람이 우리처럼 똑똑한 애들을 주제넘게 가르치려 드느냐고 받아쳤지."

"그래, 맞아, 시어도어. 네가 창백한 얼굴을 한 바이닝 선생을 골탕 먹였을 때 내가 도와줬잖아. 우린 그 선생을 '병든 신부님'이라는 별명으로 불렀어요. 바이닝 선생이랑 윌슨 선생이 어이없게도 눈이 맞은 거예요. 적어도 시어도어랑 제 생각엔 그랬어요. 우린 'la belle passion(아름다운 열정)'의 전조라고 할 수 있는 다정한 눈빛과 한숨을 포착했죠. 우린 모두에게 이득을 줬어요. 우리가 밝혀낸 사실 덕분에 집에서 그 짐 덩어리들을 몰아낼 수 있었거든요. 어머니는 우리에게 그 일에 대해 전해 듣자마자 그게 그들의 부도덕한 성향 때문이라는 걸 밝혀내셨어요. 그랬죠, 어머니?"

"맞아, 내 예쁜 딸! 내 결정은 지극히 옳았어. 당연하지. 규율이 바로 선 집안이라면 가정교사들 간의 연애를 당연히 금지해야 하니까. 그 이유는 천 가지나 되는데, 첫째……"

"아, 어머니! 그걸 다 나열하실 필요는 없어요! 게다가, 우리도 다 알고 있어요. 순진무구한 어린아이에게 나쁜 본보기가 될 위험성이 있고, 주의가 산만해져 의무를 제대로 수행하지 못하게 되며, 상호 신뢰와 의지가 깨지고, 오만해지고, 반항심과 격한 분노에 휩싸이게 된다는 거잖아요. 그렇죠, 잉그럼 파크의 잉그럼 남작 부인?"

"나의 백합꽃, 늘 그렇듯이 네 말이 맞아."

"여기에 관해 더 길게 말할 필요 없겠어요. 우리 대화 주제를 바꿔요."

에이미 에슈턴 양은 이 말을 못 들었는지 아니면 듣고도 무시했는지, 부드럽고 아기 같은 말투로 끼어들었다.

"루이자랑 저도 가정교사한테 장난을 많이 쳤어요. 하지만 선생님은 너무나 착하신 분이라서 다 참아주셨어요. 우린 어떤 짓을 해도 그분을 내쫓을 수가 없었죠. 그분은 우리한테 화를 낸 적도 없으세요. 그렇지, 루이자?"

"맞아요. 우린 우리 하고 싶은 대로 했어요. 선생님의 책상과 반짇고리를 뒤지고, 서랍 안을 온통 뒤집어 놓기까지 했는데, 선생님은 엄청 착한 분이라서 우리가 달라고 하는 건 다 내주셨어요."

그러자 블랜치 양은 한쪽 입꼬리를 올리며 빈정거렸다.

"이 정도면 현존하는 모든 가정교사들에 관한 기억을 모아서 개요서를 만들어도 되겠어요. 그런 불상사가 생기지 않도록 이만 다른 대화 주제로 넘어갔으면 해요. 로체스터 씨, 제 생각에 동의하시죠?"

"그럼요, 다른 때와 마찬가지로 이번 건에 대해서도 당신을 지지합니다."

"그럼 제가 책임지고 다음 대화 주제를 꺼낼게요. 시뇨르 에두아르도('에드워드 씨'를 이탈리아식으로 바꿔 부른 말-옮긴이), 오늘 밤에 노래를 부르실 생각 있나요?"

"돈나 비앙카('백색의 여인'이라는 의미의 이탈리아어-옮긴이), 명령에 기꺼이 따르겠습니다."

"그렇다면 시뇨르, 목청을 고르고 있으라는 명령을 내리겠어요. 나를 위한 일에 쓰일 테니 준비하고 있어요."

"누가 신성한 메리 여왕의 리치오(1566년 스코틀랜드의 메리 여왕의 남편 단리 왕이 질투심을 이기지 못해 여왕의 비서였던 데이비드 리치오를 무자비하게 살해한 사건을 빗대서 하는 말–옮긴이)가 되는 일을 마다 하겠습니까?"

"리치오는 별로예요!" 블랜치 양은 고수머리를 흔들며 피아노 앞으로 걸어갔다. "사기꾼 리치오는 별로 재미없는 부류였을 것 같아요. 난 보스웰 백작(스코틀랜드의 메리 여왕의 남편 단리 왕을 살해한 것으로 알려진 인물–옮긴이)이 더 좋아요. 남자라면 속에 약간은 악마 기질이 있어야죠. 제임스 헵번(보스웰 백작의 이름–옮긴이)에 관해서라면 역사가 제대로 말해주겠지만, 저는 그 사람이야말로 거칠고 사납고 산적 같은 남자라고 생각해요. 제가 기꺼이 결혼 약속을 할 만한 남자요."

그러자 로체스터 씨가 외쳤다.

"여러분, 들으셨습니까! 여러분 중에 누가 보스웰을 제일 많이 닮았죠?"

그러자 덴트 대령이 박자를 맞췄다.

"로체스터 씨가 제일 많이 닮았지요."

"제 명예를 걸고, 정말 감사하다는 말씀을 드리고 싶네요."

눈처럼 하얀 드레스를 여왕처럼 넓게 펼쳐놓고 도도하고 우아하게 피아노 앞으로 가 앉은 블랜치 양은 대화를 계속하면서 멋진 서곡을 연주하기 시작했다. 오늘 밤 그는 잘난 척을 하고 싶어 안달 난 듯했다. 그의 말과 태도는 주변 사람들의 칭송과 경탄을 자아내기 위해 의도된 듯 보였다. 그는 근사하고 대담한 재능으로 강한 인상을 남기고 싶어 하는 것 같았다.

"아, 요즘 젊은 남자들은 정말 별로예요!" 블랜치 양은 피아노를 연주하면서 하던 말을 계속했다. "아버지의 소유지 밖으로는 한 발자국도 못 나가는 불쌍하고 보잘것없는 젊은이들뿐이라니까요. 어머니의 허락과 보호 없이는 그 너머로 발을 내디딜 생각도 못 해요! 예쁜 얼굴과 하얀 손, 작은 발을 치장하는데 정신이 빠져서. 남자와 아름다움이 무슨 관계라도 있는 것처럼 굴어요! 사랑스러움이 여성의 외모적 특권이 아니라는 듯이요. 여성의 합법적인 특권이고 유산인데 말이죠! 물론 못생긴 여자가 아름다운 창조물로 가득한 이 세상의 오점이라는 사실은 인정해요. 하지만 남자들은 제발 힘과 용기만 원하면 좋겠어요. 남자들은 '사냥하고 총 쏘고 싸워라. 나머지는 아무 쓸모도 없다'라는 말을 명심해야 해요. 제가 남자라면 그 구절을 좌우명으로 삼았을 거예요."

블랜치는 잠시 쉬었다가 다시 말을 이었다. 아무도 그의 말을 끊지 않았다.

"저는 남편을 경쟁자가 아니라 저를 돋보이게 해주는 사람이라고 생각해요. 왕좌를 앞에 두고 경쟁하는 일은 없을 거예요. 남편 될 사람에게 완전한 충성의 맹세를 받아낼 거니까. 남편은 나와 자신 중 누구에게 더 헌신해야 할지를 고민해서도 안 돼요. 로체스터 씨, 이제 노래하세요. 당신을 위해 연주할게요."

"복종하겠습니다."

"해적 노래를 불러주세요. 요즘 제가 해적 노래에 빠져 있거든요. 그러니 활기차게 불러주세요."

"잉그럼 양의 명령이라면 아무리 재미없는 것이라도 활기를 띠게 된다니까요."

"조심하세요. 노래가 제 마음에 들지 않으면, 어떻게 불러야 하는지를 직접 보여드려서 망신 줄 수도 있어요."

"제 무능을 몸소 깨우쳐 주시겠다니. 이거 잘못 부르려고 애를 써야겠는데요."

"*Gardez-vous en bien!*(조심하라니까요!) 일부러 잘못 부르면 그에 상응하는 벌을 내리겠어요."

"관용을 베풀어주세요. 인간이라면 견딜 수 없는 벌을 내릴 능력을 갖고 있잖습니까."

"어머! 그게 무슨 말인지 설명하세요!"

"죄송합니다, 잉그럼 양. 설명은 필요 없어요. 대단한 분별력을 지닌 분이니 인상 한 번 찌푸리는 걸로 사형에 상응하는 벌을 내릴 수 있다는 걸 잘 아시면서."

"노래하세요!"

블랜치는 피아노 건반에 손을 얹고 경쾌하게 반주를 시작했다.

'지금 여길 빠져나가야겠어.'

이런 생각을 하고 있는데 공기를 가르는 목소리가 나를

붙잡았다. 페어팩스 부인이 로체스터 씨가 아주 멋진 목소리를 갖고 있다는 말을 한 적이 있었다. 그 말은 사실이었다. 그는 부드러우면서도 강력한 베이스 목소리에 감정과 힘을 담아냈다. 그 목소리는 듣는 이의 귀에서 심장까지 파고 들어가 묘한 감정을 일깨웠다. 나는 마지막 저음이 풍부한 바이브레이션으로 사라질 때까지, 그리고 잠시 끊어졌던 대화의 파도가 다시 시작될 때까지 기다렸다. 그리고 커튼 뒤에서 조심스럽게 나와서 다행히 근처에 있던 옆문으로 빠져나갔다. 좁은 복도를 통과해 현관 홀을 지나가는데 샌들 끈이 풀려 있는 걸 알아챘다. 끈을 다시 묶으려고 계단 발치의 매트에 무릎을 대고 앉았다. 그때 식당 문이 열리는 소리, 문밖으로 걸어 나오는 신사의 발소리가 들렸다. 나는 얼른 일어나 고개를 들었다. 로체스터 씨였다.

"잘 지냈습니까?"

"잘 지냈어요."

"왜 방으로 찾아와 인사를 안 했어요?"

나야말로 묻고 싶은 질문이라고 받아치려다가 무례인 것 같아 그만두었다.

"바쁘신 것 같아서 방해하고 싶지 않았어요."

"내가 없는 동안 뭘 하고 지냈습니까?"

"특별한 건 없어요. 평소처럼 아델을 가르쳤어요."

"안색이 전보다 창백해졌네요. 처음 나랑 만났을 때랑 비슷해요. 무슨 일 있습니까?"

"없어요."

"나한테 물을 끼얹은 날 밤에 감기라도 걸렸어요?"

"아뇨."

"거실로 돌아가요. 너무 빨리 나왔잖아요."

"피곤해서요."

그는 잠시 나를 물끄러미 바라보았다.

"우울해 보이네요. 무슨 일 때문에 그래요? 말해봐요."

"아니에요. 그런 거 없어요. 우울하지 않아요."

"우울한 거 맞는데. 너무 우울해서 말을 몇 마디 더했다 간 눈물이 날 것 같은 표정이잖아요. 이미 눈물이 맺혀 그렁그렁하네요. 속눈썹에 붙어 있던 눈물방울이 흘러내렸어요. 내가 시간이 있으면, 말 많은 하인 녀석이 지나가고 있지만 않으면 대체 무슨 일 때문인지 묻고 싶은데, 오늘 밤에는 그냥 보내줄게요. 하지만 손님들이 이 집에 머무는 동안 저녁마다 거실로 내려와줬으면 해요. 그렇게 해줘요. 무시하지 말고. 그럼 가봐요. 아델은 소피한테 데리고 가라고 해요. 잘 자요, 나의……"

그는 말을 맺지 못하고 입술을 깨물며 나를 두고 돌아섰다.

18

그 무렵 나는 손필드 홀에서 즐거운 나날을 보내고 있었다.
바쁘기도 했다. 이 저택에 오고 석 달 동안은 고요하고 지루
하며 외롭기만 했었는데 상황이 이렇게나 달라지다니! 이 집
과 관련된 슬픈 감정은 모조리 사라졌고 울적했던 일들도 다
잊었다. 어디서든 생기로 넘쳤고 종일 부산스러웠다. 전에는
조용하기만 하던 복도를 가로질러 갈 때마다, 사용하는 이가
없어 고적하던 앞쪽 방들에 들어갈 때마다 이제는 맵시 좋은
시녀나 깔끔한 시종을 맞닥뜨렸다.

　　주방, 집사가 관리하는 식료품 저장실, 하인 숙소, 현관
홀도 활기로 넘쳐났다. 온화한 봄날의 푸른 하늘과 평온한 햇
살을 즐기러 주인님과 손님들이 정원으로 나갈 때만 휴게실
이 휑하니 비었고 조용했다. 날씨가 험해지고 며칠 동안 비가
내려 눅눅한 기운이 가득해도 유쾌한 분위기를 내리덮지는
못했다. 밖에 나가 놀지 못하면 실내에서 더 활기차고 다채로

운 놀이를 할 수 있었다.

다른 걸 하면서 놀자는 제안이 있던 첫 번째 저녁에 나는 그들이 무엇을 하며 놀 것인지 궁금해서 귀를 기울였다. 그들은 '제스처 놀이(한 사람이 하는 몸짓을 보고 그것이 나타내는 말을 알아맞히는 놀이 - 옮긴이)'를 한다고 했는데 나는 그게 무슨 놀이인지 알지 못했다. 하인들이 불려 들어와 식당 안의 식탁들과 초들을 전부 치웠다. 의자들은 아치문 앞에 반원형으로 배치했다. 로체스터 씨와 신사들이 하인들에게 물건들을 어떻게 배치할지 지시하는 동안 숙녀들은 계단을 오르내리며 시녀들을 불러댔다. 페어팩스 부인도 불려와 숄과 드레스, 여러 가지 천들이 집 안 어디에 있는지를 알렸다. 시녀들은 3층의 옷장들을 뒤져 양단을 댄 후프 페티코트(스커트를 부풀리기 위해 고래 뼈, 철사, 등나무나 사탕수수 줄기 등으로 만든 지지대 - 옮긴이), 공단 소재의 화장옷, 검은색 부인복, 장식용 레이스 등을 품에 가득 안고 아래층으로 내려왔다. 그리고 그중 일부를 추려 거실 안쪽 내실로 가지고 들어갔다.

그동안 로체스터 씨는 숙녀들을 불러 모아놓고 자기편이 될 이들을 골랐다.

"블랜치 잉그럼 양은 당연히 제 편입니다."

그는 이렇게 말한 뒤 에슈턴 자매 두 명과 덴트 부인을 호명했다. 그리고 나를 쳐다보았다. 마침 나는 덴트 부인의 헐거워진 팔찌를 다시 채워주느라 근처에 있었다.

"같이 할래요?"

그가 물었지만 나는 고개를 저었다. 그가 같이하자고 고집을 부릴까 봐 걱정했는데 다행히 그는 내가 원래 자리로 조용히 돌아가도록 내버려두었다.

로체스터 씨와 그의 편은 커튼 뒤로 들어갔다. 덴트 대령이 이끄는 다른 편 사람들은 초승달 모양으로 배치된 의자에 가 앉았다. 그들 중에 에슈턴 씨가 나를 보더니 나도 한 팀으로 넣어야 하지 않겠냐며 같은 편 사람들에게 물었다. 그러자 잉그럼 부인은 단박에 거절했다.

"아뇨. 저 여자는 이런 게임을 하기에는 너무 멍청해 보여요."

오래지 않아 종소리가 들리고 막이 올라갔다. 아치문 안쪽에 몸집 큰 조지 린 경이 몸에 흰 천을 감은 모습으로 나타났다. 아까 로체스터 씨는 그를 같은 편으로 골랐다. 조지 린 경 앞에는 탁자가 있었고 그 위에 커다란 책이 펼쳐져 있었다. 옆에는 로체스터 씨의 망토를 걸친 에이미 에슈턴이 손에 책한 권을 들고 서 있었다. 보이지 않는 곳에서 누군가가 경쾌하게 종을 울렸다. 아델(후견인인 로체스터 씨와 같은 편이 되겠다고 고집했다)이 앞으로 나오더니 들고 있던 꽃바구니에서 내용물을 꺼내 뿌렸다. 그러자 흰옷을 입은 채 머리에 긴 베일을 드리우고 이마에 장미 화관을 쓴 블랜치 양이 모습을 드러냈다. 그는 로체스터 씨와 나란히 탁자 앞으로 걸어갔다. 그들이 무릎을 꿇자, 마찬가지로 흰옷을 입은 덴트 부인과 루이자 에 슈턴이 그들 뒤에 자리를 잡고 섰다. 말없이 의식이 진행되었 다. 그들이 결혼식을 무언극으로 표현하고 있음을 쉽게 알 수 있었다. 이 의식이 끝나갈 때쯤 덴트 대령은 팀원들과 2분 정 도 나지막하게 상의한 뒤 외쳤다.

"신부!"

로체스터 씨가 고개 숙여 인사를 하고 막이 내렸다.

막이 다시 오르기까지 꽤 오랜 시간이 흘렀다. 두 번째 무 대는 앞서 첫 번째 무대보다 공들여 준비한 흔적이 역력했다. 거실은 식당보다 두 계단 위에 있었는데, 그 위의 1, 2미터 안 쪽에 커다란 대리석 수반이 놓여있었다. 자세히 보니 온실에 있던 장식용 수반이었다. 평소 온실에서 이국적인 식물들에 둘러싸여 있었고 그 안에 금붕어가 살던 수반인데, 크기나 무 게 때문에 하인들이 여기까지 옮겨오느라 무척 힘들었을 듯 했다.

대리석 수반 옆 카펫에는 머리에 터번을 두르고 몸에 숄 을 걸친 로체스터 씨가 자리했다. 그의 검은 눈과 까무잡잡한 피부, 이교도 같은 이목구비가 의상과 잘 어울렸다. 동방 어느 이슬람 국가의 왕 아니면 교수형 집행인이나 사형수처럼 보 이는 모습이었다. 블랜치 양이 앞으로 나섰다. 그도 동양풍으 로 차려입었다. 진홍색 스카프를 허리에 묶었고, 자수가 놓인 손수건으로 관자놀이를 동여맸다. 아름답게 쭉 뻗은 두 팔을 고스란히 드러냈는데, 물병을 지고 있는 듯한 동작을 표현하느라 한쪽 팔을 머리 위로 우아하게 들어올렸다. 자세나 표정, 피부, 전반적인 분위기가 족장 시대의 이스라엘 공주 같은 모습이었다. 블랜치 양이 표현하려는 인물의 특색일 터였다.

블랜치 양은 수반으로 다가가더니 허리를 굽히고 물병을 채우는 듯한 동작을 취했다. 그리고 다시 팔을 머리 위로 올렸다. 우물가에 서 있던 남자 로체스터 씨가 그에게 다가가 말을 걸며 부탁했다. '그러자 그는 "마셔요" 하며 급히 물 항아리를 내려 마시게 했다(창세기 24장 18절에서 인용—옮긴이).' 로체스터 씨는 옷자락 가슴 안쪽에서 장식함을 꺼내 뚜껑을 열고 그 안에 담긴 화려한 팔찌와 귀고리를 보여주었다. 그는 놀라며 감탄했다. 로체스터 씨는 무릎을 굽히고 그의 발치에 보물을 내려놓았다. 블랜치 양은 표정과 손짓으로 믿기지 않는 기쁨을 표현했다. 로체스터 씨는 블랜치 양의 팔에 팔찌를, 귀에 귀고리를 채워주었다. 낙타들은 없지만, 성서 속 엘리에셀과 리브가를 표현한 장면이었다.

텐트 대령의 팀은 다시 머리를 맞대고 상의했다. 하지만 그 장면이 표현한 단어나 음절이 무엇인지에 대해 합의를 보지 못한 눈치였다. 그 팀의 대변인인 텐트 대령은 '전체 장면'을 보여 달라고 요구했고, 다시 막이 내려갔다.

세 번째 막이 오르고 무대에는 거실의 일부만 보였다. 나머지는 진하고 투박한 천으로 된 가리개에 가려져 있었다. 대리석 수반은 치워졌고 그 자리에 투박한 송판 탁자와 주방용 의자가 놓였다. 밀랍 초는 전부 끈 상태였고, 뿔로 만든 랜턴의 흐릿한 불빛만이 이 물건들을 비췄다.

너저분한 배경 한가운데에 한 남자가 무릎 위에 맞잡은 두 손을 올려놓고 바닥을 응시하며 앉아 있었다. 얼굴을 시커멓게 칠하고 지저분한 외투 차림이었지만(한바탕 실랑이라도 벌인 듯 등 쪽이 찢기고 한쪽 소매가 덜렁거렸다), 나는 그 남자가 로체스터 씨임을 단박에 알아보았다. 어딘가 절박하고 잔뜩 찌푸린 표정, 거칠게 헝클어진 머리카락으로 변장한 모습이었다. 그가 움직이자 손목을 결박한 사슬이 덜그럭거렸다.

"교정원!"

덴트 대령이 외쳤다. 정답이었다.

장면을 연출한 이들은 한참 시간을 들인 끝에 평상복으로 다시 갈아입고 식당으로 들어왔다. 로체스터 씨와 팔짱을 끼고 들어온 블랜치 양은 그의 연기를 칭찬했다.

"그거 아세요? 조금 전 표현하신 세 인물 중에 마지막 인물이 제일 마음에 들었어요. 몇 살만 젊었어도 용감한 신사 겸 노상강도가 되셨을 거예요!"

"얼굴에 묻혔던 검댕이 다 지워졌습니까?"

그는 블랜치 양에게 얼굴을 돌리며 물었다.

"그럼요! 다 지워졌어요. 아깝네요! 악당 얼굴에 묻어 있던 검댕이 피부에 무척 잘 어울렸는데."

"노상강도를 좋아하나 봅니다?"

"영국인 노상강도는 이탈리아인 강도만큼이나 매력적이죠. 둘 다 레반트 해적만큼은 못하지만요."

"음, 어쨌든 당신은 내 아내라는 걸 기억하세요. 우린 한 시간 전에 이 증인들 앞에서 결혼했으니까요."

블랜치 양은 얼굴을 붉히며 웃었다.

로체스터 씨가 말했다.

"자, 덴트 대령님, 이번에는 그쪽 차례입니다."

상대 팀이 무대 뒤로 들어가자 로체스터 씨와 그의 팀이 비어 있는 의자에 가 앉았다. 블랜치 양은 로체스터 씨의 오른편에 자리를 잡았다. 나머지 팀원들은 그들 양옆에 자리를 잡았다. 상대편이 장면을 보여주기 시작했지만 내 시선은 무대로 가지 않았다. 막이 오르든 내리든 관심도 없었다. 내 눈은 오직 구경하는 이들을 향해 있었다. 아치문만 쳐다보던 내 눈은 이제 반원형으로 놓인 의자들 쪽으로 쏠렸다. 덴트 대령과 그의 팀원이 어떤 장면을 보여줬고 어떤 말을 했는지, 그들의 연기가 어땠는지는 지금도 전혀 기억나지 않는다. 그저 각 장면이 끝날 때마다 의자에 앉아 상의하는 모습들만 눈에 들어왔다. 로체스터 씨는 블랜치 양에게, 블랜치 양은 로체스터 씨에게 번갈아 고개를 돌리면서 의논을 했다. 블랜치 양은 흑옥색 고수머리가 그의 어깨에 닿고 그의 뺨 가까이에서 물결칠 정도로 그에게 가까이 머리를 기울였다. 두 사람이 서로에게 속삭이던 소리, 그들이 주고받던 시선이 지금도 내 기억에 선명하다. 당시 그들을 보며 느꼈던 감정도 여전히 내 안에 남아 있다.

여러분에게 이미 말했던 것처럼, 나는 로체스터 씨를 사랑하게 됐음을 깨달았다. 그가 더 이상 나를 주시하지 않아도, 근처에 있는 내게 눈길 한 번 주지 않아도, 대단한 숙녀에게 그의 관심이 온통 쏠려 있어도 그에 대한 내 사랑은 멈추지 않았다. 그 숙녀는 지나가다 내게 옷자락이 닿기만 해도, 고압적인 검은 눈동자로 어쩌다 나를 보기만 해도, 너무 천해서 보아서는 안 될 것을 본 것처럼 질겁하곤 했다. 그가 그 숙녀와 곧 결혼하게 될 것 같다고 해서, 그 숙녀가 자기를 향한 그의 마음을 오만할 정도로 자신하고 있음을 내가 매일 느낀다고 해서, 그 숙녀를 향한 그의 구애가 마음을 다하는 게 아니라 성의 없이 되는 대로 이루어지고 있음을 내가 시시각각 느낀다고 해서 그를 사랑하지 않을 수는 없었다. 그 무심함이 오히려 그의 매력을 더하고 그의 거만함은 거부할 수 없는 마력을 발휘했으니까.

절망적이었지만, 이 상황에서 내 사랑을 식게 만들거나 사랑의 감정을 마음 밖으로 쫓아내는 것은 불가능했다. 물론 질투를 불러일으킬 만한 것들도 많았다. 나 같은 처지의 여자가 블랜치 잉그럼 양 같은 숙녀를 질투한다는 게 가당키나 하다면 말이다. 나는 그에게 질투를 느끼지 않았다. 혹시 질투했더라도 몇 번 안 되었을 것이다. 내가 느끼는 심적 고통은 질투라는 단순한 단어로 설명될 수 없었다. 사실, 블랜치 양은 질투할 가치도 없었다. 그는 질투라는 감정을 불러일으키기에는 너무나 별 볼 일 없었다. 앞뒤가 안 맞는 말을 하는 것을 용서해주길 바란다. 하지만 정말 그랬다. 블랜치 양은 화려했지만, 진심이 없었다. 세련되고 다양한 면에서 재능을 갖고 있지만, 가슴은 텅 비었고 감성은 천성적으로 메말랐다. 그런 토양에서는 어떤 꽃도 피어날 수 없었다. 자연스럽게 신선한 열매가 열릴 수가 없는 땅이었다. 그는 선량하지 않았고 독창적이지도 못했다. 책에서 읽은 그럴듯한 말들을 외워서 반복해서 쓰고 있을 뿐이지 자기만의 의견을 내놓지 못했다. 목청 높여 어떤 주장을 할 때도 측은지심이나 공감에서 비롯된 말은 아니었다. 그는 다정함과 진실함이 없는 여자였다. 어린 아델을 대할 때면 특히 독한 반감을 드러내며 본성을 내보였다. 아델이 어쩌다 가까이 다가가기라도 하면 오만한 욕설과 함께 밀쳐냈고, 차갑고 독하게 방에서 나가라고 명령할 때도 있었다. 그의 이런 면을 지켜본 이는 나 말고도 있었다. 그 사람은 면밀하고 예리하며 빈틈없이 그를 살펴보았다. 바로 그와 결혼하게 될지도 모를 로체스터 씨였다. 그는 블랜치 양을 줄곧 지켜보고 있었다. 그의 이런 빈틈없는 총명함, 상대 여성의 결점에 대한 완벽하고 명확한 자각, 그리고 그 여성에 대한 그의 감정에 열정이 빠져 있다는 점 때문에 나는 한없이 고통받았다.

그는 가문을 위해, 어쩌면 정치적인 이유로 블랜치 잉그럼 양과 결혼하려는 듯했다. 블랜치 양의 계급과 연줄이 그에게 도움이 되는 모양이었다. 그는 블랜치 양을 사랑하지 않았고, 그의 사랑을 받기에는 블랜치 양의 자질이 너무나도 모자랐다. 그게 문제였다. '블랜치 양은 그를 사로잡을 수 없다'는 점 때문에 나는 그를 포기할 수 없었고, 그에 대한 열정은 자꾸만 커졌다.

블랜치 양이 단번에 그의 마음을 얻었다면, 그가 블랜치 양의 발치에 진심이 담긴 심장을 바쳤다면 나는 두 손으로 얼굴을 감싸고 벽을 향해 돌아서서 (비유적 표현이지만) 내 감정을 짓이겼을 것이다. 블랜치 양이 선하고 고귀한 품성을 가졌다면, 힘과 열정과 친절함과 지각을 갖췄다면, 나는 질투와 절망이라는 두 마리 호랑이들과 기꺼이 죽을힘을 다해 싸웠을 것이다. 그리고 심장이 찢긴 채 잡아먹혔겠지. 종국에는 그를 동경하고 그의 빼어난 장점을 인정한 후 남은 평생을 평화롭게 살았을 것이다. 블랜치 양이 훌륭한 사람일수록 그에 대한 내 동경심은 커졌을 테고 내 마음은 침묵했을 테니까. 하지만 블랜치 양이 로체스터 씨를 사로잡으려 애쓰는 모습을 볼 때마다, 그 시도가 번번이 실패하는데도 그가 의식하지 못하는 모습을 볼 때마다, 헛되이 화살을 날리면서 과녁에 명중했다고 착각할 때마다, 그 자만심과 자아도취가 상대를 더욱 멀어

365

지게 만들 때마다, 그런 모습을 지켜보고 있는 내 마음은 끝없는 흥분과 가혹한 자제를 오갔다.

블랜치 양의 유혹은 번번이 실패했고 나는 어떻게 해야 성공할 수 있는지를 명확히 알고 있었다. 로체스터 씨의 가슴에 명중하지 못하고 바닥에 떨어진 화살들은 제대로 된 사람의 손에서 발사되었다면 그의 자만심 강한 심장에 단단히 꽂히고도 남았을 터였다. 그의 냉정한 눈동자에 사랑을 스며들게 하고, 냉소적인 얼굴을 부드럽게 풀어주었을 것이다. 그랬으면 다른 무기 없이도 그를 조용히 정복할 수 있었을 텐데.

'그의 가까이에 있을 수 있는 특권을 누리면서도 블랜치 양은 어째서 그에게 더 영향을 주지 못할까? 그를 진심으로 좋아하지 않거나, 그에게 진짜 애정을 품고 있지 않아서일 거야! 그를 정말 좋아한다면 저렇게 아무 때나 미소를 지어 보이거나 줄기차게 눈빛을 보내면서 억지스럽게 분위기를 만들려 하거나 우아한 척 가식을 떨 필요도 없어. 그냥 그의 곁에 조용히 앉아서, 지금보다 말수를 줄이고 자기를 덜 과시하려고만 해도 충분히 그의 마음을 얻을 수 있을 거야. 블랜치 양이 활기차게 다가가 말을 걸어도 그의 얼굴은 딱딱하게 굳어질 뿐이야. 저 표정은 겉치레와 계산이 아니라 본심에서 비롯된 것이겠지. 그 표정에 담긴 의미를 받아들이기만 하면 될 텐데. 가식 떨지 말고 그의 물음에 제대로 대답하면 돼. 쓸데없이 미간이나 찌푸리지 말고 필요에 따라 그에게 말을 걸면 돼.

그렇게만 해도 그의 표정은 햇살처럼 밝고 따뜻하고 다정해질 거야. 결혼하고 나면 블랜치 양은 어떤 방법으로 그를 기쁘게 해줄 수 있을까? 아무리 봐도 그렇게 할 수 있을 것 같지 않아. 나 같으면 할 수 있을 텐데. 그의 아내는 세상에서 제일 행복한 여자일 거야.'

로체스터 씨가 이해관계와 인맥을 쫓아 결혼하려 한다고 해서 나는 그를 비난한 적이 없었다. 그의 결혼 목적이 바로 그런 것 때문임을 처음 알게 됐을 때는 속으로 놀랐다. 그가 그런 속물적인 기준으로 아내가 될 여자를 고르는 사람은 아닐 거라 생각해서였다. 하지만 그가 어울리는 사람들의 지위와 교육 수준 등을 고려할수록, 로체스터 씨와 블랜치 양이 어렸을 때부터 주입받은 생각과 원칙에 따라 살아가는 것에 대해 내가 비판하거나 비난할 자격은 없다는 생각이 들었다. 그들이 속한 계급은 다들 그런 원칙에 따라 살고 있었다. 내가 생각하지 못하는 어떤 이유로 그들은 그런 원칙을 지키는 게 아닐까. 만약 내가 로체스터 씨 같은 상류층 신사라면, 온 마음으로 사랑할 수 있는 여인을 아내로 맞아들일 것이다. 하지만 사랑을 바탕으로 하는 결혼이 남편에게 진정한 행복을 가져다주리라는 것은 내 생각일 뿐이지 사람들의 일반적인 생각은 아니었다. 내가 알지 못하는 나름의 이유가 있어서일 것이다. 그게 아니라면 세상 사람들이 다 내가 원하는 대로 행동하겠지.

다른 면에서도 나는 주인인 로체스터 씨를 점점 더 관대한 시선으로 보고 있었다. 한때 예리하게 지켜봤던 그의 결점들도 모두 잊게 됐다. 전에는 그의 성격을 세세하게 따지면서 좋은 점과 나쁜 점을 가리고 장단점을 가늠하면서 올바른 판단을 내리려 애썼다. 지금은 그에게서 굳이 나쁜 점을 찾으려 하지 않았다. 기분 나빴던 그의 냉소적 표현, 깜짝깜짝 놀라게 했던 그의 가혹한 면모가 이제는 고급 요리에 뿌리는 양념처럼 느껴졌다. 톡 쏘는 듯한 그 두 가지 면이 있어야 제대로 된 요리처럼 느껴지고 없으면 왠지 싱겁고 재미없을 것 같았다. 불길한 것도 같고 슬픈 것도 같고 일을 꾸미고 있는 것도 같고 낙담한 것도 같은 그의 모호한 표정은 또 어떻고? 그의 눈에 담긴 감정은 주의 깊게 봐야만 알아챌 수 있었다. 그 깊고 묘한 표정은 그 의미를 알아내기도 전에 사라져버리곤 했으니까. 나는 마치 화산 지대를 헤매는 듯, 갑자기 땅이 흔들리는 것을 느끼는 듯, 땅이 쩍 하고 갈라지는 것을 보는 듯, 두려움을 느끼며 자꾸 움츠러들었다. 그의 그런 묘한 표정을 볼 때마다 나는 심장이 쿵쾅거리기는 했지만 신경이 마비될 정도는 아니었다. 지금은 그런 표정을 외면하기보다 어떤 의미인지를 알아보고 싶은 마음이 컸다. 블랜치 양은 언제든 여유 있을 때 그의 심연을 탐색하면서, 그 안의 비밀을 살피고 본질을 분석할 수 있을 테니 얼마나 좋을까.

내가 로체스터 씨와 장차 그의 신부가 될 숙녀에 관한 생각에 몰두해 있는 동안, 그 두 사람만 바라보고 그 둘의 대화에 귀를 기울이고 그들의 행동을 의미 있게 지켜보는 동안, 다른 손님들도 나름 흥미롭고 재미있는 소재를 찾아 즐기고 있었다. 린 부인과 잉그럼 부인은 터번을 두른 머리를 끄덕거리고 두 손을 이리저리 들어올려 대화 주제에 따라 놀라움이나 괴이함, 두려움 같은 감정을 표현해가면서 사뭇 진지하게 대화를 나눴다. 그 모습은 마치 꼭두각시를 확대해놓은 듯했다. 온화한 덴트 부인은 마음씨 좋은 에슈턴 부인과 얘기를 나누면서 한 번씩 내게 말을 걸거나 미소를 지어주었다. 조지 린 경과 덴트 대령, 에슈턴 씨는 정치나 지역 문제, 재판 관련 문제를 놓고 토론을 벌였다. 잉그럼 경은 에이미 에슈턴에게 수작을 걸고 있었고, 루이자는 린 자매 중 하나와 함께 연주를 하거나 노래를 불렀다. 메리 잉그럼은 다른 이들의 정중한 대화를 나른한 표정으로 듣고 있었다. 때로는, 모두가 합이라도 맞춘 것처럼 연극을 멈추고 주연 배우들의 대화에 귀를 기울이기도 했다. 주연 배우는 당연히 이 파티에 생기를 불어넣는 로체스터 씨와 그의 곁에 붙어 있는 블랜치 잉그럼 양이었다. 로체스터 씨가 한 시간만 이 방을 떠나 있어도 손님들은 눈에 띄게 기운이 빠진 모습이었고, 그러다 그가 들어오면 대화에 다시 흥이 일었다.

한번은 로체스터 씨가 일 때문에 밀코트에 갔다가 그날 늦게 돌아왔는데, 덕분에 그가 얼마나 손님들에게 활기를 불어넣는 존재였는지 확인할 수 있었다. 그날 오후에는 비가 내려서, 헤이 마을 너머 공유지에 얼마 전 자리 잡은 집시 야영지까지 걸어서 놀러 가기로 했던 손님들은 일정을 연기해야 했다. 신사 몇 명은 마구간에 갔고, 청년들은 젊은 숙녀들과 함께 당구실에서 당구를 쳤다. 잉그럼 부인과 린 부인은 조용히 카드 게임을 하며 위안을 찾았다. 블랜치 잉그럼 양은 덴트 부인과 에슈턴 부인이 대화에 끼워주려 했는데도 오만하게 입을 꼭 다물고 거절하더니, 피아노로 감상적인 곡을 연주하다가 서재에서 책 한 권을 가져와 소파에 앉아서 도도하지만 열의 없이 책을 들여다보았다. 달리 할 일도 없고 지루하니 소설의 마법으로 마음을 다스리려는 모양이었다. 거실과 집 전체가 조용했다. 위층에서 당구 치는 이들의 즐거운 얘기 소리만 간간이 들려왔다.

땅거미가 지기 직전, 만찬을 위해 옷을 갈아입을 시간임을 시계 종소리가 알렸을 때, 거실 창가 의자에 앉은 내 옆에 무릎을 꿇고 앉아 있던 어린 아델이 소리쳤다.

"*Voilá Monsieur Rochester, qui revient!*(로체스터 씨가 돌아오셨어요!)"

나는 앉은 자리에서 고개를 돌렸고, 블랜치 양도 소파에서 벌떡 일어나 창문 앞으로 걸어왔다. 다른 이들도 하던 일을 멈추고 눈을 들었다. 동시에 마차 바퀴가 굴러오는 소리, 말발굽이 젖은 자갈길에서 빗물을 튀기며 달려오는 소리가 들려왔다. 사륜 역마차였다.

블랜치 양이 말했다.

"대체 무슨 일 때문에 저런 마차를 타고 집으로 오신 거지? 아까 메즈로(로체스터 씨의 검은 말)를 타고 나가지 않으셨나? 파일럿도 같이 갔는데, 말이랑 개는 다 어쩌시고?"

그는 그 큰 키와 풍만한 옷자락으로 창문을 거의 가린 채 혼잣말했다. 덕분에 창가 자리에 앉아 있던 나는 등뼈가 부러지도록 뒤로 몸을 젖혀야 했다. 그는 창밖을 내다보는데 골몰해서 나란 존재는 인식도 못 하다가, 얼마 후 그 자리에 내가 앉아 있는 걸 알아채고는 입을 비쭉거리며 다른 창문 앞으로 자리를 옮겼다. 사륜 역마차가 멈춰서고 마부가 종을 울렸다. 여행복 차림의 신사가 마차에서 내렸다. 그는 로체스터 씨가 아니었다. 키가 크고 세련된 차림을 한 낯선 남자였다.

블랜치 양이 외쳤다.

"짜증나! 성가신 원숭이 같은 게! (그가 아델을 가리켰다.) 누가 너더러 창가 자리에 올라앉아서 거짓 정보를 전하랬니?"

그러고는 마치 내 탓인 것처럼 사납게 나를 노려보았다.

현관 홀 쪽에서 두런두런 얘기 소리가 들리더니, 조금 전에 도착한 낯선 이가 거실로 들어왔다. 그는 가장 연장자로 보이는 잉그럼 부인에게 허리를 굽혀 인사했다.

"제가 적절하지 않은 시간에 온 모양입니다. 제 친구 로체스터가 출타 중이네요. 먼 길을 달려왔고 로체스터와는 오랫동안 친하게 지낸 사이인 만큼, 그가 돌아올 때까지 여기서 기다리고 싶습니다."

정중한 태도였다. 억양이 약간 특이하기는 했다. 외국식 억양은 아니지만 완전히 영국인 같지도 않았다. 나이는 로체스터 씨와 비슷할 것 같았다. 서른에서 마흔 살 사이. 약간 어두운 안색만 아니면 잘생긴 편이었다. 첫인상은 그랬다. 하지만 좀 더 자세히 보니 얼굴에서 무언가 불쾌한 기운이, 사람을 기분 좋지 않게 만드는 어떤 기운이 풍겼다. 각진 얼굴이지만 긴장감은 없었다. 눈이 크고 모양도 괜찮았지만 단조롭고 공허한 느낌을 줄 뿐이었다. 적어도 내가 보기에는 그랬다.

옷 갈아입을 시간임을 알리는 종소리가 다시 울려 퍼졌다. 나는 만찬이 끝나고서야 그 남자를 다시 볼 수 있었다. 다시 보니 그의 골상은 더욱 내 기분을 불쾌하게 만들었다. 불안하면서도 생기라고는 없는 모습이었다. 쓸데없이 주변을 두리번거리는 눈 때문인지, 지금까지 본 적 없는 묘한 인상을 풍겼다. 생김새 자체는 잘생겼고 퉁명스럽게 생기지도 않았는데도 나는 그에게 한층 더 불쾌감을 느꼈다. 부드러운 피부의 타원형 얼굴에서는 힘이 느껴지지 않았고, 매부리코와 체리처럼 자그마한 입술에서는 단호함이 전혀 보이지 않았다. 낮고 평평한 이마는 생각이 깊어 보이지 않았고, 멍한 갈색 눈동자는 자제력이라곤 없어 보였다.

줄곧 앉아 있던 구석 자리에서 나는 벽난로 선반 위의 가지 달린 장식 촛대가 비추는 불빛 아래 자리한 그를 찬찬히 뜯어보았다. 그는 안락의자를 벽난로 앞에 바짝 끌어다 놓고 앉았는데 그래도 추운지 몸을 한층 더 웅크렸다. 그런 그 남자의 모습이 저절로 로체스터 씨와 비교가 됐다. (그나마 존중해서 말하자면) 마른 거위와 사나운 매, 온순한 양과 그 양을 지키는 거친 털로 뒤덮인 매서운 눈초리의 개처럼 대조되는 모습이었다.

남자는 로체스터 씨와 오랜 친구라고 말했다. 그렇다면 특이한 우정을 유지하는 사이가 아닐까. '극과 극은 통한다'는 속담이 여전히 유효함을 보여주는 사례일 수도 있었다.

신사 두세 명이 그 남자 가까이 다가가 앉았다. 방 저쪽에서 간간이 들려오는 그들의 대화가 몇 번 내 귀에 와 닿았다. 처음에는 무슨 얘기들을 하는지 잘 알 수가 없었다. 내 가까이에서 루이자 에슈턴과 메리 잉그럼이 나누는 대화 소리 때문에, 드문드문 들려오는 남자들의 대화 소리가 계속 끊겼다. 두 여자는 새로 들어온 낯선 남자에 대해 수다를 떠는 중이었다. 그들은 그 남자를 '미남'이라고 칭했다. 루이자는 그를 '사랑스러운 남자'라며 '정말 마음에 든다'고 했고, 메리는 '작고 예쁘장한 입과 멋진 코'를 가졌다며 자신의 이상형에 가깝다고 했다.

루이자는 감탄하며 말했다.

"이마도 정말 잘생겼네요! 아주 매끈해요. 내가 혐오하는 불규칙한 주름이 전혀 없어요. 차분한 눈과 미소는 또 어떻고요!"

다행히 그때, 헨리 린 씨가 날씨 때문에 연기했던 헤이 마을 공유지 산책에 대해 다시 의논해보자며 두 여자를 방 저쪽으로 불렀다.

덕분에 나는 벽난로 앞에 앉아 있는 남자들의 대화에 좀 더 집중할 수 있게 됐다. 그 낯선 남자의 이름은 '메이슨'이었고, 어느 더운 나라에 있다가 영국에 얼마 전에 도착했다고 했다. 햇볕에 그을려서 피부색이 그토록 어두웠던 걸까. 그렇다면 집 안에서도 외투를 입고 벽난로 앞에 바짝 다가가 앉아 있는 것도 이해가 됐다. 자메이카, 킹스턴, 스패니쉬 타운 같은 단어들이 나오는 걸 보면 서인도 제도에서 거주했던 모양이었다. 그가 그곳에서 로체스터 씨를 처음 만나 아는 사이가 됐다는 얘기를 했을 때 나는 별로 놀라지 않았다. 그는 친구인 로체스터 씨가 그곳의 뜨거운 열기와 허리케인, 우기를 무척 싫어했다고 말했다. 내가 알기로 로체스터 씨는 여행을 즐기는 사람이었다. 페어팩스 부인도 그렇게 말했다. 그동안 나는 로체스터 씨가 유럽에서만 돌아다닌 줄 알았지, 더 먼 나라들까지 여행했다는 사실은 이번에 처음 알았다.

주위들은 정보를 이리저리 곱씹고 있는데 별안간 뜻밖의 상황이 벌어진 탓에 생각의 끈을 놓쳤다. 누가 문을 열고 나간 바람에 찬바람이 들자 메이슨 씨는 몸을 떨면서 벽난로에 석탄을 더 넣어달라고 요청했다. 벽난로 안에 잉걸불은 아직 이글이글 피어 있었지만 석탄은 거의 다 탄 상태였다. 석탄을 가지고 들어온 하인이 밖으로 나가면서 에슈턴 씨의 의자 옆에서 나지막하게 속삭였다. 근처에 있던 내게도 들렸는데, '노파', '성가시네요' 같은 말이었다.

하인의 말에 치안 판사 에슈턴 씨가 대답했다.

"당장 꺼지지 않으면 감옥에 집어넣을 줄 알라고 노파한테 전해."

그러자 덴트 대령이 나섰다.

"아뇨, 그러지 마세요! 노파를 쫓아 보내지 말아요, 에슈턴. 쓸모가 있을 것 같으니 숙녀분들과 상의를 해봅시다." 그러고는 목청을 높여 여자들에게 말했다. "숙녀분들, 우리가 헤이 마을 공유지에 가서 집시 야영지를 방문하기로 했었잖습니까. 지금 샘이 전하기를, 집시 노파가 '고귀하신 분들'의 운명을 점쳐주겠다면서 하인 구역에 와 있답니다. 만나보실 생각들 있으십니까?"

잉그럼 부인이 목청 높여 말했다.

"설마 그런 천박한 사기꾼을 부추길 생각은 아니시죠? 당장 쫓아내세요!"

그러자 하인이 말했다.

"노파에게 그냥 돌아가라고 말했는데, 막무가내입니다.

다른 하인들이 나섰는데도 마찬가지고요. 페어팩스 부인이 지금 노파를 설득하고 있긴 합니다만, 노파는 이미 굴뚝 구석 자리 의자를 차지하고 앉아서 여기로 들여보내줄 때까지 꿈쩍 안 하겠다고 고집을 부리고 있습니다."

에슈턴 부인이 하인에게 물었다.

"원하는 게 뭐래?"

"'당신들의 운명을 점쳐주겠다'고 합니다, 부인. 꼭 그래야 한다고 합니다."

그러자 에슈턴 자매들이 물었다.

"어떻게 생겼어?"

"끔찍할 정도로 못생긴 노파입니다, 아가씨. 시커멓고 지저분해요."

그러자 프레더릭 린이 외쳤다.

"그럼 진짜 마법사일 수도 있겠네요! 들어오라고 하시죠."

헨리 린도 맞장구를 쳤다.

"그래요. 재미있을 것 같은데 이런 기회를 걷어차면 후회할 겁니다."

린 부인이 한탄했다.

"아이고, 이 녀석들아, 도대체 무슨 생각들을 하는 거니?"

잉그럼 부인이 말했다.

"이런 말도 안 되는 일에 난 도저히 동의 못 하겠네요."

그러자 지금까지 이런저런 악보를 보는 척하며 조용히 피아노 의자에 앉아 있던 블랜치 양이 그들을 향해 돌아앉으며 도도한 목소리로 말했다.

"그냥 동의하시면 돼요, 어머니. 하셔야 하고요. 제 운명이 어떻다고 하는지 저는 듣고 싶거든요. 샘, 가서 그 노파 들어오라고 해."

"블랜치! 딸아, 다시 생각을……"

"알아요. 무슨 말씀하시려는 건지. 이번에는 제 생각대로 할게요. 어서 데려와, 샘!"

"그래, 그래, 좋아!" 젊은 신사 숙녀들이 한목소리로 외쳤다. "들어오라고 해! 재미있겠다!"

하인은 그 자리에서 뭉그적거리며 말했다.

"생김새가 많이 험악합니다."

"어서 가라니까!"

블랜치 양이 소리치자 하인은 냉큼 방을 나갔다.

사람들 사이에 활력이 돌았다. 농담과 장난스런 말들이 피어나는 가운데 샘이 돌아와 말했다.

"못 오겠답니다. '일반 대중' 앞에 모습을 드러내는 건 자기가 할 수 있는 일이 아니라고 하네요. (일반 대중이라고 한 건 그 노파가 한 말입니다.) 그래서 어쩔 수 없이 빈방으로 안내해야겠습니다. 상담받으실 분들은 그 방으로 한 명씩 들어가시고요."

잉그럼 부인이 외쳤다.

"이거 봐라, 내 귀한 딸 블랜치. 이런 식으로 비집고 들어오잖아. 제발 말 들어, 천사 같은 내 딸아. 제발……."

천사 같은 딸은 제 모친의 말을 단칼에 잘랐다.

"노파를 서재로 가 있게 해. 나도 일반 대중 앞에서 점을 보고 싶지 않으니까. 노파가 하는 얘기를 나 혼자 들을 거야. 서재 벽난로에 불 피워놨지?"

"예. 그런데 노파의 몰골이 진짜 말이 아닙니다."

"쓸데없는 소리 그만해. 멍청하기는! 시키는 대로나 해."

샘은 다시 거실을 나갔다. 방 안에는 또다시 수수께끼 같은 인물에 대한 호기심과 활력, 기대감이 넘쳐났다.

잠시 후 돌아온 샘이 말했다.

"노파가 준비됐다고, 누가 먼저 들어오실 건지 알고 싶답니다."

덴트 대령이 말했다.

"숙녀분들보다 내가 먼저 가서 만나보는 게 좋을 것 같군요. 노파에게 전해, 샘. 신사 한 명이 서재로 간다고."

샘이 나갔다가 돌아와 전했다.

"노파가 신사분들은 만나지 않을 것이니, 굳이 오실 필요 없답니다." 샘은 웃음을 꾹 참으며 덧붙였다. "미혼인 젊은 숙녀분들만 오시랍니다."

헨리 린이 외쳤다.

"이런, 취향이 까다롭네!"

블랜치 양이 엄숙하게 일어서며 말했다.

"제가 먼저 갔다 올게요."

부하들을 이끌고 갈라진 성벽을 오르는 결사대 대장 같은 말투였다.

"아, 내 소중한 딸! 귀한 딸! 그러지 마⋯⋯. 다시 생각해!"

모친이 소리쳤지만 블랜치 양은 대꾸도 하지 않고 당당히 그 앞을 지나 덴트 대령이 열어준 문으로 나섰다. 잠시 후 그가 서재로 들어가는 소리가 들렸다.

방 안이 비교적 조용해졌다. 잉그럼 부인은 두 손을 맞잡아 쥐어짜고 있었는데, 이게 그 정도로 긴장할 일인가 싶었다. 메리 잉그럼 양은 쓸데없는 모험은 하지 않겠다고 선언했다. 에이미와 루이자 에슈턴은 나지막하게 웃었지만, 표정을 보니 약간 겁을 먹은 듯했다.

시간이 기어가듯 느리게 흘러갔다. 15분쯤 지나자 서재 문이 다시 열렸다. 블랜치 양이 아치문을 통과해 우리가 모여 있는 거실로 돌아왔다.

블랜치 양은 이 일을 웃어넘길까? 일종의 장난으로 여길까? 자기를 일제히 쳐다보는 시선들을 향해 그는 차가운 눈빛으로 응수할 뿐이었다. 당황하거나 재미있어하는 표정이 아니었다. 뻣뻣한 걸음걸이로 돌아와 조용히 자리에 앉을 뿐이었다.

잉그럼 경이 물었다.

"괜찮니, 블랜치?"

메리도 물었다.

"노파가 뭐라고 했어, 언니?"

에슈턴 자매가 한꺼번에 물었다.

"어땠어요? 기분은요? 진짜 점쟁이 맞아요?"

"자, 자, 여러분, 재촉 그만 하세요. 여러분은 신기한 걸
잘도 믿고 흥분도 쉽게 한다니까요. 선하신 우리 어머니도 그
렇고 다들 이 일에 너무 크게 의미를 부여하고 있는 것 같네
요. 이 집에 악마와 밀접한 관계를 맺은 진짜 마녀라도 와 있
는 것처럼 믿으시나 봐요. 제가 본 건 너저분한 집시에 불과했
어요. 진부하게 손금이나 봐주면서 손금쟁이들이 늘 하는 흔
해 터진 말이나 해줬고요. 어쨌든 내 호기심은 충족됐어요. 에
슈턴 씨가 아까 말씀하셨다시피, 저 노파를 붙잡아 내일 아침
에 감옥에 집어넣는 게 좋을 것 같네요."

그러고는 책을 집어 들고 의자에 기대어 앉았다. 더 이상
의 대화는 거부하겠다는 뜻이었다. 그 후 30분 정도 지켜봤는
데 블랜치 양은 책을 한 페이지도 넘기지 못했다. 얼굴은 더
욱 어두워졌고 불쾌감과 실망감이 차올랐다. 노파한테서 기
분 좋은 얘기를 듣지 못한 게 분명했다. 그는 별로 관심 없는
척했지만 계속 우울한 얼굴로 입을 다물고 앉아 있었다. 아무
래도 노파가 해준 얘기에 쓸데없이 의미를 부여하고 있는 듯

했다.

메리 잉그럼과 에이미 에슈턴, 루이자 에슈턴은 혼자서
는 서재에 못 들어가겠다면서도 다들 노파를 만나고 싶어 했
다. 샘이 대사 역할을 하며 중간에서 왔다 갔다 중재했다. 샘
은 장딴지가 아플 정도로 거실과 서재를 한참 오간 끝에, 엄격
한 점쟁이 집시한테서 세 명이 한꺼번에 서재에 들어와도 좋
다는 허락을 받아냈다.

그들의 상담은 블랜치 양 때처럼 조용하지 않았다. 높게
깔깔 웃는 소리와 조그마한 비명 소리가 서재에서 연신 들려
왔다. 20분쯤 지나 서재 문이 열리고 반쯤 겁먹은 세 숙녀의
빠른 발소리가 복도 너머에서 들려왔다.

그들은 이구동성으로 외쳤다.

"제정신이 아닌 게 분명해요. 그런 얘기까지 하다니! 우
리에 대해 다 알고 있더라고요!"

그러고는 신사들이 서둘러 가져다준 여러 개의 의자에
헐떡이며 주저앉았다.

자세히 설명해달라고 하자 그들은 노파가 자기네가 어렸
을 때 했던 말과 행동에 대해 말하더라고 했다. 그들의 집 내
실에 보관된 책과 장신구, 친척들에게 선물 받은 기념품 들까
지 언급했다고 했다. 노파는 그들의 생각까지 알아맞혔는데,
그들이 세상에서 제일 좋아하는 사람의 이름과 제일 큰 소원
도 그들의 귀에 각각 속삭였다고 했다.

신사들은 그 두 가지에 대해 더 자세히 말해달라고 끈덕지게 요청했다. 하지만 숙녀들은 얼굴을 붉히면서 떨리는 목소리와 웃음으로 거절했다. 그러는 동안 나이 든 부인들은 그들에게 정신 차리라며 정신 나게 하는 약의 냄새를 맡게 하고 연신 부채를 부쳐주었다. 그러면서 진즉에 경고했는데 왜 안 들었냐며 몇 번이나 걱정스런 표정으로 타박했다. 나이 지긋한 신사들은 그저 웃을 뿐이었고, 청년들은 흥분한 아가씨들을 위해 뭐든 하겠다고 나섰다.

눈앞에서 펼쳐진 소동에 눈과 귀가 온통 쏠려 있는데, 내 팔꿈치 옆으로 누군가 다가와 헛기침 소리를 냈다. 돌아보니 샘이었다.

"선생님, 괜찮으시면 말씀을 드려도 될까요. 집시 노파가 거실에 아직 자기를 만나러 오지 않은 젊은 미혼 여성이 있으니 데려오라고 했습니다. 그전에는 돌아가지 않겠다고 고집을 부리네요. 아무래도 선생님을 가리키는 것 같습니다. 여기 다른 미혼 여성은 없으니까요. 노파에게 뭐라고 말할까요?"

"아, 가겠다고 전해줘요."

안 그래도 무척 궁금했는데 호기심을 충족시킬 기회를 잡게 되어 기뻤다. 다들 조금 전에 돌아온 세 여자 주변에 모여 있었다. 나는 아무도 나를 쳐다보지 않는 틈을 타서 조용히 거실을 나가 등 뒤로 소리 없이 문을 닫았다.

샘이 말했다.

"제가 문 앞 복도에 서 있겠습니다. 노파가 무섭게 굴면 부르세요. 안으로 들어갈 테니."

"아니에요, 샘. 주방으로 돌아가도록 해요. 전혀 겁 안 나요."

그랬다. 내 마음은 기대와 흥분으로 가득 차 있었다.

19

서재는 고요했다. 점쟁이는(진짜 점쟁이인지는 알 수 없지만) 굴뚝 구석 자리의 안락의자에 편안하게 앉아 있었다. 붉은 망토를 두르고 검은 보닛을 썼는데, 자세히 보니 보닛이라기보다는 챙 넓은 집시 모자 같았다. 모자 아래로 줄무늬 손수건을 늘어뜨려 턱 아래로 묶어 모자를 고정한 모습이었다. 탁자 위에는 불 꺼진 초가 놓여있었다. 노파는 벽난로 쪽으로 허리를 약간 굽히고 앉아 있었다. 벽난로 불빛에 의지해 기도서처럼 보이는 작고 검은 책을 읽고 있는 듯했다. 늙은 여자들이 대개 그렇듯 집시 노파도 조그맣게 웅얼거리며 책의 내용을 읽고 있었다. 내가 안으로 들어갔는데도 노파는 책 읽기를 멈추지 않았다. 보던 단락을 마저 읽으려는 듯했다.

나는 난로 앞 깔개에 서서 두 손을 덥혔다. 거실에서 벽난로와 멀리 떨어진 곳에 한참 앉아 있었더니 손이 시렸다. 나는 평생 이렇게 차분한 적이 있었나 싶을 만큼 마음이 침착하게 가라앉았다. 노파의 외모는 평정심을 잃게 할 정도로 특이하지는 않았다. 노파는 읽던 책을 덮고 천천히 눈을 들었다. 챙 넓은 모자에서 드리워진 그림자가 노파의 얼굴을 일부 가렸다. 노파가 모자 끝을 들어올리자 그 아래 낯선 얼굴이 보였다. 피부가 흑갈색이었다. 턱 아래를 칭칭 감은 하얀 붕대 밑으로 헝클어진 머리카락이 비쭉 튀어나왔다. 붕대는 두 빰과 턱까지 일부 가렸다. 노파는 대담한 눈빛으로 나를 똑바로 바라보며 입을 열었다.

"그래, 아가씨 운명이 어떻게 될지 궁금해서 왔어?"

눈빛만큼 단호하고, 외모만큼 거친 목소리였다.

"제 운명 같은 건 관심 없어요. 편한 대로 하세요. 뭐라고 하든 다 믿지는 않을 거니까 그 점은 미리 알아두시고요."

"건방진 말투가 마음에 들어. 그런 말투일 줄 예상했지. 문지방을 넘어오는 아가씨의 발소리를 들었거든."

"그래요? 귀가 밝으시네요."

"밝지. 눈도 밝아. 머리도 잘 돌아가."

"장사에 필요한 조건은 다 갖추셨네요."

"맞아. 아가씨 같은 손님을 상대할 때면 특히 유용해. 왜 아가씨는 떨지 않지?"

"춥지 않아서요."

"왜 낯빛이 창백해지지 않아?"

"아프지 않거든요."

"내 점을 왜 안 믿으려고 해?"

"어리석지 않으니까요."

보닛과 붕대 아래서 노파의 키득거리는 웃음소리가 들려왔다. 그러더니 짤막한 검은 파이프를 꺼내 불을 붙이고 연기를 피우기 시작했다. 한동안 담배를 진정제 삼아 빨아들이던 노파는 구부정한 허리를 펴더니 입에서 파이프를 빼고 생각에 잠긴 눈빛으로 벽난로를 가만히 바라보았다.

"아가씨는 춥고 아프고 어리석어."

"증명해보세요."

"몇 마디 말로 증명해볼게. 아가씨는 혼자라서 마음이 추워. 누구와 접촉해도 아가씨 마음속의 불은 켜지질 않거든. 인간에게 주어진 가장 고귀하고 달콤한 최고의 감정을 멀리하고 있으니 아플 수밖에. 아무리 고통스러워도 그 감정을 받아들이려고 하지 않고 그 감정이 기다리고 있는 곳으로 가서 맞이할 생각도 하지 않으니 어리석어."

노파는 짤막한 검은 파이프를 다시 입에 물고 힘껏 연기를 피워냈다.

"이렇게 큰 저택에서 생계를 이어가는 저 같은 사람에게는 거의 다 해당하는 말씀을 하시네요."

"거의 다일 수 있겠지. 하지만 이 말이 과연 거의 모든 사람에게 해당할까?"

"제 환경에서는 그래요."

"그래, 아가씨가 처한 환경. 아가씨와 똑같은 환경에 처한 사람이 있는지 어디 말해봐."

"할머니 같은 사람 수천 명을 찾는 일 만큼이나 쉽겠죠."

"나 같은 사람은 찾기 힘들어. 만약 그런 사람을 안다면 아가씨는 특이한 상황에 놓여 있다고 봐야 해. 아가씨는 지금 손만 뻗으면 행복을 잡을 수 있는 위치에 있어. 행복을 위한 재료가 다 준비돼 있거든. 재료들을 섞어주기만 하면 돼. 재료들이 여기저기 흩어져 있단 말이야. 그러니까 다가가서 재료들을 모아. 그럼 행복이 찾아올 거야."

"수수께끼 같은 말이라 못 알아듣겠어요. 저는 평생 수수께끼에 대한 정답은 생각도 안 해보고 살아온 사람이라서요."

"좀 더 알아듣기 쉽게 말해달란 뜻이구먼. 손바닥을 보여줘봐."

"은화로 손바닥에 성호도 그어야겠죠?"

"당연하지."

나는 노파에게 1실링을 내주었다. 노파는 주머니에서 꺼낸 낡은 스타킹에 은화를 넣고 입구를 묶어서 도로 주머니에 넣었다. 그리고 손바닥을 펴라고 말했다. 노파는 내 손바닥에 얼굴을 바짝 갖다 댔다. 손가락으로 건드리지는 않고 뚫어져라 들여다보기만 했다.

"손이 너무 고와. 이런 손에서는 아무것도 알아낼 수가 없어. 선이 거의 없잖아. 손바닥이 뭐 이래? 운명이 적혀 있질 않아."

"알겠습니다."

"아니, 대신 얼굴에 적혀 있네. 이마랑 눈가, 눈동자 속, 입가의 주름에. 무릎 꿇고 앉아서 고개를 들어봐."

"아! 이제 본격적으로 시작하시는군요." 나는 노파가 시키는 대로 했다. "이제 좀 믿음이 생기려고 하네요."

나는 50센티미터 정도 거리를 두고 노파 앞에 무릎을 꿇고 앉았다. 노파가 부지깽이로 벽난로를 쑤석거렸다. 불붙은 석탄이 옆으로 밀려나 빛의 방향이 바뀌었다. 노파의 얼굴에는 더욱 짙은 그림자가 드리워지고, 내 얼굴로는 더 많은 빛이 뿌려졌다.

"오늘 밤에 무슨 생각으로 나를 찾아왔는지 궁금하네." 노파는 내 얼굴을 잠시 들여다보았다. "고급 옷을 입은 사람들이랑 한방에 앉아 있는 몇 시간 동안 아가씨 마음속에 무슨 생각이 담겨 있었을까. 그 사람들은 환등기(렌즈의 성질을 이용해 슬라이드, 그림, 사진, 실물 등을 정지 상태로 스크린에 확대 투영해서 여러 사람에게 동시에 보여주는 광학 장치 – 옮긴이) 속 형상들처럼 아가씨 앞에서 자기네끼리 웃고 떠들었을 텐데 말이야. 아가씨와 어떤 감정적 교류도 하지 않는다는 점에서 그들은 인간의 형상을 한 실체 없는 그림자나 다름없지."

"가끔 피곤하고 졸리기도 하지만 슬프지는 않아요."

"기운을 북돋우고 미래에 대해 좋은 말을 속삭여주는 은

밀한 희망이라도 마음에 품고 있나?"

"아뇨. 제가 가진 최대의 희망은 돈을 벌고 잘 모아서 언젠가 제 힘으로 작은 집을 임대해 학교를 운영하는 거예요."

"영혼이 기대어 살기에는 변변찮은 양식이네. 창턱 밑 의자에 앉아서 한다는 생각이(내가 아가씨의 습관을 아주 잘 알지)……."

"하인들한테서 들었나 보네요."

"아! 아가씨는 본인이 꽤 똑똑하다고 생각하나 봐. 그래, 그럴지도 모르지. 사실대로 말하자면 이 집에 아는 사람이 하나 있어. 풀 부인이라고……."

그 이름을 듣자마자 나는 벌떡 일어섰다.

'그 부인이랑 아는 사이라고? 역시, 풀 부인은 악마적인 힘을 가진 여자였어!'

낯선 노파가 말했다.

"놀라지 말고 들어. 풀 부인은 안전한 사람이야. 꼼꼼하고 입도 무거워. 누구든 풀 부인한테 속내를 털어놓을 수 있을 정도야. 어쨌든 아까 하던 말로 돌아가서, 창턱 밑 의자에 앉아서 아가씨는 미래에 세우고 싶은 학교 생각만 하나? 저 방 소파와 의자를 차지하고 앉아 있는 이들 중에 아가씨의 관심을 끄는 사람은 없어? 그중 한 명의 얼굴을 유심히 바라본 적은? 적어도 호기심을 갖고 움직임을 지켜본 사람은 있을 거 아냐?"

"저는 모든 얼굴들, 모든 사람들을 관찰하는 걸 좋아해요."

"그중 한두 명을 딱히 짚어낼 수는 없다, 이건가?"

"그럴 때도 있어요. 두 사람의 몸짓이나 표정을 통해 이야기가 엮일 때요. 그런 모습을 지켜보는 건 재미있거든요."

"아가씨는 그들이 하는 얘기 중 어떤 얘기를 제일 좋아하지?"

"아, 저는 선택의 여지가 별로 없어요! 거의 똑같은 주제라서요. 남녀 간의 구애죠. 언제나 그 끝은 재앙이에요. 결혼이죠."

"그 단조로운 주제가 재미있기는 해?"

"별로 좋아하지는 않아요. 저하고는 무관한 얘기라서요."

"무관하다고? 젊고 생기 가득하고 건강하고 아름다운 데다가 계급과 재산까지 갖춘 매력적인 젊은 숙녀가 신사 앞에 앉아 미소를 짓고 있는데 아가씨는……"

"제가 뭘요?"

"알잖아. 좋게 생각해봐."

"저는 여기 계신 신사분들에 대해 잘 몰라요. 그분들과 말 한마디 제대로 나눠본 적도 없어요. 굳이 좋게 생각해야 한다면, 그분들 중에 존경할 만한 점잖은 중년 신사분들은 계세요. 젊은 신사분들은 근사하고 잘생겼고 활력도 넘치고요. 제가 뭐라고 생각하든 숙녀분들의 미소를 실컷 받을 만한 분들이세요."

"이 집에 있는 신사들을 잘 모른다고? 말 한마디 제대
로 나눠본 적 없다고? 이 집 주인에 대해서도 그렇게 말할 수
있나?"

"주인님은 집에 안 계세요."

"그게 핵심이네! 기발하게 말을 돌렸어! 이 집 주인은 오
늘 아침에 밀코트에 갔으니 오늘 밤이나 내일 돌아오겠지. 그
렇다고 해서 그 사람을 이 집에 있는 신사들 사이에서 빼버려
도 되는 건가? 없는 사람으로 취급하는 거야?"

"아뇨. 할머니가 말씀하시는 주제와 로체스터 씨가 아무
관련이 없는 것 같아서요."

"나는 신사들 눈앞에서 미소를 짓고 있는 숙녀들 얘기를
하고 있어. 최근에 로체스터 씨의 눈으로 너무나 많은 미소가
흘러들어왔잖아. 가장자리까지 넘치도록 가득 찬 두 개의 컵
처럼. 왜 그 얘기는 안 하지?"

"로체스터 씨는 손님들과 어울려 즐거운 시간을 보낼 권
리가 있으세요."

"권리야 있지. 하지만 아가씨는 결혼에 관한 온갖 얘기가
오가고 있는 이곳에서 로체스터 씨가 제일 활발하고 지속적
으로 호감의 대상이 되고 있다는 사실을 몰라?"

"듣는 사람이 잘 들어주니까 말하는 사람도 즐겁게 말하
는 거겠죠."

말투와 목소리, 태도까지 전부 괴상한 이 집시가 아니라 나 자신에게 하는 듯한 말이었다. 마치 꿈이라도 꾸는 것 같았다. 노파의 입에서 예상 못 한 말들이 줄지어 흘러나오자, 나는 점차 신비로운 그물망에 걸려들고 말았다. 마치 보이지 않는 어떤 존재가 수주일 간 내 심장 옆에 앉아 움직임을 지켜보면서, 맥박이 뛸 때마다 기록해온 것 같았다.

"듣는 사람이 잘 들어줘서라고! 그래. 로체스터 씨는 언제나 자기 옆에 앉아서 떠들어대는 매력적인 입술에 귀를 열어놓고 있었어. 로체스터 씨는 자신에게 주어진 그 오락을 기꺼이 감사하게 받아들였겠지. 그 점은 눈치 못 챘나?"

"감사하게라뇨! 그분 표정에서 감사함은 읽어낸 적이 없어요."

"읽어냈다라! 읽어냈다는 건 분석을 했다는 의미인데. 감사함이 아니면 뭘 읽어냈지?"

나는 대답하지 않았다.

"사랑을 읽어냈겠지. 안 그래? 아가씨는 그가 결혼하는 모습, 신부를 바라보는 행복한 모습을 상상했구먼?"

"아뇨! 그렇지는 않아요! 할머니 점 기술도 이렇게 실수할 때가 있네요."

"그럼 대체 뭘 상상했는데?"

"그건 신경 쓰지 마세요. 저는 여기 물어보러 왔지 고백하러 온 게 아니에요. 점에는 로체스터 씨가 결혼할 예정으로 나오나요?"

"맞아. 아름다움 블랜치 잉그럼 양이랑."

"조만간요?"

"분위기를 봐서는 그렇게 되겠지. (비록 아가씨는 비난받아 마땅할 만큼 대담하게도 그 부분에 대해 의심하고 있는 것 같지만.) 당연히 두 사람은 더할 나위 없이 행복한 부부가 될 거야. 그는 아름답고 고귀하고 재치 있고 재주 많은 숙녀를 사랑할 테니까. 숙녀도 비록 그 남자 자체는 아니지만 그 남자의 지갑은 사랑하거든. 그 숙녀는 로체스터 씨의 재산을 최고의 결혼 조건으로 생각하고 있어. (신이시여 저를 용서하소서!) 한 시간쯤 전에 그런 얘길 했더니 그 숙녀의 표정이 확 어두워지던데. 입가가 1센티미터는 일그러졌어. 그 숙녀한테 피부색이 더 거무죽죽한 구혼자를 찾아보라고 조언해주려고 했어. 더 길고 명확한 재산 목록을 가진 남자를 만나라고······"

"잠시만요. 저는 로체스터 씨의 운명에 대해 들으려고 온 게 아니라 제 운명에 대해 들으려고 온 거예요. 그런데 제 운명에 대해서는 아무 말도 안 하시네요."

"아가씨의 운명은 불확실해. 얼굴에 상충하는 기운이 보이네. 운명의 여신이 아가씨에게 어느 정도 행복을 할당해주기는 했어. 그 정도는 보여. 오늘 저녁 이 집에 오기 전부터 알고 있던 거야. 운명의 여신은 아가씨를 위해 그만큼의 행복을 옆에 놓아뒀어. 내가 분명히 봤어. 그러니 아가씨가 손을 뻗어서 그 행복을 잡아야 하는데, 아가씨가 그렇게 할지는 나도 더 생각해봐야겠네. 깔개 위에 다시 무릎 꿇고 앉아봐."

"오래 앉게 하지는 마세요. 불 때문에 뜨거워요."

나는 무릎을 꿇고 앉았다. 노파는 내 쪽으로 허리를 굽히지 않고 등받이에 기대어 앉은 채 나를 지그시 내려다보았다. 그리고 중얼거리기 시작했다.

"두 눈에 불꽃이 깜박거려. 이슬처럼 반짝이는 눈이야. 부드럽고 느낌이 충만하네. 내 허튼소리에도 미소를 짓는구나. 예민한 눈이야. 맑은 눈동자 속에 계속 어떤 상이 들어와 비쳐. 눈 속에 미소가 머물지 않고 슬픔이 차 있어. 무의식적인 노곤함 때문에 눈꺼풀이 무겁구나. 외로움에 기반한 우울감 때문이겠지. 나한테서 시선을 돌리네. 내가 하나하나 뜯어보는 걸 못 견디겠다는 건가. 비웃는 듯한 눈빛은 내가 지금까지 한 말이 진실임을 부정하기 위해서겠지. 예리하면서도 슬픔에 젖어 있는 눈이라는 사실을 받아들이기 싫은 건가. 자존심이 세고 내성적인 면이 강한 게 보여. 호감을 갖게 만드는 눈이야.

입에 대해 말을 해볼까. 가끔 즐겁게 웃네. 머리가 받아들인 정보는 모두 말할 수 있는 입이야. 가슴이 느낀 정보에 대해서는 함구하겠지만. 움직임이 자유롭고 유연한 입이구면. 고독 속에서 영원히 침묵하라는 압박을 받아서는 안 돼. 말을 많이 하고 미소도 자주 지어줘야 해. 상대방에게 인간적인 애정을 많이 보여줘. 입 모양은 참 좋네.

운명에 관해서는 이마를 제외하면 그다지 걸리적거릴 게 없어. 이마에는 이렇게 나와 있어. '난 혼자 살 수 있어. 자존심과 상황이 그렇게 하길 요구한다면 어쩔 수 없지. 행복해지기 위해 내 영혼을 팔고 싶진 않아. 나에게는 내면의 보물이 있으니까. 외부의 모든 기쁨을 차단당하거나 감당할 수 없을 만큼 비싼 값을 치러야만 누릴 수 있다면 내면의 기쁨으로도 버티며 살아갈 수 있어. 이 안에는 이성이 고삐를 잘 잡고 있어. 마음속 감정들이 섣불리 흘러나오거나 틈새로 함부로 새어 나오지 않도록. 열정이 이교도들처럼 맹렬하게 날뛸 수도 있고 욕망이 온갖 헛된 상상을 할 수도 있지만, 이성이 모든 면에 관여하고 모든 사항에서 결정권을 행사할 거야. 강한 바람과 지진과 불길이 휩쓸고 지나가도 나는 양심의 명령을 해석해 주는 내면의 조용하고 작은 목소리를 따르겠어.'

이마에 이렇게 적혀 있어. 그런 선언은 존중해야겠지. 나는 나름의 계획을 세워뒀어. 내가 보기에는 충분히 올바른 계획이야. 그 계획들을 세우면서 나는 양심과 이성의 조언에 귀를 기울였어. 나는 젊음이 얼마나 빠르게 저물고 그 꽃이 얼마나 빠르게 지는지 잘 알아. 행복이 담긴 컵을 차지하려면 한 모금의 치욕과 한 번의 후회를 감수해야 하는 것과 같은 거야. 나는 희생과 슬픔, 소멸은 원하지 않아. 그런 건 내 취향이 아니거든. 나는 밭을 망치는 게 아니라 잘 가꾸고 싶어. 피눈물을 쥐어짜는 게 아니라 감사해하는 마음을 얻고 싶어. 짜디짠 소금물 같은 눈물은 원치 않아. 미소와 애정, 달콤한 말 속에서 그런 것들을 얻고 싶어. 그거면 돼. 내가 망상에 빠져 헛소리를 지껄이고 있구먼. 이 순간을 끝도 없이 길게 늘이려 하고 있어. 지금까지 나는 자신을 잘 통제해왔어. 맹세했던 대로 행동을 잘 해왔어. 하지만 이제는 한계를 뛰어넘는 일을 시도해보려고 해. 일어나, 에어 양. 나를 떠나버려. 연극은 끝났어."

내가 지금 어디 있지? 잠에서 깼나, 아니면 잠이 들었나? 꿈을 꾼 건가? 아직도 꿈인가? 노파의 목소리가 바뀌었다. 노파의 억양과 손짓이 전부 익숙하게 바뀌었다. 거울 속 내 얼굴이, 내 혀가 말하고 있는 것 같았다. 일어섰지만 그대로 나갈 수는 없었다. 노파를 바라보았다. 벽난로 안의 석탄을 쑤석인 뒤 다시 살펴보았다. 노파는 보닛을 내려쓰고 붕대로 얼굴을 바짝 가렸다. 그러고는 그만 나가라고 손짓했다. 벽난로의 불빛이 노파의 쭉 뻗은 손을 비추었다. 문득 정신이 든 나는 그 손을 알아보았다. 노인의 쭈글쭈글한 손이 아니었다. 유연하고 탄력 있는 피부, 대칭을 이루는 매끄러운 손가락, 그리고 새끼손가락에서 반짝이는 큼직한 반지. 나는 허리를 굽혀 그 손을 자세히 들여다보았다. 내가 백 번도 넘게 본 바로 그반지였다. 얼굴을 확인했다. 그 얼굴은 더 이상 나를 외면하지 않았다. 오히려 보닛을 젖히고 붕대를 풀어내고 나를 똑바로 응시했다.

익숙한 목소리가 물었다.

"그래요, 제인, 이제 나를 알아보겠습니까?"

"붉은 망토만 벗으면요, 그리고……"

"끈이 조이네. 풀게 도와줘요."

"그냥 끊어버리세요."

"그래야 하나. '꺼져라, 빌려 입은 옷아!(셰익스피어의 리어왕 3막 4절의 대사 인용 – 옮긴이)'"

로체스터 씨는 드디어 가면을 완전히 벗었다.

"주인님, 정말 특이한 생각을 하셨네요!"

"꽤 잘 하지 않았습니까? 그렇게 생각하죠?"

"다른 숙녀분들은 잘 속여 넘기셨어요."

"당신한테는 아닌가요?"

"집시 노파 역할을 제대로 못 하셨잖아요."

"그럼 난 무슨 역할을 한 거죠? 나 자신의 역할?"

"아뇨. 무어라 꼬집어 말할 수 없는 역할이었어요. 온갖 말도 안 되는 소리로 속여서 제 입을 열려고 하셨잖아요. 이건 공정하지 않아요."

"용서해줄래요, 제인?"

"그건 더 깊게 생각해보고 말씀드릴게요. 생각해보니까 크게 잘못된 건 아니라는 결론이 나오면 용서해드리고요. 어쨌든 옳은 일은 아니었어요."

"맙소사! 당신은 정말이지 너무 올곧아요. 너무 신중하고

397

분별력 있고."

나는 생각해보았다. 대체로 그 말은 사실이었고, 약간은 위로가 됐다. 하지만 나는 처음 노파를 만난 순간부터 경계를 늦추지 않았다. 진짜 마녀가 아니라는 의심은 했었다. 집시나 점쟁이들은 이렇게 뻔한 노파의 모습으로 자신을 드러내지 않는다. 또한 노파가 목소리를 위장하려고, 자기 얼굴을 감추려고 애쓴다는 점을 간파했다. 내 마음속에 그레이스 풀에 대한 의심이 남아 있었다. 이 집의 살아 있는 수수께끼이며 가장 불가사의한 인물이라고 생각하고 있었으니까. 로체스터 씨일 거라고는 전혀 생각 못 했다.

"음, 무슨 생각을 그렇게 해요? 그 심각한 미소는 또 뭐지?"

"경이로움과 자축의 미소예요. 이만 허락해주시면 물러가고 싶어요."

"아니, 잠시만 더 같이 있어요. 거실에 있는 사람들이 뭘 하고 있는지도 알려주고."

"집시 노파 얘기를 하고 있겠죠."

"앉아요! 나에 대해 뭐라고 했는지 궁금하네."

"제가 여기 너무 오래 있지 않는 게 좋겠어요. 벌써 밤 11시가 다 됐네요. 아! 주인님이 오늘 아침에 외출하신 후에 낯선 사람이 찾아온 건 알고 계세요?"

"낯선 사람이라! 아뇨. 누굽니까? 딱히 올 사람이 없는데. 지금은 갔어요?"

"아뇨. 그 남자는 주인님과 오래 알던 사이라면서, 돌아오실 때까지 이 집에서 기다리겠다고 했어요."

"대체 누구지! 그 남자가 이름을 말해줬습니까?"

"메이슨이라고 했어요. 서인도 제도에서 왔다고 했고요. 자메이카에 있는 스패니쉬 타운 같던데요."

로체스터 씨가 의자에서 일어섰다. 그는 나를 의자에 앉히려는 듯 내 손을 잡고 있던 참이었다. 내 손목을 잡은 그의 손이 떨리고 그의 입가에 머물던 미소가 얼어붙었다. 그는 숨도 제대로 쉬지 못하는 것 같았다.

"메이슨! 서인도 제도!" 그는 마치 상상 속 말하는 인형 같은 말투로 같은 말을 되풀이했다. "메이슨! 서인도 제도!"

그는 이 말을 세 번 반복했는데 반복할 때마다 얼굴에서 핏기가 가시며 하얗게 질렸다. 그는 자기가 뭘 하고 있는지도 모르는 듯했다.

"어디 안 좋으세요?"

"제인, 내가 추…… 충격을 받아서 그래요, 제인!"

그는 말까지 더듬었다.

"아, 저한테 기대세요."

"제인, 전에도 나한테 어깨를 빌려줬는데. 지금도 잠시만 빌릴게요."

"그러세요. 제 팔도 잡으세요."

내게 의지해 의자에 앉은 그는 나를 옆에 앉혔다. 두 손으로 내 손을 꼭 잡고 문질렀다. 그러고는 가장 괴로우면서 막막한 눈빛으로 나를 바라보았다.

"내 어린 친구! 당신이랑 단둘이 고요한 섬에 가 있으면 얼마나 좋을까요. 세상의 근심과 위험, 끔찍한 기억을 전부 뒤로 하고."

"도와드릴게요. 제 목숨까지 바칠 수 있어요."

"제인, 도움이 필요하다면 당신한테서 구할 겁니다. 약속해요."

"고맙습니다. 제가 뭘 하면 되는지 말해주세요. 뭐든 해볼게요."

"우선 식당에 가서 와인 한 잔만 갖다 줘요. 손님들이 지금쯤 식당에서 저녁 식사를 하고 있을 겁니다. 메이슨이 손님들이랑 같이 있는지, 지금 뭘 하는지 보고 와요."

나는 식당으로 갔다. 그의 말대로 손님들은 식당에서 저녁을 먹고 있었다. 그런데 손님들은 식탁 앞에 앉아 있지 않았다. 요리가 사이드 테이블에 차려져 있었고 손님들은 접시와 잔을 손에 들고 먹고 싶은 음식을 접시에 골라 담아 여기저기 삼삼오오 모여서 먹는 중이었다. 다들 무척 즐거워 보였다. 웃음과 대화로 활기찬 분위기였다. 메이슨은 벽난로 근처에 서서 덴트 대령 부부와 즐겁게 대화 중이었다. 나는 잔에 와인을 채워 들고 (블랜치 양이 인상을 찌푸리며 쳐다보았다. 내가 주제넘게 굴고 있다고 생각했을 것이다) 서재로 돌아갔다.

창백하던 로체스터 씨의 안색이 약간은 회복되어 있었다. 단호하고 매서운 표정이었다. 그가 내 손에서 와인 잔을 받아 들었다.

"나를 위해 봉사해준 당신의 건강을 위해 건배하겠습니다!" 그는 와인을 마신 뒤 내게 잔을 돌려주었다. "그들은 뭘 하고 있습니까, 제인?"

"웃고 떠들고 있어요."

"이상한 얘기라도 들은 것처럼 얼굴이 어둡고 뭔가를 궁금해하는 표정은 아니었어요?"

"전혀요. 농담을 주고받으면서 유쾌하게 얘기하고 있던데요."

"메이슨은?"

"그 사람도 웃고 있었어요."

"사람들이 다 같이 몰려와 나를 욕하면 당신은 어떻게 할 겁니까?"

"그들을 방에서 쫓아낼게요."

그는 희미한 미소를 지었다.

"내가 저들에게 갔는데, 저들이 나를 차가운 눈빛으로 쳐다보면서 자기네끼리 속닥거리다가 한 명씩 나를 두고 떠나버리면, 그때는요? 당신도 그들과 함께 떠날 겁니까?"

"그렇지 않아요. 저는 곁에 있을 겁니다."

"나를 위로하려고?"

"예. 최대한 위로해드릴게요."

"당신이 내 곁에 다가오는 걸 저들이 막으면?"

"그들이 막는다고 해서 뜻대로 못 할 제가 아닙니다. 그들 말엔 신경도 쓰지 않을 거예요."

"나를 위해 비난을 감수하겠다는 겁니까?"

"곁에 있어 줄 가치가 있는 친구를 위한 일이면 해야죠. 주인님처럼요."

"식당으로 다시 가서 메이슨에게 조용히 다가가요. 그리고 로체스터 씨가 집에 돌아왔는데 만나고 싶어 한다고 그의 귀에 속삭여요. 그를 이곳으로 데려오고 당신은 나가도록 해요."

"알겠습니다."

난 그가 하란 대로 했다. 내가 손님들 사이를 지나가자 다들 나를 쳐다보았다. 나는 메이슨을 찾아서 말을 전한 뒤 그를 식당 밖으로 데리고 나왔다. 그를 서재로 안내하고 위층으로 올라갔다.

잠자리에 들고 나서 한참 후에야 손님들이 각자의 방으로 들어가는 소리가 들려왔다. 그중에 로체스터 씨의 목소리가 내 귀를 사로잡았다.

"이쪽입니다, 메이슨 씨. 여기가 당신 방이에요."

밝은 목소리였다. 유쾌한 말투인 것을 확인하니 마음이 놓여 나는 곧 잠이 들었다.

20

평소 커튼을 치고 자는데 그날은 커튼 치는 걸 깜박 잊었고 블라인드도 내리지 않았다. 그날은 보름달인 데다 (날씨가 맑아서) 달빛이 밝았다. 하늘을 가로지르던 달은 커튼으로 가려지지 않은 내 방 유리창을 통해 곧바로 안을 들여다보며 영광스러운 빛으로 나를 깨웠다. 한밤중에 눈을 뜬 나는 수정처럼 맑고 둥근 은백색 달을 올려다보았다. 아름답지만 너무나도 엄숙해 보였다. 반쯤 몸을 일으킨 뒤 커튼을 치려고 팔을 뻗었다.

그런데 맙소사! 그 순간 비명이 들려왔다!

깊은 밤과 고요, 휴식을 박살 내는 사납고 예리하고 높은 비명이 손필드 홀의 이쪽 끝에서 저쪽 끝으로 뻗어나갔다.

맥박이 멈춘 듯했다. 심장마저도 잠잠해졌다. 나는 팔을 뻗은 채 그대로 몸이 굳었다. 비명이 잦아들었고 다시 들려오지 않았다. 그 끔찍한 비명을 내지른 것의 정체가 무엇이든 곧

바로 같은 소리를 내지는 못할 것이다. 안데스산맥에 사는 제일 큰 날개를 가진 콘도르도 둥지를 에워싼 구름 사이로 한 번 악을 내지르고 나면 곧장 되풀이하지는 못한다. 비명을 내지른 자도 중간에 쉴 시간이 필요할 것이다.

3층에서 들려온 비명이었다. 내 머리 위에서, 내 방 천장 바로 위에 있는 3층 방에서 들려온 소리였다. 몸싸움을 벌이는 소리도 들려왔다. 조금 전 비명을 내지른 자가 아닐까. 반쯤 목이 막힌 소리가 고함을 질렀다.

"살려줘요! 살려줘! 살려줘요!"

세 번 연속 빠르게 들려온 소리였다.

"누가 좀 와줘요!"

머리 위의 널빤지와 회반죽 너머로, 비틀거리며 바닥을 거칠게 찍는 소리가 들려왔다.

"로체스터! 로체스터! 맙소사, 제발!"

방문이 벌컥 열리고 누군가 복도를 달려갔다. 아니, 미친 듯이 뛰어갔다. 위층 바닥을 쿵쿵 찍어대는 소리가 다시 들리더니 이내 정적이 깔렸다.

나는 두려움에 사로잡혔지만, 얼른 옷을 입고 방에서 나갔다. 각자의 방에서 자고 있던 사람들이 다들 일어나 있었다. 놀라서 웅성거리는 소리가 각 방에서 흘러나왔다. 문들이 열리고 한 명씩 방 밖을 내다보았다. 이내 복도가 사람들로 붐볐다. 신사 숙녀 모두 침대를 박차고 나온 것이다.

"아! 무슨 일이래요?"

"누가 다쳤어요?"

"무슨 일 났습니까?"

"불 좀 가져와!"

"불이 났다고요?"

"강도가 들었다고?"

"어디로 도망쳐야 해요?"

이런 말들이 혼란스럽게 쏟아져 나왔다. 달빛이 없었으면 그들은 칠흑 같은 어둠 속에 서 있어야 했을 것이다. 사람들은 왔다 갔다 서성이며 삼삼오오 모여 있었다. 흐느껴 우는 이도 있고 어둠 속에 발을 헛디디는 사람도 있었다. 몹시 혼란스러운 분위기였다.

덴트 대령이 외쳤다.

"젠장, 로체스터 씨는 어디 있지? 침대에 없던데."

"여기요, 여기 있습니다. 다들 진정하세요. 저 여기 있습니다."

복도 저 끝의 문이 열리고 손에 초를 든 로체스터 씨가 사람들 쪽으로 다가왔다. 그는 3층에서 내려오는 길이었다. 숙녀 중 한 명이 곧장 달려가 그의 팔을 잡았다. 블랜치 잉그럼 양이었다.

"대체 무슨 일이 일어난 거죠? 말해줘요! 무슨 상황인지 당장 말해달라고요!"

"팔 좀 그만 잡아당겨요. 목도 그만 조르고."

에슈턴 자매들이 그에게 매달려 있었다. 거대한 흰 가운을 두른 두 명의 귀부인들도 돛을 모두 올린 함선처럼 그에게 돌진하고 있었다.

"아무 일 아닙니다! 괜찮아요! 〈헛소동Much Ado About Nothing(셰익스피어의 5막짜리 희극-옮긴이)〉 연극을 위한 예행연습일 뿐이었습니다. 숙녀분들, 진정하고 좀 떨어지세요. 이러다 초를 떨어뜨려 위험해지겠습니다."

그는 정말 위험해 보였다. 그의 검은 눈에서 불꽃이 튀는 듯했다. 그는 간신히 침착을 유지하며 덧붙였다.

"하녀 하나가 악몽을 꿨습니다. 그게 다예요. 그 하녀가 원래 흥분을 잘하고 신경이 예민합니다. 악몽을 꾸다가 본 것을 유령이라고 착각한 모양입니다. 놀라서 발작을 일으킨 거죠. 자, 다들 방으로 돌아들 가세요. 집 안이 조용해져야 그 하녀의 상태를 살펴보든 할 테니까요. 신사분들은 숙녀분들 앞에서 본을 보이시기 바랍니다. 블랜치 양, 당신이라면 이런 어리석은 공포를 충분히 이겨낼 힘이 있다고 생각합니다. 에이미, 루이자, 한 쌍의 비둘기처럼 둥지로 돌아가세요. 귀부인들도요. 추운 복도에 계속 서 계시면 분명 감기에 걸리실 겁니다."

그는 이렇게 달래고 명령을 해가면서 사람들을 각자의 방으로 다시 들여보냈다. 나는 명령을 기다리지 않고 조용히,

누구의 눈에도 띄지 않게 내 방으로 돌아갔다.

하지만 바로 침대에 눕지는 않았다. 신중하게 옷을 제대로 차려입기 시작했다. 비명 다음에 들린 소리, 그 말소리를 들은 사람은 나뿐인 듯했다. 소리가 들린 곳이 내 방 바로 위쪽 방이기 때문일 것이다. 악몽 때문에 두려움에 사로잡힌 하녀가 집이 떠나가도록 악을 써댄 것에 불과하다는 말은 이해가 되질 않았다. 로체스터 씨가 손님들을 진정시키기 위해 지어낸 거짓말일 것이다. 나는 혹시 모를 비상사태에 대비하기 위해 옷을 차려입었다. 옷을 다 입고 나서는 창가 앞에 한참을 앉아서 고요한 정원과 은빛으로 물든 들판을 내다보며 때를 기다렸다. 괴이한 비명과 싸움, 외침 뒤에는 또 다른 사건이 이어지게 마련이었다.

하지만 그 후로 쭉 조용했다. 손님들이 방에서 웅성대는 소리, 서성이는 소리가 점차 잦아들고 한 시간쯤 지나자 손필드 홀은 다시 사막처럼 고요해졌다. 잠과 밤이 다시 이 제국을 차지했다. 그동안 달은 기울어 지평선 아래로 저물고 있었다. 추위와 어둠 속에 계속 앉아 있고 싶지 않아서 이대로 침대에가 잠시 누울까 생각했다. 창가를 떠나 소리 없이 카펫을 가로질렀다. 허리를 굽히고 신발을 벗으려는데 내 방문을 조심스럽게 두드리는 소리가 들렸다.

내가 물었다.

"저 찾으세요?"

"깨어 있습니까?"

찾아올 거라 예상했던 목소리, 내 주인의 목소리였다.

"예."

"옷도 입었어요?"

"예."

"그럼 조용히 나와요."

나는 지시를 따랐다. 복도에 로체스터 씨가 촛불을 들고 서 있었다.

"도움이 필요해요. 따라와요. 서두르지 말고. 소리도 내지 말고요."

얇은 슬리퍼를 신고 있어서 매트 깔린 복도 바닥을 고양이처럼 소리 없이 걸을 수 있었다. 그는 복도를 지나 계단을 올라가서는 어둠 속에 잠시 멈춰 섰다. 천장이 낮고 불길한 3층 복도였다. 뒤따라가던 나도 그의 옆에서 걸음을 멈췄다.

그가 나지막하게 물었다.

"방에 스펀지 있어요?"

"예."

"정신 들게 하는 약…… 그러니까 후자극제(과거에 의식을 잃은 사람의 코 밑에 대어 정신이 들게 하는 데 쓰던 화학 물질 – 옮긴이)는요?"

"있어요."

"둘 다 가져와요."

나는 즉시 방으로 돌아갔다. 세면대 위에 놓인 스펀지와

409

서랍 안에 있던 후자극제 병을 챙겨 들고 위층으로 올라갔다. 그가 손에 열쇠를 쥐고 기다리고 있었다. 그는 작고 검은 여러 개의 문 중 한 곳으로 다가가 자물쇠에 열쇠를 꽂아 넣었다. 그는 그대로 서서 다시 내게 말했다.

"피를 보면 속이 메슥거려요?"

"그렇지는 않을 거예요. 아직 경험해본 적은 없지만요."

오싹한 기분이었다. 추위 때문도 아니고, 실신할 것 같은 기분이라 그런 것도 아니었다.

"손 이리 쥐요. 혹시 기절해서 쓰러지면 안 되니까."

나는 그의 손에 손가락을 얹었다.

"따뜻하고 안정돼 있군요."

그는 이렇게 말하고는 열쇠를 돌려 문을 열었다.

전에 와본 적 있는 방이었다. 페어팩스 부인이 저택 전체를 구경시켜줬던 날이었다. 방 한쪽에 벽걸이 융단이 걸려 있었는데 지금은 한옆으로 젖혀져 있고 그 뒤에 문 하나가 보였다. 벽걸이 융단에 가려져 있던 문이었다. 그 문 너머에서 빛이 흘러나왔다. 누군가 싸움에 나선 개처럼 으르렁거리고 컥컥대는 소리를 내고 있었다. 로체스터 씨는 초를 내려놓고 내게 말했다.

"잠깐 기다려요."

그러고는 안쪽 방으로 들어갔다. 발작적인 웃음소리가 그를 맞아들였다. 처음에는 요란하게 깔깔대다가, 그레이스 풀이 냈던 유령 같은 하! 하! 소리로 끝나는 웃음이었다. 그 여자가 저 안쪽 방에 있는 모양이었다. 로체스터 씨는 그곳에서 조용히 무언가를 하고 있었다. 그에게 말을 거는 낮은 목소리가 내 귓가에 들려왔다. 잠시 후 밖으로 나온 그가 등 뒤로 안쪽 방의 문을 닫았다.

"이쪽으로 와요, 제인!"

나는 커다란 침대의 다른 쪽 옆으로 돌아갔다. 커튼이 젖혀진 그 침대는 방 안의 상당 부분을 차지하고 있었다. 침대 머리맡에 놓인 안락의자에 한 남자가 앉아 있었다. 외투를 제외하고 옷을 다 갖춰 입은 상태였다. 남자는 고개를 뒤로 젖히고 눈을 감은 채 꼼짝도 하지 않았다. 로체스터 씨가 그에게 촛불을 가까이 가져가 얼굴을 비췄다. 죽은 사람처럼 창백한 얼굴. 이 집을 방문한 낯선 남자 메이슨이었다. 셔츠 한쪽 부분과 한쪽 팔이 온통 피에 젖어 있었다.

"초 들고 있어요."

로체스터 씨의 지시에 나는 초를 받아 들었다. 그는 세면대에서 물이 담긴 대야를 가져왔다.

"대야를 좀 들어줘요."

나는 지시에 따랐다.

그는 스펀지를 손에 들고 물에 적신 뒤 시체처럼 핏기 없는 남자의 얼굴을 적셨다. 그는 나한테서 후자극제를 받아 그것을 남자의 코 밑에 갖다 댔다. 메이슨은 곧바로 눈을 떴고 신음을 흘렸다. 로체스터 씨는 상처 입은 메이슨의 셔츠를 젖혀 열었다. 팔과 어깨에 붕대가 감겨 있었다. 로체스터 씨는 붕대 밑으로 흘러내리는 피를 스펀지로 닦아냈다.

"목숨이 위험한 상태인가요?"

메이슨이 힘없는 목소리로 물었다.

"무슨! 아니야. 좀 긁힌 것뿐이지. 약해빠진 소리 말고 참아! 의사를 불러올 테니까. 아침이면 여기서 나갈 수 있을 거야. 그렇게 되길 바라야지. 제인."

"예?"

"한두 시간 정도 이 신사와 함께 이 방에 좀 있어줘요. 방금 내가 한 것처럼 스펀지로 피를 닦아주면서. 이 사람이 기절하려고 하면 물로 입술을 적셔주고 코에 후자극제를 갖다 대요. 무슨 일이 있어도 말을 시키지 말고요. 리처드, 이 여자한테 말을 하려고 하면 목숨이 위험해질 수 있으니까 아무 말도 하지 말고 있어. 입을 열었다가 흥분하면 그 결과는 나도 책임 못 져."

가엾은 남자는 다시 고통에 찬 신음을 흘렸다. 그는 죽음에 대한 두려움 때문인지 아니면 다른 이유 때문인지는 몰라도 앉은 자리에서 움직일 생각을 하지 않았다. 공포로 얼어붙은 것 같은 모습이었다. 로체스터 씨는 피에 젖은 스펀지를 내 손에 쥐여주었다. 나는 그가 하던 대로 피를 닦기 시작했다.

로체스터 씨는 잠시 나를 바라보다가 "명심해요! 대화는 안 됩니다."라고 당부하고는 방을 나갔다. 방 밖에서 열쇠로 자물쇠를 잠그는 소리가 들리자 기분이 묘했다. 이윽고 그의 발소리가 멀어지고 아예 들리지 않게 됐다.

그렇게 나는 3층의 괴이한 방 안에 갇히게 됐다. 사방이 어두웠다. 내 눈과 손 아래에는 피투성이가 된 남자가 창백한 얼굴로 앉아 있었다. 이런 짓을 한 여자와는 저 문짝 하나로 가로막혀 있을 뿐이었다. 그 부분은 섬뜩했지만, 나머지는 견딜 만했다. 그레이스 풀이 나를 덮칠지도 모른다는 생각이 들 때마다 몸서리가 쳐지기는 했지만.

나는 내 자리를 지켜야 했다. 끔찍한 몰골을 한 이 남자를 지켜봐야 했다. 아무 말도 해서는 안 되는 푸른빛이 도는 남자의 입술. 남자는 눈을 감았다 떴다 하면서 방 안을 둘러보고 나를 쳐다보았다. 아무리 봐도 공포로 흐려진 눈빛이었다. 나는 핏물이 되다시피 한 대야에 손을 담그고 스펀지를 짰다. 그리고 남자의 상처 부위에서 흐르는 피를 연신 닦아냈다. 아직 초는 꺼지지 않았지만 점점 어두워지고 있었다. 짙어지는 그림자들이 고풍스런 벽걸이 융단에 드리우고, 큼직하고 오래된 침대의 커튼을 시커멓게 물들였으며, 맞은편에 놓인 커다란 장식장 문짝에서 괴이하게 흔들거렸다. 장식장 앞쪽은 패널 열두 개로 나뉘어 있었고 각각의 패널에는 마치 액자처럼 열두 제자들의 모습이 음산한 분위기로 그려져 있었다. 장식장 위쪽에는 흑단 십자가와 죽어가는 예수 그리스도의 조각상이 자리했다.

흔들리는 그림자와 깜박이는 촛불이 이곳저곳을 덮어 가렸다가 비쳤다가를 되풀이하고 있었다. 빛은 인상을 쓰고 있는 턱수염 난 의사 누가(예수의 제자이자 누가복음의 저자-옮긴이)를 비추다가 성 요한의 긴 머리카락으로 옮겨갔다. 이어서 유다의 악마 같은 얼굴이 보였다. 그 얼굴은 패널에서 점점 커져 마치 살아 있는 듯했다. 대반역자 사탄이 그 하수인의 형상으로 되살아나려는 것 같았다.

그 와중에 나는 환자를 지켜보면서 주변에서 들려올지 모를 소리에도 귀를 기울여야 했다. 저 문 너머에 도사리고 있을 들짐승인지 악귀인지 모를 존재의 움직임에 신경을 곤두세웠다. 하지만 로체스터 씨가 이 방에 들어온 이래로 그 존재는 마법에라도 걸린 듯 아무 소리도 내지 않았다. 밤새도록 나는 긴 간격을 두고 세 가지 소리를 들은 게 전부였다. 무언가 바닥을 밟는 끼이익 소리, 잠깐 지속된 으르렁거리는 소리, 그리고 인간의 낮고 깊은 신음.

자꾸만 고개를 드는 상념 때문에 마음이 괴로웠다. 외딴곳에 있는 이 저택에서 멀쩡히 존재하고 있음에도 저택 주인조차 쫓아내거나 제압하지 못하는 범죄라니. 예전에는 화재였고, 지금은 피투성이가 된 남자의 모습으로 한밤중마다 터져 나오는 괴이한 일들은 대체 뭐란 말인가. 대체 어떤 짐승이 평범한 여자의 얼굴과 모습을 한 채 악마 같은 비명을 내지르고 또 썩은 고기를 찾는 새 같은 소리를 내는 걸까?

내가 간호하고 있는 이 남자, 이 평범하고 조용한 낯선 남자는 어쩌다가 공포의 거미줄에 걸려들었을까? 복수의 여신은 왜 이 남자에게 달려들었을까? 이 남자는 침대에서 자고 있어야 할 밤중에 왜 이 구역에 들어왔을까? 나는 로체스터 씨가 이 남자에게 아래층 방 하나를 내주는 소리를 들었다. 그런데 대체 왜 여기 와 있는 것인가! 지독한 폭행을 당한 것 같은데 왜 이렇게 유순하게 굴까? 아무 말도 하지 말라는 로체스터 씨의 명령에 왜 조용히 따르는 걸까? 로체스터 씨는 도대체 왜 아무 말도 못 하게 한 걸까? 그를 찾아온 손님이 잔인무도한 폭행을 당했고, 로체스터 씨 본인의 목숨도 화재라는 방식으로 위협당한 적이 있었다. 그런데 두 번 다 로체스터 씨는 아무도 모르게 덮어버리려 하는 것이다! 그리고 메이슨은 로체스터 씨의 말에 복종하고 있었다. 로체스터 씨의 앞뒤 가리지 않는 강력한 의지가 무기력한 메이슨을 지배하는 것 같았다. 둘 사이에 몇 마디 말이 오갔을 뿐이지만 나는 확신했다. 두 사람이 예전부터 친구 사이였다면 적극적인 이가 소극적인 이에게 습관적으로 영향을 미치는 방식으로 교류가 이루어졌을 것이다. 그렇다면 메이슨이 이 저택에 찾아왔다는 얘기를 듣고 로체스터 씨는 왜 그렇게 당황했을까? 지금 보니 말 몇 마디로 어린애 다루듯 할 수 있는데, 불과 몇 시간 전만 해도 로체스터 씨는 이 온순한 남자의 이름을 듣고 벼락 맞은 참나무처럼 충격을 받은 모습이었다.

'제인, 내가 추…… 충격을 받아서 그래요, 제인!' 아! 이 말을 나지막하게 내뱉던 로체스터 씨의 표정과 창백한 얼굴이 잊히지 않는다. 내 어깨에 올려놓은 그의 팔이 얼마나 떨렸는지도 분명히 기억한다. 페어팩스 로체스터 씨처럼 강한 사람의 기를 꺾고 떨게 할 만한 일이라면 사소한 문제는 아닐 것이다.

'언제 오시지? 대체 언제 오시는 거야?'

밤은 끝도 없이 이어지는데, 피 흘리는 환자는 갈수록 늘어지고 신음을 흘리며 기운을 잃어갔다. 날은 밝아오지 않고 도와줄 사람도 오지 않았다. 나는 다시 메이슨의 창백한 입술에 물컵을 가져다 대주었다. 그의 코 밑에 후자극제를 가져가 정신을 들게 했다. 하지만 내 노력은 점점 효과를 잃어갔다. 신체적 고통이나 심적 고통 때문인지, 아니면 출혈 때문인지, 어쩌면 그 세 가지 모두가 작용해서인지 몰라도 메이슨은 빠르게 기력을 잃어가고 있었다. 그의 입에서 힘없는 신음이 흘러나왔다. 몹시 쇠약해진 그는 정신을 놓으면서 멍해지는 모습이었다. 이대로 죽는 게 아닐까 겁이 났다. 그런데도 그에게 말을 걸면 안 되었다.

마침내 초가 다 타버렸다. 촛불이 꺼지고 나니 창문 커튼 사이로 흘러드는 회색빛이 보였다. 동이 트고 있었다. 저 아래서 파일럿이 짖는 소리가 들렸다. 뜰 저 멀리에 위치한 개집

에서 들려오는 소리였다. 다시 희망이 생겼다. 그리고 헛된 희
망이 아니었음이 곧 밝혀졌다. 5분도 채 안 되어서 자물쇠 구
멍에 열쇠를 넣고 돌리는 소리가 들리더니 자물쇠가 철컥 열
렸다. 드디어 불침번이 끝난 모양이었다. 사실 두 시간밖에 안
되었는데 수 주일도 더 걸린 듯 느껴졌다.

로체스터 씨가 의사를 대동하고 방으로 들어왔다.

"자, 카터, 조심스럽게 해야 합니다. 30분 안에 상처를 치
료하고 붕대를 묶고 환자를 아래층으로 데리고 내려가요."

"환자가 움직일 수 있는 상태입니까?"

"물론이죠. 대단한 상처도 아닙니다. 신경이 곤두선 것뿐
이니 기운 차리게 하면 될 겁니다. 어서, 치료 시작해요."

로체스터 씨는 창문 앞에 드리워진 두꺼운 커튼을 젖히
고 블라인드를 올려 햇빛이 들어오게 했다. 놀랍고 반갑게도
이미 날이 밝아오기 시작했다. 동쪽 하늘에 불그스름한 빛줄
기가 퍼져나갔다. 의사는 치료를 시작했고 로체스터 씨는 메
이슨에게 다가갔다.

"지금은 좀 어때?"

메이슨이 힘없는 목소리로 대답했다.

"그 애가 제 목숨을 거의 끊어놓은 것 같습니다."

"무슨 그런 말을 해! 용기를 내야지! 앞으로 2주일만 지
나면 이런 상처는 흔적도 안 남아. 피를 많이 흘린 것뿐이야.
카터, 위험한 상황이 아니라고 환자한테 말 좀 해줘요."

감겨 있던 붕대를 풀어낸 카터가 말했다.

"양심을 걸고 위험한 상황은 아니라고 말씀드릴 수 있습니다. 제가 좀 더 빨리 왔으면 좋았겠지만요. 그랬으면 피도 이렇게 많이 안 흘렸을 테니까요. 어쩌다 이렇게 다친 겁니까? 어깨는 베인 것 같은데, 이 상처는 칼에 베인 상처가 아니네요. 이빨 자국이 있어요!"

메이슨이 중얼거렸다.

"그 애가 날 물었어요. 로체스터가 칼을 빼앗자 호랑이처럼 나를 물었습니다."

"순순히 당하지 말았어야지. 맞붙어 싸웠어야 했어."

"하지만 그 상황에서 어떻게 바로 대응해요? 아, 너무 끔찍했어요!" 메이슨은 몸서리를 쳤다. "그런 일이 일어날 줄은 예상도 못 했습니다. 처음에 그 애는 너무도 얌전했어요."

"경고했잖아. 그 여자 가까이에 있을 땐 조심해야 한다니까. 내일까지 기다렸으면 나랑 같이 만났을 텐데. 왜 한밤중에 만나겠다고 혼자 어리석게 나섰는지."

"그 애한테 도움이 될 거라 생각했어요."

"생각! 그놈의 생각! 그래, 그런 얘기를 들을 때마다 화가 치밀어 오르지만, 내 조언을 무시했다가 지금 그렇게 고통받고 있고 앞으로도 그럴 것 같으니 긴말은 안 할게. 카터, 서둘러요! 어서! 이러다 날이 완전히 밝겠습니다. 어서 이 친구를 내보내야 해요."

"끝나갑니다. 어깨에는 붕대를 다 감았어요. 이제 팔에 난 상처를 살펴보겠습니다. 그분이 여기에도 이빨 자국을 남겨놓으셨네요."

메이슨이 말했다.

"그 애가 내 피를 빨아 먹겠다고, 내 심장 속 피를 다 마셔버리겠다고 했어요."

그 말에 로체스터 씨는 몸서리를 쳤다. 혐오와 공포, 증오의 감정이 뒤섞이면서 얼굴이 묘하게 일그러졌다. 하지만 그의 입에서 나온 말은 사뭇 달랐다.

"그만해, 리처드. 그 여자가 무슨 헛소리를 하든 신경 쓰지 마. 다시 입 밖에 낼 필요도 없어."

"잊어버릴 수 있으면 좋겠어요."

"이 나라를 떠나면 다 잊게 돼. 스패니쉬 타운으로 돌아가면 그 여자는 죽어서 땅에 묻힌 사람으로 생각하면서 살 수 있어. 그 여자 생각은 아예 하지도 않게 될 거야."

"오늘 밤을 어떻게 잊겠어요!"

"불가능한 일도 아니야. 힘내. 두 시간 전까지만 해도 자네는 곧 죽을 것 같더니, 지금은 이렇게 살아서 말도 하고 있잖아. 자! 카터가 치료를 완전히 다, 아니 거의 다 끝냈어. 곧 자네를 멋지게 변신시켜줄게. 제인, (그는 이 방에 다시 들어오고 나서 처음으로 나를 돌아보았다) 열쇠 줄 테니까 내 방으로 내려가서 옷방으로 바로 들어가요. 옷장 맨 위 서랍을 열면 깨끗한 셔츠와 네커치프(장식이나 보온을 위해 목에 두르는 정사각형의 얇은 천—옮긴이)가 있으니 가지고 와요. 어서."

나는 방을 나섰다. 그가 말한 옷장을 찾고 그 안에서 물건들을 챙겨 들고 돌아왔다.

"내가 이 사람 옷을 갈아입힐 동안 침대 건너편으로 가 있어요. 방에서 나가지는 말고요. 당신 도움이 더 필요할 것 같으니까."

나는 하라는 대로 했다.

잠시 후 로체스터 씨가 물었다.

"아래층으로 내려갔을 때 방에서 나와 돌아다니는 사람이 있었어요, 제인?"

"아뇨. 2층 전체가 조용했어요."

"자네를 여기서 신속하게 내보내줄게, 리처드. 자네를 위해서나 저기 있는 불쌍한 사람을 위해서나 그러는 편이 좋을 거야. 나는 저 사람이 남들 눈에 띄지 않게 하려고 오랫동안 애써왔어. 지금도 마찬가지야. 자, 카터, 이 친구에게 조끼를 입히는 걸 도와줘요. 털 망토는 어디 됐어? 이 추운 날씨에 털 망토 없이는 1, 2킬로미터도 못 가. 자네 방에 있어? 제인, 지금 바로 메이슨 씨의 방으로 내려가요. 내 방 바로 옆방입니다. 가서 망토를 가져와요."

나는 또다시 내려갔다가 안쪽과 가장자리에 털을 댄 커다란 망토를 들고 돌아왔다.

로체스터 씨는 지치지도 않고 또 지시를 내렸다.

"하나 더 해줄 일이 있어요. 내 방에 다시 갔다 와요. 당신이 그 벨벳 실내화를 신고 있어서 다행이에요, 제인! 이 상황에서 투박한 신발을 신은 심부름꾼은 아무짝에도 쓸모없을 겁니다. 내 방 화장대의 가운데 서랍을 열면 작은 유리병이랑 유리잔이 있어요. 그걸 가져와요. 서둘러요!"

나는 날듯이 내려갔다가 그가 말한 물건들을 들고 서둘러 올라왔다.

"잘했어요! 자, 카터, 아무래도 내가 환자에게 멋대로 약을 먹여야겠습니다. 결과는 내가 책임지는 걸로 하죠. 로마의 돌팔이한테 이 강장제를 샀어요. 당신이 봤으면 발로 걷어차 버렸을, 그런 엉터리 같은 놈이었죠. 마구잡이로 사용할 약은 아니지만 때에 따라서는 효과를 발휘해요. 이를테면 지금 같은 경우죠. 제인, 물 가져와요."

그는 작은 유리잔을 앞으로 내밀었다. 나는 세면대의 물병을 가져와 그 잔을 절반쯤 채웠다.

"됐어요. 이제 유리병의 주둥이를 물로 적셔요."

나는 지시대로 했다. 로체스터 씨는 진홍색 액체 열두 방울을 유리잔에 담아서 메이슨에게 가져갔다.

"마셔, 리처드. 한 시간 정도 힘을 낼 수 있게 해줄 거야."

"먹고 아프지는 않겠죠? 염증 생기는 거 아니에요?"

"마셔! 그냥! 마시라고!"

메이슨은 그의 말을 따랐다. 저항해봤자 소용없는 상황이었다. 그는 이제 옷도 다 입었다. 여전히 낯빛은 창백했지만 더 이상 피는 흘리지 않았고 피투성이가 된 옷을 입고 있지도 않았다. 로체스터 씨는 액체를 삼킨 메이슨이 3분 정도 앉아 있게 두었다가 그의 팔을 잡고 일으켜 세웠다.

"자, 이제 자네 발로 서봐. 어서."

환자가 다리에 힘을 주고 일어섰다.

"카터, 다른 쪽 어깨 밑을 부축해요. 기운 내, 리처드. 한 발 앞으로 내디뎌 봐. 그래!"

"기운이 좀 나기는 하네요."

메이슨이 말했다.

"그럴 거라니까. 제인, 우린 뒤쪽 계단으로 내려갈 테니까 먼저 내려가서 옆문의 빗장을 열어놔요. 마당에서 기다리고 있는 사륜 역마차 마부가 보일 겁니다. 내가 포장된 길에서 바퀴 소리를 내지 말라고 일러뒀으니 문밖에 있겠군요. 마부한테 우리가 곧 가니까 출발 준비하라고 전해요. 누가 근처에 보이면 계단 아래쪽으로 와서 헛기침으로 알려줘요."

어느덧 아침 5시 반이 다 되었고 해가 막 떠오르려 하고 있었다. 주방은 아직 어둡고 조용했다. 잠겨 있는 옆문을 최대한 소리 없이 열었다. 마당은 조용했다. 대문을 열고 보니 그 앞에 마구를 채운 말들과 대기 중인 사륜 역마차가 보였다. 마부는 마차 바깥의 마부석에 앉아 있었다. 다가가서 신사분들이 곧 나오실 거라고 알리자 마부는 고개를 끄덕였다. 조심스럽게 주변을 둘러보며 귀를 기울였다. 이른 아침의 고요한 기운이 사방에 깔렸고, 하인 숙소의 창문에는 아직 커튼이 드리워진 상태였다. 꽃이 만개한 과수원 나무들 사이에서 작은 새들이 지저귀고 있었다. 마당 한쪽을 둘러싼 담벼락 위로 나뭇가지들이 하얀 화관처럼 드리워졌다. 좁은 마구간 안에서 마차 말들이 때때로 발을 구를 뿐 다른 소리는 들리지 않았다.

이윽고 신사들이 마당으로 나왔다. 메이슨은 로체스터 씨와 의사 카터의 부축을 받고 있기는 했지만 그럭저럭 편하게 걸어오는 모습이었다. 두 사람은 메이슨이 마차에 오르도록 도왔다. 카터도 뒤따라 마차에 올라탔다.

로체스터 씨가 카터에게 말했다.

"잘 돌봐줘요. 몸이 회복될 때까지만 선생네 집에 데리고 있어주시면 됩니다. 잘 회복되고 있는지 보러 하루 이틀 내로 들르겠습니다. 리처드, 좀 어때?"

"신선한 공기를 쐬니까 기운이 나네요, 페어팩스."

"이 사람 쪽 차창을 열어둬요, 카터. 바람이 불지 않으니까. 잘 가, 리처드."

"페어팩스……."

"그래, 왜?"

"그 애를 잘 돌봐줘요. 다정하게 대해주고. 그리고……."

리처드는 말을 끝맺지 못하고 눈물을 흘렸다.

"최선을 다할게. 지금까지도 그래왔고 앞으로도 그럴 거야."

로체스터 씨가 마차 문을 닫자, 마차가 출발했다.

그는 육중한 대문을 닫고 빗장을 걸며 조용히 덧붙였다.

"신께서 어서 이 짓거리를 끝내주시길 빌어야지!"

일을 마친 그는 과수원 경계벽에 난 문 쪽으로 멍한 얼굴을 한 채 천천히 걸어갔다. 그가 더 이상 지시할 일이 없을 것 같아 집 쪽으로 돌아서려는데 나를 부르는 그의 목소리가 들렸다.

"제인!"

그는 과수원 쪽 문을 열고 그 앞에 서서 나를 기다리고 있었다.

"잠깐이라도 신선한 공기를 쐬러 갑시다. 저 집은 지하 감옥이나 다름없어요. 그렇게 느껴지지 않아요?"

"저한테는 멋진 저택으로 보이는데요."

"저 집을 제대로 경험하지 못해서 좋게만 보는 겁니다. 마법에 걸린 상태나 마찬가지죠. 저 저택의 금박이 진흙이나 다름없고 비단 커튼은 거미줄이고 대리석은 추악한 석판이고 윤기 나는 목재는 쓰레기 나무토막과 더러운 나무껍질에 불과하다는 걸 아직 몰라서 그래요. 하지만 이곳은…… (그가 잎이 무성한 과수원 안쪽을 가리켰다) 진짜예요. 달콤하고 순수하죠."

그는 끄트머리에 회양목이 있고 길 한쪽에 사과나무, 배나무, 벚나무가 늘어선 길을 따라 걷다가 그 길을 벗어났다. 다른 쪽 경계선에는 유행이 지난 온갖 꽃들, 스톡, 수염패랭이꽃, 프림로즈, 팬지와 개사철쑥, 스위트 브라이어를 비롯한 여러 가지 향긋한 허브들이 어우러졌다. 4월의 소나기와 햇살을 번갈아 맞은 꽃들도 신선하게 피어 있었다. 이윽고 사랑스러운 봄날의 아침이 밝아왔다. 태양은 얼룩진 동쪽 하늘을 밝히며 떠올랐다. 햇빛은 화관을 두르고 아침 이슬에 촉촉이 젖은 과수원 나무들과 그 아래 고요한 길을 내리비쳤다.

"제인, 이 꽃을 가질래요?"

그는 반쯤 피어난 장미 한 송이를 덤불에서 꺾어 내게 내밀었다.

"고맙습니다."

"이런 일출을 좋아해요, 제인? 낮 공기가 더워지면서 사라질 가벼운 구름들이 높이 떠 있는 하늘은? 이 평온하고 아늑한 공기는 어때요?"

"좋아해요. 많이."

"당신은 참 괴상한 밤을 보냈네요, 제인."

"그러게요."

"그래서인지 낯빛이 창백해요. 당신을 메이슨과 단둘이 두고 내가 집을 떠났을 때 두려웠어요?"

"안쪽 방에서 누가 나올까 봐 두려웠어요."

"그 문은 내가 잘 잠가뒀어요. 그 문 열쇠는 내 주머니에 들어 있었죠. 내가 만약 아끼는 양을 늑대 우리 가까이에 무방비 상태로 두고 떠났다면 부주의한 양치기겠죠. 당신은 어제 안전했어요."

"그레이스 풀을 계속 이 집에서 살게 두실 건가요?"

"아, 그래야죠! 그레이스 풀에 대해서는 걱정할 필요 없어요. 아예 신경을 꺼도 됩니다."

"그 여자가 이 집에 머무는 한 주인님의 목숨도 위험할 수 있어요."

"걱정 말아요. 내 몸은 내가 챙깁니다."

"어젯밤에 걱정하신 위험 요소는 이제 사라진 건가요?"

"메이슨이 영국을 떠날 때까지는 완전히 사라졌다고 말할 수 없겠죠. 그가 떠난 후에도 마찬가지일 것 같지만. 나한테 삶이란 언제 터져서 불을 내뿜을지 모를 화산 분화구 표면 위에 서 있는 것과 마찬가지예요."

"메이슨 씨는 남의 말에 잘 휘둘리는 분 같던데요. 특히 주인님이 그분에게 강한 영향력을 행사하는 것처럼 보였어요. 그러니 그분이 주인님의 뜻을 거스르거나 주인님에게 일부러 해를 끼칠 일은 없겠죠."

"아, 그렇지도 않아요! 메이슨이 내 뜻을 거스르지 못하는 건 맞습니다. 고의로 내게 해를 끼치지도 않을 테고요. 하지만 그는 부주의한 말 한마디로 언제든 의도치 않게 내 인생에서 목숨까지는 아니어도 행복은 빼앗을 수 있습니다."

"그럼 말조심하라고 그분에게 말씀하세요. 주인님이 걱정하는 바를 알려주시고 위험한 상황을 만들지 않도록 이끌어주시면 되잖아요."

그는 코웃음을 치면서 얼른 내 손을 잡았다가 바로 놓았다.

"말로 경고해서 막을 수 있다면 위험 요소라고 할 것도 없겠죠? 그런 위험 요소 따위라면 단박에 없어져버리고 말 테니까요. 메이슨과 아는 사이가 된 후로 나는 그에게 '이걸 해'라고 지시만 내리면 됐습니다. 그럼 그 일이 실행됐죠. 하지만 이건 단순히 지시를 내려서 해결될 일이 아닙니다. '나한테 해를 끼치지 않도록 조심해, 리처드'라는 말을 할 수가 없어요. 그가 그런 식으로 내게 해를 끼칠 수 있다는 걸 모르게 하는 게 중요하니까요. 어리둥절한 표정이군요. 좀 더 어리둥절하게 만들어줄게요. 당신은 내 친구 맞죠?"

"옳은 일이라면 언제든 주인님을 섬기고 뜻에 따를 겁니다."

"그래요. 당신이 그럴 사람인 건 잘 압니다. 당신이 나를 돕고 나를 기쁘게 해주려 할 때, 한마디로 나를 위해서 나와 함께 일할 때, 걸음걸이와 표정, 눈동자와 얼굴에 진심으로 만족하는 기색이 보이더군요. '옳은 일이라면'에 해당하는 그런 일을 할 때요. 하지만 옳지 않다고 생각되는 일을 내가 억지로 시키면 당신의 발걸음은 가볍지 않을 테고 손놀림도 민첩하지 않겠죠. 활기찬 눈빛과 생기 있는 표정도 없을 테고요. 당신은 조용히 창백한 얼굴로 나를 돌아보며 이렇게 말할 겁니다. '아뇨, 주인님. 그건 불가능해요. 옳지 않은 일이니 저는 따를 수 없습니다.' 그러고는 저 하늘의 항성처럼 꼼짝도 안 하겠죠. 당신은 그런 식으로 나한테 힘을 행사하고 내게 상처를 줄 수 있어요. 당신이 아무리 진실하고 다정한 사람이어도 나를 옴짝달싹 못 하게 만들 수 있으니 내 약점은 말해주지 않을 생각입니다."

"저를 두려워하지 않으시듯이 메이슨 씨를 두려워하지 않게 된다면 주인님은 무척 안전한 상태가 되겠네요."

"제발 그렇게 되어야 할 텐데! 자, 저기 정자가 있어요. 가서 앉죠."

담쟁이덩굴이 자라는 담장 중간에 아치형으로 만들어놓은 정자였다. 그 안에는 소박한 나무 벤치가 있었다. 로체스터 씨는 벤치에 앉으면서 한옆에 자리를 내주었다. 하지만 나는 앉지 않고 그의 앞에 서 있었다.

"앉아요. 우리 둘이 앉을 수 있을 정도로 긴 벤치예요. 내 옆에 앉는 걸 망설이는 겁니까? 잘못된 행동이라 그래요, 제인?"

나는 그의 옆으로 가 앉는 것으로 대답을 대신했다. 이런 상황에서 무작정 거절하는 것도 현명하지 못한 처신인 것 같아서였다.

"자, 어린 친구, 태양이 아침 이슬을 마시고, 이 오래된 정원의 모든 꽃이 깨어나 활짝 피어나고, 새들이 새끼들에게 먹일 아침을 구하러 옥수수밭에 들어가고, 일찌감치 일어난 벌들이 첫 일을 시작하는 동안, 당신한테 들려줄 얘기가 있어요. 이 얘기를 당신의 삶에 적용해서 생각해봐요. 일단 나를 봐요. 편안한 상태인지 말해줘요. 내가 이렇게 당신을 붙잡아놓고 있거나 당신이 여기 있는 게 잘못이라는 생각이 들면 안 되니까요."

"아뇨. 편안합니다."

"그렇다면 제인, 지금부터 상상력을 동원해봐요. 당신은 엄격한 규율의 적용을 받으며 자라난 소녀가 아니라 어렸을 때부터 응석받이로 자라나 제멋대로인 소년인 겁니다. 머나먼 외국에서 살고 있다고 상상해봐요. 당신은 그곳에서 중대한 실수를 범하게 됩니다. 어떤 종류의 실수인지 동기가 무엇인지는 중요하지 않아요. 그 실수로 인한 결과가 당신을 평생 따라다니며 삶을 더럽히게 돼요. 내가 말한 건 범죄가 아니에요. 피를 흘리거나 법적으로 죄가 되는 일은 아닙니다. 실수인 거죠. 당신이 저지른 일의 결과가 당신을 도저히 견딜 수 없게 만들게 됩니다. 당신은 부담을 덜기 위해 이런저런 대책을 강구하죠. 물론 불법적이거나 비난받을 법한 대책은 아닙니다. 대책을 마련했는데도 당신은 몹시 불행한 나날을 보내고 있어요. 제한된 삶 속에서 희망이라는 걸 가질 수 없기 때문이죠. 당신의 삶에서 태양은 한낮에도 일식 상태라 캄캄합니다. 해가 완전히 질 때까지 그 상태인 겁니다. 머릿속은 온통 씁쓸하고 비열한 기억뿐이에요. 결국, 당신은 집에 머물지 못하고 여기저기 떠돌며 살게 됩니다. 쾌락 속에서 행복을 찾으려 하죠. 지성을 무디게 하고 감정을 메마르게 만드는 비정하고 관능적인 쾌락이에요. 당신은 자발적 추방 상태에서 여러 해를 떠돌다 지친 심장과 시든 영혼을 부여잡고 집으로 돌아옵니다. 그리고 새로운 사람을 알게 돼요. 어떻게 만났는지는 중요하지 않습니다. 당신은 그 새로운 사람이 20년 동안 찾아 헤맸지만 만나지 못했던 선량하고 밝은 심성을 가진 사람이라는 것을 알게 됩니다. 한 점 오염된 구석 없이 신선하고 건강한 심성이죠. 그 사람과 교류하면서 영혼이 되살아나고 활력이 솟게 됩니다. 당신은 좋았던 시절이 되돌아왔다고 느껴요. 높은 소망과 순수한 감정이 있던 시절이요. 당신은 새로운 삶을 살아보고 싶다는 생각, 남은 삶을 불멸의 존재에 어울리는 방식으로 보내고 싶다는 생각을 해보게 됩니다. 그러기 위해 관습의 장애물 정도는 무시해도 되지 않을까요? 당신의 양심도 인정하지 않고 옳다고 판단되지도 않는 그저 인습적인 장애물일 뿐인데요."

　　그는 대답을 듣기 위해 말을 멈췄다. 내가 뭐라고 말해야 했을까? 선량한 요정이 신중하고 만족스러운 대답을 가르쳐주면 좋을 텐데! 헛된 바람이겠지! 서풍이 내 주변의 담쟁이 덩굴 속에서 속삭였지만 아무리 온화한 아리엘(히브리어로 성찬 대와 신의 사자란 뜻을 지닌 천사-옮긴이)이라도 서풍의 숨결을 통해 말을 해줄 수는 없었다. 나무 위에서 새들이 노래하고 있었지 만, 아무리 달콤한 노래라도 그 뜻을 알 수는 없었다.

로체스터 씨가 다시 질문을 했다.

"한때 방랑했고 지은 죄도 많지만 이제 평안을 추구하며 회개하는 남자가 다정하고 자애로우며 상냥한 그 낯선 사람 곁에서 마음의 평화를 얻고 새로이 살아보기 위해, 대중의 의 견에 도전해도 될까요?"

"방랑했던 이의 안식이나 죄인의 개심은 같은 인간을 통 해 이룰 수 있는 게 아니에요. 남자나 여자나 모두 언젠가는 죽어요. 철학자도 지혜의 문제에서 흔들리고, 기독교인도 선 함의 문제에서 갈등하죠. 주인님이 아는 어떤 분이 과거의 일 로 고통받고 실수를 저질렀고, 이제 실수를 되돌릴 힘과 치유 의 위안을 찾고자 한다면, 인간보다 더 높은 차원의 분에게 의 지해야 해요."

"하지만 그 높은 존재에게 가 닿기 위한 수단을 말하는 겁니다. 수단을요! 하느님께서는 수단을 정해주셨어요. 비유 를 쓰지 않고 솔직하게 말하겠습니다. 한때 나는 세속적이고 방탕하고 불안정한 삶을 살았습니다. 그런데 그런 나를 치유 해줄 수단을 발견한 것 같네요. 바로……."

그는 말을 멈췄다. 새들은 계속 지저귀고 잎사귀들은 가볍게 바스락거렸다. 그의 고백이 중단됐으니 새들의 노랫소리와 잎사귀들의 속삭임도 멈춰야 하지 않을까. 하지만 만약 그랬으면 꽤 오래 멈췄어야 했을 것이다. 그의 침묵이 그만큼 길어졌으니까. 마침내 나는 말을 하다 말고 멈춘 그를 바라보았다. 그는 열정 가득한 눈으로 나를 바라보고 있었다.

"어린 친구." 그의 말투가 바뀌었다. 부드럽고 진지하던 표정도 거칠고 냉소적으로 변해 있었다. "블랜치 잉그럼 양에게 내가 다정하게 대하는 걸 봤을 겁니다. 내가 그 여자와 결혼하면 그 여자가 나를 온 힘을 다해 새로운 사람으로 만들어줄 것 같습니까?"

그는 벌떡 일어나 길 저 끝으로 갔다가 나지막하게 콧노래를 부르며 다시 돌아왔다.

그러고는 내 앞에 서서 말했다.

"제인, 제인. 밤을 새워서 안색이 창백하군요. 편히 잠도 못 자게 방해했다고 나를 욕할 겁니까?"

"욕이요? 아뇨."

"그 말을 확인하는 뜻으로 우리 악수하죠. 손가락이 차갑네요! 어젯밤 비밀의 방 문 앞에서 만졌을 때는 따뜻했는데. 제인, 언제 또 나와 함께 밤을 새워줄 수 있어요?"

"제가 도움이 된다고 하시면 언제든지요."

"이를테면 내 결혼식 전날 밤에요! 아무래도 잠을 못 잘 것 같아서 말이죠. 밤새 내 곁에 앉아 말동무가 되어줄 수 있어요? 당신한테는 내가 사랑하는 여인 얘기를 할 수 있을 것 같아서 그렇습니다. 당신은 그 여인을 보았고 알고 있어요."

"예."

"보기 드문 여성이죠, 안 그래요, 제인?"

"그렇죠."

"키가 엄청 크잖아요. 몸집도 크고 피부는 갈색에 가슴도 풍만하죠. 카르타고(아프리카 북부의 고대 도시 국가─옮긴이)의 여인들 같은 검은 머리는 또 어떻고요. 나를 축복해줘요! 마구간에 덴트 대령과 린 경이 있군요! 쪽문을 통해 덤불 옆으로 들어가도록 해요."

내가 한쪽으로 걸어가자 그는 반대 방향으로 걸음을 옮겼다. 잠시 후 마당에서 그의 유쾌한 말소리가 들려왔다.

"오늘 아침에 메이슨 씨가 여러분들보다 더 빨리 움직였습니다. 해가 뜨기도 전에 떠났어요. 새벽 4시에 일어나서 그 사람을 배웅했지 뭡니까."

21

예감이라는 건 참 희한하다! 공감도 그렇고, 징조도 그렇다. 이 세 가지를 결합하면 인류가 아직 알아내지 못한 불가사 의에 대한 답을 알아낼 수도 있을 것이다. 나는 지금까지 종 종 괴이한 예감을 느끼며 살아왔기에 어떤 예감이 들었을 때 웃어넘긴 적이 없다. 나는 공감이라는 것도 존재한다고 믿는 다. (이를테면 오랫동안 멀리 떨어져서 살아온 사람들, 사이가 소 원해진 친척들 사이에서도 공감이 형성될 수 있다. 각자의 근원에 서 합일하는 부분이 있으니까.) 공감의 작용은 인간의 이해 범 위를 넘어서기도 한다. 징조는 자연과 인간의 공감이라 할 수 있다.

　어렸을 때, 그러니까 여섯 살밖에 안 됐을 때의 일이다. 어느 날 밤 나는 베시 레븐이 마사 애벗에게 어린아이 꿈을 꾸었다는 얘기를 하는 소리를 들었다. 어린아이가 나오는 꿈 은 자신에게나 가족에게 말썽이 일어날 징조라고 했다. 다른 때 같으면 곧 내 기억에서 잊혔을 베시의 꿈 얘기는 바로 다음 날 일어난 일 때문에 영원히 내 기억에 아로새겨졌다. 다음 날 여동생이 죽었다는 소식을 들은 베시가 집으로 돌아간 것이다.

요즘 나는 예전 베시의 꿈 얘기와 이번에 일어난 사건을 머릿속으로 곱씹고 있다. 지난 일주일 동안 밤마다 갓난아기 꿈을 연달아 꾸느라 잠자리가 편치 않았다. 아기를 품에 안고 어르거나 무릎에 올려놓고 달래는 꿈, 아기가 잔디밭에서 데이지 꽃을 가지고 노는 꿈, 아기가 흐르는 물에 손을 첨벙대는 꿈 등이었다. 어느 날 꿈에서는 어린애가 울부짖었고 다음 날 꿈에서는 웃어댔다. 아이가 내게 가까이 다가와 안겨 있기도 했고 나한테서 달아나기도 했다. 환영이 내게 어떤 감정을 불러일으키고 어떤 모습으로 나타나든 상관없이, 나는 7일 연속으로 밤에 꿈을 꿀 때마다 어린애를 만나고 있었다.

이런 식으로 반복되는 꿈을 꾸는 게 싫었다. 한 가지 이미지가 괴상하게 되풀이되고 있어서 잠잘 시간이 다가오고 꿈의 시간이 가까워지면 신경이 곤두섰다. 어느 달 밝은 밤에도 나는 아기가 나오는 꿈을 꾸다가 아기 울음소리에 잠에서 깨고 말았다. 바로 다음 날 오후, 나를 만나러 온 누군가가 페어팩스 부인의 방에서 기다리고 있다는 전갈을 받고 아래층으로 내려갔다. 가서 보니 어느 상류층 신사의 하인처럼 보이는 남자였다. 남자는 검은색 상복 차림이었고 손에 든 모자에도 상중임을 나타내는 검은 크레이프 상장喪章이 둘러 있었다.

그는 내가 방으로 들어가자 의자에서 일어서며 말했다.

"저를 기억하실지 모르겠습니다, 아가씨. 제 성은 레븐입니다. 8, 9년 전 아가씨가 게이츠헤드에 사실 때 리드 부인의 마부로 일했습니다. 지금도 거기서 살고 있고요."

"아, 로버트! 잘 지냈어요? 기억하다마다요. 조지애나 양의 조랑말에 한 번씩 태워주시곤 하셨잖아요. 베시는 잘 있죠? 베시와 결혼했다고 들었는데."

"그럼요, 아가씨. 아내는 건강하게 잘 있습니다. 고맙습니다. 두 달 전에 아내가 아기를 낳아서 이제 우리 부부는 자식이 셋입니다. 엄마와 아이 모두 건강합니다."

"게이츠헤드 홀의 주인 가족도 잘 계시죠, 로버트?"

"그분들에 대해서는 좋은 소식을 전해드리지 못해 유감입니다, 아가씨. 지금 아주 안 좋은 상태예요. 큰일을 겪고 계십니다."

"누가 돌아가신 건 아니어야 할 텐데요."

나는 그의 상복을 흘끗 바라보며 말했다. 그도 모자에 두른 상장을 내려다보며 대답했다.

"일주일 전에 존 도련님이 런던 집에서 돌아가셨습니다."

"존이요?"

"예."

"그분 어머니가 어떻게 견디고 계세요?"

"그게요, 에어 양. 평범한 죽음이 아니었습니다. 존 도련 님이 무척 험하게 사셨어요. 최근 3년 동안은 정말 괴상하셨 는데 돌아가신 방식도 충격적이었어요."

"베시한테 존이 잘 지내지 못한다는 얘긴 전해 들었 어요."

"잘 지내지 못하는 정도가 아니었어요! 최악으로 사셨죠. 쓰레기 같은 인간들과 어울리면서 건강을 다 망치시고 재산 도 엄청 날리셨어요. 빚을 지고 감옥에도 갔다 오셨고요. 모친 께서 두 번이나 감옥에서 꺼내주셨죠. 그런데 출소하자마자 또 예전 패거리를 만나 같은 짓거리를 하신 거예요. 원래 의지 가 강한 분이 아니긴 했죠. 도련님과 어울려 지낸 쓰레기들이 도련님을 가지고 논 모양이에요. 3주 전에 게이츠헤드에 오셔 서 마님께 전 재산을 물려달라고 요구하셨어요. 마님은 거절 하셨고요. 이미 도련님의 방탕한 생활 때문에 마님의 재산이 오래전부터 상당히 축난 상태였어요. 도련님은 런던으로 돌 아가셨고 얼마 후 돌아가셨다는 소식이 전해져 왔습니다. 돌 아가신 방법도 참, 하느님 맙소사! 자살하셨답니다."

나는 조용히 듣기만 했다. 끔찍한 소식이었다. 로버트 레 븐이 다시 말을 이었다.

"마님의 건강이 많이 나빠지셨어요. 워낙 강건한 분이었 지만 온갖 일을 견뎌내실 만큼은 아니었던 겁니다. 재산 손실 이 많아 가난해질지도 모른다는 두려움 때문에 더 약해지셨을 수도 있어요. 그 와중에 존 도련님의 죽음, 그리고 돌아가신 방식에 대한 소식이 갑작스레 전해지자 마님은 뇌졸중으로 쓰러지셨어요. 사흘 동안 아무 말씀도 안 하셨다가 지난 화요일에 조금 호전이 되셨습니다. 하고 싶은 말이 있으신 것 같더라고요. 제 아내에게 계속 손짓을 하면서 웅얼거리셨거든요. 어제 아침에야 베시는 마님이 아가씨의 이름을 말하고 있다는 걸 알아챘어요. 그리고 드디어 말씀하셨죠. '제인을 데려와. 제인 에어. 그 애한테 해야 할 말이 있어'라고요. 베시는 마님이 제정신으로 하시는 말씀인지 다른 뜻이 있으신 건지 확신이 서지 않았습니다. 그래서 일라이자 아가씨와 조지애나 아가씨에게 마님의 말씀을 전하고 제인 아가씨를 불러오는 게 좋겠다고 제안했죠. 리드 아가씨들은 처음에는 거절하셨지만 마님께서 너무 초조해하시면서 계속 '제인, 제인'을 수차례 외치시니까 결국 동의하셨어요. 그래서 제가 어제 게이츠헤드를 떠나 여기로 온 겁니다. 준비하시고 내일 아침 일찍 저와 함께 출발하시는 게 어떨까요."

"그래요, 로버트. 준비할게요. 가봐야겠네요."

"제 생각도 그렇습니다, 아가씨. 베시는 제인 아가씨라면 거절하지 않을 거라고 했어요. 그런데 출발하기 전에 이 집 주인께 휴가를 받으셔야 하지 않을까요?"

"그래요. 지금 갔다 올게요."

나는 로버트를 하인 구역에 가 있게 하고 존의 아내에게 그를 좀 챙겨달라고 부탁했다. 존에게도 옆에서 일을 봐주라고 일러두었다. 그리고 로체스터 씨를 찾으러 갔다.

아래층 방을 전부 둘러봤지만 그는 보이지 않았다. 마당이나 마구간, 정원에도 없었다. 페어팩스 부인에게 로체스터 씨를 봤는지 묻자, 아마 블랜치 잉그럼 양과 당구를 치고 있을 거라고 알려주었다. 나는 서둘러 당구실로 갔다. 당구공이 딱딱 부딪치는 소리, 사람들이 주고받는 말소리가 당구실에서 흘러나오고 있었다. 로체스터 씨와 블랜치 잉그럼 양, 에슈턴 자매들과 그들을 추앙하는 신사들이 한참 당구를 즐기는 중이었다. 재미있게 노는 그들을 방해하자니 꽤 용기가 필요했다. 하지만 기다리고 미룰 수 없는 일이라 나는 블랜치 양 옆에 서 있는 로체스터 씨에게 바로 다가갔다. 내가 가까이 가자 블랜치 양은 고개를 돌려 오만한 시선으로 나를 쳐다보았다. 그의 눈빛은 마치 '이 기분 나쁜 여자가 여긴 뭐 하러 왔지?'라고 말하는 듯했다. 내가 나지막하게 "로체스터 씨"하고 입을 떼자 블랜치 양은 나더러 저리 가라는 듯한 손짓을 했다. 그때 그의 모습이 아직도 내 기억에 생생히 남아 있다. 대단히 우아하고 눈부시게 아름다운 모습이었다. 연청색 크레이프 천으로 된 아침용 가운을 입었고 머리에는 얇게 비치는 하늘색 스카프를 둘렀다. 무엇보다 당구를 치느라 활기가 가득한 모습이었다. 표정에 스며든 짜증과 거만도 그의 고운 얼굴선을 망쳐놓지는 않았다.

"저 사람이 당신을 부르는 건가요?"

블랜치 양이 로체스터 씨에게 물었다. 로체스터 씨는 고개를 돌려 그게 누구인지를 확인했다. 그는 재미있다는 듯 미간을 찡그리고는 (괴상하고 애매한 표정이었다) 당구 큐를 내려놓고 나를 따라 당구실 밖으로 나왔다.

교실로 쓰는 방으로 들어간 그는 등 뒤로 문을 닫고 물었다.

"무슨 일이죠, 제인?"

"괜찮으시다면 일이 주일 정도 휴가를 받고 싶습니다."

"왜요? 어디 가게요?"

"몸이 편찮은 부인께서 저를 오라고 하셔서요."

"편찮은 부인? 어디 사는 분이죠?"

"○○주 게이츠헤드요."

"○○주? 여기서 150킬로미터 넘게 떨어진 곳인데! 대체 누구인데 그 먼 거리를 오라고 사람까지 보냈습니까?"

"그분 이름은 리드……. 리드 부인이세요."

"게이츠헤드의 리드? 게이츠헤드의 리드라면 치안 판사였던 걸로 아는데."

"돌아가신 리드 씨의 부인이세요."

"그분과는 무슨 관계입니까? 어떻게 아는 사이예요?"

"리드 씨가 제 외삼촌이세요. 제 어머니의 오빠요."

"아니, 이런! 처음 듣는 얘기네요. 당신은 친척이 하나도 없다고 늘 말했잖습니까."

"친척이라고 할 만한 사람들이 없다는 뜻이었어요. 리드 씨는 돌아가셨고 그분의 아내인 리드 부인은 저를 버리셨으니까요."

"어째서?"

"제가 가난한 데다, 부담스러우셨을 거예요. 저를 싫어하기도 하셨고요."

"리드 씨한테 자녀들이 있는 걸로 아는데? 사촌들이 있지 않습니까? 어제 조지 린 경이 게이츠헤드 홀의 존 리드 군에 대한 얘길 하더군요. 동네 최고 개차반이었다고. 그리고 블랜치 잉그럼 양은 그 집의 조지애나 리드 양에 대해 언급했습니다. 한두 해 전에 런던에서 미모로 크게 주목받았다고요."

"존 리드도 죽었어요. 본인 신세를 망친 것뿐만 아니라 가문까지 절반쯤 망쳐놓았죠. 자살한 걸로 추측된대요. 아들 소식에 리드 부인이 큰 충격을 받아서 뇌졸중이 왔다고 하네요."

"당신이 지금 그 부인에게 뭘 해줄 수 있을까요? 쓸데없는 짓입니다, 제인! 나 같으면 도착하기도 전에 숨이 끊어질 수도 있는 늙은 부인을 보러 그 먼 거리를 달려가는 짓은 안 하겠어요. 무엇보다 그 부인이 당신을 버렸다고 했잖습니까."

"맞아요. 하지만 오래전 일이에요. 그 부인이 처한 상황도 많이 바뀌었고요. 부인의 소원을 무시한다면 제 마음도 편치 않을 거예요."

"가서 얼마나 머무를 생각입니까?"

"최대한 짧게요."

"일주일만 머무르겠다고 약속을……."

"깰 수도 있을 것 같으니 약속은 안 하겠습니다."

"무슨 일이 있어도 꼭 돌아와요. 설득에 넘어가 그 집에서 리드 부인과 계속 사는 일은 없겠죠?"

"아, 절대요! 상황이 나아지면 반드시 돌아올 거예요."

"누구랑 같이 갑니까? 그 먼 데까지 혼자 이동할 리는 없을 테고."

"리드 부인이 마부를 보내셨어요."

"믿을 만한 사람이에요?"

"예, 그 집 가족들과 10년을 함께 사신 분이에요."

로체스터 씨는 생각 끝에 물었다.

"언제 출발하죠?"

"내일 아침 일찍이요."

"음, 여행을 하려면 돈이 필요할 텐데. 돈 없이는 어딜 다닐 수가 없죠. 그런데 당신은 돈이 별로 없겠군요. 내가 아직 급료를 한 번도 준 적이 없어서. 지금 돈을 얼마나 갖고 있죠, 제인?"

그는 미소 띤 얼굴로 물었다.

나는 지갑을 꺼냈다. 돈은 몇 푼 들어 있지 않았다.

"5실링입니다."

그는 자기 손바닥에 내 지갑을 대고 내용물을 쏟았다. 얼마 안 되는 돈만 들어 있는 게 재미있는지 큭큭 웃다가 본인 지갑을 꺼냈다.

"받아요."

그는 지폐 한 장을 꺼내 내밀었다. 50파운드짜리였다. 그에게 받을 급료는 15파운드였다. 나는 그에게 거슬러줄 돈이 없다고 말했다.

"거스름돈은 필요 없어요. 알잖아요. 급료니까 받아요."

나는 정해진 액수 이상은 받을 수 없다고 거절했다. 그는 처음에는 인상을 쓰다가 무슨 생각이 떠올랐는지 반색하며 말했다.

"그래요, 좋아! 지금 이 돈을 당신한테 다 주지 않는 편이 좋겠어요. 50파운드를 갖고 있으면 석 달은 안 돌아올 것 같으니까. 이거 말고는 10파운드짜리 지폐인데, 부족하지 않겠어요?"

"그거면 됩니다. 하지만 저한테 5파운드 빚지신 거예요."

"나머지는 돌아와서 받아요. 내가 당신 돈 40파운드를 맡아두도록 하죠."

"로체스터 씨, 말씀을 드리는 김에 다른 문제에 대해서도 지금 말씀드릴게요."

"무슨 일인데요? 궁금하네."

"얼마 전에 조만간 결혼을 하실 거라고 말씀하셨잖아요."

"그랬죠. 그게 왜요?"

"그렇게 되면 아델은 기숙학교로 보내세요. 그래야 할 필요가 있다는 걸 아시리라 믿어요."

"내 신부 앞에서 아이를 치우라는 거군요. 신부 될 여자가 아이를 함부로 대할 게 뻔하니까? 확실히 분별 있는 제안입니다. 당신 말대로 아델은 기숙학교에 가게 될 겁니다. 당신도 어딘가로 떠날 겁니까?"

"그렇게 되지 않기를 바라지만, 다른 일자리를 알아봐야겠죠."

"물론 그래야겠지!"

그는 괴상하고 우스꽝스런 표정을 지으며 비음 섞인 목소리로 외쳤다. 그러고는 나를 한참 동안 바라보았다.

"리드 부인이나 그 여자의 딸들이 당신을 위해 일자리를 알아봐줄 수도 있겠군요?"

"아뇨. 저는 일자리를 알아봐달라고 부탁을 할 만큼 친척들과 돈독한 사이가 아닙니다. 제가 알아서 광고를 낼 거예요."

"이집트 피라미드를 걸어서 올라가겠다는 말처럼 들리는군요! 위험을 감수하면서까지 광고를 내겠다니! 당신한테 10파운드가 아니라 1파운드만 주는 게 낫겠습니다. 9파운드도로 내놔요, 제인. 달리 쓸 데가 있습니다."

"저도 쓸 데가 있어요." 나는 지갑을 쥔 손을 등 뒤로 돌렸다. "돈은 절대 못 돌려드려요."

"이런 구두쇠를 봤나! 금전적인 요청을 거절하다니! 그럼 5파운드라도 돌려줘요, 제인."

"5실링도 못 돌려드려요. 5펜스도요."

"그럼 보기만 할게요."

"아뇨. 믿을 수가 없네요."

"제인!"

"예?"

"하나만 약속해줘요."

"지킬 수 있는 일이라면 뭐든 약속해드릴게요."

"광고를 내지 말아요. 나한테 맡겨요. 때가 되면 내가 좋은 자리를 찾아줄 테니까."

"저야 좋지만, 신부를 들이시기 전에 저와 아델을 이 집에서 안전하게 내보내 주시겠다는 약속부터 해주세요."

"좋아요! 그럽시다! 맹세합니다. 내일 출발한다고요?"

"예. 아침 일찍이요."

"식사 마치고 거실로 내려올 수 있어요?"

"아뇨. 짐을 꾸려야 해서요."

"그럼 지금 작별 인사를 해야겠군요?"

"그래야 할 것 같아요."

"사람들은 작별 인사를 어떤 식으로 하죠, 제인? 가르쳐

쥐요. 잘 모르겠으니."

"보통은 '안녕히 계세요'나 본인이 하고 싶은 말을 하겠죠."

"어디 해봐요."

"안녕히 계세요, 로체스터 씨."

"그럼 난 뭐라고 대답하죠?"

"비슷하게, 하고 싶은 대로 하시면 돼요."

"잘 가요, 에어 양. 이러면 됩니까?"

"예."

"너무 짧고 무미건조하고 정이 없어 보이는데. 난 다른 식으로 인사하고 싶네요. 약간 추가해서. 서로 악수를 한다든지. 아니, 생각해보니 별로네요. 당신은 '안녕히 계세요'라는 말 말고는 더 할 말 없습니까, 제인?"

"그거면 충분해요. 길게 말을 늘어놓는 것보다 진심이 담긴 한마디면 되니까요."

"그렇군요. 하지만 여전히 허전하고 차가운 느낌인데. '안녕히 계세요, 잘 가요'라니."

나는 속으로 생각했다.

'대체 얼마나 오래 문을 등지고 저렇게 서 있을 생각이지? 올라가서 짐 챙겨야 하는데.'

식사 시간을 알리는 종소리가 들리자 그는 그대로 아무 말 없이 방에서 나갔다. 그날 나는 그를 더 보지 못했고, 동이

트자 그가 일어나기 전에 손필드 홀을 떠났다.

　　그리고 5월 1일 오후 5시쯤 게이츠헤드 홀의 문지기 집에 도착했다. 본채로 올라가기 전에 문지기 집에 먼저 들어갔다. 내부는 깔끔하게 잘 정돈되어 있었다. 화려한 장식이 들어간 창문에는 소박한 하얀 커튼이 달렸다. 바닥은 얼룩 한 점 없이 깨끗했다. 벽난로 쇠살대와 철물은 반짝반짝 윤이 났고 벽난로 안의 불도 깔끔하게 타고 있었다. 난롯가에 앉은 베시는 얼마 전에 태어난 막내를 돌보고 있었고, 바비는 여동생과 구석에서 조용히 놀고 있었다.

　　"어머나! 오실 줄 알았어요!"

　　내가 들어서자 레븐 부인이 반색하며 외쳤다.

　　나는 베시의 뺨에 입을 맞췄다.

　　"그래, 베시. 내가 너무 늦게 온 건 아닌지 모르겠어. 리드 부인은 어떠셔? 아직 살아 있으셔야 할 텐데."

　　"예, 살아 계세요. 전보다 정신도 맑고 차분해진 상태예요. 의사 말로는 한두 주일 정도는 버틸 수 있을 거라네요. 완전히 회복하는 건 어렵다더라고요."

　　"부인이 얼마 전에 내 얘기를 하셨다면서?"

　　"오늘 아침에도 아가씨 얘기를 하셨어요. 아가씨가 오시면 좋겠다고 하셨고요. 지금은 주무실 거예요. 10분 전에 본채에 갔을 때 주무시고 계셨거든요. 마님은 오후 내내 힘이 없으셔서 거의 늘어진 채로 주무시다가 저녁 6시나 7시쯤 눈을

447

뜨세요. 여기서 한 시간 정도 쉬다가 저랑 같이 본채에 가시는 게 어때요?"

그때 로버트가 집으로 들어왔다. 베시는 잠든 아기를 요람에 눕히고 남편을 맞이했다. 그리고 나더러 보닛을 벗고 차를 마시라고 고집을 부렸다. 내 얼굴이 창백하고 지쳐 보인다는 이유에서였다. 그의 환대가 고마웠다. 베시는 어렸을 때처럼 나를 가만히 서 있게 하고 여행복도 벗겨주었다.

부산하게 일하는 베시의 모습을 바라보고 있자니 옛 시절에 대한 기억이 빠르게 밀려들었다. 베시는 차 쟁반을 꺼낸 뒤 그 위에 제일 좋은 도자기 잔을 차려놓았고, 빵과 버터를 썰었으며, 티케이크(건포도 같은 말린 과일을 넣어 조그마하게 만든 동글납작한 빵–옮긴이)도 구웠다. 그리고 옛날에 나한테 했던 것처럼 아들 바비와 제인을 장난스레 툭 치거나 밀치곤 했다. 베시는 가벼운 걸음과 예쁜 외모, 급한 성질까지 예전과 달라진 게 별로 없었다.

차가 준비된 걸 보고 탁자 앞으로 가려고 했더니, 베시는 옛날처럼 단호한 말투로 그냥 그 자리에 앉아 있으라고 했다. 벽난로 앞에서 차를 마시는 편이 낫다는 이유였다. 베시는 내 앞에 작고 동그란 탁자를 놓아주고 그 위에 내 컵과 토스트 접시를 올려놓았다. 옛날에 그가 주방에서 훔쳐 온 얼마 안 되는 음식을 유아방 의자에 올려놓고 나더러 먹으라고 했을 때가 생각났다. 나는 미소를 지으며 그때처럼 고분고분하게 말을 들었다.

베시는 손필드 홀에서 내가 행복한지, 주인마님은 어떤 사람인지 궁금해했다. 내가 남자 주인밖에 없다고 말해주자, 그가 좋은 신사인지 그를 좋아하는지 물었다. 나는 그가 못생긴 편이지만 신사인 것은 분명하고 내게 다정하게 대해줘서 만족하고 있다고 대답했다. 그리고 최근에 손필드 홀에 머무는 유쾌한 손님들에 관해 세세한 설명을 해주었다. 워낙 좋아하는 이야깃거리라서 베시는 흥미롭게 귀를 기울였다.

이런저런 얘기를 나누는 사이에 한 시간이 훌쩍 지나갔다. 베시는 다시 내게 보닛을 씌워주고 나와 함께 본채로 가기 위해 문지기 집을 나섰다. 9년 전 베시와 함께 내려오던 길을 지금 다시 올라가고 있으니 기분이 묘했다. 어두컴컴하고 안개 낀 싸늘한 1월의 아침에 나는 자포자기하고 슬픔에 겨운 마음으로 이 적대적인 집을 떠나 로우드라는 너무나도 멀고 싸늘한 미지의 항구를 찾아갔다. 당시 나는 마치 죄를 짓고 영원히 신에게 버림받는 듯한 심정이었다. 그 적대적인 집이 지금 내 앞에 다시 솟아 있었다. 9년 전과 마찬가지로 내 미래는 여전히 알 수 없었고 마음은 쓰라렸다. 나는 여전히 이 땅을 헤매는 방랑자였다. 하지만 자신에 대한 신뢰가 굳건해졌고 힘도 생겼으며 억압적인 존재 앞에서 전처럼 위축되지도 않았다. 내 결점으로 인해 생겼던 상처들도 이제 다 아물었고 분노의 불꽃도 사그라졌다.

"조찬실에 먼저 들르죠. 그곳에 아가씨들이 있을 거예요."

앞장서서 현관 홀로 들어간 베시가 말했다.

잠시 후 나는 조찬실로 들어갔다. 그곳의 가구들은 내가 처음 브로클허스트에게 인사를 했던 날 아침과 달라진 게 없는 모습이었다. 브로클허스트가 밟고 서 있던 벽난로 앞의 깔개도 그대로였다. 책장을 보니 비윅의 『영국 조류사』가 예전과 똑같이 책장 세 번째 선반의 그 자리에 꽂혀 있었고 바로 위 선반의 『걸리버 여행기』와 『아라비안나이트』도 마찬가지였다. 생명이 없는 물건들은 변함이 없는데 오직 살아 있는 것들만 달라져 있었다.

두 젊은 숙녀가 내 앞에 모습을 드러냈다. 한 명은 키가 무척 컸다. 블랜치 잉그럼 양과 거의 비슷한 키일 것 같았다. 몸은 무척 마른 편이었고 얼굴은 누르께했으며 엄격한 태도를 유지하고 있었다. 그의 표정은 어딘가 모르게 금욕적이었는데 치맛자락이 H형으로 곧게 뻗은 검정색 모직 드레스, 풀 먹인 리넨 목깃, 관자놀이부터 깔끔하게 빗질해 넘긴 머리카락, 검은색 흑단 구슬과 십자가로 된 수녀 같은 장신구 때문에 극도로 수수한 인상을 풍겼다. 길쭉하고 창백한 얼굴만 봐서는 예전과 닮은 구석을 찾기 어려웠지만 이 숙녀가 일라이자일 거라는 확신이 들었다.

또 다른 숙녀는 분명 조지애나였다. 하지만 내가 기억하는 호리호리한 체구에 요정 같은 열한 살짜리 소녀가 아니었다. 통통하고 아름다움이 만개한 밀랍 인형 같은 아가씨였다. 반듯하고 균형이 잘 맞는 이목구비, 그리움이 담긴 푸른 눈동자, 노란 기가 도는 곱슬머리. 그도 검은색 드레스 차림이었지만 청교도 같은 언니의 차림새와는 달리 부드럽고 몸에 편하게 맞아서 세련돼 보였다.

두 자매가 그들의 모친과 닮은 구석은 딱 한 군데씩 있었다. 마르고 창백한 큰딸은 모친의 연수정색 눈동자를 닮았고, 만발한 꽃처럼 풍만한 둘째 딸은 모친의 턱선을 빼박았다. 모친보다는 좀 더 부드러운 턱선이지만 무어라 형용할 수 없는 무자비함이 깃들어 있었다. 그런 턱선만 아니었으면 더 육감적이고 소담하게 보였을 것이다.

내가 가까이 다가가자 두 숙녀는 일어나 나를 맞이했다. 그들은 둘 다 나를 '에어 양'이라고 불렀다. 일라이자는 미소 없이 짧고 무뚝뚝하게 인사를 하고 앉아 벽난로에 시선을 고정했다. 그대로 내 존재를 잊은 것 같은 모습이었다. 조지애나는 인사말 끝에 "잘 지냈어?"라고 덧붙이면서, 느릿한 말투로 여기까지 오는 동안의 여정과 날씨 같은 상투적인 질문을 했고 머리부터 발끝까지 내 모습을 곁눈질로 훑어보았다. 내 칙칙한 메리노 털 외투의 구김을 쳐다보다가 촌스러운 보닛의 수수한 가장자리를 힐끔거렸다. 두 젊은 숙녀는 입 밖으로 내지는 않았지만 상대를 '괴상한 차림을 한 여자'로 여기는 게 분명한 눈빛이었다. 무례한 말이나 행동이 아니어도 타인을 깔보는 눈빛, 차가운 태도, 냉담한 말투를 통해 그들은 속내를 드러내고 있었다.

하지만 은연중이든 대놓고든 그들의 냉소적인 태도는 이제 예전처럼 내게 효과를 발휘하지 못했다. 하나는 나를 완전히 무시하고 다른 하나는 비웃음 섞인 관심을 보이고 있었지만 그들 사이에 앉은 나는 편안하기만 했다. 나는 일라이자로 인해 굴욕감을 느끼거나 조지애나 때문에 마음이 산란해지지 않았다. 사실 머릿속이 복잡한 탓도 있었을 것이다. 지난 몇 달 동안 내 속에서는 지금 이 두 자매가 내게 불러일으키려는 것보다 훨씬 더 복잡한 감정이 휘몰아쳤다. 이들이 내게 가하려는 고통이나 기쁨보다 훨씬 더 예리하고 격한 감정이었다. 그러니 좋은 쪽이든 나쁜 쪽이든 이 자매의 태도는 내게 아무 영향도 주지 못했다.

"리드 부인은 어때요?"

나는 조지애나를 차분하게 바라보며 물었다. 내가 리드 부인이라고 편하게 부르자 건방지다고 생각했는지 조지애나는 새치름하게 고개를 치켜들었다.

"리드 부인? 아! 어머니를 말한 거구나. 어머니야 상태가 아주 안 좋으시지. 오늘 밤에 네가 만나 뵈어도 될지 의심스러울 정도로."

"언니가 위층에 올라가서 제가 왔다고 말해주면 고맙겠어요."

조지애나는 흠칫하면서 파란 눈을 크고 사납게 떴다.

"부인께서 저를 보고 싶어 하셨다는 거 알아요. 그러니 불필요하게 부인의 소망을 연기하는 일이 없으면 좋겠네요."

그러자 일라이자가 말했다.

"어머니는 저녁 시간에 방해받는 걸 싫어하셔."

나는 곧바로 일어나 보닛과 모자를 조용히 챙겨 들었다. 나는 지금 나가서 주방에 있는 베시에게 오늘 밤 리드 부인이 나를 만나실 수 있는 상태인지 물어보겠다고 말했다. 나는 방 밖으로 나가 베시를 찾았고 리드 부인의 상태를 보고 오라고 시켰다. 나는 거기서 멈추지 않았다. 지금까지는 누가 나한테 오만하게 대하면 늘 움츠러들었다. 1년 전에 여기 불려 와이런 대접을 받았으면 나는 바로 위축되어 다음 날 아침에 게이츠헤드를 떠날 결심을 했을 것이다. 하지만 이제는 달라졌다. 그건 어리석은 처신에 불과하다는 게 지금의 내 생각이었다. 외숙모를 만나기 위해 150킬로미터가 넘는 먼 길을 달려이 집까지 왔으니, 외숙모의 상태가 호전되거나 세상을 떠나는 날까지 곁에 머무는 게 옳은 처신이었다. 외숙모의 딸들이 오만하고 어리석게 구는 것은 그들이 알아서 할 문제이니 내가 관여할 바가 아니었다. 나는 하녀장을 불러 내가 머물 방으로 안내하라고, 이 집에 한두 주일 정도 머물 듯하니 짐 가방을 방으로 옮겨다 놓으라고 요청했다. 그리고 안내를 받아 방으로 올라가다가 층계참에서 베시를 만났다.

"마님이 깨어나셨어요. 마님께 아가씨가 오셨다고 말씀드렸어요. 마님께서 아가씨를 만나실 의향이 있는지 같이 가서 확인해봐요."

나는 외숙모가 머무는 그 방으로 굳이 안내를 받을 필요도 없었다. 어린 시절 온갖 꾸짖음과 질책을 받으러 줄기차게 불려간 방이었다. 나는 베시보다 앞서서 그 방으로 다가가 조용히 방문을 열었다. 날이 어두워지고 있었고 탁자 위에 놓인 갓 씌운 램프에 불이 켜져 있었다. 예전과 다름없이 호박색 커튼이 드리워진 커다란 4주식 침대(네 모서리에 기둥이 있고 덮개가 달린 큰 침대–옮긴이)가 있었고 화장대와 안락의자, 발 받침대도 보였다. 그 옛날 잘못을 저지르지도 않은 내게 외숙모는 그 발 받침대에 무릎을 꿇고 용서를 빌라고 수차례 강요했었다. 나는 방 한쪽 구석을 돌아보았다. 내가 너무나도 두려워했던 가느다란 회초리가 여전히 그곳에 있지는 않은지 확인하고 싶었다. 그 회초리는 한쪽 구석에 도사리고 있다가 작은 도깨비처럼 튀어나와 내 떨리는 손바닥과 움츠러든 목을 사정없이 내려치곤 했었다. 침대로 다가간 나는 커튼을 젖히고 베개 여러 개를 베고 누운 그의 머리를 내려다보았다.

내 기억에 또렷하게 새겨져 있던 리드 부인의 얼굴의 흔적이 남아 있는지 확인하고 싶었다. 세월이 흐르면서 복수에 대한 열망이 가라앉고 분노와 혐오조차 사그라졌으니 다행스러운 일이었다. 비통하고 증오에 찬 상태로 이 여자를 떠났었는데, 지금은 이 여자가 겪고 있는 크나큰 고통에 대한 연민 외에 별다른 감정이 남아 있지 않았다. 내가 받은 상처도 그만 다 잊고 용서해야겠다는 마음뿐이었다. 나는 이 여자와 다정하게 손을 잡고 화해하고 싶었다.

여전히 익숙한 얼굴이었다. 예전과 다름없이 엄격하고 무자비한 인상이었다. 따뜻함이라고는 전혀 없는 특이할 정도로 차가운 눈, 위로 치켜 올라가 독재자처럼 고압적인 눈썹. 저 눈은 툭하면 악의와 적의를 품고서 나를 내려다보곤 했다! 냉혹한 눈썹을 쳐다보고 있자니 어렸을 때 느낀 공포와 슬픔이 다시금 기억의 수면으로 떠올랐다! 하지만 나는 애써 그런 기억을 누르고 허리를 굽혀 그에게 입을 맞췄다. 그가 나를 쳐다보았다.

"제인 에어냐?"

"예, 리드 외숙모. 잘 지내고 계시죠?"

나는 이 여자를 다시는 외숙모라고 부르지 않겠다고 맹세했었다. 그 맹세를 잊거나 깼다고 해서 죄가 되지는 않을 것이다. 나는 시트 밖으로 나온 그의 손을 손가락으로 가만히 잡았다. 그가 내 손을 다정하게 잡아줬으면, 나는 잠시지만 진심으로 기뻤을 것이다. 하지만 냉담한 본성은 쉽게 바뀌지 않았고, 나에 대한 뿌리 깊은 반감도 쉬이 사라지지 않은 모양이었다. 리드 부인은 내게 잡힌 손을 잡아 빼더니 나를 외면하며 고개를 돌렸다. 그러면서 밤공기가 따뜻하다고 중얼거렸다.

그리고 다시 싸늘한 눈으로 나를 바라보았다. 나에 대한 생각, 감정은 예전과 변함이 없으며 앞으로도 바뀔 일이 없음을 나는 다시 한번 깨달았다. 돌처럼 차가운 눈, 눈물 한 방울 흘릴 일 따위 없을 듯한 냉정한 그 눈을 바라보면서 그는 나를 끝까지 나쁜 인간으로 생각하기로 마음먹었음을 알 수 있었다. 지금에 와서 나를 좋은 사람으로 바꿔 생각하는 것은 그다지 기분 좋은 일도 아닐뿐더러, 과거 자신이 내린 판단에 대한 굴욕일 테니까.

나는 고통스러웠고 화가 치밀었다. 이대로 이 여자를 찍어 눌러야겠다는 결심이 섰다. 이 여자가 아무리 냉정하고 나에 대한 혐오를 거둘 수 없다고 해도 내가 우위에 서서 상황을 지배해야겠다는 결심이었다. 어렸을 때처럼 눈물이 나려고 했지만 나는 눈물에게 원래 자리로 돌아가라고 명령했다. 침대 옆으로 의자를 가져다 놓고 앉아 그의 얼굴을 내려다보았다.

"오라고 하셔서 왔어요. 상태가 괜찮아지실 때까지 머물 생각이에요."

"아, 그래! 내 딸들은 만나봤니?"

"예."

"그럼, 내가 속에 담고 있는 말을 너한테 할 수 있을 때까지 널 여기 머물게 하라고 걔들한테 전해라. 오늘은 시간이 너무 늦었어. 머릿속 생각을 정리해서 말하기가 힘들구나. 너한테 하고 싶은 말이 있었는데…… 그게 뭐였냐면…….”

흔들리는 시선과 달라진 말투를 보니 강건했던 리드 부인의 몸이 얼마나 망가졌는지 짐작할 수 있었다. 초조하게 옆으로 고개를 돌린 그는 침대보를 끌어당겼다. 침대보 모서리를 내 팔꿈치가 누르고 있는 걸 보더니 그는 즉시 짜증을 냈다.

“나 좀 일으켜 앉혀라. 침대보를 꽉 눌러서 답답하게 하지 말고. 네가 제인 에어라고?”

“제인 에어 맞아요.”

“나는 남들이 생각하는 것보다 더 그 애 때문에 고통을 겪었어. 내 손에 맡겨진 짐이었거든. 걔 때문에 매일, 시시각각 어찌나 짜증이 나는지. 걔는 이해할 수 없는 변덕을 떨어대고 갑자기 화를 내고 끝없이 기분 나쁘게 남의 움직임을 관찰해댔어! 한번은 미친 사람처럼, 아니, 악마처럼 나한테 지껄여댄 적도 있어. 평범한 아이 같으면 그 애처럼 말하거나 그런 표정을 짓지 않았을 거야. 그 애가 이 집에서 떠났을 때 어찌나 마음이 놓이던지. 로우드 학교에서는 그 애를 어떻게 다뤘지? 거기서 열병이 퍼져서 학생들이 많이 죽었다던데. 그 애는 죽지도 않았어. 하지만 난 그 애가 죽었다고 말했어. 정말이지 죽기를 바랐거든!”

“이상한 걸 바라셨네요, 리드 부인. 왜 그렇게까지 그 애를 미워하셨어요?”

"난 그 애 엄마가 싫었어. 그 애 엄마는 내 남편의 하나뿐인 여동생이었고 남편이 정말 예뻐했어. 그 애 엄마가 낮은 계급의 남자와 결혼하게 돼서 가문에서 버림을 받게 됐을 때도 남편은 반대하고 나섰어. 여동생이 죽었다는 소식을 듣고는 바보처럼 엉엉 울더라. 그러더니 사람을 시켜 여동생이 낳은 아기를 데려오게 했어. 나는 아기를 유모에게 맡기고 돈을 줘서 키우게 하는 게 낫다고 설득했어. 아기를 보자마자 싫더라고. 병약하고 창백한 게 어찌나 징징대는지! 밤새 요람에서 울어대는 거야. 다른 아이처럼 크게 우는 것도 아니고 신음하듯이 낑낑거리면서 울어. 남편은 그렇게 우는 모습조차도 가엾다고 했지. 마치 자기 자식인 것처럼 그 아기를 보살피고 들여다봤어. 자기 자식보다 더 애틋하게 챙기더라. 그는 자식들한테도 그 거지 같은 아기에게 친절하게 대해주라고 했어. 자식들이 그 아기를 질색하는 티를 내니까 화까지 냈어. 병에 걸려 다 죽어가면서도 그 아기를 자기 침대 옆으로 계속 데려오라고 했어. 그리고 죽기 한 시간 전에는 나더러 그 아기를 잘 돌보겠다는 맹세를 하게 만든 거야. 나는 그 가난한 거지 아기를 구빈원에 데려다주는 게 낫다는 입장이었거든. 남편은 너무나도 약한 마음을 타고난 사람이었어. 존은 제 아버지를 닮지 않았어. 얼마나 다행인지 몰라. 존은 나와 제 외삼촌들을 닮았어. 집슨 가의 피를 이어받은 덕분이지. 아, 존이 돈을 보내라는 편지로 나를 그만 좀 괴롭히면 좋겠어! 이제 줄 돈도 남아 있질 않아. 우리는 점점 가난해지고 있다고. 하인을 절반 가까이 내보내거나 저택의 일부를 폐쇄해야 될 판이야. 아니면 세를 주든가. 그런 일은 절대 일어나면 안 돼. 우린 어떻게 살라고? 내 수입의 3분의 2가 대출 이자로 나가고 있어. 존이 도박을 심하게 하는데 늘 돈을 잃거든. 불쌍한 놈! 아무래도 사기꾼들한테 당하고 있는 것 같아. 타락하고 흉한 모습이 되어버렸어. 몰골도 말이 아니야. 이제 존을 볼 때마다 창피해서 못 살겠어."

리드 부인은 점점 흥분했다. 나는 맞은편에 서 있는 베시에게 말했다.

"내가 이만 나가보는 게 좋겠어."

"그러게요. 마님은 밤이 깊어지면 종종 이런 식으로 말씀하세요. 아침에는 좀 더 차분해지시고요."

내가 일어서자 리드 부인이 소리쳤다.

"거기 서! 할 얘기가 하나 더 있어. 존이 나를 협박해. 자기 목숨을 끊든가 나를 죽이겠다면서 끝없이 협박해. 그 애가 목에 큰 상처를 입은 모습, 퉁퉁 붓고 시커메진 얼굴로 쓰러져 있는 모습이 꿈에서 종종 보여. 이제 정말 이상한 지경이 되고 말았어. 너무 힘들다고. 어떻게 해야 하지? 돈을 어떻게 구해?"

베시는 그를 설득해 진정제를 먹이려고 애썼다. 고생 끝에 베시는 겨우 진정제를 먹일 수 있었다. 리드 부인은 곧 잠잠해졌고 스르르 잠에 빠져들었다. 나는 방을 나섰다.

그 후 열흘이 지나서야 나는 다시 리드 부인과 얘기를 나눌 수 있었다. 부인은 헛소리를 늘어놓지 않을 땐 무기력하게 늘어져 잠을 자곤 했다. 의사는 그를 자극해서 고통스럽게 만들지 말라고 경고했다. 그동안 나는 조지애나, 일라이자와 그럭저럭 잘 지냈다. 처음에 그들은 나한테 무척 냉정했다. 일라이자는 나한테나 자기 여동생한테 말 한마디 하지 않고 하루 중 절반을 바느질과 독서, 글쓰기 등으로 보냈다. 조지애나도 자기 카나리아한테만 쓸데없는 소리를 지껄일 뿐 내 쪽은 쳐다보지도 않았다. 나는 알아서 일을 찾아서 하고 편하게 시간을 보내면서, 그들에게 어쩔 줄 몰라 하는 모습을 보이지 않기로 마음먹었다. 여기로 올 때 그림 그리는 데 필요한 재료를 가져와서 별문제 없이 지낼 수 있었다.

연필통과 종이 몇 장을 챙겨 들고 리드 자매와 약간 떨어진 창가 근처 자리에 앉아, 상상을 기반으로 하는 삽화들을 스케치했다. 계속해서 변화하는 상상의 만화경 속에서 언뜻언뜻 떠오르는 장면들을 포착한 그림들이었다. 이를테면 커다란 두 바위 사이로 내다보이는 바다 풍경, 떠오르는 달과 그 달 앞을 가로지르는 배 한 척, 갈대와 붓꽃 들 사이에서 머리에 연꽃 화환을 쓰고 일어서는 물의 정령 나이아드의 머리, 산사나무 화관을 머리에 쓰고 바위종다리 둥지에 앉아 있는 엘프 요정 등을 주로 그렸다.

그러던 어느 날 아침, 나는 얼굴을 스케치하기 시작했다. 처음에는 그게 어떤 얼굴이 될지 크게 신경을 쓰지도, 알지도 못했다. 그저 부드러운 검은 연필을 손에 쥐고 구도를 잡아나 갔다. 곧 약간 돌출된 널찍한 이마, 각진 하관으로 구체화됐 다. 윤곽이 마음에 들었다. 열심히 손가락을 놀려 이목구비를 채워가기 시작했다. 넓은 이마 아래에 수평으로 뻗은 진한 눈 썹, 곧은 콧대와 큰 콧구멍을 가진 윤곽이 뚜렷한 코, 얇지도 않고 유연해 보이는 입, 중간 부분이 움푹 들어간 확고한 느낌 의 턱. 검은 구레나룻도 그려야 했고, 관자놀이 쪽이 무성하고 이마 위에서 물결치는 검은 머리카락도 그려 넣어야 했다. 이 제 눈을 그릴 차례였다. 제일 세심하게 작업해야 해서 눈을 맨 마지막으로 남겨뒀었다. 눈을 크게 그리고 모양을 잘 잡았다. 어둡고 길게 속눈썹을 표현했다. 홍채는 크고 광채가 나게 그 렸다.

원하는 대로 표현이 되었는지 살펴보며 생각했다.

'괜찮네! 하지만 내가 그리려던 모습은 아니야. 좀 더 힘 과 활기가 느껴져야 해.'

그림자 진 부분을 좀 더 짙게 그리고 빛이 닿는 부분을 좀 더 밝게 칠해주었다. 한두 번 손질하자 괜찮게 나왔다. 드 디어 친구의 얼굴을 이렇게 다시 보게 됐으니, 한방에서 두 자 매가 내게 등을 돌리고 있든 말든 무슨 상관일까? 나는 실물 과 비슷하게 그려진 초상화를 들여다보며 미소 지었다. 꽤 만족스러웠다.

"아는 사람을 그린 거니?"

어느새 내 옆으로 다가온 일라이자가 물었다.

나는 상상해서 그린 거라고 대답하고는 다른 그림들 밑으로 서둘러 집어넣었다. 물론 거짓말이었다. 로체스터 씨의 얼굴을 충실하게 표현한 그림이었다. 하지만 나 말고는 일라이자든 누구에게든 아무 의미도 없을 얼굴이었다. 조지애나도 그림을 보겠다며 다가왔는데 다른 그림들을 더 마음에 들어 했다. 초상화에 대해서는 '못생긴 남자'라고 평했다. 둘 다 내 그림 실력에 놀란 듯했다. 내가 초상화 스케치를 해주겠다고 제안하자 그들은 차례로 자리에 앉아서 내가 연필로 윤곽을 잡을 수 있게 해주었다. 그러더니 조지애나는 자기 앨범을 가져왔다. 내가 수채화를 하나 그려주겠다고 하자 조지애나는 곧장 기분이 좋아져서는 같이 정원에 산책을 나가자고 제안했다. 산책을 시작하고 두 시간쯤 지나자 우리는 꽤 깊은 얘기까지 나누게 됐다. 조지애나는 두 해 전에 런던에서 보낸 멋진 겨울, 그곳에서 받은 추앙과 관심에 대해 조잘거렸다. 나는 그가 런던에서 어떤 성취를 이뤘는지 짐작할 수 있었다. 오후가 지나고 저녁이 되면서 점점 더 구체적인 추측이 가능해졌다. 우리는 다양한 주제로 조곤조곤 대화를 나눴고 감상적인 얘기도 일부 나눴다. 요컨대 그날 조지애나는 자신이 꿈꿔온 화려한 생활을 내 앞에 펼쳐놓은 셈이었다. 그런 식의 대화는 매일 이어졌는데 늘 같은 주제였다. 조지애나 자신, 그의 사랑, 그리고 구애의 나날들. 조지애나는 이상하게도 모친의 병이나 오빠의 죽음, 현재 가족의 좋지 않은 상황에 대해서는 한마디도 하지 않았다. 그의 머릿속은 즐거웠던 과거의 기억들, 앞으로 찾아올 재미있는 일들에 대한 기대로만 채워져 있는 듯했다. 조지애나는 하루에 5분 정도만 모친의 침실 주변을 얼쩡댈 뿐이었다.

일라이자는 여전히 말수가 적었다. 보아하니 얘기를 나눌 시간이 없어서 그렇겠다는 생각도 들었다. 일라이자보다 바쁘게 사는 사람은 여태 본 적이 없었다. 하지만 그가 정확히 무슨 일을 하고 있다고는 말하기 어려웠는데 그건 그의 근면에 대한 결과물을 볼 수 없기 때문이었다. 일라이자는 아침 일찍 일어나기 위해 자명종 시계까지 사용하고 있었다. 아침 식사 전까지는 무엇을 하면서 시간을 보내는지는 알 수 없었고, 아침 식사 후에는 일정하게 배분한 시간에 따라 움직이는 듯했다. 시간마다 정해놓은 일이 있었다. 하루에 세 번 작은 책을 들여다보며 공부했는데 알고 보니 성공회 기도서였다. 한번은 그 책이 뭐가 그렇게 흥미가 있어서 매일 들여다보느냐고 물었더니 '전례 법규(미사에 쓰이는 지침서-옮긴이)'이기 때문이라고 했다. 그리고 세 시간 동안은 카펫만큼 크고 네모난 진홍색 천 가장자리에 금실로 수를 놓았다. 그 천은 어디에 쓸 거냐고 묻자, 게이츠헤드 홀 근처에 최근에 세워진 성당의 제단을 덮을 용도라고 했다. 그리고 두 시간은 일기 쓰기, 두 시간은 텃밭에서 일하기, 한 시간은 가계부 정리에 할애했다. 일라이자는 같이 얘기할 사람이나 대화가 필요하지 않았고 자기만의 방식에 만족해서 사는 것 같았다. 이런 식으로 매일 똑같은 일상을 사는 것으로 충분한 사람이었다. 그러니 시계처럼 정확히 흘러가는 일상을 흔들어놓는 사건만큼 일라이자를 화나게 하는 일은 없었다.

어느 날 저녁, 일라이자는 평소와 달리 누군가와 얘기하고 싶은 마음이 났는지 내 앞에서 입을 열었다. 존의 행실, 곧 무너져 내릴 것 같은 가족의 상황이 지금까지 자신을 괴롭혀온 고통의 근원이었지만 이제는 마음이 안정됐고 앞으로 어떻게 할지 결심이 섰다고 했다. 다행히 자기 몫의 재산은 안전히 확보해놓았다고 했다. 어머니가 돌아가시면 (그는 리드 부인이 건강을 회복하거나 더 오래 버틸 가능성은 없다고 보는 눈치였다) 오랫동안 생각해온 계획을 실행에 옮길 생각이라고 했다. 누구에게도 방해받지 않고 매일 정확한 시간을 지키며 살아갈 수 있는 곳으로 들어가, 하찮은 세상과 담을 쌓고 안전하게 살겠다는 계획이었다. 나는 조지애나도 데려가느냐고 물었다.

"당연히 아니지. 조지애나와는 공통점이 전혀 없어. 예전에도 마찬가지였어. 조지애나를 부담스럽게 데리고 사는 일은 없을 거야. 걔는 자기 갈 길을 알아서 가면 돼. 나는 내 길을 가면 되고."

조지애나는 내게 속마음을 털어놓지 않을 때면 거의 종일 소파에 드러누워 칙칙한 집 안 분위기에 짜증을 내거나 깁슨 이모가 런던으로 오라는 초청장을 보내주기만을 바라고 또 바라며 시간을 보냈다.

"모든 일이 끝날 때까지 이모가 한두 달 정도 나를 불러주시면 정말 좋을 텐데."

나는 조지애나가 말하는 '모든 일이 끝날 때까지'의 의미가 무엇인지 굳이 묻지 않았다. 그것은 제 어머니의 예정된 죽음과 우울한 장례 절차를 뜻하는 말일 것이다. 일라이자는 동생 조지애나의 게으름과 투덜거림에 더 이상 신경 쓰지 않았다. 마치 계속 투덜대고 게으름을 떠는 조지애나가 자기 앞에 존재하지 않는 것처럼 굴었다. 그러던 어느 날, 일라이자는 가계부를 치우고 수놓을 천을 펼치면서 조지애나에게 잔소리를 하기 시작했다.

"조지애나, 너보다 허영심 많고 불합리한 동물은 이제껏 이 세상에 없었을 거야. 넌 태어나지도 말았어야 했어. 도대체가 인생을 제대로 살아볼 생각이 없잖아. 합리적인 인간으로서 자기 힘으로 제대로 살 생각을 안 하고 다른 인간의 힘에 기대서 유약하게 살 생각만 해. 너처럼 뚱뚱하고 약하고 우쭐대기나 하고 쓸모라곤 없는 짐을 떠맡아줄 남자를 찾지 못해서, 학대받고 무시당하면서 비참하게 살고 있다고 악이나 써

대고 있지. 너에게 인생은 끝없는 변화와 재밌거리로 가득한 무대 아니면 지하 감옥일 거야. 넌 남들에게 숭배와 구애를 받아야 하고 남들이 네 비위를 맞춰주는 게 당연하다고 생각하잖아. 오직 음악과 춤, 사교계 생활을 추구할 뿐이야. 그런 게 없으면 시들시들하다가 죽어버리겠지. 남들의 노력과 의지에 얹혀살지 말고, 독립적인 삶을 살게 해줄 새로운 삶의 방식에 대해 고민해볼 분별력은 없니? 하루만이라도 시간을 쪼개고 각 시간에 할 일을 배분해봐. 한 시간, 10분, 5분도 낭비하지 말아보라고. 엄격하게 짠 시간표대로 규칙적으로 일을 진행해봐. 하루가 시작되고 종일 바쁘게 일을 하다 보면 어느새 하루가 끝나. 그렇게 살면 빈 시간을 때우려고 남에게 의지할 필요도 없어. 남과 어울리거나 쓸데없이 대화를 나누거나 공감대를 형성하려 애쓰거나 남의 단점을 참을 필요도 없어진다고. 독립된 인간이라면 마땅히 살아야 할 방식으로 살 수 있게 되는 거야. 내 조언 명심해. 처음이자 마지막으로 해주는 조언이니까. 내가 하란 대로만 하면 넌 나나 다른 사람에게 의지하지 않고도 살아갈 수 있어. 하지만 내 조언을 무시하고 지금까지처럼 계속 헛된 꿈만 꾸고 징징대고 게으름만 떨다 보면 그 어리석음의 결과를 톡톡히 치르게 될 거야. 아주 지독하고 견딜 수 없는 결과가 닥쳐올 수도 있어. 솔직하게 말해주는 거니까 잘 들어. 지금부터 하는 얘기는 앞으로 또 너한테 해줄 일 없을 거야. 어머니가 돌아가시면 너하고는 끝이야. 어머니의 관이 게이츠헤드 성당의 지하 납골당으로 옮겨지는 날부터 너와 나는 한 번도 만난 적 없는 남남처럼 살게 될 거야. 우리가 어쩌다 같은 부모한테서 태어났다고 해서, 고작 그런 인연으로 나를 너한테 묶어둘 생각은 하지도 마. 분명히 알아둬. 우리 둘만 빼고 세상 사람들이 죄다 어디론가 쓸려가버린다고 해도 난 너랑 같이 안 다녀. 널 구세계에 남겨두고 난 신세계로 떠날 거야."

일라이자의 말이 끝나자 조지애나가 대꾸했다.

"뭐 그렇게 장광설을 늘어놓고 그러실까. 언니가 이기적이고 정 없는 사람인 건 모르는 사람이 없는데. 언니가 나한테 악의적인 증오를 품고 있다는 거 알아. 에드윈 비어 경에 대해 언니가 농간을 부렸다는 증거를 내가 갖고 있거든. 언니는 내가 언니보다 신분이 높아지고 귀족 부인이 돼서 언니는 감히 얼굴도 내밀 수 없는 상류 사회에 진입하는 게 싫었던 거야. 그래서 남의 말을 엿듣고 밀고를 해서 내 미래를 완전히 망쳐놨지."

그 후 한 시간 동안 조지애나는 눈물을 흘리면서 손수건에 코를 풀어댔다. 일라이자는 대꾸도 하지 않고 싸늘하게 앉아 부지런히 제 할 일만 했다.

진실하고 관대한 감정을 중요시하지 않는 사람들이 있다. 여기 있는 두 명이 바로 그런 사람들이었다. 한 사람은 지독하게 신랄한 성격의 소유자이고, 다른 한 사람은 천박할 정도로 감정이 결여됐다. 판단력 없는 감정은 물 탄 술만큼이나 싱거울 뿐이고, 감정이 없는 판단력은 견딜 수 없을 만큼 씁쓸하고 공허하다.

그날 오후에는 비가 내리고 바람이 불었다. 조지애나는 소파에 널브러져 소설을 읽다가 잠이 들었고, 일라이자는 새로 생긴 성당에서 무슨 성인의 날 기념으로 열리는 예배에 참석하러 갔다. 종교 문제에 있어서 일라이자는 엄격한 형식주의자여서, 아무리 날씨가 궂어도 성당 일이면 반드시 참석했다. 날씨가 좋든 나쁘든, 일요일마다 하루에 세 번 성당에 갔고, 평일 예배에도 수시로 참석했다.

나는 위층으로 올라가 그곳에서 거의 방치된 채 죽어가고 있는 여인의 상태를 살펴보기로 했다. 하인들만 간간이 관심을 줄 뿐이지, 간병인은 부인을 잘 돌보기는커녕 기회만 있으면 부인의 병실을 빠져나가기 일쑤였다. 베시는 여전히 충직했지만 돌봐야 할 가족이 있다 보니 본관에 자주 오지 못했다. 병실에 올라가 보니 예상대로 지키고 있는 사람이 아무도 없었다. 환자는 창백한 얼굴을 베개에 파묻은 채 거의 기면 상태로 누워 있었다. 벽난로 쇠살대 안에 불이 죽어가고 있었다. 나는 연료를 더 넣고 침대보를 정리한 뒤 환자를 바라보았다. 부인은 나를 올려다볼 기력도 없는 상태였다. 잠시 후 나는 창가 앞으로 걸어갔다.

빗방울이 유리창을 세차게 때리고 바람이 거칠게 불고

있었다.

'지상의 온갖 싸움을 뒤로하고 떠날 사람이 저기 누워 있네. 육신이라는 집을 떠나느라 고통스러워하는 저 영혼은 해방되면 어디로 가게 될까.'

이 거대한 수수께끼를 생각하는 동안 헬렌 번스가 떠올랐다. 헬렌이 죽어가며 했던 말들, 헬렌의 믿음, 육신을 떠난 영혼들은 모두 평등하다는 그의 이론. 헬렌의 말투와 목소리는 아직도 내 머릿속에 또렷이 남아 있었다. 평온하게 임종을 맞이하던 헬렌의 창백하고 영적인 모습, 파리한 얼굴, 숭고한 눈빛, 어서 하느님의 품으로 돌아가길 갈망한다던 그의 속삭임을 떠올리고 있는데 침대에서 힘 빠진 목소리가 들려왔다.

"거기 누구야?"

리드 부인은 지난 며칠 동안 말이 없었다. 기운을 좀 차리신 건가? 나는 그에게 다가가 말했다.

"저예요, 리드 외숙모."

"누군데 나를 불러? 누구세요?"

나를 보는 그의 눈에는 놀라움과 경계가 담겨 있었지만 사납지는 않았다.

"처음 보는 사람인데. 베시는 어디 있죠?"

"문지기 집에 가 있어요, 외숙모."

"외숙모라니! 누군데 나를 외숙모라고 부르지? 깁슨 가 사람은 아닌데. 그런데 그 얼굴과 눈, 이마가 아주 낯이 익네.

가만…… 너, 제인 에어를 닮았구나!"

나는 대꾸하지 않았다. 내가 누구인지 밝혔다가는 환자에게 충격을 줄 수 있을 것 같아서였다.

"내가 착각한 것일 수도 있어. 요즘 머릿속이 뒤죽박죽이라. 제인 에어를 만나고 싶어서, 닮지도 않았는데 닮았다고 착각했나 보네. 8년이나 세월이 지났으니 많이 변했겠지."

그제야 나는 내가 바로 숙모가 생각하는 바로 그 제인 에어라고 조심스럽게 말했다. 그가 내 말을 이해한 것 같고 어느 정도 정신을 추슬렀다는 생각이 들자, 나는 베시가 남편을 시켜 나를 손필드에서 여기로 데려온 거라고 설명했다.

얼마 후 그가 다시 입을 열었다.

"내가 몸이 많이 안 좋아. 몇 분 전에 옆으로 좀 돌아누우려고 했는데 팔다리가 움직여지질 않더라고. 죽기 전에 마음이라도 편하고 싶어. 건강할 때는 별것 아니라고 여겼는데 이렇게 되고 보니까 마음을 무겁게 짓눌러. 이 방에 간병인 있니? 너 말고 다른 사람 없어?"

나는 우리 둘뿐이라고 대답했다.

"그래. 내가 너한테 두 가지 잘못을 저질렀는데, 지금 후회하고 있어. 하나는 널 내 자식처럼 기르겠다고 남편에게 했던 약속을 어긴 것이고, 다른 하나는……" 그는 잠시 숨을 고르다가 혼잣말을 중얼거렸다. "사실 별로 중요하지도 않은 일이잖아. 내 몸 상태가 좋아질 수도 있어. 저 애한테 굽실대려니 짜증 나네."

그는 자세를 바꾸려고 했지만 뜻대로 되지 않았다. 그러
자 표정이 변했다. 속으로 어떤 감정이 이는 것도 같았다. 최
후의 고통이 시작된 걸까.

"그래, 견디자. 영원의 나라가 내 앞에 있어. 말해주는 게
나아. 저기 가서 내 화장품 상자를 열면 그 안에 편지가 있을
거다. 꺼내."

나는 하라는 대로 했다.

"읽어봐."

짧은 편지였다.

리드 부인께, 제 조카 제인 에어가 지금 살고 있는 곳의 주
소와 지금 그 애의 상태가 어떤지 말씀해주실 수 있을까
요? 제인에게 편지를 써서 제가 있는 마데이라로 오라고
할 생각입니다. 제가 하느님께서 축복해주신 덕분에 상당
한 재산을 모았습니다. 저는 결혼을 하지 않아서 자식이 없
으니 제인을 입양해 딸로 삼으려고 합니다. 제가 죽으면 재
산을 물려줄 생각입니다. 그러니 부인, (……)

마데이라에서

존 에어

3년 전 편지였다.

"이런 편지가 왔었다는 얘길 왜 저한테 전하지 않으셨어요?"

"네가 너무너무 싫어서, 네가 잘 살 수 있는 기회를 잡게 해주고 싶지 않았어. 네가 나한테 한 짓이 잊히지 않아, 제인. 넌 정말이지 나한테 사납게 퍼부어댔잖니. 나더러 세상에서 제일 악질이라면서 혐오한다고 악을 썼을 때의 네 말투, 나를 생각만 해도 욕지기가 난다고, 내가 널 비참하게 학대했다고 비난하던 너의 어린애답지 않은 표정과 목소리가 아직도 생각나. 네가 속에 쌓인 원한을 퍼부었을 때 내가 느낀 감정도 잊히질 않아. 마치 내가 때리거나 밀쳐낸 짐승이 인간의 눈을 하고 나를 노려보면서 인간의 목소리로 욕을 하는 것처럼 느껴져서 너무 무서웠어. 물 좀 가져와! 아, 빨리!"

나는 그에게 물을 건네며 말했다.

"리드 부인, 이제 그런 생각은 더 이상 하지 마시고 마음에서 털어내세요. 제 거칠었던 언행도 용서해주시고요. 그때 저는 어린아이였어요. 그 후로 8, 9년이나 지났잖아요."

그는 내가 한 말은 듣지도 않는 눈치였다. 물을 마시고 나서 숨을 돌린 후 다시 하던 얘기를 계속했다.

"못 잊는다고 했잖아. 그래서 나도 복수를 한 거야. 네가 삼촌한테 입양돼서 편안하고 안락하게 사는 꼴을 두고 볼 수가 없었거든. 그래서 네 삼촌한테 편지를 썼지. 실망스럽겠지만 제인 에어는 이미 죽었다고, 로우드 학교에서 퍼져나간 발진티푸스에 걸려서 세상을 떠났다고. 이제 사실을 알았으니 마음대로 해. 네 삼촌한테 편지를 써서 내가 거짓말을 했다고 까발려. 넌 나를 고문하려고 태어난 애니까. 내 삶의 마지막 순간에도 너만 아니면 저지르지도 않았을 잘못을 상기하면서 이렇게 고통을 받아야 하는구나."

"그 일에 대해서는 더 이상 생각하지 마시라니까요, 외숙모. 저를 다정하게 봐주시고 용서하시면⋯⋯"

"넌 정말 성질이 못돼먹었어. 지금도 널 이해할 수가 없구나. 9년 동안 어떤 취급을 받아도 말없이 참고 살다가 10년째가 됐을 때 불같이 화를 내면서 감정을 다 터뜨리다니. 난 도대체가 이해가 안 돼."

"제 성질은 생각하시는 것만큼 고약하지 않아요. 좀 격하기는 하지만 복수하려고 앙심을 품거나 하진 않아요. 어렸을 때 외숙모가 곁을 조금만 주셨으면 저는 외숙모를 사랑했을 거예요. 지금도 진심으로 외숙모와 화해하고 싶어요. 저한테 입을 맞춰주세요, 외숙모."

나는 그의 입술 가까이 뺨을 갖다 댔지만 그는 입술을 대려고 하지 않았다. 내가 침대로 몸을 기울인 바람에 몸이 눌린다고 투덜대면서 다시 물을 달라고 요청했다. 나는 팔로 그를 부축해 물을 마시게 한 뒤 다시 눕혀주면서 그의 얼음처럼 차갑고 축축한 손을 꼭 잡았다. 하지만 그는 내 손과의 접촉을 최대한 피하려고 힘없는 손가락을 움츠렸고, 멀건 눈마저 내

473

시선을 피했다.

"저를 사랑하든 미워하든 좋을 대로 하세요. 제가 외숙모를 완전하게, 자유 의지로 용서했다는 것만은 알아주시고요. 하느님께 용서를 구하시고 평온해지시길 바랄게요."

고통 속에 사는 불쌍한 여인 같으니라고! 그가 나에 대한 습관적 증오를 버리기에는 이미 너무 늦었다. 살아 있을 때도 나를 늘 미워만 했으니 죽어가는 지금까지도 그 태도를 유지할 수밖에 없겠지.

마침내 간병인이 들어왔고 베시도 따라 들어왔다. 나는 외숙모가 나에 대한 호의를 조금이라도 보이지 않을까 싶어, 그곳에서 30분을 더 머물렀지만 그는 끝끝내 냉담했다. 얼마 안 있어 혼수상태에 빠져들었고 다시는 정신을 차리지 못했다. 그날 밤 자정에 그는 세상을 떠났다. 임종 당시 나는 병실에 있지 않았고 그의 두 딸도 마찬가지였다. 다음 날 아침 하인들은 우리에게 준비가 다 되었다고 알렸다. 가서 보니 입관 준비가 되어 있었다. 일라이자와 나는 그를 보러 갔지만, 조지애나는 요란하게 울음을 터뜨리며 도저히 못 가겠다고 했다. 한때 튼튼하고 활기차던 세라 리드가 뻣뻣하게 굳은 채 누워 있었다. 부싯돌처럼 번뜩이던 눈은 차가운 눈꺼풀로 덮였다. 이마와 강한 이목구비는 거침없던 생전의 모습을 간직하고 있었다. 시신은 내게 낯설 정도로 엄숙하게 느껴졌다. 나는 침울하고 고통스러운 마음으로 외숙모의 시신을 바라보았다.

부드럽고 다정하고 동정심을 불러일으킨다거나 희망차고 마음을 진정시키는 모습은 전혀 아니었다. 나의 상실감이 아닌 그의 비애로 인한 격한 고통, 저런 모습으로 맞이하게 된 무시무시한 죽음에 대한 당혹감으로 참담하기는 했으나 눈물은 전혀 나오지 않았다.

일라이자는 모친의 모습을 차분히 바라보았다. 몇 분 동안 침묵하던 일라이자가 말했다.

"워낙 건강했던 체질이라 더 오래 사셨어야 했는데. 마음고생 때문에 수명이 줄어든 거야."

잠시 감정이 북받치는지 일라이자의 입가에 경련이 일었다. 경련이 사라지자 일라이자는 돌아서서 방을 나갔다. 나도 따라 나갔다. 우리는 둘 다 눈물 한 방울 흘리지 않았다.

22

로체스터 씨에게 받은 휴가는 일주일이었는데 한 달이 지나서야 게이츠헤드를 떠날 수 있었다. 장례식이 끝나자마자 바로 떠나고 싶었지만, 조지애나가 자기가 런던으로 갈 때까지 곁에 머물러 달라고 간절히 부탁했다. 그리고 드디어 누이의 장례를 진두지휘하고 가족 관련 문제를 정리하기 위해 게이츠헤드 홀을 방문한 외삼촌 깁슨 씨의 초대를 받아 런던으로 가게 됐다. 조지애나는 일라이자와 둘이 이 집에 남겨지는 게 무섭다고 했다. 일라이자로부터는 자신이 느끼는 두려움에 대한 동정이나 감정적 지지를 받을 수 없고 이 집을 떠나기 위한 준비를 하는 데 있어서도 도움을 받을 수 없다는 구실이었다. 나는 조지애나의 나약한 징징거림과 이기적인 한탄을 최대한 참아가면서 그의 드레스들을 바느질해 가방에 넣어주었다. 내가 그렇게 일하는 동안 조지애나는 그저 빈둥거릴 뿐이었다. 나는 속으로 생각했다.

'조지애나 언니랑 나랑 둘이 계속 살게 되는 상황이었으면 우린 완전히 다른 입장에서 이 상황에 대처해야 했을 거야. 나는 일방적으로 고분고분하게 참아내지 않았겠지. 언니한테 해야 할 일을 배분하고 꼭 해내도록 만들었을 거야. 만약 하지 않으면 할 때까지 내버려뒀을 테고. 진심이라곤 담겨 있지도 않은 불평불만은 그만 좀 하라고 타박했을지도 몰라. 우리가 지금 이렇게 지내는 건 일시적인 거야. 상중이라 참으면서 언니 뜻에 맞춰주는 것뿐이야.'

드디어 조지애나를 떠나보내고 나니 이번에는 일라이자가 나더러 일주일만 더 머물다 가라고 부탁했다. 그는 자신의 계획을 이행하려면 시간과 관심을 다 쏟아야 한다고 했다. 일라이자는 미지의 목적지로 떠날 예정이었다. 그때까지 방문에 빗장까지 질러놓고 종일 방 안에 틀어박혀서 여행 가방에 짐을 챙겨 넣고 서랍을 비우고 서류를 불태웠고 다른 사람과는 말 한마디 섞지 않았다. 자기가 그러고 있는 동안 내가 집안일을 살피고 방문객을 맞이하고 조문 편지에 답장해주기를 바랐다.

그리고 어느 날 아침, 일라이자는 내게 그만 가도 좋다고 말했다. 그러고는 이렇게 덧붙였다.

"일 처리를 도와주고 신중하게 처신해줘서 고마워! 너 같은 사람이랑 살아보니까 조지애나랑 같이 살 때랑은 느낌이 많이 다르네. 넌 네 역할을 충실히 수행하고 타인에게 짐을 지우지 않더라. 난 내일 유럽으로 떠나. 프랑스 릴 근처에 있는 종교 기관, 그러니까 수녀원에 가서 살까 해. 거기라면 아무한 테도 방해받지 않고 조용히 살 수 있겠지. 로마 가톨릭 교리 공부에 전념하면서 교단 체계에 관해서도 주의 깊게 공부해 보려고. 지금은 반 밖에 믿음이 안 가지만, 만약 로마 가톨릭 교리가 만물에 질서와 체계를 부여하도록 가장 잘 의도된 교 리인 것으로 확인되면 그 교리를 받아들이고 수녀가 될 수도 있어."

나는 그의 결심에 놀란 얼굴을 하거나 수녀가 될 생각은 말라고 말리지도 않았다.

'그 일은 언니한테 아주 잘 맞겠어요. 잘해봐요.'

나와 헤어지는 자리에서 일라이자는 말했다.

"잘 있어, 내 사촌 제인 에어. 잘 지내길 바랄게. 넌 분별 력이 있으니 잘 살 거야."

"언니도 분별력이 없진 않아요. 하지만 지금 언니가 가진 능력은 내년쯤이면 프랑스 수녀원 담장 안에 갇히고 말겠죠. 제가 관여할 바는 아니지만요. 언니한테 어울리는 삶이니 크 게 걱정은 안 되네요."

"네 생각이 맞아."

그 대화를 끝으로 우리는 각자의 길을 갔다. 일라이자와 조지애나에 대해 따로 언급할 일은 없을 것 같으니 여기서 그 들의 근황을 전하겠다. 조지애나는 사교계에서 닳고 닳은 부자와 본인에게 유리한 쪽으로 결혼이 성사됐고, 일라이자는 수녀가 됐는데 견습 수녀로 있었던 수녀원의 원장이 되어 그곳에 전 재산을 내놓았다.

기간이 길든 짧든 집을 비웠다가 다시 돌아가는 사람들의 심정이 어떤지 그때까지 나는 알지 못했다. 그런 감정을 느껴본 적이 없어서였다. 어렸을 때 산책을 너무 오랫동안 하다가 게이츠헤드로 돌아오면, 춥고 울적해 보이는 얼굴이라고 혼날 각오를 해야 했다. 성당에서 로우드 학교로 돌아올 때면 풍성한 식사와 따뜻한 난롯불이 있으면 좋겠다고 생각했지만 아무것도 기대할 수 없었다. 그렇게 돌아가는 길은 불쾌하고 우울했다. 가까이 갈수록 나를 강력하게 끌어들이는 힘 따위는 느낄 수 없었다. 그러니 내가 집처럼 여기는 손필드로 돌아가는 여정은 처음 겪는 경험이었다.

돌아가는 길은 지루했다. 무척이나. 하루 동안 80킬로미터 정도를 이동했고 밤에 여관에서 쉰 뒤 다음 날 또 80킬로미터를 갔다. 처음 12시간 동안은 리드 부인의 마지막 모습이 자꾸 생각났다. 망가지고 창백한 얼굴, 괴상하게 변한 목소리. 그리고 장례식 당일과 관, 영구마차, 검은 옷을 입고 늘어선 소작인들과 하인들. 참석한 친척들은 몇 명 되지 않았다. 검은 입을 벌린 지하 납골당, 고요한 성당, 엄숙한 예배. 그리고 일라이자와 조지애나 생각을 했다. 한 명은 무도회장에서 모두의 주목을 한몸에 받을 것이고 다른 한 명은 수녀원 독방에서 살아갈 것이다. 자매인데 외모며 성격이 판이한 그들에 대해 내 나름의 분석을 해보았다. 저녁 무렵에 ○○시의 큰 마을에 도착하자 상념이 흩어졌다. 밤에는 또 다른 방향으로 생각이 흘러갔다. 여관 침대에 눕자 과거는 뒤로 흘러가고 미래에 대한 기대감에 가슴이 부풀었다.

나는 손필드로 돌아가고 있었다. 앞으로 그곳에서 얼마나 머물게 될까? 그리 오랜 시간은 아닐 것이다. 손필드 홀을 떠나 있는 동안 페어팩스 부인한테서 편지를 받았다. 집에 머물던 손님들은 모두 돌아갔고, 로체스터 씨는 3주 전에 런던으로 떠났는데 앞으로 2주 후에 돌아온다는 소식이었다. 페어팩스 부인은 로체스터 씨가 새 마차를 구입하기로 했다고, 아무래도 결혼식 준비를 위해 런던으로 간 것 같다고 했다. 그러면서 로체스터 씨가 블랜치 잉그럼 양과 결혼하기로 한 것은 아무리 생각해도 이상하다고 덧붙였다. 하지만 다들 하는 말도 그렇고 본인이 본 것도 있으니, 두 사람의 결혼은 정해진 수순 같다고 했다. 그의 편지를 읽고 나서 나는 이렇게 생각했다. '그걸 의심한다면 부인은 별나게 의심이 많은 사람이겠죠. 저도 의심하지 않아요.'

그러다 문득 의문이 들었다. '나는 어디로 가야 하지?' 밤새 블랜치 양이 나오는 꿈을 꾸었다. 아침 무렵에 꾼 꿈에서 블랜치 양은 내 앞에서 손필드 홀의 대문을 닫으며 내게 다른 곳으로 향하는 길을 가리켰다. 로체스터 씨는 차가운 미소를 지으며 팔짱을 끼고 서서 그와 나를 번갈아 쳐다보았다.

나는 손필드로 돌아가는 정확한 날짜를 페어팩스 부인에게 미리 말해놓지 않았다. 그쪽에서 이륜마차나 사륜마차를 준비해 밀코트까지 보내주는 게 부담스러워서였다. 조용히 저택까지 걸어가기로 했다. 6월의 어느 저녁, 조지 여관의 마종에게 내 짐이 담긴 상자를 맡겨놓고 조용히 여관을 빠져나가 손필드를 향해 오래된 길을 걸어갔다. 대부분 들판 사이로 뻗어 있는 길이라 오가는 행인이 많지 않았다.

날씨는 맑고 쾌적했지만 밝고 찬란한 여름 저녁은 아니었다. 길가에서 사람들이 건초를 만드느라 여념이 없었다. 구름 한 점 없는 하늘은 아니지만 곧 날씨가 활짝 갤 것임을 예고하듯, 구름 사이로 부드럽고 안정된 푸른 하늘이 보였다. 높은 곳에 자리한 구름들은 층지고 얇았다. 서쪽 하늘에도 차갑고 습한 기운은 전혀 없이 불그스름하게 따스한 기운이 감돌았다. 대리석 무늬의 수증기층 너머로는 마치 제단에 불이라도 피워놓은 듯 황금색을 띤 붉은 노을이 빛나고 있었다.

가야 할 길이 점점 줄어들수록 기분이 좋아졌다. 너무 좋아서 한번은 걸음을 멈추고 이렇게 기뻐하는 이유가 무엇인지 따져보았다. 내가 가고 있는 곳은 내 집도 아니고, 영원한 안식처도 아니며, 다정한 친구들이 내가 도착하기를 바라고 기다리는 곳도 아니었다.

"페어팩스 부인이 차분하게 환영해주면서 미소 지어주

실 거야. 어린 아델도 널 보면 반가워서 손뼉을 치고 폴짝폴짝 뛰겠지. 하지만 네가 지금 생각하는 사람은 그들이 아니라, 네 생각 따윈 하고 있지도 않을 그 남자잖아."

하지만 젊음처럼 고집불통인 게 또 있을까? 미숙함처럼 맹목적인 게 어디 있을까? 미숙한 젊은이인 나는 로체스터 씨가 나를 반기든 안 반기든, 그를 다시 만나는 특권을 누리는 것만으로도 충분히 기뻐할 만한 일이라고 확신하고 있었다.

'서두르자! 어서! 되도록 그분 곁에 오래 머무르고 싶어. 며칠이나 몇 주 후면 그분과 영원히 헤어지게 될 수도 있어!'

나는 속에서 자라나는 번민을 목 졸라 죽였다. 이 감정을 속에 담고 키워낼 자신이 없으니 그 뒤틀린 감정을 짓이기고 살아갈 수밖에 없었다.

손필드 홀의 목초지에서도 사람들이 건초를 만들고 있었다. 도착해서 보니 작업을 마친 일꾼들이 어깨에 갈퀴를 걸치고 집으로 돌아가고 있었다. 들판 한두 곳만 가로지르면, 그리고 길을 따라 걸어가면 바로 대문 앞이다. 울타리에 장미들이 만발해 있었다! 하지만 장미를 딸 시간이 없었다. 어서 저택으로 들어가야 했다. 나는 길 쪽으로 잎사귀와 꽃이 달린 가지를 내뻗은 키 큰 들장미 덤불 옆을 지나갔다. 좁은 산울타리의 돌계단도 보였다. 그런데 바로 그곳에 로체스터 씨가 손에 책과 연필을 들고 무언가를 적고 있었다.

유령이 아니었다. 하지만 내 온 신경이 흔들리고 말았다.

나 자신이 제어되지 않았다. 왜 이럴까? 그를 보자마자 몸이 이렇게 떨릴 줄은, 그의 앞에서 목소리를 잃거나 제대로 걷지도 못하게 될 줄은 몰랐다. 정신이 들면 바로 돌아서야겠다고 생각했다. 그 앞에서 완전히 바보처럼 굴 수는 없으니까. 다른 길로 돌아서 저택으로 가면 된다. 하지만 내가 스무 개의 다른 길을 알고 있다고 해도 소용없게 되고 말았다. 그가 나를 본 것이다.

"어이!" 그는 책과 연필을 들고 나를 부른다. "거기! 어서 이쪽으로 와요."

나는 그에게 가고 있었는데, 어떻게 가고 있었는지 모르겠다. 내 움직임을 인식하지도 못하면서, 그에게 침착하게 보이기만을 바라고 있었다. 내 얼굴 근육을 제어할 자신이 없었다. 얼굴 근육은 내 의지에 상관없이 멋대로 반란을 일으켜, 내가 숨기고 싶어 하는 감정을 겉으로 드러내버릴 것 같았다. 다행히 나는 베일을 내려 쓰고 있었다. 그래서 예의 바르고 침착한 척을 할 수 있었다.

"제인 에어 씨 아니십니까? 밀코트에서 오는 길이에요? 그것도 걸어서? 당신답네요. 평범한 사람처럼 마차를 불러 타고 덜거덕거리며 길을 따라 오는 게 아니라 마치 꿈이나 유령처럼 황혼의 빛 속에서 집으로 소리 없이 들어가려는 걸 보면. 대체 지난 한 달 동안 뭘 하고 지낸 겁니까?"

"외숙모와 함께 있었어요. 외숙모는 돌아가셨어요."

"제인 에어다운 대답이네! 선한 천사들이여, 나를 지켜주소서! 이 여자가 죽은 자들의 집에 있다가 돌아왔습니다. 그러고는 으스름 속에서 홀로 앉아 있는 내게 다가오네요! 아무리 봐도 엘프 요정 같은데, 당신이 실체가 있는 존재인지 아니면 그림자에 불과한지 확인하려면 직접 만져봐야 알겠군요! 하지만 늪에 사는 푸른 도깨비불을 손에 잡으려 하는 편이 빠르겠죠. 당신은 무단결석을 했습니다! 무단결석이요!" 그는 잠시 쉬었다가 덧붙였다. "한 달이나 무단결석을 한 걸 보면 나를 완전히 잊었던 모양입니다."

나는 그를 다시 만나면 기쁨을 느끼리라는 것은 알고 있었다. 그가 곧 내 주인이 아니게 될 것이라는 두려움과 나는 그에게 아무것도 아니라는 자각 때문에 그 기쁨은 곧 깨지고 말 테지만. (적어도 내 생각에) 로체스터 씨는 대화하는 상대방을 기분 좋게 해주는 힘이 대단했는데, 나처럼 길을 잃고 날아든 낯선 새에게도 친절하게 대화의 빵 부스러기를 나눠주었다. 그의 마지막 말이 특히 내 마음을 달래주었다. 내가 그를 잊어버렸는지 여부가 그에게 중요하다는 말처럼 들렸다. 그리고 그는 손필드 홀을 마치 내 집인 것처럼 말하고 있었다. 그곳이 내 집이면 얼마나 좋을까!

그는 산울타리 계단에서 일어날 생각을 하지 않았다. 나는 그 앞을 그냥 지나갈 수가 없어서, 런던에 가 계신 줄 알았다고 말을 띄웠다.

"갔었죠. 천리안으로 알아냈나 보군요."

"페어팩스 부인이 편지를 보내주셨어요."

"내가 런던에 뭐 하러 갔는지도 알려줬겠군요?"

"아, 예! 다들 알죠."

"가서 마차를 보고 로체스터 부인에게 어울릴지, 로체스터 부인이 보라색 쿠션에 기대어 앉으면 부디카 여왕(고대 브리튼인들의 전설적인 여왕 – 옮긴이)처럼 보일지 알려줘요. 사실 내 외모가 그에 어울리도록 좀 잘생겨졌으면 좋겠습니다. 당신은 요정이니 대답해줘요. 나를 미남으로 만들어줄 부적이나 마법의 약 같은 걸 줄 수 있습니까?"

"그런 건 마법의 힘으로 될 일이 아니에요."

나는 이렇게 말하고는 속으로 덧붙인다.

'사랑에 빠진 사람의 눈에는 상대가 매력적으로 보이게 마련이에요. 당신을 사랑하는 사람에게 당신은 충분히 잘생겨 보일 거예요. 엄격한 인상도 아름다움을 넘어서는 힘이라고 여길 테고요.'

평소 로체스터 씨는 내가 입 밖에 내지 않은 말도 읽어내는 불가사의한 능력을 보여주곤 했다. 그런데 지금은 내가 불쑥 내놓은 대답의 의미를 알아채지 못하는 것 같았다. 그는 좀처럼 내보이는 일이 없는 특유의 미소를 지었는데, 그는 그 미소가 너무나 멋져서 아무 때나 보여줄 수 없다고 생각하는 듯했다. 그는 햇살 같은 그 미소를 내게 한껏 쏟아부었다.

"지나가요, 재닛('제인'의 애칭—옮긴이)."그는 내가 울타리를 지나갈 수 있도록 옆으로 비켜주었다. "집으로 가요. 방랑하고 돌아온 지치고 작은 발로 친구의 집 문턱을 넘어 들어가 편히 쉬어요."

나는 조용히 그의 말에 따르기로 했다. 더는 그와 얘기를 나눌 필요도 없었다. 나는 말없이 산울타리 계단을 넘어갔다. 그대로 그를 그곳에 두고 갈 생각이었다. 그런데 문득 어떤 충동에 빠르게 사로잡혔다. 길을 가다가 돌아설 만큼 강한 충동이었다. 나는 속에서 나도 모르게 올라온 말을 입 밖에 내고 말았다.

"다정하게 맞아주셔서 고맙습니다, 로체스터 씨. 돌아와 계셔서 이상하게 기쁜걸요. 당신이 계신 곳이 제 집이에요. 제 유일한 집이요."

그러고는 그가 도저히 따라잡지 못할 정도로 걸음을 재촉해 저택 쪽으로 걸어갔다. 아델은 나를 보자마자 몹시 기뻐했고, 페어팩스 부인은 평소와 다름없이 따뜻하게 맞아주었다. 리아도 미소를 지었고 소피도 반가워하며 'bon soir!(즐거운 저녁이에요!)'라고 인사를 건넸다. 기분이 좋았다. 함께 지내는 사람들에게 사랑받고, 내 존재가 그들에게 위안이 된다는 사실을 아는 것보다 더 큰 행복은 없을 것이다.

그날 저녁 나는 미래에 대한 불안감을 애써 외면했다. 조만간 이들과 헤어지고 슬픔이 밀려오리라는 경고의 목소리에도 귀를 닫아버렸다. 차 마시는 시간이 끝나자 페어팩스 부인은 뜨개질을 시작했다. 나는 그 옆의 낮은 의자에 앉았고 아델은 카펫에 쪼그리고 앉아 내게 몸을 기댔다. 서로에 대한 애정이 우리를 황금빛 평화의 고리로 에워쌌다. 나는 우리가 서로에게서 먼 곳으로, 너무 이른 시일 내에 헤어지는 일이 없기를 속으로 기도했다. 그런데 로체스터 씨가 예고도 없이 들어와 그렇게 앉아 있는 우리를 바라보았다. 그는 다정한 우리의 모습에 흡족해하는 듯했다. 그는 페어팩스 부인이 양딸 같은 내가 돌아와 편안해 보이고, 아델도 '어린 영국 엄마를 집어삼킬 듯'하다고 말했다. 나는 어쩌면 그가 결혼한 후에도 햇살 같은 그의 따뜻한 품에서 우리를 내쫓지 않고 그가 보호해줄 수 있는 모처에 모여 살게 해줄지도 모른다는 희망을 감히 품어보았다.

내가 손필드 홀에 돌아오고 2주일 동안, 앞날은 불확실하지만 당장은 평온한 나날이 이어졌다. 로체스터 씨의 결혼에 관한 어떤 얘기도 나오지 않았고 결혼식을 준비하는 움직임도 포착되지 않았다. 나는 페어팩스 부인에게 들은 소식이 없는지 거의 매일 물었는데 부인은 늘 들은 바 없다고 대답했다. 한번은 부인이 신부를 언제 집으로 데려올 것인지 로체스터 씨에게 물어본 적이 있는데, 특유의 알 수 없는 표정을 지으며 농담으로만 대답해서 당최 그 뜻을 알 수가 없다고 말하기도 했다.

특히 놀라운 것은 그가 잉그럼 파크를 좀처럼 오가지 않는다는 사실이었다. 다른 주의 경계선에 있는 잉그럼 파크가 여기서 30여 킬로미터나 떨어져 있기는 하지만 사랑에 빠진 연인에게 그 정도 거리가 대수일까? 로체스터 씨처럼 능숙하고 끈기 있게 말을 탈 줄 아는 사람에게는 아침나절 동안 달리면 충분한 거리였다. 나는 품을 자격 없는 희망을 가슴에 담기 시작했다. 두 사람의 결혼이 깨졌는데 소문이 잘못 퍼졌을지도 모른다는 희망, 한 사람 혹은 두 사람의 마음이 변했을지도 모른다는 희망이었다. 나는 슬퍼하거나 괴로워하는 기색이 있는지 로체스터 씨의 얼굴을 살펴보곤 했는데, 어느 때보다도 해맑고 지독한 감정이라고는 담겨 있지 않은 편안한 표정이었다. 아델, 그리고 그와 시간을 보낼 때면 나는 기분이 가라앉으면서 어쩔 수 없이 실의에 빠질 때가 있었는데 그는 늘 유쾌해 보였다. 나는 전보다 더 자주 그의 앞에 불려갔고, 그는 과거 어느 때보다도 더 내게 친절했다. 그리고, 아아! 그에 대한 나의 사랑은 날이 갈수록 깊어졌다.

23

눈부시게 환한 한여름의 햇살이 영국 전역에 쏟아졌다. 사면이 바다인 영국에서 이토록 맑은 하늘과 눈부신 햇빛을 수일에 걸쳐 볼 수 있는 건 무척 드문 일이었다. 이탈리아에서나 가능한 날씨가 영광스러운 철새 떼처럼 남쪽에서 날아와 앨비언(영국이나 잉글랜드를 가리키는 옛 이름-옮긴이)의 절벽에 내려앉은 듯했다. 건초 수확이 모두 끝난 손필드 홀 주변의 들판은 푸른빛을 발했다. 강렬한 햇볕 아래 길이 하얗게 달아올랐다. 나무들은 연중 가장 짙은 초록색으로 물들었고 울타리와 숲도 온통 잎사귀로 뒤덮여, 그 사이로 내다보이는 햇살 가득한 텅 빈 목초지와 대조를 이루었다.

세례 요한 축일의 전날 저녁, 반나절 동안 헤이 길에서 산딸기를 따느라 지친 아델은 해가 저물기도 전에 잠자리에 들었다. 나는 아델이 잠드는 모습을 지켜본 뒤 방을 나와 정원으로 나갔다.

하루 중 가장 기분 좋은 시간이었다. 낮이 그 타오르는 열기를 모두 소진하고 헐떡이는 들판과 바짝 그을린 산꼭대기에 차가운 이슬이 내리는 시간. 장관을 이루는 구름도 없이 태양이 소박하게 저문 자리에는 붉은 보석 같은 은은한 빛과 한쪽 끄트머리의 용광로 같은 시뻘건 빛과 함께 장엄한 보랏빛이 퍼져나갔다. 그 빛은 산봉우리부터 시작해 하늘의 절반을 뒤덮으며 그 주변으로 높고 넓게, 서서히 부드럽게 퍼져나갔다. 여전히 짙푸른 빛깔로 곱게 물든 동쪽 하늘에는 별 하나가 수수한 보석처럼 작은 빛을 발하며 외로이 떠오르고 있었다. 곧 하늘에는 달이 나타날 것이다. 아직은 지평선 아래 머무르고 있지만.

나는 보도를 따라 잠시 걸었다. 그런데 익숙한 시가 냄새가 희미하게 목초지 어딘가에서 흘러왔다. 서재의 여닫이창이 약간 열려 있는 게 보였다. 누군가 나를 지켜보는 것 같기도 해서 과수원으로 발길을 옮겼다. 손필드 홀 안에서 과수원만큼 안전하고 낙원 같은 은신처는 없었다. 과수원 안에 촘촘히 서 있는 나무들마다 꽃이 만개해 있었다. 한쪽은 높은 벽으로 막혀 마당과 분리되고 다른 쪽은 너도밤나무 길이 뻗어 있어 잔디밭과 구분되었다. 계단 아래쪽의 은장 울타리는 고적한 들판과의 경계선 역할을 해주었다. 구불구불 뻗어나간 산책로 양옆에는 월계수들이 늘어섰고 끄트머리에는 거대한 마로니에 나무 한 그루가 자리했다. 마로니에 나무 근처에는 울타리 쪽으로 이어지는 길 끄트머리에 앉을 만한 자리가 있었다. 여기서라면 누구의 눈에도 띄지 않고 편하게 걸을 수 있을 것이다. 꿀처럼 달콤한 이슬이 내리고 사방이 고요한 가운데 땅거미가 점점 짙어졌다. 문득 이 그림자 진 곳에서 언제까지고 산책할 수 있을 것만 같았다. 과수원 위쪽의 화단과 과일나무들 사이를 거닐던 나는 떠오른 달이 좀 더 널찍한 곳을 비추기 시작할 때쯤 걸음을 멈췄다. 어떤 소리가 들렸거나 무언가가 보여서가 아니라 경고의 의미로 다가온 냄새 때문이었다.

들장미와 개사철쑥, 재스민, 패랭이꽃, 장미가 저녁을 맞이해 한층 진한 향을 발하고 있었지만 이 새로운 냄새는 덤불이나 꽃에서 풍겨오는 게 아니었다. 내가 너무나도 잘 아는 그 냄새는 로체스터 씨의 시가 냄새였다. 나는 주변을 둘러보며 귀를 기울였다. 잘 익은 과일들을 한껏 짊어진 나무들을 살펴봤다. 1킬로미터쯤 떨어진 숲에서 나이팅게일의 지저귐이 들려왔다. 이쪽으로 걸어오는 누군가의 형상도 발소리도 들리지 않았는데 시가 냄새는 점점 짙어졌다. 도망쳐야 했다. 관목 숲으로 연결되는 쪽문으로 걸음을 재촉하는데 그 문으로 들어오는 로체스터 씨가 보였다. 나는 담쟁이덩굴이 우거진 후미진 곳으로 얼른 물러섰다. 그는 여기 오래 머물지 않으리라. 나는 생각했다. 왔던 곳으로 곧 돌아갈 것이다. 여기 조용히 앉아 있으면 그는 나를 보지 못할 것이다.

하지만 그 역시 나만큼이나 저녁 시간을 즐기고 있는 듯했다. 고풍스런 정원은 그에게도 매력적인 곳이겠지. 그는 구스베리 나뭇가지를 들어올려 자두만큼 큼직한 열매를 구경하고, 담장 벽에 열린 잘 익은 체리 열매를 따기도 하며 걷고 있었다. 그가 한 무더기 피어난 꽃들을 향해 허리를 굽혔다. 향기를 들이마시고 있거나 꽃잎에 차오른 이슬을 감상하고 있는 모양이었다. 그때 커다란 나방 한 마리가 위잉 소리를 내며 내 곁을 지나 로체스터 씨 발치의 식물에 내려앉았다. 그는 그리로 다가가 허리를 굽히고 자세히 들여다봤다.

'이제야 내 쪽으로 등을 보이고 섰구나. 그가 다른 것에 정신이 팔린 동안 조심스럽게 지나가면 들키지 않고 이 자리를 피할 수 있겠어.'

나는 발소리가 들릴 게 분명한 자갈 깔린 구역을 피해 그 가장자리로 조심스럽게 발을 디뎠다. 그는 내가 지나가려는 곳에서 1, 2미터 떨어진 화단 사이에 서 있었다. 나방에 온통 관심이 쏠린 듯했다.

'조용히 지나갈 수 있겠어.'

나는 이런 생각을 하며 그의 그림자를 가로질렀다. 아직 높이 떠오르지 않은 달이 그의 그림자를 정원에 길게 늘어뜨려 놓았다. 그가 고개도 돌리지 않고 나지막하게 말했다.

"제인, 이리로 와서 이 친구 좀 봐요."

내가 소리를 내지도 않았고 그의 뒤통수에 눈이 달려 있지도 않았는데 어떻게 내가 있는 걸 알았을까? 그의 그림자가 느낀 건가? 흠칫 놀란 나는 로체스터 씨 쪽으로 발길을 돌렸다.

"날개를 좀 봐요. 서인도 제도에서 본 곤충이 떠오르는군요. 이렇게 크고 화려한 밤의 방랑자는 영국에서 흔히 볼 수 없는데. 저기! 날아갔네요."

나방은 천천히 저 멀리 날아갔다. 나는 수줍어하며 뒤로 물러섰다. 로체스터 씨는 내 뒤를 따라왔고 마침내 우리는 쪽문 앞에 이르렀다.

"돌아서요. 이렇게 아름다운 밤에 집 안에만 틀어박혀 있는 건 안타까운 일이죠. 지는 해가 떠오르는 달과 마주하는 이런 시각에 잠자리에 들고 싶은 사람은 아마 없을 겁니다."

즉시 대답을 할 수 있는데도 내 혀는 때로는 이렇게 변명조차 제대로 못 한다. 당황스럽고 불편한 상황을 모면하기 위해 그럴듯한 변명이나 태연한 말 한마디가 필요한 때에 꼭 이렇게 약점을 드러내고 마는 것이다. 이 시간에 그림자 진 과수원을 로체스터 씨와 단둘이 걷고 싶지 않았다. 하지만 그를 여기 혼자 두고 저택으로 들어갈 핑계를 찾을 수가 없었다. 나는 느릿한 걸음으로 그의 뒤를 따라갔다. 머릿속으로는 이 자리를 모면하기 위한 핑곗거리를 찾으려 생각을 거듭했다. 하지만 그가 지극히 차분하고 진지해 보여서 혼란스러워하는 내 모습이 우스울 지경이었다. 지금 여기서 뭔가 잘못된 생각을

493

하는 사람이 있다면 바로 나일 것만 같았다. 그는 나를 거의 의식하지도 않는 듯 말이 없었다.

월계수 사이로 난 산책로로 들어선 그는 울타리와 마로니에 나무쪽으로 천천히 걸음을 옮겼다.

"손필드는 여름에 참 기분 좋은 곳이에요. 안 그렇습니까?"

"그렇죠."

"이제 당신도 이 집에 어느 정도 애정이 생긴 것 같군요. 당신은 자연의 아름다움을 볼 줄 아는 안목을 가지고 있고 애착에 대한 감각도 남달리 발달한 사람이니까. 안 그래요?"

"이곳에 애착이 있는 건 사실이에요."

"어째서인지 이해가 안 되기는 하지만, 당신은 바보 같은 꼬맹이 아델과 단순하기 그지없는 페어팩스 부인에게도 정을 붙인 것 같던데?"

"예. 다른 방식이긴 하지만, 두 사람 모두에게 정을 붙였습니다."

"그들과 헤어지게 되면 마음이 좋지 않겠군요?"

"그렇겠죠."

"안 됐네요."

그는 한숨을 푹 쉬더니, 잠시 후에 다시 입을 열었다.

"인생이라는 게 그렇죠. 마음에 드는 안식처에 자리를 잡고 좀 쉬다보면, 곧 다시 일어나 다른 곳으로 떠나라는 목소리가 들려오게 마련입니다."

"저도 여길 떠나야 되나요? 손필드를 떠나야 할까요?"

"그래야겠죠, 제인. 안타깝지만 그래야 할 겁니다."

충격을 받았지만 나는 그 말에 흔들리지 않으려 애썼다.

"알겠습니다. 지시가 내려지면 바로 떠날 수 있도록 준비해놓고 있을게요."

"벌써 그 시간이 됐어요. 오늘 밤에 지시를 내려야겠습니다."

"결혼하시는 건가요?"

"맞아요. 정확히 그래요. 평소처럼 오늘도 바로 핵심을 찌르네요."

"조만간인가요?"

"곧 하게 될 겁니다, 에어 양. 오랫동안 혼자 살아오던 내가 성스러운 올가미에 목을 집어넣을 생각이라고 처음으로 말했던 때가, 아니, 그런 소문이 돌았던 때가 기억날 겁니다. 그때 나는 결혼이라는 신성한 제도 속으로 들어갈 거라고, 블랜치 잉그럼 양을 내 품에 맞아들일 거라고 말했죠. (블랜치 양은 키가 크고 덩치가 있어서 내 품에 겨우 들어오겠지만, 중요한 건 그게 아니죠. 아름다운 블랜치만큼 훌륭한 신부에게 너무 많은 걸 바라서는 안 될 테니까.) 그러니 내가 하려는 말은, 내 말 좀 잘 들어요, 제인! 지금 나방을 보려고 고개를 돌리는 겁니까? 그건 나방이 아니라 집으로 돌아가는 무당벌레일 뿐이에요. 학생을 책임지는 위치에 있으면서도 숙식을 의탁하고 살 수밖에 없는 당신의 처지에 어울리는 장점이기는 합니다만, 선견지명 있고 신중하고 겸손하며 내가 존중하는 분별력을 가진 당신이 먼저 그 말을 꺼냈다는 걸 기억해주면 좋겠어요. 만약 내가 블랜치 잉그럼 양과 결혼하면 당신은 어린 아델과 함께 이 집을 떠나는 게 좋겠다고 제안했죠. 당신의 그 말에 내가 사랑하는 그 사람의 성품을 비하하는 의미가 담겨 있다는 점을 잘 알지만 굳이 따지지 않겠습니다. 당신이 멀리 떠나버리면 난 그 말을 잊으려고 노력할 겁니다. 당신이 지혜로운 제안을 했다는 사실만 기억해야죠. 지금까지 나는 당신의 지혜에서 비롯된 말들을 행동 원칙으로 삼아왔으니까요. 아델은 학교에 가게 될 겁니다. 에어 양, 당신도 새 일자리를 찾아야 할 거고요."

"예. 바로 광고를 낼게요. 그동안은……" 내가 하고 싶었던 말은 '제가 다른 피난처를 찾을 때까지는 여기 머물게 해주세요'였지만 차마 말할 수가 없었다. 목소리가 영 제어되지 않으니 길게 말해봤자 속마음만 드러날 것 같았다.

"한 달 후면 나는 신랑이 돼 있을 겁니다. 그 전에 당신을 위해 새로운 일자리와 머물 곳을 찾아봐줄게요."

"고맙습니다. 괜히 성가시게 해드려서……"

"아니, 사과할 필요 없어요! 당신처럼 의무를 잘 수행한 가정교사라면 고용인에게 향후의 편의를 위한 작은 도움을 충분히 요청할 수 있죠. 실은 앞으로 장모가 될 분한테 적당한 집이 있다는 얘기를 들었어요. 아일랜드 코너트 지방의 비터너트 로지에 사는 다이어나이시어스 오골 부인의 다섯 딸들의 교육을 책임지는 일자리예요. 들리는 얘기로 인정 많은 사람들이라고 하니, 당신도 아일랜드를 좋아하게 될 겁니다."

"먼 곳이네요."

"거리가 문제가 아니죠. 당신처럼 분별력 있는 여성이라면 장거리 여행을 싫어하지는 않을 테고요."

"장거리 여행 자체는 문제가 안 되지만 거리가 너무 멀어요. 바다에 가로막힐 테고……"

"가로막다니, 무엇을 말입니까, 제인?"

"잉글랜드 땅과 손필드 홀, 그리고……"

"그리고?"

"당신요."

나도 모르게 이 말이 튀어나왔다. 그리고 자유 의지로, 눈물이 막힘없이 쏟아져 나왔다. 하지만 소리 내어 울지는 않았다. 흐느낌이 입에서 새어 나가지 않도록 조용히 눈물을 흘렸다. 오골 부인과 비터너트 로지는 생각만으로도 가슴이 시렸다. 지금 나와 함께 걷고 있는 이 남자와 내 사이를 가로막을 바다와 파도를 생각하니 가슴이 더 아팠다. 무엇보다도 가장 내 가슴을 차갑게 후려치는 것은 나와 내가 사랑하는 이 사이를 가로막는 재산과 신분, 관습이었다.

"먼 길이에요."

"그렇죠. 당신이 아일랜드의 코너트 지방에 도착하면 나는 당신을 다시는 못 보게 될 겁니다, 제인. 분명히 그럴 거예요. 나는 아일랜드로 넘어갈 일이 없을 테니까. 내가 원래 아일랜드 땅을 좋아하질 않아요. 그래도 우린 좋은 친구였어요. 그렇죠, 제인?"

"예."

"헤어지기 전날 밤이니 친구로서 얼마 남지 않은 시간을 같이 보내는 것도 좋겠군요. 자! 별들이 하늘에서 빛나는 삶을 시작하는 동안 우린 장거리 여행과 이별에 대해 30분 정도 조용히 얘기나 나눕시다. 저기 밤나무가 있네요. 오래된 나무 뿌리 앞에 벤치도 있고. 오늘 밤에는 평화롭게 저 자리에 앉아 있도록 하죠. 앞으로 다시는 저 자리에 함께 앉을 일이 없을 테니 말입니다."

그는 나를 벤치에 앉힌 후 그 옆에 나란히 앉았다.

"아일랜드까지는 먼 길입니다, 재닛. 어린 친구를 그 먼 곳으로 떠나보내야 하니 마음이 좋지 않네요. 하지만 어쩔 수 없는 일 아니겠어요? 당신도 나와 같은 생각 아닙니까, 제인?"

나는 어떤 대답도 할 수가 없었다. 심장이 멎어버린 것만 같았다.

"가끔은 당신에 대해 묘한 느낌이 들 때가 있어요. 특히 당신이 지금처럼 내 가까이에 있을 때에요. 마치 내 왼쪽 갈비뼈 어딘가에서 나온 실이 당신의 작은 몸 안의 같은 부위와 도저히 풀 수 없을 정도로 단단히 묶여 있는 것 같은 느낌이에요. 하지만 거친 해협과 300킬로미터에 달하는 거리에 가로막히게 되면 우리를 이어주는 그 끈도 끊어지지 않을까 싶네요. 그럼 내 속에서 피가 흐를 수도 있겠다는 불안한 생각까지 들어요. 당신은…… 나를 잊겠지만요."

"절대 못 잊어요. 당신은……"

나는 말을 더 이어갈 수가 없었다.

"제인, 숲에서 지저귀는 저 나이팅게일 소리가 들려요? 한번 들어봐요!"

나는 그 소리에 귀를 기울이며 크게 흐느껴 울었다. 지금까지는 꾹 참았지만 더는 견딜 수가 없었다. 나도 모르게 무너지고 말았다. 격한 고통에 머리부터 발끝까지 온몸이 떨렸다. 나는 애초에 태어나지 말았어야 했고, 손필드에 오지 말았어야 했다는 성급한 말이 입에서 나왔다.

"여기를 떠나기가 그만큼 슬프다는 얘기인가요?"

슬픔과 사랑이 촉발한 격한 감정이 내 안을 온통 사로잡았다. 이제 그 감정이 내 주인이 되어 나를 완전히 흔들어놓을 것이며 나를 지배하고 집어삼켜 끝내 짓이길 것이라 말하고 있었다. 결국 나는 입을 열었다.

"손필드를 떠나게 돼서 슬퍼요. 저는 손필드를 사랑해요.

이곳에서 얼마 안 되는 기간이지만 따뜻하고 즐겁게 지냈어요. 아무한테도 짓밟히지 않았고 겁에 질릴 일도 없었어요. 천박한 심성을 가진 사람들 때문에 주눅들 일도 없었죠. 밝고 힘차고 즐겁게 사람들과 어울리면서 지낼 수 있었어요. 제가 존경하고 함께 있으면 너무나도 기쁜 분, 독창적이고 활기차고 넓은 마음을 가진 분과 얼굴을 맞대고 얘기를 나눌 수도 있었고요. 그러면서 당신에 대해 알아갔어요, 로체스터 씨. 그런데 이제 당신과 영원히 이별해야 한다고 생각하니 두렵고 고통스러워요. 하지만 떠나야겠죠. 죽음이 불가피한 것처럼 이별도 피할 수 없으니까요."

"왜 꼭 그래야 한다고 생각합니까?"

"왜냐고요? 저한테 그래야 한다고 말씀하셨잖아요."

"어떤 이유로?"

"블랜치 잉그럼 양 때문에요. 고귀하고 아름다운 당신의 신부요."

"내 신부라니! 무슨 신부? 난 신부가 없는데요!"

"곧 맞이할 거라고 하셨잖아요."

"그렇죠. 그렇기는 합니다! 그래요!"

그는 이를 악물었다.

"그러니까 저는 떠나야 되잖아요. 그렇게 말씀하셨잖아요."

"아니, 여기 머물러요! 반드시 그렇게 되도록 할 겁니다."

"떠날 거예요!" 순간적으로 격한 감정이 일었다. "제가 당신에게 아무것도 아닌 존재로 계속 곁에 머물 수 있을 줄 아세요? 제가 자동인형이에요? 아무 감정도 없는 기계 같나요? 누가 제 입에서 빵 조각을 빼앗아 치우고 제 컵에 담긴 생명수를 못 마시게 해도 가만히 참을 줄 아셨나요? 제가 가난하고 미천하고 왜소하다고 해서 영혼이며 마음까지 없는 줄 아세요? 잘못 아셨어요! 저도 당신 못지않게 충만한 영혼과 마음을 지니고 있어요! 하느님께서 제게 미모와 재산만 주셨어도, 당신은 저를 떠나보내기 힘들었겠죠. 지금 제가 당신을 떠나기 힘든 것처럼요. 지금 저는 관습이나 인습 따위를 통해 당신에게 말하고 있는 게 아니에요. 육신으로 말하고 있는 것도 아니고요. 제 영혼이 당신의 영혼에게 말하고 있는 거라고요. 두 영혼 모두 무덤을 거쳐 하느님의 발 앞에 본모습 그대로 동등하게 섰을 때처럼요!"

"본모습 그대로라! 그렇군요." 그는 나를 끌어당겨 품에 안고 내게 입을 맞췄다. "맞아요, 제인!"

"그래요. 하지만 이래서는 안 돼요. 당신은 결혼할 분이니까요. 이미 결혼하신 거나 다름없죠. 곧 당신보다 열등한 성품을 가진 분과 결혼하게 될 분이니까. 전혀 공감대도 없고 진심으로 사랑하지도 않는 여자와 말이죠. 전 당신이 그 여자를 비웃는 걸 보고 들었어요. 저는 그런 결합에 대해 경멸할 수밖에 없네요. 그러니 제가 당신보다 나은 사람이죠. 저를 보내주세요!"

"어디로 보낸단 말입니까, 제인? 아일랜드로?"

"예, 아일랜드로요. 저는 제 마음을 솔직하게 얘기했으니 이제 어디로든 갈 수 있어요."

"제인, 진정해요. 절박하게 제 깃털을 잡아 뜯는 미친 새처럼 굴지 좀 말고."

"저는 새가 아니에요. 어떠한 그물로도 저를 잡아둘 순 없어요. 저는 독립적인 의지를 지닌 자유로운 인간이에요. 그러니 이제 당신을 떠나기 위해 마음을 다지겠어요."

나는 의지를 굳게 세우고 그의 앞에 똑바로 섰다.

그가 말했다.

"당신의 의지가 당신의 운명을 결정하는군요. 당신에게 내 손과 심장, 내 재산의 일부를 줄 테니 받아요."

"장난치시는군요. 웃음만 나오네요."

"내 곁에서 내 반쪽으로, 지상에서 가장 가까운 벗으로 평생을 함께 살자는 말입니다."

"그런 부분에 있어서 이미 결정하셨잖아요. 결정대로 하셔야죠."

"제인, 잠시 진정 좀 해요. 너무 흥분했어요. 나도 진정해야겠습니다."

월계수 산책로를 따라 바람이 불어와 밤나무 가지를 훑고 지나갔다. 저 멀리 떠나간 바람 끝이 마침내 잦아들었다.

사방이 고요한 가운데 나이팅게일의 노랫소리만 들려왔다. 그 소리를 들으며 나는 다시 눈물을 흘렸다. 로체스터 씨는 진지하고 차분하게 나를 바라보며 말없이 앉아 있었다. 얼마 후 그가 다시 입을 열었다.

"내 곁으로 와요, 제인. 서로에게 입장을 설명하고 이해해봅시다."

"당신 곁으로는 다시는 가지 않을 거예요. 저는 이미 떨어져 나왔으니 다시는 안 돌아가요."

"하지만 제인, 당신을 아내로서 부르고 있는 겁니다. 내가 결혼하고 싶은 사람은 바로 당신이에요."

나는 아무 말도 할 수 없었다. 이 남자가 나를 놀리는 건가.

"어서요, 제인. 이쪽으로 와요."

"당신의 신부가 우리 사이를 가로막고 있잖아요."

그는 벤치에서 일어나 내 쪽으로 성큼성큼 다가왔다.

"내 신부는 여기 있어요." 그는 나를 다시 가까이 끌어당겼다. "나를 닮은 내 사람. 제인, 나와 결혼해줄래요?"

하지만 나는 대답할 수 없었다. 이 상황이 믿기지 않아서 그의 품에서 벗어나려 안간힘을 쓸 뿐이었다.

"나를 못 믿어요, 제인?"

"전혀요."

"나에 대한 믿음이 없습니까?"

"없어요."

"당신이 보기엔 내가 거짓말쟁이 같아요?" 그는 열정이 담긴 목소리로 물었다. "당신이 너무 회의적이라 설득이 필요하겠군요. 내가 블랜치 잉그럼 양을 사랑하냐고요? 당신도 알다시피, 전혀 아닙니다. 그럼 그 여자는 나를 사랑할까요? 그것도 아니에요. 지금까지 나는 그걸 증명하려고 애써왔어요. 내 재산이 알려진 것보다 3분의 1 수준에 불과하다는 소문을 일부러 퍼뜨려서 그 여자 귀에 들어가게 했습니다. 그리고 그 결과를 눈으로 직접 보려고 찾아갔죠. 그 여자도 그렇고 그 여자 어머니도 냉정하게 돌아서더군요. 나는 블랜치 잉그럼 양과 결혼하지도 않을 거고 할 수도 없습니다. 당신은 너무나 특별하고 이 세상 사람 같지가 않아요! 그런 당신을 내 몸처럼 사랑합니다. 가난하고 미천하고 조그맣고 매력도 없는 당신을요. 나를 남편으로 받아줘요."

"정말 저라는 말씀이시군요!" 비록 무례한 말투지만 그의 목소리에 진심이 담겨 있어 조금씩 믿음이 갔다. "당신 말고는 이 세상에 친구 한 명 없는 저인데요. 당신을 제 친구라고 해도 될지 모르겠지만요. 당신이 주신 것 외에는 1실링도 없는 저와 결혼하시겠다고요?"

"맞아요, 제인. 당신을 온전히 내 사람으로 맞아들이고 싶어요. 그렇게 해줄래요? 어서 그러겠다고 대답해줘요."

"로체스터 씨. 당신 얼굴을 똑바로 봐야겠어요. 달빛 쪽으로 돌아서주세요."

"왜요?"

"당신 표정을 읽고 싶어서요. 어서요!"

"알겠어요. 하지만 내 표정을 읽는 건 구겨지고 긁힌 책장을 읽는 것보다 어려울 텐데. 어디 읽어봐요. 힘드니까 좀 서둘러요."

그의 얼굴은 잔뜩 흥분해서 붉어져 있었다. 눈, 코, 입에 잔뜩 힘이 들어갔고 눈빛도 괴상하게 빛났다.

"아, 제인, 나를 아주 고문하는군요! 그 충직하고 관대한 얼굴로 내 표정을 살피다니. 이건 고문이에요!"

"내가 어떻게 당신을 고문하겠어요? 당신이 진심으로, 정말 제게 청혼을 하신 거라면 저는 그저 당신에게 감사하고 헌신하고 싶을 뿐이에요. 그건 고문이 될 수 없어요."

"감사라니!" 그는 이렇게 외치고는 격하게 덧붙였다. "제인, 어서 내 청혼을 받아줘요. 내 이름인 에드워드를 불러줘요. 에드워드와 결혼하겠다고 말해줘요."

"진심이세요? 정말 저를 사랑하신다고요? 정말 제가 아내가 되어주길 바라세요?"

"진심입니다. 맹세까지 해야 만족한다면, 기꺼이 맹세할게요."

"그럼 당신과 결혼할게요."

"에드워드라고 내 이름을 부르면서 말해줘요. 나의 어린

아내!"

"에드워드!"

"이리 와요. 온몸으로 다가와줘요." 그는 내게 뺨을 가져다 대고 내 귀에 깊게 울리는 목소리로 말했다. "나를 행복하게 해줘요. 나도 당신을 행복하게 해줄게요."

그는 잠시 후에 다시 말했다.

"신이시여 용서해주소서! 부디 어떤 인간도 저를 방해하지 못하게 하소서. 저는 이 여자를 가졌고 앞으로도 쭉 그럴 것입니다."

"방해할 사람은 없어요. 저는 그런 짓을 할 친척도 없어요."

"그 부분이 제일 마음에 드는군요."

내가 그를 조금이라도 덜 사랑했다면, 그의 억양과 기뻐 어쩔 줄 모르는 표정이 너무 격하다고 여겼을 것이다. 하지만 그의 곁에서 이별이라는 악몽에서 벗어나 결혼이라는 천국의 문 앞에 서게 되니 넘치도록 흐르는 축복을 받은 기분이었다. 그는 몇 번이고 "행복해요, 제인?"이라고 물었고 나는 몇 번이고 "예"라고 대답했다. 그러자 그는 들릴 듯 말 듯 혼잣말을 했다.

"이건 속죄야. 속죄인 거야. 친구도 없고 춥고 위안받을 곳이라곤 없던 여자를 찾은 거잖아? 내가 이 여자를 보호하고 아끼고 위로해주면 되지 않을까? 내 가슴에 사랑이 있고 내

506

결심에 일관성이 있잖아? 하느님께서 심판하실 때 속죄한 것으로 여겨주시겠지. 창조주께서는 내가 하려는 일을 허락하셨어. 세상 사람들이 뭐라고 하든 상관없어. 무시해버리면 그만이야."

그날 밤 대체 무슨 일이 벌어진 걸까? 달은 아직 저물지 않았는데 사방이 어두웠다. 가까이 있는데도 그의 얼굴이 거의 보이지 않을 정도였다. 밤나무는 어디가 잘못된 걸까? 월계수 산책로를 따라 바람이 울부짖으며 우리를 스치고 지나가는 동안 밤나무는 몸을 뒤틀며 신음을 흘렸다.

"이제 들어갑시다. 날씨가 변하고 있어요. 내일 아침까지라도 이렇게 당신과 앉아 있을 수 있겠지만요, 제인."

'저도 계속 이렇게 당신과 앉아 있고 싶어요.'

나는 속으로만 생각할 뿐 입 밖으로는 내지 않았다. 저 하늘의 구름에서 선명한 검푸른 불꽃이 번쩍이지 않았다면, 천둥이 우르르 쾅쾅 울려대지 않았다면 그 말을 했을 것이다. 나는 번갯불에 앞이 보이지 않아 그의 어깨로 시선을 숨겼다.

갑자기 비가 쏟아지기 시작했다. 그는 나를 데리고 걸음을 재촉해 산책로와 정원을 지나 저택으로 들어갔다. 문턱을 넘어 들어가서 보니 온몸이 흠뻑 젖어 있었다. 그가 현관 홀에서 내 숄을 벗기고 헝클어진 머리카락에서 빗물을 털어주고 있는데 페어팩스 부인이 자기 방에서 나왔다. 처음에는 나도 로체스터 씨도 그를 알아보지 못했다. 그가 손에 들고 있는 램프의 빛 때문이었다. 벽시계가 자정을 알리는 종을 울렸다.

그가 말했다.

"어서 가서 젖은 옷을 갈아입어요. 그리고 가기 전에 이 말을 해야겠어요. 잘 자요, 잘 자, 사랑하는 내 사람!"

그는 몇 번이나 내게 입을 맞췄다. 그의 품을 벗어나 시선을 들자 얼굴이 창백해진 페어팩스 부인이 심각하고 놀란 표정으로 서 있었다. 나는 부인에게 미소를 지어 보인 뒤 서둘러 계단을 올라갔다.

'설명은 다음에 해야지.'

방으로 들어가서 다시 생각해보니, 페어팩스 부인이 잠깐 본 장면 때문에 오해를 할 수도 있겠다 싶어 마음이 좋지 않았다. 하지만 기쁨이 다른 감정들을 압도했다. 천둥이 요란하게 울려대고 바람이 거칠게 불어대고 사나운 번개가 쉴 새 없이 번쩍거렸지만, 그리고 두 시간 가까이 폭풍우가 몰아치며 빗줄기가 폭포처럼 쏟아졌지만, 나는 두렵지도 어쩔 줄 몰라 하지도 않았다. 밤 동안 로체스터 씨가 세 번이나 내 방을 찾아와 별일 없고 마음은 편안한지 물었다. 그게 내 마음에 크게 위로가 됐고 힘이 되어주었다.

다음 날 아침, 침대에서 일어나지도 않았는데 아델이 달려와 조잘거렸다. 과수원 저 아래쪽의 커다란 마로니에 나무가 밤 동안 요란했던 번개를 맞고 반으로 쪼개졌다는 소식이었다.

24

일어나 옷을 입으며 어제 있었던 일을 곰곰이 생각해봤다. 그 일이 꿈이었나 싶기도 했다. 로체스터 씨를 다시 만나 그에게 사랑과 약속의 말을 들을 때까지는 어제 일을 실제 있었던 일로 받아들이지 못할 것 같았다.

　머리를 손질하고 거울 속 내 얼굴을 들여다보았다. 더는 매력 없게 보이지 않았다. 얼굴에 희망이 담겼고 생기가 돌았다. 눈빛은 마치 기쁨의 샘을 바라보며 반짝이는 잔물결의 빛을 빌려온 듯했다. 지금까지는 로체스터 씨가 내 외모를 보고 꺼릴까 봐 그를 마주 보지 않으려 애써왔다. 하지만 이제 고개를 들어 그를 똑바로 쳐다봐도 그가 내 얼굴 때문에 애정이 식지 않으리라는 확신이 생겼다. 서랍에서 소박하지만 깨끗하고 가벼운 여름 드레스를 꺼내 입었다. 어느 때보다 행복한 기분이라서인지 이 옷보다 더 내게 잘 어울릴 만한 옷은 없을 것 같았다.

아래층 홀로 달려 내려갔다. 전날 밤에 몰아친 폭풍우에 이어 화창한 6월의 아침이 밝아온 것을 보고도, 열린 유리문을 통해 신선하고 향긋한 산들바람을 느끼고도 그다지 놀라지 않았다. 행복해하는 나를 따라서 자연도 같이 기뻐해주는 것 같았다. 저쪽에서 누더기를 걸친 창백한 모습으로 걸어오는 걸인 여자와 어린 아들이 보였다. 나는 그들에게 달려가 마침 내 지갑에 있던 돈을 전부 내주었다. 3, 4실링 정도 됐을 것이다. 오늘 내가 느끼는 행복만큼 그들에게도 기쁨을 나눠주고 싶었다. 당까마귀 떼가 까악까악 울고 쾌활한 새들이 노래를 불렀다. 하지만 기쁨으로 날뛰는 내 심장만큼 유쾌하고 음악으로 가득 차 있는 것은 세상에 없었다.

그때 페어팩스 부인이 울적한 표정으로 창밖을 내다보면서 침울하게 "에어 선생님, 아침 식사 하러 오세요."라고 나를 부르는 바람에 깜짝 놀랐다. 식사 시간 내내 부인은 말이 없고 냉랭했다. 내가 나서서 부인의 오해를 풀어줄 수는 없었다. 로체스터 씨가 직접 상황을 설명할 때까지 기다려야 했다. 부인도 그때까지 기다려야 할 것이다. 나는 대충 식사를 마치고 서둘러 위층으로 올라갔다. 아델이 교실에서 나오고 있었다.

"어디 가니? 수업 시간인데."

"로체스터 씨가 유아실에 가 있으라고 하셔서요."

"로체스터 씨는 어디 계시는데?"

"저 안에요."

아델은 교실을 가리키며 그 자리를 떠났다. 안으로 들어 가자 로체스터 씨가 서 있었다.

"어서 와서 내게 아침 인사를 해줘요."

그의 말을 듣고 나는 기뻐하며 그에게 다가갔다. 그는 차 가운 말 한마디나 악수가 아니라 포옹과 키스로 나를 맞아주 었다. 늘 해오던 것처럼 자연스러웠다. 그에게 사랑과 애정을 받는 기분은 이렇게 좋은 것이구나 싶었다.

"제인, 활짝 피어나는 꽃 같군요. 미소 짓는 모습도 예뻐 요. 오늘 아침에는 정말 예뻐 보이네요. 나의 창백하고 어린 엘프 요정이 맞습니까? 나의 겨자씨 요정(셰익스피어의 『한여름 밤 의 꿈』에 나오는 등장인물 — 옮긴이)이 맞아요? 쏙 들어간 보조개와 장 밋빛 입술, 공단처럼 부드러운 머리카락, 윤기 나는 갈색 눈동 자를 가진 이 명랑한 소녀가?"(독자 여러분, 내 눈동자는 갈색이 아니라 초록색이다. 그가 착각했을 수 있다는 점을 양해해주기 바란 다. 그에게는 새로운 색으로 보인 모양이다.)

"제인 에어 맞아요."

"곧 제인 로체스터가 될 겁니다. 4주 안에요, 재닛. 거기 서 하루도 더 보태지 않아요. 내 말 듣고 있죠?"

듣고는 있는데 뜻을 이해할 수 없었다. 머리가 아찔했다. 그의 선언이 내 온몸을 짜릿하게 관통했다. 단순한 기쁨보다 훨씬 강력한, 나를 세게 후려쳐 기절하게 만들 정도의 감정이 었다. 나는 두렵기까지 했다.

"얼굴이 붉어지더니 이제는 창백하군요, 제인. 왜 그래요?"

"저에게 새로운 이름을 주셔서 그래요. 제인 로체스터라니. 기분이 정말 이상해요."

"로체스터 부인, 젊은 로체스터 부인, 페어팩스 로체스터의 어린 신부."

"있을 수 없는 일인 것 같아요. 전혀 있을 법 하지가 않아요. 사람은 이 세상에서 완벽한 행복을 누릴 수 없게 돼 있어요. 저라고 다른 사람들과 완전히 다른 운명을 타고났을 리 없죠. 그런데 이런 일이 일어나다니, 정말이지 동화나 꿈 같아요."

"내가 그 꿈을 실현해줄 겁니다. 오늘부터 바로요. 오늘 아침에 런던에 있는 내 은행 담당자에게 편지를 보내서 보관 중인 보석들을 이곳으로 보내달라고 했습니다. 손필드 가문의 귀부인들 사이에서 대대로 가보로 전해지는 보석이에요. 하루나 이틀 안에 그 보석들을 당신 품에 안겨줄게요. 결혼을 앞둔 여느 귀족의 딸처럼 당신은 모든 특권과 관심을 누리게 될 겁니다."

"아, 로체스터 씨! 보석은 신경 쓰지 마세요! 그런 얘기 듣고 싶지 않아요. 제인 에어에게 보석이라니 부자연스럽고 낯설게 들려요. 보석 같은 건 갖고 싶지도 않아요."

"난 당신 목에 다이아몬드 목걸이를 걸어주고 이마에는

화관을 씌워줄 겁니다. 당신의 이마에는 타고난 고상함이 있어요, 제인. 고운 손목에는 팔찌를 채워주고 요정 같은 손가락에는 반지를 끼워줄게요."

"아뇨, 그러지 마세요! 우리 다른 얘기 해요. 다른 주제에 관한 얘기를 하는 게 좋겠어요. 대화의 방향을 틀어요. 그리고 저를 미인 대하듯 하지 마세요. 저는 퀘이커 교도처럼 수수한 가정교사일 뿐이에요."

"내 눈에는 미인입니다. 당신은 내 심장을 흔드는 아름다움을 갖고 있어요. 섬세하고 꿈결 같은 미인이에요."

"몸집이 작고 별 볼 일 없는 여자라는 뜻인가 보네요. 지금 꿈을 꾸고 계시거나 저를 놀리시는 게 분명해요. 그만 좀 비꼬세요!"

"세상이 당신을 미인으로 인정하게 만들 겁니다." 그의 말에 나는 점점 불안해졌다. 그는 자신을 속이고 있거나 나를 속이려 하거나 둘 중 하나였다. "나는 제인에게 공단과 레이스로 된 옷을 입히고 머리에 장미 화관을 씌워주겠습니다. 내가 가장 사랑하는 제인의 머리에는 귀한 베일을 씌워야죠."

"그럼 저를 못 알아보실 텐데요. 저는 더 이상 당신의 제인 에어가 아니라 어릿광대 옷을 입은 원숭이나 남의 깃털을 빌려 제 몸을 장식한 어치가 되겠죠. 제가 왕궁의 시녀 같은 옷을 입느니, 당신이 무대용 장신구로 치장을 한 모습을 보는 게 낫겠어요. 제가 당신을 아무리 사랑해도 그렇게 꾸민 당신을 보면서 잘생겼다고 말은 못 할 것 같아요. 당신은 제게 너무나 소중한 사람이라 빈말로 함부로 추켜세울 수 없어요. 그러니 저한테도 그러지 마세요."

그는 내가 싫다는데도 고집을 꺾지 않았다.

"오늘 당장 당신을 마차에 태우고 밀코트로 가야겠습니다. 직접 드레스 몇 벌을 골라요. 우리가 4주 안에 결혼식을 올릴 거라고 분명히 말했죠. 결혼식은 저 아래 성당에서 조용히 치를 겁니다. 식이 끝나면 당신을 시내로 데려갈 거예요. 거기 잠시 머물다가 내 보물인 당신을 데리고 태양에 좀 더 가까운 지역으로 떠날 생각입니다. 프랑스의 포도밭과 이탈리아의 들판으로. 당신은 옛이야기와 요즘 책에 나오는 유명한 곳들을 두루 구경하게 될 겁니다. 그리고 도시 생활을 만끽하면서, 남들과 제대로 비교해가며 자신의 가치도 깨닫게 될 거예요."

"제가 여행을 한다고요? 당신과요?"

"파리, 로마, 나폴리, 피렌체, 베네치아, 빈에서 머물게 될 겁니다. 내가 돌아다녔던 곳들을 이제 당신이 가보게 되겠군요. 내가 말발굽으로 찍고 다녔던 곳을 요정 같은 당신의 발이 살포시 밟고 다니겠어요. 10년 전에 나는 거의 반쯤 미쳐서 유럽으로 건너갔습니다. 혐오와 증오, 분노를 동반자 삼아서. 이제 내 마음을 위로해주는 천사 같은 당신 덕분에 치유 받고 죄가 사해져서 유럽을 다시 찾게 됐네요."

나는 웃으며 반박했다.

"저는 천사가 아니에요. 죽는 날까지 천사가 될 일도 없고요. 저는 저 자신일 뿐이에요. 로체스터 씨, 저한테서 천상계의 존재를 기대하거나 요구하지 말아주세요. 제가 당신에게 그런 모습을 기대하지 않듯이, 저한테도 그런 걸 바라지 마세요. 저는 그런 기대를 아예 안 해요."

"그럼 나한테 기대하는 게 뭡니까?"

"잠깐 동안은 지금 당신의 모습 그대로일 거예요. 아주 짧은 기간 동안요. 그러다 당신은 차갑게 식어서 변덕을 부리겠죠. 그리고 엄격한 남편으로 변할 거예요. 그럼 저는 당신을 만족시키려고 헛된 고생을 하게 될 테고요. 하지만 당신이 저한테 충분히 익숙해지면 다시 저를 좋아하게 되실 수도 있어요. 사랑하는 게 아니라 좋아하게 될 거예요. 당신의 사랑은 6개월 정도 갈 테니까. 남자들이 쓴 책을 봤는데, 아내에 대한 남편의 열정이 지속되는 기간은 최대한 그 정도래요. 저는 친구이자 동반자로서 사랑하는 당신에게 적어도 혐오스러운 존재는 되고 싶지 않아요."

"혐오스럽다니! 그리고 당신을 다시 좋아하게 될 거라니! 난 당신을 다시, 또다시 좋아할 겁니다. 내가 당신을 좋아할 뿐만 아니라 진심으로, 열정적으로, 일관성 있게 사랑한다는 걸 당신이 인정하게 만들 거예요."

"시간이 지나면 변덕이 나지 않겠어요?"

"얼굴만 내세워 나를 사로잡은 여자라면 다를 수 있겠죠. 그들에게 영혼이나 마음이 없다는 걸 내가 알게 된 순간, 그들이 지루하고 시시하고 우둔하며 천박하고 심술궂은 면을 내보인 순간 나는 악마처럼 변할 수도 있어요. 하지만 맑은 눈과 유창한 말솜씨, 열정 가득한 영혼, 필요에 따라 유연성을 발휘할 줄 아는 성격을 가진 여자, 착하고 안정적이며 온순하고 일관된 여자에게 나는 더없이 부드럽고 진실한 사람이에요."

"그런 여자를 만나본 적 있으세요? 그런 여자를 사랑해보셨어요?"

"지금 사랑하고 있어요."

"저를 만나기 전에요. 제가 당신의 까다로운 조건을 충족시켰다면 전에도 그런 사람이 있지 않았을까 해서요."

"당신 같은 사람은 처음이에요, 제인. 당신은 나를 흡족하게 하고 나를 휘어잡았어요. 당신은 얼핏 보기에는 순종적이에요. 당신의 나긋나긋하고 내 말을 따라주는 면을 내가 좋아하기는 해요. 하지만 당신은 내 손가락을 휘감은 부드러운 비단실 타래 같습니다. 그 실은 내 팔을 지나 심장까지 짜릿한 기쁨을 안겨줘요. 난 당신의 영향 아래에 놓였고 정복당했어요. 당신은 내게 무어라 표현할 수 없을 만큼 달콤한 영향력을 발휘하고 있습니다. 내가 거머쥔 어떤 승리보다 더 마법 같은 힘으로 나를 정복했고요. 왜 웃어요, 제인? 뜻을 알 수 없는 묘한 표정 변화는 대체 뭡니까?"

"실은 헤라클레스와 삼손, 그리고 그들을 매혹한 여자들에 관한 생각을 하고 있었어요. (이런 생각을 해서 죄송해요. 저도 모르게 든 생각이라…….)"

"당신은 정말이지 요정처럼……"

"그만요! 헤라클레스와 삼손이 현명하지 못한 행동을 했던 것처럼 당신도 방금 그다지 현명하지 못한 말을 했어요. 만약 헤라클레스와 삼손도 결혼을 했다면 결국 엄한 남편으로 변하고 말았을 거예요. 결혼 전 구혼을 할 때는 더없이 부드러웠겠지만요. 당신도 그렇게 될까 봐 두려워요. 앞으로 1년 후에 제가 당신을 불편하게 하거나 기분 상하게 만들 수도 있는 부탁을 한다면 당신이 어떻게 나올지 궁금해요."

"뭐든 좋으니까 지금 부탁을 해봐요, 재닛. 당신에게 어떤 부탁이든 받고 싶으니까……."

"그럴게요. 이미 부탁드릴 걸 준비해뒀어요."

"말해요! 만약 당신이 그런 표정으로 나를 바라보고 미소를 짓는다면, 부탁 내용을 알기도 전에 들어주겠다고 할 것 같군요. 그 부탁 때문에 결국 내가 웃음거리가 되더라도요."

"그런 부탁은 아니에요. 제 부탁은 이거예요. 사람을 보내 보석을 가져오게 하지 마시고, 제 머리에 장미 화관도 씌우지 마세요. 차라리 지금 가지고 계신 평직 손수건 가장자리에 금실 레이스 장식을 다세요."

"정련된 금에 도금하는 건 쓸데없는 짓(셰익스피어의 희곡

517

『존 왕』에서 인용-옮긴이)'이다 이거군요. 그 부탁은 받아들이죠. 당분간은. 은행 측에 보석을 가져오라고 한 지시도 일단 보류해둘게요. 하지만 당신은 제대로 부탁하지 않았어요. 그저 선물을 주지 말라고 한 것뿐이지. 다시 부탁해봐요."

"제가 호기심이 동한 부분이 있어서 그러는데 답을 해주세요."

그는 동요하는 표정으로 성급하게 물었다.

"뭡니까? 뭔데요? 호기심을 채워달라는 건 위험한 부탁인데. 내가 어떤 부탁이든 다 들어주겠다고 맹세까지 한 것은 아니니까……."

"이 부탁을 들어주셔도 위험할 일은 없을 거예요."

"말해봐요, 제인. 비밀을 캐묻지 말고 차라리 내 재산의 절반을 달라고 해요."

"어머, 아하수에로 왕(고대 페르시아의 왕으로 그리스 사람들은 크세르크세스 왕이라고 불렀음. 성서에 나오는 에스더의 남편-옮긴이)이 따로 없으시네요! 제가 당신의 재산 절반을 가져다가 뭐하게요? 제가 땅 투자를 알아보는 유대인 고리대금업자인 줄 아세요? 차라리 저에 대한 전적인 믿음을 주세요. 저를 가슴 속에 받아들이실 거면, 저를 완전하게 믿어주세요."

"내 믿음 따위가 뭐 그리 가치가 있을지 모르겠지만 난 당신을 전적으로 믿어요, 제인. 하지만 쓸데없는 부담을 지우려고 하지는 말아요! 내게 독이나 마찬가지인 질문이라면 하지 않길 바랍니다. 내게 선악과를 건네는 이브가 되지는 말아요!"

"어째서요? 저에게 정복당하고 싶다고, 제가 당신을 설득하는 게 즐겁다고 하셨잖아요. 그러니 저로서는 그 고백을 이용하고 싶지 않겠어요? 제가 가진 힘을 조금이라도 써보기 위해 당신을 구슬리고 애원하고 심지어 울고 토라지는 시늉까지 하지 않을까요?"

"그런 거면 얼마든지 시도해요. 내게 다가와 부탁하기만 하면 뭐든 들어줄 거니까."

"그래요? 그건 너무 빠른 항복인데요. 지금 표정이 아주 엄격해 보이세요! 찌푸린 눈썹이 제 손가락만큼 굵어지고 이마는 마치, 예전에 읽은 경이로운 시에 표현된 '겹겹이 쌓인 푸른 먹구름(토머스 에어드가 1830년에 발표한 시 「악마에 씐 자The Demoniac」에서 인용—옮긴이)' 같아요. 결혼하고 나면 그런 표정으로 바뀌게 될까요?"

"만약 당신이 결혼 후에 이런 표정을 짓게 된다면, 나는 기독교인으로서 당신을 더 이상 꼬마 요정이나 불의 요정으로 생각 안 하게 될 겁니다. 그래서 묻고 싶은 게 대체 뭡니까, 요정 아가씨?"

"드디어 무례하게 나오시네요. 간지러운 수작을 부리는 것보다 무례한 게 나아요. 저는 천사가 되기보다는 요정이 되는 쪽을 택할래요. 물어보고 싶은 건 이거예요. 왜 블랜치 잉그럼 양과 결혼하는 것으로 믿게 만드느라 애를 쓰신 거죠?"

"궁금한 게 그게 다예요? 별로 대단한 질문도 아니군요!" 그는 비로소 찌푸리고 있던 미간을 풀고는 나를 내려다보며 미소 지었다. 그리고 위험을 피해 다행이라는 듯 내 머리카락 을 손으로 쓰다듬었다. "이런 말을 하면 당신이 화를 낼 수도 있겠지만 사실대로 고백할게요. 당신은 화를 내면 불의 요정 못지않아요. 어젯밤 당신은 운명에 저항하면서, 우리가 동등 한 존재라고 주장했어요. 그때 당신은 서늘한 달빛 아래서 빛 을 발하는 것 같더군요. 그런데 재닛, 블랜치 양과 결혼하는 쪽으로 나를 밀어붙인 건 당신이에요."

"그렇겠죠. 하지만 정확히 듣고 싶어요. 블랜치 양과는 어떻게 된 거예요?"

"내가 당신을 사랑하는 만큼 당신도 나를 미친 듯이 사랑 하게 만들고 싶어서 블랜치 양에게 구혼하는 척을 했습니다. 사이를 진전시키려면 질투만큼 좋은 동맹은 없으니까."

"대단하시네요! 이제 보니 좀스러우세요. 도량이 제 새끼 손가락 끄트머리 정도 되겠어요. 정말이지 부끄럽고 불명예 스러운 처신이에요. 블랜치 양의 감정은 전혀 고려를 안 하셨 어요?"

"그 여자의 감정은 오직 본인의 자만심을 충족시키는 일 에만 맞춰져 있으니, 좀 꺾어줘야 할 필요가 있어요. 그래서 질투가 났습니까, 제인?"

"그런 건 신경 쓰지 마세요, 로체스터 씨. 알아봤자 별로 흥미롭지도 않을 테니까요. 한 번 더 진심으로 대답해주세요. 거짓으로 관심을 보인 척했는데도 블랜치 양이 상처를 안 받았을 거라고 생각하세요? 버림받았다는 기분이 들지 않았겠어요?"

"그건 아예 불가능합니다! 그 여자가 어떤 식으로 나를 차버렸는지 말했잖아요. 내가 파산 상태라는 점을 알자마자 나에 대한 블랜치 양의 열정은 즉시 식어버렸습니다. 아니, 완전히 꺼져버렸죠."

"정말 별나고 괴상한 생각을 갖고 계시네요, 로체스터 씨. 몇몇 부분에 대한 당신의 원칙은 기이하게 보일 정도예요."

"내 원칙은 교육을 통해 생겨난 게 아닙니다, 제인. 관심 부족으로 인해 비딱해진 탓일 수도 있겠죠."

"다시 진지하게 질문을 드릴게요. 제가 얼마 전에 느꼈던 쓰라린 고통을 다른 이가 겪고 있지 않을까 하는 걱정 없이, 저에게 주어진 이 크나큰 기쁨을 온전히 누려도 되는 건가요?"

"물론입니다, 나의 착한 아가씨. 당신처럼 나를 순수하게 사랑하는 사람은 세상에 없을 겁니다. 당신의 애정을 믿는 내게, 당신은 기분 좋게 성유를 부어주었어요, 제인."

나는 내 어깨를 잡은 그의 손에 입술을 가져다 댔다. 내 안에 그를 향한 사랑이 말로 표현할 수 없을 정도로 크게 자리 잡았다. 이런 말을 하는 나 자신이 믿기지 않을 정도였다.

"다른 부탁도 해봐요. 당신 부탁을 받고 그걸 들어주는 게 너무나 행복합니다."

나는 또 다른 부탁을 준비했다.

"페어팩스 부인에게 당신의 뜻을 전해주세요. 부인이 어젯밤 홀에서 저랑 당신이 함께 있는 모습을 보고 충격을 받았어요. 제가 부인과 다시 마주치기 전에 부인에게 상황을 설명해주세요. 페어팩스 부인처럼 선량한 분에게 오해받고 있으니 마음이 괴로워요."

"방으로 가서 보닛을 쓰고 내려와요. 오늘 아침에 나와 함께 밀코트로 갑시다. 당신이 마차를 타고 갈 준비를 하는 동안 나는 가서 노부인의 오해를 풀어줄게요. 페어팩스 부인이 당신에 대해, 사랑을 위해 세상을 버렸지만 아무 후회 없는 사람이라고 생각하고 있을까요, 재닛?"

"제 지위를 망각했다고, 주인님도 마찬가지라고 생각하고 있을 거예요."

"지위라니! 지위는 무슨! 당신 자리는 내 마음속이에요. 이제부터 당신을 모욕하려는 자들의 목을 밟고 서게 해줄게요. 가요."

나는 내 방으로 가 옷을 갈아입었다. 로체스터 씨가 페어팩스 부인의 방에서 나오는 소리가 들려 서둘러 그 방으로 내려갔다. 평소대로라면 노부인은 그날 아침 읽어야 할 분량의 성서를 읽고 그날의 가르침을 마음에 새기고 있을 것이다. 가서 보니 그는 펼쳐놓은 성서 위에 안경을 내려놓은 채로 있었다. 로체스터 씨의 설명을 들은 탓인지 성서 읽기에 집중을 못하고 멍하게 앉아 있는 모습이었다. 맞은편의 텅 빈 벽을 응시하는 부인의 눈에는 뜻밖의 소식에 놀라 흔들린 마음 상태가 고스란히 드러나 있었다. 부인은 나를 보더니 정신을 차리려 애쓰며 억지로 미소를 짓고 축하의 말 몇 마디를 건넸다. 하지만 미소는 이내 사라졌고 축하의 말도 제대로 끝맺지 못했다. 부인은 안경을 쓰고 성서를 덮은 뒤 의자를 뒤로 밀고 일어섰다.

"너무 놀랐네요. 뭐라고 말해야 할지 모르겠어요, 에어 선생님. 이게 꿈은 아니겠죠? 가끔 혼자 앉아 있다가 깜박 잠이 들면 말도 안 되는 상상이 머릿속에 펼쳐질 때도 있어요. 꾸벅 졸다가 15년 전에 죽은 남편이 찾아와 내 옆에 앉는 상상을 한 적도 있어요. 남편이 예전처럼 '앨리스'라고 내 이름을 부르는 소리도 들었어요. 로체스터 씨가 선생님에게 청혼한 게 사실인가요? 웃지 말고요. 5분 전에 로체스터 씨가 이 방으로 들어와 한 달 내에 선생님과 결혼하겠다고 말씀하셨어요."

"저한테도 같은 말을 하셨어요."

"그러셨군요! 그분의 말이 진심이라고 생각하세요? 그분의 뜻을 받아들였어요?"

"예."

부인은 당황한 눈빛으로 나를 바라보았다.

"그런 쪽으로는 생각을 해본 적이 없어요. 주인님은 자존심이 센 분이세요. 로체스터 가문 사람들이 다 그랬지만요. 다만 로체스터 씨의 부친께서는 돈을 참 좋아하셨죠. 어쨌든 로체스터 씨는 늘 신중한 분이셨어요. 그런 분이 선생님에게 청혼을 했다고요?"

"그렇게 말씀하셨어요."

페어팩스 부인은 나를 위아래로 훑어보았다. 이 수수께끼의 해답이 될 만큼 대단한 매력이 보이지는 않는다는 눈빛이었다.

"모르겠네요! 선생님이 그렇다고 말씀하시니 사실이겠죠. 뭐라고 대답해야 할지 모르겠어요. 진심으로요. 지위와 재산이 비슷한 사람들끼리의 결합이 좋다고들 하는데, 두 분 나이 차이가 20년이나 되기도 하고. 주인님은 선생님의 아버지뻘이에요."

나는 발끈했다.

"아뇨, 페어팩스 부인. 아버지뻘은 아니에요! 우리가 함께 있는 모습을 본 사람이라면 그런 생각은 안 할 거예요. 로체스터 씨는 상당히 동안이잖아요. 스물다섯 살 청년처럼 보여요."

"그분이 선생님과 결혼하는 이유가 정말 사랑 때문인

가요?"

그의 냉랭하고 회의적인 말투에 상처받은 나는 눈가에 눈물이 차올랐다.

"기분이 상했다면 미안해요. 하지만 선생님은 너무 어려서 남자들을 잘 몰라요. 조심하라는 뜻에서 한 말이에요. '빛난다고 전부 금은 아니다'라는 속담도 있잖아요. 이 일과 관련해서 선생님이나 내가 예상하는 것과는 전혀 다른 일이 일어나지 않을까 걱정스럽기도 해요."

"어째서요? 제가 괴물인가요? 로체스터 씨가 저를 진심으로 사랑하는 게 불가능한 일이에요?"

"아뇨. 선생님은 좋은 분이에요. 최근에는 더 좋아지셨죠. 로체스터 씨가 선생님을 좋아하는 것도 맞을 거예요. 저는 로체스터 씨가 선생님을 마치 애완동물처럼 아낀다고 생각해 왔어요. 로체스터 씨가 대놓고 선생님을 편애하는 모습을 보고 마음이 불편하기도 했고 선생님에게 조심하라고 경고해야겠다 결심했던 적도 있어요. 하지만 끝이 안 좋을 수 있다는 말까지 하고 싶지는 않았어요. 그런 얘기를 들으면 선생님은 충격을 받거나 화가 날 수도 있으니까요. 선생님은 무척 신중한 분이고 겸손한 데다 분별력도 있으니 알아서 자신을 보호할 수 있을 거라고 믿었어요. 어젯밤에 선생님을 찾으려고 집안 곳곳을 돌아다녔는데 선생님도 주인님도 보이지 않아서 얼마나 마음을 졸였는지 몰라요. 그러다 밤 12시에 선생님과 주인님이 함께 들어오더군요."

나는 더 이상 듣고 있기 힘들어 말을 잘랐다.

"그러셨군요. 이제 신경 쓰지 마세요. 다 잘 됐으니까요."

"끝까지 잘 되길 빌게요. 그래도 신중에 신중을 기하도록 해요. 주인님과 거리를 두려고 노력해봐요. 그분뿐만 아니라 본인의 판단도 믿지 말아요. 그분 같은 신분의 신사가 가정교사와 결혼하는 경우는 거의 없다고 봐야 해요."

나는 점점 기분이 나빠졌다. 다행히 그때 아델이 달려들어 왔다.

"저도 데려가주세요. 저도 밀코트에 가고 싶어요! 로체스터 아저씨는 안 된대요. 새 마차 안에 자리가 많이 남는데. 선생님이 아저씨한테 말씀 좀 해주세요."

"알았어, 아델."

나는 우울한 경고를 한 부인한테서 벗어나고 싶어 서둘러 아델을 데리고 그 방을 나갔다. 밖으로 나가 보니 사람들이 대문 앞에 마차를 준비해놓았다. 포장된 길을 따라 로체스터 씨가 느긋하게 걸어오고 있었다. 파일럿은 로체스터 씨를 앞서거니 뒤서거니 하며 따라오는 중이었다.

"아델도 데려가도 될까요?"

"안 된다고 했는데요. 어린애를 데려가고 싶진 않습니다! 당신하고만 갈 겁니다."

"같이 데려가게 해주세요, 로체스터 씨. 그게 나을 것 같아요."

"낫기는. 성가시기만 하지."

로체스터 씨는 표정도 목소리도 강경했다. 페어팩스 부인의 서늘한 경고와 회의적인 예견이 차갑고 축축한 냉기가 되어 밀려왔다. 불안하고 초조한 기분에 사로잡혀 희망마저 꺾일 지경이었다. 나는 내가 그를 지배하고 있다는 생각마저 반쯤은 잊었다. 더 이상 요구하지도 않고 기계적으로 그의 말에 복종하려는데, 내가 마차에 오르도록 도와주던 그가 내 표정을 보고 물었다.

"무슨 일이에요? 환하던 표정이 어두워졌네. 아델을 그렇게 데려가고 싶어요? 아델을 집에 두고 가는 게 그렇게 마음에 걸려요?"

"데리고 가고 싶어요."

그러자 그는 아델에게 소리쳤다.

"가서 네 보닛을 가져와. 번개처럼 빨리 갔다 와야 돼!"

아델은 쏜살같이 달려갔다.

그가 말했다.

"아침에만 좀 성가실 테니 크게 방해가 되지는 않겠죠. 우리는 곧 생각과 대화를 나누며 평생을 함께할 테니까요."

마차에 올라탄 아델은 중간에서 도움을 준 내게 고마워하며 바로 입을 맞췄다. 그는 곧장 아델을 자기 옆 구석 자리에 앉혔다. 아델은 내 옆에 와 앉고 싶어 눈치를 봤다. 무섭도록 엄격한 그의 옆에 앉아 있자니 불편하기도 했을 것이다. 그가 지금처럼 까다롭게 군다면 아델은 차창 밖으로 보이는 풍경에 대해 감히 속삭이지도 못할 것이고 그에게 어떤 질문도 못 할 게 분명했다.

나는 그에게 부탁했다.

"아델을 제 옆으로 오게 해주세요. 그 자리에 두면 당신을 성가시게 할 거예요. 이쪽에는 자리가 넓어서 괜찮아요."

그는 작은 애완용 개를 다루듯 아델을 들어서 내 쪽 자리에 앉혔다.

"얼른 학교에 보내버리든지 해야지."

말은 이렇게 하면서도 그의 얼굴에는 미소가 떠올라 있었다.

그의 말을 들은 아델은 자기가 선생님 없이 혼자서 학교에 가게 되느냐고 그에게 물었다.

"그래, 당연히 선생님 없이 혼자 학교에 가야지. 네 선생님은 내가 달로 데려갈 거니까. 화산 꼭대기의 하얀 골짜기 속 동굴을 찾아서 선생님이랑 같이 살 거다. 단둘이서."

"그곳엔 선생님이 드실 음식이 없을 텐데요. 선생님이 굶어 죽을 수도 있어요."

"아침저녁으로 내가 선생님에게 먹일 만나(이스라엘 민족이 40년 동안 광야를 방랑하고 있을 때 여호와가 내려주었다고 하는 양식 - 옮긴이)를 모으면 돼. 달의 평원과 비탈에는 만나가 하얗게 쌓여 있어, 아델."

"선생님은 몸을 따뜻하게 하고 싶으실 텐데 불은 어떻게 피워요?"

"달에 있는 산에서 불이 솟아 나와. 선생님이 추위하면 내가 산꼭대기로 데려가 분화구 가장자리에 눕히면 돼."

"아, *qu'elle y sera mal – peu confortable!*(너무 힘들고 불편할 텐데요!) 옷도 시간이 갈수록 닳을 텐데 선생님 새 옷은 어떻게 마련해요?"

로체스터 씨는 당황한 척을 했다.

"흐음! 너라면 어떻게 할래, 아델? 머리를 쥐어짜봐. 가운 대신에 흰색이나 분홍색 구름을 몸에 두르는 건 어떨까? 무지개를 잘라 예쁜 스카프를 만들 수 있겠지."

아델은 잠시 생각을 한 후 대답했다.

"선생님은 지금 이대로가 더 좋으실 거예요. 달에서 둘이서만 살면 선생님도 지루할걸요. 제가 선생님이라면 아저씨와 함께 달에 가는 것에 동의 안 할 거예요."

"선생님은 이미 동의했어. 그렇게 하기로 맹세까지 했다."

"선생님을 달로 데려갈 수는 없어요. 달까지 길이 나 있지도 않잖아요. 공기뿐인데. 두 분이 날아서 갈 수도 없고요."

"아델, 저 들판을 봐."

우리가 탄 마차가 손필드 사유지의 대문을 나서고 있었다. 마차는 밀코트를 향해 뻗어나간 매끄러운 길을 따라 경쾌하게 달려갔다. 간밤의 폭풍우가 길의 먼지를 적당히 가라앉혔다. 빗물로 깨끗해진 길가의 낮은 울타리와 키 큰 나무들이 초록으로 빛나고 있었다.

"2주 전인가, 과수원 목초지에서 건초 만드는 일을 네가 도와줬던 날 저녁 말이다. 그날 저녁 느지막이 저 들판에서 산책을 하고 있었어. 종일 갈퀴질을 했더니 피곤해서 산울타리 계단에 앉아 잠시 쉬었지. 작은 책과 연필을 꺼내 들고 오래전 내게 일어난 불행한 일에 대해 적고, 앞으로 행복한 날이 오길 바라는 소망도 적기 시작했어. 잎사귀 끝에 머물던 햇빛이 흐릿해지는 시간이라 빠르게 적어 내려가고 있는데 길을 따라 무언가가 걸어오더니 2미터쯤 앞에서 우뚝 멈춰 서더구나. 나는 그것을 바라보았어. 머리에 거미줄처럼 얇은 베일을 쓴 자그마한 존재였어. 나는 그것에게 가까이 오라고 손짓했어. 그것은 곧장 날아와 내 무릎에 내려섰지. 나는 그것에게 소리 내어 말하지 않았고 그것도 마찬가지였어. 나는 그것의 눈빛을 읽고 그것은 내 눈빛을 읽었어. 우리가 나눈 무언의 대화 내용은 이랬어.

그것은 자신이 엘프 나라에서 온 요정이라고 했어. 나를 행복하게 만들어주기 위해 왔다더구나. 나더러 이 세속을 떠나, 달 같은 외로운 곳으로 자기랑 같이 가야 한대. 요정은 헤이힐 너머로 떠오르고 있는 초승달의 뾰족한 끄트머리를 고개로 가리켰어. 그리고 우리가 살게 될 설화 석고 동굴과 은

빛 계곡에 관해 얘기를 해주더구나. 나는 그리로 가고 싶다고 말했어. 그리고 조금 전에 네가 지적한 것처럼, 날개가 없어서 날 수가 없다고 말했지.

그러자 요정이 말했어. '아, 그건 중요하지 않아요! 여기 모든 난관을 뚫을 수 있는 부적이 있어요.' 요정은 예쁜 금반지 하나를 내주면서 '이걸 왼손 약지에 끼워요. 그럼 나는 당신 것이 되고 당신은 내 것이 되는 거예요. 우린 지상을 떠나 우리의 천국으로 갈 수 있어요'라고 말했어. 그리고 달을 향해 다시 고갯짓을 했지. 그 반지는 지금 내 바지 주머니 속에 있어, 아델. 1파운드 금화로 정체를 숨기고 있지만. 나는 그 금화를 곧 다시 금반지로 바꿀 거다."

"그게 에어 선생님이랑 무슨 상관이에요? 요정은 아무래도 좋아요. 아저씨는 요정이 아니라 에어 선생님을 데리고 달로 갈 거라면서요?"

"실은 에어 선생님이 바로 그 요정이야."

그는 비밀 얘기를 털어놓듯 나지막하게 속삭였다. 나는 아델에게 아저씨가 농담하는 것이니 너무 신경 쓰지 말라고 말해주었다. 아델도 그동안 속에 담아온 프랑스인 특유의 회의적인 태도를 보여주었다. 그리고 로체스터 씨를 '*un vrai menteur*(새빨간 거짓말쟁이)'라고 부르면서 아저씨의 요정 이야기를 진지하게 받아들이지 않겠다고, 게다가 요정 같은 건 없으며 있다고 하더라도 그에게 모습을 드러내거나 반지를 주거나 달에서 함께 살자고 제안했을 리 없다고 말했다.

　밀코트에서 나는 다소 괴로운 시간을 보내야만 했다. 로체스터 씨는 나를 어떤 비단옷 가게로 데리고 들어가 드레스 여섯 벌을 고르라고 지시했다. 나는 그러고 싶지 않아 일단 나중으로 미루자고 부탁했지만 그는 당장 골라야 한다고 고집을 부렸다. 나는 목소리를 낮추고 간청해 간신히 여섯 벌을 두 벌로 줄였다. 그러자 그는 본인이 직접 드레스를 고르겠다고 나섰다. 나는 그가 화려한 옷 가게들을 둘러보는 모습을 불안하게 지켜보았다. 그는 호화로운 자수정색 비단 드레스와 최고급 분홍색 공단 드레스를 골랐다. 나는 차라리 금색 가운에 은색 보닛을 사주는 편이 낫겠다고 그에게 강경한 말투로 속삭여 겨우 뜯어말렸다. 그가 고른 옷들은 내가 절대 입지 않을 스타일이었다. 그가 돌처럼 고집을 부렸지만 나는 가까스로 설득해 수수한 검은색 공단 드레스와 진주색 비단 드레스를 사도록 했다. 그러자 그가 말했다.

　"지금은 이것만 사겠지만 다음에는 꽃밭처럼 화려한 옷을 입은 당신 모습을 보고야 말 겁니다."

　다행히 나는 그를 비단옷 가게에서 데리고 나왔고 이후 보석 가게에서도 그를 잘 달래서 나왔다. 그가 내게 이런저런 물건들을 많이 사줄수록 나는 화가 나고 타락하는 듯한 기분이 들어 얼굴이 점점 달아올랐다. 마차에 타고 나니 열이 나고 피로해서 등받이에 기대어 앉고 말았다. 그동안 암울한 일들,

즐거운 일들이 한꺼번에 밀어닥친 바람에 잊고 있던 일이 문득 떠올랐다. 내 삼촌 존 에어 씨가 리드 부인에게 보낸 편지. 그는 편지에서 나를 양녀로 들여 그의 재산을 물려받게 하고 싶다는 뜻을 밝혔다.

'조금이라도 독립적으로 살 수 있다면 마음이 편해지겠어. 로체스터 씨가 사주는 대로 옷을 입어야 하는 인형처럼, 매일 황금으로 된 비를 맞으며 앉아 있어야 하는 다나에(그리스 신화 속 아크리시오스 왕의 딸. 손자에게 살해당하게 된다는 신탁을 받은 아크리시오스는 다나에를 청동 방에 가두지만, 다나에의 아름다움을 사랑한 제우스가 황금비에 모습을 감추고 접근해 둘 사이에서 페르세우스가 출생함—옮긴이)처럼 살고 싶진 않아. 집에 도착하면 바로 마데이라로 편지를 보내 존 삼촌에게 내 결혼 소식을 알려야지. 누구와 결혼하는지도 말씀드릴 거야. 언젠가 로체스터 씨를 내 재산 승계인으로 만들 수 있게 된다면, 그에게 보살핌을 받는 지금의 삶을 좀더 잘 견딜 수 있겠지.'

이런 생각(나는 이 생각을 그날 바로 실행에 옮겼다)을 하자 마음이 다소 편해졌다. 나는 다시 내 주인이자 연인인 남자의 눈을 똑바로 마주 바라보았다. 그동안 나는 그의 얼굴과 시선을 피하려 애써왔는데 그의 눈은 끈질기게 내 시선을 갈구했다. 나와 눈을 마주친 그가 미소를 지었다. 마치 술탄(이슬람 국가의 왕—옮긴이)이 마음에 드는 노예에게 금과 보석을 하사해 치장시키고 흐뭇하게 바라보며 짓는 미소 같았다. 격한 마음에 얼굴까지 달아오른 나는 끈질기게 내 손을 찾아 쥐려는 그의 손을 잡아 밀쳐냈다.

"저를 그런 눈으로 보지 마세요. 계속 그렇게 보시면 저는 예전에 로우드 학교에서 입었던 프록코트만 계속 입을 거예요. 결혼식 날에도 이 연보라색 깅엄 원피스를 입을 거고요. 오늘 산 진주색 비단 드레스로는 당신의 화장복을 만들고 검은색 공단 드레스로는 당신 조끼를 만들어 입든지 알아서 하세요."

그는 큭큭 웃으며 두 손을 문질렀다.

"아, 이 여자와 함께 있으니 정말 즐겁네! 정말 독특해! 흥미로워! 튀르키예 황제의 후궁들, 영양처럼 순한 눈을 한 요염한 미녀들을 다 준다고 해도 이 작은 영국 여자하고는 바꾸지 않겠어!"

동양의 후궁을 끌어들인 비유에 나는 기분이 상했다.

"저를 후궁으로 여기는 건 아무리 당신이라도 못 참아요. 저를 후궁 따위로 생각하지 마세요. 그런 종류의 여자를 좋아하시면 지금 당장 이스탄불의 시장에나 가보세요. 여기서 속 시원하게 쓰지 못해 답답해하시는 그 돈을 싸 들고 거기 가서 노예들을 잔뜩 사들이면 되겠네요."

"내가 그리로 가서 검은 눈을 가진 수많은 노예들을 사들이는 동안 당신은 뭘 할 겁니까, 재닛?"

"저는 당신이 사들인 그 노예들, 당신의 후궁들에게 자유를 설파하기 위해 선교사가 될 준비를 해야겠죠. 하렘으로 들어가 반란을 일으키도록 유도할 거예요. 최고 군사령관인 당신은 순식간에 우리 손에 붙잡히겠죠. 저는 역사상 어떤 폭군도 서명한 적 없는, 가장 큰 자유를 수여하는 선언문에 당신이 서명할 때까지, 당신의 결박을 풀어주지 못하게 할 거예요."

"난 당신의 자비로운 뜻에 따르겠다고 할 겁니다, 제인."

"만약 당신이 지금 같은 눈빛으로 계속 저를 바라본다면 저는 자비를 베풀지 않을 거예요. 그런 눈빛인 이상 당신은 어쩔 수 없이 선언문에 서명했더라도 구금에서 풀려나자마자 바로 선언문의 조항들을 위반하는 짓을 할 테니까요."

"선언문에 어떤 내용을 담고 싶은 겁니까, 제인? 제단 앞에서 하는 공식적인 결혼식 외에 사적인 결혼식을 하자고 요구할까 봐 두렵군요. 이러다 사적인 결혼 계약에 특이한 조항을 넣으려들겠어요. 어떤 조항을 넣고 싶은 겁니까?"

"저는 복잡한 의무에 휘둘리지 않고 마음 편히 살고 싶어요. 셀린 바렝에 대해 했던 말 기억하세요? 그 여자에게 다이아몬드, 캐시미어 같은 선물을 안겨주셨다고 하셨죠? 저는 영국의 셀린 바렝이 되고 싶지 않아요. 앞으로도 저는 계속 아델의 가정교사로 살 겁니다. 그 일을 해서 버는 30파운드의 연봉으로 제 숙식비를 낼 거고요. 그 돈으로 제 옷장 안에 옷을 채울 거예요. 당신이 제게 줄 것은……"

"그래요, 뭘 주면 됩니까?"

"저에 대한 존중이요. 그럼 저도 당신을 존중할게요. 그렇게 되면 서로에게 빚을 지지 않게 돼요."

어느새 우리는 손필드에 점점 가까이 다가가고 있었다.

"음, 당신은 정말이지 누구보다도 냉정한 오만함과 순수한 자존심을 갖고 있군요. 오늘 나랑 식사를 하는 게 어때요?"

그는 대문으로 들어서며 말했다.

"감사하지만 사양할게요."

"감사하지만 사양하겠다, 라는 건 무슨 뜻인지?"

"지금까지 저는 당신과 식사를 함께한 적이 없어요. 새삼스럽게 같이 식사해야 할 이유를 못 찾겠어서요. 나중에……."

"나중에? 당신은 늘 말끝을 흐리는군요."

"나중에는 어쩔 수 없이 함께 식사를 하게 되겠지만요."

"내가 무슨 사람 잡아먹는 거인이나 악귀처럼 보입니까? 나랑 식사하는 걸 왜 꺼리는 건가요?"

"그런 생각은 해본 적이 없어요. 앞으로 한 달 동안은 평소대로 하고 싶어서 그래요."

"가정교사 일은 당장 그만둬요."

"죄송하지만 그럴 수는 없어요. 지금까지 해왔던 대로 계속 일할 거예요. 그리고 평소대로 낮에는 당신을 마주치지 않도록 피해 있을 겁니다. 제가 보고 싶으시면 저녁에 부르세요. 그럼 아래층으로 내려갈게요. 다른 시간에는 안 돼요."

"속이 답답해서 담배를 피우든지 코담배라도 한 줌 하든

지 해야겠어요. 아델이 늘 하는 말처럼, '*pour me donner une contenance*(마음을 가라앉히기 위해서)'. 안타깝게도 지금 수중에 담뱃갑도 코담배통도 없네요. 지금부터 속삭일 테니까 내 말 잘 들어요, 작은 폭군 아가씨. 지금은 당신 마음대로 할 수 있겠지만 곧 내 뜻대로 할 수 있는 시간이 올 겁니다. 내가 당신을 사로잡고 손에 넣어 휘두를 수 있게 되면, 당신을 (그가 회중시계의 쇠줄을 손으로 만지작거렸다) 이런 쇠줄로 묶어버릴 거예요. 물론 비유적인 표현입니다. 예쁜 아가씨, 보석 같은 당신을 잃어버리지 않도록 당신을 내 가슴 속에 담아 가지고 다닐 거예요."

그는 내가 마차에서 내릴 수 있게 도와주었다. 그가 아델을 마차에서 내려주는 동안 나는 집으로 들어가 곧장 위층으로 물러갔다.

저녁이 되자 그가 나를 호출했다. 나는 그에게 부탁할 일을 미리 준비해두었다. 그와 함께 있는 시간을 시시콜콜한 대화로 보내고 싶지 않았다. 나는 그의 멋진 목소리를 떠올렸다. 노래를 잘 부르는 사람들이 으레 그렇듯, 그는 노래 부르는 것을 좋아했다. 나는 노래를 잘 부르는 편이 아니었고, 그의 까다로운 취향에 맞출 수 있을 만한 훌륭한 연주자도 아니었다. 하지만 좋은 노래나 연주를 기쁜 마음으로 들을 줄 알았다. 이윽고 땅거미가 지고 낭만의 시간이 시작되었다. 격자창 너머로 푸른 바탕에 별이 총총한 깃발이 나부끼자마자 나는 자리에서 일어나 피아노 뚜껑을 열고 그에게 노래를 청했다. 그는 나더러 변덕스런 마녀 같다면서 노래는 나중에 불러주겠다고 했지만 나는 지금이야말로 노래를 감상하기에 제일 알맞은 시간이라고 고집을 부렸다.

"내 목소리를 좋아해요?"

그가 물었다.

"무척이요."

나는 그의 예민한 허영심을 충족시켜주고 싶지 않았지만, 그의 노래를 꼭 듣고 싶었기에 이번만은 허영심을 적당히 자극하고 채워주기로 했다.

"좋아요, 제인. 당신이 반주해요."

"해볼게요."

나는 열심히 반주했지만 곧 연주가 형편없다는 타박을 들으며 피아노 의자에서 쫓겨나고 말았다. 한옆으로 밀려났지만, 내가 바라던 바였다. 그는 내가 앉았던 자리를 차지하고 직접 반주를 하기 시작했다. 그는 노래만큼 연주도 잘했다. 나는 창문 앞으로 자리를 옮겨 창밖의 고요한 나무들과 어둑한 잔디밭을 내다보았다. 부드럽고 풍부한 목소리가 이내 공기를 달콤하게 채웠다.

심장에 불을 붙인

진정한 사랑이

빠르게 혈관을 타고 흘러
생명의 파도가 되었네.

매일 찾아오는 그는 나의 희망이고
그와의 이별은 나의 고통이네.
그의 발걸음이 늦어지면
내 혈관 속 피는 모조리 얼어붙고 만다네.

그를 사랑하면서
그 감정은 이름 모를 축복이 되었네.
나는 열렬히 맹목적으로
그 감정에 매달렸네.

우리 사이는 너무나 멀어
서로를 잇는 길조차 없었고,
푸른 대양의 파도 거품처럼
위험하기 짝이 없었네.

황무지나 숲 사이의
도적 떼 끓는 길처럼 걱정이 가득했네.
우리의 영혼 사이에
권력과 정의, 비통함과 분노가 자리했으니.

나는 위험을 무릅썼고 방해물을 뛰어넘었네.
불길한 징조 따위 관심 없었네.
어떤 위협이나 괴롭힘, 경고도
무작정 외면했네.

꿈속에서 나는 무지개를 타고
빛처럼 빠르게 날아갔네.
소나기와 어슴푸레한 빛의 아이가
내 눈앞에 영광스럽게 나타났지.

부드럽고 경건한 기쁨의 빛이
고통에 찬 구름을 비추네.
아무리 지독하고 암울한 재앙이 닥쳐도
이제 다 상관없네.

그동안 내가 돌파한 모든 것들이
쓰라린 복수를 다짐하며
강하고 빠르게 다가온다 해도
이 달콤한 순간을 만끽하며 신경 쓰지 않겠네.

오만한 증오가 나를 내려치고,
정의가 장애물로 다가온다고 해도,

분노로 찌푸린 엄청난 권세가
영원한 원한을 맹세한다고 해도.

나에 대한 고귀한 믿음을 가진 내 사랑은
작은 손으로 내 손을 잡아주네.
결혼의 신성한 띠가
우리의 마음을 하나로 묶을 것이니.

내 사랑은 봉인의 입맞춤으로
나와 함께 살고 죽으리라 맹세하네.
사랑하는 만큼 사랑받게 되었기에
마침내 나는 형언할 수 없는 행복을 누리게 되었네!

그는 의자에서 일어나 내게 다가왔다. 그의 얼굴은 온통
벌겋게 달아올랐고 매처럼 예리한 두 눈은 번뜩였으며 얼굴
에 따스한 애정과 격한 감정이 뒤섞여 있었다. 나는 움찔했지
만 얼른 정신을 차렸다. 부드러운 애정 표현도 대담한 행동도
용납할 수 없었다. 이대로라면 그 두 가지 상황이 모두 일어날
것만 같았다. 나는 방어 무기를 준비하기 위해 목소리를 가다
듬었다. 그가 다가오자 곧장 날카롭게 질문을 던졌다.

"노래의 주인공은 누구와 결혼하는 건가요?"

"그 주인공이 사랑하는 제인이 그런 질문을 하니 묘하

군요.”

“그런가요! 저는 그게 아주 자연스럽고 필요한 질문이라
고 생각했어요. 노래 속 남자는 미래의 아내가 자신과 함께 죽
을 거라고 했잖아요. 그런 이교도적인 생각으로 어떤 의미를
표현하려는 걸까요? 저라면 남편과 함께 죽지 않을 거라서요.
이 노래 주인공도 그 점을 분명히 알아야 할 거예요.”

“아, 노래 주인공이 바라고 기도하는 건, ‘그’라고 한 사람
이 자신과 함께 살아주는 겁니다! ‘그’라는 사람까지 같이 죽
으라는 뜻이 아니라.”

“그래야죠. 남편과 마찬가지로 저 역시 제시간이 다 되었
을 때 죽을 권리가 있어요. 저는 그때를 기다릴 거예요. 때가
되지도 않았는데 아내라는 이유로 순사殉死(옛날 인도에서 아내가
남편의 시체와 함께 산 채로 화장되던 힌두교 풍습－옮긴이)당하지 않고요.”

“노래 주인공의 이기적인 생각을 내가 용서하고, 화해의
입맞춤으로 용서를 입증해도 될까요?”

“아뇨. 굳이 그러시지 않아도 돼요.”

그는 나를 ‘작고 쌀쌀한 아가씨’라고 부르면서 이렇게 말
했다.

“자기를 칭송하는 이런 노래를 들으면 다른 여자들은 뼛
속까지 녹아버릴 텐데.”

나는 천성적으로 쌀쌀하고 무정한 면이 있다고, 앞으로
종종 그런 면을 보게 될 거라고 대답했다. 결혼을 앞두고 4주

동안 내 성격의 온갖 모난 구석들을 그에게 보여줄 작정이었다. 그는 자신이 나와 어떤 거래를 하는지 제대로 알아야 하고, 그동안 시간이 있으니 무를 수도 있을 것이다. 그가 말했다.

"좀 더 차분하고 이성적으로 말해도 되지 않겠어요?"

"원하신다면 더 차분하게 말할 수 있을 거예요. 하지만 이성적으로 말하라는 부분에 대해서는, 지금도 충분히 이성적이라고 생각하는데요."

그는 초조해하면서 콧김을 뿜고 한숨을 쉬었다.

나는 생각했다.

'잘 됐어요. 마음껏 안달복달하고 짜증을 내세요. 이게 당신을 위해 준비한 내 최선의 계획이에요. 말로 표현할 수 없을 정도로 당신을 좋아하지만 우스운 감정의 구렁텅이에 떨어지고 싶지는 않아요. 지금처럼 날카로운 재치로 당신이 그런 구렁텅이에 가까이 가지 못하도록 막아줄게요. 신랄한 지적으로 당신과 나 사이의 거리를 유지하는 게 우리 사이에도 도움이 될 거예요.'

나는 그가 점점 안달을 내게 만들었다. 결국 그는 화를 내며 방 저쪽 끄트머리로 조용히 물러났고 나는 의자에서 일어나 평소대로 자연스럽고 공손한 태도로 말했다.

"안녕히 주무세요."

그리고 옆문으로 조용히 빠져나갔다.

나는 이런 방식을 결혼 전까지 꾸준히 고수했고 우리 관계는 내 뜻대로 잘 유지됐다. 그는 부루퉁해져서 신경질을 내기도 했지만 내가 원하는 대로 따라주었다. 무엇보다 그는 내 방식을 나름대로 즐기고 있었다. 만약 내가 양처럼 고분고분하게 굴고 멧비둘기처럼 다정하게만 대했다면 그는 점점 더 제멋대로 굴었을 것이다. 그리고 나에 대한 판단에 만족하지 못하고 본인의 상식에도 의구심을 품었을 것이며 전체적으로 그의 취향에도 맞지 않았을 것이다.

다른 사람들 앞에서 나는 예전과 마찬가지로 공손하고 조용한 태도를 유지했다. 특별히 달리 행동할 필요도 없었다. 내가 그를 좌절시키고 괴롭히는 것은 저녁 시간에 그를 따로 만날 때뿐이었다. 그는 벽시계가 7시 종을 치면 어김없이 나를 내려오라고 불렀다. 이제 그는 '내 사랑'이나 '사랑하는 당신' 같은 달콤한 호칭으로 나를 부르지 않았다. 기껏해야 '약 오르게 만드는 인형'이나 '지독한 요정', '도깨비', '바꿔치기한 요정 아이' 같은 호칭을 사용했다. 그가 나를 애무하려고 하면 나는 인상을 썼다. 그가 손을 잡으면 그의 팔을 꼬집었고, 뺨에 키스하면 귀를 잡고 비틀었다. 그래도 아무 문제가 없었다. 이런 거친 애정 표현이 부드러운 태도보다 더 내 마음에 들었다. 페어팩스 부인도 내 방식이 옳다고 인정해주는 듯했다. 나에 대한 부인의 우려가 사라지고 있음을 느낄 수 있었다. 적어도 나는 그렇다고 확신했다. 다만 로체스터 씨는 내가 자기를 뼈와 가죽만 남을 때까지 바짝 말리고 있다면서, 지금 내 행동에 대해 조만간 철저하게 복수해주겠다고 했다. 나는 그의 독한 말을 듣고도 몰래 웃었다.

'이제 당신을 이성적으로 제어할 수 있게 된 것 같아요. 앞으로도 그럴 자신이 생겼어요. 이 방법으로 효과를 못 보면 다른 방법을 고안해내면 될 테니까요.'

하지만 나도 편하기만 한 것은 아니었다. 때로는 그를 괴롭히기보다 만족시켜주고 싶다는 충동에 사로잡혔다. 미래의 남편은 내게 이 세상 전부가 되어가고 있었다. 아니, 이제 그는 이 세상을 넘어 천국까지 아우를 정도로 큰 의미가 되었다. 그는 나와 모든 종교적 감정 사이에 우뚝 서 있었다. 드넓은 태양도 그의 앞에서 일식처럼 빛을 잃었다. 그 무렵 나는 하느님이 창조하신 이 남자를 우상처럼 떠받들었다. 그 남자로 인해 하느님을 제대로 볼 수 없을 지경이었다.

25

결혼식 전까지 남아 있던 한 달이 다 지나갔다. 이제 얼마 남지 않은 시간을 헤아리고 있었다. 이미 예정된 결혼식 날을 연기하는 것은 불가능했다. 결혼식을 위한 준비도 모두 끝났다. 적어도 나는 더 이상 할 일이 없었다. 이미 필요한 짐을 넣고 자물쇠로 잠그고 끈으로 묶은 여행 가방들이 내 작은 방의 벽을 따라 일렬로 놓여 있었다. 토요일 이 시간이면 저 가방들은 런던으로 향하는 여정에 오를 것이다. 그리고 나도 별일 없다면, 지금의 내가 아니라 내가 아직 모르는 제인 로체스터라는 사람으로서 여행을 시작할 것이다. 이제 도착지 주소가 적힌 카드를 여행 가방에 못으로 박는 일만 남았다. 작은 사각형의 카드 4개가 서랍 안에 들어 있었다. 각 카드에는 로체스터 씨가 직접 쓴 '로체스터 부인. 런던 ○○호텔'이라는 도착지 주소가 적혀 있었다. 나는 그 카드를 직접 가방에 못으로 박을 엄두가 나지 않았고 다른 이에게 시킬 수도 없었다. 로체스터 부인이라니! 그 사람은 아직 이 세상에 존재하지 않았다. 그 사람은 내일은 되어야, 내일 오전 8시는 되어야 세상에 태어날 것이다. 그가 세상에 태어났음을 확신하게 될 때까지 기다렸다가 로체스터 부인으로서의 모든 권리를 내줄 생각이었다. 화장대 맞은편 벽장 안에는 로우드 학교에서 입었던 검은 프록코트와 밀짚 보닛 대신, 로체스터 부인의 것으로 정해진 옷들이 들어차 있었다. 커다란 여행 가방이 있던 자리에 걸린, 결혼식 예복으로 정해진 진주색 드레스와 수증기처럼 고운 면사포가 바로 그것이었다. 나는 낯선 유령처럼 걸려 있는 그 옷들을 보고 싶지 않아서 벽장문을 닫았다. 밤 9시가 다 된 시간에 벽장 안에 들어 있는 결혼식 예복이 어둑한 내 방에 유령 같은 빛을 뿌리는 것이 문득 불길하게 느껴졌다.

"널 혼자 둬야겠어, 하얀 유령 같은 드레스야. 몸에 열이 나네. 바람 소리가 들려. 나가서 바람을 좀 쐬어야겠다."

급하게 결혼식 준비를 하느라 정신이 없기도 했고, 내일부터 크게 달라질 새로운 삶이 기대되기도 했다. 몸에 열이 나고 불안하고 초조한 기분에 휩싸여 늦은 시간에 컴컴한 정원으로 바람을 쐬러 나간 것은 이 두 가지 이유 때문이기도 했지만 가장 큰 이유는 따로 있었다.

그날 내 마음에는 괴상하고 불안한 생각이 들어찼다. 도저히 이해되지 않는 일이 일어났기 때문이었다. 나 말고는 그 사건에 대해 알거나 목격한 사람은 없었다. 그 사건은 바로 전날 일어났다. 그날 밤 로체스터 씨는 일 때문에 집을 비웠고 늦게까지 돌아오지 않았다. 그는 집에서 50킬로미터쯤 떨어진 곳에 있는 농장 두세 개로 구성된 작은 사유지에 볼일이 있어 그곳에 가 있었다. 영국을 떠나기 전에 그가 직접 해결해야 하는 일이라고 했다. 나는 그가 돌아오기를 기다렸다. 그가 돌아와야 마음의 불안을 덜고, 당혹스럽고 수수께끼 같은 사건을 해결할 수 있을 것이기 때문이었다. 그러니 그가 돌아올 때까지 독자 여러분들도 함께 기다려주기 바란다. 내가 그에게 비밀을 털어놓을 때 여러분도 같이 들으면 될 것이다.

과수원으로 나간 나는 바람에 떠밀려 은신처로 향했다. 남쪽에서 종일 강한 바람이 불어왔고 비는 한 방울도 내리지 않았다. 밤이 깊어질수록 바람은 점점 세차게 불었다. 바람을 타고 한 방향으로만 쏠려버린 나무들은 단 한 시간도 가지가 뻗어나간 방향을 바꾸지 못했다. 나뭇가지를 죄다 북쪽으로 쏠리게 할 정도로 바람의 힘은 세고 집요했다. 여기저기서 흘러들어온 구름 덩어리들이 빠르게 흘러갔다. 7월의 낮에도 푸른 하늘은 전혀 볼 수 없었다.

나는 세찬 바람이 불고 천둥이 우르릉거리는 바깥을 쏘다니며 거친 즐거움을 맛보았다. 월계수 산책로를 따라 밤나무의 잔해가 있는 곳으로 걸어갔다. 한가운데가 시커멓게 쪼개진 밤나무는 섬뜩하게 입을 벌린 듯한 형상이었다. 하지만 둘로 갈라졌을 뿐 완전히 쪼개진 것은 아니었다. 나무 아래쪽은 아직 단단히 붙어 있었고 뿌리도 튼튼해서 아직 잘 버텨주었다. 물론 생명력은 남아 있지 않았다. 수액도 더 이상 흐르지 않았고, 양쪽의 굵은 가지들도 죽어 있었다. 다음 겨울에 눈 폭풍이 몰아치면 양쪽으로 갈라진 것들 중 하나 혹은 둘 다 바닥으로 쓰러지고 말 것이다. 그래도 아직은 하나의 나무였다. 망가지기는 했어도 완전히 끝장난 것은 아니었다.

나는 괴물처럼 쪼개진 그 나무를 살아 있는 생물처럼, 내 말을 들을 수 있는 존재인 것처럼 대하며 말을 건넸다.

"서로를 꼭 붙들고 있는 건 잘한 거야. 번갯불에 시커멓게 타고 그을렸지만 네 안에는 아직 생명이 남아 있을 거라고 믿어. 그러니 충실하고 정직한 뿌리에 아직 꼭 붙어 있는 거겠지. 더 이상 푸른 잎사귀는 틔울 수 없겠지만. 네 나뭇가지에 새들이 둥지를 틀고 목가를 지저귈 일도 없겠지만. 그래도 넌 외롭지 않을 거야. 각자 썩어가고 있지만 그래도 마음을 나눌 친구가 곁에 있으니까."

하늘을 올려다보니 찢어진 구름 사이로 달이 잠시 얼굴을 내밀었다. 달은 당황하고 막막한 눈으로 나를 내려다보다가 이내 짙은 구름 속으로 모습을 감췄다. 바람은 손필드 주변에서 잠시 잦아들었다가, 곧 저 멀리 숲에서부터 사납고 우울하게 울부짖기 시작했다. 듣고 있자니 울적해져서 나는 그곳을 피해 달리기 시작했다.

과수원을 여기저기 돌아다니며 나무뿌리 주변의 풀밭에 떨어져 있는 사과들을 주워 모았다. 잘 익은 사과와 덜 익은 사과를 구분한 뒤 집으로 가지고 들어와 창고에 넣어두었다. 그리고 벽난로에 불이 피워져 있는지 확인하러 서재로 들어갔다. 아직 여름이지만 이렇게 울적한 저녁이면 로체스터 씨는 벽난로에 불이 켜져 있기를 바랐다. 가서 보니 벽난로에는 불이 잘 피워져 있었다. 나는 벽난로 앞에 안락의자를 가져다 두었고 그 옆에 바퀴 달린 탁자도 끌어다 놓았다. 커튼을 치고 초도 가져와 불을 붙일 준비를 해두었다. 준비를 마치고 나니 아까보다 마음이 더 초조해졌다. 가만히 앉아 있을 수가 없었다. 집에 얌전히 앉아 있는 것 자체가 불가능했다. 방에 있는 작은 시계와 홀의 낡은 벽시계가 동시에 밤 10시를 알리는 종을 울렸다.

"너무 늦은 시간이야! 대문까지 가봐야겠어. 중간중간에 달빛이 비치니까 길이 훤히 보일 거야. 그가 지금 집으로 돌아오고 있을지도 몰라. 그를 만나면 이 불안감에서 몇 분이라도 벗어날 수 있겠지."

대문 주변의 키 큰 나무들 사이에서 바람이 높게 울부짖었다. 대문 밖 길을 오른쪽과 왼쪽 모두 살펴봤지만 오가는 이 하나 없이 조용하고 고적했다. 달이 한 번씩 얼굴을 내밀 때마다 그 앞을 가로지르는 구름 때문에 길에 그림자가 질 뿐, 그 외에는 움직이는 점 하나 없이 희미한 길이 쭉 뻗어 있었다.

그 길을 바라보고 있는데 바보처럼 눈물이 앞을 가렸다. 실망과 초조함으로 인한 눈물이라 부끄러운 마음에 얼른 닦아냈다. 나는 그 자리를 계속 서성였다. 달은 제 방으로 들어가 완전히 모습을 감췄고 방 앞에 짙은 구름 커튼을 드리웠다. 밤이 점점 어두워졌다. 강풍을 타고 빗방울이 세차게 내리기 시작했다.

"어서 그가 돌아와야 할 텐데! 어서 와야 하는데!"

나는 불안증 환자처럼 불길한 예감에 휩싸였다. 차 마시는 시간 전까지는 그가 돌아올 줄 알았는데 날이 이미 어두워졌다. 그에게 무슨 일이 생긴 걸까? 어젯밤 일이 다시 떠올랐다. 나는 그 일을 재앙의 경고로 해석했다. 현실로 이루어지기에는 너무 대단한 희망을 품었기 때문이 아닐까 하는 두려움이 엄습했다. 요즘 지나치게 행복했으니 내 운세가 정점을 지나 하락하기 시작한 것인지도 몰랐다.

'이대로는 집으로 못 돌아가. 이 험한 날씨에 그는 집 밖에 있는데 나 혼자 난로 앞에 앉아 있을 수는 없어. 불안해서 가슴을 졸이느니 팔다리가 고생하는 게 낫지. 좀 더 가서 그를 마중하자.'

다시 걷기 시작했다. 걷는 속도를 높였지만 그리 멀리 가지는 못했다. 500미터쯤 걸었을까. 말발굽 소리가 들려왔다. 전속력으로 달려오는 소리였다. 옆에서 개 한 마리가 같이 뛰어오고 있었다. 불길한 예감이여, 사라져라! 그였다. 메즈로를 탄 로체스터 씨가 파일럿과 함께 오고 있었다. 푸른 들판처럼 펼쳐진 하늘에 모습을 드러낸 달이 물기를 머금은 빛을 뿌리고 있어, 그는 단박에 나를 알아보았다. 그는 모자를 벗어 머리 위로 들고 흔들었다. 나는 달려가 그를 맞이했다.

그는 안장에서 허리를 굽히고 손을 앞으로 뻗으며 말했다.

"이럴 줄 알았지. 당신은 나 없으면 아무것도 못 하는군요. 내 장화 끝을 밟고 두 손을 이리로 뻗어요. 올라와요!"

나는 그의 말대로 했다. 기분이 좋아서인지 동작도 민첩해졌다. 나는 그의 앞자리에 올라탔다. 그는 환영의 뜻으로 따뜻하게 입을 맞춰주었다. 나는 의기양양한 기분을 만끽했다. 그는 기뻐서 어쩔 줄 모르는 눈치였지만 최대한 자제하고 내게 물었다.

"이 늦은 시간에 마중을 나오다니 무슨 일입니까, 재닛? 혹시 집에 무슨 일 생겼어요?"

"아뇨. 하도 안 오셔서요. 비도 오고 바람도 부는데 집에서 기다리려니 속이 타서 나왔어요."

"비와 바람이라! 그러고 보니 당신이 인어처럼 물을 뚝뚝 흘리고 있군요. 내 망토로 몸을 감싸요. 몸에 열도 나는 것 같네요, 제인. 얼굴과 손이 불붙은 것처럼 뜨끈하네. 다시 물을게요. 무슨 일 있어요?"

"지금은 없어요. 이제 두렵지도 않고 불행하지도 않

아요."

"지금까지는 두렵고 불행했다는 뜻이에요?"

"어느 정도는요. 차차 말씀드릴게요. 제가 왜 그런 기분을 느꼈는지 말씀드리면 웃으실지도 몰라요."

"내일이 지나면 실컷 웃어줄게요. 내일까지는 안 웃을 겁니다. 당신이라는 보물이 확실히 내 것이 되었는지 아직은 확실치 않으니까. 지난 한 달 동안 당신은 뱀장어처럼 내 손아귀에서 잘도 빠져나가고 들장미처럼 나를 찔러댔잖아요? 당신한테 손을 댈 때마다 가시에 찔려야 했죠. 이제야 길 잃은 양을 품에 안은 기분이네요. 당신도 양치기를 찾으려고 지금까지 헤매고 다닌 거 맞죠, 제인?"

"당신을 원했어요. 하지만 너무 좋아하지는 마세요. 손필드에 다 왔네요. 이제 저를 내려주세요."

그는 나를 보도에 내려주었다. 존이 말을 끌고 가자 로체스터 씨는 내 뒤를 따라 현관 홀로 들어왔다. 그는 내게 서둘러 마른 옷으로 갈아입고 서재로 내려오라고 말했다. 계단 쪽으로 걸어가고 있는데, 그가 굳이 나를 붙잡아 세우고는 너무 늦게 내려오지 않겠다는 약속을 하라고 재촉했다. 나는 당연히 늦지 않았다. 5분 만에 그가 있는 서재로 내려갔다. 그는 저녁을 먹고 있었다.

"여기 내 옆으로 와 앉아요, 제인. 이제 당신도 여기서 두 끼만 더 먹으면 한동안은 손필드에서 식사를 할 일이 없을 겁니다.”

나는 그의 옆에 앉았지만 음식 생각은 없다고 말했다.

“여행을 떠날 예정이라 설레어서 그래요, 제인? 런던으로 여행 갈 생각을 하니까 너무 흥분돼서 입맛도 없어요?”

“오늘 밤은 제 앞날에 대해 명확히 생각할 수가 없어요. 제 머릿속에 무슨 생각이 들어 있는지도 알 수가 없고요. 제 인생의 모든 게 비현실적으로 느껴져요.”

“나는 빼요. 나는 실체를 가진 현실 속 존재니까. 만져 봐요.”

“당신이 제일 허상 같아요. 당신은 꿈같은 존재예요.”

그는 웃으며 손을 내밀었다.

“이래도 꿈같아요?”

그는 내 눈앞에 손을 가까이 들이밀었다. 둥글고 근육질에 건강해 보이는 손이었다. 팔은 길쭉하고 튼튼했다.

“그래요. 손으로 만져지기는 해도 여전히 꿈같아요.” 나는 내 얼굴에서 그의 손을 잡아 내리며 물었다. “식사 다 마치셨어요?”

“그래요, 제인.”

나는 종을 울려 쟁반을 내가게 했다. 다시 둘만 남자 나는 불쏘시개로 벽난로 안을 들쑤신 뒤, 로체스터 씨의 무릎 옆에 놓인 야트막한 의자에 가 앉았다.

“자정이 거의 다 되었네요.”

"그러게요. 하지만 결혼식 전날 밤에 나와 밤을 새우기로 한 약속 잊지 않았길 바랍니다."

"기억하고 있어요. 약속 지킬게요. 한두 시간 정도는 같이 있어드릴 수 있어요. 아직 잠이 오지도 않고요."

"준비는 다 했어요?"

"예."

"나도 준비 다 했어요. 모든 문제를 다 해결해뒀어요. 우린 내일 성당에서 결혼식을 마치고 돌아와 30분 안에 손필드를 떠날 겁니다."

"알겠어요."

"그 말을 하면서 요상한 미소를 짓고 있군요, 제인! 두 뺨에 발그레한 홍조는 뭡니까! 두 눈도 묘하게 반짝거리네! 괜찮아요?"

"그런 것 같아요."

"그런 것 같다니! 무슨 일 있어요? 기분이 어떤지 말해 봐요."

"말을 못 하겠어요. 지금 제 기분은 어떤 말로도 표현이 불가능해요. 이 시간이 영원히 끝나지 않으면 좋겠어요. 이 시간이 지나면 어떤 운명이 펼쳐질지 아무도 모르잖아요?"

"불안증 환자 같은 소리를 하는군요, 제인. 지나치게 흥분했거나 너무 피곤해서 그럴 겁니다."

"당신은 침착하고 행복하기만 한가요?"

"침착하냐고요? 아뇨. 가슴 속 깊은 곳까지 행복하기는 합니다."

나는 그의 얼굴을 올려다보며 더없이 행복한 기운을 읽어냈다. 그의 얼굴은 열정으로 붉게 달아올라 있었다.

"나를 믿어요, 제인. 가슴 속을 짓누르는 걱정거리가 있으면 털어봐요. 뭐가 두렵죠? 내가 좋은 남편이 되지 않을까 봐?"

"그런 생각은 전혀 안 해요."

"앞으로 당신이 살게 될 새로운 세상이 걱정돼요? 내일부터 시작될 새로운 삶이?"

"아뇨."

"당황스럽네요, 제인. 애잔하면서도 대담하고 혼란스러워하는 당신의 표정과 말투 때문에 걱정돼요. 무슨 일인지 설명해줘요."

"그럼 말씀드릴게요. 어젯밤에 집에 안 계셨잖아요?"

"그랬죠. 그건 나도 알고 있어요. 내가 집에 없는 동안 무슨 일이 있었다는 의미인 것 같은데, 크게 중요한 일은 또 아닌 것 같고. 어쨌든 그 일 때문에 당신 마음이 어지러운 모양이니 얘기해봐요. 페어팩스 부인이 무슨 말을 했어요? 하인들이 떠드는 소리를 들은 겁니까? 당신의 민감한 자존심이 상처받았어요?"

"그런 거 아니에요."

자정을 알리는 종이 울렸다. 나는 방 안에 놓인 작은 시계의 은종 소리와 벽시계의 요란한 종소리가 잦아들 때까지 기다렸다가 말을 이었다.

　"어제는 종일 바빴어요. 쉴 틈 없이 바쁜데도 너무너무 행복했죠. 짐작하시겠지만 저는 삶이 새롭게 시작된다고 해서 두려워하는 사람은 아니에요. 당신과 함께 살 수 있다는 것만으로도 영광이라고 생각하고 있어요. 당신을 사랑하니까요. 아뇨, 지금 저를 쓰다듬지 마세요. 방해받지 않고 얘기하고 싶어요. 어제 저는 하느님의 섭리를 굳게 믿었고, 모든 일이 당신과 저를 위해 잘 진행될 거라고 생각했어요. 날씨도 좋았고요. 공기도 차분하고 하늘도 맑아서 당신이 안전하고 편안하게 일을 마치고 돌아올 수 있을 거라고 생각했죠. 차를 마신 뒤 보도를 잠시 걸으며 당신 생각을 했어요. 당신과 함께 걷고 있다는 상상을 해서인지 당신이 곁에 없는데도 마음이 크게 허전하지는 않았어요. 앞으로 제 앞에 펼쳐질 나날, 저와 함께하게 될 당신의 인생에 대해서도 이런저런 생각을 했어요. 물론 당신 인생은 제 인생보다 훨씬 범위가 넓고 역동적이겠죠. 제 인생이 좁은 물길이라면 당신의 인생은 개울을 지나 바다라는 깊고 넓은 물까지 이어지는 물줄기일 테니까요. 도덕주의자들이 왜 이 세상을 우울한 황야라고 부를까 의아했어요. 제 눈에 세상은 마치 피어나는 장미처럼 다가왔거든요. 해 질 무렵이 되면서 공기가 차가워지고 하늘에 구름이 끼기 시작했어요. 집 안으로 들어갔더니 소피가 방금 찾아온 웨딩 드레스를 보라며 저를 위층으로 불렀어요. 드레스 상자 아래쪽에 당신 선물이 들어 있는 걸 봤어요. 당신이 왕자처럼 사치스럽게 런던에다 주문 제작을 의뢰한 면사포였죠. 제가 보석 선물은 안 받으려고 하니 저를 속여 비싼 면사포라도 받게 하려는구나 싶어서 웃음이 났어요. 면사포를 펼치면서 생각했어요. 당신의 귀족적인 취향, 평민 신부를 귀족처럼 꾸미려고 애쓰는 노력을 어떻게 골려줘야 하나. 비천한 태생인 제 머리에 쓰기 위해 직접 준비한 면사포가 있거든요. 자수를 놓지 않은 옅은 색 비단 레이스 면사포인데 그걸 당신에게 보여드리면 어떨까 생각했어요. 그런 소박한 면사포야말로 남편에게 재산이나 미모, 인맥을 선물할 수 없는 신부에게 어울리지 않느냐고 말할 셈이었죠. 당신이 어떤 표정을 지을지 눈앞에 그려졌어요. 아마 당신은 성급한 공화주의자처럼 말하겠죠. 당신은 재산이 많고 지위가 높은 여자와 결혼해서 부를 늘리거나 신분을 높이는 짓은 할 필요가 없다고. 그렇게 오만한 말투로 말할 것 같았어요."

"내 마음을 참 잘 읽네요, 마녀 아가씨. 그런데 내가 선물한 면사포에서 자수 말고 다른 뭔가를 찾아낸 겁니까? 독이나 단검이라도 있었어요? 왜 그렇게 우울한 표정이죠?"

"아니에요, 면사포는 섬세하고 아름다웠어요. 페어팩스 로체스터 씨의 자부심이 가득 담겨 있었죠. 저는 악마도 본 적 있는 사람이라, 그런 건 두렵지 않았어요. 그러다 날이 어두워지고 바람이 불기 시작했어요. 어제저녁 바람이 꽤 거칠었잖아요. 바람 소리가 음울한 신음 같아서 더욱 기괴하게 들리더라고요. 당신이 집에 있으면 얼마나 좋을까 생각했어요. 이 방에 들어와 텅 빈 의자와 불 꺼진 벽난로를 보고 있자니 속까지 서늘해지는 기분이었어요. 잠자리에 들고 나서도 한참 동안 잠이 오질 않았어요. 초조하고 신경이 곤두서서 괴롭더라고요. 바람이 점점 세차게 불기 시작했는데 제 귀에는 구슬픈 울음소리를 뒤덮으려는 것처럼 들렸어요. 그 울음소리가 집 안에서 들리는 건지 밖에서 들리는 건지 처음에는 분간이 되지 않았어요. 그런데 미심쩍고 애절한 소리가 바람이 잦아들 때마다 매번 제 귀를 자극했어요. 가만히 들어보니 멀리서 울부짖는 개 소리 같더라고요. 마침내 그 소리가 그치니까 마음이 놓였어요. 잠을 자는데 강풍이 부는 캄캄한 밤에 관한 꿈을 꿨어요. 저는 꿈에서도 당신과 함께 있고 싶었지만 우리 둘 사이에 어떤 장벽이 가로놓여 있다는 괴상하고 서글픈 생각이 들더라고요. 첫잠을 자는 동안 꿈속에서 구불구불 뻗어나간 미지의 길을 걸어갔어요. 사방이 어두웠고 빗방울이 제 몸을 사납게 때렸어요. 품에 아기까지 안고 있어서 너무 힘들더라고요. 아기는 무척 조그마했는데 너무 어리고 약해서 걷게 할 수도 없었어요. 아기는 제 차가운 품 안에서 덜덜 떨며 제 귀에 대고 구슬프게 울었어요. 그런데 저보다 한참 앞에서 걸어가는 당신 모습이 보이는 거예요. 저는 당신을 따라잡으려고 애를 썼어요. 당신 이름을 부르면서 제발 서라고 애원했지만 소용없었어요. 제 걸음은 점점 더 무거워지고 제 목소리는 알아들을 수 없을 정도로 조그맣게 잦아들었어요. 당신은 점점 더 멀어졌고요.”

“내가 이렇게 당신 곁에 있는데도 그 꿈 때문에 기분이 우울해요, 제인? 신경이 참 예민하네요! 슬픈 꿈은 그만 잊고, 행복한 현실만 생각해요! 날 사랑한다면서요, 재닛. 그래요. 난 그 사실을 잊지 않을 것이고, 당신도 부정할 수 없어요. 나를 사랑한다는 당신의 고백이 당신 입안에서만 머물다 사라지는 일은 없을 겁니다. 나는 그 말을 분명히 들었어요. 지나치게 엄숙한 것 같기도 했지만 음악처럼 달콤했죠. ‘당신과 함께 산다는 희망을 품을 수 있다는 것만으로도 영광이에요, 에드워드. 왜냐하면 당신을 사랑하니까요’라고 당신은 마음을 고백했죠. 나를 사랑합니까, 제인? 한 번 더 말해줘요.”

“사랑해요. 온 마음을 다해서 사랑해요.”

“그래요.” 그는 몇 분 동안 침묵하다가 다시 입을 열었다. “묘하네요. 당신의 그 말에 가슴이 아파요. 왜일까요? 당신이 그 말을 너무나 진실하게, 종교적인 힘을 담아서 했기 때문이 아닐까 싶은데. 지금 나를 올려다보는 당신의 눈빛에 믿음과 진실, 헌신이 숭고하게 담겨 있어요. 요정이 곁에 와 있는 것 같아서 부담스러울 지경이에요. 사악한 표정을 지어봐요, 제인. 어떻게 하는지 잘 알잖아요. 수줍어하면서도 도발적이고 사나운 미소를 내게 지어줘요. 나를 미워한다고 말해서 나를 안달하게 하고 속 끓이게 만들어요. 내 가슴을 아프게 하는 것만 아니면 뭐든 괜찮아요. 슬픔에 잠기느니 화는 내는 편이 나으니까."

"이 얘기를 마치고 나면 당신을 실컷 안달하게 하고 애태워드릴게요. 우선은 끝까지 들어주세요."

"얘기가 다 끝난 줄 알았어요, 제인. 당신이 우울해하는 이유가 꿈 때문이라고 생각해서."

나는 고개를 저었다.

"아니, 그럼 다른 이유가 또 있단 말입니까? 그다지 심각한 내용일 것 같지는 않은데. 미리 경고하지만 나는 그 꿈에 큰 의미를 부여하지 않을 겁니다. 계속해봐요."

그의 불안해하는 태도와 초조해하는 기색 때문에 나는 마음이 편치 않았지만 얘기를 계속해나갔다.

"잠시 후 또 다른 꿈을 꾸었어요. 꿈에서 손필드 홀은 완전히 폐허가 되어 박쥐와 올빼미 소굴이 되어 있었어요. 위풍당당하던 건물 정면에는 벽만 덩그러니 남아 있었고요. 높다란 건물은 금방이라도 무너질 것 같았어요. 저는 달빛 아래서 풀이 무성하게 자란 경내를 이리저리 돌아다녔어요. 그러다 대리석 벽난로에 부딪혀 휘청하기도 했고 무너진 천장 돌림띠에 걸려 넘어지기도 했죠. 저는 몸에 숄을 둘렀고 품에는 여전히 정체를 알 수 없는 아기를 안고 있었어요. 팔이 아프고 지쳤고 아기의 무게 때문에 편하게 걷기가 어려웠지만 도저히 내려놓을 수가 없었어요. 그때 저 멀리 길에서 말달리는 소리가 들려왔어요. 당신이구나 싶었죠. 당신은 수년 동안 머나먼 다른 나라에 가 있기 위해 떠나고 있었어요. 저는 위험한 줄 알면서도 미친 듯이 서둘러 얇은 담벼락을 붙잡고 기어 올라갔어요. 담장 너머로라도 당신 모습을 한 번 더 보고 싶어서요. 발로 디뎠던 돌멩이가 부서져 내리고 손으로 잡았던 담쟁이덩굴이 끊어지자 아기는 겁에 질려 제 목을 붙잡았어요. 숨이 막힐 지경이었죠. 저는 겨우 담장 위로 기어 올라갔어요. 당신은 하얀 길 끝에 자그마한 점처럼 보였고 그마저도 점점 멀어지고 있었어요. 세차게 부는 바람 때문에 계속 서 있을 수가 없어서 좁은 담장 위에 걸터앉았어요. 겁에 질린 아기를 무릎에 올려놓고 달랬죠. 당신은 방향을 돌려 옆으로 꺾인 또 다른 길로 향하고 있었어요. 저는 마지막으로 당신을 보려고 그리로 목을 길게 뻗었죠. 그 순간 담장이 무너지고 제 몸도 흔들렸어요. 아기도 무릎에서 굴러떨어졌고요. 저도 균형을 잃고 떨어진 바람에 잠에서 깨어났어요.”

“그래요, 제인. 잘 들었어요.”

“지금까지는 서론일 뿐이에요. 본론은 이제부터 시작이에요. 잠에서 깼는데 불빛에 눈이 부셨어요. 아침이 밝았구나! 생각했죠. 그런데 그게 아니었어요. 방에 촛불이 켜져 있었던 거예요. 저는 소피가 제 방에 들어온 줄 알았어요. 화장대 위에 촛불이 켜져 있었고, 잠자리에 들기 전 웨딩드레스와 면사포를 걸어둔 벽장문이 열려 있었어요. 그리고 그 안에서 부스럭거리는 소리가 들렸죠. 제가 물었어요. '소피, 거기서 뭐 해요?' 대답이 없었어요. 어떤 사람이 벽장 밖으로 나와서는 초를 높이 들어올리고 벽장 안에 걸린 옷을 살펴보고 있더라고요. 저는 다시 소리쳤어요. '소피! 소피!' 상대는 여전히 대답이 없었어요. 저는 침대에서 일어나 몸을 앞으로 기울였어요. 처음에는 무척 놀랐고 그 후에는 당혹스러웠어요. 그리고 온몸의 피가 얼어붙었죠. 로체스터 씨, 그 사람은 소피가 아니었어요. 리아도 아니고, 페어팩스 부인도 아니었어요. 그리고 괴상한 그레이스 풀도 아니었어요. 저는 확실히 봤어요. 지금도 분명히 그렇게 생각해요."

"그 사람들 중 하나였을 겁니다."

"아뇨, 절대 아니라고 확신해요. 제 앞에 선 그 사람은 지금까지 손필드 홀 안에서 한 번도 마주친 적이 없는 사람이었어요. 키도 그렇고 몸의 윤곽도 낯설었어요."

"자세히 설명해봐요, 제인."

"키가 크고 몸집이 큰 여자 같았어요. 등 뒤로 검은 머리카락을 치렁치렁하게 늘어뜨렸더라고요. 어떤 옷을 입었는지는 모르겠어요. 희고 주름이 없는 옷 같았어요. 그게 가운인지 시트인지 수의인지는 구분이 되지 않았어요."

"얼굴은 봤습니까?"

"처음에는 잘 못 봤어요. 그 여자는 벽장에서 면사포를 꺼내더니 손에 들고 한참 바라보더라고요. 그리고 자기 머리에 쓰고는 거울을 향해 돌아섰어요. 그 순간 저는 길쭉하고 어두운 거울 속에서 얼굴과 전체적인 모습을 또렷하게 볼 수 있었어요."

"생김새가 어땠습니까?"

"유령처럼 무시무시했어요. 아, 그런 얼굴은 처음 봤어요! 완전히 변색된 얼굴인 거예요. 야만인의 얼굴 같았어요. 눈은 시뻘겋고 얼굴은 시커멓게 부풀어 올랐어요!"

"유령이라면 보통 얼굴이 허옇잖아요, 제인."

"그런데 그 유령의 얼굴은 보라색이었어요. 입술은 퉁퉁 붓고 시커먼 색이었고요. 이마에는 주름이 깊게 잡혔고 충혈된 눈 위로 검은 눈썹이 사납게 치켜 올라가 있었어요. 그걸 보고 뭐가 떠올랐는지 아세요?"

"말해봐요."

"무시무시한 독일 유령이요. 흡혈귀 말이에요."

"아! 그 여자가 무슨 짓을 했습니까?"

"그 여자는 수척한 머리에서 면사포를 벗더니 반으로 찢어서 바닥에 내던지고 발로 밟았어요."

"그 후에는?"

"창문의 커튼을 젖히고 밖을 내다보더라고요. 그 후에 초

564

를 들고 문 쪽으로 간 걸 보면, 동이 트고 있다는 걸 안 것 같았어요. 여자는 제 침대 옆에 와서 섰어요. 사나운 눈으로 저를 노려보더라고요. 초를 제 얼굴에 가까이 가져다 대더니 제 눈앞에서 훅 불어 껐어요. 소름 끼치게 무서운 얼굴이 제 얼굴을 내려다보자 저는 그만 기절하고 말았어요. 제 평생 두 번째로 기절한 거였네요. 너무 무서워서 의식의 끈을 놓고 말았어요."

"정신을 차렸을 때 옆에 누가 있었습니까?"

"아무도 없었어요. 날이 훤하게 밝아 있었죠. 일어나서 머리를 감고 세수를 한 뒤 물을 한참 마셨어요. 기절을 했더니 몸에 기운은 없었지만 병이 나진 않았어요. 저는 당신 말고는 누구에게도 그 여자에 대해 말하지 말아야겠다고 결심했어요. 그 여자가 누구인지, 정체가 무엇인지 이제 말해주세요."

"지나치게 큰 자극을 받은 뇌가 만들어낸 허상이 아닐까 싶은데요. 아마 그럴 겁니다. 보물 같은 당신에게 내가 좀 더 신경을 써야겠군요. 당신처럼 예민한 사람을 거칠게 다루면 안 되니까요."

"저는 특별히 예민한 편이 아니에요. 그리고 그 여자는 허상이 아니라 실제로 존재하는 사람이었어요. 그 사건도 현실에서 일어난 일이었고요."

"그 전에 당신이 꾸었다는 꿈들도 현실인가요? 손필드 홀이 폐허가 된 것도? 도저히 넘을 수 없는 장애물 때문에 내가 당신과 헤어졌습니까? 내가 눈물 한 방울 흘리지 않고, 입 맞춤도 없이, 말 한마디 하지 않고 당신을 두고 떠났어요?"

"아직은 아니죠."

"내가 조만간 그렇게 한다는 겁니까? 우리 두 사람을 완전하게 결합시켜줄 날이 이미 시작됐어요. 우리가 결혼해서 하나가 되면 당신은 그런 정신적 공포감을 다시는 느낄 일이 없을 겁니다. 내가 보장해요."

"정신적 공포감이라뇨! 저도 그런 거였으면 좋겠어요. 그렇게 믿고 싶어요. 당신이 그 무시무시한 방문객에 대해 제대로 설명을 못 하시니 더 불안하네요."

"실재하는 사람이 아니니 설명을 할 수가 없는 겁니다, 제인."

"오늘 아침에 일어나서 저도 저 자신에게 이건 현실이 아니라고 설득하면서 방 안을 둘러봤어요. 훤한 햇살이 비춰들고 있으니 익숙한 물건들을 보면서 용기를 내고 위로받을 작정이었죠. 그런데 그게 잘못된 생각임을 보여주는 증거가 카펫 위에 놓여 있었어요. 위에서부터 아래까지 반으로 쭉 찢어진 면사포가 카펫에 떨어져 있더라고요!"

로체스터 씨가 몸을 떨었다. 그는 얼른 두 팔로 나를 끌어안았다.

"맙소사! 어젯밤에 악의에 찬 어떤 존재가 당신에게 접근했는데 해를 입힌 게 면사포뿐이라면 정말 다행입니다. 아, 당신에게 무슨 일이라도 생겼으면 어쩔 뻔했는지!"

그가 숨을 몰아쉬며 나를 더 바짝 끌어안는 바람에 나는 숨이 막혔다. 그는 잠시 침묵하다가 유쾌한 목소리로 말했다.

"그래요, 재닛. 다 설명할게요. 반은 꿈이고 반은 현실이었어요. 어떤 여자가 당신 방에 들어간 건 아마 사실일 겁니다. 그레이스 풀이 들어간 게 분명해요. 당신도 그레이스를 이상한 여자라고 한 적 있잖아요. 알다시피 그레이스는 이상한 여자로 불릴 만한 이유가 있기는 하죠. 나한테 한 짓도 있고, 메이슨 씨에게도 몹쓸 짓을 한 적이 있으니. 당신은 비몽사몽간에 그레이스가 방으로 들어와 그런 짓을 한 걸 봤을 겁니다. 하지만 몸에 열이 나서 의식이 혼미하니 그레이스를 실제와 달리 괴물처럼 인식했겠죠. 길게 풀어헤친 머리, 퉁퉁 부은 검은 얼굴, 어마어마하게 큰 키 같은 건 상상의 산물이고 악몽의 결과예요. 면사포를 찢은 건 현실이고요. 그레이스 풀다운 짓입니다. 왜 그런 여자를 내 집에 두고 있는지 묻고 싶겠죠. 우리가 결혼식을 올리고 1년 정도 지나면 이유를 말해줄게요. 지금은 말할 수가 없습니다. 이만하면 만족스러운 설명이 됐죠, 제인? 수수께끼 같은 사건에 대한 내 설명이 받아들일 만해요?"

나는 생각을 해보았다. 그가 한 설명 외에 다른 설명은 가능할 것 같지 않았다. 만족스럽지는 않았지만, 그를 흡족하게 해주기 위해 그의 설명을 받아들이겠다고 대답했다. 어찌 됐든 설명을 듣고 나니 마음이 놓이기도 했다. 나는 만족스러운 미소를 지어 보였다. 새벽 1시가 넘은 지 한참 되었으니 이제 그를 두고 내 방으로 돌아가야 했다.

초에 불을 켜는데 그가 물었다.

"소피가 유아실에서 아델과 함께 자고 있습니까?"

"예."

"아델의 침대가 작기는 하지만 당신도 체구가 작으니 같이 잘 수 있을 겁니다. 오늘 밤에는 아델과 한 침대에서 자도록 해요, 제인. 방금 말한 사건 때문에 신경이 곤두서 있을 것 같은데, 이런 날에는 혼자 자지 않는 편이 좋아요. 유아실에 가서 자겠다고 약속해줘요."

"그렇게 할게요."

"안에서 문을 단단히 잠그고 자도록 해요. 위층으로 올라가서, 내일 적당한 시간에 깨워달라고 부탁하는 척을 하면서 소피를 깨워요. 아침 8시 전에 당신이 옷을 입고 아침 식사를 마쳐야 하는 건 사실이니까. 더 이상 칙칙한 생각은 하지 말아요. 근심은 다 날려버려요, 재닛. 바람의 부드러운 속삭임이 들리죠? 창문을 두드려대던 빗소리는 더 이상 들리지 않는군요. (그가 커튼을 들어올리며 말했다.) 저기 좀 봐요. 참 아름다운 밤이에요!"

그랬다. 하늘의 절반은 맑고 구름 한 점 없었다. 바람에 떠밀려 서쪽으로 흘러갔던 구름들은 기다란 은빛 기둥 모양을 한 채로 동쪽으로 줄지어 이동하고 있었다. 달도 평화롭게 빛났다.

로체스터 씨는 내 눈을 들여다보며 물었다.

"기분이 어때요, 나의 재닛?"

"평화로운 밤이네요. 제 마음도 그래요."

"그럼 오늘 밤은 이별하고 슬퍼하는 꿈 대신, 행복하게 사랑하고 기쁘게 재회하는 꿈을 꾸겠군요."

그의 예상은 반만 실현됐다. 그날 아예 잠을 자지 않았기에 슬픈 꿈도, 기쁜 꿈도 꾸지 않았다. 어린 아델을 품에 안고 잠든 모습을 바라보았다. 너무나도 편안하고 조용하고 순진 무구하게 잠든 모습이었다. 그렇게 날이 밝기를 기다렸다. 내 안의 생명력이 활짝 깨어나 몸 안을 채웠다. 일출과 함께 나도 눈을 떴다. 침대에서 일어서려는데 아델이 나를 꼭 붙들었다. 내 목을 감은 아델의 작은 손을 풀며 뽀뽀를 해주었다. 그러다 문득 알 수 없는 감정에 휩싸여 울음을 터뜨리고 말았다. 내 흐느낌에 곤히 잠든 아델을 깨우게 될까 봐 얼른 아델을 두고 그 방을 나섰다. 아델은 내 과거의 상징과도 같았다. 그리고 지금 내가 만나러 가는 남자는, 두려움의 대상이자 숭배의 대상인 그 남자는 알 수 없는 내 미래의 상징이었다.

26

아침 7시에 소피가 내게 옷을 입혀주러 왔다. 소피는 꽤 오랜 시간을 들여 임무를 수행했다. 너무 오래 걸리자 조바심이 난 로체스터 씨가 왜 안 내려오느냐고 재촉하려고 사람을 올려보내기까지 했다. 소피가 브로치를 이용해 내 머리에 면사포 (자수를 놓지 않은 옅은 색의 사각형 레이스 면사포)를 고정해주고 있는데 나는 서둘러 내려가려고 발부터 움직였다. 소피가 프랑스어로 외쳤다.

"잠깐만요! 거울을 좀 보고 가세요. 아직 한 번도 안 봤잖아요."

나는 문 앞까지 갔다가 되돌아왔다. 거울 속에 웨딩드레스를 입고 면사포를 머리에 쓴 내 모습이 보였다. 평소의 나와 너무 다른 모습이라 낯설게 느껴졌다. 아래층에서 "제인!"하고 부르는 소리가 들려 나는 서둘러 내려갔다. 로체스터 씨가 계단 아래쪽에서 기다리고 있었다.

"왜 이렇게 오래 걸려요! 나는 초조해서 머리에 불이 붙을 지경인데 당신은 한가롭군요!" 그는 나를 식당으로 데리고 들어가 온몸을 훑어보며 말했다. "백합처럼 곱네요. 내 인생의 자부심이자 내 눈을 즐겁게 하는 모습 그 자체예요."

그러고는 10분 내에 아침 식사를 마쳐야 한다고 지시하며 종을 울렸다. 그가 최근에 고용한 하인이 종소리를 듣고 왔다.

"존에게 마차를 준비하라고 했지?"

"예."

"짐은 가지고 내려갔나?"

"지금 가져가고 있습니다."

"당장 성당으로 가서 우드 신부님이 계신지 확인하고 와."

독자 여러분도 알다시피 성당은 손필드 홀 사유지 바깥에 있었다. 하인은 곧장 나갔다가 얼마 후 돌아와 보고했다.

"우드 신부님은 제의실에서 중백의를 입고 계십니다."

"마차는?"

"말들에게 마구를 채우는 중입니다."

"마차를 성당에 가져다놓을 필요는 없어. 우리가 돌아오자마자 바로 떠날 수 있게 준비해놓으라고 해. 상자와 짐 가방을 마차에 싣고 끈으로 묶어둬. 마부는 마부석에서 대기하라고 하고."

"예."

"제인, 준비됐어요?"

나는 의자에서 일어섰다. 신랑 들러리도, 신부 들러리도, 친척도, 사회자도 없이 로체스터 씨와 나뿐인 결혼식이었다. 우리가 집 밖으로 나가는데 페어팩스 부인이 홀에 멀거니 서 있었다. 나는 부인에게 말을 걸고 싶었지만 강철처럼 강한 손아귀에 붙잡혀 있어 그럴 수가 없었다. 나는 성큼성큼 걸어가는 그의 발걸음을 쫓아 잰걸음으로 따라갔다. 로체스터 씨의 표정을 보니 페어팩스 부인에게 말을 거느라 1초라도 허비하는 일은 절대 용납하지 않을 듯했다. 원래 결혼식 날 신랑들의 표정이 다 그런지 궁금했다. 그는 오로지 한 가지 목적만을 위해 달리는 사람처럼 굳은 결심을 한 표정이었다. 변함없이 굳건한 이마 아래로는 마치 불을 내뿜는 듯 번뜩이는 두 눈이 자리했다.

그날 날씨가 맑았는지 궂었는지는 기억나지 않는다. 진입로를 따라 내려가면서 하늘이나 땅을 살펴볼 여유가 없었다. 내 심장과 눈 모두 오직 로체스터 씨를 향해 있었다. 함께 성당으로 걸어가는 동안 그가 그토록 사나운 눈길로 응시하던, 눈에 보이지 않는 대상이 대체 무엇인지 알고 싶었다. 그가 대체 어떤 생각으로 그 대상에 온 힘으로 맞서고 있는지도 알고 싶었다.

내가 숨 가빠하는 것을 알아챘는지 그는 성당의 쪽문 앞에서 걸음을 멈췄다.

"내가 사랑하는 당신을 너무 모질게 끌고 가고 있군요. 잠시 쉬었다가 갑시다. 나한테 기대요, 제인."

내 앞에 평화롭게 솟아 있던 고색창연한 회색빛 성당이 지금도 생생하게 기억난다. 성당의 첨탑 주변을 맴돌던 까마귀 한 마리, 불그스름한 아침 하늘. 초록색을 띤 성당 묘지의 봉분들. 그리고 야트막한 봉분들 사이를 하릴없이 돌아다니다가 이끼 낀 묘비들에 새겨진 글귀를 읽곤 하던 낯선 두 남자. 그들이 성당 뒤쪽으로 돌아가면서 먼저 우리를 쳐다보는 바람에 나도 그들이 그곳에 있음을 알아챘다. 나는 그들이 성당 옆문을 통해 안으로 들어가 우리의 결혼식을 보러 들어올 거라고는 생각하지 않았다. 로체스터 씨는 그들의 존재조차 알아채지 못했다. 그는 오직 내 얼굴을 바라보느라 여념이 없었다. 아마 내 얼굴이 창백해졌기 때문일 것이다. 이마에 땀이 맺히고 뺨과 입술이 차가워졌다. 그러다 곧 내가 원기를 회복하자 그는 성당 입구를 향해 뻗은 길로 나를 천천히 이끌었다.

우리는 고요하고 소박한 성당 안으로 발을 들여놓았다. 중백의를 입은 신부가 야트막한 제단 앞에 서 있었고 그 옆에는 성당 서기가 자리하고 있었다. 사방이 고요했다. 저 멀리 구석진 곳에서 두 사람의 그림자만 슬며시 움직였다. 내 추측이 맞았다. 방금 본 낯선 두 남자가 우리보다 먼저 성당 안에 들어와 있었다. 그들은 우리에게 등을 보인 채 로체스터 가문의 납골당 앞에 서서 난간 너머로 오래된 대리석 묘비를 들여다보고 있었다. 무릎 꿇은 천사 조각상이 내전(1642~1646, 1648~1652. 찰스 1세와 국회의 싸움-옮긴이) 중에 마스턴 무어에서 죽임을 당한 데이머 드 로체스터와 그의 부인 엘리자베스의 유해를 지키고 있었다.

우리 자리는 영성체대 난간 앞이었다. 뒤에서 조심스럽게 다가오는 발소리에 나는 흘끗 뒤돌아보았다. 두 낯선 남자들 중 한 명이 성단소를 향해 걸어오고 있었다. 예식이 시작됐다. 결혼의 의미에 대한 설명을 마친 신부는 앞으로 한 걸음 나와 로체스터 씨에게 고개를 살짝 숙인 후 말을 이었다.

"두 사람에게 요구합니다. (가슴 속에 담아둔 비밀이 모두 밝혀지는 무서운 심판의 날처럼 솔직하게 대답하십시오.) 둘 중 한 명이라도 결혼을 통해 합법적으로 결합할 수 없는 사유가 있다면 이 자리에서 고백하시기 바랍니다. 하느님의 말씀이 아닌 다른 방식으로 결합하는 이들도 많이 있습니다만, 그런 결혼은 합법적인 것으로 인정받지 못합니다."

신부는 관습대로 잠시 뜸을 들였다. 신부의 이 질문에 대해 굳이 나서서 혼인이 불가능한 사유를 밝힐 사람이 있을까? 100년에 한 번 있을까 말까 한 일일 것이다. 신부는 성서에서 눈을 들지도 않고 잠시 숨을 고른 뒤 예식을 마저 진행해나갔다. 그는 로체스터 씨에게 한 손을 뻗은 채 입을 열었다.

"이 여자를 아내로 맞이하겠습니까?"

그때 가까이에서 누군가 분명한 목소리로 말했다.

"이 결혼은 이루어질 수 없습니다. 혼인 불가 사유가 있습니다."

신부가 고개를 들어 그 말을 한 사람을 쳐다보았다. 서기도 말없이 그 사람을 멀뚱히 바라보았다. 로체스터 씨는 발밑에서 지진이라도 난 것처럼 몸이 약간 휘청하다가 발로 바닥을 확고하게 디뎠다. 그는 고개를 돌리거나 뒤를 돌아보지도 않은 채 신부에게 말했다.

"계속 진행하시죠."

로체스터 씨가 낮고 굵은 목소리로 이 말을 뱉은 순간 무거운 정적이 깔렸다. 우드 신부가 말했다.

"혼인 불가 사유가 있다는 주장의 진위를 가리기 전까지는 결혼식을 진행할 수 없습니다."

조금 전 우리 뒤에서 들려온 목소리가 다시 말했다.

"이 결혼식은 불가합니다. 저는 제 주장을 입증할 수 있습니다. 이 결혼이 절대 성사될 수 없는 사유가 분명히 존재합니다."

로체스터 씨는 그 말을 듣고도 못 들은 척 고집스럽게 서 있었다. 그는 뒤를 돌아보지도 않고 내 손을 놓지도 않았다. 내 손을 잡은 그의 손이 어찌나 뜨겁고 강하던지! 그 순간 희고 단단하며 거대한 그의 이마는 마치 깎아놓은 대리석 조각 같았다! 그의 두 눈은 사방을 경계하며 사납게 번뜩였다!

우드 신부는 어쩔 줄 몰라 하며 물었다.

"이 결혼이 불가한 이유가 무엇입니까? 극복할 수 있는, 어쩌면 해결이 가능한 사유는 아닌가요?"

"전혀요. 저는 이 결혼이 절대 성사될 수 없다고 보고 있습니다. 심사숙고해서 드리는 말씀입니다."

그 말을 한 사람이 영성체대 난간 앞으로 다가섰다. 그는 목청을 높이지도 않고 분명하고 차분하며 힘 있게 말을 이었다.

"그 이유는 로체스터 씨가 이미 결혼을 했기 때문입니다. 로체스터 씨의 부인이 현재 살아 있습니다."

천둥소리에도 진동한 적 없는 내 온몸의 신경이 나지막하게 내뱉은 그의 말에 진동했다. 내 피는 서리나 불 앞에서도 느껴본 적 없는 미묘한 폭력을 그의 말에서 감지해냈다. 하지만 나는 침착을 유지했고 기절할 위험도 없었다. 나는 로체스터 씨를 바라보았다. 그리고 그가 나를 쳐다보게 만들었다. 그의 얼굴은 핏기 하나 없이 돌처럼 굳어 있었다. 두 눈에는 부싯돌처럼 불꽃이 튀었다. 그는 그 남자의 말을 부인하지 않았다. 표정으로는 부인하는 듯했지만 입 밖으로는 표현하지 않았다. 그는 말없이, 미소도 짓지 않고, 내 허리를 팔로 감싸 자기 옆에 붙여놓기만 했다. 그 순간 나를 사람으로 인식하는 것 같지도 않았다.

로체스터 씨가 침입자에게 물었다.

"당신은 누구죠?"

"브릭스라고 합니다. 런던 ○○거리에 사무실을 둔 변호 사입니다."

"나한테 아내가 있다고요?"

"당신에게 부인이 있다는 사실을, 법적으로 인정받은 부 인이 존재한다는 사실을 상기시켜드리는 것뿐입니다. 당신은 인정하지 않고 있지만요."

"그렇다면 그 부인이라는 여자에 대해 설명해보시죠. 그 여자의 이름과 부모, 사는 곳을 대봐요."

"그러죠."

브릭스는 주머니에서 차분하게 종이 한 장을 꺼내 비록 코맹맹이 목소리이긴 하지만 사무적인 말투로 읽어내려갔다.

"서기 ××××년 10월 20일(15년 전의 날짜) 자메이카 스 패니쉬 타운의 ○○성당에서, 영국 ○○주의 손필드 홀과 영 국 ○○주 펀딘 저택의 주인 에드워드 페어팩스 로체스터가 상인 조니스 메이슨과 크리올 사람(특히 서인도 제도에 사는, 유럽인 과 원주민의 혼혈인-옮긴이)인 그의 아내 앙투아네트의 딸이자 내 여동생인 버사 앙투아네트 메이슨과 결혼했다는 사실을 확인 하고 증명하는 바입니다. 이 결혼 증서는 그 성당의 기록 보관 소에 보관 중이고, 제가 가지고 있는 것은 그 사본입니다. 리 처드 메이슨의 서명이 기재되어 있죠."

"그 증서가 진짜라면 내가 결혼했다는 사실을 증명할 수

있을지도 모르겠군요. 하지만 그 증서에 언급된 내 아내라는
여자가 아직 살아 있다는 증거는 어디에도 없습니다."

변호사 브릭스가 말했다.

"그분은 석 달 전까지만 해도 살아 있었습니다."

"그걸 당신이 어떻게 알죠?"

"증인이 있습니다. 그분의 증언은 당신도 부정할 수 없을
겁니다."

"데려와봐요. 못 하겠으면 지옥으로나 꺼지든지."

"그분은 지금 이 자리에 와 계십니다. 리처드 메이슨 씨,
앞으로 나오시죠."

그 이름을 듣고 로체스터 씨는 이를 악물었다. 그는 마치
발작이라도 하는 것처럼 몸을 떨었다. 바로 옆에 선 나는 그
가 분노와 절망으로 덜덜 떨고 있음을 느낄 수 있었다. 지금까
지 뒤에 서 있던 또 다른 낯선 남자가 앞으로 나섰다. 변호사
의 어깨 너머로 그들을 쳐다보는 창백한 얼굴의 남자가 바로
메이슨이었다. 로체스터는 고개를 돌려 메이슨을 노려보았
다. 내가 종종 말했다시피 로체스터의 눈동자는 검은색을 띠
었는데, 지금은 그 검은색에 황갈색, 아니 피처럼 붉은 기운이
깃들었다. 황갈색 뺨과 창백한 이마도 벌겋게 달아올랐다. 가
슴 속 울화가 몸 구석구석으로 퍼져나가는 듯했다. 마침내 로
체스터 씨는 몸을 움직여 강인한 팔을 들어올렸다. 그 팔로 메
이슨을 때리거나 성당 바닥에 쓰러뜨리고 무자비하게 짓눌러

숨통을 조를 수도 있었을 것이다. 겁을 먹은 메이슨이 조그맣게 "맙소사!"라고 외치며 움츠러들었다. 로체스터 씨의 얼굴에 차가운 경멸이 스치고 지나갔다. 활활 타올랐던 격분이 잎마름병처럼 사그라지는 모습이었다. 로체스터 씨가 물었다.

"할 말이라는 게 뭐지?"

메이슨이 창백한 입술을 열어 들릴 듯 말 듯한 목소리로 웅얼거리자 로체스터 씨가 목청을 높였다.

"할 말 있으면 똑바로 해. 왜 말을 제대로 못 해?"

그러자 신부가 끼어들었다.

"로체스터 씨, 이곳이 성스러운 곳임을 잊으시면 안 됩니다." 신부는 메이슨을 돌아보며 부드럽게 물었다. "로체스터 씨의 부인이 살아 있다는 걸 알고 계십니까?"

변호사가 재촉했다.

"용기를 내서 말하세요."

메이슨은 좀 더 분명하게 목소리를 냈다.

"지금 손필드 홀에 살고 있습니다. 지난 4월에 거기서 봤어요. 제가 오빠입니다."

신부가 소리쳤다.

"손필드 홀이라니! 불가능합니다. 내가 이 동네에서 오래 살았는데, 손필드 홀에 로체스터 부인이 살고 있다는 얘기는 들어본 적이 없어요."

로체스터 씨의 입술이 비딱하게 일그러졌다. 그는 차가

운 미소를 지으며 중얼거렸다.

"절대 못 들어봤겠지! 누구도 그 여자의 이름을 듣지 못하게, 그 이름을 가진 여자에 대해 듣지도 못하게 내가 잘 관리했으니까."

그는 10분 가까이 속으로 고민을 거듭하는 눈치였다. 그러다 마침내 결심을 굳히고 입을 열었다.

"됐습니다! 총신에서 총알이 발사되듯 다 털어놓겠습니다. 우드 신부님, 성서를 덮고 중백의도 벗으세요. 존 그린(성당 서기), 당장 이 성당에서 나가게. 오늘 결혼식은 없어."

서기는 곧장 성당 밖으로 나갔다.

로체스터 씨는 대담하고 저돌적으로 말을 이었다.

"이중 결혼이라는 건 참 더러운 단어죠! 내가 바로 그 이중 결혼을 하려고 했습니다. 하지만 운명이 가로막는군요. 하느님의 섭리가 나를 방해했거나요. 아마도 후자겠죠. 지금 나는 악마와 다름없는 놈이 됐습니다. 저기 있는 우드 신부도 아마 나를 하느님의 가장 가혹한 심판을 받아 마땅한 자라고 말씀하시겠죠. 꺼지지 않는 지옥 불에서 고통받고 죽지 않는 벌레들에게 고문당해야 마땅하다고 말입니다. 여러분, 내 계획은 끝장이 났습니다! 이 변호사와 그의 고객이 한 말은 다 사실이에요. 나는 결혼을 했고, 나와 결혼했던 여자는 아직 살아 있습니다! 우드 신부님은 저 위의 저택에 로체스터 부인이 산다는 얘길 들어본 적 없다고 했는데, 그 집에서 정체를 알 수 없는 미친 여자가 감시받으며 갇혀 살고 있다는 소문은 들어봤을 겁니다. 그 미친 여자가 사생아로 태어난 내 배다른 여동생이라는 소문도 있고, 내가 갖고 놀다 버린 정부라는 소문도 있죠. 정확히 말씀드리자면 그 미친 여자가 바로 15년 전에 나와 결혼한 아내입니다. 이름은 버사 메이슨이죠. 지금 팔다리를 덜덜 떨고 얼굴에 핏기 하나 없지만, 용감한 남자의 표본처럼 단호한 결심을 하고 여기 나타난 이 남자의 여동생입니다. 기운 내, 리처드! 날 두려워할 필요 없어! 자네는 여자같아서 때리고 싶지도 않아. 버사 메이슨은 미쳤습니다. 광증이 그 여자의 집안 내력이죠. 삼대째 멍청이와 미치광이를 배출한 집안이에요! 크리올 사람인 버사의 어머니도 머리가 돌았고 술고래였습니다! 그 딸과 결혼하고 난 후에 알게 된 사실이죠. 결혼 전까지 그 집 가족들은 그 사실을 비밀에 부쳤습니다. 버사는 모친의 두 가지 면을 고스란히 빼닮았습니다. 처음에는 좋은 배우자였어요. 순수하고 현명하고 겸손했죠. 그때는 행복했습니다. 나름대로 즐거운 시간을 보내기도 했어요! 아! 여러분이 이해할 수 있을지 모르겠지만 천국에서 사는 듯한 기분을 느껴보기도 했습니다! 여기서 더 자세한 설명은 할 필요가 없겠죠. 브릭스 씨, 우드 신부님, 메이슨, 여러분을 내 집으로 초대할 테니 다 같이 그레이스 풀 부인의 환자를 보러 갑시다. 바로 내 아내 말입니다! 내가 어떤 사기 결혼을 당했는지 직접 가서 보세요. 내가 그 결혼 서약을 깨고, 적어도 인간적인 교감을 할 수 있는 여자와 다시 잘 살아볼 권리가 있는지 직접 판단해보세요. 여기 있는 이 여자는……"

그는 나를 바라보며 말을 이었다. "신부님과 마찬가지로 그 더러운 비밀에 대해 전혀 알지 못했습니다. 이 결혼이 아무 문제 없고 합법적이라고 여겼을 겁니다. 자기가 사기꾼과의 이중 결혼이라는 덫에 걸려들었을 줄은 꿈에도 생각 못했겠죠. 그 사기꾼이 불쾌하고 정신 나간, 야수나 다름없는 파트너에게 매여 있다는 것도 몰랐을 테고요! 자, 다들 따라와요!"

그는 내 손을 꼭 잡고 성당을 나섰다. 뒤에서 세 명의 신사가 우리 뒤를 따라왔다. 손필드 홀 현관문 앞에 마차가 세워져 있었다.

로체스터 씨가 냉랭하게 말했다.

"마차를 차고에 도로 갖다 둬, 존. 오늘 쓸 일 없어."

저택 안으로 들어가자 페어팩스 부인과 아델, 소피, 리아가 우리를 맞이했다.

로체스터 씨가 말했다.

"다들 뒤로 돌아! 축하 인사는 필요 없으니 다들 방에 들어가 있어! 누가 축하 인사 받겠대? 난 아니야! 15년이나 늦은 인사라고!"

로체스터 씨는 내 손을 잡은 채 그들 앞을 지나 계단을 올라가기 시작했다. 그의 손짓에 세 남자도 뒤따라 계단을 올라갔다. 첫 번째 계단을 올라간 우리는 복도를 지나서 3층으로 향했다. 로체스터 씨가 마스터키(건물 내의 여러 자물쇠를 열 수 있는 열쇠-옮긴이)로 높이가 낮은 검은 문을 열었다. 그는 우리를 벽걸이 융단이 내리 덮인 방으로 데려갔다. 커다란 침대와 그림이 그려진 캐비닛이 있는 방이었다.

로체스터 씨가 안내하며 말했다.

"자네는 이 방을 알 거야, 메이슨. 그 여자가 여기서 자네를 물어뜯고 칼로 찔렀잖아."

로체스터 씨가 벽걸이 융단을 치우자 그 뒤에 또 다른 문이 나타났다. 그는 그 문도 열었다. 창문 하나 없는 방 안, 높고 튼튼한 난로망 너머 벽난로의 불이 활활 타고 있었다. 천장에 연결된 사슬에는 램프가 하나 매달려 있었다. 그레이스 풀이 허리를 굽히고 벽난로 위에서 냄비에 무언가를 담아 요리하는 중이었다. 방 저쪽 끄트머리, 짙은 그림자가 진 곳에 어떤 사람이 빠르게 왔다 갔다 움직이고 있었다. 처음 봤을 때는 짐승인지 사람인지 구분이 되지 않았다. 그것은 네발로 기어 다녔고, 괴상한 야생 동물처럼 물건을 낚아채 들고 으르렁거렸다. 그런데 가만히 보니 옷을 입은 모습이었다. 말갈기처럼 길고 숱 많은 반백의 머리카락이 머리와 얼굴을 뒤덮었다.

로체스터 씨가 말했다.

"좋은 아침입니다, 풀 부인! 어때요? 당신 환자는 오늘 상태가 어떻습니까?"

"그럭저럭 괜찮습니다, 주인님. 감사합니다." 그레이스는

583

부글부글 끓는 냄비를 벽난로 옆 선반에 올려놓으며 말했다.

"물려고 덤벼드는 경향이 다소 보이지만 심하지는 않습니다."

하지만 미친 여자는 자신에게 호의적인 보고가 거짓임을 드러내기라도 하려는 듯이 사납게 울부짖는 소리를 냈다. 옷을 입은 하이에나 같은 그 여자는 뒷다리로 바닥을 딛고 일어섰다.

그레이스가 말했다.

"아! 주인님. 주인님을 봤어요! 어서 나가시는 게 좋겠어요."

"몇 분만 있다가 나가겠습니다, 그레이스. 몇 분이면 됩니다."

"조심하세요! 맙소사, 제발 조심하세요!"

미친 여자가 울부짖더니 텁수룩한 머리카락을 옆으로 치우고 방문객들을 사납게 노려보았다. 나는 보라색 얼굴과 퉁퉁 부은 이목구비를 알아보았다. 그레이스가 앞으로 나서자, 로체스터 씨가 그레이스를 옆으로 밀어냈다.

"비켜요. 지금 저 여자가 칼을 안 갖고 있죠? 나도 방어할 수 있습니다."

"뭘 갖고 있는지는 아무도 몰라요. 아주 교활해요. 어떤 방법을 쓸지 사람 머리로는 알 수 없을 정도예요."

메이슨이 기어들어가는 목소리로 말했다.

"이만 나가는 게 좋을 것 같은데요."

그러자 로체스터 씨가 외쳤다.

"지옥으로나 꺼져!"

"조심하세요!"

그레이스의 외침에 세 명의 신사들은 동시에 뒤로 물러섰다. 로체스터 씨는 나를 자기 뒤로 보냈다. 미친 여자가 순식간에 달려들더니 로체스터 씨의 목을 사납게 움켜잡고 그의 뺨에 이빨을 꽂아 넣었다. 둘은 바닥에 나뒹굴었다. 여자는 몸집이 큰 편이었다. 키도 남편과 비슷했고 상당히 비대했다. 여자는 남자 못지않은 힘으로 덤벼들었다. 운동선수에 가까운 체력을 가진 로체스터 씨의 목을 몇 번이나 조르고 짓눌렀다. 로체스터 씨는 주먹을 제대로 꽂아 넣으면 충분히 제압할 수 있을 텐데도 때리지 않고 방어만 하고 있었다. 마침내 그는 여자의 두 팔을 붙잡았다. 그레이스 풀이 달려와 끈을 건네자 그는 여자의 양손을 뒤로 모아 끈으로 결박했다. 그리고 근처에 있던 밧줄로 여자를 의자에 묶어놓았다. 그동안 여자는 악을 썼고 발작적으로 몸을 흔들어댔다. 로체스터 씨는 구경꾼들을 돌아보며 신랄하고 씁쓸한 미소를 지었다.

"이 사람이 내 아내입니다. 조금 전에 보신 싸움이 내가 아는 유일한 부부간의 포옹이죠. 내가 여가 시간에 이 여자와 할 수 있는 대단한 애정 표현이란 말입니다! 그래서 난 이 사람(그는 이 말을 하며 내 어깨에 손을 얹었다), 이 아가씨와 함께하고 싶었습니다. 지옥의 문턱에서 패악을 떠는 이 악마를 조용하고 엄숙하게 지켜보고 서 있는 이 아가씨요. 나는 끔찍했던 라구(고기와 야채에 갖은 양념을 하여 끓인 음식 – 옮긴이) 다음으로 색다른 음식을 원했고, 그게 바로 이 아가씨였던 것입니다. 우드 신부님, 브릭스 변호사, 이 두 사람이 얼마나 다른지 당신들 눈으로 똑바로 보세요! 이 맑은 눈동자와 저 시뻘건 눈을 보란 말입니다. 저 악마의 가면 같은 얼굴과 어마어마한 덩치를 잘 봐요. 잘 보고 나서 복음을 전하는 사제와 법을 다루는 변호사답게 나에 대해 판단을 내리세요. 단, '남을 판단하지 마라. 그러면 너희도 판단받지 않을 것이다(마태복음 7장 2절 – 옮긴이)'라는 말씀은 잊지 마시고요! 이제 나가세요. 나는 소중한 보물인 아내의 입을 틀어막아야 하니까."

우리는 모두 그 방에서 물러났다. 로체스터 씨는 그 방에 좀 더 머물며 그레이스 풀에게 이런저런 지시를 내렸다. 변호사는 계단을 내려가면서 내게 말했다.

"당신은 아무 잘못이 없습니다. 메이슨 씨가 마데이라로 돌아가면 당신 삼촌께 당신 소식을 전할 거예요. 삼촌께서 아직 살아 계신다면 소식을 듣고 기뻐하실 겁니다."

"삼촌이요? 어떻게 된 거죠? 삼촌에 대해 아세요?"

"메이슨 씨와 삼촌이 아는 사이예요. 존 에어 씨는 몇 년 전부터 푼샬(포르투갈의 대서양 마데이라 섬에 있는 항구 도시 – 옮긴이)의 거래처에서 일하고 계세요. 에어 씨가 당신과 로체스터 씨의 결혼 소식이 담긴 편지를 받으셨을 때, 메이슨 씨가 마침 건강

586

회복 차 마데이라 섬에 머물고 있었어요. 자메이카로 돌아가는 길에 잠시 그곳에 머문 거였죠. 에어 씨는 편지에 담겨 있던 소식을 메이슨 씨에게 들려줬어요. 고객인 메이슨 씨가 로체스터라는 성을 가진 신사와 아는 사이라는 얘기를 듣고 그 소식을 전해준 겁니다. 메이슨 씨는 그 소식을 듣고 크게 놀라 괴로워하면서 에어 씨에게 진실을 털어놨습니다. 삼촌께서는 안타깝지만 지금 병상에 누워 계세요. 폐병이신데 병증을 고려해보면 회복은 어려울 것 같습니다. 본인이 직접 달려와 당신을 덫에서 구해내고 싶으셨겠지만, 병 때문에 직접 영국으로 오지는 못하시고, 메이슨 씨에게 지체 없이 영국으로 가서 사기 결혼을 막아달라고 부탁하신 모양입니다. 에어 씨는 저에게도 메이슨 씨를 도와주라고 요청하셨어요. 저는 가능한 방법을 모두 강구했고 다행히 늦지 않게 여기 올 수 있었습니다. 당신이 마데이라로 가더라도 에어 씨는 그때쯤 이미 고인이 되셨을 가능성이 큽니다. 그것만 아니면 저도 당신에게 메이슨 씨와 함께 마데이라로 가라고 조언했겠죠. 차라리 영국에 머물면서 에어 씨 소식을 기다리고 있는 편이 낫습니다. 에어 씨 본인이 편지를 보내시든 다른 사람이 소식을 전해오든 말입니다." 그는 메이슨을 돌아보며 물었다. "우리가 여기 더 머물 이유가 있을까요?"

"아뇨. 우린 이만 가는 게 좋겠습니다."

메이슨은 안절부절못하며 대답했다. 그들은 로체스터 씨

에게 간다는 말도 전하지 않고 곧장 현관문으로 나갔다. 우드 신부는 오만하기 짝이 없는 교구민인 로체스터 씨와 얘기를 나누며 충고인지 비난인지 모를 말을 하다가 집을 떠났다.

나는 내 방의 반쯤 열린 문 앞에 서서 신부가 떠나는 소리를 들었고 문을 닫았다. 아무에게도 방해받고 싶지 않아 방문에 빗장까지 걸어 잠갔다. 눈물을 흘리지도 슬퍼하지도 않았다. 이상할 정도로 마음이 차분했다. 기계적으로 웨딩드레스를 벗고 어제 입었던 모직 옷으로 갈아입었다. 어제 마지막이라고 생각하며 입은 옷이었다. 기운도 없고 피로해 의자에 털썩 주저앉았다. 두 팔을 탁자에 올리고 엎드려 생각해보았다. 지금까지는 그저 보고 듣고 움직이느라 정신이 없었다. 다른 사람이 이끄는 대로 이리저리 끌려다니며 연이어 일어난 사건들과 온갖 비밀들을 목격했을 뿐이었다. 이제야 드디어 생각이라는 걸 할 수가 있었다.

그날 아침은 무척 조용했다. 미친 여자와의 짧은 만남을 제외하면 대체로 그랬다. 성당에서의 일도 그다지 시끌벅적하지는 않았다. 격하게 감정이 터져 나오거나 요란하게 언쟁을 벌이거나 싸우지도 않았다. 저항하거나 도발을 하지도, 눈물을 흘리거나 흐느껴 울지도 않았다. 몇 마디 말이 나왔고, 차분하게 결혼에 반대하는 목소리를 냈다. 로체스터 씨가 단호하고 짧게 질문을 했고, 상대는 증거를 제시하며 대답과 설명을 내놨다. 로체스터 씨는 상대의 말이 사실임을 인정했다.

그리고 다 함께 가서 살아 있는 증거를 목격했다. 손님들은 집을 떠났고 이제 모든 것이 끝났다.

나는 평소처럼 혼자 내 방에 있었다. 겉보기에는 달라진 게 전혀 없었다. 누가 나를 때리거나 해치거나 불구로 만들지도 않았다. 하지만 어제의 제인 에어는 어디로 간 걸까? 그의 삶은? 미래는?

열정에 휩싸이고 미래에 대한 기대로 가득했던 제인 에어, 신부가 될 뻔한 제인 에어는 다시 춥고 외로운 여자로 돌아왔다. 그의 삶은 활기 없이 늘어졌고 앞날은 우울했다. 한여름에 크리스마스 서리가 내린 것이나 마찬가지였다. 12월에나 불어 닥칠 하얀 눈보라가 6월에 닥쳐왔다. 잘 익은 사과들을 얼음이 뒤덮고, 만개한 장미들을 찬바람이 뭉개놓았다. 목초지와 옥수수밭은 하얗게 얼어붙었다. 어젯밤까지만 해도 꽃들이 가득했던 길은 이제 눈으로 뒤덮여 사람의 발길조차 닿지 않았다. 열두 시간 전까지만 해도 열대의 숲처럼 무성한 나뭇잎 사이로 향기가 가득했던 숲은 한겨울 노르웨이의 소나무 숲처럼 차갑고 황량하고 하얗게 변해버렸다. 밤사이 목숨을 빼앗긴 이집트의 장자들처럼, 내 희망도 모두 죽어버렸다. 어제 눈부시게 활짝 피어났던 내 소망들을 다시 돌아보았다. 그것은 소생할 수 없는 시신이 되어 삭막하고 차갑고 검푸르게 누워 있었다. 나는 내 사랑도 들여다보았다. 그것은 로체스터 씨가 만들어낸 그의 감정이었다. 그 감정은 차갑게 식은 요람 안에서 괴로워하는 아이처럼 내 심장 속에서 바들바들 떨었다. 아이는 병과 고통에 사로잡혔지만 더는 로체스터 씨의 품에 안길 수 없었다. 그의 가슴에서 더는 온기를 구할 수 없었다. 아아! 이제 더 이상 그를 바라볼 수조차 없었다. 더는 신뢰할 수 없었다. 믿음은 박살 나버렸다! 로체스터 씨는 이제 예전과 같은 의미로 내게 다가오지 않았다. 내가 생각했던 사람이 아니었다. 하지만 그를 비난하고 싶지는 않았다. 그가 나를 배신했다고 말하고 싶지도 않았다. 다만, 흠 하나 없이 깨끗한 진실이라는 속성을 그에게 부여할 수는 없게 됐다. 이제 그를 떠나야만 했다. 그래야 한다는 것을 잘 알고 있었다. 언제, 어떻게, 어디로 가야 할지는 아직 알 수 없었다. 아마 그는 나를 손필드 홀에서 서둘러 내보낼 것이다. 처음부터 그는 내게 진실한 애정을 품을 수 없는 사람이었다. 아마 잠시 스치고 지나가는 열정이었을 것이다. 그 감정이 까발려졌으니 더 이상 나를 원하지 않을 것이다. 이제 그를 마주치는 일조차 두려웠다. 그가 내 모습을 보고 혐오하지 않을까. 아, 나는 어쩌면 이렇게 상황 파악을 못 했을까! 어쩌면 이렇게 바보같이 굴었을까!

눈을 감았다. 주변에서 어둠이 휘몰아치는 듯했다. 이내 시커멓고 혼란스러운 상념이 밀려들었다. 바짝 말라붙은 거대한 강바닥에 자포자기한 상태로 늘어져 누워 있는 기분이었다. 별안간 저 멀리 산에서 크게 불어난 물소리가 들리고,

급류가 쏟아져 내려오는 듯했다. 하지만 일어나고 싶지도 않고 달아날 힘도 없었다. 그저 죽음을 기다리며 힘없이 누워 있었다. 그 와중에도 한 가지 생각이 속에서 살아 숨 쉬었다. 하느님에 대한 기억이었다. 그 기억은 내 안에서 기도를 만들어냈다. 빛 하나 없이 캄캄한 마음속에서 기도의 말들이 위아래로 떠다녔다. 소리 내서 기도할 힘조차 없어 속으로 간신히 몇 마디 했다.

"멀리하지 마옵소서. 어려움이 닥쳤는데 도와줄 자 없사옵니다(시편 22편 11절-옮긴이)."

물살이 가까워졌다. 나는 급류를 피하게 해달라고 하늘에 기도를 드리지 않았다. 두 손을 모으지도 무릎을 꿇지도 입술을 달싹이며 기도하지도 않았다. 물살이 다가왔다. 어마어마한 힘으로 내게 쏟아졌다. 황량해진 내 삶의 의식, 잃어버린 사랑, 짓이겨진 희망, 죽어버린 믿음이 내 위에서 거대한 덩어리가 되어 강하게 흔들거렸다. 그 순간의 고통은 무어라 형언하기 어려웠다. 이렇게밖에는 말할 수 없었다. '물살이 내 영혼으로 밀려들어와 나는 깊은 진흙탕 속으로 가라앉았다. 발을 딛고 설 곳도 없었다. 깊은 물속으로 가라앉을 뿐이었다. 홍수가 나를 집어삼켰다(시편 69편 1~2절-옮긴이).'

27

오후 느지막이 고개를 들었다. 주변을 둘러보니 서쪽 하늘의 해가 벽에 길게 황혼의 빛을 드리우고 있었다. 나는 자신에게 물었다.

'이제 어떻게 해야 하지?'

내 마음이 곧바로 대답해주었다.

'손필드 홀을 떠나.'

겁이 나서 귀를 틀어막았다. 지금은 그런 말을 견딜 수 없다고 나는 스스로에게 말했다. '에드워드 로체스터의 신부가 되지 못해서 슬픈 건 아니야'라고 나는 주장했다. 최고로 영광스러운 꿈에서 깨어나 그 꿈이 아무것도 아닌 허상이었음을 깨달았지만 참고 견딜 수 있었다. 하지만 지금 바로, 뒤도 돌아보지 말고, 반드시 그를 떠나야만 한다는 사실은 견딜 수가 없었다. 도저히 그렇게 할 수가 없었다.

그때 내 안의 목소리가 충분히 할 수 있다고 타일렀다. 그리고 내가 그렇게 하게 될 거라고 예언했다. 나는 내 결단력과 싸움을 벌였다. 나는 내 힘이 약해지길, 내 앞에 펼쳐진 더 지독한 고난의 길을 제발 피할 수 있게 되기를 바랐다. 그러나 양심은 독재자가 되어 내 열정의 목을 틀어쥐고, 아직 수렁에는 발만 살짝 담갔을 뿐이라고 조롱했다. 그리고 강철 같은 팔로 열정을 붙잡아 소리 없는 고통의 심연으로 처박아주겠다고 단언했다.

나는 울부짖었다.

'제발 나를 여기서 떠나게 해줘! 누가 좀 도와줘!'

'아니, 너 스스로 여길 떠나야 해. 아무도 너를 도와줄 수 없어. 스스로 네 오른쪽 눈을 뽑고, 네 오른팔을 잘라. 네 심장을 제물로 바쳐. 네가 사제가 되어 네 심장에 못을 박아.'

무자비한 재판관이 뿜어내는 고독의 기운, 그 끔찍한 목소리에 잠재된 침묵으로 인해 공포에 휩싸인 나는 벌떡 일어섰다. 머리가 핑 돌았다. 지나치게 흥분한 데다 빈속이었던 탓일까. 그날 아침 식사를 거른 탓에 온종일 고기 한 점 물 한 모금 먹지 못했다. 이상하게 서러움이 치밀었다. 생각해보니 내가 종일 이 방에 틀어박혀 있는데도 누구 하나 내가 어떻게 하고 있는지 들여다보지 않았고 아래층으로 내려오라는 말도 없었다. 어린 아델도 내 방문을 두드리지 않았고, 페어팩스 부인조차도 나를 보러 오지 않았다. 나는 빗장을 열고 방을 나서며 중얼거렸다.

'운명에게 버림을 받았으니 친구들에게 잊히는 것도 당연하겠지.'

방 밖으로 나오다가 무언가에 발이 걸려 휘청했다. 머리가 어찔어찔하고 눈앞이 침침했으며 팔다리가 후들거렸다. 얼른 정신을 차릴 수가 없었다. 그대로 주저앉았지만 바닥에 쓰러지지는 않았다. 누군가 팔을 뻗어 나를 잡아준 것이다. 고개를 들고 보니 로체스터 씨였다. 그는 내 방문 앞에 의자를 놓고 앉아 있었다.

"드디어 나왔군요. 오랫동안 당신을 기다리고 있었습니다. 방 안에서 무슨 소리가 나지는 않는지 귀를 기울이면서. 안에서 움직이는 소리도, 울음소리도 들리지 않더군요. 이대로 5분만 더 죽음 같은 정적이 이어졌으면 강도처럼 방문을 강제로 열고 들어갔을 겁니다. 날 피한 겁니까? 방에 틀어박혀서 혼자 슬픔을 삭이다니! 차라리 나를 맹렬하게 비난하지. 당신은 열정적인 사람이잖아요. 한바탕 난리가 날 줄 알았습니다. 당신이 뜨거운 눈물을 쏟아낼 것 같았으니까. 그럼 당신을 품에 안고 눈물을 받아주려 했습니다. 아무 의미 없는 마룻바닥이나 손수건이 당신 눈물에 젖게 만드는 게 아니라. 그런데 내가 잘못 알았군요. 당신은 눈물을 흘리지 않았어요! 뺨이 창백하고 눈빛이 흐릿해지기는 했지만 눈물 자국은 보이지 않아요. 아마 속으로 피눈물을 흘렸겠죠.

제인! 왜 나를 비난하지 않습니까? 왜 매섭고 신랄한 말을 쏟아내지 않죠? 속을 찌르고 분노를 표출하는 말을 왜 안 해요? 내가 앉혀둔 곳에 조용히 앉아서 지치고 힘없는 눈으로 나를 바라보기만 하다니.

제인, 당신에게 이런 식으로 상처 주고 싶지 않았습니다. 딸처럼 아끼는 어린 암양을 기르는 남자가 있다고 칩시다. 그 남자는 암양에게 자기 빵과 물을 먹이고 늘 품에 안고 다니며 애지중지했는데 실수로 도살장에서 그 암양을 잡고 말았습니다. 그 남자가 아무리 후회한다고 해도 지금 내가 후회하는 만큼은 아닐 겁니다. 제발 용서해줄래요?"

독자 여러분, 나는 바로 그 자리에서 그를 용서했다. 그의 눈빛에는 깊은 회한이 깃들었고, 목소리에는 진심 어린 후회가 담겨 있었다. 그러면서도 남자다운 태도를 잃지 않았다. 무엇보다 그의 눈빛과 표정에는 변함없는 사랑이 담겨 있었다. 나는 그를 완전히 용서했다. 말이나 겉으로 드러나는 표정이 아니라 내 마음 깊은 곳으로부터 그를 용서했다.

"내가 악당이라는 걸 이제 알았죠, 제인?"

잠시 후 그는 애석해하며 물었다. 그는 내가 왜 아무 말도 안 하고 가만히 앉아만 있는지 의아해했다. 실은 의지가 없어서가 아니라 기운이 없어서였다.

"예."

"그럼 강하고 매섭게 따지고들어야죠. 봐주지 말고."

"그럴 수는 없어요. 저는 지쳤고 몸도 편치 않아요. 목도 마르고요."

그는 몸이 떨릴 정도로 크게 한숨을 내쉬고는 나를 팔로 부축해 아래층으로 데리고 내려갔다. 처음에는 그가 나를 어떤 방으로 데리고 들어갔는지도 인식하지 못했다. 눈앞이 온통 흐릿했다. 점점 뜨끈한 불의 온기가 느껴졌다. 여름인데도 내 방에서는 얼어붙은 듯 추위를 느꼈는데. 그가 내 입술에 와인을 가져다 댔다. 와인을 마시자 기운이 좀 나는 듯했다. 그가 주는 음식도 먹고 나니 곧 정신이 들었다. 그곳은 서재였다. 나는 그의 의자에 앉았고 그는 바로 옆에 자리하고 있었다.

'가슴이 너무 아파서 차라리 이대로 죽는 게 낫겠어. 그럼 로체스터 씨의 심장에 박힌 내 마음의 끈을 뜯어내는 노력도 할 필요 없겠지. 이 남자를 떠나야 해. 하지만 떠나고 싶지 않아. 도저히 못 떠나겠어.'

"좀 어때요, 제인?"

"많이 나아졌어요. 곧 괜찮아질 거예요."

"와인을 더 마셔요, 제인."

나는 그가 시키는 대로 했다. 그는 탁자에 잔을 내려놓고 내 앞에 서서 나를 주의 깊게 살펴보았다. 그러다 갑자기 돌아서더니 격한 감정이 담긴, 의미를 알 수 없는 말을 내뱉었다. 그는 빠른 걸음으로 방을 서성이다가 내게 다가와 마치 입을 맞추려는 듯 나를 향해 몸을 굽혔다. 하지만 이제 우리 사이

596

에는 어떤 애무도 허용될 수 없기에 나는 고개를 돌리고 그를 밀어냈다.

그가 소리쳤다.

"뭡니까! 어째서요? 아, 이제 알겠습니다! 버사 메이슨의 남편과는 입을 맞출 수 없다, 이거군요? 내 품은 이미 주인이 있고 내 포옹도 다른 여자의 것이라고 생각해요?"

"저는 이제 당신 품에 안길 권리가 없어요."

"이유가 뭐죠? 그래요. 주절주절 늘어놓을 필요도 없어요. 내가 대신 대답을 해줄 테니까. 이미 아내가 있으니 그렇다는 거 아닙니까?"

"맞아요."

"당신은 나를 아주 이상한 놈으로 보고 있겠군요. 괴상한 계략이나 꾸미는 방탕한 놈으로. 당신을 담담하게 사랑하는 척하면서 잠자리로 끌어들여 명예를 빼앗고, 자존심을 짓밟으려고 의도적으로 덫을 놓은 저열하고 추잡한 놈으로 말입니다. 안 그래요? 아무 말도 하질 않는군요. 그 이유는 첫째, 기운이 없어서 숨도 간신히 쉬고 있으니 그렇겠죠. 둘째, 당신은 나를 비난하고 욕하는 일에 익숙하지 않은 사람이라 그럴 겁니다. 당신이 말을 많이 하면 눈물을 가로막은 수문이 열려 걷잡을 수 없이 쏟아지겠죠. 당신은 훈계하고 질책하고 야단법석을 떨고 싶어 하는 사람이 아니에요. 생각을 행동으로 보여주는 사람이지. 그러니 당신에게 신중하게 생각하라는 말은 할 필요도 없겠죠. 나는 당신을 잘 압니다. 그래서 더 조심스러워요."

"저는 당신에게 해가 되는 행동을 하고 싶지 않아요."

목소리가 떨렸다. 길게 말을 하지 말자는 생각이 들었다.

"말은 그렇게 하는데 내가 보기엔 나를 파멸시킬 계획을 세우는 것처럼 보여요. 당신은 나를 기혼자로 간주했으니, 앞으로도 쭉 나를 피하고 멀리하겠죠. 지금 키스도 거부했잖습니까. 낯선 사람처럼 나와 거리를 두겠다는 의도겠죠. 한 지붕 아래 살면서도 오직 아델의 가정교사로만 살겠다, 뭐 그런 뜻으로 보이니까요. 내가 다정하게 말을 걸고 친절하게 대하면서 거리를 좁히려고 하면 당신은 이렇게 생각하겠죠. '저 남자는 나를 정부로 삼으려고 하는구나. 얼음과 돌처럼 냉정하게 대해야지.' 그리고 정말 당신은 얼음과 돌처럼 변해버릴 겁니다."

나는 목청을 가다듬고 대답했다.

"처한 상황이 완전히 바뀌었으니 저도 달라져야죠. 반드시 그래야 해요. 끝없는 감정 기복, 과거의 추억을 떠올리게 하는 것들과의 싸움을 피하려면 방법은 하나뿐이에요. 아델에게 새 가정교사를 들이세요."

"아, 아델은 학교에 보낼 겁니다. 그렇게 하기로 결정했어요. 나는 아칸(성전에 봉헌해야 할 재물을 자기 천막 안에 두었다가 가족들과 함께 심판받아 죽은 인물. 여호수아 7장 21절에서 인용 – 옮긴이)의 천

598

막이나 오만한 지하 납골당과 다름없이, 훤한 낮에도 살아 있는 시체처럼 끔찍한 분위기를 풍기는 이 저주받은 손필드 홀을 계속 떠올리게 함으로써 당신을 괴롭히고 싶지 않습니다. 이 답답한 돌벽 지옥에는 상상보다 더 지독한 진짜 악귀가 살고 있으니까. 제인, 당신은 여기 머물러서는 안 됩니다. 나도 마찬가지예요. 악귀가 살고 있는 걸 알면서도 당신을 손필드 홀로 불러들인 것부터 잘못이었어요. 당신을 만나기 전부터 나는 이 집에 서린 저주를 비밀에 부쳐왔습니다. 자기가 머물게 된 집에 악귀가 있다는 걸 알게 되면 어떤 가정교사도 아델 곁에 붙어 있으려 하지 않을 테니까요. 나는 그 미친 여자를 다른 곳으로 옮길 생각은 하지 않았어요. 펀딘 저택이라고, 오래된 집을 하나 더 소유하고 있습니다. 손필드 홀보다 오래되고 외딴 곳에 있는 집이죠. 숲 한가운데 있어서 건강에 좋지 않다는 점을 고려하지 않았다면 그곳으로 그 여자를 옮겨 남들 눈에 발각될 염려 없이 안전하게 살게 했을 겁니다. 문제는 오래된 저택이라 벽에 스며든 습기가 상당해요. 그 습기를 이용했으면 그 여자를 내게서 하루라도 더 빨리 떨어져 나가게 할 수 있었겠지만, 양심상 그렇게 하지 못했습니다. 아무리 악당이라도 단점이 있게 마련인데, 내 단점은 아무리 혐오하는 대상이라도 간접적으로 죽이는 걸 좋아하지 않는다는 점입니다.

미친 여자가 가까이에서 살고 있다는 사실을 당신에게

숨긴 건, 어린아이를 망토 하나로 겨우 감싸서 유파스 나무(자바 섬과 그 근처 섬에서 나는 무화과나무과의 독 있는 나무-옮긴이) 근처에 눕혀 놓은 것과 다름없는 짓이었죠. 그 악귀의 근처는 독으로 물들었어요. 전에도 늘 그랬죠. 이제 손필드 홀을 폐쇄할 겁니다. 현관문에 못을 박고 1층 창문에도 널빤지를 대서 막을 생각이에요. 그레이스 풀 부인에게 1년에 200파운드씩 급료를 주고 여기서 내 아내와 살게 할 겁니다. 그 무시무시한 악귀를 당신이 굳이 내 아내라고 부르니 한 말입니다. 그레이스는 돈만 받으면 뭐든 할 사람이에요. 그 여자가 발작을 일으켰을 때 도움을 받을 수 있도록, 그림스비 정신병자 수용소에서 일하는 그레이스의 아들도 불러다 옆에 붙여줘야죠. 내 아내라는 미친 여자는 밤이면 잠든 사람들 몸에 불을 붙이거나 칼로 찌르거나 뼈에서 살점을 물어뜯는 짓을 하고 싶어 안달이 나 있으니……"

나는 그의 말허리를 끊었다.

"가여운 분에 대해 너무 인정사정없이 말씀하시는 것 아닌가요? 증오가 잔뜩 담기고, 복수심과 반감으로 가득한 말씀이잖아요. 그분도 어쩔 수 없이 정신이 이상해지셨을 텐데, 그렇게 말씀하시는 건 너무 가혹해요."

"제인, 사랑스러운 당신(당신은 정말로 그런 사람이라 그렇게 부를 수밖에 없네요), 당신은 그 여자에 대해 몰라서 그렇습니다. 당신은 나를 잘못 봤어요. 그 여자가 미친 여자라서 내가 미워하는 게 아닙니다. 당신이 미치면 내가 당신을 증오할 것 같습니까?"

"그럴 수 있겠죠."

"잘못 생각한 겁니다. 당신은 나에 대해, 내가 어떤 사랑을 할 수 있는지에 대해 전혀 모르고 있어요. 당신 몸을 이루는 원자 하나하나가 내 몸처럼 소중해요. 당신이 고통에 빠지거나 아파도 당신은 여전히 내게 소중한 사람이에요. 당신의 마음이 내 보물이니, 마음이 고장 나더라도 여전히 내게는 보물인 거죠. 만약 당신이 미쳐 날뛰면 나는 당신에게 구속복을 입히는 게 아니라 내 두 팔로 당신을 꼭 붙잡아 진정시킬 겁니다. 당신이 아무리 분노해 날뛰어도 내게는 그것마저 매력적으로 보일 테니까. 오늘 아침 그 여자처럼 당신이 내게 사납게 달려들어도 나는 당신을 다정하게 품에 안을 겁니다. 그 여자에게 했듯이 혐오스러워하며 당신을 피해 몸을 움츠리지 않을 거예요. 당신이 잠잠해지면 다른 감시인이나 간병인 없이 내가 직접 당신을 돌볼 겁니다. 당신이 내게 미소 한 번 지어주지 않아도 시종일관 다정하게 당신을 잘 지켜볼 거예요. 당신이 더 이상 나를 알아보지 못해도 나는 끝까지 당신과 눈을 맞출 겁니다. 내가 왜 이런 생각을 하고 있는 거죠? 당신의 거처를 손필드에서 다른 곳으로 옮기는 얘기를 하던 중이었는데. 어쨌든 당신은 지금 바로 떠날 준비가 되어 있으니 내일 출발하도록 해요. 이 집에서 하룻밤만 참고 있어요, 제인. 그러고 나면 이 비참하고 끔찍한 집과는 영원히 안녕입니다! 혐오스러운 기억들로 가득한 이 집을 떠나 안전한 곳으로 가도록 해요. 갈 만한 곳도 정해졌습니다. 그곳에서는 기분 나쁜 방해와 거짓, 중상모략 때문에 괴로워하지 않아도 됩니다."

"아델을 데리고 가세요. 아델이라면 당신에게 좋은 벗이 되어줄 거예요."

"무슨 뜻입니까, 제인? 아델은 학교에 보낼 거라고 말했잖습니까. 내 자식도 아니고 프랑스 무희의 사생아인 아델을 내가 왜 벗으로 삼아야 합니까? 왜 내 옆에 아델을 계속 성가시게 붙여놓으려 하는 거죠? 왜 아델을 벗으로 삼으라고 하는 겁니까?"

"조용한 곳으로 물러나 사실 예정이라고 하시니 드린 말씀이에요. 은둔해서 고독하게 살다보면 지루해질 텐데, 너무 지루한 삶은 당신에게 좋지 않을 것 같아서요."

"고독이라니! 무슨 고독이요!" 그는 벌컥 화를 냈다. "제대로 설명을 들어야겠습니다. 당신이 왜 스핑크스처럼 알 수 없는 표정을 짓고 있는지도 모르겠고 말이죠. 어차피 고독하게 살아야 한다면 나는 당신과 함께 살 겁니다. 알겠어요?"

나는 고개를 저었다. 그가 심하게 흥분한 상태라 말없이 거절의 뜻을 표하는 것도 용기가 필요했다. 방 안을 빠르게 서성이던 그는 한 곳에 갑자기 뿌리라도 내린 듯 우뚝 멈춰 섰다. 그러고는 나를 한참 동안 뚫어져라 바라보았다. 나는 그의 시선을 피해 벽난로의 불로 눈길을 돌렸다. 그리고 그대로 조용히 침착한 자세를 유지하려 애썼다.

"이제야 제인 에어의 성격이 제대로 나오는군요." 잔뜩 흥분한 표정과는 달리 그는 차분하게 입을 열었다. "어쩐지 비단실이 술술 잘 풀려 나온다 했습니다. 실이 풀려 나오다 보면 엉뚱한 곳에서 꼬이기도 하는 법이죠. 바로 지금처럼. 짜증이 솟구치고 화가 치밀고 끝없이 머리가 아프네요! 제기랄! 내게 삼손 같은 힘이 조금이라도 있었으면 엉킨 실뭉치를 힘으로 끊어버릴 텐데!"

그는 다시 서성이다가 내 앞에 와서 멈춰 섰다.

"제인! 내 얘기를 들어줄래요? (그는 허리를 굽히고 입술을 내 귀 가까이에 가져다 댔다.) 당신이 들어주지 않으면 내가 폭력적으로 굴 것 같아서 그래요."

그의 목소리가 쉬어 있었다. 표정을 보니 당장이라도 견디기 힘든 속박을 부숴버리고 사납게 날뛸 것 같았다. 이대로 놔두면, 그가 한 번 더 광분해서 날뛰게 둔다면, 그를 제어할 방법은 없을 것이다. 지금 당장, 곧 지나갈 이 짧은 시간 내에 그를 진정시키고 통제해야 했다. 만약 그가 충동적으로 발광하며 무시무시한 짓을 해대면 내 운명은 물론 그의 운명도 끝장이었다. 하지만 나는 두렵지 않았다. 전혀. 내 안에 나를 떠받쳐주는 상당한 힘이 있음을 느낄 수 있었다. 금방이라도 난리가 날 법한 위험천만한 상황이었지만 나름의 스릴도 있었다. 카누를 타고 급류를 매끄럽게 넘어가는 인디언이 느낄 법한 감정이었다. 나는 그의 꽉 쥔 주먹을 손으로 잡고 손가락을 하나하나 펴주며 달랬다.

"앉아요. 얼마든지 길게 얘기해도 괜찮아요. 합리적인 얘기든 비합리적인 얘기든 다 들어드릴게요."

그는 의자에 앉았으나 곧장 얘기를 시작하지는 않았다. 나는 쏟아지려는 눈물을 참느라 잠시 애써야 했다. 내가 우는 모습을 보고 싶어 하지 않을 테니 어떻게든 눈물을 참아야 했다. 문득 차라리 편하게 눈물이 흘러내리도록 두는 게 나을지도 모른다는 생각이 들었다. 우는 걸 싫어하는 사람이니, 내가 눈물을 쏟아내면 짜증을 내면서 화를 가라앉히지 않을까. 결국 나는 더 참지 않고 펑펑 울어버렸다.

그는 진정하라며 나를 달래기 시작했다. 나는 그가 격한 감정에 휩싸여 있으면 나 역시 진정이 안 된다고 대답했다.

"난 화가 난 게 아니에요, 제인. 그저 당신을 사랑할 뿐입니다. 당신은 핏기 하나 없는 하얀 얼굴에 단호하고 냉정한 눈빛이에요. 그걸 견딜 수가 없어요. 자, 그만 울고 눈물을 닦아요."

그의 목소리가 부드러워진 걸 보니 감정이 많이 가라앉은 듯했다. 그래서 나도 곧 차분해졌다. 그가 내 어깨에 머리를 기대려고 했지만 나는 용납할 수 없었다. 그러자 그는 나를 끌어당겨 안으려고 했다. 그것 역시 허락할 수 없었다.

"제인! 제인!" 그는 너무나도 비통하고 슬픈 목소리로 나를 불렀다. 내 가슴이 절절하게 울렸다. "나를 사랑하지 않는 겁니까? 당신이 바란 건 내 신분과 내 아내 자리였어요? 내가 남편 자격이 없다는 판단을 내리고는, 무슨 두꺼비나 유인원 대하듯 내 손길을 거부하는군요."

그 말에 나는 가슴이 아팠다. 지금 이 상황에서 내가 어떤 행동이나 말을 할 수 있을까? 나는 아무것도, 아무 말도 할 수 없었다. 하지만 그의 마음에 상처를 줬다는 사실 때문에 몹시 괴로웠다. 내가 입힌 상처에 연고라도 발라주고 싶은 마음을 억누를 수 없었다.

"그 어느 때보다 더 당신을 사랑해요. 하지만 그 감정을 드러낼 수도 마음껏 누릴 수도 없어요. 지금이 그 감정을 표현하는 마지막이 될 거예요."

"마지막이라니, 제인! 그게 무슨 말입니까! 나와 한집에서 매일 나를 보면서 이렇게 차갑게 대하며 살 수 있다고 생각해요? 나를 사랑하면서도 줄곧 거리를 둘 수 있겠어요?"

"아뇨. 절대 그렇게 못 할 거예요. 방법은 하나뿐이에요. 제가 그 방법을 얘기하면 당신은 크게 화를 내겠지만요."

"아, 말해봐요! 내가 화를 내도 당신은 울음으로 막아낼 수 있을 테니까."

"로체스터 씨, 저는 당신을 떠나야 해요."

"얼마나요, 제인? 지금 헝클어져 있는 머리카락을 빗

고, 열이 오른 얼굴을 씻으러 몇 분 동안 떠나 있겠다는 뜻입니까?"

"저는 아델과 손필드를 떠날 거예요. 당신과도 영원히 작별해야 하고요. 완전히 새로운 환경에서 새로운 사람들과 살면서 새 출발을 해야겠죠."

"물론입니다. 내가 아까 그렇게 말했잖아요. 당신이 내 곁을 떠나는 미친 짓을 하지는 않을 거라고 믿어요. 아마 나와 함께 새로운 삶을 살겠다는 뜻이겠죠. 새로운 삶이라는 말이 나왔으니 하는 얘기지만 당신은 내 아내가 될 겁니다. 나는 엄밀히 말하면 유부남이라고 할 수 없어요. 당신이 실질적으로도 명목상으로도 로체스터 부인이 될 겁니다. 우리가 살아 있는 한 내 아내는 당신뿐이에요. 프랑스 남부에 있는 내 집으로 가도록 해요. 지중해 연안에 있는 백색 도료를 바른 별장이에요. 그곳에서 당신은 보호받으며 행복하고 순결한 삶을 살 수 있을 겁니다. 내가 당신을 유혹해 정부로 삼고 죄를 짓게 만들거라는 걱정은 하지 말아요. 왜 고개를 절레절레 흔드는 겁니까? 제인, 당신은 합리적인 사람이잖아요. 자꾸 그러면 내가 또 광분할 수밖에 없습니다."

그의 목소리와 손이 덜덜 떨렸다. 커다란 콧구멍을 벌름거리고 눈을 번뜩였다. 나는 두려웠지만 말하지 않을 수 없었다.

"로체스터 씨, 당신 부인이 살아 있어요. 오늘 아침에 당신이 직접 인정한 사실이에요. 제가 당신의 바람대로 당신과 함께 산다면 저는 별수 없이 당신의 정부가 되어야겠죠. 그렇지 않다는 건 거짓이고 궤변에 지나지 않아요."

"제인, 잊고 있나 본데 나는 점잖은 성격이 아닙니다. 참을성도 많지 않아요. 태연하고 침착한 성격도 아닙니다. 우리둘의 처지를 조금이라도 안타깝게 생각한다면 내 맥박에 손가락을 대봐요. 얼마나 벌떡벌떡 뛰고 있는지 느껴보라고요. 그리고 제발 조심해요!"

그는 소매를 걷고는 내게 손목을 내밀었다. 그의 두 뺨과 입술은 핏기가 가시다 못해 시퍼렇게 변해가고 있었다. 나는 지독한 압박감을 느꼈다. 그가 못 견디게 싫어하는 반발을 해서 그를 크게 흔들어놓은 것은 너무나 잔인한 짓이라는 생각이 들었다. 그렇다고 여기서 굴복할 수도 없었다. 나는 극한으로 몰린 인간이 본능적으로 하는 일을 했다. 인간보다 높은 곳에 계신 분의 도움을 구한 것이다. 나도 모르게 "하느님 도와주세요!"라는 말이 입에서 튀어나왔다.

별안간 로체스터 씨가 소리쳤다.

"내가 멍청이지. 내가 유부남이 아니라는 말만 하고 이유는 설명하지 않았어. 제인이 그 여자의 본색에 대해, 나와 그 여자의 지옥 같은 결합에 대해 아무것도 모른다는 사실을 잊고 있었어. 아, 내가 전부 설명하면 제인도 내 생각에 동의할 거야! 내가 당신 손을 잡게 해줘요, 재닛. 당신이 내 곁에 있다는 걸 보거나 만짐으로써 증명할 수 있다면, 지금부터 이 사건의 진상에 대해 간단히 밝히겠습니다. 내 얘기 들어줄 거죠?"

"그럴게요. 몇 시간이라도 들어드릴게요."

"몇 분이면 충분합니다. 제인, 내가 우리 가문의 장남이 아니라는 사실은 알고 있습니까? 내게 형이 있었다는 사실도 알아요?"

"페어팩스 부인에게 들은 기억이 나요."

"내 아버지가 욕심 사납고 탐욕스러운 인간이었다는 얘기도 들은 적 있습니까?"

"비슷한 얘기를 들은 적 있어요."

"그래요, 제인. 아버지는 재산을 악착같이 지키고 싶어 하셨어요. 본인 재산을 일부 떼서 차남인 내게 물려준다는 건 있을 수도 없는 일이라고 생각하셨죠. 아버지는 전 재산을 장남인 형 롤런드에게 물려주고 싶어 하셨어요. 그렇다고 둘째 아들이 가난하게 사는 꼴은 두고 볼 수가 없으셨죠. 그래서 저를 부유한 집 딸과 결혼시킬 생각을 하셨습니다. 일찍부터 제 신붓감을 물색하셨어요. 아버지의 오랜 지인 중에 서인도 제도에서 농장을 운영하고 무역 일도 하는 메이슨 씨라고 있었습니다. 아버지는 메이슨 씨가 꽤 탄탄한 부자라고 생각하시고 슬쩍 조사를 해보셨어요. 메이슨 씨에게 아들 하나 딸 하나가 있는데, 메이슨 씨가 딸을 결혼시킬 때 3만 파운드의 지참금을 딸려 보낼 생각이라는 걸 알게 되신 거죠. 아버지는 그 정도면 충분하다고 판단했습니다. 아버지는 대학을 졸업한 나를 곧장 자메이카로 보내, 그곳에서 기다리고 있는 신부와 만나게 했습니다. 당시 아버지는 내게 신부의 재산에 대해서는 한마디도 하지 않았습니다. 그저 메이슨 양이 자메이카 스패니쉬 타운에서 미인으로 유명하다는 얘기만 했어요. 가서 보니 거짓말은 아니었습니다. 블랜치 잉그럼 양과 비슷한 스타일의 괜찮은 여자였어요. 키가 크고 피부가 까무잡잡하고 태도가 당당했죠. 그의 가족들은 나를 좋은 집안 아들이라며 사위로 삼고 싶어 했어요. 그 여자도 마찬가지였고요. 그들은 멋지게 차려입고 파티에 참석한 그 여자의 모습을 내게 줄기차게 보여줬습니다. 나는 그 여자와 따로 만나거나 단둘이 얘기를 해본 적은 거의 없었어요. 그 여자는 내게 잘 보이려고 자신의 매력과 재능을 한껏 과시했죠. 주변 남자들은 그 여자를 숭배하면서 나를 부러워했습니다. 나는 한껏 고무되고 자극을 받았습니다. 온 감각이 다 흥분 상태였죠. 사람을 잘 알지도 못하고 미숙한 데다 경험도 없던 나는 그 여자를 사랑한다고 믿었습니다. 주변의 남자들과 경쟁하는 분위기인 데다 색욕과 무모함, 젊은이 특유의 무분별함까지 가세해 나는 어리석은 결정을 내리고 말았습니다. 그 여자의 친척들도 나를 부추겼고, 경쟁자들도 나를 자극했죠. 그 여자는 나를 유혹했고요. 내가 어디쯤 와 있는지 파악하기도 전에 이미 결혼이 이루어졌습니다. 아, 그때를 생각하면 나라는 인간에게 정말이지 환멸이 느껴집니다! 속에서부터 경멸감이 치밀어 올라요. 나는 그 여자를 사랑하거나 존중하기는커녕, 그 여자에 대해 잘 알지도 못했습니다. 그 여자가 성격상 어떤 장점을 갖고 있는지도 알지 못했죠. 가만히 보니 그 여자의 마음과 태도에는 겸손함이나 자비심, 솔직함, 세련됨 같은 장점이 보이질 않았습니다. 그런데도 나는 그 여자와 결혼을 한 겁니다. 나는 정말이지 역겹고 천박한 데다 두더지 같은 돌대가리였던 겁니다! 그래도 별로 죄책감을 느끼지는 못했습니다……. 지금 내가 누구한테 얘기하고 있는지 잊지 말아야지.

그때까지 나는 장모를 본 적이 없었습니다. 세상을 떠났나 보다 했어요. 신혼 기간이 끝나자 나는 실수를 했다는 걸 깨달았습니다. 알고 보니 장모는 미쳐서 정신병원에 갇혀 있었거든요. 그 정신병원에는 그 여자의 남동생도 갇혀 있었습니다. 완전히 백치라고 하더군요. 큰아들은 당신이 본 리처드 메이슨인데, 언젠가 그도 그런 상태가 될 겁니다. (내가 그 집 사람들을 죄다 혐오하지만 리처드만은 미워하지 않습니다. 리처드는 정신 상태가 허약하기는 하지만 정이 있어서 불쌍한 여동생에게 지속적으로 관심을 보이기도 했고, 한때 나를 강아지처럼 따르기도 했습니다.) 아버지와 롤런드 형은 그 집 사람들의 상태에 대해 다 알고 있었어요. 그런데도 3만 파운드만 생각하고 나를 감쪽같이 속인 겁니다.

정말 끔찍한 비밀을 알게 된 거였죠. 배신감을 느꼈지만 아내에 관한 일로 그들을 비난할 수는 없었습니다. 아내의 본성은 나와는 너무 달랐고, 아주 기분 나쁜 취향을 가진 데다가, 타고난 기질도 천박하고 저열하며 편협하기까지 했어요. 좀 더 고급스럽고 폭넓은 취향으로 이끌어보려고 해도 불가능했죠. 나는 단 하루 저녁도, 하루에 단 한 시간도 그 여자와 편안하게 보낼 수가 없었습니다. 다정한 대화를 나누는 것 자체도 불가능했어요. 내가 어떤 화젯거리를 입에 올리든 그 여자는 곧장 천박하고 진부하며 변태적이고 어리석은 대답만 내놓을 뿐이었어요. 그때 나는 이 여자와는 조용하고 안정된 가정을 꾸리는 게 불가능하겠다는 생각을 했습니다. 그 여자가 폭력적이고 비이성적인 기질을 내보이면서 멍청하고 모순적이고 까다로운 명령을 내리면 어떤 하인도 버텨낼 수 없을 게 분명했죠. 그래도 나는 참아야 했습니다. 그 여자를 질책하는 일을 피하고, 불평도 가급적 하지 않으려고 애썼습니다. 후회와 혐오의 감정을 남몰래 속으로 삼켰죠. 깊은 반감을 꾹 눌러 참았습니다.

제인, 힘들었던 과거를 일일이 늘어놔서 당신을 괴롭히고 싶지 않습니다. 강하고 거친 말을 써야만 당시 내 심정을 표현할 수 있을 테니까요. 나는 그 여자와 4년을 같이 살았는데, 그 4년 동안 그 여자는 나를 많이 힘들게 했어요. 그 여자는 성격이 점점 강해지고 무서울 정도로 빠르게 폭력성을 내보이기 시작했습니다. 악덕이 급속히 자라나 악취를 풍겨댔어요. 어찌나 성질이 지독한지 무자비하게 막아야 제압이 가능했죠. 하지만 나는 그런 방법을 사용하지 않았습니다. 그 여자는 지능이 낮고 성질은 어마어마했습니다! 고약한 성질머리로 나에 관한 무시무시한 저주의 말을 쏟아냈습니다! 악명 높은 모친의 딸답게 버사 메이슨은 온갖 끔찍하고 저급하며 고통스러운 일들을 벌여 나를 괴롭혔습니다. 무절제하고 음란한 아내에게 매여 사는 남자라면 반드시 겪게 되는 일들이었죠.

그 사이에 롤런드 형이 세상을 떠났습니다. 그 여자와 함께 산 지 4년이 다 되어갈 때쯤 아버지도 돌아가셨어요. 나는 가문의 재산을 물려받아 부자가 됐지만, 지옥이나 다름없는 고통 속에서 살고 있었습니다. 평생 보아온 중 가장 역겹고 음란하고 타락한 여자가 법적으로, 또 사회적으로 내 아내가 되어 있었으니까요. 어떤 법적 소송을 진행하더라도 그 여자를 나한테서 떼어낼 수가 없었습니다. 그 무렵 의사들이 내 아내를 정신 이상으로 진단했어요. 그 여자의 온갖 괴상한 언행은 정신 이상의 징후였던 거죠. 제인, 내 얘기가 마음에 들지 않나 보군요. 안색이 좋지 않네요. 나머지 얘기는 내일로 미룰까요?"

"아뇨, 마저 들려주세요. 당신이 가여워서, 너무 안타까워서 그래요."

"어떤 사람들이 내보이는 연민은 유해하고 모욕적입니

다. 연민의 말을 건네는 사람들 면전에 대고 같은 말을 퍼부어도 정당화될 만큼이요. 차갑고 이기적인 마음을 가진 사람들이 말로만 지껄이는 연민이라면 그렇다는 겁니다. 그런 연민은 남의 비통한 하소연을 듣고, 그 고통을 견뎌내는 사람의 사정 따윈 아랑곳없이 함부로 경멸하고 판단을 내려버리는, 괴상하게 뒤섞인 이기적인 감정에 지나지 않습니다. 하지만 당신의 연민은 그렇지 않아요, 제인. 지금 당신의 얼굴을 가득 채우고, 당신 눈에 넘쳐흐르고, 당신의 심장을 들썩거리게 하고, 내 손에 쥐어진 당신 손을 떨리게 만드는 연민은 그렇지가 않아요. 당신의 연민은 고통을 겪고 있는, 사랑 가득한 어머니의 감정이죠. 그 고통스러운 감정은 신성한 격정으로 이어집니다. 내가 당신의 연민을 받아들일게요, 제인. 내게 마음껏 연민을 쏟아부어요. 두 팔 벌려 받아들일 테니까."

"아까 하던 얘기를 계속해주세요. 부인이 정신 이상인 걸 알고 어떻게 하셨어요?"

"절망의 경계선까지 갔습니다. 나와 절망의 깊은 구렁 사이에는 자존감의 찌꺼기가 남아 있을 뿐이었어요. 세상 사람들이 보기에 나는 말도 안 되게 불명예스러운 상황에 처해 있었습니다. 아무도 알아주지 않더라도 명예를 회복하기로 마음먹었습니다. 마지막까지 그 여자의 죄악이 나를 더럽히지 못하게 막았고, 그 여자의 정신적 결함이 내게 영향을 미치지 못하도록 안간힘을 썼죠. 그런데도 사회는 내 이름과 나라는 인간을 그 여자와 엮어버리더군요. 여전히 나는 그 여자를 보고 그 여자의 목소리를 들어야 했습니다. 그 여자가 내뱉는 숨결이 (혐오스럽게도!) 내가 마시는 공기와 섞였죠. 게다가 나는 한때 그 여자의 남편으로 살았던 과거를 여전히 기억했습니다. 그때나 지금이나 그 기억은 말로 표현할 수 없을 정도로 끔찍합니다. 그 여자가 살아 있는 한 나는 더 나은 여자를 아내로 맞이할 수 없었어요. 게다가 나보다 다섯 살 연상인 그 여자는 (장인과 다른 처가 식구들은 그 여자의 나이도 속였습니다) 나와 비슷한 수명을 누릴 가능성이 컸어요. 그 여자는 정신은 망가졌지만 몸은 아주 튼튼했으니까요. 당시 스물여섯 살이던 나는 절망했습니다.

어느 날 밤, 나는 그 여자가 내지르는 고함에 놀라 잠에서 깼습니다. (의사들이 그 여자를 정신 이상으로 진단한 후부터 그 여자는 감금된 채 살고 있었죠.) 서인도 제도 특유의 불타는 듯 후끈후끈한 밤이었어요. 허리케인이 불어 닥치기 전에 종종 찾아오는 날씨였죠. 잠이 오지 않아서 일어나 창문을 열었습니다. 공기 중에 유황 수증기가 스며든 것처럼 느껴지더군요. 상쾌한 바람은 어디에서도 불어오지 않았어요. 모기들이 앵앵거리며 날아 들어와 방 안을 우울하게 날아다녔죠. 창밖 너머 바다에서는 마치 지진이라도 난 것처럼 둔탁하게 우르르 소리가 들렸습니다. 시커먼 구름 덩어리들이 바다를 뒤덮고 있었어요. 뜨거운 포탄처럼 생긴 큼직하고 붉은 달이 폭풍의 소요로 떨고 있는 세상을 핏빛 시선으로 바라보며 파도 속으로 저물고 있었습니다. 나는 그 분위기와 장면에 사로잡혔고, 내 귀는 미친 여자가 내지르는 욕설로 가득 찼습니다. 그 여자는 마치 악마 같은 말투로 내 이름을 섞어가며 욕을 해댔어요! 매춘부도 그렇게 더러운 욕설은 하지 못할 겁니다. 그 여자의 방과 내 방 사이에 다른 방이 두 개나 있는데도 그 여자가 내뱉는 욕 하나하나가 또렷하게 들렸습니다. 서인도 제도의 집들이 얇은 칸막이벽으로 방의 구획을 나누는 식이라 늑대처럼 짖어대는 그 여자의 고함을 거의 막아주지 못했어요.

나는 혼잣말을 했습니다. '이런 삶은 지옥이나 다름없어. 공기마저도 지옥 같아. 저건 지옥에서 들려오는 비명 소리야! 나는 이 지옥에서 벗어날 권리가 있어. 내 영혼을 붙잡아놓는 무거운 육신을 벗어나면 이 세상에서 겪는 고통도 사라지겠지. 광신도들이 말하는 불타는 영겁의 불도 두렵지 않아. 이렇게 계속 살아야 된다면 어차피 더 나은 미래 따위는 없을 테니까. 차라리 여길 떠나 하느님의 집으로 돌아가자!'

나는 무릎을 꿇고 이 말을 중얼거렸습니다. 그리고 총알이 장전된 권총들이 들어 있는 가방을 열었어요. 자살할 생각이었습니다. 하지만 죽어야겠다는 생각은 오래가지 않았어요. 내가 아직 완전히 미친 게 아니라서, 자살을 생각하게 만드는 격하고 순수한 절망감이 금세 사라졌기 때문입니다.

그때 대양을 건너온 유럽 대륙의 신선한 바람이 열린 창문을 통해 불어 들어오더군요. 폭풍이 치고 빗물이 줄줄 흐르고 천둥이 울리고 번개가 번쩍였습니다. 그리고 공기가 깨끗해졌어요. 그 순간 결심했습니다. 빗물에 젖은 정원의 오렌지나무 아래를 지나 흠뻑 젖은 석류와 파인애플 사이를 걸으면서, 찬란한 열대 지역의 새벽빛에 둘러싸인 채 결론을 내린 겁니다, 제인. 그때 내 마음을 위로해주고 옳은 길을 보여준 것은 진정한 지혜의 여신이었어요.

유럽에서 불어온 달콤한 바람이 빗물에 깨끗해진 나뭇잎 사이에서 속삭이고, 대서양의 파도 소리가 영광스러운 자유를 누리며 울려 퍼지고 있었죠. 오랫동안 바짝 마르고 불타버린 내 심장이 그 소리에 되살아나 생기 가득한 피로 차올랐어요. 나는 오랫동안 부활을 갈망해왔습니다. 내 영혼은 순수한 바람에 허기져 있었어요. 희망이 되살아나는 기분이었습니다. 부활도 가능하겠다는 생각이 들었죠. 정원 아래쪽의 꽃 아치문 너머로 하늘보다 더 푸르른 바다가 내다보였어요. 그 너머에 유럽이 있었습니다. 미래가 명확히 보이더군요…….

희망의 여신이 말했습니다. '다시 유럽으로 가서 살아. 네 이름이 어떻게 더럽혀졌고, 네가 떠맡은 짐이 얼마나 불결한지 그곳 사람들은 알지 못해. 그러니 미친 여자를 영국으로 데려가. 손필드에 가둬두고 적당히 지켜보면서 예방 조치를 취하면 돼. 그리고 넌 어느 곳으로든 여행을 떠나서 새로운 인연을 만들고 살아. 너를 오랫동안 괴롭히고 네 이름을 더럽히고 네 명예를 땅에 처박고 네 젊음을 망쳐놓은 저 여자는 네 아내가 아니야. 너도 그 여자의 남편이 아니지. 조건이 허락하는 한도 내에서 그 여자가 보살핌을 받게만 해. 그럼 넌 하느님 앞에서 네가 인간으로서 해야 할 도리를 다한 셈이야. 그 여자의 정체, 너와의 인연을 망각 속에 묻어버려. 넌 누구에게도 그 여자와 관련된 사실을 누설하면 안 돼. 그 여자를 안전하고 편안하게 살게 해. 점점 미쳐가는 그 여자를 비밀스럽게 보호하면서, 너는 그 여자 곁을 떠나.'

나는 정확히 그대로 했습니다. 아버지와 형은 지인들에게 내 결혼 소식을 알리지 않았어요. 내가 그 여자와의 결혼에 대해 써서 보낸 첫 번째 편지에서 내 결혼을 비밀로 해달라고 다급히 요청했었거든요. 결혼으로 야기된 끔찍하고 혐오스러운 결과를 이미 경험하고 있었고, 아내 가족들의 성격과 특성을 보아하니 끔찍한 미래가 다가올 것 같아 그렇게 했습니다. 아버지가 나를 위해 골라준 여자의 불명예스러운 짓거리에 대해 알게 된 아버지는 몹시 창피해하면서 그 여자를 며느리로 받아들이기 힘들어했습니다. 그러니 주변에 알리기는커녕 나만큼이나 그 여자의 존재를 비밀에 부치고 싶어 하셨죠.

나는 그 여자를 영국으로 데려왔습니다. 괴물을 배에 태우고 끔찍한 항해를 견디며 집으로 데려온 겁니다. 그 여자를 손필드로 무사히 데려와 3층 방에 데려다 놓자 마음이 어느 정도 놓이더군요. 그 후 10년 동안 그 여자는 안쪽의 비밀

방에서 지내며 그곳을 야생 동물의 은신처처럼, 마귀의 방처럼 만들어놨습니다. 그 여자를 돌봐줄 간병인을 찾는 일도 쉽지 않았어요. 충실하고 입이 무거운 사람을 찾아야만 했죠. 그 여자가 미쳐 날뛰며 내 비밀을 죄다 드러낼 게 뻔했으니까. 그 여자는 어쩌다 한 번씩 정신이 돌아오곤 했는데 그 주기가 며칠일 때도 있고 몇 주일 때도 있었습니다. 그럴 때면 종일 내 욕을 해댔어요. 결국 나는 그림스비 정신병자 수용소에서 일한 경력이 있는 그레이스 풀을 간병인으로 채용했습니다. 그레이스와 의사 카터(칼에 찔려 상처를 입은 리처드 메이슨을 밤중에 와서 치료해준 의사) 이 두 사람에게만은 내 비밀을 털어놨어요. 페어팩스 부인은 뭔가 이상한 낌새를 챘을 수는 있지만 정확한 사실에 대해서는 모르고 있었어요. 그레이스는 그럭저럭 괜찮은 간병인이었습니다. 하지만 잘 고쳐지지 않는 단점을 갖고 있기도 했습니다. 워낙 일이 힘들어서 그런지, 바짝 경계하고 지켜봐야 할 때에 실수를 하기도 했죠. 내 아내라는 미친 여자는 교활한 데다 악의에 차 있어서 간병인이 잠시라도 한눈을 팔면 그 기회를 반드시 이용했습니다. 한번은 칼을 몰래 숨기고 있다가 자기 오빠가 찾아왔을 때 그 칼로 찔렀고, 자기 방의 열쇠를 몰래 챙기고 있다가 한밤중에 몰래 빠져나가기도 했습니다. 그 여자는 방에서 두 번 몰래 빠져나왔는데, 첫 번째로 나온 날에는 내 침대에 불을 질러 나를 태워 죽이려 했고, 두 번째로 나온 날에는 유령처럼 당신 방으로 들어갔어요. 그 여자가 당신 면사포에 대고 분풀이를 한 게 정말 다행이었죠. 당신의 결혼 예복을 보고 자기가 신부였던 나날을 희미하게 떠올린 모양이에요. 하지만 그날 더 끔찍한 일이 일어났을 수도 있다는 생각을 하면 정말 소름이 끼쳐 견딜 수 없을 정도예요. 오늘 아침 나한테 덤벼든 그 여자가 사랑하는 당신의 둥지를 시커멓고 시뻘건 얼굴로 들여다본 걸 생각하면 내 몸 안의 피가 다 얼어붙을 지경이에요……."

그가 말을 잠시 멈추자 내가 물었다.

"부인을 이 집에 데려다 놓고 뭘 하셨어요? 어디로 떠나셨나요?"

"뭘 했냐고요, 제인? 나는 도깨비불처럼 살았습니다. 어디로 떠났냐고요? 3월의 요정처럼 이곳저곳을 돌아다녔어요. 유럽으로 건너가 이리저리 돌아다니며 방탕하게 살았죠. 성품 좋고 지적인 여자를 만나 사랑하며 살고 싶은 일관된 꿈이 있었어요. 손필드 홀에 두고 온 그 포악한 미친 여자와 완전히 다른 여자요."

"그래도 중혼(아내나 남편이 있는 사람이 다른 사람과 다시 결혼하는 것-옮긴이)을 하실 수는 없어요."

"나는 다시 결혼할 수 있고 꼭 해야 한다고 생각했습니다. 당신을 속였던 것처럼, 누군가를 속일 의도는 없었어요. 내가 처한 상황을 솔직하게 다 털어놓고 구혼하고 싶었습니다. 나는 자유롭게 사랑하고 사랑받을 수 있는 사람이라고 생

619

각했기 때문에 내가 떠안은 끔찍한 저주에도 불구하고 어떤 여자든 내 사정을 알면 이해해주고 받아줄 거라고 생각했으니까요."

"그래서요?"

"당신이 그렇게 물을 때마다 나는 미소를 짓게 돼요. 당신은 부지런한 새처럼 눈을 동그랗게 뜨고 초조하게 몸을 움직이잖아요. 마치 상대의 대답이 당신이 흡족해하는 만큼 빨리 나오지 않는다는 듯이, 상대의 마음을 고스란히 읽고 싶다는 듯이. 다음 얘기를 하기 전에 방금 당신이 말한 '그래서요?'의 뜻이 무엇인지 알고 싶군요. 당신이 자주 사용하는 짧은 말이기는 한데, 그 말을 들으면 계속해서 다음 얘기를 하고 싶어져요. 이유는 모르겠지만."

"그건…… 그다음에는 어떻게 되었나요? 어떻게 일 처리를 하셨나요? 그 후 무슨 일이 있었나요? 이런 뜻이에요."

"그렇군요! 이제 뭘 더 알고 싶죠?"

"당신이 마음에 드는 여자를 찾았는지, 그 여자에게 청혼했는지, 그 여자는 뭐라고 대답했는지 알고 싶어요."

"마음에 드는 여자를 찾았는지, 그 여자에게 청혼했는지는 말해줄 수 있는데, 그 여자의 대답은 아직 운명의 책에 기록되지 않아서 말해줄 수가 없어요. 지난 10년 동안 나는 이곳저곳을 돌아다니면서 살았어요. 이 도시, 저 도시를 떠돌았죠. 상트페테르부르크에서도 살고, 파리에서도 살았어요. 로마, 나폴리, 피렌체에서도 살았고요. 돈은 넘치게 많고 오래된 가문의 이름이 박힌 여권이 있으니 어디서든 내 주변에 사람들이 몰려들었어요. 사교계에서 배척당하는 일도 없었고요. 영국의 숙녀들, 프랑스의 백작 부인들, 이탈리아의 귀부인들, 독일의 백작 부인들 중에 내 이상형을 찾으려 했지만 그들 중에는 없었습니다. 어느 순간 스치듯이 이상형의 눈빛을 언뜻 본 것 같기도 하고, 목소리를 들은 것 같기도 하고, 모습을 본 것 같기도 한 적은 몇 번 있었지만요. 하지만 곧 착각이었음을 알았어요. 몸과 마음이 모두 완벽한 여자를 찾으려 했다고 오해하지는 말아요. 나는 그저 나에게 맞는 여자, 그 크리올 여자와 정확히 반대되는 여자를 찾으려 한 것뿐이니까. 하지만 아무리 찾아도 소용이 없었습니다. 내가 누군가에게 매여 있지 않은 자유로운 몸이라고 해도 그들 중에 결혼하고 싶은 여자는 없었어요. 나는 이미 맞지 않는 사람과 결혼했을 때어떤 위험과 공포, 혐오를 느낄 수 있는지 경험으로 알고 있었습니다. 실망한 나는 아예 막 살기로 했죠. 방탕까지는 아니어도 향락을 즐기면서 살았습니다. 방탕한 삶은 내가 극히 혐오하는 터라 그렇게까지 살지는 않았어요. 방탕함은 서인도 제도의 메살리나(로마 클라우디우스 황제의 아내. 음란한 생활을 하다가 황제에게 피살되었다고 전해짐—옮긴이) 같은 그 미친 여자의 특성이었습니다. 그 여자의 음란한 삶을 내가 지독하게 혐오했기 때문에 방탕까지 가지는 않은 겁니다. 쾌락을 즐기며 살다가도 그 여자의 악덕과 비슷해지는 지경이다 싶으면 멈추고 피해버렸습니다.

하지만 혼자서는 살 수가 없었어요. 그래서 정부를 두기로 했습니다. 처음에 고른 여자가 셀린 바렝입니다. 그 여자에 대해서는 기억을 떠올리는 것만으로도 몸서리가 쳐지네요. 셀린이 어떤 부류의 여자인지, 내가 어떻게 그 여자와의 관계를 끊어냈는지는 당신이 이미 알고 있으니 더 길게 얘기는 안 하겠습니다. 그 후 정부를 두 명 더 뒀습니다. 이탈리아인 지아친타, 독일인 클라라. 둘 다 꽤 미인이었어요. 하지만 몇 주일이 지나자 미모는 아무 의미가 없게 됐습니다. 지아친타는 부도덕하고 폭력적이어서 석 달 만에 진절머리가 났습니다. 클라라는 정직하고 조용했지만, 사람이 너무 우울하고 어리석은 데다 감수성마저 부족해서 내 취향에 맞지 않았습니다. 나는 클라라가 괜찮은 가게를 차릴 수 있도록 상당한 돈을 주고 깨끗이 정리했습니다. 제인, 당신 표정을 보니 나에 대해 좋지 않은 인상을 받은 것 같군요. 나를 냉정하고 지조 없는 한량으로 여기는 겁니까?"

"예전처럼 좋게 보이지만은 않아요. 정부를 갈아치우면서 사는 삶이 잘못됐다는 생각은 전혀 들지 않으셨나요? 너무 담담하게 말씀하시네요."

"물론 그런 생각을 했습니다. 나도 그렇게 살고 싶지 않았어요. 천박한 삶이었죠. 다시는 그런 삶으로 돌아가고 싶지 않아요. 정부를 두는 건 노예를 사는 것만큼이나 혐오스러운 짓이니까. 정부든 노예든 본질적으로나 신분적으로나 열등한 자들입니다. 열등한 자들을 곁에 두고 가까이 지낸다는 것은 불명예스러운 짓이죠. 셀린, 지아친타, 클라라와 함께 보낸 시간을 지금 돌이켜 생각해보면 참 혐오스러워요."

그의 말에서 진정성이 느껴졌다. 그리고 분명한 사실을 추론해냈다. 만약 내가 분수를 잊고 그동안 익혀온 가르침을 헌신짝처럼 내던진 채 그가 내세우는 핑계와 자기변호, 유혹에 넘어가 그 불쌍한 여자들처럼 그의 정부가 된다면, 그는 지금 자신의 과거를 더럽혔다고 여기는 그 정부들을 바라보듯한 눈으로 언젠가 나를 보게 될 것이다. 나는 그 말을 입 밖에 내지는 않았지만 속으로 확신했다. 나중에 시련이 닥쳐오면 도움을 받을 수 있도록 그 확신을 가슴속 깊이 새겨놓았다.

"자, 제인, 이제 '그래서요?'라고 물을 차례 아닌가요? 아직 얘기가 안 끝났는데 당신은 심각한 표정이네요. 내가 마음에 안 들어서겠죠. 이제 요점을 말할게요. 지난 1월, 정부들을 전부 정리하고 일 때문에 영국으로 돌아왔어요. 쓸데없이 방랑하며 외롭게 살았더니 정신도 피폐해진 데다가 인간들, 특히 여자들에게 신물이 나고 실망해서였죠. (지적이고 믿음이 가며 사랑스러운 여자를 찾는 건 한낱 꿈이라는 생각이 들기 시작했어요.)

얼어붙게 추운 어느 겨울 오후, 저 앞에 보이는 손필드 홀을 향해 말을 타고 달려가고 있었습니다. 볼수록 혐오스러운 바로 이 저택으로요! 이 집에서는 어떤 평안도 기쁨도 기대할 수 없었어요. 그런데 헤이 길의 산울타리 계단에 어떤 조그마한 사람이 혼자 조용히 앉아 있더군요. 나는 맞은편의 가지치기 한 버드나무를 보듯, 그 사람을 그냥 지나쳐 가려고 했습니다. 그 사람이 내게 어떤 의미가 될지 전혀 예감하지 못했어요. 좋은 쪽이든 나쁜 쪽이든 내 삶을 중재하고 지켜줄 귀한 사람이 소박한 모습으로 그곳에서 기다리고 있을 줄은 전혀 생각 못했어요. 메즈로가 넘어지는 사고가 일어나고 그 사람이 내게 다가와 진지하게 도움의 손길을 내밀었을 때도 알아채지 못했습니다. 어린아이처럼 작고 가냘픈 여자였어요! 마치 홍방울새가 내 발 앞으로 폴짝 뛰어 내려와 작은 날개로 나를 떠받쳐주려는 것처럼 느껴지더군요. 나는 별로 내키지 않았는데 그 여자는 나를 두고 가려고 하지 않았어요. 이상할 정도로 고집을 부리면서 내 곁을 지켜주려고 했죠. 표정이며 말투에서 권위가 느껴지더군요. 나는 도움을 받아야 하는 상황이라 결국 그에게 의지하게 됐습니다.

그 여자의 약한 어깨에 기대어 서는 순간, 신선하고 새로운 느낌에 사로잡혔어요. 그리고 이 작은 요정 같은 여자가 언덕 아래에 있는 내 집에 살고 있으며, 따라서 다시 만나게 될 거라는 사실을 알게 됐죠. 그걸 몰랐다면 나는 그 여자가 나를 떠나 어둑한 산울타리 너머로 사라지는 걸 보면서 무척 안타까워했을 겁니다. 그날 밤 당신이 집으로 돌아오는 소리를 들었어요. 당신은 몰랐겠지만 나는 당신 생각을 하면서 집 밖을 내다보고 있었습니다. 그리고 다음 날 당신을 보게 됐죠. 당신은 나를 못 봤겠지만 나는 당신이 아델과 복도에서 놀고 있는 모습을 30분 정도 지켜봤어요. 생각해보니, 그날은 눈이 내려서 당신도 집 밖으로 나갈 수가 없었겠네요. 나는 내 방에 있으면서 문을 약간 열어 놓았어요. 당신과 아델이 노는 모습도 보고 소리도 들었습니다. 아델이 당신의 관심을 한동안 붙잡아놓는 듯했지만 당신은 다른 생각을 하는 것처럼 느껴졌습니다. 그래도 당신은 참을성 있게 아델을 잘 대해주더군요, 나의 예쁜 제인. 당신은 아델에게 말을 걸고 한참 동안 재미있게 놀아줬어요. 그리고 아델이 당신 곁을 떠나자 당신은 다시 깊은 생각에 잠겼습니다. 당신은 천천히 복도를 서성거렸죠. 가끔 함박눈이 내리는 창밖을 내다보면서, 흐느껴 우는 바람 소리에 귀를 기울이다가 다시 천천히 발걸음을 떼며 상상에 잠기는 모습이었어요. 그다지 암울한 상상은 아니었을 겁니다. 가끔 유쾌하게 눈을 빛내며 잔잔하게 흥분하는 모습이었던 걸로 기억해요. 그러니 비통하고 칙칙하며 불안증 환자 같은 상상에 잠기지는 않았을 걸로 추측됩니다. 표정을 보니 젊은 여성의 달콤한 상념에 잠긴 것 같았어요. 당신의 영혼이 자유로이 날갯짓하며 높은 희망을 안고 이상적인 천국으로 날아오르는 것처럼 보이더군요. 그런데 복도에서 하인에게 말을 하는 페어팩스 부인의 목소리가 들리자 당신은 상념에서 깨어났습니다. 혼자 미소 짓는 모습이 참 특이했어요, 재닛! 그 미소에 많은 의미가 담겨 있었죠. 대단히 기민하면서도, 본인의 상상을 가볍게 넘겨버리는 듯한 미소였죠. 마치 이렇게 말하는 듯했습니다. '멋진 상상을 했지만 그게 현실이 아니라는 걸 잊지 말자. 머릿속에 장밋빛 하늘이 펼쳐져 있고, 푸르른 언덕에 꽃이 흐드러지게 핀 에덴동산이 들어서 있지만, 내 발 아래에는 힘겹게 걸어가야 할 여정이 있어. 시커먼 폭풍우 구름까지 몰려드는 중이야.' 당신은 아래층으로 내려가 페어팩스 부인에게 어떤 부탁을 받는 것 같더군요. 아마 일주일치 가계부 정리가 아닐까 생각했죠. 당신이 내 시야에서 사라지자 무척 아쉬워지더군요.

저녁이 오기를 초조하게 기다렸어요. 저녁이 되어야 당신을 내 앞으로 부를 수 있었으니까. 당신은 내가 그때까지 만나본 적 없는 특이하고 새로운 사람인 것 같더군요. 당신에 대해 더 깊이, 더 잘 알고 싶어졌습니다. 당신은 수줍어하면서도 당당한 모습으로 방에 들어왔어요. 옷차림은 고풍스러웠죠. 지금처럼. 나는 당신에게 말을 걸었습니다. 그리고 얼마 안 있어 나는 당신이 묘하게 상반된 면을 갖고 있다는 걸 알게 됐어요. 당신의 옷차림과 처신은 규율에 맞춰 살아온 사람다웠어요. 종종 자신 없어 하는 모습을 보이기는 했지만 고상한 심성을 타고난 것 같았습니다. 사람들과 어울리는 일에는 익숙하지 않아 보이더군요. 결례를 범하거나 실수를 저질러 불이익을 받게 될까 봐 조심하는 것 같았는데, 내가 말을 걸자 당신은 예리하고 대담하며 강렬한 눈빛으로 내 얼굴을 똑바로 바라봤습니다. 당신의 눈빛에서 상대를 꿰뚫어 보는 힘이 느껴졌어요. 내가 캐묻듯이 질문을 던졌는데도 당신은 힘들이지 않고 솔직하게 대답하더군요. 그리고 곧 당신은 나에게 익숙해진 것 같았습니다. 엄격하고 까다로운 주인과 자신 사이에 교감이 형성되었다는 걸 알게 된 것처럼 말이죠, 제인. 나를 만난 지 얼마 안 되어서 당신이 예의에 벗어나지 않으면서도 편안한 태도를 보이자 솔직히 놀랐습니다. 내가 뚱하고 날카롭게 말을 하는데도 당신은 놀라거나 겁을 먹거나 짜증을 내거나 불쾌해하는 기색이 없었어요. 나를 가만히 지켜보면서, 단순하지만 현명하고 우아한 눈빛으로 미소를 짓더군요. 나는 그런 당신을 보며 만족했고 기분이 좋아졌습니다. 당신 모습이 마음에 들어 자주 보고 싶다는 생각을 했어요. 하지만 한동안 나는 당신을 멀리하고 당신과 함께 있는 시간을 줄였습니다. 나는 지적인 면에 관한 한 미식가라고 할 수 있는 사람입니다. 모처럼 내 입맛에 맞는 새롭고 흥미로운 사람을 알게 됐으니 어쩌다 한 번씩만 만나면서 되도록 오래 만족감을 느끼고 싶었죠. 게다가 꽃에 자주 손을 댔다가는 꽃이 신선하고 달콤한 매력을 잃고 시들어버릴 것 같다는 두려움도 있었어요. 그때는 당신이 잠시 피었다가 져버리는 꽃이 아니라, 부서지지 않는 보석을 깎아 만든 환하게 빛나는 꽃이라는 걸 몰 랐어요. 그리고 내가 당신을 피해버리면 당신이 나를 찾지 않 을까 하는 바람도 있었습니다. 하지만 당신은 그러지 않더군 요. 당신은 책상이나 이젤처럼 조용히 교실에 머물렀어요. 우 연히 나와 마주쳐도 예의를 갖춰 인사를 건넬 뿐 얼른 자리를 피해버렸죠. 당신의 표정은 늘 생각에 잠긴 것 같았습니다. 병 약하지는 않으니 울적한 표정은 아니었지만, 인생에 별 기대 가 없고 즐거움도 없는 것처럼 늘 가라앉아 있었어요. 당신이 나를 어떻게 생각할지, 나에 관한 생각을 하기는 하는지 궁금 해지더군요. 그래서 다시 당신을 관찰하기 시작했습니다. 대 화를 나눌 때 당신의 눈빛은 즐거워 보였고 태도는 상냥했어 요. 알고 보니 당신은 사교적인 마음 자세를 가지고 있었죠. 늘 조용한 교실에서만 있다 보니 권태로워져서 다소 우울하 게 보였던 것 같아요. 나는 당신에게 친절하게 대해주고 싶어 졌습니다. 다정하게 대하자 당신은 곧 반응을 보이더군요. 당 신의 표정은 부드럽게 바뀌었고 말투도 상냥해졌어요. 나는 당신이 감사하고 행복해하는 목소리로 내 이름을 불러주는 게 좋았습니다. 그 무렵 당신과 우연히 만나는 게 즐거워졌어 요. 당신은 내게 호기심을 보이면서도 주저했어요. 그리고 나 를 약간 어려워하는 눈빛이더군요. 약간의 의심도 깔려 있었 던 것 같아요. 내 변덕을 어떻게 해석해야 하는지 혼란스러워 하더군요. 내가 주인으로서 엄격한 태도를 취하려 하는지 아니면 친구처럼 편하게 대하려 하는지 판단이 서지 않아서였 겠죠. 그 무렵 나는 당신이 무척 좋아져서 처음처럼 변덕을 부 리기가 쉽지 않아졌어요. 내가 다정하게 손을 내밀기라도 하 면 당신의 젊고 생각에 잠긴 얼굴에 환하게 홍조가 피어올랐 죠. 당신을 그 자리에서 끌어안고 싶었지만 참느라 애먹었습 니다."

"그 시절 얘기는 그만하세요."

나는 눈가에 맺힌 눈물을 살며시 닦아냈다. 그의 말 하나 하나가 내게는 고문이었다. 내가 이제 어떻게 해야 하는지 잘 알기 때문이었다. 그와의 모든 추억, 그가 털어놓는 속내는 내 가 그 일을 한층 더 하기 어렵게 만들 뿐이었다.

"그래요, 제인. 현재가 이렇게 확실해졌고 더 밝은 미래가 기다리고 있으니 과거 얘기를 길게 늘어놓을 필요는 없겠죠."

그의 열정적인 주장에 나는 몸이 떨릴 지경이었다.

"어쩌다가 일이 이렇게 됐는지 당신도 이제 알게 됐잖아 요? 나는 청소년기와 젊은 시절의 절반을 지독히 비참하게, 나머지 절반을 황량하고 고독하게 보냈습니다. 태어나서 처 음 진심으로 사랑할 수 있는 당신을 찾았어요. 당신은 나와 감 정을 공유할 수 있는 사람이고, 내 더 나은 자아이고, 나의 선 한 천사입니다. 나는 당신에게 강한 애정으로 묶여 있어요. 당 신은 착하고 재능 있고 사랑스러운 사람이에요. 내 가슴 속에 강렬하고 장엄한 열정이 차올라 당신에게로 향하고 있어요.

그 감정이 바로 당신을 내 삶의 중심이자 원천으로 끌어당기고 있습니다. 이 사랑 덕분에 내 삶은 온통 당신으로 채워졌어요. 순수하고 강렬한 불꽃으로 타올라 당신과 나를 하나로 융합시키는 사랑입니다.

이런 감정을 느끼고 인식했기 때문에 당신과 결혼해야겠다는 결심을 했어요. 내게 이미 아내가 있다는 건 공허한 헛소리에 불과합니다. 내가 끔찍한 악마와 결혼했다는 걸 당신도 알잖아요. 내 잘못은 당신을 속이려 했던 거였죠. 하지만 그건 당신의 고집스러운 성격이, 어린 시절부터 주입받은 당신의 편견이 두려워서였어요. 나는 비밀을 털어놓는 위험을 감수하기 전에 당신을 내 사람으로 만들어놓고 싶었습니다. 비겁했죠. 당신의 고상한 인격과 관대한 아량에 먼저 호소했어야 했는데. 내 고통스러운 삶을 솔직하게 털어놨어야 했는데. 그래야 했다는 걸 이제야 알았습니다. 보다 고귀하고 가치 있는 여자를 향한 내 갈망을 당신에게 설명하고, 내 결심이 아니라 (결심은 내 마음을 표현하기에는 너무 약한 단어네요) 충직하고 변함없는 사랑을 당신에게 보여줬어야 했습니다. 당신은 나를 한결같이 사랑했을 충직한 사람이니까요. 그런 후에 남편으로서 정절을 지키겠다는 맹세를 받아달라고, 나에게도 그런 맹세를 해달라고 부탁했어야 했습니다. 제인, 지금이라도 내 아내가 되어주겠다는 맹세를 해줘요."

침묵이 흘렀다.

"왜 아무 말이 없어요, 제인?"

나는 몹시 괴로웠다. 불타는 쇠로 만든 손이 내 뱃속 오장육부를 움켜쥔 것 같았다. 끔찍한 순간이었다. 내 안에서 감정이 몸부림치고 어둠이 밀려왔다. 그리고 그 와중에 격한 열정이 활활 타올랐다! 이 세상 누구도 지금 나보다 더 큰 사랑을 받지는 못했을 것이다. 게다가 나를 사랑하는 이 남자는 내가 절대적으로 숭배하는 사람이었다. 그런데도 나는 우상이나 다름없는 이 남자와의 사랑을 버려야 했다. 내가 반드시 해야 하는 의무는 씁쓸한 한마디로 정리되었다. 바로 "떠나!"라는 말이었다.

"제인, 내가 당신한테 원하는 게 뭔지 알아요? 이렇게만 맹세해줘요. '나는 당신의 아내입니다, 로체스터 씨.' 이렇게요."

"로체스터 씨, 저는 당신의 아내가 될 수 없어요."

다시 긴 침묵이 흘렀다.

"제인!" 그의 부드러운 목소리에 내 속은 슬픔으로 차올랐고, 불길한 공포로 인해 돌처럼 차갑게 굳어버렸다. 그의 차분한 목소리는 막 달려들려는 사자의 헐떡임과도 같았다. "제인, 나를 버려두고 세상 저쪽으로 떠나겠다는 겁니까?"

"예."

"제인."

그는 허리를 굽혀 나를 품에 안았다.

"진심이에요?"

"예."

"지금은요?"

그는 내 이마와 뺨에 부드럽게 입을 맞췄다.

"떠나야 해요."

나는 그의 품에서 서둘러 벗어났다.

"아, 제인, 정말 너무하네요! 이건…… 완전히 잘못된 겁니다. 나를 사랑해야 옳아요."

"당신의 뜻을 따르는 건 잘못된 일이에요."

그는 눈을 사납게 번뜩이며 눈썹을 치켜떴다. 그는 의자에서 벌떡 일어났지만 아직까지 분노를 잘 참아내고 있었다. 나는 쓰러지지 않으려고 의자 등받이를 손으로 짚었다. 몸이 떨리고 겁이 났지만 결심은 변함이 없었다.

"당신이 떠나고 난 후 내 인생이 얼마나 비참해질지 잠시라도 생각해줘요, 제인. 당신이 떠나면 내 모든 행복도 같이 뜯겨나갈 겁니다. 그럼 뭐가 남겠어요? 위층에 사는 미친 아내뿐입니다. 차라리 나를 저기 있는 성당 묘지의 시체에게 던져주고 가요. 내가 어떻게 해야 합니까, 제인? 어디서 인생을 함께할 동반자를 찾아야 하죠? 어디서 희망을 찾습니까?"

"저처럼 하시면 돼요. 하느님과 당신 자신을 믿으세요. 천국을 믿으시고요. 저와 나중에 다시 거기서 만날 수 있을 거라는 희망을 가지세요."

"고집을 절대 안 꺾겠다는 겁니까?"

"불가능해요."

"나더러 비참하게 살다가 저주받은 죽음을 맞이하라는 거군요?"

그가 목소리를 높였다.

"죄를 짓지 말고 살라고 조언하는 거예요. 당신이 평화롭게 삶을 마감하길 바라는 거고요."

"그러면서 내게서 사랑과 순수한 삶을 빼앗아가겠다고요? 욕정이나 탐하고 악한 짓이나 하는 삶으로 돌아가라는 겁니까?"

"로체스터 씨. 저는 그런 삶을 살 생각이 없고 당신도 그렇게 살기를 바라지 않아요. 우리는 누구나 역경을 참고 견디며 살아야 해요. 아마 제가 당신을 잊는 것보다 더 빨리 당신이 저를 잊으실 거예요."

"나를 아주 거짓말쟁이로 만드는군요. 내 명예를 더럽히는 말이에요. 나는 변할 수 없다고 이미 선언했습니다. 그런데도 당신은 내가 곧 변할 거라고 내 면전에 대고 말하는군요. 당신의 판단이 얼마나 왜곡돼 있고 당신의 생각이 얼마나 억지스러운지가 그 행동으로 증명된 겁니다! 법을 어겨도 아무도 다치는 사람이 없는데도 인간이 만든 법을 어기느니 같은 인간을 절망으로 빠뜨리는 게 낫다는 겁니까? 당신은 친척이나 지인도 없으니, 나와 함께 산다고 해서 친척이나 지인의 기분을 상하게 할 일도 없을 텐데요."

그 말은 사실이었다. 그가 말을 하는 동안 내 양심과 이성은 내게 등을 돌리더니 어떻게 그를 거절하는 죄를 저지를 수 있냐고 달려들었다. 양심과 이성은 감정만큼이나 목청을 높여 떠들었다. 감정의 목소리가 머릿속에서 요란하게 울려 퍼졌다. '아, 제발 그의 뜻에 따라! 그가 얼마나 불행해질지, 그가 얼마나 위험해질지 생각해봐. 혼자 남겨지면 그가 어떻게 살겠어. 그는 앞뒤 안 가리는 성격이잖아. 절망한 그가 얼마나 무모한 짓을 저지르겠냐고. 그를 위로하고 구원해줘. 그를 사랑해줘. 그에게 사랑한다고 말하고 그의 아내가 되라고. 이 세상에서 누가 널 이렇게 아껴주겠어? 네 행동으로 인해 누가 이렇게까지 상처받겠어?'

그런데도 내 대답은 변함이 없었다. '내가 나를 아끼면 돼. 고독할수록, 친구가 없을수록, 지지받지 못할수록 나는 나를 더 존중할 거야. 하느님이 내려주시고 인간이 동의한 율법을 따를 거야. 내가 제정신일 때, 지금처럼 미치지 않았을 때 받아들인 원칙을 지켜야 해. 법과 원칙은 유혹이 없는 시기를 위해 만들어지지 않았어. 바로 지금 같은 시기, 몸과 영혼이 법과 원칙을 엄격히 적용하지 말라고 반란을 일으키는 시기에 대비해 만들어진 거야. 엄중한 법과 원칙일수록 어기지 말고 잘 지켜내야 해. 나 편하자고 어겨버리면 그게 다 무슨 소용이 있겠어? 거기에는 큰 가치가 있다고 나는 늘 믿어왔어.

이제 와서 믿을 수 없다고 한다면 그건 내가 미쳤기 때문이겠지. 내 핏줄 속에 불이 휘몰아치고 심장이 맥박을 헤아릴 수도 없을 만큼 빠르게 뛰고 있는 걸 보면, 완전히 미친 것 같기도 해. 그러니 지금 나는 이전부터 갖고 있던 견해, 예전에 해놓은 결심을 지킬 거야. 절대 물러서면 안 돼.'

나는 그렇게 했다. 로체스터 씨도 내 표정을 읽고 내 결심을 읽어냈다. 그의 분노는 극에 달했다. 그는 잠시 분노로 인해 어찌할 바를 몰랐다. 방을 가로질러 오더니 내 팔을 잡고 내 허리를 감쌌다. 활활 타오르는 눈빛이 나를 집어삼킬 것 같았다. 그 순간 용광로의 바람과 불길에 노출된 나무 그루터기처럼 내 몸에서 힘이 쭉 빠졌다. 정신까지 잃지는 않았기에 내 안전만큼은 확신할 수 있었다. 다행히 영혼은 눈빛으로 내 마음을 전했다. 평소에 아무 생각도 드러내지 않던 눈이지만 지금은 충직한 통역관 노릇을 해주었다. 나는 고개를 들어 그의 눈을 올려다보았다. 그의 사나운 얼굴을 바라보며 나도 모르게 한숨을 쉬었다. 내 팔과 허리를 잡은 그의 손길 때문에 고통스러웠다. 힘을 무리해서 썼더니 거의 기진맥진한 상태였다.

그는 이를 갈며 말했다.

"이렇게 가냘프면서 절대 굽히지 않는 정신을 가진 사람은 처음이야. 내 손에서 갈대처럼 약하게만 느껴지는 여자인데!"(그는 내 몸을 붙잡고 한 차례 흔들었다.) "엄지와 검지만으로도 이 여자를 굴복시킬 수 있어. 하지만 몸을 굴복시키고 찢고 짓이긴다고 해서 뭐가 달라질까? 이 눈빛을 봐. 내게 맞서는 이 단호하고 사납고 자유로운 눈빛을 보란 말이야. 이 여자의 눈빛에는 용기를 넘어서는 힘이 있어. 이 싸움은 자신의 승리라고 주장하고 있어. 내가 새장을 붙잡고 무슨 짓을 하더라도 나는 그 안의 새를 붙잡을 수 없어. 너무 사납고 아름다운 새야! 이 가냘픈 감옥을 부수고 망가뜨려봤자 내 분노는 그 안의 죄수를 달아나게 할 뿐이야. 그 집의 정복자는 될 수 없어. 내가 진흙으로 만든 그 집의 주인이라고 선언하기도 전에 그 안의 죄수는 이미 하늘로 도망치고 없겠지. 당신은 요정이에요, 제인. 내가 원하는 건 당신의 나약한 육신이 아니라 당신의 의지와 힘, 미덕과 순수함입니다. 당신은 스스로 원해서 내게 날아와 내 가슴에 둥지를 틀 수 있겠지만, 내가 당신의 의지에 반해 억지로 붙잡으려 하면 내 손아귀를 빠져나가겠죠. 내가 당신의 향기를 들이마시기도 전에 당신은 사라져버릴 겁니다. 아! 제인, 제발 내게 와줘요!"

그는 이렇게 말하며 나를 손아귀에서 풀어주고 그저 나를 바라보았다. 그의 눈빛에는 나를 붙잡으려던 그의 강력한 손보다 더 거부하기 힘든 힘이 깃들어 있었다. 멍청한 여자였으면 지금쯤 그의 설득에 넘어가고 말았을 것이다. 하지만 나는 이미 그에게 저항해 그의 분노를 꺾어놓았다. 이제 그의 슬픔을 비껴가야 했다. 나는 문으로 향했다.

"떠나는 겁니까, 제인?"

"가야 해요."

"나를 버리겠다고요?"

"예."

"정말 돌아오지 않을 겁니까? 나를 위로해주고 나를 구원해주지 않을 거예요? 내 깊은 사랑, 내 격한 비애, 내 광적인 기도가 전부 당신에게는 아무 의미도 없어요?"

그의 목소리에는 지독한 비애가 담겨 있었다! 내 뜻을 다시 확고하게 밝히기가 쉽지 않았다.

"가야 해요."

"제인!"

"로체스터 씨."

"그래요, 가요. 알겠어요. 하지만 당신이 나를 비통한 지경에 몰아넣고 떠난다는 것만은 기억해요. 방으로 올라가서 내가 했던 말을 다시 생각해봐요. 그리고 내 고통을 돌아봐줘요. 나를 생각해줘요."

그는 고개를 돌리고 소파에 얼굴을 묻었다.

"아, 제인! 당신은 내 희망이고 사랑이며 생명이라고요!"

그의 입술에서 고통에 찬 말들이 쏟아져 나왔다. 그리고 깊고 격한 흐느낌으로 이어졌다.

나는 이미 문 앞에 가 있었다. 하지만 독자 여러분, 나는 다시 그에게 돌아갈 수밖에 없었다. 물러설 때만큼이나 단호하게 그에게 돌아가 그의 곁에 무릎을 꿇었다. 쿠션에 파묻은 그의 얼굴을 잡고 내 쪽으로 돌린 뒤 그의 뺨에 입을 맞췄다. 그의 머리카락을 손으로 쓰다듬었다.

"사랑하는 당신에게 하느님의 축복이 함께하길! 하느님께서 당신이 해악과 죄악의 길로 들어서지 않도록 지켜주시고, 당신을 바른길로 인도하며 위로해주시길, 저에게 베풀어준 당신의 친절에 대해서도 보상해주시길 기도할게요."

"내게 최고의 보상은 당신의 사랑이에요. 당신의 사랑이 없으면 내 가슴은 무너지고 말아요. 그러니 제발 당신의 사랑을 고귀하게 아낌없이 내게 줘요."

그의 얼굴에 피가 몰려 벌겋게 달아올랐다. 눈빛도 불붙은 듯 활활 타올랐다. 그는 일어서서 두 팔을 뻗었다. 하지만 나는 그의 포옹을 외면하고 방을 나갔다.

'잘 있어요!' 그를 떠나며 내 심장이 울부짖었다. 지독한 절망이 밀려왔다. '영원히 안녕!'

그날 밤 잠을 잘 수 있을 것 같지 않았는데, 침대에 눕자마자 잠에 빠져들었다. 꿈에서 어린 시절의 어느 장면으로 돌아갔다. 나는 게이츠헤드 홀의 빨간 방에 누워 있었다. 어두컴컴한 밤, 내 마음에는 괴이한 두려움이 차올랐다. 오래전 나를 기절시켰던 괴상한 빛이 나타나 방 벽을 타고 미끄러지듯 기어오르더니 불투명한 천장 한가운데에 멈추고 파르르 떨었다. 고개를 들고 천장을 올려다보았다. 지붕은 높은 곳에 희미하게 떠 있는 구름 덩어리로 변해 있었다. 구름을 가르고 나온 달빛이 방을 희미하게 비추었다. 나는 마치 달 표면에 운명의 말이 적혀 있기라도 한 듯, 묘한 기대감으로 달을 바라보았다. 달은 지금까지 보아온 어떤 달과도 다른 모습으로 구름을 뚫고 나왔다. 어떤 손이 흑담비 같은 검은 구름 속으로 파고들어가 구름을 이리저리 흩어놓았다. 그러자 푸른 하늘에 달이 아닌 하얀 사람의 형상이 나타나 동쪽으로 영광스런 이마를 기울이며 빛났다. 그 사람의 눈이 나를 가만히 바라보다가 내 영혼에 말을 걸었다. 멀리서 들려오는 것 같기도 하고 가까이에서 들리는 듯도 한 그 목소리가 내 가슴 속에 속삭였다.

"내 딸아, 유혹을 뿌리치고 도망치렴."

"예, 그럴게요, 어머니."

나는 무아지경 같은 꿈에서 깨어나며 대답했다. 아직 밤이었지만 7월의 밤은 짧았다. 자정이 지나면 얼마 안 있어 새벽이 밝아올 것이다.

'가급적 빨리 시작해야 해.'

어젯밤 신발만 벗어놓고 옷을 벗지 않은 채 잠이 들어서 따로 옷을 차려입을 필요도 없었다. 내 서랍장 어디에 속옷과 로켓 목걸이, 반지가 들어 있는지도 잘 알고 있었다. 그런데 그 물건들을 찾다가 며칠 전 로체스터 씨가 내게 억지로 떠안긴 진주 목걸이를 발견했다. 나는 그 목걸이를 챙기지 않았다.

내 물건이 아니라 허공 속으로 사라져버린 허상의 신부의 것이기 때문이었다. 그 외에 다른 물건들은 가방에 챙겨 넣었다. 20실링(내 전 재산이었다)이 들어 있는 지갑도 주머니에 넣었다. 밀집 보닛을 머리에 쓰고 숄을 두른 뒤 핀으로 고정했다. 짐 가방과 슬리퍼를 손에 들고 살그머니 방에서 빠져나갔다.

페어팩스 부인의 방 앞을 지나가며 속삭였다.

"안녕히 계세요, 다정한 페어팩스 부인!"

그리고 유아실 쪽을 바라보며 덧붙였다.

"잘 있어, 사랑하는 아델!"

방으로 들어가 아델을 포옹하는 건 생각할 수도 없었다. 예민한 귀를 가진 그 아이에게 들켜서는 안 되었다. 지금도 방 바깥을 향해 귀를 세우고 있을지도 몰랐다.

로체스터 씨의 방 앞을 곧장 지나가야 했지만 그 방 앞에 이르자 심장이 멈추고 발걸음도 멈춰버렸다. 그는 잠들어 있지 않았다. 방 안에서 초조하게 서성이는 발소리가 들려왔다. 내가 듣고 있는 동안 그는 연신 한숨을 토해냈다. 저 방 안에는 일시적일지 모르지만 나를 위한 천국이 있었다. 내가 그를 선택하기만 하면 되었다. 내가 안으로 들어가 이렇게 말하기만 하면 되는 것이다.

'로체스터 씨, 사랑해요. 죽는 날까지 평생 당신과 함께 살겠어요.'

그랬으면 내 입술에 환희의 샘물이 솟아났을 것이다.

다정한 나의 주인. 잠 못 들고 서성이는 그는 초조하게 날이 밝아오기를 기다리고 있었다. 아침이 되면 나를 불러오라고 하인을 보낼 것이다. 하지만 나는 떠나고 없겠지. 그는 나를 찾으려고 사람들을 풀 것이다. 그는 사랑을 거절당했다고, 버림받았다고 여기고 몹시 괴로워할 것이다. 어쩌면 다 포기하고 될 대로 되라는 식으로 살아버릴지도 모른다. 그 생각을 하니 손이 절로 자물쇠로 향했다. 하지만 이를 악물며 손을 거둬들이고 그곳을 떠났다.

쓸쓸히 아래층으로 내려갔다. 어떻게 해야 하는지 잘 알기에 기계적으로 그 일을 했다. 주방에 있던 옆문 열쇠를 찾은 뒤 기름병과 깃털을 꺼내 들고 열쇠와 자물쇠에 기름을 발랐다. 약간의 물과 빵도 챙겼다. 앞으로 얼마나 멀리 걸어가야 할지 알 수 없었고, 그즈음 심하게 체력이 저하된 터라 쓰러지지 않으려면 대비를 해둬야 했다. 나는 조용히 그 모든 일을 해냈다. 문을 열고 밖으로 나가 소리 없이 닫았다. 마당에 희미한 새벽빛이 비춰들고 있었다. 저택 대문은 자물쇠로 잠겨 있었지만 쪽문에는 걸쇠만 걸려 있었다. 쪽문을 열고 밖으로 나가 문을 닫았다. 거기서부터는 손필드 밖이었다.

1.5킬로미터쯤 떨어진 들판 너머에 밀코트의 반대 방향으로 뻗어 있는 큰길이 있었다. 한 번도 가본 적 없는 길이었다. 종종 그 길을 바라보면서 어디로 가는 길일까 궁금하기는 했다. 나는 그 길로 걸음을 옮겼다. 이것저것 잴 여유가 없었

다. 뒤를 돌아봐서는 안 되었다. 앞을 보는 것도 허락되지 않았다. 과거든 미래든 생각하지 말아야 했다. 과거의 페이지는 천국처럼 달콤하면서도 죽을 만큼 슬퍼서 한 줄이라도 읽었다가는 용기가 사라지고 힘이 고갈되어버릴 것이다. 미래의 페이지는 텅 비었다. 폭우가 휩쓸고 지나간 세상처럼 아무것도 없었다.

해가 뜰 때까지 들판과 산울타리, 좁은 길을 따라 걸었다. 아름다운 여름날의 아침이었다. 집을 떠날 때 신은 신발은 곧 아침 이슬에 축축해졌다. 하지만 나는 떠오르는 태양도, 미소 짓는 하늘도, 깨어나는 자연도 바라볼 수가 없었다. 아름다운 풍경 너머 단두대로 향하는 죄수는 그가 가는 길에 피어나 미소 짓는 꽃들을 감상할 여유가 없다. 그의 머릿속은 단두대의 발판과 칼날, 뼈와 혈관의 절단, 입을 벌리고 기다리는 무덤에 관한 생각으로 가득 차 있기 때문이다. 나는 우울한 도피와 집 없이 떠도는 방황, 그리고 아! 내가 고통 속에 남겨두고 온 그 남자를 생각했다. 어쩔 수 없었다. 그는 지금쯤 방에서 떠오르는 해를 바라보고 있을 것이다. 내가 곧 자신을 찾아와 아내가 되어 곁에 머물겠다고 말하기를 바라고 있겠지. 나는 그의 아내가 되고 싶었다. 지금이라도 돌아가고 싶었다. 아직 늦지 않았다. 그에게 이별의 쓰라린 고통을 안겨주고 싶지 않았다. 내가 집을 떠났다는 것을 아직 아무도 모를 것이다. 지금이라도 돌아가 그의 마음을 위로한다면 그의 자존심을 세워주고 그를 비참한 삶에서 구원해주고 그가 무너지지 않게 잡아줄 수 있을 텐데. 아, 그가 자포자기할까 봐 두려웠다. 그렇게 된다면 내가 나를 포기하는 것보다 더 견딜 수 없이 고통스러울 것이다. 가슴이 몹시 아팠다! 미늘이 있는 화살촉이 가슴에 박힌 기분이었다. 화살을 뽑아내려 할수록 가슴이 더 찢어졌다. 그와의 추억을 떠올리자 화살촉이 가슴 안으로 더 깊게 박혀 견딜 수가 없었다. 주변의 숲에서 새들이 지저귀기 시작했다. 새들은 짝에게 충실했다. 새는 사랑의 상징이었다. 나는 뭘까? 가슴이 찢어지게 아픈데도 원칙을 지키겠다고 아득바득 애쓰는 내가 혐오스러웠다. 내 판단이 옳았다고 아무리 자화자찬해봤자, 내 자존심을 지킨 거라고 주장해봤자 위안이 되지 않았다. 나는 사랑하는 그에게 상처를 주었고 그를 버렸다. 이런 내가 너무 싫었다. 하지만 돌아갈 수는 없었다. 단 한 걸음도 되돌릴 수 없었다. 하느님이 나를 인도하셨다. 격한 슬픔이 내 의지를 짓밟고 양심을 억눌렀다. 홀로 길을 걸으며 나는 격하게 눈물을 쏟아내고 말았다. 그리고 미친 사람처럼 빠르게 발을 옮겼다. 내면에서부터 시작된 무기력이 팔다리로 퍼져나가 온몸을 사로잡자 급기야 쓰러지고 말았다. 바닥에 쓰러져 축축한 풀밭에 얼굴을 묻었다. 여기서 죽겠구나 싶어 두려움과 기대가 밀려들었다. 하지만 얼마 안 있어 몸을 일으키고 두 손과 무릎으로 기어가다가 일어섰다. 어느 때보다 마음을 굳게 먹고 길을 향해 나아갔다.

도로에 도착해 산울타리 밑에 앉아 잠시 쉬고 있는데 바퀴 소리와 함께 마차가 나타났다. 일어서서 손을 들어 보이자 마차가 멈춰 섰다. 어디로 가는 마차인지 물었더니 마부는 꽤 멀리 있는 장소를 말했다. 로체스터 씨와 무관한 곳이라는 확신이 들었다. 그곳까지 태워주는 데 얼마가 드냐고 묻자 그는 30실링을 불렀다. 20실링밖에 없다고 하자 마부는 괜찮다며 타라고 했다. 마차 안이 비었으니 안에 앉아도 된다고 해서 나는 안으로 들어가 앉았다. 문이 닫히고 마차가 출발했다.

관대한 독자 여러분, 부디 여러분은 내가 그때 겪은 감정을 느낄 일이 없기를 바란다! 나처럼 가슴을 치며 폭풍처럼 눈물을 쏟아내는 일이 없기를, 나처럼 절망적이고 고통스러운 기도를 드리는 일이 없기를 바란다. 그래서 나와는 달리, 사랑하는 사람을 불행하게 만들까 봐 두려움에 떠는 일은 없기를 진심으로 기원한다.

28

이틀이 지났다. 한여름의 저녁이다. 마부는 나를 휘트크로스라는 곳에 내려주었다. 내가 준 돈으로는 거기까지밖에 태워줄 수 없다고 했다. 이제 수중에는 땡전 한 푼 없다. 마차는 이미 저 멀리 사라졌고 나는 철저히 혼자다. 그제야 마부 좌석에 올려둔 내 짐 가방을 깜박 잊고 내리지 않았음을 알았다. 안전하게 보관해두려고 거기 두었는데. 내 가방은 마부 좌석에 여전히 있을 터였다. 이제 정말 아무것도 없는 신세가 됐다.

휘트크로스는 마을이라고 부르기에도 어색할 정도로 굉장히 작은 동네였다. 길 네 개가 만나는 사거리에 돌기둥 표지판이 세워져 있는데 거기에 적힌 지명에 불과했다. 멀리서 어두울 때 잘 보이라고 지명을 백색 도료로 적어놓았다. 돌기둥 표지판 꼭대기에 방향을 나타내는 팔 네 개가 뻗어 있었다. 그 팔에 적힌 내용에 따르면, 제일 가까운 마을이 15킬로미터 떨어진 곳에 있고 제일 먼 마을까지는 30킬로미터 이상 가야 했다. 잘 알려진 마을 이름들이라 내가 지금 와 있는 곳이 어느 주州인지 짐작해볼 수 있었다. 북부 지역 한가운데에 있는 어떤 주인 것 같았다. 산으로 둘러싸이고 어스름이 깔린 황무지 지역이었다. 사방으로 너른 황무지가 펼쳐져 있었다. 저 앞의 깊은 골짜기 너머로 산들이 굽이굽이 솟아 있었다. 길에 행인이 한 명도 없는 걸 보면 인구가 얼마 되지 않는 것 같았다. 희고 넓으며 고적한 길 네 개가 동서남북으로 뻗어 있었다. 전부 황야로 뻗어나간 길이고 길가에는 히스 관목이 무성하게 자라고 있었다. 어쩌면 우연히 어떤 여행자가 지나갈 수도 있겠다고 생각했다. 나는 누구의 눈에도 띄고 싶지 않았다. 모르는 사람들이 보면 저 여자가 돌기둥 표지판 앞에서 서성대며 뭘 하고 있는지 의아해할 터였다. 목적지도 없이 길 잃은 사람처럼 보였겠지. 무슨 사정으로 그러고 있느냐고 물어보면, 나는 미심쩍고 의심스러운 대답을 할 수밖에 없었을 것이다. 나는 인간 사회와 연결된 끈조차 없었다. 동료 인간들이 사는 곳으로 불려갈 만한 대단한 매력이나 희망이 있는 것도 아니었다. 사람들이 친절하게 대해준다거나 행운을 빌어줄 것 같지도 않았다. 만물의 어머니인 자연 외에는 의지할 친척도 없으니, 그저 자연에 기대어 잠시라도 휴식을 취할 뿐이었다.

히스 덤불로 곧장 걸어 들어갔다. 갈색 황무지에 움푹 꺼져 있는 곳이 보여 그곳까지 일단 걸어가기로 했다. 무릎 높이의 시커먼 덤불 사이로 힘겹게 걸음을 옮겼다. 갈림길 모퉁이에 시커먼 이끼가 끼어 있는 화강암 덩어리가 보여 그 밑으로 가 앉았다. 주변에는 높은 언덕이 자리했고 화강암 바위가 내 머리 위쪽을 보호해주었다. 그 위로는 하늘이 올려다보였다. 마음이 진정되려면 어느 정도 시간이 필요할 듯했다. 근처에 야생 들소가 있을지 모른다는 막연한 불안감이 밀려왔다. 사냥꾼이나 밀렵꾼의 눈에 띌 수도 있었다. 강풍이라도 불면 혹시 황소가 달려오는 건가 싶어 두려움에 떨며 시선을 들었다. 물떼새가 휘파람 소리를 내면 사람인가 하는 생각에 겁을 먹었다. 점차 근거 없는 두려움이라는 확신이 서고, 밤이 되면서 깊은 정적이 깔리자 마음이 차분해지고 자신감이 생겼다. 그 때까지 사방에 귀를 기울이고 눈을 바짝 뜨고 경계하고 두려워하느라 제대로 생각할 여유가 없었는데, 이제야 비로소 차분하게 생각을 할 수가 있었다.

앞으로 어떻게 해야 할까? 어디로 가야 하지? 아, 무얼 할 수도, 어디로 갈 수도 없는 상황이라 답답했다! 인가가 있는 곳까지 가려면 지치고 떨리는 팔다리로 한참을 가야 한다. 숙식이라도 부탁하려면 냉담한 그들의 비위를 맞추며 자선을 구걸해야 한다. 마지못해 동정을 베푼다고 하더라도, 그들은 내 사정에 귀를 기울이거나 부족한 것을 채워주기 전에 혐오감으로 넌더리부터 낼 것이다.

히스 덤불을 손으로 쓰다듬었다. 바짝 말랐지만 여름 낮의 열기가 남아 있어 따뜻했다. 하늘은 맑았다. 바위 틈새 사이로 올려다보니 다정한 별 하나가 머리 위에서 반짝이고 있었다. 기분 좋을 정도로 촉촉하게 이슬이 맺혔다. 바람 한 점 없었다. 자연이 내게 상냥하고 다정하게 대해주는 듯했다. 집에서 쫓겨나다시피 나온 나를 자연은 사랑해주었다. 사람들에게 불신과 거절, 모욕만 받아온 나는 어머니 같은 자연에게 매달렸다. 오늘 밤은 자연이 나를 자식처럼 품어주기를 바랐다. 자연은 돈이나 대가를 바라지 않고 나를 재워줄 것이다. 빵 한 조각이 남아 있었다. 정오쯤에 지나온 어느 마을에서 마지막 1페니로 롤빵을 사서 먹고 남긴 것이다. 여기저기 잘 익은 월귤나무 열매들이 보였다. 한 줌 모아서 남은 빵과 함께 먹었다. 속을 찔러대던 허기가 이런 은둔자식 식사 덕분에 완전히는 아니지만 약간은 가셨다. 식사를 마치고 저녁 기도를 드린 뒤 잘 곳을 찾아보았다.

바위 옆에 히스 덤불이 무성하게 자라 있었다. 그 위에 눕자 발이 덤불에 묻혔다. 양옆으로 덤불이 높이 자라고 있어서 싸늘한 밤공기가 파고들 틈이 별로 없었다. 솔을 반으로 접어 이불 삼아 덮었다. 이끼 낀 야트막한 땅바닥이 베개가 되어 주었다. 좋은 자리를 잡은 덕분에 밤이 시작될 무렵에는 춥지 않았다.

잠자리는 그만하면 편했지만 한 번씩 슬픔으로 가슴이 무너졌다. 찢어진 가슴은 아물지 않았고 속으로 계속 피가 흘렀다. 내 심장은 로체스터 씨와 그의 운명이 가여워 몹시 떨었다. 격한 연민으로 한탄을 쏟아냈다. 그를 끝없이 그리워할 뿐, 양 날개가 꺾인 새처럼 날 줄을 몰랐다. 그런데도 그를 찾고 싶다는 헛된 생각에 부서진 날개 끝을 바들바들 떨었다.

고문에 가까운 상념들로 기진맥진해진 나는 결국 일어나 앉아 무릎을 꿇었다. 밤이 무르익으며 별들이 떠올랐다. 안전하고 고요한 밤이었다. 두려울 게 없는 평화로운 밤이었다. 우리는 하느님이 어디에나 계심을 알고 있다. 그분이 만든 작품들이 우리 앞에 가장 웅장한 규모로 펼쳐져 있을 때 하느님의 존재를 제일 잘 느끼게 마련이다. 맑은 밤하늘에 하느님의 세상이 조용히 행로를 따라갈 때 우리는 하느님의 무한하심과 전능하심, 편재하심을 깨닫는다. 나는 무릎을 꿇고 로체스터 씨를 위해 기도했다. 눈물로 흐릿해진 눈으로 하늘을 올려다보니 거대한 은하수가 보였다. 은하수의 본질을 떠올리고 부드러운 빛의 흔적처럼 우주 공간을 휩쓸고 다니는 무수한 천체들을 생각하며 나는 하느님의 전능하심과 힘을 느꼈다. 문득 하느님은 자신이 만든 피조물을 반드시 구해주실 거라는 확신이 들었다. 그분은 이 땅이 소멸하지 않는 한, 이 땅이 소중히 여기는 생명들을 지켜주실 것이다. 내 기도는 어느새 감사 기도로 바뀌었다. 생명의 원천이신 하느님은 영혼의 구원자이기도 했다. 로체스터 씨는 안전했다. 하느님의 피조물인 그는 하느님께 보호받을 것이다. 나는 다시 언덕의 가슴에 포근하게 안겨 누웠다. 그리고 곧 슬픔을 잊고 잠이 들었다.

다음 날, 창백하고 헐벗은 빈곤이 찾아왔다. 작은 새들이 둥지를 떠나고 한참 지나서, 벌들이 이슬이 말라붙기 전 히스 꽃의 달콤한 꿀을 모으러 낮에 외출하고 한참 후에, 그리고 아침의 긴 그림자가 드리워지고 태양 빛이 땅과 하늘을 가득 채운 후에야 나는 비로소 일어나 주변을 둘러보았다.

고요하고 덥고 완벽한 날이었다! 황야에 황금빛 사막이 펼쳐져 있었다! 사방이 찬란한 햇빛에 잠겨 있었다. 나는 그 안에서, 그리고 그 위에서 살고 싶었다. 도마뱀 한 마리가 바위 위로 기어갔다. 벌 한 마리도 달콤한 월귤나무 열매 사이에서 바삐 날아다니고 있었다. 차라리 저 벌이나 도마뱀이면 좋을 텐데. 여기서 적당히 먹이를 찾아 먹으며 영원히 살고 싶었다. 하지만 나는 사람이기에 사람으로서의 욕구가 있었다. 그 욕구를 채울 수 없는 이곳에 계속 머물 수는 없었다. 자리에서 일어나 어젯밤 잠자리로 삼았던 곳을 돌아보았다. 미래에 대한 희망이라곤 없으니, 차라리 창조주이신 하느님께서 내가 잠든 동안 영혼을 데려가셨으면 좋았으리라는 생각마저 들었다. 이 지친 몸이 운명과 더 이상 싸우지 않고 죽음을 맞이해 조용히 썩어가고 있다면, 이 황야의 흙에서 평화로이 잠들었다면 좋았을 것이다. 하지만 아직 숨이 붙어 있으니 인간으로서의 욕구와 고통, 책임을 짊어지고 살아갈 수밖에. 내 몫의 짐을 지고, 욕구를 충족하며, 고통을 견디고, 책임을 다해야 했다. 나는 다시 길을 나섰다.

휘트크로스로 돌아가기로 했다. 하늘 꼭대기에서 뜨겁게 타오르는 태양을 등지고 길을 따라 걸었다. 어디로 갈지 선택할 의지조차 없었다. 오랫동안 그저 걸었다. 이만하면 충분히 걸었다는 생각, 온몸을 짓누르는 피로에 굴복하는 게 낫겠다는 생각, 심장과 팔다리가 무감각해질 만큼 피로하니 근처 돌에 걸터앉고 싶다는 생각이 머릿속을 스쳤다. 그때 종소리가 들려왔다. 성당의 종소리였다.

소리가 들리는 곳으로 걸음을 돌렸다. 너무 피곤해서 한 시간 전쯤부터는 달라지는 풍경을 거의 인지하지도 못한 채 걷고 있었다. 낭만적인 언덕들 사이에 작은 마을과 첨탑이 보였다. 오른쪽 골짜기는 온통 목초지와 옥수수밭, 숲이었다. 반짝이는 개울이 다양한 농도의 초록색을 띤 초목, 잘 익어가는 곡식들, 칙칙한 숲, 깨끗하고 햇볕이 내리쬐는 초원 사이로 굽이굽이 흘러갔다. 마차 바퀴 소리에 이끌려 길 쪽으로 걸어간 나는 무거운 짐을 실은 마차가 언덕을 힘겹게 오르는 모습을 보았다. 그다지 멀지 않은 곳에서 소몰이꾼이 암소 두 마리를 몰고 가고 있었다. 사람의 삶과 노동이 가까이에서 느껴졌다. 나는 힘을 내서 발을 내디뎠다. 다른 이들처럼 살아남기 위해 죽어라 노력해야 했다.

오후 2시경, 드디어 마을로 들어갔다. 어느 거리의 끄트머리에 작은 빵집이 하나 있었다. 진열장에 빵들이 쭉 진열되어 있었다. 한 조각만 먹으면 좋겠다는 생각이 들었다. 빵 한 조각이면 어느 정도 기운을 회복할 수 있을 텐데. 이대로는 더 나아가기 힘들었다. 사람들 사이로 섞여 들어가자마자 기운 내서 힘차게 살고 싶은 욕구가 되살아났다. 이런 작은 마을의 둑길에서 배가 고파 기절하는 건 수치스러운 일이다. 롤빵을 사기 위해 내밀만한 물건이 없나? 생각해봤다. 목에 두른 자그마한 비단 손수건, 그리고 장갑도 있었다. 극도로 궁핍해진 사람은 무슨 짓까지 할 수 있는 걸까. 빵집에서 이런 물건들을 빵값으로 받아줄지도 알 수 없었다. 거절할 수도 있겠지만 시도는 해보기로 했다.

빵집으로 들어갔다. 점원인지 주인인지 알 수 없는 여자가 서 있었다. 점잖게 차려입은 숙녀였는데 정중하게 나를 맞이하는 모습이었다. 나를 어떻게 생각할까? 부끄러움이 확 밀려들었다. 준비한 부탁의 말을 도저히 내뱉을 수가 없었다. 사용감이 꽤 있는 장갑이며 구김이 간 손수건을 감히 내밀지도 못했다. 터무니없는 짓처럼 느껴졌다. 피곤해서 그런데 잠깐 앉아 있다 가도 되겠느냐고 허락을 구했다. 손님인 줄 알고 반기던 여자는 실망했는지 냉랭하게 그러라고 허락하면서 의자를 가리켰다. 나는 그 의자에 무너지듯 앉았다. 속에서 울음이 터져 나올 듯했다. 하지만 여기서 울었다가는 괴상하게 보일 테니 참아야 했다. 나는 그 여자에게 이 마을에 바느질하는 여자가 있는지 물었다.

"있어요. 두세 명. 여기서 나오는 일거리 양에 딱 알맞은 숫자죠."

생각을 해봤다. 지금 나는 극단으로 몰리고 있었다. 궁핍과 정면으로 대면한 상태였다. 하지만 궁핍을 면할 수단도, 친구도, 돈도 없으니 뭐라도 해야 했다. 뭘 해야 할까? 어디든 일자리를 구해야 했다. 어디서 일을 하지?

"재봉사에게 물어보면 하녀를 구하는 집이 있는지 알 수 있을까요?"

"그럴 것 같진 않네요."

"여긴 무슨 동네예요? 이 동네 사람들은 주로 뭘 하며 살아요?"

"농장 일 하는 사람들도 있긴 한데 대부분 올리버 씨네 바늘 공장이랑 주물 공장에서 일해요."

"올리버 씨가 여자들도 고용하시나요?"

"아뇨. 남자들 일이라서요."

"그럼 여자들은 뭘 하면서 살아요?"

"그거야 모르죠. 이런저런 일을 하면서 살겠죠. 가난하면 뭐든 해서 먹고살아야 하니까."

질문에 대답하기 귀찮아하는 기색이 역력했다. 하긴, 저여자를 성가시게 굴 권리가 내게 있나? 동네 사람 한둘이 빵집으로 들어왔다. 그만 자리를 비켜줘야 할 것 같아 빵집을 나섰다.

길을 따라 올라가면서 오른쪽, 왼쪽의 집들을 둘러보았다. 하지만 그중 어느 집을 찾아갈 핑계도, 이유도 없었다. 약간 멀리까지 갔다가 되돌아오며 한 시간가량 마을을 이리저리 배회했다. 몹시 지치기도 했고 지독하게 허기가 진 탓에 길가의 울타리 밑에 앉아 쉬었다. 하지만 몇 분 지나지 않아 다시 일어섰다. 무엇이든 찾아야 했다. 먹을 것을 구할 방법이든 정보든 손에 넣어야 했다. 길 저 위쪽에 정원이 있는 작고 예쁜 집이 눈에 띄었다. 화사하게 꽃이 핀 잘 손질된 정원이었다. 나는 그 집 앞에 섰다. 하얀 현관문으로 다가가 반짝이는 노커를 잡고 두드린 뒤 무슨 핑계를 대야 할까? 저 집에 사는 사람들이 내게 도움을 줘서 이득 볼 일은 없지 않나? 문으로 다가가 노크를 해보았다. 온화한 인상에 깔끔하게 옷을 차려입은 젊은 여자가 현관문을 열고 나왔다. 나는 노숙자답게 기가 죽고 곧 쓰러질 것 같은 모습으로 겨우 목소리를 냈다. 비참할 정도로 낮고 더듬거리는 목소리로 이 집에서 하녀를 구하는지 물었다.

"아뇨. 우리는 하녀를 안 써요."

"그럼 혹시 하녀를 구하는 집을 아시나요? 저는 이 마을에 아는 사람이 없어서요. 어떤 일이든 하고 싶어요."

하지만 그 여자가 내 처지를 헤아려주고 나를 위해 일할 곳을 알아봐 줄 의무는 없었다. 내 행색과 처지, 사정에 대해 의심하는 눈빛이었다. 그는 고개를 저으며 말했다. "미안하지만 해줄 얘기가 없네요." 그는 하얀 현관문을 부드럽고 정중하게 닫았지만 나를 내쫓은 것이나 다름없었다. 그가 현관문을 조금만 더 오래 열어뒀으면 나는 빵 한 조각만 달라고 사정했을 것이다. 그 정도로 배가 심하게 고팠다.

인심 사나운 마을로 돌아가고 싶지 않았다. 그 마을에서는 어떤 도움도 기대할 수 없었다. 차라리 여기서 멀지 않은 숲으로 들어가는 게 낫지 않을까. 무성한 잎사귀와 나뭇가지가 비바람 정도는 막아줄 텐데. 어지럽고 기운이 하나도 없었다. 너무 허기가 져서 누가 속을 잡아 뜯는 기분이었다. 본능적으로 먹을 게 있을 만한 집들 주변을 배회했다. 배가 너무 고프니 더 이상 고독을 즐길 수가 없었다. 쉬어도 쉬는 게 아니었다. 독수리 같은 허기가 내 옆구리에 부리와 발톱을 박아넣었다.

집들 가까이로 갔다가 멀어졌다가 다시 다가가기를 되풀이했다. 계속 근처에서 서성였다. 내가 이 마을 사람들에게 무언가를 요구할 권리가 없으며, 저들이 혼자인 내 처지에 관심을 가져줄 것으로 기대할 이유도 없다는 생각 때문에 자꾸만 머뭇거렸다. 그렇게 길을 잃고 굶주린 개처럼 배회하는 동안 오후가 저물어갔다. 들판을 가로지르는데 저 앞에 성당의 첨탑이 보였다. 서둘러 그리로 걸음을 옮겼다. 성당 묘지 가까이에 있는 정원 한가운데에 작지만 튼튼해 보이는 집 한 채가 있었다. 사제관인 듯했다. 아는 친구 한 명 없는 마을에 도착해 일자리가 필요한 경우, 마을 신부에게 일자리 소개와 도움을 요청할 수 있다는 것을 나는 잘 알고 있었다. 스스로를 돕고자 마을을 찾아온 사람을 도와주고, 적어도 조언이라도 해주는 게 신부의 의무일 것이다. 저 사제관에서라면 나도 조언을 구해볼 수 있지 않을까. 나는 용기를 내 미약한 힘을 끌어모으며 그리로 향했다. 사제관까지 걸어가 주방 문을 두드렸다. 어떤 할머니가 문을 열고 나왔다. 나는 여기가 사제관이냐고 물었다.

"맞아요."

"신부님 계세요?"

"아뇨."

"곧 오실까요?"

"아뇨, 어디 좀 가셨어요."

"멀리 가셨나요?"

"멀리는 아니고 5킬로미터쯤 떨어진 곳이에요. 부친께서 갑자기 돌아가셔서 집으로 가셨어요. 마시 엔드라는 곳인데 아마 2주일 정도 거기 계시다 오실 거예요."

"부인께서는 안 계신가요?"

"네. 나밖에 없네요. 나는 하녀장이에요."

독자 여러분, 나는 도저히 내 궁핍함에 대해 털어놓고 도움을 구할 수가 없었다. 아직은 구걸할 용기가 없었다. 결국 슬그머니 물러나고 말았다.

목에 두른 손수건을 풀었다. 작은 빵집에 있던 빵들을 생각해봤다. 아, 빵 껍질이라도 먹을 수 있다면! 딱 한 입만 먹어도 허기로 쓰라린 속을 달랠 수 있을 텐데! 본능적으로 마을 쪽으로 고개를 돌렸다. 다시 그 빵집을 찾아 들어갔다. 아까 본 그 여자 옆에 다른 사람들이 있었지만 용기를 내 부탁했다.

"손수건을 드릴 테니 롤빵 하나만 주실 수 있을까요?"

여자는 대놓고 미심쩍어하는 눈빛으로 나를 쳐다보았다.

"아뇨, 그런 식으로 빵을 팔지는 않아요."

다급해진 나는 빵 반 조각이라도 좋으니 달라고 부탁했지만 여자는 거절했다.

"그 손수건이 어디서 난 물건인지 어떻게 알고 받아요?"

"장갑도 드릴 테니 받아주시겠어요?"

"아뇨! 그 장갑을 받아서 어디다 쓰라고요?"

독자 여러분, 당시 일에 대해 상세히 돌이켜보자니 마음이 편치가 않다. 고통스러웠던 과거라도 나중에 다시 생각해보면 즐겁지 않냐고 말하는 분들도 있을지 모르겠지만 나는 지금까지도 그 시기에 대해 도저히 편하게 회상할 수가 없다. 신체적 고통과 도덕적 수모를 겪으며 지독하게 괴로웠던 기억이라 즐거운 마음으로 돌이켜볼 수가 없다. 당시 내게 도움을 주지 않고 냉대한 사람들을 비난하고 싶지 않다. 그들이 그렇게 나오리라 예상했고, 어쩔 수 없는 일이기 때문이다. 원래 거지는 의심의 대상이 되곤 한다. 잘 차려입은 거지라도 마찬가지다. 나는 일자리를 구걸하려 했다. 나와 아무 이해관계가 없는 그들이 왜 나서서 일자리를 제공해야 할까? 그들은 나를 처음 봤고 나라는 인간에 대해 알지도 못했다. 손수건을 받고 빵을 내주는 거래를 거절한 여자도 마찬가지였다. 기분 나쁘다고, 자기한테 이로울 게 없다고 판단했을 것이다. 당시 이야기는 떠올릴수록 넌더리가 나니 짧게 줄여서 들려드리겠다.

날이 어두워지기 직전에 어느 농가 앞을 지나갔다. 열린 문 너머로 집 안에 앉아 빵과 치즈로 저녁 식사를 하는 농부의 모습이 보였다. 나는 그 집 앞에 걸음을 멈추고 말했다.

"빵 한 조각만 주실 수 있나요? 배가 몹시 고파서요."

농부는 놀란 눈으로 나를 흘끗 쳐다보았다. 그러고는 말없이 먹고 있던 빵에서 큼직하게 한 조각을 떼어 내주었다. 그는 나를 거지로 본 게 아니라, 자기의 검은 빵을 먹어보고 싶어 하는 별난 숙녀라고 생각한 듯했다. 나는 그의 집이 보이지 않는 곳까지 걸어가, 웅크리고 앉아 빵을 먹었다.

어느 집이든 찾아가 잠잘 곳을 내달라고 부탁해봤자 통할 것 같지 않아 앞에서 말한 숲에서 다시 밤을 보내기로 했다. 하지만 그날 밤은 날씨가 궂어 도저히 편하게 잘 수가 없었다. 땅은 축축하고 공기는 싸늘했다. 내가 누워 있는 곳 근처를 지나가는 몇몇 방해꾼들 때문에 몇 번이나 잠자리를 바꿔야 했다. 안전하지도 편안하지도 않은 밤이었다. 아침이 밝아올 무렵 비가 내리기 시작했다. 다음 날은 줄곧 비가 내렸다. 독자 여러분, 그날 일에 대해 자세히 들려달라는 말은 하지 마시길 부탁드린다. 전날과 마찬가지로 나는 일자리를 찾아 나섰고 다시 거절당했으며 여전히 굶주렸다. 딱 한 번 입안에 먹을거리가 들어가기는 했다. 어느 오두막집 문 앞에서 나는 차갑게 식은 죽을 돼지 먹이통에 부으려는 소녀를 보고 물었다.

"그거 나 줄래?"

소녀는 나를 빤히 쳐다보더니 집 안에 대고 소리쳤다.

"엄마! 어떤 여자가 이 죽을 자기한테 달래요."

"거지면 줘라. 돼지도 그건 안 먹으려고 할 테니."

소녀는 딱딱하게 굳은 죽 덩어리를 내 손에 담아주었고 나는 게걸스럽게 먹어치웠다.

축축하게 비가 내리는 가운데 땅거미가 짙어졌다. 한 시간 정도 좁은 길을 따라 걷다가 멈춰 서서 중얼거렸다.

"기운이 하나도 없어. 더는 못 가겠다. 오늘 밤에도 노숙을 해야 하나? 비가 내리는데 차갑게 젖은 땅바닥에 머리를 대고 누워야 하나? 더는 뭘 어떻게 할 수가 없어. 누가 나를 받아주겠어? 배가 고프고 기절할 것처럼 기운도 없고 춥기까지 해. 희망도 없고 너무 외로워. 이러다 아침이 오기 전에 죽겠어. 죽음을 받아들이지 못할 이유가 있을까? 아무 가치도 없는 목숨을 왜 붙잡고 있지? 로체스터 씨가 살아 있다는 걸 알고, 그가 살아 있다고 믿으니까. 나라는 인간은 궁핍과 추위에 굴복해 죽는 운명 따위를 순순히 받아들일 수 없어. 아, 전 능하신 하느님! 조금만 더 버티게 해주세요! 제발 도와주세요! 인도해주세요!"

흐릿한 눈으로 안개가 깔리고 어둑한 주변 풍경을 둘러 보았다. 마을에서 꽤 떨어져 있는 곳이라 여기서는 마을이 보이지 않았다. 마을에 둘러싸인 경작지도 눈에 띄지 않았다. 여러 개의 교차로와 골목길을 지난 끝에 다시 황무지에 가까운 곳으로 오고 말았다. 내가 있는 곳과 어스름한 언덕 사이에는 황야만큼이나 거친 들판이 삭막하게 펼쳐져 있었다.

'길거리나 오가는 사람들이 많은 도로보다는 저 언덕에서 죽는 게 나을 거야. 구빈원에서 준비한 관에 들어가 극빈자용 묘지에서 썩어가는 것보다는 여기서 죽어 까마귀 떼나 큰 까마귀 떼에게 살점을 뜯어 먹히는 쪽을 택하겠어.'

나는 언덕 쪽으로 걸음을 옮겼다. 마침내 언덕에 다다랐다. 이제 누울 만한 곳, 안전하기까지는 아니더라도 남들 눈에 띄지 않을 움푹 팬 곳을 찾아봐야 했다. 하지만 이쪽 지대는 죄다 평평하기만 했다. 색감이 조금씩 다를 뿐 굴곡진 곳은 없었다. 골풀과 이끼가 자라는 습지는 초록색, 마른 흙에 히스 덤불만 자라는 곳은 검은색이었다. 날이 어두워지고 있었지만 빛과 그림자의 변화 덕분에 그 정도는 구분할 수 있었다. 마침내 해가 완전히 저물면서 색감도 흐릿해졌다.

음침한 언덕, 그리고 거친 풍경 속에서 사라져가는 황무지 언저리를 눈으로 훑고 있는데 저 멀리 습지대와 구릉 한가운데서 빛이 보였다. 처음에는 '헛것이 보이는구나'라고 생각했다. 곧 사라질 줄 알았던 빛은 멀어지지도, 가까워지지도 않고 꾸준히 한 자리에서 타올랐다. '누가 모닥불을 피웠나?' 하지만 불은 더 커지지 않았다. '집 안에 켜놓은 촛불일 수도 있어. 하지만 그렇다고 해도 너무 멀어서 못 가. 1미터 앞에 있다고 해도 가면 뭘 어쩌겠어? 현관문을 두드려봤자 내 면전에서 문을 닫아버릴 텐데.'

그 자리에 주저앉아 땅바닥에 얼굴을 대고 엎드린 채로 한참을 있었다. 언덕을 타고 내려온 밤바람이 내 몸을 스치고 지나가 저 멀리에서 신음과 함께 잦아들었다. 거세지기 시작한 빗방울에 온몸이 흠뻑 젖었다. 이대로 서리처럼 얼어버리면, 다정하고 무감각한 죽음이 닥쳐오지 않을까. 머릿속 생각과는 달리, 내 살아 있는 몸뚱이는 죽음의 오싹한 영향력을 두려워해 떨기 시작했다. 나는 얼마 안 있어 그 자리에서 일어섰다.

빗속에서 불빛은 다소 흐려지긴 했지만 꾸준히 빛을 발하고 있었다. 다시 걸어보기로 했다. 지친 팔다리를 천천히 움직여 불빛을 향해 나아갔다. 언덕을 비스듬히 넘어 너른 습지를 지나갔다. 겨울이었으면 이 습지를 건너가지 못했을 것이다. 한여름인 지금은 발밑이 온통 출렁이고 물이 철벅철벅 튀었다. 나는 두 번 넘어졌지만 애써 기운을 내 다시 일어나 걸

었다. 저 빛이 헛된 희망일지라도 지금은 그 희망을 향해 나아
갈 수밖에 없었다.

습지대를 지나자 황무지 너머로 허연 무언가가 보였다.
가까이 가서 보니 좁은 길이었다. 그 길은 빛이 있는 곳으로
곧장 이어졌다. 숲 사이의 둔덕에서 빛이 흘러나오고 있었다.
어둠 속에서 형태와 잎사귀의 모양새로 판단컨대 전나무 숲
인 듯했다. 가까이 다가가자, 여기까지 이끌어주던 별이 사라
졌다. 나와 불빛 사이에 어떤 장애물이 놓인 것 같았다. 덩어
리처럼 새까만 어둠을 향해 손을 뻗었다. 거친 돌을 쌓아 만든
야트막한 벽, 그 위의 말뚝 울타리, 그 너머에는 가시로 뒤덮
인 높은 담장이 있었다. 더듬더듬 앞으로 나아갔다. 허연 물체
가 저 앞에 보였다. 가서 보니 쪽문이었다. 손으로 밀자 경첩
달린 쪽문이 쭉 밀렸다. 문 안쪽을 들여다보니 양옆으로 시커
먼 덤불이 자라고 있었다. 호랑가시나무 아니면 주목나무인
듯했다.

쪽문을 넘어 들어가 덤불 사이의 길을 지나갔다. 시커멓
고 지붕이 낮으며 길쭉한 집의 형태가 눈에 들어왔다. 나를 인
도해준 불빛은 어디에서도 보이지 않았다. 온통 어두웠다. 이
집 사람들이 전부 자러 갔나? 다들 자고 있을까 봐 걱정됐다.
현관문을 찾으려고 모퉁이를 돌아가자 익숙한 불빛이 다시
나타났다. 아주 작은 격자 창문의 마름모꼴 유리창 너머로 들
여다보이는 불빛이었다. 담쟁이 같은 덩굴 식물들이 자라고

있어서 창문은 실제보다 작아 보였다. 덩굴 식물의 무성한 잎사귀들이 그 집 벽의 상당 부분을 뒤덮은 상태였다. 창문이 워낙 좁은 데다 격자도 촘촘해서 커튼이나 덧문도 필요 없어 보였다. 허리를 굽히고 잎사귀들을 옆으로 밀어 치우자 비로소 집 안이 들여다보였다. 반질반질하게 윤기가 흐르는 모래색 바닥으로 된 주방이었다. 화덕 안에서 타오르는 토탄 불의 붉은 빛을 받은 호두나무 서랍장, 서랍장 위에 가지런히 놓인 접시들, 벽시계와 하얀 칠을 한 전나무 탁자와 의자 몇 개. 그리고 내 횃불이 되어준 촛불이 탁자 위에서 빛을 발하고 있었다. 거칠어 보이는 인상이지만, 정돈된 방 안 풍경만큼이나 깔끔해 보이는 노부인이 화덕 근처의 탁자 앞에서 뜨개질로 긴 양말을 만들고 있었다.

　　방 안의 물건들을 대충 둘러보았다. 특별해 보이는 물건은 전혀 없었다. 화덕 앞에 모여 앉은 이들의 모습이 더 흥미로웠다. 불그스름한 빛 속에서 평화롭고 따뜻하게 조용히 앉아 있는 사람들. 모든 면에서 숙녀로 보이는 우아한 젊은 여자 두 명이었다. 한 명은 낮은 흔들의자에, 다른 한 명은 더 낮은 스툴에 앉았는데 둘 다 검은 상복을 입고 검은 크레이프 상장喪章을 둘렀다. 칙칙한 차림이 그들의 하얀 목과 얼굴을 돋보이게 했다. 그중 한 여자의 무릎에는 덩치 큰 늙은 사냥개가 커다란 머리를 얹어 놓고 있었고, 다른 여자의 무릎에는 검은 고양이가 앉아 있었다.

초라한 주방에 저런 숙녀들이 앉아 있다니 묘했다! 저들은 누구일까? 탁자 앞에 앉아 있는 노부인의 딸 같지는 않았다. 노부인은 투박한 시골 사람 같은데 두 숙녀는 섬세하고 교양 있어 보였다. 어디에서도 본 적 없는 사람들인데 얼굴의 특징적인 면들이 어딘가 친숙하게 느껴졌다. 아름다운 얼굴이라고는 할 수 없었다. 책을 들여다보느라 구부정하게 앉아 있는 그들은 낯빛이 지나치게 창백하고 엄숙했다. 엄격하게 느껴질 정도로 깊은 생각에 빠져 있는 듯했다. 두 사람 사이에 놓인 작은 탁자 위에 두 번째 촛불이 켜져 있었고 그 옆에는 두툼한 책 두 권이 놓여 있었다. 그들은 손에 든 작은 책을 읽으면서 그 두꺼운 책을 종종 참고하고 비교했다. 사전을 찾아가며 번역을 하는 것 같기도 했다. 불 피운 화덕을 배경으로 인물들을 모두 그림자로 표현한 그림처럼 고요한 풍경이었다. 너무 조용해서 화덕 쇠살대에서 재 떨어지는 소리, 어두운 구석 자리에서 시계가 똑딱거리는 소리까지 들렸다. 이러다 노부인의 뜨개질바늘이 따각따각 맞부딪치는 소리마저 들릴 것 같았다. 그중 한 명의 목소리가 이 묘한 정적을 깼다.

책을 들여다보던 숙녀 중 하나가 말했다.

"잘 들어봐, 다이애나 언니. 프란츠와 다니엘이 밤중에 한자리에 있단 말이야. 프란츠는 공포로 잠을 깨게 만든 악몽에 대한 얘길 하고 있어. 들어봐!"

그리고 나지막하게 어떤 구절을 읽었는데 나는 모르는

언어라서 전혀 알아들을 수가 없었다. 프랑스어도 아니고 라틴어도 아니었다. 그리스어인지 독일어인지도 분간이 되지 않았다.

다 읽고 난 후 그가 말했다.

"강렬해. 흥미로워."

고개를 들고 듣고 있던 또 다른 숙녀가 화덕의 불을 바라보며 방금 들은 구절을 되풀이해 읽었다. 나는 나중에 그게 어느 나라 말이고 어떤 책인지 알게 되었다. 처음 들었을 때 아무 의미도 없이 놋쇠 두드리는 소리 같았던 그 구절을 여기 적어보겠다.

"*Da trat hervor Einer, anzusehen wie die Sternen Nacht.* (밤하늘의 별처럼 누군가가 걸어 나왔다.)' 좋네! 아주 좋아!" 그는 움푹 들어간 검은 눈을 반짝이며 외쳤다. "강력한 대천사가 네 앞에 흐릿하게 모습을 드러낸 것 같은 느낌이잖아! 이 구절은 그럴듯한 표현이 잔뜩 적힌 백 페이지 분량에 버금가는 가치가 있어. '*Ich wäge die Gedanken in der Schale meines Zornes und die Werke mit dem Gewichte meines Grimms.*(나는 분노의 저울에 생각의 무게를 달고, 원한의 저울에 행위의 무게를 달았다.)' 이 구절도 참 좋아!"(프리드리히 실러의 『도적들Die Räuber』에서 인용—옮긴이)

그리고 두 사람은 다시 말이 없었다.

뜨개질하던 노부인이 그들에게 물었다.

"어떤 나라 사람들이 그런 말을 사용해요?"

"그게, 한나. 영국보다 훨씬 큰 나라야. 그 나라에서 쓰는 말이지."

"아이고, 그 사람들은 어떻게 서로 말을 알아듣는지 모르겠네. 두 분은 그 나라에 가시면 그 사람들이 하는 말을 알아들으시겠네요?"

"일부는 알아듣겠지만 다는 아닐 거야. 우린 한나가 생각하는 것만큼 똑똑하지 않아. 독일어로 말도 못 해. 사전을 참고하지 않으면 독일어로 된 글도 못 읽어."

"그럼 뭐 하러 공부하세요?"

"언젠가는 기초 과정이라도 좋으니까 사람들한테 가르치고 싶어서. 그럼 지금보다 벌이도 좋아지겠지."

"그렇겠네요. 오늘 밤은 그만하면 충분하니 공부는 그만하세요."

"그래야겠어. 피곤하네. 메리 너는?"

"나도 엄청 피곤해. 선생님도 없이 사전만 가지고 외국어를 공부하는 게 쉽지가 않아."

"그러게. 독일어처럼 난해하면서도 멋진 언어는 더 그렇지, 뭐. 오빠는 언제 집에 올까."

"이제 곧 오겠지. (그가 허리띠에 차고 있던 작은 금색 회중시계를 내려다보았다.) 이제 10시네. 비가 많이 내리는구나. 한나, 응접실에 가서 벽난로 좀 봐줘."

한나라는 이름의 노부인이 일어나 문을 열었다. 그 문 너머로 복도가 보였다. 잠시 후 한나가 안쪽 방의 모닥불을 쑤석거리는 소리가 들렸다. 한나는 곧 다시 주방으로 돌아와 말했다.

"아, 아가씨들! 응접실에 갔더니 마음이 좋지 않네요. 빈 의자가 구석에 있으니 너무 외로워 보여요."

한나는 앞치마로 눈가를 닦았다. 진지하게 대화를 나누던 두 아가씨의 얼굴도 슬퍼 보였다.

한나가 계속해서 말했다.

"그래도 지금은 더 좋은 곳에 계실 거예요. 돌아오시길 바라서는 안 되겠죠. 주인님만큼 조용한 죽음이 필요한 사람은 또 없을 테니까요."

"아버지가 우리 애길 한 번도 안 하셨어?"

"그럴 시간이 없으셨어요. 너무 갑작스럽게 돌아가셔서요. 병증도 전날과 비슷하셨고 특별히 심하지 않으셨어요. 도련님이 사람을 보내 동생들을 데려오라고 할까요, 하고 물었더니 주인님은 웃으면서 됐다고 하셨어요. 다음 날, 그러니까 2주일 전에 머리가 무겁다고 하시면서 잠자리에 드셨는데 다시 깨어나지 못하셨어요. 도련님이 방으로 들어갔을 때는 이미 세상을 떠나신 뒤였죠. 아, 아가씨들! 그게 주인님의 마지막이었어요. 아가씨들과 도련님은 아버님과 어머님께 참 특별한 자식들이었어요. 돌아가신 어머님이 아가씨들과 많이 비슷하셨죠. 책도 즐겨 읽으셨고요. 메리 아가씨와 무척 닮으셨어요. 다이애나 아가씨는 아버님을 더 많이 닮았고요."

내가 보기에는 두 숙녀가 무척 비슷하게 생겼는데 저 하녀는 (나는 그제야 한나라는 노부인의 신분이 하녀임을 확신했다) 어떻게 구분을 하는 걸까. 둘 다 피부가 희고 날씬한 편이었으며, 개성 있고 지적인 얼굴이었다. 다만 한쪽이 다른 한쪽보다 머리카락 색깔이 좀 더 짙었고, 머리 모양도 달랐다. 메리는 옅은 갈색 머리카락을 두 갈래로 나눠 양옆으로 부드럽게 땋아 올렸고, 다이애나는 좀 더 짙은 색이고 굵게 굽슬굽슬한 머리카락을 뒤로 늘어뜨렸다. 벽시계가 밤 10시를 알리는 종을 울렸다.

"두 분 다 저녁 드셔야죠. 도련님도 오시면 드셔야겠네."

한나는 이렇게 말하며 식사 준비를 시작했다. 아가씨들은 응접실로 가려는지 자리에서 일어섰다. 그때까지 그들의 외모와 대화가 무척 흥미로워서 정신없이 그들을 쳐다보느라 비참한 내 처지를 거의 잊고 있었는데 다시 자각하게 됐다. 아까보다 더 절망적이고 절박해졌다. 이 집에 사는 사람들에게 내 처지를 봐달라고 호소하는 건 불가능한 일인 듯했다. 내가 얼마나 궁핍하고 괴로운 상황인지 털어놓고, 잠시 쉬다 가게 해달라고 부탁하는 건 있을 수도 없는 일 같았다! 나는 손으로 더듬어 현관문을 찾아 머뭇거리며 두드렸다. 내 마지막 생각이 틀리기를 바라는 마음뿐이었다. 한나라는 하녀가 문을 열었다.

한나는 손에 든 촛불로 나를 비춰보며 놀란 목소리로 물었다.

"무슨 일이시죠?"

"주인 아가씨들과 얘기를 좀 할 수 있을까요?"

"할 말 있으면 저한테 하세요. 어디서 오신 분이신지?"

"이 집에는 처음 왔어요."

"이 시간에 무슨 일이신데요?"

"별채 같은 곳에서 하룻밤만 재워주실 수 있을까요. 빵도 한 조각만 주세요."

한나의 얼굴에서 내가 두려워하던 감정이 드러났다. 바로 불신이었다.

"빵은 줄게요." 한나는 잠시 머뭇거리다 덧붙였다. "하지만 이 집에 부랑자를 재워줄 순 없어요. 그건 안 되는 일이라."

"주인 아가씨들과 얘기를 좀 하게 해주세요."

"안 된다니까요. 그분들이 뭘 해주실 수 있겠어요? 이 시간에 이 부근에서 어슬렁거리지 마세요. 몸도 많이 안 좋아 보이는구먼."

"쫓아버리시면 저더러 어디로 가라고요? 제가 뭘 어떻게 해요?"

"아, 어디 가서 뭘 해야 하는지 제대로 알려줘야 정신 차리려나. 나쁜 짓 할 생각은 하지도 말아요. 자, 여기 1페니 있으니 가져가요."

"1페니로는 먹을 걸 살 수가 없어요. 다른 데로 갈 기운도 없고요. 제발 문을 닫지 마세요. 아, 제발요!"

"닫아야 해요. 비가 들이쳐서."

"아가씨들한테 제가 뵙고 싶어 한다고 전해주세요."

"안 된다고 했잖아요. 여기 눌어붙을 생각 말아요. 소란 떨지도 말고. 썩 꺼져요."

"저를 내치시면 죽고 말 거예요."

"죽기는. 음흉한 계획을 세우고 이 늦은 시간에 남의 집에 찾아온 것 같은데. 근처에 일행인 강도들이 있으면 이 집에는 우리만 있는 게 아니라고 가서 전해요. 이 집에는 신사분도 있고 개들도 있고 총도 있다고."

정직하지만 융통성 없는 하녀는 안에서 문을 닫고 빗장까지 질러버렸다.

여기까지가 한계였다. 이제 끝이라는 절망감에 격한 고통이 밀려와 심장이 찢어질 듯했다. 너무 지쳐서 한 발자국도 움직일 수 없었다. 빗물에 젖은 현관문 앞에 주저앉아 두 손을 부여잡고 신음을 흘리며 고통에 찬 울음을 터뜨렸다. 아, 죽음의 유령이여! 아, 드디어 무시무시한 죽음이 내게 다가오는구나! 아아, 동족인 인간에게 배척당하고 결국 혼자가 되고 말았다! 희망의 닻은 물론이고 용기를 낼 수 있었던 발판마저 사라졌다. 그때는 그런 심정이었다. 하지만 나는 곧 다시 기운을 내려 애썼다.

"여기서 죽을 수도 있겠지만 나는 하느님을 믿는 사람이야. 그분의 뜻을 조용히 기다려보자."

나는 속으로만 생각한 게 아니라 이 말을 소리 내서 했다. 그리고 내 비참한 처지에 대한 생각을 가슴 속에 꾹꾹 눌러 담고, 밖으로 나오지 못하도록 단단히 막았다. 아무 소리도 내지 말고 가만히 있으라고 요구했다.

바로 가까이에서 어떤 목소리가 들렸다.

"사람은 누구나 죽습니다. 하지만 누구나 다 머뭇거리다 시기상조인 죽음을 맞이하지는 않죠. 당신이 여기서 궁핍으로 인해 죽게 된다면 바로 그런 경우에 해당하겠지만요."

"누구시죠?"

갑작스레 들려온 목소리에 나는 겁을 먹었다. 이 상황에서 누군가에게 도움을 받을 수 있으리라는 기대는 이미 접은 터였다. 가까이에서 그 사람의 형체가 어렴풋이 보였다. 하지만 칠흑같이 어두운 밤인 데다가 기운이 없어 앞이 잘 보이지 않아 알아볼 수가 없었다. 그 사람은 현관문 앞으로 다가가 크게 여러 번 노크했다.

안에서 한나가 소리쳤다.

"도련님이세요?"

"그래. 맞아. 얼른 문 열어."

"아이고, 날씨가 엉망이라 비에 젖어 추우시겠네! 어서 들어오세요. 동생 분들이 오빠 걱정을 하고 있어요. 집 근처에 못된 놈들이 있는 것 같아요. 아까 여자 거지가 찾아왔었어요. 아직도 안 갔네! 저기 주저앉아 있네요. 이봐요, 얼른 일어나요! 부끄러운 줄도 모르나! 썩 꺼지라니까요!"

"그만해, 한나! 이 여자분과 할 얘기가 있어. 하녀로서 외부인을 집에 안 들인 건 본인 할 일을 잘한 거야. 이제 내가 내할 일을 할게. 이 여자를 집 안에 들여야겠어. 근처에 있다가 두 사람이 하는 얘기 들었어. 특이한 경우인 것 같아서 자세히 알아봐야겠어. 이봐요, 일어나요. 먼저 집으로 들어가요."

나는 애써 기운을 내 그의 말대로 했다. 화덕에 불이 피워진 깨끗하고 환한 주방으로 들어간 나는 기진맥진한 상태로 덜덜 떨었다. 문득 저들에게는 내가 비에 흠뻑 젖어 꼴이 말이 아닌 상태로 보이겠다는 생각이 들었다. 두 숙녀와 그들의 오빠 신 진(원어는 'St. John'으로, 관습상의 실제 발음 [smdʒɪn]을 고려하여 '세인트 존'이 아닌 '신 진'으로 표기했다—옮긴이), 늙은 하녀가 나를 빤히 쳐다보고 있었다.

그중 하나가 물었다. "오빠, 이분은 누구셔?"

"나도 몰라. 현관문 앞에서 봤어." 그들의 오빠가 대답했다. "얼굴에 핏기가 하나도 없네요." 한나가 말했다.

"얼굴이 꼭 죽은 사람처럼 창백해. 곧 쓰러질 것 같아. 의자에 앉혀야겠어."

그 순간 머리가 핑 돌며 다리에 힘이 풀렸다. 하지만 뒤에 의자가 놓여 있어 바닥으로 쓰러지지는 않았다. 아직 감각은 남아 있었지만 말이 쉬이 나오지 않았다.

"물을 좀 마시게 하면 기운을 낼 것 같은데. 한나, 물 좀 가져와. 몹시 지쳐 보이네. 몸은 왜 이렇게 말랐지. 얼굴이 창백해!"

"유령 같아!"

"아픈 걸까 아니면 굶어서 기운이 없는 걸까?"

"굶어서겠지. 한나, 그거 우유야? 이리 줘봐. 빵도 가져와."

다이애나가 (화덕 앞에서 내 쪽으로 몸을 수그린 긴 고수머리를 보고 나는 다이애나임을 알았다) 빵을 한 조각 떼서 우유에 담근 뒤 내 입에 가져다 댔다. 바로 앞에서 나를 바라보는 그의 얼굴에 연민이 담겨 있었다. 그는 안타까운 듯 숨을 몰아쉬었다. 그의 간단한 몇 마디가 내 상처 입은 마음을 달래주었다.

"먹어봐요."

"그래요, 어서요."

옆에서 메리도 부드럽게 말했다. 메리는 내 젖은 보닛을 벗기고 머리를 바로잡아주었다. 나는 그들이 내민 빵을 한 입 먹었다. 처음에는 힘없이 겨우 씹다가 이내 허겁지겁 먹기 시작했다.

그들의 오빠가 말렸다.

"처음부터 너무 많이 먹게 하면 안 돼. 말려. 지금은 그만 하면 됐어."

그는 우유가 담긴 컵과 빵이 놓인 접시를 치웠다.

"조금만 더 먹게 해, 오빠. 배고파하는 눈빛 좀 봐."

"지금은 더 먹게 하면 안 돼. 이제 말을 시켜보자. 이름을 물어봐."

나는 드디어 입을 뗄 기운이 생겼다.

"제 이름은 제인 엘리엇이에요."

내가 누구인지 알게 하면 안 될 것 같아 가명을 댔다.

"어디 살아요? 친구들은요?"

그 질문에는 대답할 수가 없었다.

"아는 사람에게 연락해줄까요?"

나는 고개를 저었다.

"어쩌다 이렇게 됐는지 설명해줄래요?"

어찌 됐든 이 집 문턱을 넘어 들어와 집주인들과 얼굴을 마주하고 있으니, 이 넓은 세상에서 의지할 곳 하나 없이 버림받은 부랑자라는 기분은 들지 않았다. 나는 거지처럼 궁상스러운 태도 대신, 내 본래의 몸가짐과 성격으로 돌아가기로 마음먹었다. 이 또한 내가 알게 된 나의 새로운 모습이었다. 신진 씨가 설명을 요구했지만 지금은 너무 기운이 없어 자세히 말할 수가 없었다. 나는 잠시 뜸을 들이다가 말했다.

"죄송하지만 오늘 밤에는 자세히 설명을 못 드리겠어요."

"내가 뭘 어떻게 해주길 바랍니까?"

"아무것도요."

지금은 짤막한 대답만 겨우 할 수 있었다.

다이애나가 물었다.

"우리는 당신이 필요로 하는 도움을 줬어요. 그럼 이제 이 비 오는 밤에 당신을 황무지로 다시 내보내도 된다는 뜻인가요?"

나는 다이애나를 물끄러미 바라보았다. 힘과 선함이 깃든 훌륭한 얼굴이었다. 갑자기 용기가 났다. 그의 연민 어린 눈빛에 나는 미소로 답하며 말했다.

"저는 여러분을 믿어요. 제가 주인을 잃고 헤매는 개라고 해도 여러분은 오늘 밤 이 화덕 앞에서 저를 추운 바깥으로 내쫓지 않을 분들이에요. 그래서 전 두렵지 않아요. 여러분이 하고 싶은 대로 하세요. 다만 말할 때마다 몸에 경련이 나고 숨이 가쁘니 오늘은 말을 많이 하지 않게 해주세요."

그러자 세 사람은 나를 조용히 바라보았다.

잠시 후 신 진이 말했다.

"한나, 지금은 여기 앉아 있게 하고 아무것도 묻지 마. 10분쯤 후에 남은 우유와 빵을 마저 먹게 해. 메리, 다이애나, 우린 응접실로 가서 이 문제에 대해 의논 좀 하자."

그들은 주방에서 나갔다. 곧 한 숙녀가 돌아왔는데 누구인지는 알 수 없었다. 따뜻한 화덕 앞에 앉아 있으니 기분 좋게 의식이 흐려지기 시작했다. 그 숙녀는 목소리를 낮추고 한 나에게 무어라 지시를 내렸다. 곧 나는 하녀의 부축을 받아 계단을 힘겹게 올라갔다. 이윽고 빗물이 뚝뚝 떨어지는 옷을 벗고 따뜻하고 건조한 침대에 누울 수 있었다. 하느님께 감사하며 잠이 들었다. 말로 다 표현할 수 없을 정도로 기운이 없었지만 감사하고 기뻤다.

29

그 후 사흘 밤낮에 대한 기억은 머릿속에 매우 흐릿하게 남아 있다. 그 기간에 느낀 감정은 일부만 기억이 난다. 떠오르는 생각도 몇 가지 없는데 그때 별다른 행동을 하지 않았기 때문이다. 나는 작은 방의 비좁은 침대에 거의 누워만 있었다. 마치 침대가 되어버린 듯, 꼼짝도 하지 않았다. 누군가 나를 침대에서 떼어내려 하면 죽을 수도 있겠다고 생각했다. 시간은 아침에서 정오로, 정오에서 저녁으로 흘러갔지만 시간의 흐름조차 인지하지 못했다. 누가 방에 들어오거나 나가도 그저 멀거니 쳐다보기만 했다. 그래도 누가 들어왔다가 나가는지 정도는 알 수 있었다. 그 누군가가 내 곁으로 다가와 말을 걸면 말한 내용을 이해할 수도 있었다. 하지만 대답은 할 수 없었다. 입을 벌리거나 팔다리를 움직이는 것조차 불가능할 정도로 기운이 없어서였다. 나를 제일 자주 들여다본 사람은 하녀 한나였다. 한나가 방에 들어오면 신경이 곤두섰다. 한나가 나를 이 집에서 내쫓고 싶어 하는 게 느껴졌다. 한나는 나라는 인간에 대해, 내가 처한 상황에 대해 전혀 이해를 못 했고 나에 대해 좋지 않은 편견을 갖고 있었다. 다이애나와 메리는 하루에 한두 번 내가 누워 있는 방을 찾아왔다. 그들은 내 침대 옆에서 대략 이런 종류의 대화를 속삭였다.

"이 여자를 집에 들이길 잘한 것 같아."

"그래. 밤새 집 밖에 뒀으면 아침에 문 앞에 쓰러진 시체를 발견했겠지. 이 여자가 무슨 일을 겪었는지 궁금해."

"희한한 고생을 겪은 것 같아. 수척하고 창백한 얼굴로 배회하는 가난한 여자인 게 한눈에 보여!"

"말투를 봐도 교육을 못 받은 무식한 사람 같지는 않아. 억양도 깔끔했어. 벗어놓은 옷도 진흙과 빗물에 젖었지만 크게 낡지 않았고 옷감도 좋았어."

"얼굴이 특이해. 살이 없고 여위었지만 마음에 들어. 건강하고 활기찰 때 보면 꽤 괜찮은 얼굴일 것 같아."

그들의 대화 속에서 내게 호의를 베푼 것을 후회한다든가, 나를 의심하고 배척하는 기운이 느껴지지 않아서 마음이 놓였다.

신 진 씨는 딱 한 번 내가 있는 방을 찾아왔다. 그는 나를 보더니 무기력한 상태인 이유는 과도한 피로에 오래 시달린 탓인 것 같다고 말했다. 잘 쉬게 두면 저절로 나을 테니 굳이 의사를 불러올 필요는 없을 것 같다고 결론을 내렸다. 내 온몸

의 신경이 과도하게 긴장하고 있는 만큼 푹 자게 두는 게 좋
겠다고, 병에 걸린 것 같지는 않다고 했다. 그러고는 일단 회
복되기 시작하면 빠르게 정상화될 것으로 보인다고 단언했
다. 그는 조용하고 나지막한 목소리로 짧게 의견을 피력하더
니 잠시 후 장황하게 말을 늘어놓는 것에 익숙하지 않은 사람
특유의 말투로 덧붙였다.

"특이한 얼굴이기는 해. 상스럽거나 타락한 여자 같은 인
상은 아니야."

다이애나가 말을 받았다.

"그런 인상과는 거리가 멀어. 솔직히 말해 이 가여운 여
자에게 마음이 많이 쓰여. 우리가 이 여자를 끝까지 돌봐줄 수
있으면 좋겠어."

"그건 힘들 거야. 이 여자는 친구들과 무슨 오해가 있어
서 급하게 그들 곁을 떠난 것 같아. 이 여자가 고집을 부리지
않는다면 친구들 곁으로 돌아가게 해주는 게 우리가 해야 할
도리야. 하지만 얼굴에 고집 센 주름이 새겨져 있는 걸 보니까
우리 뜻대로 할 수 있을지 모르겠어." 그는 잠시 나를 살펴보
다가 덧붙였다. "분별력은 있어 보이는 인상인데 아무리 봐도
이목구비가 예쁘지는 않네."

"이분은 지금 몸이 안 좋잖아, 오빠."

"아프든 멀쩡하든, 평범한 얼굴이야. 이런 얼굴에는 우아
하고 조화로운 아름다움 같은 건 깃들기 힘들어."

세 번째 날에는 몸이 한결 좋아졌다. 네 번째 날에는 말도 할 수 있었고 침대에서 일어나 앉아 움직이고 몸을 옆으로 돌릴 수도 있었다. 점심 식사 즈음에 한나가 귀리죽과 버터를 바르지 않은 빵을 조금 가져다줘서 맛있게 먹었다. 전에는 열 때문에 뭘 먹어도 쓴맛이 돌아 맛이 없었는데 지금은 괜찮았다. 한나가 빈 그릇을 들고 나가자 나는 몸에 힘이 나는 기분이었다. 배가 부르니 몸을 움직이고 싶고 침대에서 일어서고 싶었다. 그런데 뭘 입지? 내 옷은 비에 젖고 흙투성이가 됐다. 습지에서 누워 자고 쓰러지기도 했던 탓이었다. 나를 거둬준 이 집 식구들 앞에 그런 옷을 입고 나설 수는 없었다. 그런데 다행히 그런 수치스러운 일은 겪지 않아도 되었다.

침대 옆 의자에 내 옷이 깨끗이 세탁되고 마른 상태로 놓여 있었다. 내 검은색 비단 드레스는 벽에 걸려 있었다. 습지의 흔적은 말끔히 지워졌고 빗물에 젖어 구겨진 곳도 매끈하게 다림질이 되어 있었다. 한마디로 옷이 멀쩡해졌다. 신발과 긴 양말도 깨끗하게 손질된 상태였다. 방 안에는 세수할 물과 머리카락을 빗을 빗과 솔이 준비돼 있었다. 힘에 부쳤지만 5분마다 쉬어가면서 옷을 입고 몸단장을 했다. 몸이 많이 축나서 옷이 헐렁했다. 볼품없게 보이지 않도록 어깨에 숄을 둘렀다. 이제 내가 질색하는 흐트러지고 남루한 모습이 아니라 다시 깨끗하고 정돈된 모습이 됐다. 난간을 손으로 잡고 돌계단을 천천히 내려가, 좁고 천장이 낮은 통로를 지나, 주방으로 향했다.

주방은 새로 구운 빵 향기가 가득했고 화덕에 불이 활활 타오르고 있었다. 한나가 빵을 굽고 있는 모양이었다. 편견이 라는 것은 마음에서 떼어내기가 무척 어렵다. 특히 그 사람의 마음이 교육을 통해 부드럽게 교정되지 못한 경우 특히 더 어렵다. 편견은 바위 사이에서 피어난 잡초처럼 단단히 뿌리박히기 때문이다. 처음에 내게 차갑고 뻣뻣하게 굴던 한나는 시간이 흐르자 약간 누그러들었다. 깔끔하게 잘 차려입고 내려온 나를 보더니 한나는 미소를 지으며 말했다.

"아이고, 일어났네요! 많이 좋아진 것 같네. 화덕 앞에 있는 내 의자에 가서 앉아요."

한나는 손으로 흔들의자를 가리켰다. 나는 그리로 가 앉았다. 한나는 부산하게 일하는 틈틈이 곁눈질로 나를 흘끔거렸다. 화덕에서 빵 몇 덩어리를 꺼내더니 나를 돌아보며 불쑥 물었다.

"여기 오기 전에 구걸도 해봤어요?"

나는 잠시 화가 났지만, 생각해보니 화를 낼 상황이 아니었다. 내 처음 모습이 한나에게는 거지나 다름없이 보였을 것이다. 나는 조용히, 그러나 확고하게 말했다.

"저를 거지로 보셨다면 잘못 생각하신 거예요. 저는 거지가 아니에요. 부인이나 이 집 아가씨들이 거지가 아닌 것처럼요."

잠시 후 한나가 말했다.

"이해가 안 되네요. 댁은 집도 없고 가진 것도 없지 않아요?"

"집이나 가진 게 없다고 해서 (여기서 가진 것이란 돈을 의미하는 말일 것이다) 꼭 거지라는 법은 없죠."

"책깨나 읽었나 봐요?"

"네. 상당히요."

"설마 기숙학교에 다닌 건 아니죠?"

"8년 동안 다녔어요."

한나의 눈이 휘둥그레졌다.

"그런데 혼자 밥벌이도 못 하고 이러고 다녀요?"

"그동안 스스로 밥벌이를 했어요. 앞으로도 그럴 거고요. 구스베리로는 뭐 하시게요?"

나는 한나가 구스베리가 담긴 바구니를 가져오자 물었다.

"파이를 만들려고요."

"주세요. 제가 꼭지 따드릴게요."

"됐어요. 일할 필요 없어요."

"뭐라도 하고 싶어서 그래요. 하게 해주세요."

한나는 알았다며 드레스를 입은 내 무릎에 깨끗한 수건 한 장을 펼쳐주었다.

"혹시 옷이 더러워질까 봐요. 그런데 손을 보니까 하녀

일은 안 해본 것 같네요. 재봉사로 일했어요?"

"아뇨. 제가 무슨 일을 했는지는 신경 쓰지 마세요. 저에 대해 더 알려고 하실 필요도 없어요. 그런데 이 집 이름은 뭔가요?"

"마시 엔드라고 부르는 사람도 있고, 무어 하우스라고 부르는 사람도 있어요."

"이 집에 사는 남자분 이름이 신 진 씨인가요?"

"그분은 이 집에 안 살아요. 잠시 머물고 계실 뿐이에요. 모턴 마을에 있는 본인 교구에서 지내세요."

"여기서 몇 킬로미터 떨어진 곳에 있는 마을이죠?"

"맞아요."

"그분은 무슨 일을 하세요?"

"교구 주임 사제세요."

전에 사제관을 찾아갔을 때 신부님을 뵙고 싶다고 청하자 나이 든 하녀장이 했던 말이 기억났다.

"그럼 여기는 그분 아버님의 집인가요?"

"맞아요. 리버스 어르신이 여기 사셨죠. 그분의 아버님, 할아버님, 증조 할아버님과 고조 할아버님도 다 여기 사셨고요."

"지금 여기 머무는 신사분의 이름이 신 진 리버스 씨인가요?"

"네. 신 진은 그분의 세례명이에요."

"누이들의 이름은 다이애나 리버스와 메리 리버스겠죠?"

"네."

"그들의 부친은 돌아가셨고요?"

"3주 전에 뇌졸중으로 돌아가셨어요."

"모친은 안 계신가요?"

"마님은 여러 해 전에 돌아가셨어요."

"이 집 가족과 함께 지낸 지 오래되셨나봐요?"

"한 30년 됐죠. 삼 남매를 내가 다 키웠어요."

"그것만 봐도 정직하고 충실한 하녀인 걸 알겠네요. 인정할 만해요. 비록 저더러 거지 아니냐고 무례하게 말하셨지만요."

한나는 놀란 눈으로 다시 나를 바라보며 사과했다.

"댁을 오해했어요. 요즘 사기꾼들이 워낙 많아서. 미안해요."

나는 다소 엄격하게 말했다.

"그리고 저를 집에 들이려고 하지 않으셨죠. 개도 내쫓지 않을 만큼 날씨가 궂은 밤에요."

"안 그래도 그 생각을 하면 마음이 좋지 않아요. 하지만 어쩌겠어요? 나보다도 이 댁 아가씨들을 생각해야 하는 처지이니. 가엽게도 우리 아가씨들은 나 말고는 의지할 사람이 없어요. 그러니 내가 늘 경계할 수밖에요."

나는 잠시 엄숙하게 침묵을 지켰다.

한나가 다시 입을 열었다.

"나를 너무 나쁘게만 보진 말아요."

"저도 어쩔 수가 없네요. 이유를 말씀드릴게요. 아주머니는 제게 쉴 곳을 제공하는 걸 거절하셨고 저를 사기꾼으로 보셨어요. 제가 '가진 것' 하나 없고 집도 없는 처지라며 함부로 비난하셨고요. 옛 위인들 중에는 저처럼 궁핍한 분들도 계셨어요. 아주머니가 기독교인이라면 가난한 사람은 무조건 범죄를 저지르게 돼 있다는 생각을 하시면 안 되죠."

"이제 그런 생각을 하지 않도록 할게요. 신 진 씨도 그렇게 말했어요. 덕분에 내 생각이 잘못됐다는 걸 깨달았어요. 당신에 대한 생각도 많이 바뀌었고요. 지금 보니 멀쩡한 숙녀 같네요."

"알겠습니다. 용서해드릴게요. 우리 악수해요."

한나는 밀가루가 묻고 굳은살이 박인 손을 내밀었다. 악수하는 동안 그의 거친 얼굴에 따뜻한 미소가 피어났다. 그때부터 우리는 친구가 됐다.

한나는 수다 떠는 걸 무척 좋아했다. 내가 구스베리를 다듬는 동안 한나는 파이 반죽을 만들면서 돌아가신 주인 내외와 이 집 '아이들', 즉 젊은 삼 남매에 대해 시시콜콜한 얘기들을 늘어놓았다.

한나의 얘기에 따르면, 돌아가신 리버스 어르신은 평범한 신사였지만 알고 보면 무척 오래된 가문의 자손이었다. 마시

엔드는 모턴 계곡 저 아래에 위치한 올리버 씨의 저택에 비하면 작고 소박한 집이지만 오랫동안, 거의 200년 가까이 리버스 가문의 소유였다. 빌 올리버의 아버지는 평범한 바늘 제작자일 뿐이지만, 리버스 가문은 옛 헨리 왕 때부터 상류층이었다. 모턴 성당의 제의실에 있는 기록에 다 나와 있는 사실이었다. 어르신은 다른 사람들처럼 사냥을 하고 농사를 지으며 평범한 삶의 방식을 고수했다. 하지만 마님은 달랐다. 마님은 책을 즐겨 읽었고 공부도 많이 했다. '아이들'은 마님을 따랐다. 이 동네에 이런 아이들은 예전에도 없었고 지금도 없다는 게 한나의 생각이었다. 세 아이는 입이 트인 날부터 공부하는 걸 무척 좋아했다. 물론 각자의 방식대로 공부했다. 신 진 씨는 대학에 진학해 교구 주임 사제가 됐고, 두 아가씨는 학교를 졸업하자마자 가정교사로 일했다. 수년 전 부친이 믿었던 사람의 파산으로 큰돈을 잃으면서 집안 형편이 기운 탓이었다. 부친이 딸들에게 결혼 지참금을 줄 형편이 되지 않아서 딸들은 각자 살 궁리를 해야 했다. 삼 남매는 오랫동안 집을 떠나 살다가 부친이 세상을 떠나면서 여기 몇 주일 머물고 있었다. 그들은 마시 엔드와 모턴 마을, 황무지와 그 주변의 언덕들을 무척 좋아했다. 그들은 런던을 비롯해 여러 큰 도시에서 살아봤지만, 고향만큼 좋은 곳은 없다고 늘 말했다. 그리고 삼 남매는 사이가 무척 좋아서 말다툼을 한 적도 없었다. 이렇게 우애가 좋은 남매는 세상에 없을 것이라는 게 한나의 주장이었다.

구스베리를 모두 다듬은 나는 이 집 아가씨들과 신 진 씨가 지금 어디 있는지 물었다.

"다들 모턴 마을로 산책 가셨어요. 30분 안에 차를 마시러 오실 거예요."

세 사람은 한나의 말대로 30분 안에 주방 문을 통해 집으로 돌아왔다. 신 진은 나를 보더니 고개를 끄덕여 인사하며 지나갔고, 두 아가씨는 내 앞에 섰다. 메리는 내가 아래층으로 내려올 수 있을 만큼 건강을 회복해 기쁘다며 다정하고 차분하게 말해주었다. 다이애나는 내 손을 꼭 잡더니 고개를 저으며 말했다.

"내가 내려와도 된다고 할 때까지 방에서 기다리지 그랬어요. 아직 안색이 창백하고 이렇게 야위었는데! 가여워라! 어쩌면 좋아!"

다이애나의 목소리가 비둘기의 달콤한 속삭임처럼 들렸다. 다이애나의 눈빛을 보고 있으면 기분이 좋아졌다. 얼굴 생김새도 무척 매력적이었다. 메리도 언니인 다이애나만큼 지적이고 예쁜 얼굴이지만 언니보다는 내성적인 분위기였다. 예의를 갖추면서 거리를 두는 느낌이었다. 다이애나의 표정과 말투에는 권위가 담겨 있었고 강한 의지가 느껴졌다. 나는 양심과 자존심이 허락하는 범위 내에서, 다이애나처럼 권위 있는 사람의 말에 따르는 것을 좋아하는 편이었다.

다이애나가 물었다.

"아래층에는 뭐 하러 내려왔어요? 여기 있을 필요 없는데. 메리와 나는 주방에 종종 와서 앉아 있곤 해요. 집에 오면 좀 편안하고 자유롭고 싶어서요. 하지만 당신은 손님이니 응접실에 머무는 게 맞아요."

"여기가 편해서요."

"그건 안 될 말이에요. 한나가 바쁘게 일하느라 손님인 당신에게 밀가루를 끼얹을 수도 있어요."

메리도 옆에서 거들었다.

"게다가 화덕의 불이 당신한테는 너무 뜨거울 거예요."

"맞아요. 자, 그만 따라와요."

다이애나는 내 손을 잡고 일으켜 세운 뒤 안쪽의 응접실로 데려갔다.

그리고 나를 소파에 앉히며 말했다.

"앉아 있어요. 우리가 옷을 갈아입고 와서 차를 준비할게요. 이 작은 황무지 집에 와 있는 동안 우리는 내키는 대로 식사 준비를 하곤 해요. 한나가 빵을 굽거나 차를 우리거나 빨래를 하거나 다림질을 하는 동안은 우리가 할 수 있거든요."

다이애나는 응접실을 나가 문을 닫았다. 이제 응접실에는 나와 신 진 둘만 있게 됐다. 그는 손에 책인지 신문인지를 들고 맞은편에 앉아 있었다. 나는 응접실을 둘러보다가 신 진에게 시선을 돌렸다.

응접실은 좁고 소박한 가구들뿐이었지만 하나같이 깔끔

하고 편안한 분위기였다. 구식 의자들은 윤기가 흐르다 못해 반짝거렸고 호두나무 탁자는 마치 거울 같았다. 묘한 분위기의 오래된 초상화들이 얼룩진 벽들을 장식했다. 유리 문짝이 달린 벽장 안에는 책 몇 권과 고풍스런 도자기 세트가 들어 있었다. 쓸데없는 장식은 없었다. 반짇고리 한 쌍과 사이드 테이블 자리에 놓인 여성용 자단 책상 외에 현대식 가구는 보이지 않았다. 카펫과 커튼을 포함한 모든 것들이 적당히 낡았으면서도 잘 보존되어 있었다.

신 진은 벽에 걸린 초상화처럼 가만히 앉아, 입 한 번 열지 않고 읽고 있던 지면에만 시선을 두었다. 그가 그렇게 앉아 있으니 관찰하기에 좋았다. 그가 사람이 아니라 조각상이라 해도 지금보다 더 관찰하기 쉽지는 않았을 것이다. 그는 스물여덟에서 서른 살 사이로 보였고 키가 컸으며 날씬한 체격이었다. 확고한 눈빛을 갖고 있었고, 윤곽이 깔끔해서 마치 그리스 조각상의 얼굴 같았다. 곧고 고전적인 코, 아테네 사람처럼 얇은 입술이 눈에 띄었다. 그리스 조각상을 닮은 영국인의 얼굴이라니, 보기 드문 외모였다. 그렇게 조화로운 외모를 갖고 있으니 제멋대로인 내 이목구비를 보고 놀랐을 만도 했다. 갈색 속눈썹 아래의 눈은 큰 편이고 눈동자는 파란색이었다. 상아처럼 희고 높은 이마에 금발 머리카락이 아무렇게나 흘러내려와 있었다.

이 정도면 꽤 온화한 인상일 것 같지 않은가, 독자 여러분? 하지만 그는 온화하고 유연하며 다감하고 차분한 성품과는 거리가 멀었다. 그는 조용히 앉아 있었지만 콧구멍과 입, 이마에서는 초조하고 냉정하며 격한 내면이 느껴졌다. 여동생들이 돌아올 때까지 그는 내게 말 한마디 걸지 않았고 눈길 한 번 주지 않았다. 차를 준비하느라 왔다 갔다 하던 다이애나는 화덕 위쪽에 넣어 구운 작은 케이크 한 조각을 내게 가져다주었다.

"이거라도 먹고 있어요. 배고프겠네. 한나 얘기로는 아침 식사 이후로 귀리죽 조금 먹은 게 전부라던데요."

식욕이 되살아난 터라 나는 거절하지 않았다. 신 진은 책을 덮고 탁자 앞으로 다가와 의자에 앉더니 그림 같은 파란 눈으로 나를 뚫어져라 쳐다보았다. 예의를 차리지도 않고 대놓고 쳐다보면서 이리저리 뜯어보는 눈빛이었다. 그가 지금까지 낯선 여자인 내게 눈길 한 번 주지 않고 책만 보고 앉아 있었던 게 수줍어서가 아니라 일부러 그런 것임을 알 수 있었다.

"배가 많이 고픈 모양입니다."

그가 말했다.

"예."

짧은 물음에는 짧은 대답으로, 직접적인 눈빛에는 꾸밈 없는 시선으로 대하는 것이 내 본능이며 내 방식이었다.

"지난 사흘 동안 미열 때문에 음식을 먹지 못한 것이 당신에게는 잘된 일입니다. 처음부터 식욕에 이끌려 실컷 먹었으면 몸에 무리가 가서 위험할 뻔했어요. 이제 편하게 먹어도 되겠지만, 조심하는 게 좋을 겁니다."

"이 댁에 오래 머물면서 음식을 축내지는 않을 거예요."

나는 어색하고 세련되지 못한 대답을 내놓고 말았다.

그는 냉랭하게 말했다.

"그렇게 생각할 필요 없습니다. 친구들의 주소를 알려주면 우리가 편지로 이곳 사정을 전하겠습니다. 그럼 집으로 돌아갈 수 있을 겁니다."

"분명하게 말씀드리지만, 그렇게 할 수가 없어요. 지금 저는 집도 없고 친구들도 없는 처지예요."

삼 남매는 나를 가만히 쳐다보았다. 불신하는 표정은 아니었다. 그들의 눈빛에 의심은 깃들어 있지 않았다. 대신 호기심이 엿보였는데 특히 자매들 쪽이 그랬다. 신 진의 눈빛은 맑은 편이었지만 속내를 짐작하기 어려웠다. 그의 눈은 속을 드러내는 수단이 아니라 타인의 생각을 탐색하는 도구였다. 그런 예리하고 속을 알 수 없는 눈빛으로 상대를 빤히 쳐다보면 상대는 기가 죽고 당황하고 만다.

"가족과 절연했다는 뜻입니까?"

"맞아요. 저는 누구와도 연이 닿아 있지 않은 상태예요. 그러니 영국에서 제가 돌아갈 집은 없어요."

"당신 나이에 그런 처지라는 건 참 이상하네요!"

그는 탁자 위에 포개어 놓은 내 두 손을 바라보았다. 그는 무엇을 찾으려는 걸까. 잠시 후 그의 말을 통해 나는 답을 알 수 있었다.

"결혼한 적이 없군요? 독신인가요?"

그 말에 다이애나가 웃었다.

"어머, 열일곱이나 열여덟 살밖에 안 돼 보이는데 무슨 말이야, 오빠."

"저는 곧 열아홉 살이 돼요. 결혼은 하지 않았고요."

이렇게 대답한 순간 얼굴이 확 달아올랐다. 결혼 얘기가 나오니 과거의 쓰라리고 고통스러웠던 기억이 떠올라서였다. 당황하고 감정적으로 동요하는 내 모습을 그들에게 보이고 말았다. 다이애나와 메리는 내 달아오른 얼굴에서 시선을 돌려 나를 배려해주었지만, 냉정하고 엄격한 그들의 오빠는 내가 얼굴이 달아오르다 못해 눈물을 흘릴 때까지 나를 뚫어져라 쳐다보았다.

그래놓고 그는 다시 물었다.

"마지막으로 살았던 곳은 어디죠?"

"너무 꼬치꼬치 묻지 마, 오빠."

메리가 나지막하게 말렸지만 신 진은 탁자 너머로 몸을 기울이고는 확고하고 예리한 눈빛으로 쏘아보며 대답을 종용했다.

나는 간결하게 대답했다.

"제가 살았던 곳과 저와 함께 살았던 사람의 이름은 밝힐 수 없어요."

그러자 다이애나가 말했다.

"그런 건 다른 누가 묻더라도 굳이 대답할 필요 없어요. 비밀을 지킬 권리가 있으니까요."

신 진이 물었다.

"당신에 대해서나 당신의 과거에 대해 아무것도 모르면 내가 어떻게 당신을 도울 수 있겠습니까? 도움이 필요한 거 아니에요?"

"도움이 필요해요. 도움을 받고 싶은 형편이고요. 어느 진실한 자선가께서 일자리를 주시면 그 일을 해서 최소한의 생활을 꾸려가고 싶어요."

"내가 진실한 자선가인지 아닌지는 모르겠지만, 힘이 닿는 한 돕고 싶습니다. 당신이 어떤 일을 하면서 살아왔는지, 무슨 일을 할 수 있는지 정도는 말해주시죠."

나는 차를 한 모금 마셨다. 와인을 마신 거인처럼, 차 한 모금에도 기운이 솟아나는 것을 느꼈다. 덕분에 불안정한 신경이 가라앉고, 판사처럼 내 속을 들여다보려는 젊은 남자에게 흔들림 없이 말할 수 있었다.

나는 고개를 돌려 솔직하고 망설임 없는 눈빛으로 그를 마주보면서 말했다.

"리버스 씨, 세 분은 제게 큰 도움을 주셨어요. 저를 집에 들여 목숨을 구해주셨으니, 사람이 같은 사람에게 해줄 수 있는 가장 큰 도움을 베풀어주신 거예요. 무한히 감사드립니다. 제 비밀에 대해서도 어느 정도는 아실 권리가 있다고 생각되네요. 세 분이 품어주신 이 방랑자의 과거에 대해 제 도덕적, 신체적 안위와 타인의 안위를 해치지 않는 범위 내에서 어느 정도는 말씀을 드리겠습니다.

저는 신부의 딸로 태어나 고아로 자랐어요. 부모님은 일찍 돌아가셔서 기억에도 없습니다. 저는 남의 집에서 군식구로 자랐고 자선 보육 시설에서 교육받았어요. 그 시설에서 6년 동안 학생으로 지낸 후 2년 동안 교사로 일했는데 그 학교의 이름 정도는 말씀드려도 될 것 같네요. ○○주에 위치한 고아들을 위한 수용 시설인 로우드 학교입니다. 그 학교에 대해 들어보셨죠, 리버스 씨? 로버트 브로클허스트 신부가 재무 담당자로 있던 학교예요."

"브로클허스트 씨에 대해 들어본 적 있습니다. 그 학교도 본 적 있고요."

"로우드 학교를 떠나 1년 정도 어느 댁에 가정교사로 있었어요. 대우도 좋았고 행복하게 지냈죠. 그리고 나흘 전에 그 집을 나와 돌아다니다가 여기까지 왔어요. 그 집을 나올 수밖에 없었던 이유에 대해서는 말씀드릴 수 없어요. 다 쓸데없는 소리일 뿐이고 위험을 초래할 수 있는 데다가 들어도 믿지 못하실 테니까요. 다만 제게 잘못이 있어 그 집을 나온 건 아니라는 걸 분명히 말씀드릴게요. 세 분과 마찬가지로 저는 어떤 죄도 짓지 않았어요. 지금 저는 몹시 비참한 심정이고 당분간은 계속 그럴 거예요. 천국이라 여겼던 집에서 재앙 같은 일이 일어나 어쩔 수 없이 나오게 됐으니까요. 정말 괴상하고 무시무시한 일이었죠. 저는 신속하고, 아무도 모르게 그 집을 빠져나오는 수밖에 없었어요. 작은 짐 가방 말고는 제 물건을 챙겨 나올 겨를도 없었죠. 그런데 휘트크로스에 도착해 정신없이 서둘러 마차에서 내리느라 짐 가방을 마차에 놓고 내렸어요. 그래서 무일푼으로 이 동네까지 오게 된 거예요. 이틀 밤 동안 노숙을 하고 이틀 낮 동안 이리저리 돌아다녔지만 어느 집에도 들어갈 수가 없었어요. 음식을 두 번 먹기는 했어요. 배가 몹시 고프고 지치고 절망해서 거의 숨이 넘어가려던 차에 리버스 씨가 저를 이 집에 들어오게 해주신 거예요. 그 후로 이 집 아가씨들이 베풀어주신 일을 저도 잘 알고 있어요. 힘이 없어 늘어져 있기는 했지만 의식이 없지는 않았거든요. 여러분은 진심으로 저를 가엾게 여기시고, 복음주의적인 자선을 베풀어주셨어요. 정말 감사드려요.”

내가 잠시 숨을 고르는데 다이애나가 말했다.

“그만 말하게 해, 오빠. 아직 이렇게 흥분해도 되는 몸 상태가 아니야. 소파로 와서 편히 앉아요, 엘리엇 양.”

가명을 듣자 나도 모르게 움찔했다. 내가 가명을 내세웠다는 사실을 깜박 잊은 것이다. 내 표정을 세세히 살피던 신 진이 즉시 그 부분을 포착했다.

"이름이 제인 엘리엇이라고 했죠?"

"맞아요. 편의상 그 이름을 내세웠지만 제 진짜 이름은 아니에요. 그래서 그 이름이 제 귀에 익질 않았던 거예요."

"진짜 이름을 알려줄 수는 없습니까?"

"예. 제 소재가 드러나게 될까 봐 두려워요. 저에 관한 정보를 말씀드리면 결국 그렇게 될 테니까요."

그러자 다이애나가 말했다.

"그래요, 알겠어요. 잠시라도 쉬게 해, 오빠."

하지만 신 진은 잠시 생각하더니 차분하고 예리하게 말했다.

"우리의 호의에 오랫동안 기대고 싶어 하는 것 같지는 않네요. 내 동생들의 연민과 내 자비심에서 그만 벗어나고 싶어 하는 게 보입니다. (당신이 내 동생들의 연민과 내 자비심을 분명히 구분 짓는 것을 느꼈지만 타당한 구분이니 화를 내지는 않겠습니다.) 자립하고 싶은 것이겠죠?"

"예. 이미 말씀드렸다시피 어떤 일을 해야 하는지, 어떻게 일자리를 찾아야 할지 알려주세요. 그렇게만 해주시면 바랄 게 없어요. 초라한 오두막에 살아도 좋으니 일자리를 주선해주시고, 그때까지 여기 머물게 해주시면 좋겠어요. 노숙하면서 굶주릴 생각을 하니 겁부터 나요."

다이애나는 하얀 손을 내 머리에 얹으며 말했다.

"여기 머물러도 좋아요."

메리도 타고난 천성대로, 조심스럽고 진심 어린 말투로 동의를 표했다.

"그렇게 해요."

그러자 신 진이 말했다.

"동생들이 당신을 이 집에 데리고 있고 싶어 하네요. 겨울바람에 여닫이창으로 날아 들어온 반쯤 얼어붙은 새를 따뜻하게 품어주듯이 당신을 도우면서 기쁨을 느끼는 모양입니다. 나는 당신이 자립하길 바라니, 그렇게 되도록 애를 써보겠습니다. 다만 내 인맥이 좁다는 점은 감안해야 할 겁니다. 나는 가난한 시골 교구의 주임 사제에 불과해요. 아마 미약한 도움밖에 주지 못할 겁니다. 그때까지 소소한 날들을 보내는 게 답답하고 싫으면, 나보다 더 효율적으로 도와줄 수 있는 사람을 찾도록 하세요."

다이애나가 나 대신 대답하고 나섰다.

"이분은 정직한 일이라면 뭐든 하겠다고 이미 말했어. 게다가 이분은 도움을 줄 사람을 고를 형편도 아니야. 오빠처럼 신경질적인 사람이 하는 말도 참고 들어야 하는 처지라고."

"저는 옷을 만들 줄 알아요. 이런저런 잡일도 할 수 있고요. 하녀나 간병인 자리도 좋습니다."

내 대답에 신 진은 차갑게 말했다.

"알겠습니다. 그런 정신이라면 기꺼이 시간을 내서 돕도록 하죠."

　신 진은 차를 마시기 전까지 보고 있던 책을 다시 펼쳐 들었다. 나는 그만 응접실에서 나갔다. 말을 너무 많이 했고 오래 앉아 있었더니 기운이 없었다.

30

무어 하우스 사람들에 대해 알게 될수록 그들이 좋아졌다. 며칠이 지나자 건강을 회복해 종일 일어나 앉아 있을 수 있게 됐다. 종종 산책도 나갔다. 다이애나와 메리가 하는 일도 같이 할 수 있었다. 그들과 대화를 나누거나 그들이 허락해주는 때와 장소에서 그들을 도울 수도 있었다. 그들과의 교류를 통해 나는 처음으로 상쾌한 기쁨을 느꼈다. 취향과 감성, 원칙이 일치하는 사람들과 친해진 덕분이었다.

그들이 좋아하는 책은 나도 즐겨 읽었고, 그들이 재미있어하는 일이면 나도 즐거웠다. 그들이 인정하는 것은 따라서 우러러보았다. 그들은 이 외딴집을 사랑했다. 나 역시 야트막한 지붕, 격자를 단 여닫이창, 허물어질 듯한 벽, 거센 산바람에 비스듬히 자란 오래된 전나무들이 늘어서 있는 길, 그리고 주목나무와 호랑가시나무들이 그림자를 드리우고 추위에 강한 꽃들이 피어나는 정원이 있는 이 작고 오래된 회색 집을 사랑하게 됐다. 강력하고 영속적인 이 집의 매력을 발견한 것이다. 다이애나와 메리는 집 뒤와 주변의 보랏빛 황야, 그리고 집 대문에서부터 이어지는 자갈 깔린 좁은 승마길과 그 아래의 텅 빈 계곡에까지 애정을 갖고 있었다. 양치식물들로 뒤덮인 둑 사이로 구불구불 뻗어나간 계곡은 히스 벌판 가장자리에 있었고 회색 황무지의 양떼와 이끼 긴 것 같은 얼굴을 한 새끼 양들에게 양분을 제공하는 황량한 벌판으로 이어졌다. 다이애나와 메리는 이런 풍경에 크나큰 애착을 품었다. 나는 그 감정을 이해할 수 있었고 이러한 풍경이 지니는 힘과 진실에 공감했다. 그것이 바로 이 지역이 품은 매력이었다. 적막함이 궁극에 달해 신성한 지경에 다다른 느낌이었다. 나는 울룩불룩한 언덕들의 윤곽, 이끼와 히스 꽃, 여러 꽃이 만발한 자리, 잘 자란 고사리, 부드러운 윤곽을 그리는 화강암 바위 등이 자리한 산등성이와 작은 골짜기 풍경을 실컷 보고 즐겼다. 그들이 세세한 풍경들을 바라보며 느끼는 순수하고 달콤한 기쁨이 내게도 고스란히 전해졌다. 강하게 부는 바람과 부드러운 산들바람, 궂은 날씨와 온화한 날씨, 해 뜰 무렵과 해 질 무렵, 달빛이 환한 밤과 구름 긴 밤은 그들에게 했던 것과 마찬가지로 내 안에 풍성한 감정을 불러일으켰고 나를 온통 사로잡았다.

집 안에서도 우리는 죽이 잘 맞았다. 다이애나와 메리는 나보다 지식수준이 높았고 책도 많이 읽었다. 나는 그들이 지나간 지식의 길을 충실히 따라갔다. 우선 그들이 빌려주는 책들을 게걸스럽게 읽었다. 낮에 숙독한 내용을 가지고 저녁이면 그들과 토론을 했는데 무척 만족스러운 시간이었다. 생각과 생각이 맞아 떨어지고, 의견과 의견이 만나는 가운데 우리는 완벽한 조화를 이루었다.

우리 셋 중에 제일 우위에 있고 대장 격인 사람은 다이애나였다. 다이애나는 신체적으로도 나보다 훨씬 우월했다. 그에게는 당당한 아름다움과 활기가 있었다. 다이애나의 왕성한 혈기에는 생명의 기운이 놀랍도록 흘러넘쳤고 사람이 어떻게 그럴 수 있는지 이해가 안 될 정도였다. 저녁 토론이 시작되면 나는 처음에만 활기차고 유창하게 말을 하다가 이내 수그러지곤 했다. 그다음부터는 기꺼이 다이애나의 발치에 놓인 스툴에 앉아 그의 무릎에 머리를 올리고 다이애나와 메리가 주고받는 대화에 귀를 기울였다. 그들은 내가 얕게만 알고 있는 주제에 관해 깊이 있는 토론을 이어나갔다. 그러던 어느 날 다이애나는 내게 독일어를 가르쳐주겠다고 제안했다. 나는 다이애나에게 배우는 게 좋았다. 다이애나도 누군가를 가르치는 일을 즐거워하는 걸 보면 그런 일이 적성에 맞는 모양이었다. 나는 배우는 일이 즐겁고 적성에 잘 맞았다. 우리의 상반된 천성은 조화를 이루며 맞아떨어졌고 그 결과 서로에게 강한 애정을 느꼈다. 내가 그림을 그릴 줄 안다는 것을 알게 된 자매는 곧바로 내게 연필과 그림물감 통을 가져다주었다. 내가 자매들보다 잘하는 건 그림 그리는 것뿐이었는데, 그들은 내 그림 솜씨에 놀라고 매료되었다. 메리는 내 곁에 한시간 동안 꼼짝 않고 앉아 그림 그리는 모습을 지켜보더니 내게 그림을 배우고 싶다고 했다. 메리는 유순하고 총명하며 부지런한 학생이 되어 내게 그림을 배우기 시작했다. 이렇듯 함께 이런저런 일을 하며 즐겁게 시간을 보내는 동안 하루하루, 수 주일이 쏜살같이 지나갔다.

여동생들과 달리 신 진과는 이처럼 자연스럽고 빠르게 친해지지는 못했다. 그와의 거리를 좁히지 못한 주된 이유는 그가 집에 잘 있지 않아서였다. 그는 교구 여기저기에 흩어져 사는 가난하고 아픈 사람들의 집을 심방하는 일에 대부분의 시간을 할애했다. 궂은 날씨도 그의 의지를 꺾지 못했다. 날이 좋거나 나쁘거나 상관없이 그는 아침 공부 시간이 끝나면 모자를 챙겨 쓰고 아버지가 기르던 늙은 사냥개 카를로를 데리고 사명을 수행하러 나갔다. 그 사명이 사랑에서 비롯되었는지 의무감에서 비롯되었는지는 알 수 없었다. 날씨가 심하게 안 좋아서 여동생들이 외출을 만류하면 신 진은 즐겁다기보다는 침통해 보이는 묘한 미소를 지으며 말하곤 했다.

"강풍이 불거나 비가 내린다고 해서 이 쉬운 일을 못 하고 나태해지면 앞으로 하려는 일에 대한 준비는 어떻게 할 수 있겠니?"

그러면 다이애나와 메리는 한숨으로 대답을 대신하면서

슬픈 눈으로 잠시 생각에 잠기는 것이었다.

그가 집을 자주 비우는 것 말고도 그와 우정을 쌓기 어렵게 만드는 장애물은 또 있었다. 신 진은 내성적이고 생각에 잠기는 것을 좋아하며 침울한 본성을 갖고 있었다. 신부 일도 열심이고 생활과 습관도 흠잡을 곳이 없었지만, 신실한 기독교인이자 실천적 자선가라면 으레 보상으로 여기는 마음의 평정과 내적 만족감을 얻지 못하는 듯 보였다. 저녁 무렵이면 그는 책상과 종이를 앞에 두고 창가에 앉아 있곤 했다. 무언가를 읽거나 쓰지도 않고, 손으로 턱을 괸 채로, 나로서는 알 수 없는 생각 속으로 빠져드는 모습이었다. 종종 눈이 확 커지고 빛나는 걸 보면 흥미로운 생각이 들어 마음이 동요하는 것 같기도 했다.

자연은 그의 누이들에게 보물 같은 기쁨을 주었지만 신 진에게는 그렇지 않은 듯했다. 한번은 신 진이 내가 듣는 곳에서 딱 한 번 주변 언덕들의 거친 매력, 그가 집이라 부르는 이 어두운색 지붕과 닳아빠진 벽들로 이루어진 건물에 대한 애정을 표현한 적이 있었다. 하지만 그 감정을 표현하는 그의 말투나 단어에는 기쁨보다는 어둠이 짙게 배어 있었다. 그는 마음을 달래주는 고요함을 찾아 황무지를 배회한 적도, 황무지가 주는 오만가지 평화로운 기쁨을 찾아다니거나 그런 기쁨에 대해 깊게 생각한 적도 없는 듯했다.

그는 말수가 적은 편이었지만 어느 정도 시간이 흐른 후 나는 그의 마음을 헤아릴 기회를 얻게 됐다. 그가 모턴 마을에 있는 성당에서 설교하는 것을 듣고 처음으로 그의 마음속을 들여다본 것이다. 어떤 설교였는지 자세히 쓰고 싶지만 그러기에는 내 역량이 모자란다. 그 설교가 내게 미친 영향에 대해서도 충실히 쓸 수가 없다.

대략 쓰자면 이러했다. 그의 설교는 차분한 어조로 시작됐다. 목소리의 전달 방식이나 높낮이만 보자면 끝까지 차분하기는 했다. 하지만 엄격하게 억누른 열정은 분명한 말씨를 통해 드러났고 초조한 표현으로 이어졌다. 억눌리고 응축되고 통제된 힘이 점점 거세지면서 설교자의 힘이 마음을 흔들고 정신에 충격을 가하기 시작했다. 그 힘은 수그러들 줄을 몰랐다. 설교 내내 묘한 비통함이 느껴졌고, 듣는 이에게 위안을 주는 다정함은 찾아볼 수 없었다. 그는 도덕적 엄격함을 강조하는 칼뱅파의 교리인 하느님의 선택, 예정설, 영벌 등을 자주 언급했다. 그런 것들을 입에 올릴 때마다 마치 불행한 끝을 예고하는 판결처럼 들렸다. 그의 설교가 끝나자 마음이 편안해지고 불안이 가라앉고 뭔가 계몽된 것 같은 기분이 드는 게 아니라, 무어라 표현할 수 없는 슬픔이 느껴졌다. 다른 사람들도 같은 생각을 했는지 모르겠지만, 그의 유창한 설교가 실망이라는 탁한 감정의 앙금이 가라앉은, 끝없는 열망과 불온한 포부가 휘몰아치는 깊은 밑바닥에서 올라온 것처럼 느껴졌기 때문이었다. 깨끗하고 양심적이며 열정적인 삶을 살고 있기는 했지만 신 진 리버스는 전지전능하신 하느님 안에서 평안을 찾지 못한 것 같았다. 그런 면에서 그는 나와 크게 다르지 않았다. 나 역시 부서진 우상과 잃어버린 이상향으로 인한 회한으로 몹시 괴로워하면서도 그런 속내를 감추고 살고 있었다. 그 회한에 대해서는 굳이 언급하지 않으려 애썼지만 그 감정은 나를 휘어잡고 무자비하게 횡포를 부렸다.

그렇게 한 달이라는 시간이 흘러갔다. 다이애나와 메리는 조만간 무어 하우스를 떠나 여기와는 완전히 다른 생활을 하러 돌아가야 했다. 그들은 영국 남부의 어느 크고 잘나가는 도시에서 가정교사로 일하고 있었다. 그 집의 부유하고 오만한 가족들은 그들의 타고난 재능 따위는 안중에도 없이 그들을 보잘것없는 객식구로 취급했다. 요리사의 음식 솜씨나 하녀의 취향을 평가하듯 그들이 교육을 통해 취득한 교양을 평가할 뿐이었다. 신 진은 내게 구해주기로 약속한 일자리에 대해 아직 말이 없었다. 하지만 어떤 종류의 일자리든 빨리 얻어야 하는 게 내 입장이라 마음이 급해졌다. 어느 날 아침, 응접실에서 신 진과 잠시 둘만 있게 됐을 때 나는 그가 앉아 있는 창가 자리로 다가갔다. 그는 그곳에 탁자와 의자, 책상을 두고 서재처럼 쓰고 있었다. 무슨 말부터 꺼내야 할지 알 수가 없었지만 일단 입을 열었다. 신 진처럼 신중하고 차가운 사람에게 다가가기란 쉬운 일이 아니었다. 다행히 그가 먼저 말을 걸어준 덕분에 나는 수고를 덜게 됐다.

그는 가까이 다가온 나를 올려다보며 물었다.

"물어볼 거라도 있습니까?"

"예. 주선해주시기로 한 일자리에 대해 혹시 들으신 얘기가 있나 해서요."

"3주 전에 적당한 자리를 찾았습니다. 만들어냈다고 해야 맞을지도 모르겠군요. 그런데 당신이 여기서 유익하고 즐거운 시간을 보내고 있는 것 같아서, 동생들도 당신을 무척 좋아하고 당신 덕분에 무척 즐거워하고 있어서 세 사람의 평안을 깨뜨리고 싶지 않았습니다. 동생들이 마시 엔드를 떠나는 날이 되면 말해주려고 했어요."

"동생 분들이 사흘 후에 이 집을 떠나죠?"

"맞습니다. 동생들이 떠나면 나는 모턴 마을의 사제관으로 돌아갈 겁니다. 한나도 나와 같이 갈 테니 이 낡은 집은 문을 닫겠죠."

나는 그가 얘기를 계속하도록 말없이 기다렸지만 그는 머릿속으로 또 다른 상념의 고리를 이어가고 있는 듯했다. 표정을 보니 나나 나와 관련된 일과는 거리가 먼 것 같았다. 급하고 초조한 나는 어쩔 수 없이 그를 조금 전 나누던 대화로 불러와야 했다.

"어떤 일자리를 찾으셨나요, 리버스 씨? 이렇게 꾸물대다가 그 일자리를 얻지 못하게 될까 봐 걱정돼서요."

"아, 아닙니다. 내가 내드리고 당신이 받아들이면 되는

706

일자리예요."

그러고는 또다시 입을 꾹 다물었다. 말을 계속할지 말지 망설이는 듯했다. 나는 마음이 급해졌다. 한두 번 몸을 초조하게 움직이면서 애타는 눈빛으로 그의 얼굴을 빤히 쳐다보는 게 말보다 더 효과적이고 덜 힘들 것 같았다.

마침내 그가 다시 입을 열었다.

"서두르려 애쓸 필요는 없습니다. 솔직히 말하면 당신에게 알맞거나 돈벌이가 잘 되는 자리는 아니에요. 그 자리에 대해 설명하기 전에, 내가 예전에 했던 말을 상기하자면, 내가 당신을 돕는다는 건 맹인이 불구자를 돕겠다고 나서는 것과 같습니다. 나는 가난한 사람이에요. 아버지의 빚을 갚고 나면 다 쓰러져가는 이 농가, 집 뒤에 아무렇게나 늘어선 전나무들, 주목나무와 호랑가시나무가 앞에 몇 그루 서 있는 황야의 땅 약간이 가진 재산의 전부입니다. 나는 미천한 사람이에요. 리버스는 유서 깊은 가문이지만 남은 자손 세 명은 그저 그런 삶을 살고 있죠. 두 명은 낯선 사람들 사이에서 객식구로 얹혀 살고, 한 명은 모국에서 이방인 같은 존재로 살아가고 있으니까요. 아마 살아서나 죽어서나 마찬가지일 겁니다. 그런 삶이지만 언젠가는 명예롭게 인정받길 바라고 있어요. 육신에서 영혼이 분리되어 세상을 떠나는 날, 보잘것없는 자신이 속한 성당 전투 부대의 수장이 그에게 '일어나서 나를 따르라!'라고 명하는 날을 기다리고 있는 겁니다."

신 진은 설교하듯 조용히 낮은 목소리로 이 말을 했다. 얼굴빛은 전혀 달라지지 않은 채 눈만 번뜩였다.

"나는 가난하고 미천한 사람입니다. 돈벌이도 변변찮고 별 볼 일 없는 일자리밖에 제공해줄 수가 없어요. 당신은 그걸 너무 품위가 떨어지는 일이라고 생각할지도 모르겠네요. 보아하니 당신 옷은 꽤 고급스럽고 취향도 고상한 편이에요. 교육 수준이 높은 사람들 사이에서 교류하며 지낸 티가 납니다. 하지만 나는 우리 인류를 더 낫게 만들어주는 일이라면 그 일을 행하는 이의 품위를 떨어뜨리지 않는다고 봅니다. 기독교인이 경작해야 할 땅이 척박하고 메말랐을수록, 노고에 대한 보상이 적을수록, 영광은 더 커질 것입니다. 그런 상황에 처한 사람은 개척자의 운명을 타고난 것이겠죠. 복음의 최초 개척자들은 바로 사도들입니다. 사도들을 이끄는 이는 구세주이신 예수 그리스도이고요."

"그렇군요. 계속 말씀하세요."

그는 잠시 나를 지그시 바라보았다. 내 얼굴이 책에 적힌 글자라도 되는 것처럼, 느긋하게 내 표정을 읽으려는 듯했다. 그는 그렇게 읽어낸 결론을 자신의 말에 섞어 부분적으로 표현했다.

"아마 당신은 내가 제안한 일자리를 받아들이고 한동안 잘 유지할 겁니다. 물론 영원히는 아니겠지만요. 내가 운신의 폭이 좁고 고요하며 외진 이 영국의 시골 교구 생활을 영원히 유지할 생각이 없는 것처럼 말이죠. 당신은 나만큼이나 안온한 삶을 견디기 힘들어하는 본성이 있어 보입니다."

그가 다시 말을 멈추자 나는 다음 말을 재촉했다.

"자세히 설명해주세요."

"그러죠. 들어보면 내 제안이 얼마나 보잘것없고 초라하며 답답한지 알게 될 겁니다. 나는 모턴에 오래 머물 생각이 없어요. 아버지도 돌아가셨으니 이제 내가 알아서 살아가야 합니다. 열두 달 안으로 이곳을 떠날 생각입니다만, 여기 머무는 동안에는 이 마을을 개선하는 일에 최선을 다할 겁니다. 2년 전 여기 와서 보니 모턴 마을에 학교가 없었어요. 이 마을의 가난한 집 아이들은 더 나은 인생을 살 수 있으리라는 희망조차 품을 수 없었죠. 우선 남자아이들을 위해 학교를 설립했습니다. 그리고 지금은 여자아이들을 위한 학교를 세우려고 합니다. 그 용도로 쓸 건물을 임대해뒀어요. 그 건물에 방두 개짜리 작은 집이 딸려 있으니 숙소로 쓰면 됩니다. 교사급료는 1년에 30파운드로 책정할 생각입니다. 집에는 소박하지만 필요한 가구가 다 갖춰져 있어요. 내 교구의 유일한 부잣집 외동딸이신 올리버 양이 친절하게도 기증해주셨죠. 올리버 양의 부친 올리버 씨는 골짜기에 바늘 공장과 주철 공장을 소유하고 계세요. 올리버 양은 구빈원 출신의 한 고아 소녀의 교육비와 의복비를 책임져주실 겁니다. 그 소녀가 선생님의 소소한 집안일을 도와주는 조건으로요. 아무래도 아이들을 가르치는 일을 하다보면 직접 집안일을 일일이 챙길 시간이 부족할 테니까요. 그 학교의 선생님이 되어줄 수 있겠습니까?"

그는 다소 급하게 이 질문을 했다. 내가 화를 내거나 질색하며 그 제안을 거절할 수도 있다고 생각한 모양이었다. 그로서는 내가 어떤 생각을 하고 어떤 기분인지 알 수 없으니 내가 그 제안을 어떻게 받아들일지도 예상하기 힘들었을 것이다. 솔직히 상당히 초라한 일자리이기는 했다. 그래도 편히 쉴 수 있는 집을 얻을 수 있었다. 고되고 지루할 수도 있는 일이겠지만, 부잣집 가정교사 자리에 비하면 독립적인 생활을 보장받을 수 있었다. 부잣집 가정교사로 일하게 되면 낯선 사람들 사이에서 노예처럼 살아갈 수도 있다는 두려움이 엄습해오는 것도 사실이었다. 신 진이 제안한 일자리는 수치스럽거나 무가치하거나 내 정신을 타락시키는 일은 아니었다.

"제안해주셔서 감사드립니다, 리버스 씨. 온 마음으로 받아들이겠습니다."

"내 말을 제대로 이해한 겁니까? 작은 시골 학교예요. 학생들은 죄다 가난한 집 소녀들이고요. 오두막에 사는 아이들이죠. 제일 형편이 낫다고 해봐야 농부의 딸일 겁니다. 뜨개질, 바느질, 읽기, 쓰기, 계산하기 정도만 계속 가르치게 될 거예요. 당신이 가진 다른 기량들은 펼칠 일도 없겠죠. 당신의 정신…… 감성…… 취향의 상당 부분은 아무 쓸모 없을 수도 있습니다."

"나중에 필요할 때까지 잘 저장해두면 되겠죠. 어디 가는 게 아니니까요."

"무슨 일을 하는지 알고 받아들였다는 겁니까?"

"예."

그제야 그는 미소를 지었다. 슬픈 미소가 아니라 흡족하고 몹시 고마워하는 미소였다.

"언제부터 선생님으로 일을 시작할 수 있겠습니까?"

"내일 학교에 딸린 제 숙소로 갈게요. 다음 주에 학교 문을 열고요."

"알겠습니다. 그렇게 하세요."

그는 일어서서 방을 가로질렀다. 그는 문을 나서기 전에 멈춰 서서 다시 나를 바라보더니 고개를 저었다.

"뭐가 마땅찮으신가요, 리버스 씨?"

"당신은 모턴에 오래 머물지 않겠군요. 절대로요!"

"왜요? 어째서 그런 말씀을 하세요?"

"당신 눈빛에서 그런 생각을 읽었습니다. 어떤 상태든 오래 유지하면서 살려고 하지 않는 눈빛이에요."

"저는 야망이 없는데요."

"야망이 없다니. 그렇겠죠. 야망이 뭐라고 생각합니까? 야망 있는 사람은 어떤 사람이죠? 나는 야망이 있습니다. 하지만 당신이 그걸 어떻게 알 수 있을까요?"

"제 얘기를 하던 중인데요."

"음, 당신이 야망이 있는 사람이 아니라면, 당신은……"

"저는 뭐요?"

"열정적이라는 말을 하려고 했습니다. 하지만 그 단어 자체를 오해하고 불쾌하게 생각할 수도 있겠네요. 인간에 대한 애정과 감정적 동조가 당신을 강력하게 사로잡고 있다는 말을 하려고 했습니다. 여유 시간을 고독하게 보내면서, 아무 자극도 없는 단조로운 노동에 수 시간을 바치면서 오랜 기간 만족할 사람으로 보이지는 않아서요." 그는 잠시 뜸을 들이다가 강조하듯 덧붙였다. "내가 산으로 둘러싸인 이 황야의 습지대에 묻혀 사는 것에 만족하지 않듯이요. 그렇게 사는 건 하느님께서 주신 내 본성에 반하는 일이죠. 하늘이 주신 내 능력을 마비시키고 쓸모없게 만들어버리는 것이니까요. 나는 사람들에게 소박한 삶에 만족하며 살라고, 장작을 패고 물을 긷는 천한 일도 하느님께 봉사하는 일이라고 설교해왔어요. 성직자라고는 하지만 그저 안절부절못하면서 헛소리를 지껄인 것에 불과합니다. 타고난 성향과 원칙은 어떻게든 조화시키면서 살아야 해요."

그는 조용히 방을 나갔다. 지난 한 달 동안보다 이 짧은 한 시간 동안 그에 대해 더 잘 알게 된 기분이었다. 여전히 당황스럽긴 마찬가지였지만 말이다.

다이애나와 메리는 집을 떠나야 할 날이 가까워지면서

점점 더 울적해하고 말수가 줄었다. 둘 다 평소와 다름없게 보이려 애쓰기는 했다. 하지만 그들이 이겨내려 안간힘을 쓰는 슬픔은 억누르거나 감출 수 있는 게 아니었다. 다이애나는 이번에 맞이할 이별이 지금까지 겪어온 것과는 많이 다를 거라고 했다. 신 진과 앞으로 수년 동안 떨어져 지낼 것 같으니 그랬는지도 모른다. 어쩌면 평생 다시는 못 만날 수도 있었다.

다이애나가 말했다.

"오빠는 오랫동안 품어온 결심을 위해 모든 걸 희생할 거예요. 타고난 애정과 감정은 큰데 겉으로는 차분해 보이는 사람이거든요. 내면에는 뜨거운 열정을 숨기고 있죠. 오빠를 온화한 사람으로 생각할지 모르겠지만, 내가 알기로 오빠는 어떤 면에서는 누구보다 가혹한 사람이에요. 오빠가 지독한 결심을 못 하게 말리고 싶은데 양심상 그러질 못하겠어요. 정당하고 고귀하고 기독교인다운 결심이니까요. 하지만 그걸 생각하면 마음이 아파요!"

다이애나의 고운 눈에서 눈물이 흐르자 메리가 들고 있던 바느질감 위로 고개를 숙였다. 다이애나가 나지막하게 말했다.

"우린 아버지를 잃었어요. 그리고 곧 집과 오빠도 잃게 되겠죠."

그때 작은 사건이 일어났다. '불행은 겹쳐서 온다'라는 속담이 괜한 소리가 아님을 증명하듯, 안 그래도 괴로워하는 자매에게 고통을 더해주는 일이 일어난 것이다. 신 진이 편지를 읽으며 창가를 지나 방 안으로 들어왔다.

"존 외삼촌이 돌아가셨어."

그의 말에 자매는 놀라기는 했지만 크게 충격을 받거나 두려워하는 모습은 아니었다. 그들에게 고통을 주기보다는 중요한 의미를 갖는 소식인 듯했다.

"돌아가셨다고?"

다이애나가 되물었다.

"응."

다이애나는 오빠의 얼굴을 살피며 낮은 목소리로 물었다.

"그래서 어떻게 되는 건데?"

"어떻게 되느냐고, 다이애나?" 그는 대리석처럼 차가운 표정을 유지하며 말했다. "어떻게 될까? 글쎄……. 아무 일 없어. 읽어봐."

그는 다이애나의 무릎에 편지를 던졌다. 다이애나는 편지를 빠르게 읽고 메리에게 건넸다. 메리는 조용히 정독한 뒤 오빠에게 편지를 돌려주었다. 셋은 서로의 얼굴을 살피며 옅은 미소를 지었다. 음울하고 수심 어린 미소였다.

마침내 다이애나가 말했다.

"아멘! 우린 어떻게든 살아갈 수 있어."

메리도 말했다.

"전보다 더 가난해지는 건 아니잖아."

신 진도 말했다.

"일어날지도 모른다고 상상하며 두려워했던 일이 막상 일어나니까 상상과 현실이 극명하게 대비되는 것뿐이야."

그는 편지를 접어 책상 서랍 안에 넣고 다시 방에서 나갔다.

몇 분이 지나도록 방 안에 침묵이 감돌았다. 마침내 다이애나가 나를 돌아보며 말했다.

"제인, 지금 우리를 보면서 놀랐을지도 모르겠네요. 우리가 어떤 비밀을 숨기고 있는지 궁금하겠죠. 가까운 친척 어른이 돌아가셨는데 슬퍼하는 것 같지도 않으니 무정한 사람들이라고 생각할 것 같아요. 하지만 우린 외삼촌을 본 적도 없고 잘 알지도 못해요. 그분은 우리 어머니의 남동생인데, 우리 아버지와 오래전에 다투셨어요. 아버지가 외삼촌의 조언을 듣고 투기성 사업에 투자했다가 재산을 거의 다 날리셨거든요. 아버지와 외삼촌은 서로를 비난하고 분노하면서 사이가 틀어졌어요. 그 후 화해도 하지 않았고요. 외삼촌은 다른 여러 사업에 투자해서 돈을 꽤 벌었다더라고요. 거의 2만 파운드 가까이 재산을 모은 걸로 알아요. 외삼촌은 결혼을 안 했고, 우리랑 어느 친척 한 명을 제외하고는 가까운 친척도 없었어요. 아버지는 외삼촌이 우리한테 재산을 물려주는 식으로 속죄할 거라고 예상하셨어요. 그런데 편지를 보니 외삼촌은 우리 말고 다른 친척에게 전 재산을 물려준다는 유언을 남겼다고 하네요. 우리 남매에겐 30기니를 줄 테니 추모 반지를 사라는 내용이 적혀 있었어요. 외삼촌에게는 본인 하고 싶은 대로 재산을 처분할 권리가 있지만, 우리 입장에선 막상 편지를 받고 보니 찬물을 뒤집어쓴 기분이에요. 메리와 나는 각각 천 파운드씩만 받았어도 부자가 된 기분이었을 거예요. 오빠도 그 정도만 물려받았어도 선행을 베풀면서 가치 있게 그 돈을 썼을 테고요."

설명을 마친 후 그들은 다시는 그 일을 입에 올리지 않았다. 신 진도, 다이애나와 메리도 마찬가지였다. 다음 날 나는 마시 엔드를 떠나 모턴 마을로 향했다. 그다음 날 다이애나와 메리도 B시로 떠났다. 일주일 뒤 신 진과 한나마저 사제관으로 돌아가자 이 오래된 집은 그대로 버려지게 됐다.

31

내 집, 드디어 찾은 내 집은 그저 오두막일 뿐이었다. 흰색 칠을 한 벽과 모래색 바닥으로 된 작은 주방에는 페인트칠한 의자 네 개, 탁자, 시계가 있었고 찬장에는 접시 두세 개와 델프트 도기 찻잔 세트가 들어 있었다. 2층에는 주방과 같은 크기의 침실이 있었는데 그 안에 송판 침대와 서랍장이 있었다. 서랍장이 자그맣기는 하지만, 몇 안 되는 내 옷을 넣기에는 충분했다. 따뜻하고 자비로운 친구들의 다정한 배려로 옷가지가 어느 정도 늘어나긴 했지만.

어느새 저녁이었다. 내 집에서 하녀로 일하면서 나를 도와주는 고아 소녀에게 오렌지 하나를 들려 보냈다. 그리고 나는 벽난로 앞에 홀로 앉았다. 그날 아침에 마을 학교 문을 열었다. 학생 스무 명 중에 글을 읽을 줄 아는 아이는 겨우 세 명뿐이었다. 쓰기와 연산을 할 줄 아는 아이는 하나도 없었다. 몇 명은 뜨개질을 할 줄 알았고 몇 명은 바느질을 약간 할 줄 알았다. 아이들이 억센 지방 사투리를 쓰고 있어서 당장은 서로의 말을 이해하기 어려울 정도였다. 몇 명은 예의를 모르고 거칠며 말을 듣지 않고 무식했다. 하지만 몇 명은 유순하고 배우려는 뜻이 있고 성격도 마음에 들었다. 초라한 옷을 입은 이 어린아이들이 여느 고귀한 집 자손들 못지않은 육신과 피를 지니고 있다는 것, 최고위급 가문의 자제들에게 뒤처지지 않는 뛰어난 자질과 지성, 상냥한 마음을 지니고 있다는 것을 잊지 말아야 했다. 아이들이 잘 자랄 수 있도록 도와주는 게 내 의무였다. 이 일을 하면서 나 역시 행복을 찾을 수 있지 않을까 싶었다. 내 앞에 펼쳐진 삶에서 대단한 기쁨을 발견하리라는 생각은 들지 않았다. 다만 마음을 잘 다스리고 열심히 살아간다면 하루하루를 충분히 살아낼 수 있을 것이라 생각했다.

그런데 그날 아침과 오후에 헐벗고 초라한 교실에서 시간을 보내면서 나는 대단한 기쁨과 안정감, 만족감을 느꼈을까? 솔직히 고백하자면 아니었다. 약간이지만 쓸쓸함을 느꼈다. 바보 같게도 굴욕당한 기분마저 들었다. 사회적 존재로서 내 등급이 올라가기는커녕 내려갔다는 느낌이었다. 내 귀에 들리고 내 눈에 보이는 아이들의 무지함과 가난, 상스러움이 당황스럽기도 했다. 하지만 이런 감정을 느꼈다고 해서 나 자신을 미워하거나 경멸하지는 않았다. 그건 잘못된 거니까. 이걸 깨달은 것만으로도 나는 크게 한 걸음 내디딘 셈이었다. 이런 감정을 극복해야지. 다음 날이 되면 부분적으로나마 극복할 수 있지 않을까. 몇 주가 지나면 완전히 이겨낼 수 있을 것이다. 그렇게 몇 달이 지나면 학생들이 발전하고 변화하는 모습을 보면서 내 마음 안에서 행복감이 혐오감을 대체하게 될 것이다.

그래도 자신에게 한 가지 질문을 하지 않을 수 없었다. 어떤 게 더 나은 삶일까? 유혹에 굴복해 격정에 휘둘리고, 노력하지 않고 고군분투도 하지 않으면서, 비단처럼 부드러운 유혹에 탐닉하고 꽃잎 위에서 잠들었다가 남쪽의 따뜻한 날씨를 만끽하며 호화로운 저택에서 눈뜨는 삶? 로체스터 씨의 정부가 되어 프랑스에서 산다면 아마 그런 삶을 누릴 것이다. 그의 사랑을 받으며 내 시간의 절반을 혼미하게 보내겠지. 아, 그는 나를 몹시도 사랑했을 것이다. 그는 나를 사랑했으니까……. 앞으로 다시는 그런 사랑을 받지 못할 것이다. 나의 아름다움과 젊음, 우아함을 그토록 다정하게 인정해주는 사람을 다시는 만날 수 없을 것이다. 나의 그런 매력을 아무도 알아봐주지 않을 테니. 로체스터 씨는 나를 좋아했고 나를 자랑스러워했다. 아무도 그리해주지 못할 것이다. 나는 지금 어디를 헤매고 있으며 무슨 말을 하는 걸까? 이 감정은 뭐지? 마르세유의 천국 같은 곳에서 기만적인 행복에 빠져 살다가 후회와 치욕의 비참한 눈물 속에서 숨통이 막히고 마는 노예의 삶이 나을까, 아니면 건강한 영국 중심부의 산들바람 불어오는 이 산모퉁이에서 자유롭고 정직한 시골 학교 선생으로 사는 삶이 나을까?

그래. 격정적인 순간에 대한 정신 나간 유혹을 외면하고 원칙과 법을 지키며 살기로 한 내 판단이 옳았다는 생각이다. 하느님은 내가 올바른 선택을 하도록 이끄셨다. 나를 이끌어 주신 하느님께 감사드린다!

저녁 무렵까지 상념에 잠겨 있다가 일어서서 문으로 향했다. 마을에서 1킬로미터 정도 떨어진 학교에 붙어 있는 내 집의 문 앞에서 추수기의 일몰과 고요한 들판을 바라보았다. 새들이 하루의 마지막 노래를 부르고 있었다.

공기는 온화하고 이슬은 아늑하네.

풍경을 바라보면서 문득 행복하다는 생각이 들었다. 이미 한참 전부터 울고 있는 나 자신에게 놀랐다. 왜일까? 로체스터 씨와 함께하고픈 마음을 강제로 떼어낼 수밖에 없었던 운명 때문에, 더 이상 볼 수 없는 그 사람 때문에, 그가 느꼈을 지독한 슬픔과 치명적인 분노 때문에 (내가 그를 떠남으로써 그는 돌이킬 수 없을 정도로 옳은 길을 벗어나버렸을 것이다) 눈물이 났다. 그 생각을 하면서 모턴의 아름다운 저녁 하늘과 외로운 계곡에서 시선을 돌렸다. 계곡이 외로워 보인다고 한 이유는 계곡의 굽이에 해당하는 부분에 나무들로 반쯤 가려진 성당과 사제관을 제외하면 부유한 올리버 씨와 그의 딸이 거주하는 베일 홀의 지붕이 얼핏 보일 뿐, 다른 건물은 하나도 보이지 않기 때문이었다. 눈을 감고 돌로 된 문틀에 머리를 기댔다. 그때 내 작은 정원과 그 너머 목초지를 구분해주는 쪽문 근처에서 조그마한 소리가 들려왔다. 고개를 들고 보니 리버스 씨 댁에서 기르는 늙은 사냥개 카를로가 코로 쪽문을 밀고 있었고, 신 진이 팔짱을 낀 채 쪽문에 기대어 서 있었다. 그는 얼굴을 찌푸린 모습이었는데, 불쾌할 정도로 근엄한 눈빛으로 나를 바라보고 있었다. 나는 그에게 들어오라고 말했다.

"아뇨. 오래 있지 않을 겁니다. 동생들이 당신에게 남긴 작은 꾸러미를 전해주러 왔어요. 물감 통과 연필, 종이가 들어 있는 것 같더군요."

나는 그에게 다가가 꾸러미를 받아 들었다. 반가운 선물이었다. 신 진은 가까이 오는 내 얼굴을 꼼꼼히 살폈다. 얼굴에 선명하게 남아 있는 눈물 자국을 아마 봤을 것이다.

"첫날 일이 예상보다 힘들었나 보군요?"

"아, 아니에요! 시간이 지나면 학생들과 잘 지낼 수 있을 것 같다는 생각이 들었어요."

"이곳 시설이…… 이 오두막과 가구가 기대에 못 미치죠? 많이 부족할 겁니다. 하지만……"

나는 말을 잘랐다.

"이 오두막은 깨끗하고 비바람도 잘 막아줄 거예요. 가구도 이만하면 충분하고요. 모든 게 다 고마울 뿐이에요. 실망할 일은 전혀 없어요. 저는 카펫이나 소파, 은접시가 없다고 해서 비통해할 만큼 멍청하거나 사치스런 사람도 아니에요. 5주 전까지만 해도 저는 아무것도 가진 게 없었어요. 살던 곳을 떠나와 거지처럼 떠돌고 있었죠. 그런데 이제는 아는 분들도 생기고 집과 일자리도 생겼어요. 하느님의 선하심과 친구들의 관대함, 제 운명의 너그러움이 그저 놀라울 뿐이에요. 전혀 불만없어요."

"그래도 외로워서 마음이 무겁지는 않습니까? 당신이 지낼 그 작은 집은 어둡고 텅 비어 있으니까요."

"외로움 때문에 괴롭기는커녕, 아직 고즈넉한 분위기를 즐길 여유도 없었어요."

"알겠습니다. 정말 그런 마음이길 바랄게요. 당신은 분별력 있는 사람이니 얼마 못 가 롯의 아내처럼 갈팡질팡하다가 두려움에 굴복해버리지는 않겠죠. 당신이 어떤 삶을 버리고 떠나왔는지 모르지만, 뒤돌아보게 만드는 모든 유혹을 단호히 물리치라고 조언해주고 싶네요. 현재 맡게 된 일을 몇 달이라도 꾸준히 해봐요."

"그러려고요."

"타고난 성향의 작용을 억제하고 다른 방향으로 돌리는 건 힘든 일이지만, 그동안 내가 경험해 본 바로는 불가능한 일이 아닙니다. 하느님은 우리가 어느 정도 운명을 개척해나갈 힘을 주셨어요. 생활을 유지하기 위한 자양분이 필요하지만 그걸 얻지 못할 때, 혹은 가서는 안 되는 길로 가려는 마음이 강하게 들 때 우리는 무기력하게 굶고 있을 필요도 절망에 빠져 가만히 있을 필요도 없습니다. 마음에 공급할 다른 자양분을 찾으면 됩니다. 우리 마음이 갈망하는 금지된 열매만큼이나 강렬한 자양분이겠죠. 어쩌면 더 순수한 자양분일 수도 있고요. 그리고 운명의 여신이 못 가게 가로막은 길 만큼이나 곧고 넓은 또 다른 길을 만들어내면 됩니다. 어쩌면 더 험한 길일 수도 있겠죠.

　1년 전까지만 해도 나는 몹시 비참한 삶을 살았습니다. 성직자가 된 게 실수였다는 생각이 들었거든요. 사제로서 짊어진 의무가 죽을 만큼 버거웠습니다. 세상에 나아가 좀 더 활동적인 삶을 살고 싶다는 생각도 하고, 문필가로서 경력을 쌓으며 흥미진진하게 살고 싶다는 생각도 했어요. 사제보다는 예술가, 작가, 연설가의 삶을 살아보고 싶었습니다. 보좌 신부복을 입었지만 나는 정치가, 군인, 영광을 숭배하는 자, 명성을 사랑하는 자, 권력을 갈망하는 자의 심장을 갖고 있어요. 인생이 너무나 비참했죠. 다르게 살지 않으면 죽을 것 같았습니다. 어둠과 고통의 시간이 지나자 빛이 흘러들면서 마음이 편안해졌어요. 작고 갑갑하던 내 삶은 끝없이 너른 평원으로 뻗어나갔죠. 하늘로부터 일어서라는 부름을 받고 온 힘을 끌어모아 날개를 펼친 뒤 한계를 넘어 날아올랐어요. 하느님은 내게 사명을 준비해놓으셨어요. 그 사명을 멀리 제대로 전달

하려면 군인, 정치가, 연설가로서 갖춰야 할 기술과 능력, 용기, 웅변술 같은 최고의 자질이 필요했어요. 그런 자질을 모두 갖춰야 훌륭한 선교사가 될 수 있었죠.

그래서 나는 선교사가 되기로 마음먹었습니다. 그때부터 마음가짐이 바뀌었죠. 능력을 옥죄던 구속이 사라지고, 기분 나쁜 쓰라림만 남았죠. 그 쓰라린 마음은 시간만이 치유해줄 수 있어요. 아버지가 내 결심을 반대하셨지만 돌아가셨으니 나로서는 인생을 합법적으로 가로막는 장애물이 없어진 셈입니다. 몇 가지 일을 해결하고, 모턴 교구의 후임 사제를 정하고, 복잡하게 얽힌 한두 가지 감정의 끈을 잘라내고 나면 (이 부분이 나약한 인간으로서 해야 할 마지막 갈등이지만 반드시 극복하겠다고 맹세한 만큼 할 수 있을 거라고 봅니다) 유럽을 떠나 동양으로 갈 생각입니다."

그는 특유의 차분하면서도 강한 목소리로 말을 마쳤다. 그는 내가 아니라 저무는 해로 시선을 돌렸다. 나 역시 해를 바라보았다. 우리는 쪽문 쪽 들판으로 이어지는 길을 등지고 있어서 풀이 무성히 자란 길을 따라 걸어오는 발소리를 듣지 못했다. 그 시간 그 장소에서 계곡을 따라 흐르며 마음을 달래주는 물소리 때문이기도 했다. 은종처럼 다정하고 명랑한 목소리가 갑자기 들려와 우린 깜짝 놀랐다.

"즐거운 저녁이에요, 리버스 씨. 즐거운 저녁이야, 카를로. 이 댁 개가 리버스 씨보다 더 빨리 저를 알아본다니까요.

제가 저 들판 끄트머리에 나타나기만 해도 귀를 쫑긋 세우고 꼬리를 흔들어대요. 정작 리버스 씨는 아직도 저한테 등을 돌리고 있는데 말이에요."

사실이었다. 신 진은 음악처럼 고운 목소리를 듣고, 머리 위의 구름이 벼락을 맞아 갈라지기라도 한 것처럼 흠칫 놀라는 모습이었다. 그는 말이 다 끝났는데도 여전히 문에 팔을 기대고 서쪽 하늘을 바라보았다. 그러다 신중하게 몸의 방향을 약간 돌렸다. 그 순간 그의 옆에 환영이 나타난 줄 알았다. 1미터도 채 안 되는 거리를 사이에 두고 그의 앞에 하얀 옷을 입은 여자가 서 있었다. 젊고 우아했다. 풍만하면서도 몸 선이 고왔다. 허리를 굽히고 카를로를 쓰다듬던 여자는 고개를 들더니 기다란 베일을 뒤로 젖혔다. 완벽한 미인의 얼굴이었다. 완벽한 미인이라는 게 좀 강한 표현이긴 한데 굳이 취소하거나 수정하지는 않겠다. 앨비언의 온화한 기후가 빚어낼 수 있는 최고로 고운 이목구비였다. 영국의 눅눅한 바람과 습기를 머금은 하늘이 만들어내고 지켜온 가장 순수한 장미와 백합 그 자체였다. 매력의 부족함이나 결점은 전혀 없었다. 그의 얼굴 모양은 안정적이고 섬세했다. 눈은 사랑스러운 그림에서나 볼만한 모양과 색깔이었다. 한마디로 크고 검고 충만했다. 길고 그윽한 속눈썹이 아름다운 눈을 부드럽게 감쌌고 연필로 그린 눈썹은 깔끔함을 더했다. 희고 매끈한 이마는 생생한 색깔과 빛을 발했으며 둥그런 볼은 신선하고 부드러웠다. 산뜻한 입술은 붉고 건강하고 사랑스러워 보였다. 치아는 흠 하나 없이 고르게 빛났다. 턱에는 조그맣게 보조개가 있었다. 윤기가 흐르는 풍성한 머리카락은 마치 얼굴을 빛내주는 장식 같았다. 모든 것이 하나로 어우러져 이상적인 아름다움을 구현해내고 있었다. 자연이 특별히 편애하는 마음으로 이 여자를 빚었다는 생각이 들었다. 평소에는 인색한 계모처럼 선물을 감질나게 나눠주다가, 이 여자에게는 할머니처럼 넉넉하게 선물을 안겨준 게 분명했다.

지상의 천사 같은 이 여자를 신 진 리버스는 어떻게 생각할까? 그가 이 여자를 돌아보는 모습을 보면서 나는 속으로 이런 질문을 던졌다. 그리고 그의 얼굴에서 자연스럽게 그 답을 찾으려 했다. 그는 요정처럼 아름다운 그 여자한테서 눈길을 돌리고 쪽문 옆에 자라는 수수한 데이지 꽃들을 바라보고 있었다.

"아름다운 저녁이긴 합니다만, 혼자 나와 돌아다니기엔 늦은 시간이군요."

그는 봉오리를 오므린 꽃들의 눈처럼 하얀 머리 부분을 발로 짓이기며 말했다.

"아, S마을(그는 30킬로미터쯤 떨어진 곳에 있는 어느 큰 마을 이름을 댔다)에 갔다가 오늘 오후에 집으로 돌아왔어요. 그런데 아버지가 리버스 씨가 학교를 열었고 새 선생님이 오셨다고 하시더라고요. 그래서 차를 마신 후 보닛을 쓰고 그 선생님을 만나러 골짜기를 달려 올라왔죠. 이분이 그분인가요?"

그는 나를 가리켰다.

신 진이 대답했다.

"맞습니다."

"모턴 마을이 마음에 들 것 같아요?"

그는 순진하고 단순한 말투와 태도로 내게 물었다. 그 태도가 어린애처럼 귀여웠다.

"그렇게 되길 바라는데, 아무래도 그렇게 될 것 같다는 생각이 들어요."

"학생들은 선생님이 기대한 만큼 수업에 열심이던가요?"

"꽤나요."

"숙소는 마음에 드세요?"

"예."

"제가 잘 꾸며놨죠?"

"잘해놓으셨더라고요."

"앨리스 우드라는 하녀 아이는 제가 직접 골랐는데 마음에 드세요?"

"잘 고르셨더라고요. 말귀도 잘 알아듣고 일도 잘해요."

(여기서 나는 이 여자가 바로 올리버 씨의 딸이자 가문의 후계자인 올리버 양이라는 추측을 했다. 자연이 내린 선물뿐만 아니라 재산도 넉넉하게 물려받을 예정인 아가씨였다! 행성들이 얼마나 행복하게 조화를 이루며 그의 탄생을 지켜봤을까?)

"한번씩 와서 아이들 가르치는 일을 도와드릴게요. 가끔 선생님을 만나면 저도 기분 전환이 될 것 같아요. 전 기분 전환하는 걸 좋아하거든요. 리버스 씨, S마을에 머무는 동안 무척 즐거웠어요. 어젯밤, 아니 오늘 새벽 2시까지 춤을 췄다니까요. 폭동이 난 후 연대가 그곳에 주둔하고 있어요. 그 연대의 장교들은 세상에서 제일 유쾌한 사람들이에요. 칼을 갈고 가위를 파는 젊은이들을 부끄럽게 만들 정도로요."

신 진의 아랫입술이 튀어나오고 윗입술이 말려 들어가는 게 보였다. 여자가 웃으면서 전하는 정보에, 그의 입술은 잔뜩 굳어졌고 얼굴 아래쪽에 각이 질 정도로 힘이 들어갔다. 그는 데이지 꽃에서 시선을 들어 그 여자를 바라보았다. 웃음기 하나 없이 상대를 탐색하는 의미심장한 눈빛이었다. 여자는 또다시 명랑하게 웃었다. 그의 젊음, 장미 같은 낯빛, 보조개, 빛나는 눈동자에 잘 어울리는 웃음이었다.

그가 말없이 엄숙한 모습으로 일어서자 여자는 다시 허리를 굽히고 카를로를 쓰다듬었다.

"가여운 카를로는 나를 사랑해요. 카를로는 친구들에게 엄격하게 굴거나 거리를 두지 않죠. 카를로가 말을 할 줄 알았다면 절대 침묵하지 않았을 거예요."

여자가 젊고 금욕적인 개 주인 앞에서 자연스러운 우아함을 뽐내며 개의 머리를 쓰다듬는 동안 나는 개 주인의 안색이 밝아지는 걸 보았다. 신 진의 근엄한 눈빛이 불현듯 뜨겁게 녹아내리며 어쩔 수 없는 감정에 휩싸이고 있었다. 홍조를 띠며 동요하는 그의 얼굴은 그 여자만큼이나 아름다웠다. 그의 가슴이 크게 한 번 오르내렸다. 그동안 강제로 억압당하던 그의 큰 심장이 저도 모르게 자유를 쟁취하고자 힘차게 팽창했다. 하지만 결국 그는 말과 행동으로 그에게 전해진 올리버 양의 잔잔한 구애에 응하지 않았다.

올리버 양이 고개를 들고 말했다.

"리버스 씨가 요즘 통 우리 집에 오질 않는다고 아버지가 말씀하시더라고요. 베일 홀에 너무 오래 안 오셨잖아요. 오늘 저녁에 아버지가 집에 혼자 계시는데 건강이 별로 좋지 않으세요. 저랑 같이 집에 가서 아버지를 만나주시겠어요?"

"올리버 씨를 만나러 가기에 적절한 시간이 아닌 것 같습니다."

"적절한 시간이 아니라뇨! 적절한 시간 맞아요. 아버지가 말동무를 간절히 필요로 하는 시간이거든요. 하던 일을 다 마치셔서 지금 한가하세요. 그러니까 리버스 씨, 저랑 같이 가요. 왜 그렇게 우울한 얼굴로 안 움직이려 하시는 거예요?"

올리버 양은 그의 침묵으로 벌어진 틈새를 메우듯 말을 이었다.

"깜빡했네요!" 그는 충격이라도 받은 듯 아름다운 고수머리를 살랑살랑 흔들었다. "제가 이렇게 경솔하고 생각이 없다니까요! 실례를 범했네요. 리버스 씨가 제 수다에 동참하지 못할 사정이 있다는 걸 깜박 잊었어요. 다이애나와 메리가 떠나고 무어 하우스가 비면서 혼자 남으셨잖아요. 리버스 씨가 정말 안 됐어요. 일단 저랑 같이 아버지를 만나러 가요."

"오늘 밤은 안 가는 게 좋겠습니다, 로저먼드 양. 오늘 밤은 아니에요."

신 진은 자동인형처럼 말했다. 올리버 양의 제안을 거절하는 게 얼마나 힘든지는 그만이 알 것이다.

"알겠어요. 그렇게 고집부리시니 더는 말 안 할게요. 저도 더는 여기 못 있어요. 벌써 이슬이 내리기 시작했네요. 그럼 안녕히 계세요!"

올리버 양이 손을 내밀자 그는 살짝 접촉하고는 메아리처럼 낮고 텅 빈 목소리로 "잘 가요!"라고 말했다. 여자는 돌아서서 가다가 얼마 후 다시 그를 돌아보며 물었다.

"괜찮으신 거죠?"

그렇게 물어볼 만했다. 그의 얼굴이 올리버 양의 옷만큼이나 창백했다.

"물론입니다."

그는 이렇게 대답하고는 고개를 살짝 숙이고 문을 나섰다. 올리버 양이 걸어간 곳과는 다른 방향이었다. 올리버 양은 요정처럼 가볍게 들판을 걸어가면서 두 번이나 그를 돌아보았다. 하지만 그는 확고하게 걸어갈 뿐 한 번도 뒤돌아보지 않았다.

다른 사람이 괴로워하며 자기희생을 하는 모습을 보니 나는 내 일에만 몰두할 수 없었다. 다이애나 리버스는 자기 오빠를 '누구보다 가혹한 사람'이라고 했는데, 그 말은 결코 과장이 아니었다.

32

나는 마을 학교 일을 열심히, 충실하게 해나갔다. 처음에는 정말 힘들었다. 온 힘을 다해 노력하면서도 어느 정도 시간이 흐른 후에야 학생들과 그들의 성격을 이해할 수 있었다. 학생들은 대체로 교육이 되어 있지 않았고, 능력을 발휘할 생각조차 못 할 만큼 무기력해서 나는 그 아둔함에 절망을 느꼈다. 처음에는 아이들이 죄다 아둔하다고 생각했지만 곧 내 생각이 틀렸음을 깨달았다. 교육받은 사람들과 마찬가지로 아이들 사이에도 차이가 있었다. 내가 아이들을 알아가고, 아이들도 나에 대해 알게 되면서 그 차이가 빠르게 드러났다. 아이들은 내가 쓰는 말과 규칙, 방식에 놀랐지만 얼마 후 놀람은 진정되었고, 나는 멍하니 입을 벌리고 사는 이 시골 아이들 중 몇몇 여자아이들이 예리한 지성을 갖고 있음을 알아챘다. 그리고 여러 아이들이 다정하고 상냥한 기질을 내보였다. 천성적으로 정중하고 자존심이 강하며 뛰어난 기질을 가진 아이들이 적지 않아서 나는 선의와 경탄의 눈으로 그들을 보게 됐다. 이 아이들은 곧 공부를 열심히 하고 몸가짐을 단정히 하고 규칙적으로 과제를 하며 배움을 얻고 조용하고 정돈된 태도를 습득하며 기쁨을 느꼈다. 몇몇 아이들은 놀라울 정도로 발전이 빨라서 나는 솔직히 행복할 정도로 자부심을 느꼈다. 나는 제일 뛰어난 여자아이들 중 몇몇을 특별히 아꼈는데 그 아이들도 나를 좋아했다. 일부는 농부의 딸들이었는데 거의 다 자란 젊은 여성에 가까웠다. 그들은 이미 읽기와 쓰기, 바느질을 할 줄 알았다. 나는 그들에게 문법과 지리학, 역사를 비롯해 좀 더 난이도 있는 바느질을 가르쳤다. 몇몇은 상당히 뛰어났다. 어떻게든 새로운 정보를 습득해 발전하려는 성향을 지닌 학생들이었다. 나는 몇 번이나 그들의 집에서 즐거운 저녁 시간을 보냈다. 그들의 부모(농부와 그의 아내)는 내게 부담스러울 정도로 관심을 가졌다. 그래도 나는 그들의 단순한 친절을 받아들이고 그들의 호의에 세심하게 마음을 쓰며 보답했다. 그런 배려에 익숙하지 않았던 그 사람들은 내게 매료되었고 결과적으로 그게 그들에게 도움이 되었다. 그들은 생활 수준이 높아진 느낌이 들었는지 그런 대우에 걸맞은 사람이 되려고 경쟁적으로 노력했다.

　나는 어느새 마을 사람들의 애정을 한몸에 받게 됐다. 외출할 때마다 사방에서 따뜻한 인사와 친절한 미소가 쏟아졌다. 비록 노동 계층 사람들이지만 그들에게 사랑받으며 사는 삶은 차분하고 편안하게 햇빛을 받으며 앉아 있는 것 같은 기분을 느끼게 했다. 속에서 평온한 감정이 싹트고 꽃을 피웠다. 그 시기에 나는 실의에 빠져 가라앉기보다는 감사함으로 마음이 충만하게 차올랐다. 다만 독자 여러분에게 솔직하게 말하자면, 낮에는 명예롭게 학생들을 가르치고 저녁에는 홀로 그림을 그리거나 독서를 하는 등 잔잔하고 유익한 삶을 살아가면서도, 밤이면 기묘한 꿈을 꾸곤 했다. 이상과 동요, 폭풍 같은 흔들림으로 가득하며 다채로운 색으로 채색된 불안한 꿈이었다. 마음을 뒤흔드는 위험과 낭만적인 사건을 겪으면서 색다른 장소들을 모험하는 꿈을 주로 꿨는데 위기의 순간에 몇 번이나 로체스터 씨를 만났다. 그의 품에 안겨 있는 느낌, 그의 목소리를 듣고 그의 눈을 마주 보고 그의 손과 뺨을 만지고 서로 사랑하고 사랑받는 느낌이 너무도 생생했다. 꿈에서지만 강렬한 힘과 열정을 느끼며 그의 옆에서 평생을 살아가리라는 희망을 품을 수 있었다. 그러다 잠이 깨면 지금 있는 곳과 내 처지를 다시금 상기해야 했다. 커튼도 없는 방의 침대에서 일어나 앉아 오들오들 떨었다. 고요하고 어두운 밤이 내 안의 절망과 솟구치는 열정을 지켜봐주었다. 그리고 다음 날 아침 9시면 어김없이 학교 문을 열고, 고요하고 정돈된 마음으로 그날 하루 할 일을 준비했다.

로저먼드 올리버 양은 나를 찾아오겠다는 약속을 지켰다. 주로 아침 승마 시간에 학교를 찾아오는 편이었다. 제복을 입고 말을 탄 하인을 대동한 로저먼드는 조랑말을 타고 학교 문으로 달려왔다. 검은 벨벳으로 만든 모자를 긴 고수머리 위에 얹고, 우아한 보라색 승마복을 입은 그는 더없이 아름다웠다. 어깨 위에서 찰랑거리는 고수머리가 그의 뺨을 간질거렸다. 시골 학교 건물로 들어온 로저먼드는 어안이 벙벙한 시골 아이들 사이를 미끄러지듯 지나갔다. 그는 신 진이 매일 진행하는 교리문답 시간에 주로 찾아왔는데 눈빛이 어찌나 강렬한지 젊은 신부 신 진 리버스의 심장을 뚫어버리지 않을까 걱정될 정도였다. 그런데 그는 로저먼드 쪽을 쳐다보지 않고도 본능적으로 경계하는 듯했다. 로저먼드가 문간에 모습을 나타내면 그는 문 쪽으로 시선조차 주지 않았지만 뺨부터 달아올랐다. 대리석 같은 얼굴은 긴장한 채로 미묘하게 달라졌다. 무표정 속에서도 근육의 움직임이나 곁눈질하는 시선보다 더 강렬하게, 억눌려 있던 열정이 표출됐다.

당연히 로저먼드도 자기가 그에게 어떤 영향을 미치는지 알고 있었다. 그는 마음을 숨기지 않았다. 숨기는 건 불가능했다. 그는 기독교인으로서 금욕을 실천하고 있었지만 로저먼드가 바로 앞까지 다가와 다정하게 말을 걸거나 쾌활하게 미소 지으면 손을 떨면서 눈이 열정으로 활활 타올랐다. 비록 소리 내서 말하지는 않았지만, 그는 울적하고 결연한 표정으로 이렇게 말하는 듯했다. '당신을 사랑합니다. 당신이 날 좋아하는 것도 압니다. 내가 이렇게 아무 말도 안 하는 건 성공할 가망이 없다고 판단해서가 아니에요. 만약 내가 마음을 주면 당신은 받아들이겠죠. 하지만 나는 이미 성스러운 제단에 마음을 바쳤습니다. 그 제단 주변을 불길이 에워싸고 있어요. 곧 내 마음은 제물로 불타게 될 겁니다.'

그럼 로저먼드는 실망한 아이처럼 입을 비쭉 내밀곤 했다. 수심 어린 구름이 빛나는 활력을 덮어 가리면, 로저먼드는 그에게 잡힌 손을 황급히 뒤로 빼면서 영웅적이고 순교자 같은 신 진에게 잠시 성질을 부릴 것이다. 그러다 로저먼드가 그곳을 떠나면 신 진은 온 세상을 바쳐서라도 로저먼드를 따라가 붙잡으려 하겠지. 하지만 신 진은 사랑이라는 지상의 행복을 위해, 진정하고 영원한 천국에 입장할 한 번뿐인 기회를 걷어차려 하지 않을 것이다. 그는 방랑자, 야심가, 시인, 사제가 되고자 하는 본성을 가진 사람이라 사랑이라는 열정에 얽매이려 하지 않았다. 그는 베일 홀의 응접실에서 평화로운 시간을 보내며 살기 위해 거친 들판에서의 선교 활동을 포기할 수 없었고, 포기하려 하지도 않았다. 그가 워낙 말수가 적었지만 나는 딱 한 번 그의 내면으로 파고들어가 그의 속마음을 들여다볼 수 있었다.

로저먼드는 영광스럽게도 몇 번이나 내 오두막을 찾아주었다. 덕분에 나는 비밀이나 위장으로 가려지지 않은 그의 성격을 온전히 파악할 수 있었다. 로저먼드는 애교가 많았고 냉정하지 않았다. 까탈스러운 면이 있기는 해도 쓸데없이 이기

736

적인 사람은 아니었다. 그는 태어날 때부터 오냐오냐하는 환경에서 자랐지만 버릇없는 응석받이는 아니었다. 성급하지만 온후했고, 허영심이 있지만 (거울을 볼 때마다 사랑스럽게 홍조 띤 얼굴을 보게 될 테니 어쩔 수 없을 것이다) 가식은 없었다. 그는 씀씀이가 후한 부잣집 딸이지만 잘난 척하지 않았으며 순진하고 상당히 지적이었다. 쾌활하고 활기차고 경솔한 면도 있었다. 한마디로 나처럼 같은 성별인 사람이 냉정하게 판단해도 대단히 매력적인 여자였다. 하지만 어마어마하게 흥미롭거나 엄청 인상적이지는 않았다. 신 진의 누이들과는 완전히 다른 사고방식을 갖고 있었다. 나는 예전에 가르쳤던 아델만큼이나 로저먼드를 좋아했다. 물론 매력적인 어른보다는 늘 지켜보고 가르쳐온 아이에게 좀 더 애정을 갖게 되는 건 어쩔 수 없었다.

로저먼드는 내게 싹싹하게 대하면서도 한 번씩 변덕을 부렸다. 그는 내가 리버스 씨와 비슷하다고 했다. "당신은 리버스 씨만큼 멋지고 깔끔하지만 외모 면에서는 그의 10분의 1 정도에 불과해요. 그는 천사거든요." 그는 내가 리버스 씨처럼 선량하고 똑똑하며 침착하고 단호하다고 했다. 나더러 시골 학교 교사로 살기엔 어울리지 않는 '별종'이라면서, 내 과거사가 밝혀지면 유쾌한 연애 소설 한 권은 거뜬히 나올 것 같다고 했다.

어느 날 저녁, 로저먼드는 늘 그렇듯 아이처럼 활기차게,

경솔하지만 불쾌감을 주지 않는 호기심을 발휘했다. 그는 내 집 주방의 찬장과 서랍장을 뒤지더니 프랑스어 책 두 권, 실러의 책 한 권, 독일 문법서 겸 사전과 그림 도구와 스케치 몇 점을 찾아냈다. 스케치 중에는 아기 천사처럼 귀여운 여학생의 두상 연필화 한 점, 모턴 마을 계곡과 그 주변 황무지를 그린 잡다한 풍경화들이 있었다. 로저먼드는 놀란 눈으로 그림들을 바라보았다. 그는 기뻐 어쩔 줄 모르는 표정이었다.

"직접 그린 거예요? 프랑스어에 독일어까지 해요? 정말 멋지네요. 이건 기적이에요! S마을 초등학교 선생님보다 훨씬 더 잘 그렸네요. 아버지한테 보여드리고 싶은데 내 초상화를 그려줄 수 있어요?"

"기꺼이요."

나는 완벽한 미모를 가진 모델을 그릴 수 있게 되어 예술가로서 기쁨을 느꼈다. 마침 로저먼드는 진청색 비단 드레스 차림이었다. 두 팔과 목의 맨살을 드러낸 그의 유일한 장식은 어깨 위에서 우아하고 자연스럽게 물결치는 밤색 고수머리였다. 나는 고급 마분지 한 장을 꺼내 신중하게 윤곽을 그렸다. 채색하면서 얼마나 기분이 좋을지 벌써 예상됐다. 어느새 날이 어두워지자 나는 그에게 오늘은 그만 집으로 돌아가고, 다른 날에 다시 보자고 말했다.

로저먼드가 나에 대해 자기 아버지에게 좋게 말을 했는지, 바로 다음 날 저녁 올리버 씨가 딸을 대동하고 직접 나를 만나러 왔다. 그는 키가 크고 몸집도 큰 중년 남성으로 머리가 희끗희끗하게 세어 있었다. 그 옆에 있는 사랑스러운 딸 로저먼드는 꼭 하얀 망루 근처에 화사하게 피어 있는 꽃 같았다. 과묵하고 위풍당당한 인상의 올리버 씨는 내게 무척 친절하게 대해주었다. 그는 로저먼드의 초상화 스케치를 무척 마음에 들어 하면서, 그 그림을 꼭 완성해달라고 부탁했다. 그리고 다음 날 베일 홀에서 함께 저녁 시간을 보내자며 초대까지 했다.

나는 베일 홀을 방문했다. 주인의 넘치는 부를 입증할 증거가 차고 넘치는 크고 멋진 저택이었다. 로저먼드는 내가 머무는 내내 즐거워했다. 그의 아버지는 내게 서글서글하게 대해주었다. 그는 차를 마신 후 나와 대화를 시작하면서, 모턴 학교에서 내가 한 일에 대해 크게 칭찬했다. 그는 자신이 보고 들은 대로라면 내가 이런 학교에 있기에는 지나치게 훌륭한 교사가 아닌지, 그래서 더 좋은 자리가 생기면 곧 그만두게 되는 것은 아닌지 우려했다.

"정말이에요." 로저먼드가 탄식했다. "상류층 집안을 위한 가정교사로도 손색이 없을 만큼 똑똑한 분이에요, 아버지."

나는 상류층 집안보다 지금 있는 자리에서 일하는 게 훨씬 낫다고 생각했다. 올리버 씨는 리버스 씨, 그리고 리버스 가문을 무척 존경하는 듯했다. 그는 리버스 가문이 그 지역에서 유서 깊은 가문으로 알려져 있으며, 예전에는 모턴 마을의 모든 것을 소유했을 정도로 부유했다고 했다. 지금도 그 가문의 장손은 최고의 가문과 결혼으로 이어질 만하다고 했다. 그는 뛰어난 재능을 가진 훌륭한 젊은이가 해외로 나가 선교사로 살겠다는 계획을 품은 걸 안타까워하면서, 그건 정말이지 귀중한 삶을 낭비하는 짓이라고 단언했다. 그런 말을 하는 걸 보니 올리버 씨는 로저먼드와 신 진의 결혼을 반대하지는 않을 듯했다. 올리버 씨는 젊은 신부 신 진 리버스가 비록 재산은 없지만 오래되고 훌륭한 가문 출신인 데다 성직을 수행하고 있으니 그만하면 자격이 충분하다고 보고 있었다.

11월 5일은 휴일이었다. 나를 도와 집 청소를 한 어린 하녀는 수고비로 1페니를 받고 기분 좋게 집을 나섰다. 주변이 더러운 구석 하나 없이 반짝거렸다. 윤기가 나게 닦은 바닥, 광을 낸 난로 쇠살대, 잘 닦은 의자. 나는 깔끔하게 단장하고 편하게 오후 시간을 보낼 준비를 했다.

독일어 책 몇 페이지를 번역하고 나니 한 시간이 훌쩍 지나갔다. 팔레트와 연필을 집어 들고 좀 더 마음에 위안을 주는 일을 하기 시작했다. 로저먼드 올리버의 초상화를 그리는 일은 번역보다 수월했다. 머리 부분은 이미 완성돼 있었다. 배경에 색을 칠하고 옷의 주름에 명암을 넣을 차례였다. 성숙한 입술에 암적색을 살짝 가미하고, 부드러운 고수머리를 조금 더 추가하고, 하늘색 눈꺼풀 아래에 속눈썹 그림자를 조금 더 진하게 칠해야 했다. 세밀한 부분들을 그리느라 몰두하고 있는데 빠르게 문 두드리는 소리가 나더니 문이 열리고 신 진 리버스가 들어왔다.

"휴일을 어떻게 보내고 있는지 궁금해서 들렀습니다. 상념에 잠겨 있지는 않은 것 같군요? 잘됐네요. 그림을 그리는 동안은 외로움을 느끼지 못하죠. 지금까지 잘 견뎌주고 있기는 합니다만 나는 아직 당신이 계속 이 일을 할 수 있으리라는 믿음이 없어요. 저녁때 읽으면 마음에 위안이 될 것 같아서 책을 한 권 가져왔습니다." 그는 새 책을 탁자 위에 올려놓았다. 시집이었다. 문학의 황금기였던 시절에 운 좋은 일부 독자들만이 손에 넣을 수 있었던 진본이었다. 아아! 우리 시대의 독자들은 그때보다 혜택을 못 보고 있다. 하지만 걱정 마시길! 나는 이 자리에서 비난이나 푸념을 늘어놓으려는 게 아니다. 시가 죽지 않았고 천재 시인도 사라진 게 아님을 나는 안다. 부와 물욕의 신 맘몬도 시와 천재 시인을 구속하고 죽이는 일은 하지 못한다. 시와 시인은 때가 되면 존재를 드러내면서 자유로이 힘을 펼치게 될 것이다. 그들은 천국에서 안전하게 쉬고 있는 강력한 천사들이다! 추악한 영혼들이 승리하고 나약한 영혼들이 파멸을 슬퍼하며 울고 있을 때 그들은 미소 지을 것이다. 시가 죽었다고? 천재 시인들이 사라졌다고? 아니! 절대 그렇지 않다. 질투심에 사로잡혀 그런 생각을 하지 않길 바란다. 시와 시인은 여전히 살아 있으며, 세상을 아울러 지배

권을 회복하고 있다. 그들이 사방에 신성한 영향력을 행사하지 않는다면 여러분의 삶은 지옥이, 여러분 자신의 천박함이 만들어낸 지옥이 되고 말 것이다.

『마미온』(1808년에 출간된 월터 스콧의 시집-옮긴이)의 깨끗한 페이지들을 열심히 들여다보고 있는데 신 진이 허리를 굽혀 내 그림을 들여다보았다. 그는 깜짝 놀라 허리를 세웠다. 그가 아무 말이 없어서 나는 그를 쳐다보았다. 그는 곧장 내 시선을 피했다. 그가 무슨 생각을 하는지 훤히 읽혔다. 마음이 다 들여다보였다. 그 순간 나는 신 진보다 훨씬 차분하고 냉정해진 기분이었다. 잠시나마 나는 그보다 유리한 위치에 있었고, 가능하다면 그에게 도움을 주고 싶었다.

'단호하고 자제심이 강한 줄은 알지만 저렇게까지 하는 건 자신에게 너무 가혹하잖아. 모든 감정과 고통을 속으로 억누르고만 있어. 아무 표현도 고백도 내색도 안 해. 그는 로저먼드와 결혼할 수 없다고 생각하는 모양이지만, 내가 사랑스러운 로저먼드에 대해 편하게 얘기를 꺼내는 것만으로도 그에게 도움이 되지 않을까. 일단 말이라도 하게 해보자.'

"앉으세요, 리버스 씨."

하지만 그는 언제나 그랬듯 오래 머물지 않을 거라고 대답했다. 나는 속으로 생각했다.

'서 있고 싶으면 마음대로 해. 하지만 난 당신을 여기 좀 더 잡아둬야겠어. 고독은 지금 나한테도 그렇지만 당신한테도 안 좋은 영향을 미치거든. 당신 마음속 비밀의 원천을 발견하고 대리석처럼 차가운 그 가슴에서 구멍을 찾아낼 거야. 그 구멍으로 공감이라는 향유를 한 방울 넣어줘야지.'

나는 불쑥 물었다.

"초상화가 실물이랑 비슷해요?"

"실물이라니! 누구 말입니까? 그렇게 자세히 보진 않았어요."

"자세히 보셨잖아요, 리버스 씨."

그는 갑자기 달라진 내 말투에 놀랐는지 나를 쳐다보았다. 나는 속으로 생각했다.

'아, 이건 아무것도 아니야. 당신이 지금 좀 긴장한 모습을 보이고 있지만 난 당황하지 않아. 아직 갈 길이 멀거든. 당신은 그 그림을 면밀히 확실하게 들여다봤어. 당신이 한 번 더 그 그림을 자세히 본다고 해도 반대하지는 않을게.'

나는 일어서서 그의 손에 그림을 들려주었다.

그가 말했다.

"아주 잘 그린 그림이군요. 색감이 부드럽고 명료해요. 우아하고 정확한 그림입니다."

"그래요. 저도 알아요. 닮은 건 어때요? 누굴 그린 그림 같아요?"

그는 망설임을 억누르고 대답했다.

"올리버 양인 것 같군요."

743

"맞아요. 정확히 맞히셨으니 그 보상으로 이것과 똑같은 그림을 세심하고 충실하게 그려서 드릴게요, 리버스 씨. 단, 이 선물을 기쁜 마음으로 받겠다고 말씀해주시면요. 받는 사람이 쓸모없다고 생각할 그림을 그리느라 시간과 노력을 들이고 싶지 않아서요."

그는 그림에서 시선을 떼지 못했다. 바라보는 시간이 길어질수록 그림을 쥔 손에 힘이 들어가는 걸 보니 그 그림을 탐내고 있음을 알 수 있었다. 그가 중얼거렸다.

"정말 똑같이 그렸어요! 눈도 표현이 잘 됐고 색감과 빛, 표정까지 완벽합니다. 그림에서 미소가 흘러나오는 것 같네요!"

"똑같이 한 장 더 그려서 드리면 리버스 씨에게 위안이 될까요, 아니면 상처가 될까요? 그것만 말해주세요. 마다가스카르나 희망봉, 인도에 가 계실 때 그 그림을 가지고 계시면 추억을 회상하며 위안을 받으실까요, 아니면 그 그림을 보는 것만으로도 옛 기억이 떠올라 기운이 쭉 빠지고 괴로워지실까요?"

그는 슬쩍 눈을 들어 나를 보았다. 머무적거리며 어떻게 해야 좋을지 모르는 눈빛이었다. 그는 다시 그림으로 시선을 돌렸다.

"이 그림을 갖고 싶은 건 분명합니다. 그게 사리에 맞고 현명한 처신인지는 별개의 문제지만요."

로저먼드가 그를 진심으로 좋아하고 로저먼드의 아버지도 둘이 맺어지는 걸 반대하지 않으리라는 확신이 든 터라 (이 사실을 알게 되면 신 진이 나보다 더 기뻐하겠지만) 나는 두 사람의 결혼을 지지하기로 마음먹었다. 신 진이 올리버 씨의 사위가 되어 막대한 재산을 소유하게 되면 국내에서도 좋은 일을 많이 할 수 있지 않을까. 굳이 해외로 나가 열대의 태양 아래서 재능이 시들고 기력이 쇠해지는 것보다 나을 것이다. 나는 결심을 하고 입을 열었다.

"제가 보기엔 리버스 씨가 그 그림의 주인공의 마음을 받아들이는 게 더 분별력 있고 현명한 처신일 것 같아요."

어느새 그는 탁자 위에 그림을 내려놓고 의자에 앉아 있었다. 두 손으로 이마를 짚은 채 다정한 눈으로 그림을 들여다보았다. 생각해보니 그는 내 대담한 말에 화를 내지 않았고 충격을 받은 기색도 아니었다. 그가 감히 꺼내놓을 수 없는 주제에 대해 내가 솔직하고 편안하게 말을 하니 그는 마음이 놓이면서 새로이 기쁨을 느끼는 듯했다. 아무리 과묵한 사람이라도 때로는 감정과 슬픔을 터놓고 얘기해야 한다. 엄격해 보이는 금욕주의자도 결국 인간이니까. 그러니 선의를 가지고 대담하게 그 영혼의 고요한 바다로 뛰어들 필요가 있다.

나는 그가 앉은 의자 뒤에 서서 말했다.

"로저먼드 양은 당신을 좋아해요. 올리버 씨는 당신을 높게 평가하고 있고요. 로저먼드 양은 참 사랑스러운 여자예요.

다소 경솔한 면이 있긴 하지만, 그것에 대해서라면 당신이 충분히 생각할 테니 약간 경솔한 정도는 문제가 안 될 거예요. 로저먼드 양과 결혼하세요."

"로저먼드 양이 나를 좋아한다고요?"

"그럼요. 누구보다도 좋아할걸요. 로저먼드 양은 늘 당신 얘기를 해요. 당신에 대한 얘기만큼 로저먼드 양이 즐거워하고 자주 꺼내는 화제는 없어요."

"그 말을 들으니 기분이 좋네요. 상당히요. 15분만 더 얘기해보죠."

그는 시간을 재려는 듯 시계를 꺼내 탁자 위에 올려놓았다.

"제가 무슨 말을 해도 철벽을 세울 준비를 하고 있다면, 새 사슬을 만들어 본인 마음을 구속할 궁리만 하고 있다면 계속 얘기하는 게 무슨 소용이 있을까요?"

"그런 지독한 상상은 하지 말아요. 지금처럼 내가 순순히 녹아내리고 있다고 상상해요. 새로 만들어진 분수처럼 내 마음에 인간에 대한 사랑이 솟아나, 그동안 선의의 씨앗과 자신을 부정하는 계획의 씨앗을 부지런히 뿌려가면서 세심하게 공들여 준비해온 들판에 범람하고 있으니까요. 이제 그 들판은 감미로운 홍수로 잠겨버렸어요. 어린싹마저 잠겨 달콤한 독이 피어나고 있죠. 나는 베일 홀의 거실에서, 내 아내가 된 로저먼드 올리버 양의 발치에 놓인 긴 의자에 몸을 길게 뻗고 앉아 있습니다. 로저먼드 양이 달콤한 목소리로 내게 말을 하네요. 당신이 솜씨 좋게 그려낸 그 눈으로 나를 내려다보면서 산호색 입술로 내게 미소를 짓고 있어요. 로저먼드 양은 내 것이고, 나는 로저먼드 양의 것입니다. 그런 삶을 살 수 있는 것만으로도 더 바랄 게 없을 정도죠. 쉿! 아무 말도 하지 말아요. 내 마음은 기쁨으로 가득하고 내 감각들은 황홀경에 빠졌습니다. 내가 정한 15분이 평화롭게 흘러가게 두세요."

나는 그의 뜻에 맞춰주었다. 시간이 째깍째깍 흘러갔다. 그는 빠르고 나지막하게 숨을 쉬었고 나는 조용히 서 있었다. 고요한 가운데 15분이 쏜살같이 흘러갔다. 그는 시계를 다시 집어 들고 그림을 내려놓은 뒤 일어서서 벽난로 앞에 가 섰다.

"짧은 시간이지만 망상과 기만 속에 빠져 있었네요. 유혹의 여신의 가슴에 머리를 기대고 여신의 꽃 멍에에 자발적으로 목을 들이밀면서 여신이 내미는 술잔에 입을 댔습니다. 베개는 불타고 화환 속에는 작은 독사 한 마리가 도사리고 있군요. 와인은 쓴맛이 돕니다. 여신의 약속은 공허하고 제안은 거짓이에요. 이제 그 모든 걸 보았고 알게 됐습니다."

나는 놀란 눈으로 그를 바라보았다.

그가 계속해서 말했다.

"이상하네요. 아름답고 우아하고 매력적인 로저먼드 올리버 양에게 처음 품었던 강렬한 열정이 아직 남아 있어요. 여전히 로저먼드 양을 격정적으로 사랑하고 있습니다. 다만 차분하고 올바른 의식을 통해 판단하자면, 그가 좋은 아내가 되지는 않을 걸로 보입니다. 올리버 양은 내게 맞는 배우자가 아니라는 생각, 결혼 후 1년 안에 그걸 깨닫게 되리라는 생각, 열두 달 동안은 황홀경에 빠져 살겠지만 결국 남은 평생 후회하리라는 생각이 들어요."

"정말 이상하네요."

나도 모르게 이 말이 튀어나왔다.

"내 안에 있는 무언가가 올리버 양의 매력에 강렬하게 반응해요. 그의 단점에도 깊게 영향을 받죠. 여기서 단점이라는 건 내가 열망하는 목표에 대해 그가 공감하지 못하고 협조하지 않을 사람이라는 점입니다. 올리버 양이 고통 속에서 사역하는 여성 사도가 될 수 있을까요? 선교사의 아내로 살 수 있을까요? 아니라고 봅니다!"

"굳이 선교사가 될 필요는 없잖아요. 그 계획을 포기하셔도 될 거고요."

"포기라뇨! 그게 무슨! 내 소명을요? 내가 해야 할 위대한 사명을요? 천국의 저택을 위해 지상에서 이루어야 할 기본적인 일을 말입니까? 나는 세속의 모든 야망을 버리고 하나의 영광스런 야망을 성취한 이들 중 하나가 될 겁니다. 무지의 영역에 지식을 전파하고 전쟁 대신 평화를, 속박 대신 자유를, 미신 대신 종교를, 지옥에 대한 두려움 대신 천국에 대한 희망을 전파하려는 내 야망을 어떻게 포기합니까? 그걸 포기하라고요? 그건 내 혈관 속 피보다 소중합니다. 내가 기대하고 목표로 하는 삶 그 자체예요."

나는 한동안 침묵하다가 입을 열었다.

"그럼 올리버 양은 어떻게 해요? 실망하고 슬퍼할 텐데 그건 아무렇지 않은가요?"

"올리버 양 주변에는 구혼자와 아첨하는 자들이 넘쳐납니다. 아마 한 달도 채 안 돼서 그의 마음에서 나는 지워지겠죠. 나를 잊고, 나보다 더 자기를 행복하게 만들어 줄 사람과 결혼할 겁니다."

"냉정하게 말하시네요. 하지만 당신도 갈등하고 있잖아요. 몸도 약해지고 있고요."

"아뇨. 몸이 야위어가는 건 아직 정해지지 않은 미래에 대한 불안감 때문이에요. 출발이 계속 지연되고 있으니까. 오늘 아침에 겨우 후임자에 대한 편지를 받았습니다. 후임자가 어서 도착하기를 오랫동안 기다리고 있었는데, 앞으로 석 달 동안은 내 자리로 올 수 없을 거라는군요. 이러다 석 달이 여섯 달로 늘어날 수도 있겠죠."

"올리버 양이 학교 교실로 들어올 때마다 당신이 떨면서 얼굴을 붉히는 걸 봤어요."

그는 다시 한번 놀란 듯했다. 여자가 남자에게 감히 그런 말을 한다는 걸 상상도 못 해본 눈치였다. 하지만 난 이런 식의 대화가 편했다. 남자든 여자든 강인하고 신중하며 교양 있

749

는 사람과 대화를 나누게 되면, 나는 늘 상대가 오랜 기간 고수해온 과묵함의 벽을 뚫고 들어가 신뢰의 문지방을 넘어 상대의 마음 안에 있는 벽난로 앞의 자리를 차지하곤 했다.

"당신은 참 특이한 사람이에요. 겁도 없고요. 눈빛으로도 보이지만 당신의 영혼은 용감합니다. 하지만 내 감정을 부분적으로 잘못 해석하고 있다는 생각이 드네요. 당신은 내 감정을 실제보다 훨씬 더 깊고 강하다고 생각하고 있어요. 실제로 내가 느끼는 것보다 더 크게 내 감정에 공감하는 것 같기도 합니다. 올리버 양 앞에서 얼굴을 붉히거나 몸을 떨기는 했습니다만 그런 나 자신을 불쌍하다고 보지는 않습니다. 나는 나약함을 경멸해요. 수치스럽죠. 어쨌든 내 육신이 열에 들떠 떨었을 뿐이지 영혼까지 흔들린 건 아닙니다. 내 영혼은 들썩이는 바다 깊숙한 곳에 확고하게 자리 잡은 바위만큼이나 굳건합니다. 나를 있는 그대로 보아주면 좋겠어요. 차갑고 가혹한 사람으로요."

믿기지 않았지만 나는 애써 미소 지었다.

그가 말을 이어갔다.

"당신은 순식간에 내 속을 파고들어 비밀을 끄집어냈어요. 이제 그 비밀을 어떻게 할지는 당신 손에 달렸습니다. 기독교가 인간의 결함을 덮어 가려주는, 어린양의 피로 빨아 희게 만든 그 예복을 벗으면 나는 그저 차갑고 가혹하고 야심 많은 인간에 불과합니다. 내 여러 감정 중 선천적 애정만이 내게 영원한 영향력을 행사하죠. 내 삶을 이끌어주는 것은 감성이 아니라 이성입니다. 나는 무한한 야망을 갖고 있어요. 남들보다 높은 곳으로 올라가, 많은 일을 하려는 욕구죠. 이 욕구는 아무리 해도 채워지질 않더군요. 나는 인내, 끈기, 근면, 재능을 높이 평가합니다. 이런 덕목들을 통해 인간은 위대한 목적을 이루고 높은 곳을 향해 올라갈 수 있으니까요. 그동안 당신이 하는 일을 주의 깊게 지켜봤습니다. 당신이 겪어온 일, 지금도 당신을 괴롭게 만드는 일에 대해 깊이 동정하기 때문이 아니라, 당신이 근면하고 정갈하고 활력이 넘치는 여성의 표본 같아서요."

"본인을 이교도 철학자로 생각하시나 보네요."

"아뇨. 이신론 철학자와는 거리가 멉니다. 나는 믿음이 있어요. 복음을 믿습니다. 당신은 나를 잘못 짚었어요. 나는 이교도가 아니라 기독교 철학자이면서 예수 그리스도 종파의 추종자입니다. 그리스도의 사도로서 그리스도의 순수하고 자비롭고 인자한 교리를 받아들였습니다. 그 교리를 지지하고 널리 전파하기로 맹세했죠. 어려서부터 종교에 몰두해서인지 종교는 내가 타고난 기질을 함양하게 해주었죠. 자그마한 싹에 불과했던 나를 자연의 애정으로 보살펴 그늘을 드리운 나무로, 자선 활동을 하는 사람으로 키워낸 겁니다. 올바른 기질을 타고났지만 거친 뿌리에 불과했던 나를 신의 정의를 구현하는 성직자로 만들어 준 거죠. 종교는 장차 힘을 얻고 명성을 누리려는 야망을 품은 내 가련한 자아를 다듬어, 하느님의 왕국의 진리를 넓혀나가고 십자군의 명성에 걸맞은 승리를 쟁취하는 일을 하도록 이끌었습니다. 종교가 나를 위해 해준 일은 무척 많아요. 내가 타고난 기질을 최고로 쓸 수 있게 해줬고, 본성을 가지치기하고 훈련시켜줬죠. 하지만 내 본성을 아예 뿌리 뽑지는 못했습니다. 이 필멸의 육신이 불멸의 영혼이 될 때까지는 절대 그렇게 못 할 겁니다."

그는 탁자 위 팔레트 옆에 놓아둔 모자를 집어 들고는 다시 한번 초상화를 바라보며 나지막하게 말했다.

"정말 사랑스러워요. '세상의 장미'라는 뜻을 가진 로저먼드라는 이름이 참 잘 어울리는군요!"

"똑같은 그림을 그려드릴까요?"

"*Cui bono?*(뭐 하려요?) 됐습니다."

그는 내가 그림을 그리면서 마분지를 더럽히지 않으려 손을 얹을 때 사용한 얇은 백지로 로저먼드의 초상화를 덮어 가렸다. 그러다 그 얇은 백지에서 무엇을 보았는지 별안간 백지를 집어 들더니 가장자리를 유심히 살펴보았다. 그러고는 괴상하고 이해할 수 없는 눈빛으로 나를 힐긋 쳐다보았다. 내 몸과 얼굴, 드레스 하나하나를 번개처럼 빠르고 날카롭게 살피는 시선이었다. 그러고는 무슨 말을 하려는 듯 입을 열었다가 자제하며 도로 입을 닫았다.

"무슨 일인데 그러세요?"

"아무것도 아닙니다."

그는 백지를 도로 내려놓았다. 나는 그가 백지의 가장자리를 살짝 떼어내는 걸 봤다. 그는 떼어낸 종이를 장갑 안에 집어넣었다. 그는 빠르게 고개를 끄덕이고는 "그럼 안녕히 계세요."라고 인사하며 집을 나섰다.

나는 이 지역 특유의 표현을 써서 말했다.

"뭐야! 갑자기 왜 저래!"

나도 그 백지를 자세히 들여다보았다. 색을 보느라 여기저기 칠해놓은 지저분한 자국 외에는 아무것도 없었다. 나는 불가사의했던 그의 행동에 대해 잠시 생각해봤지만 도저히 알아낼 길이 없었다. 결국 별일 아닐 것이라 생각하며 곧 그 일을 잊었다.

33

신 진이 떠날 때부터 눈이 내리기 시작했다. 밤새 눈 폭풍이 휘몰아쳤다. 다음 날에는 살을 에는 듯한 바람이 또다시 불어왔고 앞이 보이지 않을 정도로 눈이 펑펑 내렸다. 황혼 무렵 계곡에는 온통 눈이 휘날려 통행이 거의 불가능했다. 나는 덧문을 닫고 그 아래 틈새로 눈이 불어 들어오지 않도록 문 앞에 매트를 두었다. 난롯불을 조절해주고 그 앞에 한 시간 가까이 앉아 조그맣게 들려오는 눈보라의 격노에 귀를 기울였다. 초를 켜고 『마미온』을 꺼내 펼치고 읽기 시작했다.

노럼성의 가파른 절벽,

넓고 깊으며 아름다운 트위드의 강,

고적한 체비엇의 산을 한낮의 햇살이 내리비추니.

거대한 탑의 아성,

그리고 그것들을 에워싼 성벽은

금빛으로 찬란히 빛나네.

나는 시의 운율에 취해 곧 눈보라를 잊었다.

무슨 소리가 들리기는 했다. 바람이 문을 흔드는 소리일까. 아니었다. 얼어붙은 눈보라의 울부짖는 어둠을 지나온 신진 리버스가 걸쇠를 들어올리고 문을 연 다음 내 앞에 와 서 있었다. 망토를 입은 키 큰 몸이 빙하처럼 눈을 덮어쓴 모습이었다. 한밤중에 오가는 이 없는 계곡을 지나 여기까지 올 손님이 있으리라고는 예상 못한 탓에 나는 깜짝 놀랐다.

"무슨 일이죠? 안 좋은 일이라도 있어요?"

"아뇨. 당신은 정말 쉽게 놀라는군요."

그는 망토를 벗어서 문에 걸었다. 그는 자기가 들어오면서 흐트러진 매트를 원래 자리로 차분하게 밀어놓았다. 그리고 발을 굴러 장화에 묻은 눈을 털어냈다.

"깨끗한 바닥이 더러워졌네요. 이번만은 용서해요." 그는 벽난로 앞으로 다가왔다. "오느라 좀 힘들었습니다." 그는 불 위에 두 손을 가까이 가져다 댔다. "눈보라 때문에 허리까지 휘청거리더군요. 부드러운 눈이라 그나마 다행이었지만."

나는 더 참지 못하고 물었다.

"무슨 일로 오셨어요?"

"집을 찾아온 손님에게 묻기엔 야박한 질문이네요. 하지만 할 얘기가 있어 찾아온 만큼 대답하겠습니다. 말 없는 책과

755

빈방이 지겨워졌습니다. 무엇보다 어제부터 얘기를 반쯤 듣다 만 사람처럼 흥분이 가라앉질 않고, 그다음 이야기가 궁금해 안절부절못하고 있어요."

그는 의자에 앉았다. 나는 어제 그가 보여준 이상한 행동을 떠올렸다. 정신이 살짝 나간 게 아닐까 하는 생각에 두려워졌다. 하지만 미쳤다고 해도 그는 대단히 침착하게 미친 게 분명했다. 그가 눈에 젖어 이마에 붙은 머리카락을 쓸어 넘기자 난롯불이 그의 창백한 이마와 광대뼈를 하얗게 비췄다. 그의 잘생긴 이목구비가 평소보다 더더욱 대리석 조각상처럼 보이는 순간이었다. 그의 얼굴에 명확히 새겨진 걱정과 슬픔의 흔적에 나는 마음이 좋지 않았다. 나는 그가 적어도 내가 이해할 수 있는 말을 해주기를 기다렸다. 하지만 그는 손으로 턱을 괴고 손가락을 입술에 갖다 댄 채 생각에 잠긴 모습이었다. 그의 손도 얼굴만큼이나 지쳐 보였다. 난데없이 그에 대한 연민이 밀려들어 나도 모르게 입을 열었다.

"다이애나나 메리가 여기 와서 당신과 함께 살면 좋겠어요. 홀로 외롭게 사시니 몸에도 좋지 않은 것 같아요. 건강에 신경도 안 쓰고 사시잖아요."

"전혀 아닙니다. 필요한 만큼은 나 자신을 돌보면서 살고 있어요. 나는 건강합니다. 뭐가 잘못된 것처럼 보입니까?"

그는 부주의하고 무신경한 태도로 멍하게 말을 뱉었다. 내 배려 섞인 걱정을 쓸데없는 관심으로 여기는 듯해서 나는 입을 다물었다.

그는 손가락으로 느릿하게 윗입술을 문지르면서 쇠살대 너머로 활활 타오르는 불을 꿈꾸듯 바라보았다. 무슨 말이든 해야 할 것 같아서 나는 그에게 등 뒤의 문틈으로 들어오는 외풍이 차지 않느냐고 물었다.

"아뇨, 아닙니다!"

그는 짜증이 살짝 섞인 투로 짧게 대답했다.

'그래. 말하고 싶지 않으면 말든지. 말 안 시킬게. 나는 읽던 책이나 마저 읽어야겠어.'

나는 이런 생각을 하면서 촛불을 눌러 *끄고*『마미온』을 숙독하기 시작했다. 그가 몸을 움직이자 내 시선은 곧바로 그에게 향했다. 그는 모로코산 가죽 지갑을 꺼내 그 사이에 끼워둔 편지를 펼치고 조용히 읽고는 다시 접어 지갑 안에 넣고 생각에 잠겼다. 알 수 없는 행동을 하는 그를 앞에 두고 있으니 책 내용이 머리에 들어오지 않았다. 초조한 기분에 휩싸이자 더는 입을 다물고 있기도 힘들어졌다. 그가 원하는 게 내 침묵이라면 말을 걸어봤자 소용없을 수도 있지만 시도라도 해보기로 했다.

"다이애나와 메리한테서 소식 온 거 있어요?"

"일주일 전에 당신한테 보여준 편지 이후로는 없습니다."

"계획하고 계신 일에는 변화가 없나요? 예상보다 빨리 영국을 떠나라는 부름을 받으신 건 아니죠?"

"안타깝게도 그렇지는 않습니다. 그렇게 되면 정말 좋을 텐데 말이죠."

대화에 소득이 없자 나는 화제를 바꿔 학교와 학생들에 관한 얘기를 꺼냈다.

"메리 개릿의 모친이 몸이 좋아졌다고 하네요. 메리가 오늘 아침에 학교로 돌아왔어요. 그리고 다음 주에 파운드리 클로스 지역에서 여학생 넷이 오기로 했어요. 눈만 아니면 오늘 올 수도 있었을 거예요."

"그렇겠죠!"

"올리버 씨가 그중 두 여학생의 학비를 내주기로 하셨어요."

"그래요?"

"그리고 크리스마스 때 모든 학생들에게 특별 간식을 보내주시기로 하셨어요."

"그건 알고 있습니다."

"리버스 씨가 제안하신 건가요?"

"아뇨."

"그럼 누가?"

"그분의 딸이겠죠."

"올리버 양답네요. 정말 착한 아가씨예요."

"그렇죠."

다시 침묵이 흘렀다. 시계가 여덟 번 울리며 시간을 알렸다. 그 소리에 정신이 들었는지 그는 꼬고 있던 다리를 풀고 허리를 펴고 앉더니 나를 돌아보았다.

"잠깐 책 내려놓고 벽난로 앞으로 와요."

나는 무슨 일 때문인지 궁금하고 의아해서 그가 하라는 대로 했다.

"30분 전에 나는 다음 이야기를 듣고 싶어 안달 난 상태였다고 말했습니다. 생각해보니까 내가 이야기를 진행하고 당신이 듣는 편이 나을 것 같네요. 시작하기 전에 미리 경고하자면, 이 이야기는 당신에게 익숙하게 들릴 겁니다. 이미 다 아는 진부한 이야기라도 새로운 사람의 입을 통해 흘러나오면 또 새롭게 들리기 마련이죠. 진부하든 새롭든 이야기 자체는 간단해요.

20년 전, 어느 가난한 교구 보좌 신부가 부유한 남자의 딸과 사랑에 빠졌습니다. 일단 그 신부의 이름은 신경 쓰지 말고 들어요. 여자는 그를 사랑하게 됐고 친구들이 모두 반대했지만 결혼까지 했습니다. 결혼 직후부터 친구들은 그 여자와 연을 끊었죠. 2년이 지나고 경솔했던 젊은 부부는 둘 다 세상을 떠나 나란히 무덤에 들어가 누운 신세가 됐습니다. (나는 그들의 무덤을 본 적이 있습니다. ○○주에 위치한, 제조업으로 지나치게 빠르게 성장한 어느 마을의 시커멓고 오래된 성당의 묘지였죠. 그들의 무덤은 성당을 중심으로 펼쳐진 거대한 묘지의 한쪽 구석에 있었어요.) 젊은 부부 사이에는 딸이 하나 있었는데, 그 딸은 태어나자마자 자선 고아원에 맡겨졌죠. 오늘 밤 내가 꼼짝없이 갇힐 뻔했던 눈보라만큼이나 싸늘한 고아원이었어요. 고아원 측은 홀로 남겨진 그 아기를 모친의 부유한 친척에게 맡겼어요. 이제 이름을 말하겠습니다. 게이츠헤드 홀의 리드 부인이라는 외숙모가 그 아기를 키우게 된 거죠. 흠칫하는군요. 무슨 소음이라도 들었어요? 아마 옆 교실의 서까래를 따라 달려가는 쥐새끼 소리일 겁니다. 원래 헛간이었던 곳인데 내가 수리하고 개조했거든요. 헛간에는 원래 쥐들이 득실거려요. 이야기를 계속하겠습니다. 리드 부인은 10년 동안 그 고아를 데리고 있었습니다. 아이가 그 부인 곁에서 행복하게 살았는지 어땠는지는 모르겠습니다. 들은 바가 없어서. 다만 결국 그 아이는 로우드 학교라는 곳으로 가게 됐다고 하더군요. 당신이 오랫동안 지냈던 바로 그 학교죠. 아이는 그 학교에서 꽤 잘 자란 것 같더군요. 학생이었던 그 아이는 지금 당신처럼 선생이 되었죠. 살아온 과정이 당신과 참 비슷하죠. 아이는 학교를 떠나 가정교사가 됐어요. 이것도 당신의 운명과 비슷한 부분이죠. 이제 아가씨가 된 그 아이는 로체스터라는 남자가 돌보는 소녀의 교육을 전담하게 됐어요."

"리버스 씨!"

"어떤 기분인지 알지만, 잠시만 참고 들어요. 아직 얘기가 끝나지 않았습니다. 끝까지 들어요. 로체스터라는 남자가 어떤 성격인지는 모르겠지만, 그 남자는 그 아가씨에게 영광스럽게도 청혼을 했습니다. 그런데 결혼식이 거행되던 성당의 제단 앞에서 아가씨는 그 남자에게 비록 정신이 나갔지만 살아 있는 아내가 있다는 사실을 알게 되죠. 그 후 그 남자가 어떻게 행동했고 어떤 제안을 했는지는 그저 짐작만 할 뿐이에요. 그저 다시 가정교사를 구하게 된 걸 보면 원래 있던 가정교사 아가씨가 사라진 거겠죠. 언제 어디로, 어떻게 사라졌는지는 아무도 모릅니다. 그 아가씨는 한밤중에 손필드 홀을 떠났고 그를 찾으려고 백방으로 수색했지만 아무 소용이 없었다고 하더군요. 그 지역을 샅샅이 뒤졌는데 그 아가씨의 흔적조차 찾을 수 없었다고 합니다. 심각하고 긴급한 이유로 그 아가씨를 찾아야 할 일이 생겨 모든 신문에 광고도 실렸죠. 나도 브릭스라는 사무 변호사한테서 편지 한 통을 받았어요. 내가 방금 한 이야기가 담겨 있는 편지였죠. 참 이상한 이야기 아닌가요?"

"하나만 말해주세요. 그 정도 정보를 알고 있다면 로체스터 씨가 어떻게 됐는지도 아시겠네요? 그분은 어떻게, 어디에서 지내시죠? 뭘 하면서 지내시는 건가요? 건강하신가요?"

"로체스터 씨에 관해서는 아는 바가 없습니다. 내가 방금 언급한 불법적인 사기 결혼 시도 외에 그분에 관한 내용은 편지에 담겨 있지 않았어요. 그 남자보다는 가정교사의 이름을 물어보는 게 나을 텐데요……. 그 여자를 왜 그렇게 심각하고 긴급하게 찾는지도요."

"그 후에 손필드 홀에 가본 사람은 없나요? 로체스터 씨를 본 사람은요?"

"없는 것 같더군요."

"사무 변호사 쪽에서 그분에게 편지를 보낸 거잖아요?"

"물론이죠."

"그분이 뭐라고 하셨대요? 그분의 편지는 누가 가지고 있어요?"

"브릭스 씨 얘기로는 로체스터 씨가 아니라 어떤 부인한 테서 답장을 받았다고 했습니다. '앨리스 페어팩스'라는 이름 으로 서명이 되어 있었다고 하고요."

나는 몸이 차갑게 굳어 어쩔 줄을 몰랐다. 우려했던 최악 의 일이 벌어진 게 아닐까. 로체스터 씨는 자포자기해 영국을 떠나 예전처럼 유럽을 떠돌아다니고 있을지도 모른다. 극심 한 고통을 덜기 위해…… 강렬한 열정을 풀기 위해…… 그곳 에서 뭘 하고 있을까. 이 물음에는 감히 답조차 할 수 없었다. 아, 가여운 내 주인…… 내 남편이 될 수도 있었던 사람…… '나의 사랑하는 에드워드'라고 부르곤 했던 남자!

리버스 씨는 나를 유심히 바라보며 말했다.

"나쁜 남자인 게 분명한 것 같더군요."

"그분에 대해 모르면서 함부로 말하지 마세요."

나는 열 오른 목소리로 말했다.

그는 나지막하게 대답했다.

"알겠습니다. 지금 내 머릿속에는 그 남자가 아니라 다른 이야기가 담겨 있습니다. 하던 이야기를 마저 하도록 하죠. 당신이 그 가정교사의 이름을 묻지 않으니 내가 알아서 말하겠습니다. 여기 있어요! 내가 갖고 있습니다. 핵심적인 부분은 말로 하는 것보다, 흰 바탕에 검은색으로 아름답게 쓴 글로 보는 게 원래 더 만족스러운 법이죠."

그는 수첩을 다시 보란 듯이 꺼내 펼치고 그 안을 뒤적거렸다. 지갑 안쪽 칸에서 대충 잡아 뜯은 종이 쪼가리를 끄집어냈다. 그 종이의 질감과 군청색, 진홍색, 주홍색 얼룩을 알아볼 수 있었다. 초상화를 덮어놓았던 백지의 가장자리 부분이었다. 그는 일어나 그 종이 쪼가리를 내 눈앞에 들이밀었다. 거기에는 먹색으로 내가 직접 쓴 '제인 에어'라는 이름이 적혀 있었다. 멍하니 붓을 쥐고 있다가 적어넣은 글자일 것이다.

"브릭스 씨는 제인 에어라는 아가씨에 관해 내게 편지를 써 보냈습니다. 제인 에어를 찾는다는 광고도 냈죠. 나는 제인 엘리엇이라는 사람을 알고 있으니 솔직히 의심했습니다. 어제 오후에야 의심이 확신으로 바뀌었죠. 제인 에어가 당신의 진짜 이름이고 제인 엘리엇은 가명이죠?"

"그래요……. 맞아요. 그런데 브릭스 씨는 어디 있어요? 그분이라면 당신보다 로체스터 씨의 근황을 잘 알 것 같아서요."

"브릭스 씨는 지금 런던에 있습니다. 그런데 그가 로체스터 씨에 대해 아는 게 있을까 하는 생각이 들어요. 브릭스 씨가 관심을 갖고 있는 건 로체스터 씨가 아니거든요. 당신은 사소한 부분에 매달리느라 핵심을 자꾸 잊어버리네요. 브릭스 씨가 왜 당신 행방을 수소문하고 있는지, 당신을 찾아서 뭘 하려는 건지 묻지도 않고 말이죠."

"그분이 원하는 게 뭐예요?"

"마데이라에 있는 당신 삼촌 에어 씨가 돌아가셨고, 그분이 당신에게 전 재산을 남기셔서 당신은 이제 부자가 됐다는 소식을 전하기 위해서죠."

"제가…… 부자라고요?"

"그래요. 당신은 그분의 재산을 상속받아 부자가 됐습니다."

한참 침묵이 흘렀다.

그가 다시 입을 열었다.

"물론 본인의 신원을 증명해야 합니다. 별로 어려울 게 없는 일이죠. 그 일을 마치고 나면 즉시 재산을 상속받게 될 겁니다. 그 재산은 지금 영국 펀드에 투자된 상태인데, 브릭스 씨가 유언장과 필요한 서류를 가지고 있어요."

이렇게 새로운 카드가 나타났다! 한순간에 극빈자에서 부자가 되다니. 독자 여러분, 이건 정말이지 멋진 일이다. 하지만 그 과정을 단박에 이해하고 즐길 수는 없다. 살면서 일어나는 우연 중에는 이보다 더 즐겁고 흥분되는 일도 많이 있다.

이 일은 허황한 꿈이 아니라 현실 세계에서 분명하게 일어난 일이다. 관련된 모든 사실이 현실에 기반을 두고 있으며 눈앞에 드러난 현상도 그렇다. 큰 재산을 물려받았다는 소식에 놀라 펄쩍 뛰거나 기뻐서 방방 뛰거나 고래고래 만세를 부르는 일은 일어나지 않는다! 일단 어떤 책임을 져야 하는지 고민하고, 무슨 일부터 해야 할지 생각한다. 꾸준히 만족스러운 기분이 밀려들지만 엄중하게 자제하고 내가 받게 된 축복에 대해 곰곰이 궁리하게 된다.

유산이나 증여 같은 말은 죽음, 장례식과 관련돼 있다. 나는 유일한 친척인 삼촌이 돌아가셨다는 소식을 들었다. 그분의 존재에 대해 알게 된 후로 나는 언젠가 그분을 만날 수 있으리라는 희망을 품어왔다. 하지만 이제 그분을 만날 수 없게 되고 말았다. 그리고 나는 그분의 유산을 단독으로 상속받게 됐다. 나를 비롯해 함께 기뻐할 가족에게 상속된 게 아니라 오직 나에게만 상속된 것이다. 그것은 분명 대단한 혜택이었다. 덕분에 멋지게 자립할 수도 있을 것이다. 그랬다. 그 생각만으로도 벌써 가슴이 벅차올랐다.

"드디어 찡그렸던 이마를 펴네요. 메두사가 쳐다본 바람에 돌로 변한 줄 알았습니다. 물려받게 된 재산이 얼마인지 궁금해요?"

"얼마나 되죠?"

"아, 얼마 안 됩니다. 대단한 액수는 아니에요. 겨우 2만 파운드 정도죠. 어떻습니까?"

"2만 파운드나 된다고요?"

다시 크게 놀라고 말았다. 많아야 4, 5천 파운드 정도 될 거라고 예상했다. 2만 파운드라니, 너무 큰 금액이라 한동안 숨도 제대로 쉴 수 없었다. 지금까지 한 번도 내 앞에서 소리 내 웃은 적 없던 신 진이 소리까지 내며 웃었다.

"당신이 살인을 저질렀는데 그 죄가 들통났다고 내가 말했어도 지금보다 더 경악한 표정은 아닐 겁니다."

"금액이 너무 커서요. 뭔가 착오가 있는 거 아닐까요?"

"그런 건 없습니다."

"숫자를 잘못 보셨을 수도 있고요……. 아마 2천 파운드일 거예요!"

"편지에는 숫자가 아니라 글자로 2만 파운드라고 적혀 있었습니다."

나는 평범한 사람이 백 명분의 요리가 차려진 식탁 앞에 혼자 앉았을 때 느낄 법한 압박감을 다시 한번 느꼈다. 리버스 씨는 자리에서 일어나 망토를 걸쳤다.

"오늘 밤 날씨가 이렇게 험하지만 않았어도 한나를 보내 당신 곁에 있어주라고 했을 텐데. 당신 표정이 너무 좋지 않아서 혼자 두고 가려니 신경이 쓰이는군요. 하지만 이렇게 눈이 쌓여가는 날씨에 한나더러 여기로 오라고 할 수도 없으니. 한나는 다리가 긴 편도 아니잖습니까. 어쩔 수 없이 당신 혼자 슬픔을 감당하게 두고 가봐야겠습니다. 그럼 이만."

그가 걸쇠를 들어올리는데 나는 문득 떠오르는 생각이 있어 그를 불러세웠다.

"잠깐만요!"

"예?"

"브릭스 씨가 왜 나에 대한 편지를 당신한테 써 보냈는지 이해가 안 돼서요. 그분이 당신을 어떻게 알죠? 그분은 이렇게 외진 곳에서 사는 당신이 나를 찾는 일에 도움이 될 거라는 생각을 어떻게 하게 된 거예요?"

"아! 나는 사제잖습니까. 사제는 원래 특이한 일에 관한 부탁을 종종 받곤 합니다."

그가 다시 걸쇠를 들어올리려 했다.

"아뇨. 그 대답은 충분하지 않아요!"

그가 대충 내놓은 앞뒤 안 맞는 대답은 내 호기심을 가라앉히기는커녕 오히려 더 자극해버렸다.

"너무 이상한 일이잖아요. 더 자세히 알아야겠어요."

"다음번에요."

"아뇨. 오늘 밤에 들어야겠어요! 오늘 밤에요!"

그가 문을 나서려고 하자 나는 얼른 문을 막아섰다. 그는 당황한 표정이었다.

"아는 걸 다 말해주기 전에는 못 가요."

"지금은 말하지 않는 편이 나을 것 같은데요."

"말해요! 그래야 해요!"

"다이애나나 메리를 통해 듣는 편이 나을 겁니다."

그가 거절하자 답을 듣고자 하는 내 열망은 더욱 고조되었다. 나는 지금 당장 답을 듣고 싶었다. 나는 그에게 지금 말해달라고 부탁했다.

"나는 설득하기 어려운 가혹한 사람이라고 말했을 텐데요."

"저는 뒤로 미루는 걸 용납하지 않는 가혹한 여자예요."

"난 워낙 차가운 사람이라 상대가 아무리 열정적으로 나와도 꿈쩍 안 합니다."

"저는 열정으로 가득해요. 불은 얼음을 녹이죠. 난롯불이 당신이 입은 망토에 묻은 눈을 다 녹였네요. 눈 녹은 물이 이 집 바닥에 흘러내려서 바닥이 꼭 사람들이 밟고 다닌 거리처럼 됐어요. 모래로 된 주방 바닥을 더럽힌 게 중대한 범죄인지 가벼운 죄인지 모르겠지만, 어쨌든 잘못을 용서받고 싶으면 제가 알고 싶어 하는 답을 줘야 할 거예요."

"그래요. 알겠습니다. 당신의 열정이 아니라 끈기에 항복하는 겁니다. 계속 떨어지는 물방울은 바위도 뚫는 법이니까요. 어차피 언젠가 알게 될 사실이니 지금 알아두는 것도 나쁘지 않겠죠. 당신 이름이 제인 에어 맞죠?"

"맞아요. 그건 이미 밝혔는데요."

"내 이름에서 당신 이름과 같은 부분이 있는 줄은 몰랐죠? 내 정식 이름은 신 진 에어 리버스입니다."

"전혀 몰랐어요! 전에 빌려주신 책들 안쪽에 이름 머리글 자가 적혀 있던데, 그중 E가 있었던 건 기억나요. 하지만 E가 뭘 뜻하는지는 못 물어봤어요. E가 에어를 뜻한다고 해도, 그 게 뭐 어쨌다는 건가요? 혹시……."

나는 멈칫했다. 머릿속으로 밀고 들어온 생각에 기뻐해야 할지, 그 생각을 말로 표현해도 될지 알 수 없었다. 그 생각은 순식간에 강렬하고 현실적인 가능성으로 구체화됐다. 생각해보니 앞뒤가 딱딱 맞아떨어지고 조화를 이루며 정리됐다. 형태 없이 존재하던 사슬들이 쭉 이어진 느낌이었다. 사슬을 이루는 모든 고리와 연결이 완벽하게 맞아떨어졌다. 신 진이 다시 입을 열기 전에 나는 어떻게 된 상황인지를 본능적으로 깨달았다. 하지만 독자 여러분들이 나처럼 직관적으로 인식하지 못했을 수도 있으니 그가 한 설명을 여기 적어놓겠다.

"내 어머니의 성이 에어였습니다. 어머니에게는 남자 형제가 둘 있었죠. 한 명은 게이츠헤드의 제인 리드 양과 결혼한 사제였고, 다른 한 명은 최근에 돌아가신 상인으로 마데이라의 존 에어 씨입니다. 존 에어 씨의 사무 변호사 브릭스 씨는 지난 8월에 우리에게 외삼촌의 죽음을 알리면서 그분이 전 재산을 사제였던 다른 남자 형제의 외동딸에게 물려줬다는 내용의 편지를 보내왔습니다. 외삼촌은 우리 아버지와 사이가 좋지 않았고 용서하지도 않았으니 우리를 깡그리 무시한 거였죠. 그런데 브릭스 씨가 몇 주 후에 다시 편지를 보내와 외삼촌의 재산을 상속받기로 한 여자가 실종된 상태라고 알려주면서, 그 여자에 대해 아는 게 있는지 묻더군요. 종이에 무심코 적어놓은 이름 덕분에 나는 그 여자를 찾을 수 있었죠. 그 후의 일은 당신도 알고 있는 그대로입니다."

신 진이 문을 나서려고 하자 나는 등으로 문을 막아섰다.

"제 얘기도 들어주세요. 일단은 잠시 숨 돌리고 생각할 시간이 필요해요."

그는 모자를 손에 쥐고 더없이 침착한 모습으로 내 앞에 서서 기다려주었다. 나는 잠시 생각에 잠겼다가 다시 입을 열었다.

"당신의 어머니가 제 아버지의 누이라는 거죠?"

"맞습니다."

"그럼 당신 어머니가 저한테는 고모인 거네요?"

그는 고개를 끄덕였다.

"제 삼촌 존 에어는 당신의 외삼촌인 거고요? 당신과 다이애나, 메리는 존 에어 씨 누이의 자식들이고 저는 존 에어 씨의 형제의 자식인 거죠?"

"그렇습니다."

"당신들 세 남매가 제 사촌인 거잖아요. 우리 피의 절반의 원천은 같은 곳이고요."

"그래요, 우린 사촌입니다."

나는 그를 찬찬히 바라보았다. 드디어 오빠를 찾았다. 자랑할 만하고, 사랑할 만한 오빠. 그리고 오빠 못지않게 뛰어난 자질을 지닌 사촌 언니 두 명도 생겼다. 그들은 남이었을 때도 내게 진심으로 따뜻하게 대해주었고 인간으로서 존중해주었다. 예전에 나는 관심과 절망이 섞인 비통한 심정으로 젖은 땅에 무릎을 꿇고, 무어 하우스 주방의 격자가 설치된 창문 너머로 그 두 자매를 바라봤었다. 그런데 그 두 자매가 내 가까운 친척인 것이다. 그리고 문 앞에서 거의 죽어가던 나를 발견해 살려준 근엄한 젊은 신사는 내 친척 오빠였다. 비참하게 살아온 외로운 내게 이건 정말이지 너무나도 영광스러운 일이었다! 이 사람들이야말로 내게는 진정한 재산이었다! 온 마음으로 받아들이고픈 재산! 순수하고 따뜻한 애정으로 가득한 광산이었다. 밝고 선명하게 빛나며 활기로 가득한 축복이기도 했다. 황금만큼 풍성하고 기분 좋지만, 황금처럼 무겁게 내 마음을 누르지는 않는 반가운 선물이었다. 나는 기쁨에 겨워 손뼉을 쳤다. 맥박이 빠르게 뛰고 핏줄이 전율했다.

"아, 기뻐요! 너무너무 기뻐요!"

신 진이 미소 지었다.

"당신은 사소한 부분에 매달리다가 핵심을 놓쳐버리는 경향이 있다고 내가 말하지 않았나요? 큰 재산을 물려받게 됐다는 얘기는 심각한 얼굴로 듣더니, 별로 중요하지도 않은 일에 대해서는 크게 기뻐하는군요."

"무슨 말씀이세요? 그럼 이 일이 오빠에겐 중요하지 않다는 건가요? 이미 여동생들이 있으니 사촌 동생 같은 건 아무래도 좋은가 보네요. 하지만 전 아무도 없이 혼자였는데 친척이 세 명 생겼어요. 그중 하나로 꼽히기 싫다고 하시면 두 명이라고 해둘게요. 어쨌든 다 자란 성인인 저에게 가까운 친척들이 생겼으니 정말 너무너무 기쁘네요!"

나는 빠른 걸음으로 방을 서성였다. 내가 받아들이고 이해하고 정리할 수 있는 것보다 훨씬 빨리 머릿속을 어지럽히는 생각들 때문에 숨이 막힐 것 같았다. 머지않아 무슨 일이 일어나고, 일어날 수 있는지, 일어나야 하는지에 관한 상념들이었다. 나는 텅 빈 벽을 바라보았다. 벽이 마치 솟구치는 별들로 가득한 하늘 같았다. 별 하나하나가 제각각의 목적과 기쁨으로 나를 비춰주었다. 내 목숨을 구해준 사람들, 지금까지는 그저 사랑밖에 줄 수 없었던 이 사람들에게 이제는 내가 실질적으로 도움을 줄 수 있게 됐다. 멍에를 지고 힘들게 사는 그들을 내가 자유롭게 만들어줄 수 있었다. 흩어져 사는 그들을 한곳에 모여 살게 해줄 수 있었다. 나뿐만 아니라 그들도 이제는 독립적이고 부유한 삶을 누릴 수 있을 것이다. 우리는 네 명이니, 2만 파운드를 4등분 해서 5천 파운드씩 가지면 된다. 그만하면 충분할 것이다. 정의가 실현되었으니 모두가 행복하게 살 수 있다. 이렇게 생각하니 재산도 나를 무겁게 짓누르지 않았다. 단순한 돈이 아니라 삶과 희망, 기쁨을 얻게 된 거니까.

　이런 생각이 내 머릿속을 휘젓는 동안 내 모습이 어땠는
지는 알 길이 없다. 하지만 곧 리버스 씨가 내 뒤에 의자를 놓
아주고 나를 앉히려 하고 있음을 알아챘다. 그는 내가 침착해
지도록 조언도 해주었다. 나는 무기력하고 멍하게 앉아 있고
싶지 않아, 그의 손길을 뿌리치고 다시 방 안을 서성이기 시작
했다.

　"내일 다이애나와 메리 언니에게 당장 집으로 돌아오라
는 내용으로 편지를 써 보내주세요. 다이애나 언니는 천 파운
드만 있어도 부자가 된 기분일 거라고 했는데 5천 파운드를
갖게 됐으니 충분하겠죠."

　"물 한 잔 갖다주고 싶은데 어디서 가져와야 하는지 알려
줘요. 어떻게든 흥분을 가라앉혀봐요."

　"괜한 소리 마세요! 이 돈이 오빠의 삶에 어떤 영향을 미
칠까요? 이 돈이 있으면 오빠도 영국에서 계속 머물면서 올리
버 양과 결혼해 평범하게 정착해 살 수 있지 않겠어요?"

　"계속 서성이고 있으니 머릿속이 뒤죽박죽됐나 보군요.
내가 너무 갑작스럽게 소식을 전했나봅니다. 당신은 지금 지
나치게 흥분했어요."

　"리버스 씨! 이제 더는 못 참겠어요. 저는 충분히 합리적
으로 생각하고 하는 말이에요. 정말 오해하신 건지, 오해한 척
하는 건지 모르겠네요."

"조금 더 자세히 설명해준다면 나도 이해할 수 있겠죠."

"설명! 무슨 설명이 필요하죠? 삼촌이 물려준 2만 파운드를 조카 넷이서 5천 파운드씩 똑같이 나눠 가지자는 거잖아요? 그러니 어서 언니들한테 편지를 써서 그들에게 재산이 생겼다는 걸 알려주라고요."

"당신에게 재산이 생긴 거죠."

"저는 분명히 의사를 밝혔어요. 이 뜻을 철회할 생각 없어요. 저는 잔인할 정도로 이기적이거나 대책 없이 불공평하거나 극도로 배은망덕한 인간이 아니에요. 저는 이제 집도 생겼고 친척도 생겼어요. 저는 무어 하우스가 좋아요. 무어 하우스에서 계속 살고 싶어요. 다이애나와 메리 언니도 좋고요. 평생 언니들 곁에서 살면 좋겠어요. 그렇게 재산을 나눠 5천 파운드만 갖는 게 제게는 더 기쁘고 유익한 일이에요. 혼자서 2만 파운드를 독식하는 건 생각만으로도 너무 괴롭고 숨이 막혀요. 법적으로는 문제가 없을지 몰라도 재산을 혼자 차지하는 건 정의롭지 못하니까요. 저에게는 분에 넘치는 재산이니 나누자는 거예요. 그러니 반대하거나 논쟁거리로 삼지 마세요. 다 같이 모여서 합의하고 바로 결정을 내려주면 좋겠어요."

"충동적으로 하는 말일 뿐입니다. 이런 문제는 며칠이라도 심사숙고해야죠. 그러고 나서 하는 말이라야 타당하게 인정받을 수 있습니다."

"어머! 제 진정성을 의심하시는 거라면 차라리 제 마음이 편하겠어요. 이런 식으로 돈을 나누는 게 공정하다는 생각은 하시는 거죠?"

"어느 정도는 그럴 수 있겠지만, 관습에는 어긋납니다. 게다가 전 재산에 대한 권리는 당신에게 있어요. 삼촌은 자수성가하셨으니 재산을 누구에게 남기든 그분 자유인 겁니다. 삼촌은 재산을 당신에게 남겼어요. 그러니 당신이 그 재산을 모두 갖는 게 정의에 부합하죠. 양심에 거리낄 필요 없이 전 재산을 모두 가지도록 해요."

"저한테 이 일은 양심의 문제이면서 감정의 문제이기도 해요. 저는 감정을 중요시하는데, 지금까지는 감정에 충실하게 행동할 기회가 별로 없었어요. 앞으로 1년 동안 오빠가 제 의견에 반박하고 반대하면서 저를 화나게 해도 저는 잠깐 맛본 이 달콤한 기쁨을 포기하지 않을 거예요. 세 분이 저에게 베풀어준 은혜를 조금이나마 갚고 평생 함께할 친구들을 얻는 데서 오는 기쁨이요."

"재산을 소유하고 부를 누리는 게 어떤 건지 몰라서 그런 생각을 하는 겁니다. 2만 파운드라는 재산이 주는 의미를 아직 실감하지 못하는 거예요. 그 정도 재산이면 사교계에서 어떤 위치에 놓이게 되는지, 어떤 미래가 열리게 되는지도 모르는가 보네요. 그래서 당신은……"

"오빠야말로 제가 형제자매의 사랑을 얼마나 바라왔는

지 모르는 것 같아요. 저는 평생 집이 없었고 형제나 자매도 없었어요. 그런데 지금 그걸 모두 갖게 됐으니, 꼭 놓치지 않을 거예요. 저를 주저 없이 여동생으로 받아들여주실 거죠?"

"제인, 당신이 정당한 권리를 희생하지 않아도 나는 당신 오빠가 되어줄 거고, 내 동생들은 당신의 자매가 되어줄 겁니다."

"하지만 오빠가 수천 킬로미터 떨어진 곳에 가 있으면 무슨 소용이에요! 낯선 사람들 사이에서 노예처럼 사는 자매들은 또 어떻고요! 저 혼자만 부자가 돼서, 내 손으로 벌지도 않았고 가질 자격도 없는 재산을 누리고 살라는 건가요! 언니 오빠들은 돈 한 푼 없이 살고 있는데! 참 평등하고 친밀한 남매겠네요! 너무 살갑겠어요! 어쩌나 사이가 돈독할지!"

"하지만 제인, 가족을 갖고 싶고 가정에서 행복을 누리고 픈 당신의 열망은 다른 방법으로도 실현 가능합니다. 바로 결혼이라는 방법이죠."

"또 말도 안 되는 소리를 하시네요! 결혼이라뇨! 전 결혼하고 싶지 않아요. 절대 안 할 거예요."

"그건 너무 극단적인 말입니다. 그렇게 위험한 주장을 하는 걸 보니 지금 몹시 흥분한 상태인 걸 알겠군요."

"극단적으로 말하는 게 아니에요. 저는 제 감정을 잘 알아요. 결혼은 생각만 해도 속에서 반감이 일어요. 아무도 저를 사랑의 대상으로 보지 않을 거예요. 전 누구든 저를 투자의 관점에서 보게 놔둘 생각 없어요. 낯선 사람과 함께 살고 싶지도 않아요. 감정에 공감하지 못하고 이질적이고 저와는 다른 사람이잖아요. 전 친척들과 살고 싶어요. 온전한 동지 의식을 느낄 수 있는 사람들이요. 제 오빠가 되어주겠다고 하신 말 한 번 더 해주세요. 그 말을 들으니 너무 기쁘고 좋았어요. 진심으로 한 번 더 말해주세요."

"말해줄 수는 있습니다. 나는 늘 여동생들을 사랑해왔어요. 여동생들에 대한 내 애정은 그들이 지닌 가치에 대한 존중, 그들의 재능에 대한 경탄에 근거를 두고 있죠. 당신도 원칙과 정신이 제대로 선 사람이에요. 취향과 습관도 다이애나, 메리와 닮았죠. 나는 당신이 마음에 듭니다. 그동안 당신과 대화를 나누면서 위안받았어요. 그러니 내 마음속에 당신을 위해 셋째 여동생, 그러니까 막내 여동생의 자리를 편안하고 자연스럽게 만들 수 있습니다."

"고마워요. 오늘 밤은 그 말씀만으로도 행복할 거예요. 그만 가보세요. 여기 더 오래 계시면 불신과 망설임에 찬 말로 또 제 화를 돋우실 것 같네요."

"학교는 어떻게 할 생각입니까, 에어 양? 아무래도 문을 닫아야겠죠?"

"아뇨. 저를 대신할 선생님을 구하실 때까지 제 자리를 지킬 거예요."

그는 만족스런 미소를 지었다. 우리는 악수를 나눴고 그는 문을 나섰다.

　　그 후 내가 원하는 방향으로 유산 문제를 처리하기 위해 얼마나 애를 썼는지, 여기에 자세히 늘어놓을 필요는 없을 것 같다. 쉽지 않은 일이었지만 내 결심은 확고했다. 사촌들은 재산을 4등분 하겠다는 내 의지가 확고함을 알았다. 아마 그들도 속으로는 그게 공평한 결정이라 여기지 않았을까. 그들이 내 입장이었더라도 나처럼 처신했을 것이다. 결국 그들은 그 일을 중재인에게 맡기자는 내 주장에 동의했다. 그렇게 해서 고른 중재인이 바로 올리버 씨와 어느 유능한 변호사였는데 둘 다 내 의견에 찬성하여 나는 내 뜻대로 할 수 있었다. 재산 증여를 위한 문서를 작성한 후 신 진, 다이애나, 메리, 그리고 나는 꽤 큰 재산을 소유하게 됐다.

34

크리스마스 즈음해서 모든 일이 해결됐다. 이제 모두가 두루 즐기는 축제 기간이었다. 나는 각박한 이별이 되지 않도록 신경 쓰면서 모턴 학교 문을 닫았다. 행운을 맞게 되면 마음이 열릴 뿐 아니라 인심도 좋아지는 법이다. 많은 재산을 받게 됐을 때 조금이라도 남에게 베풀어야 별나게 솟구치는 감정이 조금이나마 해소된다. 나는 많은 시골 학생들이 나를 좋아한다는 걸 오래전부터 알고 있었는데 헤어질 때가 되자 그 마음이 더 확실하게 와닿았다. 학생들은 솔직하고 분명하게 애정을 표현했다. 학생들의 순수한 마음 안에 내가 자리하고 있음을 알게 되자 내 마음도 한껏 충만해졌다. 나는 앞으로도 일주일에 한 번씩은 꼭 학교를 방문해 한 시간씩 수업을 하겠다고 약속했다.

60여 명의 여학생들이 내 앞으로 줄지어 나가는 모습을 바라보고 있는데 리버스 씨가 찾아왔다. 나는 학교 문을 잠그고 손에 열쇠를 든 채 가장 뛰어난 학생 여섯 명과 특별히 작별의 말을 나누고 있었다. 그 여학생들은 영국 농민의 딸들 중 가장 품위 있고 우수하며 겸손하고 교양이 풍부한 축에 속했다. 어쩌면 과장 섞인 말일 수도 있다. 영국 농민들은 유럽 전역에서 가장 교육 수준이 높고 예의가 바르며 자존심이 센 사람들이기 때문이다. 그 후 나는 프랑스 농민들과 독일 농민들을 볼 기회가 있었는데 그들 중 제일 나은 사람들도 모턴 마을 여학생들에 비하면 무식하고 거칠고 술독에 빠져 사는 듯 멍해 보였다.

"한 계절 동안 학생들을 가르쳤는데 노고에 대한 보답을 얻은 것 같아요?" 학생들이 떠난 후 리버스 씨가 물었다. "한창때 좋은 일을 했다는 것에 보람을 느끼는지 궁금하네요."

"물론이죠."

"겨우 몇 달 일했는데도 보람이 느껴지죠! 인류를 갱생하는 일에 평생을 바치면 그만큼 더 보람 있지 않겠어요?"

"그렇겠죠. 하지만 계속 그렇게 살 수는 없을 거예요. 저는 다른 사람들을 가르치는 것도 좋지만 제가 가진 재능을 즐기고 싶은 마음도 있거든요. 이제 그렇게 살아보려고요. 제 몸과 마음을 다시 학교로 불러들이려고 하지 마세요. 지금은 학교 생각 안 하고 크리스마스 휴가 기간을 즐길 거니까요."

그는 엄숙한 표정으로 물었다.

"뭘 하려고요? 왜 갑자기 열정적인 태도를 보이는 겁니까? 뭘 할 생각이에요?"

"최대한 활동적으로 일할 거예요. 일단 한나를 저에게 보내주고, 오빠 시중드는 일은 다른 사람한테 맡기세요."

"한나가 필요해요?"

"네. 한나와 함께 무어 하우스로 갈 거예요. 일주일 후에 다이애나와 메리 언니가 집으로 돌아올 거잖아요. 두 사람이 도착하기 전에 모든 걸 제대로 정리해놓고 싶어요."

"알겠어요. 난 또 어디 여행이라도 다녀올 생각인 줄 알았네요. 잘 생각했어요. 한나를 보내줄게요."

"내일 아침까지 와줬으면 한다고 한나에게 전해주세요. 이건 교실 열쇠예요. 숙소 열쇠는 내일 아침에 드릴게요."

그는 열쇠를 받았다.

"일을 신나게도 그만두는군요. 어떻게 그렇게 홀가분할 수 있는지 이해가 안 되네요. 학교 일을 그만두고 나서 무슨 일을 하려고 그러는 건지. 앞으로 어떤 목표와 목적, 야망을 가지고 살 생각입니까?"

"첫 번째 목표는 청소예요. (이 말이 얼마나 큰 힘을 지니고 있는지 이해하시죠?) 무어 하우스의 침실부터 지하실까지 싹 청소할 거예요. 그다음은 다시 반짝반짝해질 때까지 밀랍과 기름을 바르고 천으로 문질러야죠. 그리고 의자와 탁자, 침대, 카펫의 치수를 정확하게 재서 배치할 거예요. 그러고는 오빠가 파산할 정도로 방마다 석탄과 토탄을 잔뜩 때서 벽난로를 피워야죠. 마지막으로 언니들이 도착하기 이틀 전부터 한나와 함께 계란을 깨고, 건포도를 고르고, 양념을 갈고, 크리스마스 케이크 재료를 준비하고, 민스파이 재료를 썰면서 경건하게 의식을 치르듯 요리를 할 거예요. 오빠처럼 요리에 무관심한 사람에게는 말로 설명해봤자 잘 모를 거예요. 요컨대 제 목적은 목요일 전까지 다이애나와 메리 언니를 맞이할 준비를 완벽하게 해놓으려는 거예요. 언니들을 가장 완벽한 방식으로 맞이하는 게 제 야망이에요."

신 진은 엷은 미소를 지었다. 하지만 여전히 마뜩잖은 표정이었다.

"지금은 그렇게 지내도 괜찮을 겁니다. 하지만 처음의 활기가 사라지고 나면 가족에게 애정을 쏟고 가사에서 기쁨을 얻는 것보다는 좀 더 고상한 목표를 찾게 되겠죠."

"가족에게 애정을 쏟고 가사 일에서 기쁨을 얻는 게 세상에서 제일 좋은 일이잖아요!"

"아뇨, 제인. 그렇지 않아요. 이 세상은 그렇게 달콤하기만 한 곳이 아닙니다. 세상을 그런 곳으로 만들려고 해서도 안 돼요. 세상은 늘어져 쉬기만 하는 곳도 아니죠. 나태해지면 안 됩니다."

"오히려 바쁘게 지낼 생각인데요."

"제인, 지금은 그냥 넘어가겠습니다. 앞으로 두 달 동안은 새로 얻은 지위를 마음껏 즐기도록 해요. 늦게나마 찾은 가족과도 즐거운 시간을 보내고 싶겠죠. 하지만 그 후에는 무어 하우스와 모턴 마을, 동생들과 어울려 지내는 일, 교양 있고 윤택한 삶을 통해 얻는 이기적인 평안과 위안의 범주를 벗어나야 합니다. 아마 당신이 가진 기운이 다시 힘을 발휘해 당신을 그저 평안히 살도록 두지 않을 겁니다.”

나는 놀란 눈으로 그를 바라보았다.

“그 말 참 심술궂네요. 저는 여왕처럼 만족하며 살 생각인데, 오빠는 저를 계속 흔들어 불안하게 만들고 있어요! 대체 왜 그래요?”

“하느님께서 당신에게 맡겨두시고 언젠가 정확히 쓰이길 요구하실 재능을, 당신이 유익한 방향으로 쓰게 만들기 위해서죠. 제인, 나는 당신을 면밀하고 걱정스럽게 지켜볼 겁니다. 미리 경고하는 거예요. 흔하디흔한 가정에서의 즐거움에 탐닉하는 건 자제하도록 해요. 육신의 인연에 집착할 필요도 없습니다. 지조와 열정을 아껴뒀다가 적절한 대의명분을 추구하는 데 써야 합니다. 진부하고 덧없는 일에 낭비하지 말고요. 무슨 말인지 알겠어요, 제인?”

“예. 그리스어로 말하는 것처럼 들리네요. 저는 행복해지겠다는 적절한 대의명분이 있어요. 저는 행복해질 거예요. 그러니 잘 가세요!”

무어 하우스로 돌아간 나는 무척 행복했다. 우선 집을 열심히 쓸고 닦았다. 한나도 마찬가지였다. 청소를 하느라 집을 온통 뒤죽박죽으로 만들었지만 한나는 내가 신나게 일하는 모습을 보며 즐거워했다. 나는 열심히 비질을 하고 먼지를 털고 청소하고 요리를 했다. 혼란의 도가니였던 집은 하루 이틀이 지나자 질서가 잡히기 시작했다. 나는 청소를 시작하기 전에 새 가구 몇 점을 사러 S마을에 다녀왔다. 언니들은 내가 원하는 대로 집을 바꿔도 된다며 전권을 위임해줬고, 나는 그 목적을 위해 돈을 일부 따로 떼어났다. 거실과 침실은 최대한 원래 대로 두었다. 다이애나와 메리가 새로운 가구보다는 전에 쓰던 편안한 탁자와 의자, 침대를 다시 보면 더 좋아할 것 같아서였다. 하지만 귀향의 기쁨을 더 크게 느끼도록 몇 가지 새로운 요소를 가미할 필요가 있었다. 짙은 색깔의 멋스러운 새 카펫과 커튼, 신경 써서 고른 도자기와 청동으로 된 골동품 장식, 새 이불, 거울, 화장대에 올려놓을 화장품 용기 등이 바로 그런 것이었다. 눈에 너무 띄지 않으면서도 신선해 보였다. 평소 사용하지 않는 응접실과 침실의 경우 고풍스런 마호가니재 가구와 진홍색 커튼으로 새롭게 꾸몄다. 복도에는 캔버스 천을, 계단에는 카펫을 깔았다. 정돈을 마치고 보니, 겨울이라 황무지와 사막의 황량함이 고스란히 묻어나는 바깥에 비해 무어 하우스는 밝고 간소하면서도 아늑한 분위기를 갖춘 모습이 됐다.

드디어 목요일이 됐다. 다이애나와 메리는 날이 어두워질 무렵 도착할 예정이었다. 나는 땅거미가 지기 전에 위층과 아래층의 난롯불을 모두 밝혔다. 주방은 그야말로 완벽하게 정돈돼 있었다. 한나와 나는 옷을 갈아입었다. 모든 게 준비돼 있었다.

제일 먼저 도착한 사람은 신 진이었다. 나는 그에게 준비를 끝마칠 때까지 집에 오지 말아달라고 부탁했었다. 내 눈에는 집 안이 여전히 어수선하고 지저분해서 그를 못 들어오게 막고 싶은 심정이었다. 주방으로 들어온 그는 내가 차에 곁들여 먹을 케이크를 굽는 모습을 바라보더니 화로 앞으로 다가오며 물었다.

"하녀 일에 만족하며 살기로 한 겁니까?"

나는 그를 데리고 집 안 곳곳을 돌아다니며 내 노고의 산물을 둘러보게 하는 것으로 대답을 대신했다. 구경시켜주는 일은 쉽지 않았다. 그는 내가 문을 열 때마다 슬쩍 들여다보기만 했다. 위층과 아래층을 다 둘러본 그는 짧은 시간 내에 상당한 변화를 이뤄냈다며 많이 힘들고 지쳤겠다고 말했다. 하지만 집이 한결 개선되어 기쁘다는 식의 말은 전혀 하지 않았다.

그가 입을 꾹 다물고 있자 나는 기운이 빠졌다. 집이 달라진 바람에 그가 소중히 여겨온 옛 추억이 훼손됐기 때문일까. 나는 풀이 잔뜩 죽은 목소리로 그런 거냐고 그에게 물었다.

"전혀 아닙니다. 오히려 세심하게 존중해가며 작업했다는 걸 느낄 수 있어요. 그럴 만한 가치가 없는 물건까지도 신경 써줬다는 걸 알겠습니다. 이 방을 정돈하느라 시간이 얼마나 걸렸죠? 말이 나왔으니 말인데, 내가 찾는 책이 어디 있는지 알 수 있을까요?"

나는 그 책이 책장에 꽂혀 있다고 알려주었다. 그는 그 책을 꺼내 들고는 익숙한 창가 자리로 가서 읽기 시작했다.

독자 여러분, 난 그의 그런 행동이 마음에 들지 않았다. 신 진은 좋은 사람이지만, 그는 자신이 가혹하고 냉정한 사람이라 말한 바 있었다. 어쩌면 그게 진실일 수도 있다는 생각이 들었다. 인간미와 편안하고 쾌적한 생활은 그의 관심을 끌지 못했다. 그런 삶을 평화롭게 즐기려는 생각조차 없는 듯했다. 오직 선하고 위대한 일을 하려는 열망뿐이었다. 그는 편안히 휴식을 취하려 하지 않았고 주변 사람들이 그렇게 살려는 것을 용납하려 하지도 않았다. 새하얀 석재처럼 고요하고 창백한 그의 높은 이마를 바라보면서, 독서에 열중한 그의 잘생긴 윤곽을 바라보면서 나는 그가 좋은 남편이 될 수 없을 것이며, 그의 아내가 될 사람은 힘들게 살 수밖에 없을 것이라는 생각을 했다. 올리버 양에 대한 그의 사랑의 본질이 무엇인지도 마치 영감처럼 깨달았다. 그는 올리버 양에 대한 감정을 그저 감각적인 사랑에 불과하다고 했는데 그게 사실인 듯했다. 그는 격정적인 감정에 휩싸인 자신을 몹시 경멸했을 것이다. 그는 그 사랑을 짓이겨 없애고 싶었을 것이다. 그 사랑을 통해 자기는 물론이고 올리버 양도 행복해질 수 있으리라는 믿음 따위는 없었다. 자연은 기독교인이든 이교도든 상관없이 영웅들을 만들 때 사용하는 재료로 그를 빚어냈다. 입법자, 정치가, 정복자를 만들 때 사용한 것과 같은 재료였다. 그는 위대한 일을 해낼 만한 꾸준하고 단단한 성정을 지니고 있지만, 난롯가에서는 종종 너무 냉정하고 우울해서 편안한 분위기에는 어울리지 않았다.

'이 응접실은 그가 있을 곳이 아니구나. 그에게는 히말라야 산맥이나 아프리카의 덤불, 전염병이 창궐한 기니 해안 습지가 더 잘 어울려. 그러니 평온하게 가정을 꾸리는 걸 기피하겠지. 그렇게 살면 본래의 기질이 정체될 테니까. 발전하지도 못하고 유익하게 쓰이지도 못할 테니까. 그는 용기를 증명하고 힘을 발휘해야 하는 위험하고 거친 곳에서 지도자 역할을 하면서 말하고 행동하는 게 어울려. 이런 난롯가에서는 명랑한 어린아이가 저 사람보다 훨씬 잘 어울리지. 그는 선교사로 살아야 마땅한 사람인 걸 이제 알겠어.'

그때 한나가 응접실 문을 열어젖히며 외쳤다.

"오고 계세요! 아가씨들이 오고 있어요!"

카를로도 신나게 짖기 시작했다. 나는 문밖으로 달려 나갔다. 날은 이미 어두워져서 고요한 가운데 마차 바퀴 소리만 들려왔다. 한나가 랜턴에 불을 밝혔다. 이윽고 마차가 쪽문 앞에 멈춰 섰다. 마부가 문을 열자, 눈에 익은 사람의 형체 둘이 차례로 마차에서 내렸다. 나는 곧장 그들의 보닛 밑에 얼굴을 묻고 메리의 부드러운 볼과 다이애나의 물결치는 고수머리에 입을 맞췄다.

그들은 웃으며 나와 한나에게 차례로 입을 맞췄다. 신이 나서 방방 뛰는 카를로를 쓰다듬으며 내게 잘 지냈는지 물었다. 그렇다고 대답하자 그들은 안심한 표정으로 곧장 집으로 들어갔다.

휘트크로스에서부터 오랫동안 덜커덕거리는 마차를 타고 온 데다 밤공기가 몹시 쌀쌀한 탓에 그들은 몸이 굳어 있었다. 하지만 그들은 기쁨 가득한 얼굴로 벽난로 앞으로 향했다. 마부와 한나가 짐이 든 상자들을 가지고 들어오는 동안 그들은 신 진은 어디 있느냐고 물었다. 그 말이 나오자마자 신 진이 응접실에서 나왔다. 자매들은 곧바로 신 진의 목에 팔을 두르고 얼싸안았다. 신 진은 동생들에게 조용히 입을 맞추고 나지막한 목소리로 환영 인사를 건넸다. 그러고는 잠시 그들의 말에 귀 기울이며 서 있다가, 응접실에서 다시 보자고 말하고는 피난처를 찾아가듯 조용히 응접실로 물러갔다.

나는 위층으로 안내하려 그들의 초에 불을 붙였다. 그런데 다이애나는 마부를 먼저 대접해주라고 말했다. 나는 다이애나의 요청대로 했고, 잠시 후 자매는 내 뒤를 따라 위층으로 올라왔다. 그들은 확 바뀌고 새로이 장식된 자신들의 방을 보고 무척 기뻐했다. 그들의 방은 새로 단 커튼과 새 카펫, 풍성한 색감의 도자기 꽃병 등으로 장식돼 있었다. 그들은 진심으로 흡족해했다. 내가 한 일이 그들의 바람에 정확히 부합했다는 것, 그들의 기쁨에 찬 귀향에 한층 더 활기찬 매력을 더해줬다는 것 때문에 뿌듯함을 느꼈다.

그날 저녁 분위기는 화기애애했다. 신이 난 사촌 언니들이 어찌나 쉴 새 없이 수다를 떠는지 신 진의 과묵함이 묻힐 정도였다. 신 진은 그들만큼 열정적으로 기쁨을 표현하지는 않았다. 그 역시 다이애나와 메리가 집으로 돌아온 것에 흡족해했지만 기쁨에 겨워 시끌벅적하게 웃고 떠드는 분위기에 신경이 곤두선 듯했다. 그는 좀 더 분위기가 가라앉은 내일이 찾아오기를 고대하는 표정이었다. 차를 마시고 한 시간쯤 지나자 저녁의 들뜬 분위기가 절정에 달했다. 그때 문 두드리는 소리가 들려왔다. 문밖을 확인하러 나갔다가 돌아온 한나가 말했다.

"이 시간에는 원래 찾아오는 사람이 없는데 불쌍한 청년 하나가 신부님을 뵙겠다고 찾아왔네요. 어머니가 곧 돌아가실 것 같으니 신부님께서 같이 집으로 가주셨으면 한다는데요."

"집이 어디래, 한나?"

"휘트크로스 브라우의 꼭대기 동네라는데, 여기서 거의 6킬로미터는 떨어진 곳인 데다가 가는 길이 온통 황야라 이끼도 많아요."

"가겠다고 전해."

"안 가시는 게 좋을 거예요. 날이 어두워진 후라 길이 어느 때보다 험해요. 온통 늪지라서 어디가 길인지 분간도 안 될 거예요. 날씨도 좋지 않고요. 이렇게 지독한 칼바람은 처음 느껴보실 거예요. 내일 아침에 가겠다고 말을 전하시는 편이 나아요."

하지만 신 진은 이미 복도로 나가 망토를 걸치고 있었다. 그는 못마땅한 소리나 불평 한마디 없이 집을 나섰다. 그때가 밤 9시였고 그는 자정이 넘어서야 집으로 돌아왔다. 몹시 허기지고 피곤한 모습이었지만 집을 나설 때보다 훨씬 행복해 보이는 모습이었다. 해야 할 의무를 충실히 이행했기 때문일 것이다. 해야만 하는 일과 거절해도 되는 일을 잘 분별해 처신했다고 여기며 흡족해하는 중인 듯했다.

그 후 일주일 동안은 크리스마스 휴가 기간이라 그는 말 그대로 인내심을 시험받아야 했다. 우리는 특별히 할 일을 정하지 않고 집에서 시간을 탕진하며 유쾌하게 보냈다. 황야의 공기, 집 안에서 느껴지는 자유, 이제 부자로 살게 됐다는 기쁨이 다이애나와 메리의 영혼에 생명의 영약으로 작용했다. 그들은 아침부터 정오까지, 그리고 정오부터 밤까지 거의 온종일 유쾌한 기분으로 수다를 떨었다. 그들과의 대화는 재치가 넘치고 간결하면서도 독창적이었다. 나는 주로 듣다가 한 번씩 대화에 참여했다. 신 진은 우리의 활기찬 수다를 나무라지는 않았지만 늘 피하는 눈치였다. 그는 집에 거의 있지 않았다. 그가 담당하는 교구는 넓은데 교구민들은 여기저기 흩어져 살고 있어서, 그는 매일 여러 집을 돌아다니며 병들고 가난한 사람들을 만났다.

어느 날 아침 식사 자리에서 다이애나는 잠시 깊은 생각에 잠겨 있다가 그에게 물었다.

"오빠 계획은 여전히 변함이 없어?"

"변하지도 않았고 변할 수도 없는 계획이야."

그는 영국을 떠나는 날짜가 내년으로 확정됐다고 알려주었다.

"로저먼드 올리버 양은?"

메리가 물었다. 자기도 모르게 툭 튀어나온 물음이었다. 그는 그 말을 내뱉자마자 주워 담고 싶어 하는 표정이었다. 신진은 들고 있던 책을 덮고 (그는 식사 자리에서 독서를 하는 비사교적인 습관을 갖고 있었다) 고개를 들더니 말했다.

"로저먼드 올리버 양은 그랜비 씨와 결혼하기로 했어. S 마을에서 대단한 인맥을 가지고 있는 훌륭한 사람이지. 프레더릭 그랜비 경의 손자이자 후계자이기도 해. 어제 올리버 양의 부친한테서 소식을 들었어."

언니들은 서로를 쳐다보다가 나를 돌아보았다. 우리 셋은 한꺼번에 그를 쳐다보았다. 그는 거울처럼 잔잔한 표정을 하고 있었다.

다이애나가 입을 열었다.

"결혼을 급하게 결정한 게 분명해요. 아직 서로를 잘 알지도 못할 텐데."

"두 달이나 됐어. 그들은 S마을에서 10월에 열린 무도회에서 처음 만났대. 현재로서는 그 둘의 결합을 막는 장애물이 없고 모든 면에서 바람직한 결혼이니 미룰 필요가 없겠지. 프레더릭 경이 S마을의 저택을 그들에게 내주기로 했는데, 그곳을 수리하는 즉시 결혼하게 될 거라고 하더라."

이런 대화를 나누고 나서 신 진이 혼자 있는 걸 처음 봤을 때 나는 올리버 양의 결혼 소식 때문에 마음이 착잡하지는 않은지 그에게 묻고 싶었다. 그런데 그는 동정 따윈 필요하지 않은 모습이었다. 그러니 그에게 위로를 전하기는커녕, 예전에 그에게 그런 식의 질문을 했던 기억이 떠올라 부끄러울 뿐이었다. 게다가 그 무렵 나는 그에게 말을 잘 걸지 않았다. 그는 예전처럼 말수가 확연히 줄었고 나는 그런 그와 얘기를 나누는 것이 껄끄러워졌다. 그는 나를 여동생처럼 대해주겠다는 약속을 지키지 않았다. 친동생들과는 달리 내게는 차갑게 대하는 느낌이었다. 그의 그런 태도는 다정한 관계를 발전시켜나가는 데 전혀 도움이 되지 않았다. 나는 그의 친척으로 인정받아 그와 한 지붕 아래서 살게 됐지만, 그가 나를 마을 학교 선생으로 알던 때보다 그와 더 멀어진 기분이었다. 한때 자기 속을 들여다볼 수 있게 해줬던 사람이 왜 이렇게 차갑게 구는지 이해가 되지 않았다.

그러니 책상 앞에 구부정하게 앉아 있던 그가 갑자기 고개를 들고 말을 걸자 놀랄 수밖에 없었다.

"제인, 전투를 치뤘고 승리를 거뒀습니다."

그가 난데없이 말을 걸어 놀란 나는 곧바로 대답하지 못하고 잠시 망설이다가 겨우 입을 열었다.

"너무 값비싼 대가를 치르고 거둔 승리 아닌가요? 그로 인해 자신을 망치게 되지 않겠어요?"

"그렇지는 않을 겁니다. 그렇다고 해도 큰 의미는 없어요. 다른 전투를 치르라는 부름을 받을 일은 없을 테니까요. 이번 전투가 결정적이었습니다. 내가 나아가야 할 길은 이제 명확해졌어요. 분명히 알려주신 하느님께 감사드립니다!"

그는 다시 서류로 눈을 돌리고 입을 닫았다.

우리(다이애나와 메리와 나)의 행복한 일상이 자리를 잡아가고 시끌벅적한 분위기도 점차 가라앉으면서 우리는 예전처럼 다시 규칙적인 공부를 시작했다. 신 진이 집에 머무는 시간도 늘었다. 그는 때로는 몇 시간씩 우리와 같은 방에 머물렀다. 메리는 그림을 그리고 다이애나는 (놀랍고 대단하게도) 전방위적인 독서를 하고 나는 독일어 공부에 매진했다. 신 진은 자기만의 신비로운 지식을 파고들었다. 동양의 어떤 언어 같았는데, 그가 하려는 일에 필요한 언어인 듯했다.

그는 늘 같은 자리에 앉아 조용히 공부에 매진했는데, 괴상해 보이는 동양 언어의 문법 공부를 하다가 한 번씩 파란 눈을 들어 방 안을 이리저리 둘러보다가 함께 공부 중인 우리를 바라보곤 했다. 호기심이 담긴 강렬한 시선이었다. 우리와 눈이 마주치면 곧장 시선을 돌리면서도, 얼마 후 다시 우리가 앉아 있는 탁자 쪽을 돌아보곤 했다. 그의 눈에 담긴 의미가 무엇인지 궁금했다. 내가 일주일에 한 번씩 모턴 학교에 들를 때마다 그가 내비치는 만족감의 의미도 알고 싶었다. 눈이 오거나 비가 내리거나 바람이 세게 부는 등 날씨가 좋지 않은 날이면 언니들은 내게 학교에 가지 말고 쉬라고 말렸는데, 그럴 때마다 그는 쓸데없는 걱정이라고 일축하면서 나더러 괜한 걱정 말고 맡은 일을 완수하라고 격려했다.

"제인은 너희 생각처럼 나약하지 않아. 우리처럼 산바람이나 소나기, 눈이 흩날리는 것쯤은 아무렇지 않게 견딜 수 있어. 건강하고 쾌활한 기질을 갖고 있거든. 겉보기에 자기보다 강해 보이는 사람들보다도 궂은 날씨를 더 잘 견딜 수 있어."

날씨가 안 좋을 때 학교 일을 보고 몹시 지쳐 귀가해서도 나는 투덜거릴 엄두도 못 냈다. 불평해봤자 그는 성가셔하기만 할 터였다. 어떤 상황에서도 불굴의 용기를 발휘해 맡은 일을 해내야만 그는 흡족해했고 그 반대의 일이 벌어지면 짜증스러워했다.

어느 날 오후 나는 감기에 걸려 학교에 가지 못하고 집에서 쉬게 됐다. 언니들이 나 대신 모턴 학교에 학생들을 가르치러 가주었다. 나는 집에서 실러의 책을 읽었고 신 진은 난해한 동양의 두루마리 문서를 해독하고 있었다. 나는 번역했던 글을 연습 삼아 반대로 번역해보다가 그가 앉아 있는 쪽을 얼핏 돌아보았다. 그는 파란 눈으로 나를 쭉 지켜보고 있었다. 저 눈으로 나를 얼마나 오랫동안 철저하게 구석구석 살펴봤을까. 그 시선이 너무나 예리하고 차가워서 마치 어떤 기괴한 존재와 방에 함께 앉아 있는 듯한 미신적인 기분에 휩싸였다.

"제인, 뭘 읽고 있습니까?"

"독일어 공부를 하고 있어요."

"독일어 공부는 그만하고 힌디어를 공부하는 게 어떨까 싶은데."

"농담이시죠?"

"진심으로 하는 말입니다. 이유를 말해줄게요."

그는 현재 자신이 공부하고 있는 언어가 힌디어인데, 하다보니 처음에 공부했던 내용을 자꾸 잊어버리게 된다고 했다. 누군가를 학생으로 삼아 기초적인 내용을 반복해서 가르치다 보면 자기도 철저하게 복습이 되니 도움이 될 것 같다고 했다. 그는 나와 여동생들 중 누구를 학생으로 선택할지를 놓고 고민했는데, 셋 중 내가 제일 끈기 있게 그 공부를 할 수 있을 것 같아서 나로 선택했다고 말했다. 그는 내게 부탁을 들어달라고, 영국을 떠나기까지 길어야 3개월 정도 남았으니 내가 오랫동안 희생할 필요는 없을 거라고 덧붙였다.

신 진의 부탁은 가볍게 거절하기 어려웠다. 그는 괴로운 일이든 즐거운 일이든 어떤 인상을 받으면 속에 깊이, 거의 영원히 새겨두는 사람이었다. 결국 나는 그의 부탁을 들어주기로 했다. 얼마 후 다이애나와 메리가 집으로 돌아왔다. 다이애나는 자기 제자였던 내가 오빠의 제자가 된 걸 알고는 소리 내어 웃으며, 오빠는 자기네를 아무리 설득해도 제자로 삼지는 못했을 거라고 말했다. 그러자 신 진이 나지막하게 말했다.

"나도 알아."

겪어보니 그는 끈기 있고 너그러우면서도 엄한 스승이었다. 그는 내게 무척 많은 것을 기대했다. 내가 그 기대를 충족시켰다 싶으면 그는 자신만의 잣대로 엄격하게 내 수준을 검증했다. 그는 점차 내게 영향력을 행사하면서 심적 자유를 빼앗기 시작했다. 그의 칭찬과 관심은 무관심보다 더 나를 옥죄었다. 그가 근처에 있으면 나는 자유롭게 말하거나 웃을 수가 없었다. 그가 (적어도 나에 대해서만큼은) 활기차게 웃고 떠드는 행동을 싫어한다는 걸 나는 본능적으로 줄기차게 상기해야 했다. 진지하게 일에 몰두해야만 그가 흡족해한다는 걸 알기에, 나는 그의 앞에서는 그런 태도를 유지하는 것 외에 다른 행동을 할 수가 없었다. 마치 몸과 마음을 얼어붙게 만드는 마법 주문에라도 걸린 듯했다. 나는 그가 가라면 가고 오라면 와야 했다. 하라는 대로 해야 했다. 내켜서 하는 맹종이 아니었다. 그가 차라리 나를 계속 무시하게 둘 걸 그랬다는 생각이 수도 없이 들었다.

어느 날 저녁, 잠자리에 들기 전에 나는 잘 자라는 인사를 하기 위해 언니들과 함께 그의 옆에 서 있었다. 그는 평소처럼 자기 동생들에게 차례로 입을 맞췄고, 내게는 손을 내밀어 악수를 청했다. 장난기가 발동한 다이애나가 소리쳤다. (다이애나는 오빠 못지않게 의지가 강한 사람이라 오빠가 뭐라 하든 휘둘리지 않았다.)

"오빠! 제인을 막내 여동생처럼 대하겠다고 해놓고 행동은 그렇게 안 하네. 제인한테도 입을 맞춰야지."

그러면서 나를 그의 앞으로 슬쩍 밀었다. 약 올리는 듯한 다이애나의 행동에 나는 혼란스럽고 불편했다. 내가 그런 생각을 하고 있는데 신 진이 고개를 숙였다. 그리스 조각상 같은 그의 얼굴이 내 얼굴을 마주하더니, 속을 꿰뚫는 듯한 눈으로 내게 의문을 제기하며 입을 맞췄다. 대리석이나 얼음과의 입맞춤이 존재할 리 없지만, 만약 있다면 성직자인 사촌 오빠와의 입맞춤이 바로 그런 종류일 것이다. 시험적인 입맞춤이라고 할 수도 있었다. 그는 입을 맞추고 나서 그게 어떤 결과를 가져왔는지 확인하려는 듯 나를 바라보았다. 그의 입맞춤은 내게 별 반응을 불러일으키지 않았다. 나는 얼굴을 붉히지도 않았다. 나를 구속하는 봉인처럼 느껴져서 오히려 낯빛이 살짝 창백해졌을 것이다. 그 후로 그는 잠자리에 들기 전에 입맞춤을 빼먹지 않았는데, 내가 엄숙하고 조용히 입맞춤을 받아들이는 것이 그에게는 어떤 매력으로 작용하는 듯했다.

나는 매일 그의 마음에 들고 싶어 했다. 하지만 그러려면 매일 내 본성의 절반을 끊어내고 재능의 절반을 짓누르고 취향을 무시하면서, 타고난 소명도 아닌 일을 하도록 나 자신을 밀어붙여야 했다. 그는 내가 결코 도달할 수 없는 수준에 도달하도록 나를 훈련하려 했다. 그가 세운 높은 기준에 맞추자니 매시간 몹시 괴로웠다. 울퉁불퉁한 내 얼굴을 그의 단정하고 고전적인 얼굴처럼 만드는 일만큼이나, 각도에 따라 달리 보이는 내 초록색 눈을 그의 바다처럼 푸른빛을 띤 근엄한 눈으로 만드는 일만큼이나 불가능했다.

그 무렵 나를 옴짝달싹 못하게 만든 것은 나에 대한 그의 지배력뿐만이 아니었다. 그즈음 나는 툭하면 울적한 기분이 들었다. 불안감이라는 사악한 기운이 구내염처럼 내 속을 갉아먹고 행복의 근원을 빨아먹고 있었다.

독자 여러분은 내가 사는 곳이 바뀌고 운명이 달라지면서 로체스터 씨를 잊었다고 생각할지 모르겠다. 나는 한시도 그를 잊은 적이 없었다. 늘 그를 마음에 품고 살았다. 그 생각은 햇살에 흩어져버릴 수증기도 아니었고 폭풍우에 무너질 모래 조각상도 아니었다. 대리석 명판에 새겨진 이름이라, 대리석만큼이나 오랫동안 그 자리에 있었다. 어디를 가든 그의 근황이 몹시 궁금했다. 모턴 학교에서 지내는 동안에는 저녁에 숙소로 들어갈 때마다, 지금은 무어 하우스에서 밤마다 내 방으로 들어갈 때마다 로체스터 씨를 생각했다.

유언장 문제로 브릭스 씨와 편지를 주고받는 동안 나는 그에게 로체스터 씨가 현재 어디서 살고 있으며 건강 상태는 어떤지 물어보았다. 하지만 신 진의 추측대로 브릭스 씨는 로체스터 씨에 관해 아는 바가 없었다. 결국 페어팩스 부인에게 편지를 보내 로체스터 씨의 안부를 물었다. 그렇게 하면 내가 원하는 정보를 얻을 수 있을 수 있을 거라 확신했다. 빠른 시일 내에 답신을 받을 수 있을 줄 알았는데, 2주일이 다 지나도록 답신이 없었다. 두 달이 훌쩍 지났는데 우편배달부가 아무 답신도 갖다주지 않자 나는 몹시 울적하고 초조해졌다.

다시 편지를 썼다. 먼저 보낸 편지가 분실됐을 수도 있다는 생각에서였다. 편지를 부치고 나서 새로이 희망을 품고 기다렸다. 처음 몇 주일 동안은 먼젓번처럼 반짝반짝 빛나던 희망이 그 후로 점차 흐릿해졌다. 단 한 줄, 한 단어로 된 짧막한 답신조차 오지 않았다. 반년을 그렇게 허탈하게 보내고 나니 희망은 사그라지고 마음이 몹시 우울해졌다.

어느덧 화창한 봄이 빛을 발했으나 좀처럼 즐길 수가 없었다. 여름이 다가오고 있었다. 다이애나는 내 기운을 북돋우려 애썼다. 내가 아파 보인다면서 함께 바닷가에 놀러 가자는 말을 하기도 했다. 그런데 신 진이 반대하고 나섰다. 그는 내게 필요한 게 휴식이 아니라 일이라고 했다. 지금 내가 아무 목적 없이 세월을 보내는 게 문제라면서 내 인생에 목적이 있어야 한다고 주장했다. 그는 부족한 부분을 보충해야 한다는 구실로 내 힌디어 공부 시간을 늘렸고 숙제도 더 많이 내주었다. 나는 바보처럼 그의 지시를 거부할 생각도 못 했다. 반항은 있을 수도 없는 일이었다.

그러던 어느 날, 평소보다 더 저조한 기분으로 공부를 하고 있는데 사무치는 실망감이 한 번씩 밀려들었다. 그날 아침 한나는 내 앞으로 편지가 왔다고 알려주었다. 오랫동안 기다려온 소식이 드디어 왔구나 싶어 편지를 받으려고 아래층으로 내려갔다. 그런데 브릭스 씨가 일 때문에 보낸 별로 중요하지도 않은 편지였다. 속이 상해 눈물이 찔끔 났다. 다시 인도 필경사들이 쓴 읽기 힘든 글자들과 화려한 수식어들을 보고 있는데 눈에 눈물이 차올랐다.

신 진은 옆으로 와서 읽어보라며 나를 불렀다. 내용을 읽으려는데 목소리가 나오지 않았다. 흐느낌 때문에 단어를 제대로 발음할 수 없었다. 응접실에는 신 진과 나 둘뿐이었다. 다이애나는 거실에서 음악 연습을 하고 있었고 메리는 정원을 가꾸는 중이었다. 맑고 화창하고 산들바람이 부는 5월의 아름다운 날이었다. 내가 감정적으로 흔들리는 걸 보고도 신 진은 전혀 놀라는 눈치가 아니었다. 이유를 묻지도 않았다. 그저 이렇게 말했을 뿐이었다.

"진정될 때까지 몇 분 기다렸다가 다시 해요, 제인."

발작적으로 터져 나오는 울음을 서둘러 억누르고 있는데, 그는 책상에 팔꿈치를 대고 앞으로 몸을 기울인 자세로 차분하고 인내심 있게 앉아 기다렸다. 그러고는 환자의 병증이 심해질 수 있음을 잘 아는 의사처럼, 의학적으로 관찰하는 듯한 눈으로 나를 지켜보았다. 흐느낌이 가라앉자 나는 눈가에 고인 눈물을 손으로 닦았다. 아침부터 몸 상태가 별로였다는 말을 작은 소리로 내뱉고는 읽던 부분을 마저 읽어냈다. 신 진은 내 책과 자기 책을 책상 서랍에 넣고 잠그며 말했다.

"자, 제인. 산책하러 갑시다. 나랑 같이요."

"다이애나와 메리 언니도 부를게요."

"아니, 오늘 아침에는 한 사람과 산책하고 싶어요. 당신이랑. 옷 입고 주방 문을 통해 나갑시다. 길을 따라 마시 협곡 꼭대기로 가면 됩니다. 먼저 가고 있으면 나도 곧 따라갈게요."

나는 중간이 없다. 나와는 정반대로 적극적이고 엄혹한 성격을 가진 사람들을 상대할 일이 있으면 굴복하거나 반발하거나 둘 중 하나지 어중간하게 굴지 않는다. 전자의 태도를 충실히 유지하다가 한 번씩 화산처럼 폭발해버리곤 한다. 지금은 상황도 허락하지 않고, 반발할 기분도 아니라서 신 진의 지시를 따르기로 했다. 10여 분 후에 나는 신 진과 나란히 협곡의 험한 길을 걷고 있었다.

서쪽에서 산들바람이 불어왔다. 언덕을 타고 올라오는 바람에 황야와 골풀의 달콤한 향기가 실렸다. 하늘은 구름 한 점 없이 푸르렀다. 봄비로 한껏 불어난 맑고 풍성한 개울은 황금빛 햇살과 사파이어 같은 푸른 하늘을 그득 담고 협곡을 따라 흘러내려갔다. 우리는 어느 순간부터 길을 벗어나 부드러운 풀밭을 밟으며 걸었다. 이끼가 곱게 끼어 에메랄드처럼 푸르른 풀밭은 작고 하얀 꽃으로 뒤덮였고 군데군데 별처럼 생긴 노란 꽃들이 반짝거렸다. 주변의 언덕이 우리를 둘러막는 것처럼 느껴졌다. 정상으로 이어지는 협곡이 구불구불하게 뻗어나갔다.

"여기서 쉬도록 하죠."

한군데 모여 있는 바위들로부터 마치 낙오자처럼 외따로 있는 어느 바위 옆에 다다른 신 진이 말했다. 바위들은 산길을 보호하는 듯한 분위기로 서 있었다. 그 너머로는 작은 물줄기가 흘러내려 폭포로 이어졌다. 그 뒤로 풀밭과 꽃을 떨쳐낸 산은 히스 꽃만을 옷처럼 입고 거친 바위를 보석처럼 걸쳤다. 거기서부터 산은 지나치게 야생적으로 변한 나머지 야만에 가까워지고, 신선함 대신 위압적인 분위기를 자아냈다. 고독에 대한 황량한 기대를 자아내면서 침묵을 위한 마지막 도피처를 제공해주는 느낌이었다.

나는 그곳에 앉았고 신 진은 가까이에 서 있었다. 그는 산길을 올려다보고 그 아래 계곡을 내려다보았다. 그의 시선은 물줄기를 따라 멀어지는 듯하더니, 다시 돌아와 구름 한 점 없는 하늘을 고스란히 담아낸 개울을 가로질렀다. 그는 모자를 벗어 산들바람이 머리카락을 흐트러뜨리고 이마에 입맞춤을 하게 두었다. 마치 그곳에 깃든 어떤 존재와 교감하는 듯, 눈빛으로 무언가에게 작별 인사를 하는 것 같은 모습이었다.

그가 소리 내어 말했다.

"내가 갠지스 강가에서 잠들면 꿈에서 이곳을 다시 보게 되겠죠. 그리고 먼 미래에, 더 어두운 물가에서 또 다른 잠에 빠져들 때도 그럴 겁니다!"

사랑의 말치고는 이상했다! 근엄한 애국자라 조국에 대한 열정을 이런 식으로 표현하는 건가! 그는 바닥에 앉았고, 30분 동안 우리는 아무 말도 하지 않았다. 그는 내게 말 한마디 걸지 않았고 나도 마찬가지였다. 시간이 흐르고 그는 다시 입을 열었다.

"제인, 나는 6주 후에 이곳을 떠날 겁니다. 6월 20일에 출항하는 동인도 무역선을 타고 가기로 했어요."

"하느님께서 오빠를 지켜주시기를 빌게요. 하느님의 일을 하러 가시는 거니까요."

"그래요. 영광스럽고 기쁘게 그 일을 할 겁니다. 흠투성이인 법에 따라, 벌레나 다름없는 나약한 인간들의 부정한 명령에 따라 움직이는 게 아니라 아무 흠도 없는 주인이신 그분의 종으로서 가는 거니까요. 나의 왕이시고 입법자이시고 선장이신 그분은 완벽하십니다. 내 주변 사람들이 한 깃발 아래 나와 같은 일을 하고 싶어 안달하지 않는 게 내 눈에는 무척 이상하게 보여요."

"모두가 오빠 같은 힘을 가진 건 아니니까요. 나약한 사람들이 강인한 사람들과 무작정 발맞춰 가려고 하는 것도 어리석죠."

"나는 나약한 사람들 얘기를 하는 게 아닙니다. 그런 사람들에 대해서는 생각하고 있지도 않아요. 그 일을 할 만한 가치가 있는 사람들, 그 일을 완수할 능력이 있는 사람들 얘기를 하는 겁니다."

"그런 사람들은 많지도 않고 찾아내기도 어려워요."

"맞아요. 하지만 찾게 되면 어떻게든 각성시키는 게 옳겠죠. 함께 일하자고 격려하고 권고해야죠. 그들이 지닌 재능이 무엇인지, 그들이 어떤 이유로 그런 재능을 부여받았는지 깨우쳐줘야 합니다. 그들에게 하늘의 말씀을 전하고 하느님의 뜻대로 행하도록, 하느님께 선택받은 자가 되도록 이끌어야죠."

"그 일을 할 만한 자격이 있는 사람이라면, 굳이 누가 일러주지 않아도 본인 마음이 제일 먼저 말해주지 않을까요?"

그 순간 무섭게 압박하는 마법 같은 기운이 주변에 형성되면서 나를 덮치는 느낌을 받았다. 이러다 나를 옴짝달싹 못하게 만들 치명적인 마법 주문을 듣게 될까 봐 몸이 떨릴 지경이었다.

신 진이 물었다.

"당신 마음은 뭐라고 말하고 있죠?"

"아무 말도 하지 않아요······. 그저 조용해요."

섬뜩하고 오싹했다.

"그렇다면 내가 당신 마음을 대신해서 말해줄게요." 그는 낮고 무자비한 목소리로 말을 이어갔다. "제인, 나와 함께 인도로 갑시다. 내 배우자이자 동료 일꾼으로서."

협곡과 하늘이 빙빙 돌고 언덕들이 들썩이는 듯했다! 하늘의 부름을 들은 듯, 마치 마케도니아의 전령과도 같은 환영 속 전령에게 '와서 우리를 도와라!'라는 말을 들은 듯한 기분이었다. 하지만 나는 예수의 제자가 아니었다. 그런 전령을 보거나 하느님의 부름을 받을 능력 따윈 없었다.

"아, 오빠! 나를 용서해줘요!"

나는 자비심이나 회한 없이 오로지 의무를 행할 뿐인 그에게 호소했다. 하지만 그는 계속해서 말했다.

"하느님도 자연도 당신이 선교사의 아내가 되기를 바랍니다. 당신은 개인적인 영달을 위한 능력이 아니라 정신적인 능력을 선물받았어요. 당신은 사랑이 아니라 노동을 위해 만들어졌어요. 그러니 선교사의 아내가 돼야 마땅합니다. 내 아내가 돼야 해요. 내 개인적인 기쁨을 위해서가 아니라 하느님을 모시기 위해 당신을 아내로 맞이해야겠습니다."

"저는 그런 일에는 적합하지 않아요. 소질도 없고요."

그는 내가 반발할 것을 예산한 듯 짜증도 내지 않았다. 그는 바위에 등을 기대고 서서 팔짱을 끼고는 굳은 얼굴로 나를 바라볼 뿐이었다. 나는 그가 듣고 있기 힘든 반대 논리를 한참 동안 펼칠 준비를 하고 있음을 알아챘다. 그는 인내심을 비축해놓은 터라 충분히 그러고도 남았다. 나를 굴복시키고 말겠다는 결심이 선 게 보였다.

"제인, 겸손은 기독교인이라면 반드시 가져야 할 미덕입니다. 당신은 이 일을 하기에 적합한 사람이 아니라고 하지만, 당신이 아니면 누가 적합할까요? 그 일을 하라는 부름을 받은 사람도 자기가 부름 받을 자격이 있다고는 감히 생각하지 못하지 않겠어요? 가령 나도 먼지와 재에 불과합니다. 성 바울처럼 나도 가장 큰 죄인이죠. 그렇지만 나는 자기혐오 때문에 움츠러들지 않을 겁니다. 나는 나를 이끌어주시는 분을 알아요. 그분은 정의롭고 전능한 분이시죠. 그분은 위대한 일을 위해 나약한 도구를 선택하셨으니, 도구가 그 일을 완수해낼 수 있도록 부족한 부분을 무한한 섭리의 창고에서 채워주실 겁니다. 나처럼 생각하고, 나처럼 믿음을 가지면 됩니다, 제인. 영원한 반석이신 하느님께 의지해요. 인간적인 약점을 모두 감당해주실 거라고 굳게 믿어야 합니다."

"저는 선교사의 삶에 대해 잘 몰라요. 선교사 일에 대해 공부한 적도 없다고요."

"그 부분에 대해서는 내가 도와줄 수 있습니다. 매시간 할 일을 알려주고 늘 곁에서 도와줄게요. 처음부터 내가 해줄 수 있는 일이에요. (내가 당신 능력을 알고 있으니) 조만간 당신은 나만큼 강하고 유능해질 겁니다. 그때는 내 도움도 필요 없겠죠."

"제 능력 얘기를 자꾸 하시는데, 그 일을 할 만한 능력이 된다고 보세요? 저는 전혀 그런 느낌이 없는데요. 오빠 얘기를 들으면서도 내 안에는 어떤 감흥도 일지 않아요. 내면에 불이 지펴지지도 않고, 활기가 차오르지도 않아요. 조언하거나 북돋워주는 목소리도 들리지 않고요. 아, 지금 제 마음이 얼마나 캄캄한 지하 감옥 같은지 오빠한테 보여줄 수 있으면 좋겠어요. 깊고 깊은 그 지하 감옥에서 족쇄를 차고 두려움에 떨며 움츠러들어 있죠. 오빠에게 설득당해 내 능력 밖의 일을 하려고 들까 봐 두려워요!"

"대답해줄 테니 잘 들어요. 처음 만난 순간부터 당신을 지켜봤습니다. 열 달 동안 꾸준히 관찰하면서 이런저런 시험을 해본 결과 당신이 어떤 사람인지 알게 됐죠. 내가 어떤 결론을 내렸을까요? 시골 학교에서 당신은 자신의 습관과 성향에 잘 맞지 않는 일이었을 텐데도 정확하고 올바르게 일을 잘 해냈어요. 유능하고 요령 있게 대처하면서, 상황을 잘 통제하고 과제를 완수하더군요. 갑자기 큰돈을 물려받게 됐다는 사실을 전해 듣고서도 침착한 당신 모습에 데마(사도 바울과 함께 일한 신실한 협력자였으나 말년에 세속적 이익을 추구하여 복음 사역을 중단한 인물—옮긴이)의 악덕과는 거리가 먼 사람임을 알았습니다. 돈의 부당한 유혹에도 휘둘리지 않았어요. 당신은 수중에 떨어진 큰돈을 단호하게 4등분 해서, 그중 하나만 본인이 갖고 나머지 셋을 추상적인 정의의 실현을 위해 양보했어요. 불꽃 같은 자기희생에서 기쁨을 느끼는 영혼임을 알아보겠더군요. 내 뜻에 따라 본인이 관심 있어 하던 공부를 포기하고 나를 위해 다른 공부를 시작한 순종적인 성격, 포기하지 않고 열심히 공부하는 불굴의 근면함, 어려움에 직면했을 때 흔들리지 않고 힘차게 나아가는 굳은 심지. 이게 바로 내가 추구하는 자질입니다. 제인, 당신은 유순하고 성실하고 청렴하고 충실하고 꾸준하고 용감해요. 온화하면서도 당당하죠. 그러니 자신을 불신하지 말아요. 나는 전적으로 당신을 신뢰합니다. 인도 학교의 선생으로, 인도 여성들과 함께 나를 도울 조력자로 당신 같은 사람이 또 없다는 생각이 들어요."

강철 수의가 나를 에워싸고 압박하는 기분이었다. 그는 천천히 확신에 찬 말투로 나를 설득했다. 그대로 눈을 감아버리고 싶었다. 그의 마지막 말 덕분에 지금까지 막힌 것처럼 보이던 길이 비교적 명확하게 드러났다. 흐릿하고 절망적일 만큼 산만해 보였던 내 사명이 그의 손 아래서 점차 뚜렷한 모양을 갖춰가는 듯했다. 그는 대답을 기다렸다. 나는 대답을 내놓기 전에 15분 정도 생각할 시간을 달라고 요구했다.

"그렇게 해요."

그는 이렇게 대답하고는 일어서서 산길을 따라 걸어 올라갔다. 잠시 후 그는 히스 꽃이 만발한 둔덕에 몸을 던지듯 드러누웠다.

나는 생각을 정리했다.

'그가 원하는 일을 할 수는 있어. 그건 인정해야겠지. 살아 있는 한 할 수는 있을 거야. 하지만 인도의 태양 아래서 오래 버티지 못할 거야. 그럼 어떻게 하지? 그는 신경도 안 쓸 텐데. 내가 죽더라도 그는 평온하고 성스럽게 나를 하느님의 품으로 보낼 거야. 내게 어떤 일이 일어날지 명확히 보여. 영국을 떠난다는 건 사랑하지만 텅 빈 나라를 떠나는 기분이겠지. 로체스터 씨가 없는 나라니까. 로체스터 씨가 있다고 해도 내게 무슨 의미가 있을까? 이제 나는 로체스터 씨 없이 살아가야 해. 내가 처한 환경이 달라지기를 기대하면서, 언젠가 그와 재회하길 기다리며 사는 건 너무 어리석고 약해빠진 짓이야. (신 진이 전에 말했듯이) 나는 내 삶에서 잃어버린 부분을 대신할 다른 흥미로운 일을 찾아야 해. 신 진이 제안한 일이야말로 인간으로서 선택하고 신이 부여하시는 일 중 가장 영광스러운 일 아닐까? 부서진 애정과 무너진 기대로 인해 텅 비어버린 내 마음은 고귀한 사역으로 인한 숭고한 결과가 가장 잘 채워줄 수 있지 않을까? 나는 그의 제안에 '좋아요'라고 대답해야겠지만, 그 생각만으로도 몸서리가 쳐져. 아아! 신 진과 함께하게 된다면, 나 자신의 절반을 버려야겠지. 인도로 가면 난 때 이른 죽음을 맞이하고 말 거야. 영국을 떠나 인도로 향하는 시점, 그리고 인도에서 무덤으로 향하는 시점 사이의 시간은 어떤 식으로 흘러갈까? 아, 뻔해! 눈앞에 훤히 그려져.

나는 신 진을 만족시키려고 몸이 부서지게 일하겠지. 결국 그를 만족시키기는 할 거야. 그가 기대하는 가장 핵심적인 부분과 가장 지엽적인 부분까지도. 신 진과 함께 인도로 떠나면, 그리고 그가 종용하는 대로 나 자신을 희생해야 하는 상황이 오면, 아마 난 내 일을 무척이나 잘 해내겠지. 내 심장과 장기를 포함해 모든 걸 제단에 바칠 테니까. 그는 나를 사랑하지 않아도 인정은 해줄 거야. 나는 그가 본 적 없는 대단한 열정을, 상상도 못 할 재능을 보여줄 테니까. 그래. 난 신 진 못지않게 열심히 일할 수 있어. 그보다 덜 투덜대면서.

그의 요구에 동의할 수는 있겠지만 한 가지가 마음에 걸려. 소름 끼치는 점이 있어. 그는 남편으로서 나를 사랑해줄 마음도 없으면서 나더러 아내가 되어달라고 하잖아. 거대한 바위가 저 협곡에서 거품을 일으키며 흘러내려가는 개울을 내려다보는 듯이 아무 감정 없는 시선으로 날 쳐다볼 뿐이면서. 그는 군인이 좋은 무기를 대하듯 나를 대해. 그게 다야. 그와 결혼을 안 하더라도 난 가슴 아플 일이 없어. 그런데도 그가 멋대로 계산해 자기 계획을 실행에 옮기게 하고, 나를 데리고 결혼식을 하게 둬도 될까? 내가 그에게 결혼반지를 받고 그가 사랑의 서약을 참아내더라도 (그는 그 서약을 고지식하게 지키기는 할 거야) 결국 그는 내게 전혀 마음이 없다는 걸 알게 될 텐데? 그의 애정이 원칙에 기반을 둔 희생이라는 걸 내가 견딜 수 있을까? 아니. 그런 순교자적인 고통은 너무 끔찍해.

절대 겪고 싶지 않아. 여동생으로서 함께 갈 수는 있겠지만 아내로서는 안 돼. 그렇게 말해야겠어.'

나는 둔덕을 바라보았다. 쓰러진 기둥처럼 가만히 누워 있던 그가 내게 고개를 돌렸다. 내 표정을 예리하게 살피는 눈빛이었다. 그가 일어서서 내게 다가왔다.

"자유로운 상태라면 인도로 갈 수는 있어요."

"좀 더 설명이 필요한 대답이군요. 명확하지 않아요."

"지금까지 저는 우리가 친척 남매라고 생각했어요. 저는 사촌 동생이 됐다고 여겼고요. 계속 그렇게 지냈으면 해요. 결혼은 하지 않는 편이 나아요."

그는 고개를 저었다.

"사촌 남매 같은 관계로는 이 일을 진행할 수 없습니다. 당신이 내 진짜 여동생이라면 사정이 다르겠죠. 나는 여동생인 당신을 데리고 인도에 갈 거고 아내를 구하려 하지도 않을 겁니다. 하지만 우리 관계가 결혼으로 축성받아 확정되지 않는 한 함께 가는 건 불가능해요. 다른 계획을 실행하는 데 방해가 될 테니까요. 모르겠습니까, 제인? 생각해봐요. 분별력 있는 사람이니 답을 찾을 수 있을 겁니다."

나는 생각을 해보았다. 변변찮은 내 분별력으로는 우리가 남편과 아내로서 서로를 사랑할 수 없으리라는 결론에 도달할 뿐이었다. 남편과 아내라면 서로를 사랑하는 게 마땅하니, 우리가 결혼하는 건 불가능했다.

"저는 오빠를 그저 오빠로 여기고 있어요. 그러니 저를 여동생으로 여겨주세요. 계속 그런 관계로 지내는 게 좋겠어요."

"아뇨. 안 됩니다." 그는 짧고 단호하게 대답했다. "그럴 수는 없어요. 당신은 나와 함께 인도로 가겠다고 했습니다. 그 말을 했던 걸 기억하도록 해요."

"조건부였는데요."

"그렇긴 하지만, 핵심적인 부분에 대해 반대하지는 않잖아요. 여기서 핵심은 나와 함께 영국을 떠나는 것, 장차 사역 활동을 함께하겠다는 것을 말합니다. 당신은 이미 쟁기를 손에 쥔 것이나 마찬가지예요. 말과 행동이 한결같은 사람이니 본인이 했던 말을 함부로 취소하지는 않겠죠. 당신은 한 가지 목표만 생각하면 됩니다. 당신이 맡게 될 일을 어떻게 해야 최고로 잘 해낼까. 복잡한 이해관계나 감정, 생각, 바람, 목표를 단순화하고 오직 한 가지 목적에만 집중하도록 해요. 주님의 사명을 완수한다는 목적이요. 그러려면 보좌해줄 사람이 필요합니다. 오빠로는 부족해요. 남편이어야 하죠. 나 역시 여동생은 필요 없어요. 여동생은 언젠가 나한테서 떨어져나갈 테니까요. 나는 아내를 원합니다. 아내여야 내가 살면서 언제든 유효하게 영향을 미칠 수 있고 죽을 때까지 절대적인 내 것으로 삼아, 유일한 조력자로 함께할 수 있을 테니까요."

소름이 끼쳤다. 이미 그는 내 골수까지 영향을 미치고 있었다. 그는 내 사지를 옴짝달싹 못하게 만들었다.

"저 말고 다른 여자를 찾아보세요, 오빠. 오빠한테 잘 맞는 사람으로요."

"내 목적에 잘 맞는 사람이라면, 내 소명에 잘 맞는 사람이겠죠. 다시 한번 말하지만 나는 보잘것없고 무의미한 사람을 찾는 게 아닙니다. 평범하고 이기적인 사람을 찾는 게 아니라는 말입니다. 나는 함께 선교사로 일할 사람을 찾아요."

"오빠가 원한다면 선교사 일에 힘을 쏟을게요. 하지만 아내가 될 수는 없어요. 그건 낱알에 껍데기를 더하는 것에 불과해요. 선교사에게 아내는 굳이 필요 없을 것 같은데요. 저는 그냥 여동생으로 있을게요."

"아뇨. 그건 안 됩니다. 절반의 봉헌에 불과한데 하느님께서 만족하실까요? 제대로 된 희생이 아닌데 하느님께서 받아주실까요? 나는 하느님의 대의를 말하는 겁니다. 하느님의 기준에 맞는 병사로서 당신을 징집하려는 거예요. 반쪽뿐인 충성심은 받아들일 수 없습니다. 오롯이 자신을 모두 내놓아야 해요."

"아! 저는 하느님께 제 마음을 드릴 거예요. 오빠는 제 마음을 원하는 게 아니잖아요."

독자 여러분, 내가 이 말을 하면서 빈정대지 않으려고 애썼지만 그런 말투와 감정이 전혀 담기지 않았다고는 장담 못하겠다. 그때까지 나는 신 진을 온전히 이해할 수 없었기에,

속으로 그를 두려워했다. 그의 실체를 알 수 없어 두려움도 컸다. 그가 어느 정도 성인의 경지에 이르렀는지, 어느 정도 인간적인 면을 가졌는지 파악이 되지 않았다. 그런데 이 대화를 통해 그의 실체를 볼 수 있었다. 그의 본성을 명확히 분석할 수 있었다. 그도 오류를 저지를 수 있는 인간임을 알게 됐고, 이해도 하게 됐다. 나는 히스 언덕에 앉아 있는 이 잘생긴 남자가 나와 마찬가지로 오류를 범하는 인간임을 그의 발치에 앉아 깨달았다. 지금껏 보지 못했던 냉혹하고 폭압적인 그의 본성을 뚜렷이 볼 수 있었다. 그에게 그런 불완전한 면이 있음을 알게 되니 용기가 생겼다. 그도 나와 마찬가지로 사람일 뿐이었다. 그러니 나는 그에게 논리적으로 반박할 수 있고 필요하다면 저항할 수도 있었다.

내가 마지막 말을 하고 난 후 그는 한동안 침묵했다. 나는 조심스럽게 눈을 들어 그를 바라보았다. 나를 쳐다보는 그의 눈에는 심각한 놀라움과 예리한 의문이 담겨 있었다. '감히 나한테 빈정대다니!' 그리고 '대체 이게 무슨 의미지?'라고 말하는 듯한 눈빛이었다.

얼마 지나지 않아 그가 입을 열었다.

"우선 이게 진지한 문제라는 걸 잊지 말도록 하죠. 함부로 생각하고 가볍게 말했다가는 죄를 짓는 일이 될 겁니다. 제인, 당신이 하느님께 마음을 바치겠다고 한 말이 진심인 걸 믿습니다. 그러고 싶어요. 사람한테서 마음을 떼어내 창조주이

신 하느님께 바치게 되면, 하느님의 영적인 왕국이 지상에 임하도록 만드는 일을 열심히 하면서 큰 기쁨을 느끼게 되죠. 그 목적을 이루기 위해 해야 할 일이 있다면 당장 하려는 마음을 먹게 됩니다. 결혼을 통해 몸과 마음이 하나가 되면, 우리는 더 힘을 내서 그 일을 할 수 있겠죠. 인간 존재의 운명과 설계에 영원한 적합성을 부여하는 유일한 결합이 바로 결혼이니까요. 사소한 어려움과 미묘한 감정적 흔들림, 개인적 성향의 수준이나 종류, 힘, 약한 부분에서 비롯되는 하찮은 변덕 따위를 무시한다면 당신도 당장 나와 결혼하고 싶을 겁니다."

"제가요?"

나는 짧게 받아쳤다. 그의 조화롭고 아름다운 이목구비는 낯설게 보일 정도로 엄격하고 심각한 표정을 짓고 있었다. 이마의 생김새는 위엄 있지만 포용력이 없었고, 상대의 속을 살피는 듯한 밝고 깊은 눈에는 따스함이라곤 없었다. 크고 당당한 그의 몸을 바라보며 그의 아내로 사는 내 모습을 그려보았다. 아! 도저히 그렇게 살 수는 없었다! 그를 보좌하는 동료로는 괜찮을 것이다. 그런 신분으로라면 그와 함께 대양을 건너갈 수 있었다. 아시아의 사막에서 뜨거운 태양 아래 그와 함께 고된 노동을 할 수도 있었을 것이다. 그의 용기와 헌신, 열정을 본받고, 그의 뜻에 조용히 순종하고, 그의 영원한 야망에 흔들림 없이 미소 짓고, 그에게서 인간적인 면과 기독교인다운 면을 구별해 전자를 너그럽게 용서하고 후자를 존경하며 살 수 있을 것이다. 그러면서도 나는 그와 함께하는 삶에 종종 고통스러워할 것이다. 비록 내 몸은 엄혹한 멍에에 구속당하겠지만 마음과 정신은 자유로울 것이다. 내 자아를 온전히 간직하고 의지하면서, 고독한 순간에는 남에게 휘둘리지 않는 내 본연의 감정에 충실하면서. 내 마음 안에는 그가 들어올 수 없는 나만의 공간이 있을 것이다. 그가 아무리 엄하게 굴어도 그 공간에서 새로 자라게 될 내 감정까지 건드리지는 못할 것이다. 그가 아무리 전사처럼, 군주처럼 군림해도 그 공간까지 짓밟지는 못할 것이다. 하지만 그의 아내로 살게 되면 (언제나 그의 곁을 지켜야 하고 늘 억눌리고 억제당하며 살아야 할 테니) 타고난 열정도 마음껏 발휘하지 못하고 속으로만 타오르도록 참아야 하고, 울음소리조차 편하게 내지 못할 것이다. 감옥에 갇힌 것처럼 속에서만 타오르던 불꽃은 결국 내 몸의 장기를 하나씩 망가뜨리겠지. 정말 견딜 수 없을 만큼 끔찍한 삶일 것이다.

여기까지 생각이 미치자 나는 소리쳐 그를 불렀다.

"오빠!"

그는 차갑게 대꾸했다.

"말해요."

"다시 한번 말할게요. 저는 동료 선교사로서는 오빠와 함께 갈 수 있지만, 아내로서는 아니에요. 저는 오빠와 결혼 못해요. 오빠의 일부가 될 수는 없어요."

"당신은 내 일부가 되어야 합니다." 그는 고집스럽게 나를 설득하려 했다. "그렇지 않으면 어떤 약속을 해도 소용없어요. 서른 살 남자가 아내도 아닌 열아홉 살 여자를 어떻게 인도로 데리고 갑니까? 때로는 우리 둘만 있어야 하고, 야만족들과 함께 있어야 할 때도 있는데 결혼한 상태가 아니면 어떻게 그게 가능하겠어요?"

"가능해요. 제가 오빠의 친동생처럼 살면 돼요. 아니면 평범한 사람과 사제의 관계로 지내도 되고요."

"당신이 내 친동생이 아닌 건 명확한 사실입니다. 당신을 내 친동생으로 소개할 수는 없어요. 그런 식으로 말했다가는 우리 둘 다 모욕적인 의심을 사게 돼요. 당신은 남자처럼 열정적인 두뇌를 갖고 있지만 마음은 여성적이라 그런 의심을 견디지 못할 겁니다. 안 될 일이에요."

"안 될 것도 없다니까요." 나는 경멸 섞인 말투로 단언했다. "아주 잘 해낼 수 있어요. 제가 여성적인 마음을 갖고 있긴 하지만, 오빠와 관련된 일에 그런 마음을 내보일 일은 없어요. 오빠와 함께할 때는 동지로서 늘 한결같을 거예요. 원한다면 전우로서 솔직하고 충실하게 우정을 나눌 수도 있어요. 최고 사제를 모시는 초보 사제처럼 오빠를 존경하고 오빠의 뜻에 따를 것이고요. 그 이상은 아니에요. 그러니 걱정 마세요."

그는 혼잣말처럼 말했다.

"바로 그게 내가 원하는 겁니다. 그런데 그 길로 가는 데 있어서 장애물이 있으니 치워야 하는 거죠. 제인, 나와 결혼하면 후회하지 않을 겁니다. 확실해요. 다시 말하지만 우린 결혼을 해야 합니다. 다른 길은 없어요. 결혼하고 나면 충분한 사랑이 뒤따를 테니, 그 결혼이 옳았다는 생각이 들 거예요."

"사랑에 대한 오빠의 생각을 참을 수가 없어요." 나는 벌떡 일어나 바위에 등을 기대고 서서 그를 바라보았다. "오빠가 들이대는 가짜 감정도 경멸스럽고요. 그래요. 오빠가 사랑을 입에 올리니 우습네요."

그는 잘생긴 입술을 꾹 다문 채 나를 뚫어져라 쳐다보았다. 화가 치밀어서인지 놀라서인지 분간이 되지 않았다. 그는 철저하게 표정을 통제할 수 있는 사람이었다.

"당신한테 그런 말을 들을 줄은 예상 못했습니다. 경멸을 받을 만한 말과 행동을 한 것 같지 않은데 말이죠."

그의 부드러운 말투에 마음이 흔들렸다. 고상하고 차분한 태도에 기가 살짝 죽기도 했다.

"그런 말을 한 건 용서해줘요, 오빠. 하지만 제가 그렇게 대놓고 말하게 만든 건 오빠예요. 오빠는 우리 두 사람이 천성적으로 다른 입장에 설 수밖에 없는 주제를 꺼냈어요. 그 주제로 우리는 토론조차 불가능해요. 사랑에 대해서라면 우리는 늘 의견이 다를 수밖에 없으니까요. 현실을 고려하면 우리가 어떻게 해야 할까요? 어떤 감정을 느껴야 마땅하죠? 제발 저와 결혼하겠다는 생각을 버려주세요. 그만 잊어주세요."

"아뇨. 오랫동안 마음에 품어온 계획입니다. 내 위대한 목표를 이루려면 꼭 그 계획대로 해야 합니다. 지금은 더 이상 재촉하지 않을게요. 내일 집을 떠나 케임브리지에 갈 겁니다. 그곳에 작별 인사를 해야 할 친구들이 많이 살고 있어서요. 당신이 청혼을 거절하면서 물리친 건 내가 아니라 하느님이라는 걸 잊지 말아요. 하느님은 나라는 수단을 통해 당신이 앞으로 고귀한 삶을 살아갈 수 있도록 길을 열어주신 겁니다. 내 아내가 되어야만 당신은 그 길을 갈 수가 있어요. 내 아내가 되기를 거부한다면 당신은 이기적인 안락함이나 추구하면서 메마르고 모호한 삶을 살아갈 수밖에 없습니다. 신앙을 부정한다면, 이교도들보다 못한 삶을 살아가게 될 테니 두려워해야 할 겁니다!"

말을 마친 그는 돌아서서 다시 한번……

강을 바라보고 언덕으로 시선을 돌렸다.

(월터 스콧의 시집 『마지막 음유 시인의 노래』에서 인용―옮긴이)

이제 그는 감정을 가슴 안에 꼭꼭 담아두었고, 나는 그 감정의 소리를 들을 자격도 없었다. 그와 함께 나란히 집을 향해 걸어가면서 나는 그의 강철 같은 침묵 속에서 나에 대한 그의 감정을 고스란히 읽어냈다. 금욕적이고 전제적인 본성을 가진 사람이 당연히 복종할 것이라 여겼던 상대의 저항에 맞닥뜨렸을 때, 차갑고 완고한 심판관이 도저히 공감할 수 없는 감정과 의견을 마주했을 때 느끼는 반감이었다. 만약 그가 평범한 사람이었으면 나를 강압적으로 짓눌러 복종하게 만들고 싶었을 것이다. 그가 내 고집을 인내심 있게 참아내고 내가 자아 성찰과 회개를 할 수 있도록 오랫동안 지켜본 것은 그가 신실한 기독교인이기 때문이었다.

그날 밤, 그는 여동생들에게 입을 맞춘 뒤 나와는 악수조차 하지 않는 편이 적절하다고 판단한 듯했다. 그는 그대로 조용히 방을 나갔다. 그에게 사랑까지는 아니더라도 우정 정도는 기대했던 나는 그가 대놓고 인사를 생략하자 상처받았다. 눈물까지 날 정도였다.

다이애나가 말했다.

"황무지로 산책 나가서 오빠와 말다툼하는 걸 봤어, 제인. 오빠를 쫓아가봐. 네 마음을 풀어주려고 복도에서 네가 나오기를 기다리고 있을 거야."

그런 상황에서 나는 자존심을 세우는 편이 아니다. 언제나 내게는 체면보다 행복이 중요했다. 나는 곧장 그를 쫓아 나갔다. 그는 계단 아래쪽에 서 있었다.

"잘 자요, 오빠."

"잘 자요, 제인."

그는 흔들림 없이 대답했다.

내가 말했다.

"그럼 악수해줘요."

그는 차갑게 대충 내 손가락만 잡고 악수했다! 그날 낮에 있었던 일 때문에 몹시 불쾌했던 모양이었다. 내가 친근하게 대했는데도 그는 마음을 풀지 않았고, 눈물까지 보였는데도 그는 꿈쩍하지 않았다. 도저히 기분 좋게 화해할 수 없었다. 그는 그저 기독교인으로서 참을성 있게 평정을 유지할 뿐, 나를 미소로 격려하거나 내게 관대한 말을 건네지도 않았다. 내가 용서해달라고 말하자 그는 원래 기분 나쁜 일을 마음에 담아두지 않는 편이라고, 화가 난 적이 없으니 용서할 것도 없다고 대답했다.

그리고 그는 자리를 떴다. 차라리 그에게 얻어맞고 쓰러지는 편이 낫겠다는 생각이 들었다.

35

그는 본인이 했던 말과는 달리 다음 날 케임브리지로 떠나지 않았다. 일주일 정도 일정을 미뤘는데 그 시간 동안 나는 선하지만 엄격하고, 양심적이지만 냉혹한 사람이 자기를 화나게 만든 상대에게 얼마나 지독한 벌을 줄 수 있는지 절절히 느꼈다. 대놓고 적대적으로 행동하거나 비난하지는 않았지만, 그는 내가 호의의 한계를 넘어섰음을 시시각각 분명히 보여주려 했다.

신 진이 기독교인답지 않게 앙갚음하려 했다는 뜻이 아니다. 그는 그럴 만한 힘이 있음에도 내 머리카락 한 올 건드리지 않았다. 천성적으로도 그렇고 본인이 따르는 원칙상으로도 그는 야비하게 복수로 만족감이나 채우는 부류는 아니었다. 그는 내가 그와 그의 사랑을 경멸한다고 했던 것을 용서했지만 그 말 자체는 잊지 않았다. 그와 내가 살아 있는 한 그는 절대 그 말을 잊지 않을 것이다. 나를 돌아보는 그의 얼굴만 봐도 그와 나 사이의 허공에 앞으로도 영원히 그 말이 적혀 있을 것임을 분명히 알 수 있었다. 내가 말을 할 때마다 내 목소리에 그 말이 새겨진 채 그의 귀에 가닿았고, 그가 내게 하는 대답에도 그 말이 스며든 채 메아리쳤다.

그는 나와의 대화를 회피하지는 않았다. 아침마다 평소처럼 책상 앞으로 나를 불렀다. 나는 그가 순수한 기독교인이라면 느낄 리도 없고 생각도 하지 않을 쾌감을 맛보고 있는 게 아닐까 하는 생각에 두려워졌다. 그는 평소처럼 말하고 행동하면서도 자기가 쓸 수 있는 모든 기술을 동원해 말과 행동에서부터 나에 관한 관심과 인정을 애써 쥐어짜내는 모습이었다. 예전의 나 같으면 그런 걸 근엄하고 매력적인 말과 행동이라 느꼈을 것이다. 이제 그는 육신을 가진 인간이 아니라 대리석 조각처럼 느껴졌다. 그의 눈은 차갑고 형형하며 푸르른 보석이고, 그의 혀는 말하는 기구에 불과했다.

그 모든 게 내게는 고문이었다. 오랜 시간 질질 끄는 정교한 고문. 내 속에서는 서서히 분노의 불길이 피어올랐고 몸이 떨릴 정도로 슬픔이 밀려와 몹시 괴로웠다. 만약 그의 아내가 되면 해가 들지 않는 깊은 수원水源처럼 깨끗하고 선량한 이 남자 때문에 나는 얼마 못 가 죽고 말 것이다. 그가 내 혈관에서 피 한 방을 뽑아내지 않고, 수정처럼 맑은 본인의 양심을 죄책감으로 더럽히지 않으면서도 나를 말려 죽일 테니까. 그의 마음을 풀어주려 애쓰는 동안 특히 그런 생각을 했다. 그는 슬퍼하는 나를 보면서 꿈쩍도 하지 않았다. 나와 사이가 소원해졌는데도 그는 고통스러워하는 기색이 전혀 없었고 화해하려는 시도조차 하지 않았다. 그와 함께 책을 들여다보다가 내가 몇 번이나 책 페이지에 눈물을 뚝뚝 흘리는 걸 보면서도 그는 마치 돌이나 금속으로 된 심장을 가진 사람처럼 표정 변화가 없었다. 그 와중에 그는 자기 친동생들에게 평소보다 더 다정하게 대했다. 냉랭한 언행만으로는 내가 그에게 얼마나 철저하게 추방당하고 배척당하고 있는지 알려주기에 부족하다는 듯, 그는 그렇게 대비되는 태도를 취했다. 악의가 있어서가 아니라 본인의 원칙상 그렇게 말하고 행동할 수밖에 없는 사람이었을 수도 있었다.

그가 집을 떠나기 전날 밤, 나는 해 질 무렵에 정원에서 산책하고 있는 그를 보았다. 지금은 사이가 서먹해졌지만, 그가 내 목숨을 구해준 사람이며 가까운 친척이라는 사실을 다시금 떠올린 나는 우정을 회복하기 위해 마지막으로 용기를 내보기로 했다. 밖으로 나가 그에게 다가갔다. 그는 작은 문에 기대어 구부정하게 서 있었다. 나는 단도직입적으로 말했다.

"오빠, 계속 저한테 화가 나 있는 것 같아서 마음이 안 좋아요. 전처럼 친하게 지내면 좋겠어요."

그러자 차가운 대답이 돌아왔다.

"이만하면 친한 거죠."

아까와 마찬가지로 그의 시선은 떠오르는 달에 고정돼 있었다.

"아뇨, 전처럼 친하지 않아요. 알잖아요."

"그래요? 잘못 생각하는 것 같은데. 나는 당신한테 악감정 없습니다. 잘 되기만 바라요."

"그 말 믿어요. 오빠는 남에게 악감정을 품을 수 있는 사람이 아니니까요. 하지만 저는 오빠의 사촌 동생이잖아요. 적어도 오빠가 낯선 사람들에게 베푸는 자선보다는 더 따뜻한 애정으로 저를 대해주면 좋겠어요."

"그런 바람을 가질 만합니다. 나는 당신을 낯선 사람으로 보고 있지 않아요."

냉정하고 차분한 그의 말투에 나는 굴욕감과 좌절감을 느꼈다. 내가 자존심이 상해 분노가 치민 대로 행동했다면 곧장 그 자리를 떠나버렸을 것이다. 하지만 내 안에서는 그런 감정들보다 더 강한 무언가가 작용했다. 나는 그의 재능과 원칙을 높이 평가했다. 그와의 우정은 내게 무척 소중해서, 이런 식으로 사이가 틀어지면 내게도 큰 상처로 남을 듯했다. 그런 이유로 나는 관계 회복을 바로 포기할 수가 없었다.

"꼭 이런 식으로 헤어져야 해요? 따뜻한 말 한마디 없이 이렇게 저를 버려두고 인도로 갈 건가요?"

그제야 그는 달에서 시선을 떼고 나를 돌아보았다.

"당신을 두고 혼자 인도로 떠난다니! 그게 무슨! 당신은 인도로 같이 안 갈 겁니까?"

"오빠와 결혼하지 않으면 같이 갈 수 없다면서요."

"나랑 결혼하지 않겠다고 한 그 말을 계속 붙잡고 있는 겁니까?"

독자 여러분은 이렇게 냉정한 사람들이 얼음처럼 차가운 질문을 던질 때 얼마나 살벌하게 무서운지를 알고 있는지? 그들이 분노했을 때 눈사태처럼 무시무시한 분위기가 조성된다는 걸 아는지? 그들이 불쾌해하면 얼어붙은 바다가 갈라질 정도로 난리가 난다는 걸 아는지?

"물론이에요. 저는 오빠와 결혼하지 않을 거예요. 제 결심에는 변함이 없어요."

눈덩이가 흔들거리며 약간 밀려 내려왔으나 아직 완전히 쏟아져 내려오지는 않았다.

"왜 그렇게까지 거절하는지 한 번 더 물어봅시다."

"전에는 오빠가 저를 사랑하지 않아서였어요. 지금은 오빠가 저를 증오하기 때문이고요. 오빠와 결혼하면 오빠가 저를 죽일 것 같아요. 지금도 저를 죽이고 있으니까요."

그의 얼굴에서 핏기가 가시면서 입술과 뺨이 하얗게 질렸다.

"내가 당신을 죽일 것 같고…… 지금도 죽이고 있다고요? 그렇게 폭력적이고 여자답지 못하고 진실하지도 못한 말은 함부로 내뱉는 게 아닙니다. 당신 마음이 얼마나 불우한 상태인지 알겠습니다. 엄중하게 질책할 수밖에 없군요. 도저히 용서할 수 없는 말이지만, 일흔 번씩 일곱 번이라도 동료를 용서해야 하는 것이 사람의 도리겠죠."

나는 할 만큼 했다. 나 때문에 화가 난 부분이 있다면 성심을 다해 풀어주려고 했는데, 오히려 그의 집요한 마음 표면에 불로 지진 듯한 더 깊은 흔적을 또다시 남겨놓고 말았다.

"이제 정말로 저를 증오하시겠네요. 화해해보려고 해도 소용이 없으니. 이제 저를 영원한 적으로 여긴다는 걸 알겠어요."

이 말이 또 원치 않는 결과를 낳고 말았다. 진실을 건드렸기에, 아까보다 더 안 좋은 결과로 이어졌다. 창백하게 질렸던 그의 입술이 잠시 경련하듯 파르르 떨렸다. 나는 그의 강철 같은 분노를 자극하고 말았다. 심장이 쥐어뜯기는 기분이었다.

나는 얼른 그의 손을 잡고 말했다.

"제 말을 오해하신 것 같아요. 오빠를 슬프게 하거나 고통을 주려던 건 아니에요. 절대로요."

그는 몹시 씁쓸한 미소를 지으며 내게 잡힌 손을 단호하게 빼냈다. 그러고는 잠시 뜸을 들이다 물었다.

"본인이 했던 약속을 철회하고 인도로 가지 않겠다면서요?"

"갈 거예요. 오빠의 조수로요."

한참 침묵이 흘렀다. 그의 천성과 하느님의 은총 사이에서 어떤 갈등이 벌어지고 있는지 나로서는 알 수가 없었다. 그의 눈이 마치 불꽃을 뿜듯 번뜩이고 얼굴에 괴상하게 그림자가 지기는 했다. 마침내 그가 입을 열었다.

"당신처럼 젊은 여자가 나 같은 미혼 남자를 따라 인도로 가겠다는 게 얼마나 말도 안 되는 얘기인지 일전에 충분히 설명했을 텐데요. 그런 얘기를 다시는 꺼내지 못할 만큼 가혹한 말까지 써가면서 분명히 말했습니다. 그런데 당신은 또 그런 얘기를 꺼내는군요. 참 유감입니다."

나는 바로 반박했다. 대놓고 비난하는 말을 들으니 쏘아붙일 용기가 생겼다.

"상식적으로 말을 해야죠, 오빠. 지금 얼토당토않은 소리를 하고 있잖아요. 오빠는 제가 한 말에 충격받은 척하지만 실은 충격 따윈 받지 않았어요. 워낙 잘나신 분이니 제가 한 말 뜻을 못 알아듣지는 않았겠죠. 그렇게 멍청하지도, 자만심으로 인해 생각이 막혀버리지도 않았을 테니까요. 다시 한번 말할게요. 원한다면 신부 일을 돕는 조수 자격으로 함께 갈 수는 있어요. 오빠의 아내로는 절대 아니에요."

또다시 그의 얼굴이 창백해졌다. 하지만 이번에도 치미는 화를 완벽하게 제어하는 모습이었다. 그는 힘이 들어간 목소리로 차분하게 대답했다.

"아내가 아니라 조수로 따라올 필요는 없습니다. 그런 식이라면 나와 함께 못 갑니다. 다만 진심으로 그 일을 할 생각이 있다면, 내가 마을에 머무는 동안 기혼 선교사에게 말을 해두도록 하죠. 그분의 아내가 조수를 구한다고 들었어요. 그렇게 되면 선교회의 도움 없이 독자적으로 일할 수 있을 겁니다. 약속을 깨고 합류하기로 했던 자리를 저버렸다는 불명예도 피할 수 있을 테고요."

여러분도 알다시피, 나는 그에게 공식적인 약속을 한 적도 계약을 맺은 적도 없었다. 그러니 그의 말은 상황을 감안하더라도 지나치게 가혹하고 독단적이었다.

"불명예가 될 일은 전혀 없어요. 저는 약속을 깬 적도 없고 맹세를 저버린 적도 없으니까요. 사실 저는 인도로 가야 할 의무도 없어요. 낯선 사람들과 함께 갈 이유는 더더욱 없죠. 오빠와 함께라면 많은 걸 감수하고서라도 가려고는 했겠죠. 오빠를 존경하고 믿고 여동생으로서 사랑하니까요. 하지만 언제 누구와 함께든 인도에서 살게 되면 그 나라 기후 때문에 오래 살지 못할 거란 생각이 들어요."

"아! 본인 안위를 걱정하는 거였군요."

그가 입을 비쭉거렸다.

"맞아요. 하느님은 함부로 내다 버리라고 저에게 이 삶을 주신 게 아니니까요. 오빠가 시키는 대로 한다면, 그건 자살 행위나 다름이 없어요. 게다가 영국을 떠날 결심을 세우기

전에, 영국을 떠나는 것보다 여기 남아 있는 게 나은지를 두고
확인해야 할 일이 있어요."

"무슨 뜻입니까?"

"설명해봤자 소용없어요. 오랫동안 고통스러울 정도로
의심해온 부분이 있어요. 그 부분을 확인하기 전에는 어디에
도 못 가요."

"당신 마음이 어디로 향하고 있는지 어떤 곳에 집착하고
있는지 잘 압니다. 당신이 품은 그 관심은 합법적이지도 않고
하느님의 뜻에도 어긋납니다. 오래전에 덜어냈어야 하는 마
음이에요. 그 마음을 입에 올린 것 자체가 부끄러운 일이죠.
로체스터 씨 생각을 하는 거 맞죠?"

사실이었다. 나는 침묵으로 대답을 대신했다.

"로체스터 씨를 찾으러 갈 생각인가요?"

"그분이 어떻게 됐는지 알아보려고요."

"이제부터는 당신을 기도 속에서만 기억하도록 하겠습
니다. 당신이 길을 잃지 않도록 해달라고 하느님께 마음을 다
해 기도하겠습니다. 나는 당신을 하느님이 선택한 종이라고
생각했어요. 하지만 하느님은 인간들과는 보는 관점이 다르
시니까요. 결국은 하느님의 뜻이 이루어지겠죠."

그는 문을 열고 나가더니 협곡 쪽으로 걸어갔다. 얼마 안
가 그의 모습은 보이지 않았다. 응접실로 다시 들어가서 보니
다이애나가 창문 앞에 서서 생각에 잠긴 얼굴로 창밖을 내다

보고 있었다. 나보다 훨씬 큰 다이애나가 내 어깨에 손을 얹더니 허리를 굽히고 내 얼굴을 유심히 바라보았다.

"제인, 늘 고민 있는 표정이더니 지금은 창백하기까지 해. 무슨 일이 있구나. 오빠하고 무슨 일이 있었는지 털어봐. 아까 창문 너머로 30분 동안 두 사람을 지켜봤어. 첩자처럼 몰래 훔쳐본 걸 용서해줘. 오래전부터 두 사람 분위기가 안 좋아 보여서 그랬어. 오빠가 워낙 별난 사람이라서……."

다이애나는 말끝을 흐렸고 나는 아무 말도 하지 않았다. 잠시 후 다이애나가 다시 말을 이어갔다.

"오빠가 너에게 특별히 관심을 보이는 것 같더라. 여태 누구한테도 그런 식으로 주의와 관심을 기울인 적 없었거든. 이유가 뭐야? 오빠가 널 사랑하는 거면 좋겠는데……. 그런 거야, 제인?"

나는 그의 시원한 손을 내 뜨거운 이마에 갖다 댔다.

"아니야, 다이애나 언니. 그런 거 아니야."

"그럼 오빠가 왜 계속 눈으로 너를 쫓을까. 너와 단둘이 있으려고 하고, 너를 계속 자기 곁에 두려고 하잖아? 메리랑 나는 오빠가 너와 결혼하고 싶어 한다고 결론을 내렸어."

"그건 맞아. 나더러 아내가 되어달라고 했으니까."

다이애나는 손뼉을 쳤다.

"우리가 바라던 바야! 오빠랑 결혼할 거지, 제인? 그럼 오빠도 영국에서 계속 살 거야."

"전혀 아니야, 언니. 오빠가 나한테 결혼하자고 한 건 인도 사역을 함께할 동료가 필요해서였어."

"그게 무슨! 오빠가 너를 데리고 인도로 갈 생각이란 말이야?"

"응."

"미쳤네! 넌 거기 가면 석 달도 못 살아. 절대 가면 안 돼. 설마 오빠 뜻을 받아들인 건 아니지, 제인?"

"청혼은 거절했어……."

"그래서 오빠가 감정이 상했구나?"

"엄청. 날 절대 용서 안 할 거야. 하지만 오빠한테 여동생으로서 같이 갈 수는 있다고 말했어."

"어리석은 짓이야, 제인. 네가 떠맡게 될 일을 생각해. 끝없이 피곤하기만 할 거야. 그렇게 힘들게 살면 아무리 튼튼한 사람도 죽을 텐데, 넌 몸도 약하잖아. 너도 오빠를 잘 알겠지만, 오빠는 너더러 불가능한 일을 하라고 계속 요구할 거야. 오빠랑 해외에 나갔다간 햇볕이 뜨겁게 내리쬐는 동안 쉬지도 못해. 오빠가 시키는 일을 넌 꾸역꾸역 다 하더라. 오빠의 제안을 거절할 용기를 낸 게 신통하네. 오빠를 사랑하지 않는 거니, 제인?"

"남편으로 받아들이고 싶은 사랑은 아니야."

"오빠가 잘생기긴 했잖아."

"내 외모는 평범해, 언니. 우린 어울리지 않아."

"평범하다고? 전혀 아닌데. 넌 인도 콜카타에서 산 채로 구워지기엔 너무 예쁘고 착해."

다이애나는 오빠와 함께 인도로 가겠다는 생각은 싹 버리라고 나를 열심히 설득했다.

"그래야겠어. 조수로 따라갈 수는 있다고 말했더니 오빠는 몰상식하다면서 충격을 받은 것 같았어. 결혼도 하지 않고 오빠랑 외국에 나가 살 생각을 하는 것 자체가 부적절하다는 거야. 내가 처음부터 오빠로 대할 생각도 없었고, 오빠를 우습게 본 거라고 생각하나봐."

"오빠가 널 사랑하지 않는다고 느낀 게 어떤 점 때문이야, 제인?"

"사랑에 대해 오빠가 하는 얘기를 언니가 직접 들어보면 알 거야. 오빠는 본인이 원해서가 아니라 본인이 맡은 소임 때문에 결혼을 하려는 거라고 몇 번이나 말했어. 나더러 사랑이 아니라 노동을 위해 만들어진 사람이라고 하더라. 그 말은 맞아. 하지만 내가 사랑을 위해 만들어진 사람이 아니라면, 결혼을 위해 만들어진 사람도 아니라는 거잖아. 나를 사랑하는 사람이 아니라 유용한 도구로 여기는 남자에게 일생을 매여 산다는 건 정말 이상한 거 아니야, 언니?"

"견딜 수도 없고 부자연스럽고 말도 안 되는 거지!"

"지금 오빠에 대한 내 감정은 여동생으로서의 애정이야. 하지만 어쩔 수 없이 오빠의 아내가 되면 괴로워하면서도 오빠를 사랑하게 되겠지. 불가피하고 괴상한 사랑일 거야. 오빠는 재능이 출중한 사람이고 외모와 태도, 화법에 영웅적인 위엄이 깃들어 있을 때가 많으니까. 그렇게 되면 내 운명은 말도 못 하게 비참해지겠지. 오빠는 내가 자기를 사랑하는 걸 원치 않을 거야. 내가 사랑의 감정을 내보이기라도 하면 자기는 그런 걸 필요로 하지도 않는다고, 나에게 어울리지 않는 쓸데없는 감정일 뿐이라고 이해시키려 들겠지. 분명 그럴 거야."

"그래도 오빠가 착한 사람이기는 해."

"착하고 훌륭한 분이지. 하지만 본인의 대의를 좇느라 보잘것없는 사람들의 감정과 주장 따위는 무자비하게 잊고 사는 분이기도 하잖아. 하찮은 사람들은 그분에게 짓밟히지 않으려면 그분이 지나가는 길에서 비켜서 있는 게 나아. 오빠 온다! 난 이만 올라갈게, 언니."

정원으로 들어오는 그를 보고 나는 서둘러 위층으로 올라갔다.

하지만 저녁 식사 자리에서 그를 다시 마주할 수밖에 없었다. 식사를 하는 그는 평소와 다름없이 차분한 모습이었다. 나는 그가 내게 말도 거의 걸지 않을 거라고, 나와 결혼하겠다는 계획도 포기했을 거라고 예상했다. 하지만 두 가지 예상 모두 빗나갔다. 그는 평소와 똑같이, 늘 하던 대로, 깐깐하게 예의를 차리며 내게 말을 걸었다. 나로 인해 솟구친 분노를 성령의 도움으로 가라앉히고 나를 다시 용서한 걸까.

기도 전 저녁 독서 시간에 그는 요한 계시록 21장을 골라 봉독했다. 그의 입에서 흘러나오는 성경 말씀을 듣는 건 언제나 기분 좋은 일이었다. 하느님의 말씀을 전할 때면 그는 어느 때보다 더 달콤하고 풍부한 목소리를 냈고, 고상하면서도 소박해 무척 인상 깊은 태도를 보였다. 오늘 밤 그의 목소리에는 한층 더 위엄이 서려 있었고, 그의 태도는 황홀할 정도로 대단한 의미를 보여주는 듯했다. (탁자 위 촛불의 빛이 무색할 정도로 5월의 환한 달빛이 커튼 없는 창문을 통해 흘러들었다.) 그는 가족들을 앞에 두고 한가운데에 앉아 낡은 성서를 내려다보며 새로운 천국과 지상에 관한 설명을 읽어 내려갔다. 그는 하느님이 인간들과 함께 살기 위해 어떤 식으로 내려오실지, 인간들의 눈에 맺힌 눈물을 어떻게 닦아주실지를 설명했다. 이전의 것들이 모두 사라져버렸기에 더 이상 죽음도, 슬픔이나 울음도, 고통도 없으리라는 것을 하느님이 어떻게 약속하셨는지도 들려주었다.

그다음에 이어진 그의 말을 들으며 나는 이상하게 소름이 돋았다. 그의 목소리가 미묘하게 달라졌고, 그 말을 할 때 그의 시선이 내게 향하는 것을 느낄 수 있었다.

"이기는 사람은 이것들을 상속받을 것이다. 나는 그의 하나님이 되고, 그는 내 자녀가 될 것이다. 그러나……" 그는 천천히 또박또박 다음 구절을 읽어나갔다. "비겁한 자들과 신실하지 못한 자들이 (……) 차지할 몫은 불과 유황이 타오르는

바다뿐이다. 이것이 둘째 사망이다."(요한 계시록 21장 7~8절-옮
긴이)

그때 나는 신 진이 내게 찾아올 어떤 운명을 두려워하고
있는지 알았다.

21장의 영광스러운 마지막 절을 낭송하는 그의 목소리
에는 차분하게 절제된 승리감과 간절한 열망이 섞여 있었다.
그는 어린양의 생명의 책에 자신의 이름이 이미 적혀 있다고
믿었다. 그렇기에 그는 지상의 왕들이 영광과 명예를 바치는
도시, 하느님의 영광의 빛으로 충만하고 어린양이 빛 그 자체
이기에 태양이나 달빛도 필요하지 않은 천국의 도시로 들어
갈 때가 오기만을 갈망하고 있었다.

성서 봉독을 마치고 기도하는 동안 그는 온 힘을 끌어모
아 준엄하게 열정을 일깨웠다. 하느님과 싸워서라도 승리하
리라는 깊이와 진지함이 담긴 기도였다. 나약한 마음을 지닌
자들에게 힘을 주십사, 길 잃은 양들에게 길을 알려주십사, 영
원으로 가는 좁은 길을 벗어나 세속과 육신의 유혹에 넘어간
자들을 마지막 순간까지도 돌아오게 해주십사 애원하는 기도
였다. 그는 그런 사람들을 위난에서 구원해달라고 간청하고
갈구하고 요구했다. 이 정도의 간절함은 깊고 엄숙한 분위기
를 자아내게 마련이다. 그의 기도를 들으면서 나는 경이로움
을 느꼈다. 기도가 계속되고 목소리가 높아지면서 나는 감동
과 경외감에 휩싸였다. 그는 자신의 목적이 위대하고 선하다

고 진심으로 믿고 있었다. 목적을 이룰 수 있게 해달라고 애원하는 그의 기도를 들은 사람들 역시 그 믿음의 진실함을 느낄 수밖에 없었다.

기도가 끝나고 우리는 그에게 작별을 고했다. 그는 다음 날 이른 아침에 떠날 예정이었다. 다이애나와 메리가 먼저 신진에게 입을 맞추고 방을 나갔다. 그가 나지막한 말로 그리하라고 했기 때문이 아닐까 싶었다. 나는 그에게 손을 내밀면서 즐거운 여행이 되길 바란다고 말했다.

"고마워요, 제인. 내가 말했듯이 2주일 안으로 케임브리지에서 돌아올 겁니다. 그동안 곰곰이 잘 생각하고 있어요. 내가 인간적인 자존심만 생각하면 결혼하자는 말을 더는 못할 겁니다. 하지만 나는 의무가 중요한 사람이고, 하느님의 영광을 위해 일하는 걸 제일 중요한 목표로 삼고 있어요. 주님은 오랫동안 고통을 겪으셨으니 나도 응당 그래야겠죠. 당신이 하느님의 노여움을 사서 지옥에 떨어지지 않길 바랍니다. 시간이 있을 때 회개하고 올바른 방향으로 결심을 세우도록 해요. 우리는 낮에 일해야 합니다. '이제 밤이 올 터인데 그때는 아무도 일을 할 수가 없다(요한복음 9장 4절-옮긴이)'라는 말씀을 명심해요. 이 삶에서 좋은 것을 모두 누린 부자의 운명이 어떻게 되는지도 기억하고요. 하느님은 절대 빼앗기지 않을, 더 좋은 역할을 선택할 힘을 당신에게 주실 겁니다!"

그는 마지막 말을 내뱉으며 내 머리에 손을 얹었다. 열정적이면서도 부드러운 말이었다. 사랑하는 이를 바라보는 연인의 표정이 아니라, 길 잃은 양을 부르는 목자 내지는 자신이 책임지고 있는 영혼을 바라보는 수호천사의 표정이었다. 감수성이 예민한 사람이든 아니든, 광신자든 아니든, 포부가 큰 사람이든 아니든, 이런 방면으로 재능을 가진 사람은 진심으로 타인의 감정을 휘두르거나 지배하면 나름의 숭고한 분위기를 자아내게 마련이다. 나는 신 진에 대한 존경심이 솟구치는 걸 느꼈다. 그 감정이 어찌나 강렬한지, 오랫동안 피하고 싶었던 지점으로 떠밀려가는 기분이 들 정도였다. 나는 더 이상 그와 싸우지 말고, 그의 의지에 따라 그의 삶 속으로 뛰어들어 나라는 존재를 잊고 싶었다. 예전에도 다른 이의 의지에 휘둘린 적이 있었는데, 방식은 다르지만 이제 그에게 휘둘리고 있었다. 그때나 지금이나 멍청하게 굴기는 마찬가지였다. 예전에 굴복한 것은 내 삶의 원칙이 흔들렸기 때문이지만, 지금 그에게 굴복한다면 잘못 판단한 탓일 것이다. 그 위기를 차분히 돌이켜 생각해보면, 그때 나는 멍청하게 굴고 있다는 것도 의식하지 못했다.

　　나는 신비한 의식의 사제 같은 그의 손길 아래 가만히 서 있었다. 그 손길을 거부해야 한다는 생각조차 하지 못했다. 두려운 마음이 앞서 싸울 생각도 할 수 없었다. 신 진과의 결혼은 절대 불가능하다고 여겼는데 가능할 수도 있다는 생각으로 빠르게 바뀌었다. 모든 것이 갑작스럽게 변해버렸다. 종교가 나를 부르고, 천사들이 손짓하고, 하느님이 명령을 내리시고, 삶이 두루마리처럼 펼쳐지더니 죽음의 문이 열리고 그 너머 영생이 보였다. 영원의 세상에서 안전하게 행복을 누릴 수 있다면 지금의 삶을 모두 희생해도 좋겠다는 생각이 들었다. 어둑한 방 안이 환상으로 가득 찼다.

그가 선교사로서 물었다.

"이제 결정할 수 있겠어요?"

너무나도 부드러운 말투였다. 그는 나를 가만히 끌어당겼다. 아, 손길이 어찌나 다정한지! 강압적으로 밀어붙이는 것보다 이런 부드러운 태도가 훨씬 강력한 힘을 발휘한다! 신 진의 분노에는 맞설 수 있었다. 하지만 그의 상냥한 말투에 내 의지는 갈대처럼 휘어졌다. 지금 굴복하더라도, 그는 한때 저항했던 내 과거를 들먹이며 끝내 회개하도록 만들겠지. 한 시간 동안 엄숙하게 기도했다고 해서 그의 본성이 바뀌었을 리 없었다. 오히려 한층 더 고양되었을 뿐이다.

"확신이 서면 결정할 수 있을 거예요. 오빠와 결혼하는 게 하느님의 뜻이라는 확신이 서면 지금 이 자리에서 당장 결혼하겠단 맹세를 할 수도 있어요. 그로 인해 어떤 일이 벌어지더라도요!"

"내 기도가 응답을 받았군요!"

신 진이 외쳤다. 그는 마치 나에 대한 소유권을 주장하듯 내 머리를 손으로 더 확고하게 눌렀다. 그러고는 나를 거의 사랑하기라도 하는 것처럼 팔로 끌어안았다. (여기서 내가 '거의'라는 표현을 사용한 것은, 진짜 사랑받을 때 어떤 감정이 드는지 분명히 알기 때문이었다. 진짜 사랑받을 때와 그렇지 않을 때의 차이를 나는 잘 알고 있었다. 하지만 나는 신 진과 마찬가지로 사랑은 문제가 아니며, 중요한 건 의무라고 생각하고 있었다.) 내 머릿속에는 구름이 넘실거리고 흐릿한 환영이 차올랐다. 진심으로, 몹시, 열렬하게 옳은 일을 하고 싶었다. 그게 전부였다. '저에게 제발 길을 보여주세요!' 나는 하늘에 호소했다. 그렇게 흥분한 건 처음이었다. 그 후에 일어난 일이 흥분으로 인한 것인지는 독자 여러분이 판단해주시기 바란다.

집 안이 온통 고요했다. 신 진과 나를 빼고 모두가 잠자리에 들어서인 듯했다. 켜놓았던 촛불 하나가 꺼지고 방 안은 달빛으로 가득 찼다. 심장이 빠르고 묵직하게 뛰었다. 쿵쿵 뛰는 소리가 귓가에 들릴 정도였다. 문득 무어라 표현하기 어려운 감정이 심장을 관통해 단박에 머리와 팔다리로 퍼져나갔다. 전기 충격과는 느낌이 다르지만 비슷하게 날카롭고 이질적이며 충격적이었다. 지금까지 활발하게 작용해온 내 감각들이 실은 마비 상태에 있었던 것처럼 느껴질 정도였다. 이제야 비로소 감각들이 불려 나와 제대로 깨어난 것 같았다. 감각들은 기대에 차 있었다. 눈과 귀가 기다리고, 뼈에 붙은 살이 바르르 떨었다.

"무슨 소리를 들었습니까? 뭔가를 봤어요?"

신 진이 물었다.

별다른 것을 보지는 못했지만 어딘가에서 외치는 소리가 들려오고 있었다.

'제인! 제인! 제인!'……. 이런 소리였다.

"맙소사! 이게 뭐죠?"

나는 숨을 헐떡이며 말했다.

"어디서 나는 소리지?"

이렇게 말한 것 같기도 했다. 그 소리는 방이나 집, 정원에서 들려온 게 아니었다. 허공이나 지하, 머리 위에서 들린 소리도 아니었다. 어디서, 정확히 어디에서 들린 소리인지는 알 수 없지만, 분명히 들었다! 사람의 목소리…… 내가 알고 사랑하며 너무나도 잘 기억하는 목소리…… 바로 에드워드 페어팩스 로체스터의 목소리였다. 고통과 슬픔에 겨워 거칠고 무시무시하고 다급하게 외치는 목소리였다.

"내가 갈게요! 기다려요! 당장 갈게요!"

나는 이렇게 외치며 문으로 달려가 복도를 내다보았다. 어두컴컴했다. 정원으로 달려 나갔는데 아무도 없었다.

"어디 있어요?"

나는 소리쳐 물었다.

마시 협곡 너머 언덕들이 희미하게 메아리로 대답해주었다.

"어디 있어요?"

나는 귀를 기울였다. 전나무들 사이에서 바람이 나지막한 한숨을 내쉬었다. 황무지는 온통 고요했고 한밤중의 정적이 감돌았다.

문간의 검은 주목나무 옆에서 시커먼 유령 같은 것이 스르륵 올라오자 내가 소리쳤다.

"미신 따위 믿지 않아! 이건 기만도 아니고 마법도 아니야. 자연이 한 일이야. 자연이 깨어나 최선을 다해 할 일을 한 거야. 기적이 아니야."

나는 나를 쫓아 나와 붙잡으려는 신 진을 뿌리쳤다. 이제 내가 우위에 섰다. 마음껏 힘을 발휘할 것이다. 나는 신 진에게 아무것도 묻지도 말고, 말하지도 말라고 했다. 그에게 나를 내버려두고 가달라고 말했다. 나는 혼자여야 했다. 그는 즉시 내 말대로 했다. 온 힘을 다해 명령을 내리면 상대는 복종할 수밖에 없다. 나는 내 방으로 올라가 문을 걸어 잠갔다. 무릎을 꿇고 내 방식대로 기도했다. 신 진과는 다른 방식이지만, 나름의 효과가 있는 기도였다. 기도를 통해 강력한 성령에게 가까이 다가간 기분이었다. 내 영혼은 하느님의 발치에 감사를 쏟아냈다. 감사 기도를 하고 일어서며 결심했다. 그리고 아무 두려움 없이 깨달음을 얻은 상태로 침대에 누워 동이 트길 기다렸다.

36

날이 밝았다. 새벽녘에 침대에서 일어났다. 잠깐 집을 비울 뿐이지만 그동안에도 정돈된 상태를 유지할 수 있도록 한두 시간 정도 내 방과 서랍, 옷장을 정리했다. 그러는 동안 신 진 이 방을 나서는 소리가 들렸다. 그는 내 방 앞에서 걸음을 멈 췄다. 그가 문을 두드릴까 봐 겁이 났는데 그는 노크 대신 문 밑으로 종이쪽지 하나를 스윽 들이밀었다. 그 쪽지에는 이런 글이 적혀 있었다.

어젯밤에 당신이 너무 급작스럽게 나를 떠났어요. 조금만 더 오래 내 곁에 머물렀다면 그리스도의 십자가와 천사의 왕관을 차지할 수 있었을 겁니다. 14일 후 내가 돌아오면 당신이 결정한 바를 분명히 말해주길 바랍니다. 그동안 유 혹에 빠지지 않도록 주의하고 기도하세요. 영혼은 옳은 길 을 가려 하더라도 육신은 나약할 수 있으니까요. 나도 당신을 위해 매시간 기도하겠습니다.

당신의 신 진

나는 속으로 말했다.

'내 영혼은 옳은 길을 갈 거예요. 하늘의 뜻을 알게 됐을 때 그 뜻을 성취할 수 있을 만큼 내 육신이 강건하기를 나도 바라고 있어요. 내 육신은 이 의심의 구름을 뚫고 나아가 확신으로 가득한 환한 날을 맞이할 수 있을 정도의 힘은 갖고 있어요.'

그날은 6월 1일이었다. 아침부터 구름이 잔뜩 끼고 쌀쌀했다. 빗줄기가 내 방 여닫이창을 세차게 때렸다. 현관문이 열리는 소리가 나더니 신 진이 집을 나섰다. 창문 너머로 정원을 가로지르는 그의 모습이 보였다. 그는 안개 낀 황무지를 지나 휘트크로스 쪽으로 가고 있었다. 거기서 마차를 탈 모양이었다.

나는 생각했다.

'앞으로 몇 시간 후에 나도 같은 길을 가게 될 거예요, 오빠. 나도 휘트크로스에서 마차를 타야 하거든요. 영국을 떠나기 전에 확인해야 할 사람이 있어요.'

아침 식사 시간까지 두 시간 정도 여유가 있었다. 그 시간 동안 나는 방 안에서 조용히 거닐며, 지금처럼 내 계획을 바꾸게 만든 불가사의한 존재에 대해 곰곰이 생각해보았다. 나는 그 존재를 내면으로 느꼈고, 지금도 형용할 수 없을 정도로 낯선 그 느낌이 기억에 생생했다. 내가 들은 목소리도 떠올랐다. 그 목소리가 어디에서 왔는지 생각해봤지만 답을 알 수 없었다. 어쩌면 외부 세계가 아닌 나의 내면에서 흘러나온 목소리일 수도 있었다. 신경이 곤두선 바람에 환청을 들은 걸까? 아무리 생각해도 그건 아닌 듯했다. 그 소리는 일종의 영감 같았다. 사도 바울과 실라가 갇혀 있던 감방의 지반을 뒤흔든 지진처럼 경이롭고 충격적으로 다가온 감정이었다. 그 감정은 감방 문을 열어젖히고 묶여 있던 내 영혼을 풀어주었다. 잠들어 있던 내 영혼을 일깨워, 내 영혼이 놀라 몸을 떨고 귀를 기울이며 감방 밖으로 나오게 했다. 그 외침은 내 놀란 귀와 떨리는 심장과 영혼 곳곳을 세 번 관통하며 뒤흔들었다. 내 영혼은 두려움에 떨거나 동요하는 대신, 성가신 육신과 상관없이 노력한 대로 이루어졌다는 점에 기뻐했다.

나는 생각을 정리하며 중얼거렸다.

"이제 얼마 후면 어젯밤에 나를 부른 목소리의 주인공에 대해 알 수 있겠지. 그동안 편지를 보냈지만 소용없었어. 이제 편지는 됐고, 직접 가서 물어봐야겠어."

아침 식사를 하면서 다이애나와 메리에게 어딜 좀 다녀오겠다고, 최소한 나흘 정도 집을 비울 거라고 말했다.

그들이 물었다.

"혼자서, 제인?"

"응, 한동안 소식이 끊겨 신경 쓰이는 친구가 있는데 직접 가서 알아보려고."

그들은 자기네 말고는 내게 친구가 없을 거라 생각했을 것이다. 나도 종종 그렇게 말하곤 했으니까. 하지만 워낙 상냥한 사람들이라 굳이 그런 말은 입에 담지 않았다. 다만 다이애나는 내 낯빛이 창백해 보인다면서 여행하기에 괜찮은 몸 상태인지 물었다. 나는 친구에 대한 걱정으로 마음이 불편한 것 말고는 괜찮다고, 그런 불편함도 곧 덜어낼 수 있을 거라고 대답했다.

여행 준비는 수월했다. 더 이상 혼자서 이런저런 질문을 하고 추측하며 괴로워할 필요가 없었다. 지금 당장은 내 계획에 대해 자세히 말할 수 없다고 하자 언니들은 다정하고 현명하게도 더 길게 묻지 않았다. 내가 언니들이었어도 자유롭게 행동하게 했을 것이다.

오후 3시에 무어 하우스를 나섰다. 4시가 조금 넘은 시각에 휘트크로스의 표지판 아래에 도착한 나는 머나먼 손필드로 나를 데려갈 마차를 기다렸다. 고적한 도로와 오가는 이 없는 언덕의 고요함을 뚫고 멀리서 마차가 달려오는 소리가 들렸다. 1년 전 여름 저녁, 바로 이 자리에 나를 내려줬던 마차였다. 그때 나는 정말이지 너무 외롭고 절망적이고 막막한 상태였다! 손짓하자 마차가 앞에 멈춰 섰다. 마차에 올라탔다. 이번에는 마차 요금으로 내 전 재산을 털어줘야 할 필요가 없었다. 손필드로 향하는 길에 오르자, 마치 먼 길을 떠났다가 집으로 돌아오도록 훈련받은 비둘기가 된 기분이었다.

총 서른 여섯 시간이 걸린 여정이었다. 화요일 오후에 휘트크로스에서 출발한 마차는 내리 달리다가 목요일 이른 아침에야 길가의 어느 여관에 멈춰 섰다. 마부가 말들에게 물을 먹여야 해서였다. 그 여관은 초록빛 울타리와 너른 들판, 야트막하고 목가적인 언덕 한가운데에 있었다. (모턴 마을 북부 내륙의 거친 황무지와 비교하면 온화하고 푸릇푸릇한 곳이었다!) 익숙한 얼굴처럼 느껴지는 풍경이었다. 나는 이 풍경의 특징적인 면면을 잘 알고 있었다. 목적지에 거의 다 온 듯했다.

나는 여관의 마종에게 물었다.

"손필드 홀까지 얼마나 멀어요?"

"3킬로미터 정도 들판을 가로질러 가면 됩니다, 부인."

'다 왔구나.'

나는 마차에서 내려 마종에게 여행 가방을 내주면서 찾으러 올 때까지 잘 맡아달라고 부탁했다. 비용을 계산하고 마부에게도 넉넉하게 요금을 지불했다. 밝아오는 아침 햇살이 여관의 간판을 비췄다. '로체스터 암스'라는 여관 이름이 금색으로 칠해져 있었다. 가슴이 뛰었다. 나는 이미 로체스터 씨 소유의 땅에 들어와 있었다. 그런데 그 생각을 하니 심장이 다시 가라앉았다.

'로체스터 씨는 벌써 영국 해협을 건너갔을 수도 있어. 그가 손필드 홀에 있다고 해도, 네가 서둘러 그리로 간다고 해도 그 사람이 혼자겠니? 미친 아내와 함께 있겠지. 넌 이제 그 사람과 아무 관계도 없어. 그에게 말을 걸거나 그가 거기 있는지 알아볼 자격도 없어. 괜한 짓 한 거야. 여기까지만 해.'

그런데 마음속에서 또 다른 말이 들렸다.

'여관 사람들한테 물어봐. 네가 찾는 답을 줄 수도 있잖아. 네가 궁금해하는 부분을 단박에 해결해줄 수도 있어. 저 남자한테 가서 로체스터 씨가 집에 있는지 물어봐.'

합리적인 제안이었지만 나는 감히 행동으로 옮길 수 없었다. 원치 않는 대답을 듣고 절망하게 될까 봐 두려웠다. 계속 궁금한 상태로 있으면 희망도 잡아둘 수 있었다. 별빛을 받은 손필드 홀을 다시 한번 볼 수 있을 것이다. 저 앞에 산울타리 계단이 보였다. 손필드 홀에서 도망친 날 아침, 복수심에 찬 분노의 여신이 내 뒤를 밟으며 채찍으로 후려칠 것 같아서 무작정 아무 소리도 듣지 못하고 달려갔던 들판도 보였다. 어떤 길을 택할지 생각할 겨를도 없이 나는 어느새 그 들판 한가운데에 와 있었다. 걸음이 어찌나 빨랐는지 모른다! 때로는 뛰기까지 했다! 눈에 익은 숲을 어서 보고 싶어서였을까! 아는 나무들, 그 사이에 있는 익숙한 목초지와 언덕이 보이자 몹시 반가웠다!

드디어 손필드 홀을 둘러싼 숲이 보였다. 떼까마귀가 사는 숲이 시커멓게 드러났다. 요란하게 까악까악 우는 소리가

848

아침의 고요를 깼다. 이상하게 기분이 좋아져서 걸음을 재촉했다. 또 다른 들판이 나타나고 구불구불하게 뻗은 길을 지나자 드디어 안마당을 둘러싼 담장과 주방 뒤쪽이 보였다. 저택 본관은 여전히 떼까마귀 숲에 가려져 있었다.

'저택의 정면부터 봐야겠어. 뚜렷한 총안 흉벽이 곧장 시선을 사로잡는 정면 쪽으로 가야 로체스터 씨의 서재 창문이 바로 보이잖아. 어쩌면 그가 창문 앞에 서 있을지도 몰라. 그는 일찍 일어나는 사람이니까. 어쩌면 과수원이나 앞쪽의 포장된 길을 따라 산책하고 있을 수도 있겠지. 그를 볼 수 있으면 좋을 텐데! 잠시만이라도 좋아! 그를 보더라도 그에게 달려가는 미친 짓을 해선 안 돼! 그에게 어떤 말도 해서는 안 돼. 무슨 말을 해야 할지도 모르겠어. 그에게 말을 걸면…… 그다음은 어떻게 할 건데? 맙소사! 어떻게 할 거야? 그의 시선을 받았던 삶을 다시 맛본다고 해서 누가 다치기라도 해? 모르겠다. 어쩌면 그는 지금 피레네 산맥이나 남쪽의 잔잔한 바다 위로 떠오르는 해를 바라보고 있을 수도 있어.'

과수원의 낮은 담장을 따라 걸어가다가 모퉁이를 돌았다. 그쪽에는 둥그런 돌을 왕관처럼 쓰고 있는 두 돌기둥 사이로 목초지를 향해 열린 대문이 자리하고 있었다. 그 기둥 뒤에 서면 저택의 정면을 몰래 볼 수 있을 것이다. 기둥 뒤로 다가간 나는 조심스럽게 고개를 내밀어, 커튼이 드리워지지 않은 침실이 있는지 확인했다. 저택의 총안 흉벽과 창문, 길쭉한 앞

부분이 한눈에 내다보였다.

머리 위에서 까마귀들이 나를 내려다보고 있었다. 그 까마귀들은 무슨 생각을 했을까. 처음에는 나를 신중하고 소심한 인간으로 보았을 것이다. 그러다 점점 대담하고 무모해지는 나를 봤겠지. 나는 슬쩍 내다보다가 한참 동안 고개를 내밀고 저택을 바라보았다. 그리고 숨어 있던 곳에서 나와 목초지로 걸어 들어갔다. 그리고 거대한 저택 앞에 우뚝 멈춰 서서 한참 바라보았다. 까마귀들은 이렇게 생각했을 것이다. '처음에는 소심한 척 굴더니 지금은 멍청할 정도로 조심을 안 하네?'

독자 여러분, 예를 하나 들어 설명하겠다.

한 남자가 이끼 긴 강변에 잠들어 있는 연인을 발견한다. 남자는 연인의 잠을 깨우지 않고 아름다운 얼굴만 살짝 보려고 한다. 소리를 내지 않게 조심하면서 풀밭을 살금살금 걸어가다가, 연인이 뒤척인 것 같아 잠시 걸음을 멈춘다. 남자는 뒤로 물러선다. 연인에게 들키고 싶지 않다. 사방이 고요해지자 그는 다시 앞으로 나아간다. 연인을 향해 몸을 굽힌다. 연인의 얼굴에 가벼운 베일이 덮여 있다. 그는 베일을 들어올리고 허리를 더 굽힌다. 아름다운 얼굴을 보게 될 거라고, 따뜻하고 아름다우며 사랑스러운 연인의 쉬는 모습을 볼 거라고 기대하면서. 곧 눈이 마주쳐 서로를 바라보는데, 그가 화들짝 놀란다! 조금 전까지 감히 건드릴 수조차 없던 연인을 그는 갑작스레 격렬하게 부둥켜안는다! 큰 소리로 이름을 부르며 품에서 내려놓고는 격한 눈빛으로 바라본다! 그는 연인을 안은 채 울부짖고는 다시 바라본다. 그가 내는 소리 때문에, 그의 움직임 때문에 연인이 잠에서 깰지도 모른다는 걱정 따윈 할 필요도 없다. 곱게 잠든 줄 알았던 연인은 돌처럼 싸늘하게 죽어 있다.

나는 걱정이 되기도 하고 즐겁기도 한 마음으로 위풍당당한 저택을 바라보았다. 하지만 저택이 있던 자리에는 시커멓게 탄 폐허가 있을 뿐이었다.

대문 옆 기둥 뒤에 숨어 몰래 내다볼 필요도 없었다! 누군가 돌아다니고 있을까 봐 침실의 격자 창문을 조심스럽게 올려다볼 필요도 없었다! 문이 여닫히는 소리, 포장된 길이나 자갈길을 밟고 걷는 소리에 귀를 기울일 필요도 없었다! 잔디밭과 안마당은 마구 짓밟혀 망가진 모습이었다. 현관문은 입을 딱 벌린 채 그 안의 빈 공간을 드러냈다. 꿈에서 보았듯이 건물 정면은 조개껍데기처럼 얇고 여전히 높았으며 턱없이 약해 보였다. 창문에는 유리창 하나 남아 있지 않은 채 구멍만 시커멓게 뚫려 있었다. 지붕도 총안 흉벽도 굴뚝도 모조리 무너져내린 모습이었다.

저택 주변은 죽음처럼 고요했다. 황량하고 고적한 기운이 감돌았다. 이곳 사람들은 내가 보낸 편지를 당연히 못 받았을 것이다. 성당 통로 안쪽의 지하 납골당에 편지를 보낸 것이나 다름없었으니까. 시커멓게 변한 돌들을 보니 무슨 일이 있었는지 짐작이 갔다. 이 집에 큰불이 났던 모양이었다. 어쩌다 불이 났을까? 어쩌다 그런 재난이 일어났을까? 회반죽과 대리석, 목재가 타버린 것 외에 또 무슨 피해가 있었을까? 재산뿐만 아니라 사람도 상했을까? 만약 그랬다면 누가 잘못됐을까? 무시무시한 질문이었다. 내 편지에 답장할 사람은 여기 남아 있지 않았다. 무언의 표식이나 표지조차 없었다.

부서진 벽을 빙 돌아 황폐해진 내부를 이리저리 돌아다니다 보니 최근에 일어난 참사가 아님을 알 수 있었다. 겨울에 내린 눈이 열린 아치문으로 날아 들어온 흔적과 뻥 뚫린 여닫이창 안으로 들어온 겨울비의 자국이 바로 그 증거였다. 흠뻑 젖은 쓰레기 더미 사이에서 봄은 초목을 품었다. 풀잎과 잡초가 돌무더기와 쓰러진 서까래 사이 여기저기에서 자라 올라오고 있었다. 아! 이 폐허의 주인은 어디 있을까? 대체 어느 땅에 가 있을까? 누구의 도움을 받고 있을까? 나도 모르게 대문 근처 회색빛 성당 첨탑 쪽으로 시선이 갔다.

'설마 그 사람이 데이머 드 로체스터 씨의 유해와 함께 비좁은 대리석 지하 납골당에 안치된 건 아니겠지?'

이 의문에 대한 답을 찾아야 했다. 여관에 가면 답을 찾을 수 있겠다는 생각에 곧장 여관으로 돌아갔다. 여관 주인이 내 아침 식사를 들고 응접실로 들어왔다. 나는 그에게 물어볼 게 있으니 문을 닫고 의자에 앉아달라고 부탁했다. 그는 순순히 자리에 앉았다. 어떻게 말을 꺼내야 할지 막막했다. 그의 입에서 나올 대답을 생각하니 겁부터 났다. 하지만 폐허가 된 저택을 보고 와서인지 비참한 이야기를 들을 각오가 서기는 했다. 여관 주인은 정중한 인상의 중년 남자였다.

나는 가까스로 입을 열었다.

"손필드 홀 아시죠?"

"알죠. 예전에 거기 살았던 적도 있습니다."

"그러세요?"

내가 거기 있었을 때는 아닌 듯했다. 낯익은 얼굴이 아니었다.

"돌아가신 로체스터 씨의 집사였습니다."

돌아가셨다니! 제발 아니길 바랐던 얘기를 듣고 나는 큰 충격을 받았다.

나는 숨을 헐떡이며 물었다.

"돌아가셨다고 하셨는데, 고인이 되셨단 말인가요?"

"현 주인이신 에드워드 로체스터 씨의 부친 말씀입니다."

그 말을 듣고서야 다시 숨이 쉬어지고 혈관 속에 피가 다시 돌았다. 그렇다면 에드워드, 나의 에드워드 로체스터 씨는 살아 있는 게 분명했다. (어디에 가 있든 하느님의 축복이 그에게 깃들기를!) 한마디로 '현 주인'은 살아 있다는 것이다. 다행이었다! 뒤에 이어질 말이 어떤 내용이든 비교적 차분하게 모두 들을 수 있을 듯했다. 그가 무덤에 잠들어 있지만 않다면 지구

반대편에 가 있다고 해도 견딜 수 있었다.

"로체스터 씨가 지금도 손필드 홀에 사시나요?"

어떤 대답이 나올지 예상하면서도 그가 어디에 있는지 대놓고 물을 수 없어 던진 질문이었다.

"아뇨, 부인……. 그렇지는 않습니다! 거기는 아무도 안 살아요. 여기 처음 오셨나 보네. 그게 아니면 작년 가을에 일어난 일에 대해 들어봤을 텐데……. 손필드는 폐허가 됐어요. 추수철에 불에 타 무너졌죠. 끔찍했어요! 엄청난 규모의 귀한 재산이 잿더미가 돼버렸으니. 가구 한 점 끄집어내지 못했어요. 한밤중에 불이 났는데 밀코트에서 소방대가 도착하기도 전에 집 전체가 활활 타버렸거든요. 엄청났어요. 제가 직접 봤어요."

"한밤중!" 나는 나지막하게 내뱉었다. 그 시간에 손필드 홀에 죽음이 닥쳐온 것이다. "화재 경위는 밝혀졌나요?"

"사람들이 원인을 추측했죠. 내가 보기엔 의심스런 정도가 아니라 거의 확실했지만요. 그 집에……" 그는 탁자 쪽으로 의자를 좀 더 가까이 끌어당기며 목소리를 낮췄다. "여자가…… 그러니까 미친 여자가 살고 있었던 건 모르시죠?"

"소문을 듣기는 했어요."

"그 여자가 그 집에 엄중한 감시를 받으면서 갇혀 있었다고 하더라고요. 수년 동안 사람들은 그 여자의 존재도 모르고 살았어요. 손필드 홀에 그런 여자가 있다더라는 소문만 돌았지 실제로 본 사람도 없었으니까요. 그 여자가 누구이고 정체가 뭔지도 짐작할 수 없었던 거죠. 소문으로는 에드워드 씨가 외국에서 데려온 여자랬는데, 어떤 사람들은 그 여자가 에드워드 씨의 정부라고도 했어요. 그런데 그 여자가 여기 오고 나서 1년 후에 이상한 일이 일어났죠. 아주 이상한 일이었어요."

내 이야기를 듣게 될까 봐 겁이 났다. 그를 애써 원래 하던 얘기로 다시 끌고 왔다.

"그 여자에 대해 말해주세요."

"그 여자는 알고 보니 에드워드 씨의 아내였어요! 그 사실이 참 희한한 방식으로 드러났죠. 손필드 홀에 젊은 아가씨가 가정교사로 일하러 왔는데 에드워드 씨가 그 아가씨와 사랑에 빠지게 된……"

"화재에 대해 말해주세요."

"곧 그 얘기를 할 겁니다. 에드워드 씨는 사랑에 빠졌어요. 그렇게 사랑에 깊게 빠진 사람은 처음 봤다고 하인들은 말했죠. 가정교사한테서 눈을 뗄 줄 모르더래요. 하인들은 원래 그분을 지켜보고 시중드는 게 일이니 바로 간파한 거죠. 에드워드 씨는 가정교사를 무척 아꼈대요. 그 여자를 예쁘다고 생각한 사람도 에드워드 씨뿐이었다고 하더군요. 그 여자는 키도 작고 몸집도 왜소해서 어린애처럼 보일 정도였대요. 저는 직접 본 적이 없고 그 집 하녀 리아를 통해 듣기만 했죠. 리아는 그 가정교사를 무척 좋아했어요. 로체스터 씨는 마흔 살 가까이 됐는데 그 가정교사는 스무 살도 채 되지 않았어요. 알다시피 그 나이의 신사가 어린 아가씨와 사랑에 빠지면 뭐에 홀린 것처럼 굴 때가 많아요. 그분도 그 가정교사 아가씨랑 결혼하려고 하셨죠."

"그 부분에 관해서는 나중에 또 들려주시고요. 지금은 제가 이유가 있어서, 화재에 관한 얘기부터 전부 듣고 싶어요. 정신이 이상한 로체스터 부인이 화재를 일으켰다는 얘기는 없었어요?"

"바로 맞히셨습니다. 그 부인이 한 짓이 확실합니다. 그 부인을 돌봐주는 '풀 부인'이라는 여자가 있었는데, 간호 방면으로는 꽤 유능하고 믿을 만한 여자였죠. 다만 문제가 하나 있었어요. 간호사나 보모 일을 하는 여자들이 공통으로 가진 문제였죠. 바로 술병을 숨겨놓고 몰래 한 모금씩 마시는 거였죠. 과하게 마실 때도 있었는데 그만큼 힘든 일을 하고 있으니 이해할 만은 합니다. 그래도 위험한 일이긴 했습니다. 풀 부인이 진에 물을 타서 마시고 취해 잠이 들면 마녀만큼이나 교활한 미친 부인은 풀 부인의 주머니에서 몰래 열쇠 꾸러미를 꺼내 들고 방을 나갈 수 있으니까요. 그리고 집 안을 돌아다니면서 온갖 못된 짓을 벌이는 거죠. 사람들 얘기로는 전에도 침대에서 자고 있는 남편을 불에 태워 죽일 뻔했답니다. 그 사건에 대해서는 저도 잘 모릅니다. 어쨌든 이번에 그 미친 부인은 자기 방 바로 옆 방의 커튼에 불을 붙였고, 아래층으로 내려와 예전 가정교사가 썼던 방으로 갔답니다. (그동안 집안에 무슨 일이 있었는지 어느 정도 알고 있었고 그래서 그 가정교사에게 앙심을 품었던 모양이에요.) 그 부인은 그 방 침대에 불을 붙였는데 다행히 그 침대에서 자고 있던 사람은 없었다고 해요. 가정교사가 두 달 전에 그 집을 떠났으니까요. 로체스터 씨는 세상에서 가장 귀한 보물이라도 잃어버린 사람처럼 그 가정교사를 찾으려고 애썼는데 소식을 전혀 듣지 못했다고 하더라고요. 그 후 로체스터 씨는 점점 포악해졌습니다. 깊은 실망감 때문이었겠죠. 원래도 다정한 성격은 아니셨는데 가정교사가 떠난 후 위험한 지경까지 이르신 겁니다. 그분은 사람을 가까이 두지 않고 혼자 있으려고만 하셨대요. 하녀장 페어팩스 부인도 먼 곳에 사는 친구들에게 보내버리셨죠. 그 일을 깔끔하게 처리하긴 하셨어요. 페어팩스 부인에게 평생 먹고살 수 있는 연금을 주셨으니까요. 그 부인도 워낙 좋은 분이라 그걸 받을 자격이 있었어요. 로체스터 씨가 데리고 있던 아델 양은 기숙학교로 보낸 걸로 압니다. 그렇게 일을 처리한 후 로체스터 씨는 다른 상류층 인사들과의 교류도 끊고 손필드 홀에 은둔자처럼 틀어박히셨어요."

"뭐라고요! 영국을 떠나신 게 아니었나요?"

"영국을요? 아닙니다! 그분은 밤을 제외하고는 저택 문 앞의 돌계단도 내려간 적이 없으셨어요. 밤에는 유령처럼 안마당과 과수원을 돌아다니셨지만요. 제정신이 아닌 것처럼 보이셨죠. 하지만 내 생각엔 제정신이셨다고 봅니다. 가정교사에게 배신당하기 전까지 그분보다 더 활기차고 담대하고 열정적인 신사분은 본 적이 없어요. 그분은 와인이나 카드놀이, 경마 따위에 빠져 사는 분이 아니었어요. 잘생긴 편은 아니었지만 용감하고 의지력도 남다른 분이었죠. 저는 그분을 소년 시절부터 봐왔어요. 그래서 그 에어 양이라는 가정교사가 손필드 홀에 도착하기 전에 바다에 빠져 죽었으면 좋았을 거란 생각을 종종 했습니다."

"불이 났을 때 로체스터 씨가 저택에 있었어요?"

"맞아요. 그랬어요. 그분은 불에 활활 타고 있는 다락으로 올라가셨어요. 자고 있던 하인들을 깨워 아래층으로 내려가게 하셨죠. 그리고 미친 부인을 방에서 데리고 나오려고 다시 집으로 들어가셨어요. 사람들은 부인이 지붕 위에 올라가 있다고 소리쳤죠. 미친 부인은 흉벽 위에 선 채로 두 팔을 휘저으면서 멀리 떨어진 곳에서도 그 소리가 들릴 정도로 고래고래 악을 썼어요. 저는 그 부인을 제 눈으로 봤고 악쓰는 소리도 직접 들었어요. 길고 검은 머리카락을 가진 몸집 큰 여자였어요. 지붕 위에 서 있는 그 부인의 머리카락이 불길처럼 펄럭이는 게 보이더라고요. 로체스터 씨가 천장의 채광창을 통해 지붕으로 올라가는 모습을 저를 포함해 여러 사람들이 목격했어요. 그분은 '버사!'하고 미친 부인의 이름을 부르셨죠. 그분이 다가가자, 미친 부인은 악을 쓰더니 지붕에서 뛰어내렸어요. 다음 순간, 포장된 바닥에 떨어져 엉망이 됐죠."

"죽었나요?"

"당연히 죽었죠! 뇌와 피가 돌바닥에 마구 흩어진 채로 세상을 떠났어요."

"맙소사!"

"맙소사라는 말이 나올 만해요. 아주 무시무시했으니까!"

그는 몸서리를 쳤다.

"그 후에 어떻게 됐어요?"

"음, 그 집은 불에 타 무너지고 지금은 벽 몇 개만 남아 있는 상태예요."

"사망자가 또 있었나요?"

"아뇨. 하지만 차라리 사망자가 더 있는 게 나았을 겁니다."

"무슨 뜻이죠?"

"가여운 에드워드 씨! 그분의 그런 모습을 보게 될 줄 생각도 못 했습니다! 이미 결혼한 사실을 비밀로 하고 아내가 살아 있는데 다른 아내를 얻으려 한 죄의 대가를 치른 거라고 말하는 사람들도 있지만, 저는 그분이 가엾습니다."

"그분이 살아 있다고 하셨죠?"

"예, 그럼요. 살아는 계시죠. 하지만 차라리 죽는 게 나았을 거라고 생각하는 사람들이 많아요."

"왜요? 어째서요?" 피가 다시 차갑게 얼어붙는 듯했다.

"그분은 지금 어디 계세요? 영국에 살고 계시나요?"

"아, 예……. 영국에 계십니다. 영국을 떠나실 수가 없어요. 어딜 돌아다닐 수 있는 상태가 아니라서."

속이 답답해 미칠 것 같았다! 이 남자는 속 시원히 말을 하지 않고 자꾸만 꾸물거렸다.

그러다 드디어 입을 열었다.

"눈이 멀게 되셨어요. 에드워드 씨 말입니다. 눈이 멀었어요."

더 안 좋은 상황일 수도 있다고 생각했다. 그가 미쳐버렸을까 봐 두려웠다. 나는 기운을 쥐어짜서 어쩌다 그런 일이 일어났는지 물었다.

"용감한 분이라 그렇게 되신 거죠. 다정한 분이라서일 수도 있을 겁니다. 불이 났을 때 그분은 저택에서 모두를 내보내기 전까지는 밖으로 나가려고 하지 않으셨어요. 로체스터 부인이 흉벽에서 뛰어내리고 나서야 그분은 저택 내부의 중앙 계단으로 내려오셨어요. 그런데 그때 집이 와르르 무너지고만 겁니다. 사람들이 에드워드 씨를 폐허 더미에서 끌어내긴 했지만 안타깝게도 많이 다치셨어요. 나무 기둥이 쓰러지면서 그분을 약간 보호해주기는 했는데 그 충격 때문에 한쪽 눈이 튀어나오고 한 손이 짓이겨지고 말았죠. 의사인 카터 씨는 짓이겨진 손을 곧바로 절단해야 했습니다. 그나마 남아 있던 눈은 불에 타서 시력을 완전히 잃으셨죠. 지금 그분은 눈멀고 손도 하나 없는 무력한 처지가 되고 말았어요."

"지금 어디 계세요? 어디서 살고 계세요?"

"펀딘에 계십니다. 그분이 소유하신 농장 저택인데 여기서 50킬로미터쯤 떨어진 곳에 있어요. 상당히 고적한 곳이죠."

"지금 누구와 함께 살고 계세요?"

"존 부부요. 그 외엔 아무도 곁에 두려고 하지 않으세요. 들리는 얘기로는 상태가 많이 안 좋다고 하더라고요."

"마차를 좀 쓸 수 있을까요?"

"이륜 마차가 있습니다. 꽤 쓸만한 마차예요."

"지금 바로 준비해주세요. 마부가 날이 어두워지기 전에 저를 펀딘에 데려다주면 당신과 그 마부에게 요금의 두 배를 드릴게요."

37

펀딘의 저택은 무척 오래되었고 크기는 보통 정도였다. 특별할 것 없는 수수한 건물로, 깊숙한 숲속에 묻혀 있었다. 이 저택에 대해서는 전에 들은 적이 있었다. 로체스터 씨는 이 집 얘기를 자주 했고 종종 다녀오기도 했다. 로체스터 씨의 아버지가 사냥감을 보관하기 위해 사둔 집이라고 했다. 그는 이 집을 세놓으려고 했지만 너무 외지고 건강에 좋지 않은 위치에 있어서 세입자를 구하지 못했다. 그런 만큼 펀딘은 로체스터 씨가 사냥철에 친구들과 함께 가서 쓰는 방 두세 개를 제외하고는 사용하는 이도 없어서 가구도 들여놓지 않았다.

나는 저녁 무렵 어두워지기 직전에 펀딘 저택에 도착했다. 하늘은 우중충했고 차가운 강풍이 불었다. 가느다란 빗줄기가 계속 옷을 파고들었다. 마지막 1.5킬로미터 정도를 남겨두고 마차에서 내려 걷기 시작했다. 마부에게는 약속대로 요금을 두 배로 계산해주었다. 저택 가까운 곳까지 왔는데도 아무엇도 보이지 않았다. 음울한 숲에 빽빽이 자란 나무들이 시커먼 어둠을 드리웠다. 화강암 기둥 사이의 철문을 보고서야 그곳이 입구임을 알 수 있었다. 문을 통과해 안으로 들어가니 무성한 나무 그림자 속이었다. 허옇고 울퉁불퉁한 나무들, 아치처럼 드리워진 가지 사이로 숲길을 따라 걸어갔다. 곧 건물이 보이겠지 생각하며 잡초 사이로 뻗어 있는 길을 따라 걸어갔다. 구불구불하게 뻗은 길을 한참 걸어갔는데도 건물이나 안마당의 흔적조차 보이지 않았다.

방향을 잘못 잡아 길을 잃었다고 생각했다. 날이 저문 후의 어둠과 숲의 어스름이 주변에 깔리기 시작했다. 다른 길이 있는지 둘러보았지만 보이지 않았다. 온통 이리저리 뒤얽힌 나무와 굵직한 나무줄기, 여름의 무성한 나뭇잎뿐이었고 어디에도 나갈 길은 보이지 않았다.

어쩔 수 없이 앞으로 계속 걸어가자 드디어 길이 트이고 나무들의 숫자가 줄어드는 게 보였다. 얼마 후 울타리가 보이더니 이윽고 집이 보였다. 사방이 어둑해진 탓에 숲과 거의 분간이 안 됐지만 윤곽은 보였다. 다 썩어가는 벽은 축축하고 초록색을 띠었다. 걸쇠 하나 걸려 있는 대문을 열고 안으로 들어갔다. 숲에 둘러싸인 마당이 나타났다. 반원형의 마당에만 초목의 흔적이 없었다. 꽃도 화단도 없고, 잔디밭 주변에 널찍한 자갈 산책로가 있을 뿐이었다. 자갈길도 무성한 숲이 둘러싸고 있었다. 저택 정면에는 뾰족한 박공이 두 개 있었다. 창문은 죄다 좁고 격자가 설치돼 있었다. 현관문도 좁은 편이었고 계단 하나가 현관문으로 이어졌다. 로체스터 암스 여관 주인이 했던 말처럼 '상당히 고적한 곳'이었다. 평일의 성당처럼 고요한 분위기였다. 숲의 나뭇잎에 후두둑 떨어지는 빗방울 소리 외에는 아무 소리도 들리지 않았다.

"이런 데서 사람이 산단 말이야?"

나는 혼잣말을 했다.

그랬다. 이런 곳에 어떤 이가 살고 있었다. 무언가 움직이는 소리가 들렸다. 누가 나오려는지 좁은 현관문이 열렸다.

문이 서서히 열리고 어스름 속으로 누군가 걸어 나와 계단에 섰다. 모자를 쓰지 않은 남자였다. 남자는 비가 오는지 느껴보려는 듯 손을 앞으로 뻗었다. 땅거미 속에서도 나는 그를 알아보았다. 나의 주인 에드워드 페어팩스 로체스터. 바로 그였다.

나는 그에게 가까이 가지도 못하고 숨조차 제대로 쉴 수 없었다. 그저 조용히 서서 그를 바라보았다. 모습을 드러내지 않고 찬찬히 그를 살폈다. 아아! 그에게 나는 보이지 않는 존재였다. 갑작스런 만남에 기쁨이 차오른 나머지 당장 달려가고 싶었지만 그 마음을 고통스럽게 억눌렀다. 기쁨에 겨워 소리라도 지르고 싶었지만 참아야 했다.

그의 몸은 예전처럼 강건하고 튼튼해 보였다. 자세는 여전히 곧았고 머리카락은 큰까마귀처럼 검었다. 얼굴도 변하거나 퀭해진 것 같진 않았다. 그는 슬픔을 겪었지만 1년 만에 체력이 무너지고 활기가 사라져버리지는 않았다. 하지만 표정은 확실히 달라졌다. 절망과 근심으로 물든 표정이었다. 줄에 묶인 채 학대받는 들짐승이나 새 같았다. 지독한 비탄에 잠겨 있어 함부로 다가갈 수 없는 위험한 존재 같았다. 금빛 테를 두른 두 눈이 잔혹하게도 제거된 그 모습은 마치 새장에 갇힌 독수리 같고, 시력을 잃은 삼손을 보는 듯했다.

독자 여러분, 내가 눈이 멀고 사나워진 그를 두려워할 거라고 생각하는지? 그렇다면 여러분은 나를 잘 모르는 것이다. 나는 슬픔을 느끼면서도 작은 희망을 품었다. 바위처럼 단단한 그의 이마, 그 이마 아래 굳게 다문 입술에 입을 맞추고 싶었다. 하지만 당장은 아니었다. 아직은 그에게 다가가 말을 걸지 않을 것이다.

그는 계단을 내려오더니 천천히 더듬거리며 잔디밭으로 걸어가기 시작했다. 당당하던 그의 걸음걸이는 어디로 사라졌을까? 그는 어디로 가야 할지 모르겠다는 듯 머뭇거리며 손을 들고 눈꺼풀을 치켜떴다. 눈에 힘을 주고 하늘을, 이어서 원형 극장의 관람석처럼 저택을 에워싼 숲을 멍하니 응시했다. 그의 눈에는 텅 빈 어둠만이 보이는 듯했다. 그는 오른손을 앞으로 뻗었다. (잘린 왼팔은 가슴 속에 감추고 있었다.) 손으로 주변에 무엇이 있는지 감지하려는 듯했다. 그의 손에 닿는 것은 아무것도 없었다. 숲은 그가 서 있는 곳에서 꽤 떨어진 곳에 있었다. 그는 손으로 주변을 탐색하려던 것을 그만두고 팔을 가슴에 접어 붙이더니 빗속에 조용히 서 있었다. 모자를 쓰지 않은 그의 머리에 빗줄기가 세차게 쏟아졌다. 그때 어딘가에서 나타난 존이 그에게 다가가 말했다.

"제 팔을 잡으세요. 소나기가 한참 더 쏟아질 것 같습니다. 그만 안으로 들어가시죠."

"혼자 있게 둬."

존은 나를 보지 못한 채 그대로 물러갔다. 로체스터 씨는 여기저기 돌아다녀보려는 듯했지만 이내 포기하는 모습이었다. 더듬더듬 돌아선 그는 안으로 들어가 문을 닫았다.

나는 집 쪽으로 다가가 문을 두드렸다. 존의 아내가 문을 열고 나왔다.

"메리, 잘 지냈어요?"

메리가 유령이라도 본 듯 화들짝 놀라서 나는 그를 달래 줘야 했다. 메리가 물었다.

"늦은 시간에 이런 외딴곳을 찾아오시다니, 정말 선생님 맞으세요?"

나는 메리의 손을 잡는 것으로 대답을 대신하고 그를 따라 주방으로 들어갔다. 존이 불을 활활 피워놓은 화덕 앞에 앉아 있었다. 나는 그들에게 손필드 홀을 떠난 후 일어난 일에 대해 전부 들었으며, 로체스터 씨를 만나러 왔다고 간단히 용건을 설명했다. 그리고 아까 마차에서 내리면서 통행료 징

수소에 맡겨둔 내 여행 가방을 찾아다 달라고 존에게 부탁했다. 그리고 보닛과 숄을 벗으면서 메리에게 오늘 밤 이 집에서 재워줄 수 있느냐고 물었다. 당장 손님이 머물 방을 준비하는 게 쉽지는 않겠지만 불가능한 일이 아님을 알기에 나는 메리에게 오늘 이 집에서 묵겠다고 말했다. 그때 응접실 종이 울렸다.

"응접실에 가면 그분께 손님이 찾아왔다고 전해줘요. 내이름은 말하지 말고."

"주인님이 선생님을 만나려고 할 것 같진 않아요. 지금까지 누구든 다 거절하셔서."

메리가 돌아오자 나는 그가 무어라 말했는지 물었다.

"이름과 용건을 말해달라고 하셨어요."

메리는 잔에 물을 담아 초와 함께 쟁반에 받쳐 들었다.

나는 메리에게 말했다.

"그걸 가져오라고 종을 울리신 거예요?"

"예. 앞을 못 보게 되셨는데도 날이 어두워지면 늘 초를 가져오라 하세요."

"쟁반 이리 줘요. 내가 가져갈게요."

나는 메리한테서 쟁반을 받아 들었다. 메리는 응접실의 위치를 직접 알려주었다. 손에 든 쟁반이 떨려 잔에서 물이 살짝 넘쳤다. 심장이 빠르게 뛰었다. 메리는 응접실 문을 열어주고, 내가 안으로 들어가자 문을 닫았다.

응접실의 분위기는 우울했다. 쇠살대 안쪽에서 거의 방치된 듯한 불이 약하게 타오르고 있었다. 눈이 먼 방 주인은 오래된 벽난로 위 선반에 머리를 기댄 채, 불을 향해 몸을 숙인 모습이었다. 그의 늙은 개 파일럿은 주인이 못 보고 밟을까 봐 그런지 한옆에 웅크리고 있었다. 내가 안으로 들어가자 파일럿이 귀를 세웠다. 그러더니 이내 벌떡 일어나 낑낑대며 내게 후다닥 달려왔다. 그 바람에 나는 들고 있던 쟁반을 놓칠 뻔했다. 나는 탁자 위에 쟁반을 내려놓고 파일럿을 쓰다듬으며 나지막하게 말했다.

"엎드려!"

무슨 소란인지 보기라도 하겠다는 듯 로체스터 씨가 기계적으로 고개를 돌렸다. 하지만 아무것도 볼 수 없는 그는 이내 고개를 돌리며 한숨을 쉬었다.

"물 가져와, 메리."

나는 물이 절반 정도 남아 있는 컵을 그에게 가져갔다. 파일럿은 여전히 신이 나서 내 뒤를 졸졸 따라왔다.

"무슨 일이지?"

"앉아, 파일럿!"

나는 다시 파일럿을 달랬다. 물컵을 입으로 가져가려던 로체스터 씨가 귀를 기울이는 듯했다. 그는 물을 마시고 컵을 내려놓으며 말했다.

"메리, 맞지?"

그의 물음에 난 조용히 대답했다.

"메리는 주방에 있어요."

그는 얼른 손을 앞으로 뻗었지만 내가 어디 서 있는지 볼수 없어 나를 만지지 못했다.

"누구야? 누구냐고?" 그는 볼 수 없는 눈으로 보려고 안간힘을 쓰며 물었다. 아무 소용 없는, 고통스럽기만 한 행동이었다! "대답해! 어서!" 그는 준엄하게 목청 높여 명령했다.

"물을 더 가져다드릴까요? 제가 컵에 담긴 물을 절반쯤쏟았거든요."

"누구야? 정체가 뭐야? 누가 말하고 있지?"

"파일럿이 저를 알아보네요. 존과 메리도 제가 여기 온걸 알아요. 오늘 저녁에 이 집에 도착했어요."

"맙소사! 대체 이건 무슨 망상이지? 이제 내가 아주 미쳐가는 건가?"

"망상 아니에요. 미친 것도 아니고요. 당신의 정신은 너무나 강건해서 망상일 리는 없어요. 몸도 너무 건강해서 미칠일도 없고요."

"어디서 목소리가 들리는 거야? 목소리뿐인 건가? 아!볼 수는 없지만 만져보기라도 해야겠어. 안 그랬다간 내 심장이 멈추고 머리가 터져버릴 거야. 당신 정체가 무엇이든, 누구든, 내가 만질 수 있게 이쪽으로 와요. 안 그러면 난 살 수가없어!"

그는 손을 이리저리 더듬었다. 나는 허공을 휘젓는 그의 손을 내 두 손으로 꼭 잡았다.

"제인의 손가락이야! 제인의 작고 여린 손가락! 그렇다면 몸도 있겠지."

그의 근육질 손이 내 손에서 벗어나 내 팔과 어깨, 목, 허리를 잡았다. 나는 어느새 그의 품으로 이끌려갔다.

"제인입니까? 대체 뭐지? 이건 제인의 몸이고…… 몸집도 딱 그만한데……."

"제인의 목소리 맞아요. 제인이 왔어요. 제인의 심장도요. 당신에게 신의 축복이 함께하길! 이렇게 다시 당신 곁에 오게 돼서 너무 기뻐요."

"제인 에어! 제인 에어!"

"그래요. 제인 에어예요. 내가 당신을 찾아왔어요. 당신에게 돌아왔어요."

"정말입니까? 육신을 가진 몸으로? 살아 있는 제인으로 온 거 맞아요?"

"지금 제 몸을 만지고 있잖아요. 지금 저를 꽉 붙잡아 안고 있잖아요. 난 시체처럼 싸늘하지도 않고 공기처럼 비어 있지도 않잖아요?"

"살아 있는 그대가 맞는 것 같아! 이건 그대의 손이고 그대의 얼굴이야. 하지만 온갖 끔찍한 일을 겪은 내게 이런 축복이 찾아올 리 없지. 이건 꿈이야. 밤마다 이런 꿈을 꿔왔어.

지금처럼 당신을 다시 내 품에 안고 입 맞추는 꿈. 난 당신이 나를 사랑한다고 느꼈고, 당신이 날 떠나지 않을 거라고 믿었어."

"오늘부터는 절대 당신 곁을 떠나지 않을게요."

"환영이 말하는 건가? 꿈에서 깨어나면 늘 아무도 없고 놀림받은 기분이었어. 쓸쓸하게 혼자 버려졌지. 내 인생은 온통 암울하고 외롭고 절망적이야. 물을 마실 수 없게 금지당한 내 영혼은 줄곧 목이 마르고, 한 입도 채워지지 못한 내 심장은 늘 굶주려 있어. 지금 내 품에 안겨 있는 부드럽고 따뜻한 꿈 같은 당신은 이제 또 날아가버리겠지. 당신의 자매들이 날아가버렸던 것처럼. 가기 전에 입이라도 맞춰줘요. 날 안아줘요, 제인."

"그래요, 그럴게요!"

나는 한때 밝게 빛났지만 이제는 빛을 잃은 그의 두 눈에 입을 맞췄다. 머리카락을 쓸어 넘기고 그의 이마에도 입을 맞췄다. 그는 갑자기 일어서려 했다. 망상이 아니라 현실임을 깨닫게 된 것 같았다.

"정말 당신입니까, 제인? 정말 돌아온 거예요?"

"네."

"도랑에 빠져 죽거나 개울 아래쪽에 쓰러져 죽은 거 아니었어요? 낯선 사람들 사이에서 부랑자처럼 살고 있지 않았어요?"

"전혀요! 저는 이제 독립적으로 살고 있어요."

"독립적이라니! 무슨 뜻입니까, 제인?"

"마데이라 섬에 계시던 삼촌이 돌아가시면서 5천 파운드를 유산으로 남겨주셨어요."

"아! 그렇다면 말이 되네요…… . 이건 현실이군요!" 그는 소리 높여 외쳤다. "이런 꿈은 꿔본 적 없습니다. 그리고 이 생기 있고 신랄하면서도 부드러운 목소리. 이 목소리가 내 시든 심장에 기운을 불어넣는군요. 생명을 불어넣고 있어요. 제인! 독립적으로 살고 있다고 했는데, 부자가 된 겁니까?"

"꽤나요. 저와 함께 살지 않겠다고 하시면 바로 옆에 제 집을 지을 테니 저녁에 심심하면 제 집 응접실로 놀러 오시든지요."

"부자가 되었으니 당신을 챙겨주려는 친구들도 있겠군요. 나처럼 눈멀고 신세 한탄이나 하는 남자에게 오겠다고 하면 친구들이 말리지 않겠어요?"

"전 부자가 됐을 뿐 아니라 독립적으로 살고 있다니까요. 혼자 알아서 살고 있어요."

"그런데도 나와 함께 살겠다는 겁니까?"

"그렇다니까요. 당신이 싫다고만 안 하면요. 내가 당신의 이웃, 간병인, 가사 관리인이 되어드릴게요. 외로워 보이니 벗도 되어드리죠. 책도 읽어주고 산책도 같이 하고 옆에 앉아 시중도 들어주고 당신의 눈과 손이 되어줄게요. 이제는 울적한 얼굴 하지 말아요. 내가 살아 있는 한 당신을 외롭게 두지 않을 거예요."

그는 아무 말도 하지 않았다. 그저 넋이 나간 듯 멍하면서도 진지한 표정으로 한숨을 쉬었다. 입을 반쯤 벌리고 무슨 말을 하려다가 다물어버렸다. 당황스러웠다. 내가 너무 성급하게 인습의 벽을 뛰어넘으려 했던 걸까. 신 진처럼 로체스터 씨도 지금 내가 성급하게 내뱉은 말이 부적절하다고 생각할 수도 있었다. 나는 그가 당연히 내게 아내가 되어주길 바란다고 생각했다. 그가 굳이 말로 하지 않았지만 분명 그런 생각을 갖고 있다고 확신하고 자신 있게 그런 제안을 한 거였다. 나는 그가 나를 아내로 맞으리라 기대했다. 하지만 그의 입에서 그런 얘기가 전혀 나오지 않는 데다가 표정도 어두워지자 나는 내 생각이 틀렸을 수도 있다는 생각을 하게 됐다. 어쩌면 내가 멍청이처럼 처신한 걸 수도 있었다. 내가 그의 품에서 빠져나가려 하자 그는 곧장 나를 더 바짝 끌어당겼다.

"안돼……. 안 됩니다, 제인. 가지 말아요. 난 당신을 만질 수 있고 목소리를 들을 수 있어요. 당신 존재를 느끼면서 달콤한 위안을 받고 있단 말입니다. 이 기쁨을 포기 못 합니다. 이제 내 안에는 남은 게 거의 없어요. 당신뿐입니다. 세상이 나를 어리석고 이기적이라고 비웃을지 모르겠지만 상관없어요. 내 영혼은 당신을 필요로 해요. 이게 충족되지 않으면 영혼이 이 몸에 끔찍한 복수를 하고 말 겁니다."

"알았어요. 당신 곁에 있을게요. 아까 그렇게 말했잖아요."

"그래요. 하지만 내 곁에 있겠다는 말에 대해 당신과 내 생각이 다른 것 같군요. 당신은 내 손이나 의자처럼 곁에 있어 줄 생각이겠죠. 친절한 간병인처럼 내 시중을 들면서요. (당신은 다정하고 관대한 영혼을 지녔으니 나처럼 불쌍한 사람을 위해 그 정도 희생은 할 생각일 수도 있습니다.) 물론 그 정도도 내게는 충분합니다. 이제 난 당신에게 아버지 같은 감정만을 품어야겠죠. 당신 생각도 그래요? 어서 말해봐요."

"원하는 대로 생각해드릴게요. 간병인으로 곁에 있어드리는 걸로 만족하고 살 수도 있어요."

"하지만 언제까지나 내 간병인으로 살 수는 없잖습니까, 재닛. 당신은 젊으니 언젠가 결혼을 해야 할 테니까요."

"결혼 같은 건 별로 신경 안 써요."

"난 신경 쓰입니다, 재닛. 옛날의 나였으면 당신이 그런 쪽으로 신경 쓰게끔 애썼겠죠. 이제 앞도 못 보는 멍청이가 되었으니 그러지도 못하겠군요!"

그는 다시 울적한 기분에 빠져들었다. 반면에 나는 더욱 쾌활해지고 새로 용기도 솟았다. 그의 마지막 말을 듣고 정확히 무엇이 문제인지 통찰할 수 있게 됐기 때문이었다. 내게는 별로 어려운 일도 아니어서, 나는 조금 전에 느꼈던 당혹감을 완전히 털어낼 수 있었다. 나는 한층 더 활기차게 입을 열었다.

"이제 누구든 나서서 당신을 다시 인간처럼 만들어줘야 할 것 같네요." 나는 오랫동안 빗질을 안 해서 헝클어져 있는 그의 긴 머리카락을 손가락으로 가르며 말했다. "당신은 사자 같은 짐승으로 변해버렸어요. 집 주변도 느부갓네살(기원전 605년~기원전 562년. 신바벨로니아 왕국 2대 왕인 느부갓네살 2세—옮긴이)처럼 팽개쳐 뒀고요. 머리카락은 독수리의 깃털 같아요. 손톱도 새 발톱처럼 길게 방치했는지 모르겠네요. 아직 확인 못 했지만."

"이 팔에는 손도 손톱도 없어요." 그는 가슴 안쪽에 넣어 두고 있던 절단된 팔을 꺼내 보였다. "잘려 나가버렸으니까. 정말 끔찍하죠! 그렇지 않아요, 제인?"

"안타깝네요. 당신 눈을 봐도 마음이 아파요. 이마에 난 화상 자국도요. 제일 마음 아픈 건 이런 점에도 불구하고 당신을 사랑하지 않을 수 없다는 거예요. 당신은 내게 너무나 소중한 사람이니까요."

"내 잘린 팔과 화상 자국을 보면 혐오스러워할 거라고 생각했는데."

"그래요? 그래도 그런 말은 하지 말아요. 당신의 판단력을 욕하게 될지도 모르니까요. 잠시 당신을 혼자 둬야겠어요. 장작을 넣어서 불을 더 피워야겠어요. 불을 더 활활 타오르게 하면 그 차이를 알 수 있겠어요?"

"그래요. 오른쪽 눈에 빛이 약간 보이기는 합니다. 불그레하고 희미하게."

"촛불은요?"

"아주 흐릿하게 보여요. 빛나는 구름처럼."

"나는 보여요?"

"아뇨, 나의 요정. 그래도 당신 목소리를 듣고 만질 수 있는 것만으로도 고마울 뿐입니다."

"저녁은 언제 드세요?"

"안 먹습니다."

"오늘은 좀 드세요. 제가 배가 고프거든요. 아마 당신도 배가 고플걸요. 그 사실을 잊어버렸을 뿐이겠죠."

나는 메리를 불러 방 안을 좀 더 환하게 만들고 그가 편안한 분위기에서 식사를 할 수 있도록 준비했다. 나는 들뜬 기분으로, 기쁘면서도 편안하게 식사 내내 그리고 그 후로도 한참 동안 그에게 말을 걸었다. 마음을 구속하고 괴롭히는 것도 없었고, 그와 즐겁고 활기차게 시간을 보내는 것을 방해받을 일도 없었다. 그와 함께 있으면 완벽할 정도로 편안했다. 이제 내가 그에게 어울리는 사람이 되었다는 생각 때문일 것이다. 나는 말과 행동으로 그를 위로하고 그의 기분을 북돋웠다. 너무나도 기쁜 일이었다! 나라는 인간의 본성에 생명과 빛이 더해지는 듯했다. 그와 함께 있으면 나는 온전히 살 수 있었다. 그도 마찬가지였다. 그는 비록 앞은 보지 못했지만 입가에 미소가 피어났고 이마에는 기쁨이 번졌다. 한마디로 그의 얼굴은 부드럽고 따뜻하게 변했다.

저녁 식사를 마친 후 그는 이런저런 질문을 했다. 그동안 내가 어디서 지냈으며 무슨 일을 했는지, 그가 있는 곳은 어떻게 찾게 됐는지 등이었다. 나는 그에게 부분적인 대답만 해주었다. 이미 시간이 너무 늦어서 자세한 애기는 할 수 없었다. 게다가 나는 오늘 당장 그의 마음속 깊은 곳까지 흔들고 싶지 않았다. 그의 가슴 속에 새로운 감정이 샘솟게 하고 싶지도 않았다. 오늘 내 목적은 그가 기운을 내게 하는 것뿐이었다. 그는 기운이 좀 난 것 같긴 했지만 짧은 순간순간에 불과했다. 대화가 끊기고 잠시 침묵이 흐르기라도 하면 그는 이내 불안해하며 나를 붙잡고는 "제인"하고 불러댔다.

"당신 정말 사람인 거 맞죠, 제인? 확실하죠?"

"양심적으로 그렇다고 믿고 있어요, 로체스터 씨."

"그런데 어떻게 이 어둑하고 우울한 저녁에 나 홀로 앉아 있는 벽난로 앞에 불쑥 나타날 수 있었죠? 난 하녀에게 물을 받으려고 손을 내밀었어요. 그런데 당신이 물컵을 건넸죠. 존의 아내가 대답할 줄 알고 물었더니 당신 목소리가 들리더군요."

"메리 대신에 제가 쟁반을 들고 들어왔으니까요."

"당신과 함께 있는 지금도 난 마법에 걸린 기분이에요. 지난 몇 달 동안 내가 얼마나 어둡고 우울하고 절망적인 삶을 살아왔는지 아무도 모를 겁니다. 밤이고 낮이고 아무것도 하지 않고 아무 기대도 없이 시간만 보냈습니다. 난롯불이 꺼지면 춥고, 먹는 걸 잊고 있으면 배가 고파질 뿐이었죠. 슬픔이 끝없이 밀려왔어요. 한 번씩 나의 제인을 다시 보고 싶다는 섬망 같은 욕망이 밀려왔죠. 그래요. 나는 제인을 되찾을 수 있기를 갈망했습니다. 잃어버린 시력보다 더 간절히 되찾길 바랐죠. 그런데 제인이 지금 내 곁에 있고 내게 사랑한다는 말까지 하고 있으니 이게 어떻게 된 일일까요? 예전처럼 갑자기 또 떠나버리지 않을까요? 내일이면 당신이 떠나고 없을까 봐 두려워요."

혼란스럽고 불안한 생각에 휩싸여 있는 사람에게는 평범하고 실질적인 대답을 해주는 게 최선이겠다는 생각이 들었다. 그래야 제일 확실한 위안을 받을 테니까. 나는 그의 눈썹 위쪽을 손가락으로 쓰다듬었다. 화상을 입은 자리였다. 나는 불에 타버린 그 자리에 다시 예전처럼 무성하고 진한 눈썹이 자랄 수 있도록 방법을 찾아보겠다고 말했다.

"당신이 고맙게도 나한테 도움이 되는 일을 해준다고 해도, 결정적인 순간에 그림자처럼 나를 버리고 또 떠나면 무슨 소용이 있겠어요? 당신은 어디로 가버렸는지 알 수도 없는데 나는 홀로 외로이 남게 될 테니 말입니다."

"머리빗 있어요?"

"머리빗은 왜?"

"텁수룩한 검은 갈기 같은 머리카락 좀 빗겨주려고요. 가까이서 보니 정말 놀라울 정도예요. 당신은 나더러 요정이라고 했는데, 당신은 꼭 브라우니(밤에 몰래 인가에 와서 가사를 거든다는 갈색 요정-옮긴이) 같아요."

"내 몰골이 그렇게 형편없습니까, 제인?"

"그래요. 뭐, 예전에도 그랬지만요."

"쳇! 한참 떠나 있다가 돌아왔는데도 짓궂은 건 여전하군요."

"좋은 사람들과 함께 있었어요. 당신보다 훨씬요. 아마 백 배쯤 더 좋은 사람들이었걸요. 당신은 평생 가져본 적도 없는 생각과 견해를 가진 분들이에요. 훨씬 더 세련되고 교양이 있으시죠."

"대체 얼마나 대단한 사람들과 함께 살았던 겁니까?"

"또 그렇게 비꼬아서 말하면 당신 머리카락을 뽑아버리겠어요. 그럼 제가 정말 현실에 존재하는 사람인지에 대해 더는 의심할 수 없을 거예요."

"누구와 함께 지냈어요, 제인?"

"오늘은 얘기 안 할래요. 내일까지 기다리세요. 이야기를 다 하지 않고 절반쯤 남겨놓으면 제가 내일 아침 식사 자리에 나타나 남은 얘기를 마저 하게 될 테니까. 그럼 당신도 어느 정도 안심할 수 있을 거예요. 어쨌든 물컵 하나 달랑 들고 벽난로 앞에 나타나지 않도록 할게요. 구운 햄은 말할 것도 없고 계란도 가지고 나타날게요."

"정말이지 사람 놀리는 솜씨가 대단하다니까. 당신은 요정 아이인데 바꿔치기 당해서 인간의 손에 길러진 게 분명해요! 지난 열두 달 동안 내가 한 번도 느껴본 적 없는 감정을 느끼게 만들고 있으니 말입니다. 사울 곁에 다윗이 아니라 당신이 있었으면, 하프의 도움 없이도 악령을 퇴치했을 겁니다."

"자, 다 됐어요. 머리를 빗었더니 이제 좀 깔끔해졌네요. 그럼 이만 가볼게요. 사흘에 걸쳐 여기까지 왔더니 피곤하네요. 잘 자요."

"한마디만 더 할게요, 제인. 한집에서 같이 지냈던 분들이 숙녀분들이었습니까?"

웃으면서 응접실을 나선 나는 계속 웃으며 계단을 올라갔다. 그리고 기분 좋게 생각했다.

"좋은 생각이 났어! 당분간 저 사람을 초조하게 만들어서 우울한 기분을 떨쳐버리게 만들어야지."

다음 날 아침 일찍부터 나는 그가 이 방 저 방 돌아다니는 소리를 들었다. 메리가 아래층으로 내려가자 그가 묻는 소리가 들렸다.

"에어 양이 이 집에 있지?" 그가 덧붙였다. "어느 방으로 안내했어? 습기는 없는 방인가? 지금 에어 양이 일어났나? 가서 필요한 게 없는지 물어봐. 언제 아래층으로 내려올 건지도 물어보고."

아침 식사를 준비하는 것 같은 기미가 느껴지자 나는 곧장 아래층으로 내려갔다. 조용히 방 안으로 들어가면서 나는 그가 내 존재를 알아채기 전에 그를 가만히 바라보았다. 활기차던 사람이 신체적 장애에 얽매여 사는 모습을 보니 가슴이 아팠다. 그는 의자에 앉아 있었는데 누군가를 기다리는 듯, 여전히 불안해 보이는 모습이었다. 습관처럼 슬픔에 잠겨 있었던 탓에 강인한 이목구비에 그 흔적이 새겨져 있었다. 그의 얼굴은 마치 불이 다시 켜지길 기다리는 램프 같았다. 아아! 저 얼굴에 불을 밝혀 활기가 돌게 할 수 있는 사람은 저 남자 본인이 아니었다. 이제 그는 다른 사람에게 의존해야 했다! 나는 명랑하고 편안하게 굴어야겠다고 결심했지만, 한때 강인했던 남자의 무력한 모습을 보니 가슴이 아팠다. 그래도 최대한 명랑하게 그에게 말을 걸었다.

"화창하고 즐거운 아침이에요. 비가 그치고 햇빛이 부드럽게 쏟아지고 있으니 곧 같이 산책하러 가도 되겠어요."

마치 내가 불을 지핀 듯 그의 얼굴이 환해졌다.

"아, 당신 정말 이 집에 있는 게 맞군요, 나의 종달새! 이리 와요. 사라진 게 아니었어요. 한 시간쯤 전에 당신과 같은 종류인 새 한 마리가 숲 저 위쪽 높은 곳에서 지저귀는 걸 들었어요. 떠오르는 태양 빛이 더 이상 내게 보이지 않듯이 그 새의 지저귐이 더 이상 음악으로 들리질 않더군요. 내 귀에는 온 세상의 가락이 제인의 혀에서 비롯된 것처럼 들립니다. (당신 혀가 천성적으로 조용하질 않아서 다행이죠.) 내가 느끼는 모든 햇빛은 제인이라는 존재 안에 있고요."

그의 고백을 듣고 있는데 내 눈에 눈물이 고였다. 횃대에 사슬로 묶인 고결한 독수리가 어쩔 수 없이 참새에게 먹을 것을 조달해달라고 부탁하는 것처럼 느껴졌다. 하지만 나는 울지 않을 것이다. 눈물방울을 애써 떨쳐낸 후 아침 식사 준비를 도왔다.

우리는 아침나절 내내 밖에 있었다. 눅눅한 야생의 숲에서 나와 생기로 가득한 들판으로 그를 데리고 나갔다. 들판이 얼마나 눈부신 초록빛인지, 꽃이며 울타리는 얼마나 신선한지, 하늘은 얼마나 푸르른지를 그에게 설명해주었다. 그가 앉을 수 있는 비밀스럽고 사랑스러운 자리도 찾아보았다. 그렇게 해서 찾은 자리가 바로 마른 나무 그루터기였다. 그는 그 자리에 앉아 나를 무릎에 앉혔는데 나는 굳이 거절하지 않았다. 거절할 이유가 있을까? 떨어져 있는 것보다 함께 있는 게 훨씬 행복한데? 파일럿은 우리 옆에 조용히 엎드렸다. 사방이 고요했다. 그는 나를 품에 안고 입을 열었다.

"당신은 정말 잔인하게 도망을 쳤어요! 아, 제인, 당신이 손필드 홀에서 도망친 걸 알았을 때, 그리고 어디에서도 당신을 찾을 수 없다는 걸 알게 됐을 때 내가 어떤 기분이었는지 모를 겁니다. 당신 방을 확인해보니 돈은 물론이고, 값어치가 나갈 만한 물건을 전혀 챙겨가지 않았더군요! 내가 준 진주

목걸이도 작은 상자 안에 그대로 있었어요. 여행 가방들도 신혼여행을 위해 끈으로 묶어놓은 상태 그대로 놓여 있었고. 돈 한 푼 없이 집을 나간 내 사랑이 어떻게 살고 있는지 몰라 정말 속이 탔습니다. 어떻게 지냈어요? 지금이라도 들어보고 싶네요."

　나는 지난해에 겪은 일을 들려주었다. 집을 나가서 첫 사흘 동안 정처 없이 헤매며 굶주린 부분에 대해서는 대부분 뭉뚱그렸다. 그런 얘길 해서 그를 괜히 고통스럽게 만들고 싶지 않았다. 내가 들려준 내용만으로도 그는 이미 몹시 마음 아파했다.

　그는 살아갈 방도를 마련해주지도 못했는데 그렇게 자기를 버리고 떠나면 안 되는 거였다고, 내가 무슨 의도였는지 그에게 말했어야 했다고 했다. 그는 내게 정부가 되라고 강요할 생각이 없었다고 했다. 절망에 빠진 나머지 내게 과격한 모습을 보여주긴 했지만 나를 진심으로 사랑했다고, 내게 폭군 노릇을 할 생각 따위는 전혀 없었다고 했다. 그는 내가 이 넓은 세상에서 친구도 없이 홀로 내팽개쳐져서 사는 걸 보니 자기 재산의 절반을 내줬을 거라고 말했다. 그에 대한 보답으로 키스조차 요구하지 않았을 거라고도 했다. 그는 내가 털어놓은 것보다 실제로는 훨씬 더 큰 고통을 겪었으리라 확신하는 눈치였다.

　"고생을 좀 하긴 했지만 그 기간이 짧았어요."

나는 무어 하우스에서 받은 대접에 대해 털어놓았다. 학교 교사 자리를 제안받은 일, 재산을 상속받은 일, 친척들을 찾은 일 등을 순서대로 이야기했다. 물론 그 과정에서 신 진 리버스의 이름도 여러 번 등장했다. 그는 그 이름에 즉각 반응하며 물었다.

"신 진이라는 남자도 당신 친척이에요?"

"네."

"그 사람 얘길 여러 번 하던데, 그를 좋아했습니까?"

"좋은 사람이에요. 좋아하지 않을 수 없는 분이고요."

"좋은 남자라. 존경스럽고 품행이 점잖은 50대 남자라는 얘기입니까? 어떤 의미로 좋은 남자라는 거죠?"

"그분은 스물아홉 살밖에 안 됐어요."

"프랑스인들이 하는 말대로라면 'Jeune encore(아직 젊은 친구)'로군요. 키 작고 냉정하고 못생겼어요? 대단한 미덕을 가져서가 아니라 죄를 짓지 않아서 좋은 남자라는 말인가요?"

"그분은 지치는 걸 모를 정도로 활동적이에요. 훌륭하고 고귀한 행동을 하면서 사시죠."

"머리는 어떻습니까? 좀 둔한가요? 의도가 나쁜 건 아니지만 그 사람이 하는 얘길 들으면 괜히 어깨를 으쓱하게 되는 그런 사람?"

"그분은 말수가 적지만 핵심을 딱딱 짚어내세요. 머리도 거의 최고 수준으로 좋고요. 감수성은 풍부하지 않지만 활기는 있는 분이에요."

"유능한 남자라는 겁니까?"

"무척 유능하시죠."

"교육은 제대로 받았습니까?"

"교양 있고 깊은 지식을 가진 학자예요."

"얘기를 들어보니 그 남자의 태도는 당신 취향이 아니겠군요? 융통성 없는 교구 목사일 것 같은데?"

"그분의 태도에 관한 얘기는 한 적이 없는데요. 제 취향이 아주 형편없지 않았다면 잘 맞았을 수도 있어요. 그분의 태도는 세련됐고 침착하고 신사다워요."

"그의 외모는……. 그의 외모에 대해 당신이 어떻게 묘사했는지 잊어버렸어요. 어쨌든 초짜 보좌 신부일 거란 생각이 드는군요. 하얀 칼라로 목을 바짝 조이고, 두툼한 굽이 달린 장화를 신고 다니지 않아요?"

"그분은 옷을 잘 입고 잘생겼어요. 키가 크고 머리는 금발에 눈동자는 파란색이죠. 옆모습은 고대 그리스 조각 같고요."

"젠장!"(그는 고개를 돌리고 혼잣말을 했다. 그러고는 나를 돌아보며 물었다.) "그 남자를 좋아했어요, 제인?"

"그럼요. 좋아했죠. 아까도 물어봤잖아요."

나는 그 질문을 한 사람의 감정이 점점 변해가고 있음을 알아챘다. 로체스터 씨는 질투에 사로잡히고 있었다. 질투심이 속을 찔러대는 게 그에게는 긍정적인 효과로 작용할 듯했다. 우울감의 송곳니에서 잠시라도 벗어날 수 있을 테니까. 나는 질투심이라고 하는 뱀을 당장 꾀어 멀리 쫓아버리지는 않을 것이다.

그는 예상 밖의 말을 했다.

"내 무릎에 더 이상 앉아 있고 싶지 않은 거 아닙니까?"

"어째서요, 로체스터 씨?"

"당신이 한 얘기대로라면 너무 차이가 커서요. 그 남자는 아무래도 우아한 아폴로 신 같은 외모를 지닌 것 같습니다. 키가 크고 금발에 푸른 눈, 그리스 조각 같은 옆모습까지. 그런데 지금 당신이 보고 있는 나는 불카누스(로마 신화에 나오는 불과 대장일의 신―옮긴이) 같은 외모를 지녔죠. 피부도 까무잡잡하고 어깨는 떡 벌어지고 눈멀고 다리까지 절잖아요. 딱 대장장이처럼 생겼죠."

"그런 식으로는 생각해본 적이 없는데, 듣고 보니 당신은 정말 불카누스 신 같은 면이 있네요."

"그러니 날 떠나든지요. 하지만 당신이 떠나기 전에……" (그는 아까보다 더 내 몸을 꽉 안았다.) "한두 개만 물어볼게요."

"뭐가 궁금한데요, 로체스터 씨?"

그가 반대 심문 하듯 물었다.

"신 진은 당신이 자기 친척인 걸 알기도 전에 당신을 학교 교사로 삼은 겁니까?"

"네."

"그를 자주 봐요? 그가 학교에 자주 방문했습니까?"

"매일요."

"그가 학교 운영에 관한 당신 계획을 승인해줬습니까, 제인? 물론 당신은 워낙 재능 있는 사람이니 학교 운영 계획도 잘 짰겠지만 말입니다!"

"네, 승인해줬어요."

"그가 당신한테서 기대하지 않았던 여러 가지 면들을 봤습니까? 당신이 가진 재주 중 몇 가지는 평범한 수준이 아닌데."

"그건 잘 모르겠어요."

"학교 근처에 작은 숙소가 있다고 했죠. 그가 그 숙소에 온 적 있습니까?"

"가끔요."

"저녁에도요?"

"한두 번 왔어요."

그는 잠시 말이 없다가 다시 물었다.

"사촌 사이라는 걸 알게 된 후 그 남자, 그리고 그 남자의 여동생들과 얼마나 오래 같이 살았어요?"

"5개월이요."

"그는 집안 여자들과 시간을 많이 보내는 편인가요?"

"네. 뒤쪽 응접실이 그와 우리가 함께 쓰는 서재였어요.
그는 창가에 앉고 우린 탁자 앞에 앉고요."

"그가 공부를 많이 했습니까?"

"많이 했죠."

"무슨 공부를 주로 했는지?"

"힌디어요."

"그동안 당신은 뭘 했어요?"

"처음엔 독일어를 공부했어요."

"그가 당신한테 가르친 건 없어요?"

"힌디어를 좀 가르쳐줬어요."

"리버스 씨가 당신한테 힌디어를 가르쳤다고요?"

"네."

"자기 여동생들도 가르쳤어요?"

"아뇨."

"당신만?"

"저만요."

"당신이 배우고 싶다고 했어요?"

"아뇨."

"그가 나서서 가르쳤다?"

"그렇죠."

그는 다시 침묵하다가 입을 열었다.

"그가 왜 그랬을까요? 힌디어가 당신한테 무슨 쓸모가

있다고?"

"그는 저를 인도에 데리고 가고 싶어 했어요."

"아! 이제 문제의 뿌리에 도달했네요. 그가 당신과 결혼하고 싶어 했군요?"

"청혼을 하긴 했어요."

"그건 좀 지어낸 얘기 같은데요. 내 신경을 긁으려고 꾸며낸 얘기로군요."

"엄연한 진실이에요. 그는 몇 번이나 청혼했어요. 당신 못지않게 자기 뜻을 강하게 밀어붙이려고 했고요."

"에어 양, 다시 한번 말하지만 이만 내 무릎에서 내려가도 됩니다. 같은 말을 몇 번이나 해야 하죠? 내가 그만 내려가도 된다고 하는데도 왜 계속 내 무릎에 앉아 있는 겁니까?"

"이 자리가 편해요."

"아뇨, 제인. 당신 마음이 나한테 있질 않은데 이 자리가 편할 리 없습니다. 그 신 진이라는 남자한테 마음이 가 있잖아요. 지금까지 난 제인이 온전히 내 것이라고 생각했습니다! 당신이 나를 떠났을 때도 당신이 나를 사랑했다고 믿었어요. 그러니 지독한 고통 속에서도 그 사실을 위안 삼았죠. 우리가 헤어져 있는 동안 나는 이별에 괴로워하며 뜨거운 눈물을 흘렸어요. 내가 슬픔에 잠겨 있는 동안 당신이 다른 사람을 사랑하고 있을 줄은 생각도 못 했습니다! 난 쓸데없는 짓을 한 거였어요. 제인, 그만 나를 떠나요. 가서 리버스 씨와 결혼해요."

"저를 뗄쳐내든 밀어내든 어디 해보세요. 제가 자발적으로 당신을 떠날 일은 없을 테니까."

"제인, 난 당신 목소리가 참 좋아요. 희망을 주고 진실함이 가득 담긴 목소리라서요. 그 목소리를 듣고 있으면 1년 전으로 되돌아가게 되네요. 당신이 새로운 인연을 만들었다는 것도 잊고. 하지만 난 바보가 아닙니다. 그만 가요……."

"어디로 가라고요?"

"당신이 선택한 남편과 함께…… 당신 삶을 살아요."

"그게 누군데요?"

"신 진 리버스라는 남자 말입니다."

"그는 제 남편이 아니고 앞으로도 그럴 일 없어요. 그는 저를 사랑하지 않고 저도 그를 사랑하지 않으니까요. 그는 로저먼드라는 어리고 아름다운 숙녀를 사랑해요. (그도 사랑을 할 줄은 아는 사람이에요. 당신과 같은 방식은 아니지만.) 그가 저와 결혼하려 했던 이유는 제가 선교사의 아내로 적합하다고 생각했기 때문이었어요. 로저먼드 양은 그런 기준에 부합하지 않았고요. 그는 착하고 훌륭하지만 한편으로는 냉혹한 면이 있어요. 저에게는 빙산만큼이나 차가운 사람이죠. 그는 당신과는 달라요. 그의 곁에 있으면 저는 행복하지 않아요. 그 사람 가까이에, 그 사람과 함께 있으면 절대 행복할 수가 없거든요. 그는 저에게 관대하지도 않고 애정도 없어요. 제 매력은 볼 줄도 모르고요. 제 젊음에도 관심이 없어요. 오직 제가 가진 몇 가지 정신적인 자질들만 유용하게 생각할 뿐이죠. 그런 데도 제가 당신을 떠나 그 사람한테 가야겠어요?"

나도 모르게 몸서리를 치면서 본능적으로 그에게 바짝 다가갔다. 눈멀고 사랑스러운 이 남자가 미소 지었다.

"아, 제인! 그게 사실입니까? 당신과 리버스 씨의 관계가 실은 그런 거라고요?"

"그렇다니까요! 아, 그러니 질투할 필요 없어요! 당신이 우울감을 떨치게 하려고 장난을 좀 친 것뿐이에요. 슬퍼하는 것보다는 화가 치미는 게 낫다는 생각에서였어요. 제가 당신을 사랑하길 바란다면, 제가 당신을 얼마나 사랑하는지 깨달은 당신은 자부심을 느끼면서 만족할 거예요. 제 마음은 이미 당신 것이니까요. 운명이 저를 당신 곁에서 멀리 쫓아버린다고 해도, 제 마음은 앞으로도 쭉 당신과 함께할 거예요."

그는 다시 내게 입을 맞췄다. 고통스런 생각이 떠오르는지 그의 낯빛이 어두워졌다.

"불에 타 멀어버린 내 눈이, 불구가 된 내 팔이 문제입니다!"

그는 나지막하게 탄식했다.

나는 그를 달래기 위해 그를 쓰다듬었다. 그가 무슨 생각을 하는지 알 것 같았다. 그를 위로하는 말을 해주고 싶은데 감히 입이 떨어지지 않았다. 옆으로 얼굴을 돌린 그의 붙어버린 눈꺼풀 아래서 눈물이 새어 나와 남자다운 그의 뺨을 타고 흘러내렸다. 내 심장이 벅차올랐다.

얼마 후 그가 말했다.

"난 손필드 과수원에 있는 벼락 맞은 늙은 밤나무나 다름 없어요. 다 죽어가는 그 나무가 무슨 권리로 새싹 돋는 인동덩굴에게 싱싱한 신록으로 자신의 썩은 부위를 덮어달라고 말할 수 있을까요?"

"당신은 다 죽어가는 것도, 벼락 맞은 나무도 아니에요. 당신은 푸르르고 혈기 왕성하다고요. 당신이 요청하든 안 하든 식물들은 당신 뿌리 근처에서 자랄 거예요. 당신이 드리워주는 넉넉한 그늘 안에 머무는 게 좋으니까요. 그리고 자라면서 당신에게 점점 몸을 기대고 당신 주변을 둘러싸겠죠. 당신의 힘에 기대어 안정을 도모하려고요."

그는 다시 미소 지었다. 내 말이 위로가 된 듯했다.

"친구로서 하는 얘기입니까, 제인?"

"그래요, 친구요."

나는 머뭇거리며 대답했다. 나는 친구 이상의 의미를 담고 한 말이지만 어떻게 표현해야 할지 알 수 없었다. 그러자 그가 나를 도왔다.

"아! 제인. 난 아내를 원합니다."

"그래요?"

"그래요. 새삼스러운가요?"

"물론이죠. 전에는 그런 얘기를 한 적 없으시잖아요."

"불쾌한가요?"

"상황에 따라 다르겠죠……. 당신이 어떤 선택을 하는지에 달려 있으니까요."

"나를 위해 선택을 해줘요, 제인. 당신 결정에 따를 테니까."

"그렇다면…… 당신을 가장 사랑하는 여자를 선택하라고 말씀드리고 싶네요."

"나는…… 내가 제일 사랑하는 여자를 선택할게요, 제인. 나와 결혼해줄래요?"

"그럴게요."

"눈먼 이 불쌍한 남자의 손을 잡고 이끌어주겠다고요?"

"그럴게요."

"당신보다 나이가 스무 살이나 많고, 당신이 시중을 들어줘야만 하는 불구인데도?"

"그렇다니까요."

"진심이에요, 제인?"

"진심이에요."

"아! 제인! 하느님이 당신을 축복하고 보상해주기를!"

"로체스터 씨, 제가 살면서 착한 일을 한 적이 있거나 착한 생각을 한 적이 있다면, 진실하고 흠 없는 기도를 했거나 올바른 소망을 품은 적이 있다면, 바로 지금 하느님께서 보상을 해주신 거라고 생각해요. 당신의 아내가 되는 게 저에게는 이 세상에서 제일 행복한 일이니까요."

"당신이 남에게 자신을 희생하는 걸 좋아하는 사람이라 그런 겁니다."

"희생이라뇨! 제가 무슨 희생을 해요? 허기를 느끼는 대신 음식을 먹고, 기대 대신 만족을 얻게 됐는데요. 소중한 사람을 이렇게 품에 안을 수 있고, 사랑하는 사람에게 입을 맞출 수 있고, 신뢰하는 사람 곁에서 편안히 쉬고 있는데, 이게 희생인가요? 그렇다면 저는 희생하길 좋아하는 사람이 맞네요."

"불구가 된 나를 참고 견디는 일도 포함입니다, 제인. 앞으로 내 결함을 견뎌야 할 테니 말입니다."

"내게는 전혀 결함이 아니에요. 당신이 혼자 힘으로 오만하게 살 때보다, 내가 당신에게 쓸모가 있게 된 지금 당신을 더 사랑해요. 예전에 당신은 상대에게 뭐든 해주고 보호해주는 역할이 아니면 모조리 경멸했잖아요."

"지금까지 나는 남의 도움을 받거나 남이 이끄는 대로 사는 삶을 몹시 싫어했죠. 앞으로는 그렇지 않을 것 같네요. 나는 하녀에게 내 손을 맡기는 게 싫었어요. 하지만 당신의 작은 손가락이 내 손을 잡아주는 건 너무나 기분이 좋아요. 하인들의 시중을 받는 것보다 차라리 혼자인 게 좋았지만, 당신이 부드럽게 시중을 들어주니 더없이 기쁘기만 합니다. 제인은 내게 너무나도 잘 맞는 사람이에요. 나도 당신에게 그렇습니까?"

"제 본성의 가장 세밀한 부분까지 전부 잘 맞아요."

"그렇다면 더 기다릴 이유가 없겠군요. 당장 결혼합시다."

그는 열정이 차오른 표정과 말투로 말했다. 예전처럼 성급하게 구는 모습도 보였다.

"더 미룰 필요 없이 우리 하나가 되기로 해요, 제인. 승인받고 바로 결혼하면 됩니다."

"로체스터 씨, 해가 하늘에서 제일 높은 자리까지 올라갔다가 저문 지 한참 됐고, 파일럿도 저녁 먹으러 집으로 돌아갔어요. 당신의 회중시계 좀 볼게요."

"당신 거들에 차고 다녀요. 나한테는 쓸모도 없는 물건이니까."

"오후 4시가 다 됐네요. 배고프지 않아요?"

"앞으로 사흘 후에 결혼식을 올립시다, 제인. 고급 옷과 보석 같은 건 신경 쓰지 말아요. 그런 건 중요하지 않아요."

"햇볕에 빗방울이 모두 말랐네요. 바람도 잠잠하고요. 햇살이 뜨거워요."

"내 스카프 안쪽, 구릿빛 목에 당신의 작은 진주 목걸이가 걸려 있는 거 알아요? 내가 가진 유일한 보물을 잃었던 날부터 그를 잊지 않으려고 목에 걸고 다녔어요."

"숲을 지나서 집으로 돌아가야겠어요. 그쪽 길이 그림자가 져 있거든요."

그는 내 얘기는 듣지도 않고 자기 생각에만 빠져 있었다.

"제인, 당신은 나를 무종교인이나 다름없는 인간이라고 생각하겠지만, 지금 내 심장은 이 세상을 관장하시는 자비로운 하느님에게 감사하는 마음으로 가득합니다. 하느님은 세상만사를 인간보다 훨씬 명료하게 보는 분이시죠. 인간보다 훨씬 더 현명하게 판단하시고요. 나는 잘못을 저질렀습니다. 순수한 꽃을 더럽히려 했어요. 그 순수함에 죄악의 숨결을 뿜어내려 했죠. 그런데 그 순간 전지전능한 하느님께서 그 꽃을 빼앗아 가신 겁니다. 나는 하느님의 섭리에 순종하는 대신, 목을 꼿꼿이 쳐들고 반항하면서 저주까지 퍼부었습니다. 그러니 하느님의 정의대로 이루어진 거예요. 내게 온갖 재앙이 몰려왔고 결국 죽음의 계곡을 지나가야 하는 지경에 이르렀습니다. 하느님은 원래 강력하게 벌을 주시는 분이잖습니까. 그 벌을 받고 영원히 겸손해진 거죠. 알다시피 나는 내가 가진 힘을 자랑스러워했어요. 그러던 내가 나약한 어린애처럼 남의 도움을 받아야 할 처지가 됐으니, 힘이라는 게 무슨 소용이 있을까요? 얼마 전…… 얼마 전에야 나는 하느님의 손길이 내 운명에 작용하고 있다는 걸 깨닫고 인정하게 됐습니다. 내 인생을 후회하고 회개하면서, 하느님과 화해하고 싶다는 소망을 갖게 됐어요. 가끔 기도도 드립니다. 짧지만 진실한 기도요.

며칠 전인가…… 정확히 나흘 전이었어요. 지난 월요일

밤에 이상한 느낌이 들더군요. 그동안 내 안을 휩쓸었던 분노 대신 슬픔이 밀려왔어요. 애달프고 울적한 감정이었죠. 당신을 어디에서도 찾을 수가 없어서 아마 죽었나보다 하는 생각을 하고 있었어요. 그런데 그날 밤늦게, 그러니까 밤 11시에서 12시 사이쯤에 홀로 외로이 잠자리에 들기 전 하느님에게 애원했습니다. 이제 그만 나를 데려가달라고, 차라리 저세상에 가면 제인을 다시 만날 수 있을 거란 희망이라도 있겠다고요.

　　내 방에서 창문을 열어놓고 그 앞에 앉아 있는데, 따뜻한 밤공기 덕분인지 마음이 진정되더군요. 별은 볼 수 없지만, 그래도 희미하게 빛나는 형체가 어렴풋이 보여서 그게 달인 걸 알 수 있었죠. 당신이 몹시 그리웠어요, 재닛! 아, 당신의 영혼과 몸을 지독하게 갈구했습니다! 고통 속에서 겸손하게 하느님께 여쭸습니다. 이만하면 내가 충분히 외롭고 고통스럽고 괴로워하고 있지 않냐고. 이 정도면 내가 다시 축복과 평화를 누려도 되지 않겠냐고. 그동안 견뎌온 고통은 내가 감당하는 게 맞았다고 인정했습니다. 그러자 내 마음속에 담겨 있던 가장 중요한 소망이 입 밖으로 튀어나왔죠. '제인! 제인! 제인!' 이렇게요."

　　"그 말을 소리 내서 했어요?"

　　"그랬죠. 누구든 그걸 들은 사람은 내가 미쳤다고 생각했을 겁니다. 미친 듯이 우렁차게 외쳤으니까."

"그게 지난 월요일 밤 자정 무렵이었고요?"

"맞아요. 시간은 중요하지 않아요. 그다음에 정말 이상한 일이 일어났어요. 내 얘기를 들으면 나를 미신이나 믿는 사람으로 여길지도 모르겠군요. 원래 내 핏속에는 미신을 믿는 면이 있기는 합니다만, 이건 내가 직접 들은 겁니다.

'제인! 제인! 제인!'하고 외치고 난 후에 어떤 목소리가 들렸습니다. 그 목소리가 어디서 들렸는지는 알 수 없지만 누구의 목소리인지는 분명히 알 수 있었어요. 그 목소리가 대답하더군요. '내가 갈게요! 기다려요!' 그리고 얼마 후 바람을 타고 속삭이는 목소리가 다시 들려왔습니다. '어디 있어요?'

그 말을 들으면서 내 머릿속에 무슨 생각이 들었는지 할 수만 있다면 당신에게 말해주고 싶은데 정확히 표현하기가 어렵네요. 펀딘은 무성한 숲에 둘러싸인 곳입니다. 이런 곳에서는 어떤 소리든 메아리치지 못하고 곧 사그라져요. '어디 있어요?'라는 그 목소리는 산속에서 들려온 것 같았어요. 산속에서 그 말이 메아리치고 있었으니까. 그 순간 내 이마에 차갑고 신선한 돌풍이 불어닥친 느낌이었어요. 오가는 이 없는 어느 황량한 곳에서 제인과 단둘이 만나는 기분이었어요. 아마도 영적으로 우리가 만난 것인지도 모르죠. 그 시각에 당신은 아마 자고 있었을 테지만, 당신 영혼이 나를 위로해주려고 몸에서 빠져나오지 않았을까요. 내가 들은 건 분명 당신의 말투 그대로였어요. 당신 목소리가 확실했습니다!"

독자 여러분, 그 월요일 자정 무렵에 나 역시 불가사의하게 나를 부르는 소리를 들었다. 그리고 그가 들었다고 한 대답 역시 내가 한 대답이 맞았다. 나는 로체스터 씨의 이야기를 듣기만 하고 내가 경험한 일을 털어놓지는 않았다. 그와 내게 동시에 일어난 그 일은 무어라 설명할 수 없을 정도로 괴이해서 그에게 섣불리 털어놓거나 논의할 수 없었다. 내가 잘못 얘기했다간 그의 정신에 심각한 영향을 미칠 수도 있었다. 그동안 깊은 우울감에 시달려온 그의 정신에 초자연적인 그림자까지 드리울 필요는 없다는 게 내 판단이었다. 나는 그 사실을 내 안에 홀로 간직하기로 했다.

그가 계속해서 말했다.

"어제저녁 당신이 갑자기 나타났을 때 내가 왜 당신을 실제 사람이 아니라 목소리와 환영이라고 생각했는지 이제 이해가 될 겁니다. 밤중에 들은 속삭임과 산속의 메아리처럼 어제의 목소리도 사라져버릴 거라 생각했어요. 하지만 이제 그렇지 않다는 걸 압니다. 정말 하느님께 감사드려요! 하느님, 감사합니다!"

그는 나를 바닥에 내려놓고 일어서더니 경건하게 모자를 벗었다. 보이지 않는 눈으로 바닥을 응시하면서 고개를 숙이고 잠시 말없이 서 있었다. 그의 입에서 흘러나온 기도의 마지막 말이 나지막하게 내 귀에 들려왔다.

"심판의 와중에도 자비로움을 잊지 않고 베풀어주신 창

조주 하느님께 감사드립니다. 제가 앞으로 더욱 깨끗한 삶을 살아갈 수 있도록 힘을 주시기를 겸손히 간청드립니다!"

그가 앞으로 뻗은 손을 나는 소중히 잡고 입을 맞췄다. 그리고 그의 팔을 내 어깨에 걸치고 그를 부축했다. 그보다 키가 훨씬 작은 나는 그렇게 그의 버팀목이자 안내인이 되었다. 우리는 숲을 지나 집으로 향했다.

38

독자 여러분, 나는 그와 결혼했다. 그와 나, 교구 신부와 서기만 참석한 조용한 결혼식을 올렸다. 성당에서 돌아와 펀딘 저택 주방으로 들어가 보니 메리는 저녁 식사를 준비하고 있었고 존은 칼을 씻는 중이었다. 나는 그들에게 말했다.

"메리, 오늘 아침에 로체스터 씨와 결혼했어요."

하녀장 메리와 그의 남편 존은 둘 다 점잖고 침착한 사람들이었다. 덕분에 날카롭게 목청 높여 지르는 소리에 귀청이 찢어진다거나, 놀라서 격하게 쏟아내는 말의 홍수에 휩쓸릴 염려 없이 놀라운 소식을 편안하게 전할 수 있었다. 메리는 고개를 들어 나를 가만히 쳐다보았다. 화덕 안에 닭 두 마리를 넣고 양념을 발라가며 굽고 있던 메리는 그대로 3분 정도 국자를 손에 든 채 나를 멍하니 바라보았다. 존도 칼을 씻다 말고 그대로 멈춰버린 모습이었다. 이윽고 메리는 다시 닭구이를 내려다보며 말했다.

"그랬어요? 그렇군요!"

그리고 잠시 후 이렇게 덧붙였다.

"선생님과 주인님이 같이 나가시는 걸 보긴 했는데 결혼식을 하러 성당에 가시는 줄은 몰랐네요."

그러고는 다시 닭구이에 양념을 끼얹었다. 나는 존을 돌아보았다. 존은 환하게 웃으며 말했다.

"메리에게 이렇게 될 거라고 말했습니다. 에드워드 씨가 어떻게 할지 난 알고 있었어요. (존은 나이가 많은 하인이라, 어렸을 때부터 보아온 에드워드 로체스터 씨를 성 대신 이름으로 부르곤 했다.) 에드워드 씨가 시간을 오래 끌 것 같지 않았거든요. 그분이 잘 해내신 것 같네요. 축하드립니다, 선생님!"

그는 앞머리를 늘어뜨리며 정중하게 인사했다.

"고마워요, 존. 로체스터 씨가 당신과 메리에게 이걸 전해주라고 하셨어요."

나는 그의 손에 5파운드짜리 지폐 한 장을 건네고 곧장 주방을 나갔다. 얼마 후 나는 주방 앞을 지나가다가 그들이 주고받는 얘기를 들었다.

"다른 잘난 숙녀들보다 주인님께 잘해주실 거야." 그리고 다시 말이 이어졌다. "선생님이 미인 축에는 못 끼지만 못생긴 편도 아니죠. 성격은 또 얼마나 좋으세요. 게다가 주인님 눈에 엄청 아름다운 분으로 보인다는 걸 누가 봐도 알 수 있잖아요."

나는 무어 하우스와 케임브리지에 즉시 편지를 보내 소식을 알렸다. 내가 왜 그렇게 해야 했는지에 대한 자세한 설명도 적어 넣었다. 다이애나와 메리는 전적으로 찬성했다. 다이애나는 신혼 기간이 지나면 나를 보러 이 집에 들르겠다고 말했다.

내가 언니의 편지를 읽어주자 로체스터 씨가 말했다.

"그분은 신혼 기간이 끝날 때까지 안 기다리는 편이 나을 겁니다, 제인. 그랬다가는 너무 오래 기다리게 될 테니까. 우리의 신혼 기간은 평생 지속될 겁니다. 당신이나 내가 무덤에 들어가고 나서야 신혼의 빛이 사라지겠죠."

신 진이 내가 전한 소식을 어떻게 받아들였는지는 알 수가 없다. 그는 내 편지에 답장도 하지 않았다. 6개월이 지나고 나서야 그는 내게 편지를 보냈는데 로체스터 씨의 이름이나 내 결혼 생활에 대한 언급은 아예 없었다. 편지 내용은 시종일관 차분했고, 진지하면서도 상냥했다. 그 후 그는 자주는 아니라도 정기적으로 편지를 보내주었다. 내 행복을 빌어주는 내용, 그리고 내가 하느님을 잊고 사는 사람들 사이에서 세속의 일만 신경 쓰며 살고 있지는 않으리라 믿는다는 내용이 대부분이었다.

독자 여러분, 어린 아델에 대해 잊지 않으셨으리라 믿는다. 나 역시 잊지 않았다. 나는 곧 로체스터 씨에게 얘기하고 잠시 그의 곁을 떠나 그가 아델을 맡겨놓은 기숙학교를 찾아갔다. 아델이 나를 보고 어찌나 기뻐하는지 가슴이 먹먹할 정도였다. 아델은 창백하고 야위어 보였으며 그곳 생활이 행복하지 않다고 말했다. 알아보니 그 학교의 규율이 지나치게 엄격하고 학습 과정도 아델 나이 또래의 아이가 감당하기에는 너무 가혹한 수준이었다. 나는 즉시 아델을 집으로 데려왔다. 내가 직접 집에서 가르칠 생각이었는데 곧 그게 현실적으로 힘들다는 걸 알게 됐다. 내 시간을 온통 다 내주면서 돌봐야 할 다른 사람이 있기 때문이었다. 바로 내 남편이었다. 결국 나는 좀 더 여유로운 체계로 운영되는 다른 기숙학교를 찾아냈다. 그 학교는 거리가 멀지 않아서 내가 자주 찾아갈 수 있었고, 아델을 종종 집으로 데려올 수도 있었다. 나는 아델이 편안하게 생활할 수 있도록 부족함 없이 신경을 썼다. 아델은 곧 새 학교에 적응해서 행복하게 생활했고 공부에도 상당한 진전을 보였다. 아델은 건전한 영국식 교육을 받은 덕분에 성장하면서 프랑스적인 결함의 상당 부분을 고칠 수 있었다. 학교를 졸업한 후 아델은 나를 기쁘게 해주는 상냥한 벗이 되어주었다. 그 아이가 온순하고 사근사근한 데다 신념이 뚜렷한 사람으로 성장한 덕분이었다. 아델은 나와 내 남편에게 늘 고마워하면서 내가 힘닿는 대로 베풀어준 사소한 친절에 대해 오래도록 보답했다.

　　내 이야기가 이제 끝을 향해 가고 있다. 내 결혼 생활에 대해, 그리고 이 이야기에 이름이 자주 등장한 사람들의 운명에 대해 짧게 언급하고 마무리하면 될 것 같다.

이제 결혼한 지 10년이 되어간다. 나는 세상에서 제일 사랑하는 이를 위해 살아간다는 게 어떤 것인지 알게 됐다. 나는 말로 표현할 수 없을 정도로 지극한 축복을 받은 사람이다. 내가 남편의 인생 그 자체이며 남편 역시 내 인생 그 자체이기 때문이다. 어떤 여자도 나보다 남편과 더 가깝게 살지 못했을 것이다. 나는 그의 뼈에서 비롯된 뼈이고, 그의 살에서 비롯된 살이었다(창세기 2장 23절에서 인용 - 옮긴이). 나는 남편과 함께 있으면 지루한 줄을 몰랐고 그도 마찬가지였다. 이는 서로의 가슴 속에서 뛰고 있는 심장의 박동을 지루해하지 않는 것과 마찬가지였다. 그런 이유로 우리는 늘 함께다. 함께 있어도 혼자 있을 때와 마찬가지로 자유롭고 함께 있기에 늘 즐겁다. 우리는 거의 종일 대화를 한다. 대화라는 것은 서로의 생각을 더욱 생생하게 소리로 표현하는 행위다. 내가 하는 모든 생각은 그에게 전해지고, 그의 모든 생각은 내게 전해진다. 우리는 성격도 잘 맞는다. 그러니 완벽하게 조화를 이루며 살 수밖에 없다.

로체스터 씨는 나와 결혼하고 처음 두 해 동안은 줄곧 앞을 보지 못했다. 덕분에 우리는 늘 붙어살다시피 했고 끈끈한 관계를 맺을 수 있었다. 2년 동안 나는 그의 눈이 되어주었고 지금도 그의 오른손 노릇을 하고 있다. 말 그대로 그는 나를 눈에 넣어도 아프지 않은 존재로 여겼다. (그는 나를 종종 그렇게 부르기도 했다.) 그는 나를 통해 자연을 감상하고, 나를 통해 책을 읽었다. 나는 들판과 나무, 마을, 강, 구름, 햇빛 같은 우리 앞에 펼쳐진 풍경, 우리 주변의 날씨를 묘사하면서 충직하게 그의 눈이 되어주었다. 빛으로 그의 눈에 닿을 수 없는 것들을 소리로 전해주었다. 그에게 책을 읽어주는 것, 그가 가고 싶어 하는 곳으로 데려가는 것, 그가 원하는 일을 해주는 것이 한 번도 지겨운 적이 없었다. 마음이 아프기는 했지만 그를 위해 일하다 보면 가슴 속이 충만해지곤 했다. 그는 나의 봉사를 고통스런 수치나 굴욕으로 여기지 않았다. 그는 나를 진심으로 사랑하기에, 내 도움도 거리낌 없이 받았다. 그는 내가 자기를 너무나 사랑하기 때문에, 내 시중을 받는 것은 내가 제일 원하는 일을 들어주는 것이라 여겼다.

결혼하고 2년이 거의 다 되어가던 어느 날 아침, 그가 불러주는 대로 편지를 쓰고 있는데 그가 다가와 내게 허리를 굽히며 말했다.

"제인, 혹시 목에 반짝거리는 장식을 걸고 있어요?"

나는 금목걸이를 착용한 상태였다.

"맞아요."

"연청색 드레스를 입었고?"

그랬다. 그는 얼마 전부터 시야를 부옇게 가리던 막 같은 게 옅어지는 느낌이었는데 지금 보니 확실히 그런 것 같다고 말했다.

우리는 런던으로 향했다. 그는 저명한 안과 의사에게 치료받았고 결국 한쪽 눈의 시력을 회복했다. 완전히 또렷하게 볼 수 있는 건 아니라서 아직 읽고 쓰는 건 힘들었지만 도움의 손길 없이 걸어 다닐 정도는 되었다. 이제 그에게 하늘은 더 이상 텅 빈 공간이 아니고 땅도 공백이 아니었다. 첫아들을 품에 안은 그는 그 아이가 한때 큼직하게 빛나던 자신의 검은 눈을 물려받았다는 것도 알 수 있었다. 그는 하느님께서 심판과 자비로 자기를 고루 담금질하고 계신다고 말하며 가슴 벅차 했다.

에드워드와 나는 지금도 행복하게 살고 있다. 우리가 사랑하는 사람들도 마찬가지라 나는 더욱 행복하다. 다이애나와 메리 리버스는 둘 다 결혼했다. 그들은 매년 번갈아 가며 우리를 만나러 오고, 우리도 그들을 만나러 간다. 다이애나의 남편은 해군 대령인데 용감하고 착한 남자다. 메리의 남편은 성직자이자 오빠의 대학 친구로, 공부를 많이 했고 원칙도 충실히 따르는 사람인 만큼 메리와 잘 어울린다. 다이애나의 남편 피츠제임스 대령과 메리의 남편 워튼 씨는 아내를 사랑하고, 아내에게 사랑받으며 잘 살고 있다.

마지막으로 신 진 리버스의 소식을 들려드리겠다. 그는 결국 영국을 떠나 인도로 갔다. 스스로 정한 운명의 길로 나아간 것이다. 지금도 그 길을 걷고 있다. 험준한 바위와 온갖 위험이 도사리고 있는 곳이겠지만 그 사람보다 더 결심이 확고

하고 끈질긴 개척자는 아마 없을 것이다. 그는 단호하고 충직하며 헌신적이다. 언제나 힘이 넘치고 열정적이며 진실한 그는 인류를 위해 열심히 살아가고 있다. 인류의 고통스러운 여정을 조금이나마 편하게 해주려 노력한다. 그 일을 방해하는 편견과 카스트의 거대한 벽을 부수려 안간힘을 쓰고 있다. 그는 엄격하고 까다로우며 야망에 찬 사람이다. 하지만 그의 엄정함은 악마 아폴리온의 공격으로부터 순례자들을 지켜주려는 전사 그레이트하트(『천로역정』에 등장하는 길잡이 – 옮긴이)의 엄정함과 같다. 그는 '누구든 나를 따라오려거든 자기를 버리고 제 십자가를 지고 나를 따르라(마가복음 8장 34절 – 옮긴이)'라고 요구하는데, 이는 그리스도를 위해 나선 사도로서 하는 요구다. 그의 야망은 지상에서 구원받은 사람들, 하느님의 옥좌 앞에 죄 없이 서 있는 사람들, 어린양과 함께 최후의 승리를 거머쥘 사람들, 부름받고 선택받은 충성스러운 사람들 가운데 첫 번째 줄에 서고자 하는 위대한 영혼의 야망이다.

신 진은 결혼하지 않았다. 지금까지 그랬고 앞으로도 그럴 것 같다. 그는 홀로 고통스러운 사명을 감당해왔고 이제 그 고역이 끝을 향해 가고 있다. 그의 영광스런 태양이 서둘러 저물어가는 듯하다. 그의 마지막 편지를 받고 나는 인간적인 눈물을 흘렸지만, 영적으로는 신성한 기쁨으로 가슴이 벅차올랐다. 신 진은 확실한 보상, 썩지 않는 보관寶冠을 기대했다. 아마 다음에는 그가 아닌 낯선 이가 쓴 편지를 내가 받게 되지 않을까. 선하고 충직한 종 신 진이 마침내 하느님의 부름을 받고 떠났다는 소식이 담긴 편지 말이다. 그런 편지를 받더라도 슬피 울 이유는 없지 않을까? 신 진의 마지막 순간은 죽음에 대한 두려움으로 어두워지지 않을 것이다. 그의 정신은 구름 한 점 없이 맑을 것이고 그의 심장은 의연할 것이다. 그는 언제나 단호한 희망과 확고부동한 신념을 간직하고 있으니까. 그가 한 말을 들으면 그것을 분명히 알 수 있다.

"나의 주인이신 하느님께서 내게 경고하셨습니다. 그리고 매일 더욱 분명히 '내가 곧 가겠다!'라고 말씀하십니다. 그러면 나는 매시간 이렇게 간절히 응답합니다. '아멘. 어서 오십시오, 주 예수님!(요한묵시록 22장 20절 - 옮긴이)'"

추천의 글

가정교사 소설의 정점에 선 매혹적인 로맨스

듀나(작가)

내 이름은 듀나이고, 영화 관련 글과 SF를 쓰는 사람이다. 가끔 서구 고전소설에 대한 해설을 쓰기도 하는데, 편집진에 따르면 지금 내가 여기에 불려 온 이유는 내가 그동안 여기저기에서 샬럿 브론테의 『제인 에어』를 가장 좋아하는 소설 중 하나로 꾸준히 언급해왔기 때문이라고 한다. 심지어 나는 『제인 에어』의 줄거리만 알고 있는 다른 행성 사람들이 그 소설을 복원하려 한다는 내용의 소설도 쓴 적 있다. 다만 『제인 에어』는 많은 이들에게 이미 익숙한 소설이고 해설도 많은 편이니, 여기선 될 수 있는 한 개인적인 이야기를 좀 편하게 해보려고 한다. 상당수는 내 경험에 기반한 이야기이다.

　나는 『제인 에어』를 소설이 아닌 영화로 처음 접했다. 델버트 만이 연출한 1970년작 텔레비전 영화로 수재나 요크와 조지 C. 스콧이 각각 제인 에어와 로체스터로 나온다. 처음부터 본 건 아니었고 손필드 저택에서 파티가 열리는 부분부터 봤다. 저작권이 풀렸는지 이 영화는 지금 유튜브에서 볼 수 있는데, 그 부분은 대략 51분 지점이다.

당시 나는 『제인 에어』의 내용을 대충은 알고 있었다. 이런 고전소설 중 상당수는 어린이 대상 축약본이 따로 있었고 적어도 계림문고에서는 분명 나왔었는데, 내가 그걸 읽었다는 건 아니다. 대신 내 부양자 중 한 명이 이 소설의 이야기를 전래동화처럼 읊어준 걸 기억하고 있다. 영화를 보고 나서 정음사 세계문학전집의 『제인 에어』를 읽었는데 그게 내가 처음으로 읽은 『제인 에어』였다. 내 부양자는 그 번역을 좋아하지 않았다. 어렸을 때 읽고 '원전'으로 여겼던 번역이 있었다고 하는데, 그게 누구의 번역이었는지는 모르겠다.

나는 그 뒤로도 꽤 많은 번역본을 읽었는데, 이러다 보면 번역의 차이를 찾는 재미가 생긴다. 나는 새 『제인 에어』 번역본이 눈에 들어오면 32장의 끝부분을 본다. 자신을 이해할 수 없는 눈빛으로 바라보다가 집을 나서는 신 진을 향해 제인 에어가 내뱉는 방언 섞인 마지막 대사 "That caps the globe, however!"(753쪽)를 어떻게 번역했는지 확인하기 위해서다. 번역가마다 다 다른데, 그건 아무도 제인이 무슨 뜻으로 이 이상한 말을 했는지 확신하지 못하기 때문이 아닐까. 만약 비슷한 번역들이 있다면? 그걸 통해 번역자의 계보를 확인할 수도 있겠다. 오래 읽히는 옛날 소설들이 그렇듯 『제인 에어』에는 이런 표현들이 꽤 많다. 그리고 그중 몇몇은 『제인 에어』를 통해서 생명력을 유지한다. 이 책이 아니었다면 전설 속 괴물 '가이트래시'를 기억하는 사람들이 몇이나 되었을까.

하여간 처음 읽었을 때도 『제인 에어』의 이야기는 내게 익숙하게 느껴졌다. 델버트 만의 영화 반쪽을 먼저 보았기 때문이기도 하고 전래동화처럼 줄거리를 먼저 접했기 때문이기도 하지만, 그 전에 (역시 축약본으로) 프랜시스 호지슨 버넷의 『비밀의 화원』을 읽었기 때문이기도 하다. 『비밀의 화원』에는 『제인 에어』가 남긴 무시할 수 없는 흔적들이 있다. 비밀을 감춘 대저택, 그 안에 숨어 있는 수수께끼의 거주인 등등. 어떤 평론가들은 이 책에서 에밀리 브론테의 『폭풍의 언덕』이 남긴 흔적을 짚기도 한다. 디콘은 히스클리프의 건전하고 귀여운 버전인 것이다. 그렇지만 나로서는 문학사가 뭐라건 간에 『제인 에어』를 어른들이 나오는 『비밀의 화원』으로 읽을 수밖에 없다. 문학적인 공간 '무어moor'를 나에게 소개한 것도 『비밀의 화원』이 먼저였다. 더 이야기할 수도 있지만 지금 이 글의 주인공은 『제인 에어』이니 『비밀의 화원』 이야기는 여기서 멈추기로 한다.

아니다. 조금 더 이야기하겠다. 『비밀의 화원』과 『제인 에어』를 내가 쉽게 연결할 수 있는 또 다른 이유는 『제인 에어』가 정말 훌륭한 어린이 주인공을 품고 있기 때문이다. 바로 도입부에 나오는 어린 제인이다. 어린 제인과 성인이 된 제인 중 누가 더 좋냐고 인기투표를 한다면 많이들 어린 제인의 손을 들어주지 않을까 싶다. 지옥에 가지 않기 위해 어떻게 해야 하느냐는 질문에 "건강을 잘 유지해서 죽지 않아야 해요."라고 대답하는 아이를 어떻게 싫어할 수 있을까? 『제인 에어』의 도입부에는 어린이가 주인공인 강렬한 호러 에피소드가 나오기도 한다. 영문학사에서 이 소설의 '붉은 방' 장면에 나오는 것만큼 무시무시한 묘사는 찾기 힘들다. 아쉽게도 한국 독자들은 어린 제인의 "Unjust(부당해)!"라는 외침을 쉽게 기억하지 못하는데, 이 한 단어짜리 절규가 번역을 통과하면서 힘을 잃기 때문이 아닌가 생각한다.

어린 제인만큼은 아닐지 몰라도 성인이 된 제인 에어도 만만치 않게 매력적인 인물이다. 여기서 샬럿 브론테는 대다수의 작가에게는 없는 놀라운 실력을 과시한다. 오글거림 없이 일인칭 화자를 매력적으로 만드는 것이다. 여기에는 정직하고 단순한 테크닉이 활용되는데, 그건 제인이 자신이 처한 현실과 자신이 지닌 능력에 어떠한 환상도 품고 있지 않다는 데서 기인한다. 그렇게 독자는 어느새 제인의 매력에 빠져든다. 결국 책 속에서 일인칭 화자를 이해할 수 있는 길은 화자의 목소리뿐이고, 여기서부터는 테크닉이고 뭐고 없다. 제인은 그냥 태생적으로 재미있는 사람이다. 단지 평범한 외모가 그걸 가리고 있을 뿐. 유감스럽게도 할리우드 사람들은 여전히 외모를 고려해야 했고, 결국 제인의 배역은 조앤 폰테인, 미아 바시코프스카와 같은 미인들에게 돌아갔다. 앞에서 언급한 수재나 요크도 결코 미인이 아니라고 말할 수 없는 배우다. 단 조앤 폰테인의 경우 앨프리드 히치콕의 영화 〈레베카〉의 주연이기도 해서 자연스러운 연결 고리가 만들어지는데, 여기에 대해서는 나중에 조금 더 이야기하기로 한다.

제인 에어라는 캐릭터는 세상에 나오면서부터 페미니즘의 관점에서 해석됐다. 노동을 통해 돈을 벌고 자신의 가치를 증명하려 하며, 연애에서도 평등을 추구하는 빅토리아시대의 영국인 여성이니 그러지 않을 수가 없었다. 소설 곳곳엔 대놓고 페미니즘의 메시지를 담은 문장과 대사들이 배치되어 있으며 그것들은 지금도 곧잘 인용된다. 어떤 사람들은 당연히 열광했고 어떤 사람들은 제인이 프랑스 혁명의 사악한 음모에 말려들었다고 불평했다. 한마디로 빨갱이라는 뜻이다. 사람들은 정말 바뀌는 게 없다.

하지만 샬럿 브론테는 메시지를 전하기 위해 소설을 쓰지 않았다. 잘 팔리는 소설을 써서 돈을 벌고 유명해지는 것이 더 중요했다. 브론테가 쓴 건 당시 독자들이 이미 익숙해져 있던 가정교사 소설이었다. 여기에 당시 인기 있고 작가 자신도 매료되어 있던 고딕소설이라는 유행을 끼얹었고, 그 결과 끝내주는 로맨스 소설이 한 편 나온 것이다. 한동안 '칙릿' 열풍이 불었을 때 어떤 사람들은 『제인 에어』를 칙릿의 계보에 넣고 싶어 했다. 말이 안 되는 건 아닌데 그래도 쓸데없는 시도였다. 일단 요새 누가 칙릿이라는 단어를 쓰는가?

이 가정교사 로맨스는 재미있지만 좀 답답하기도 하다. 페미니스트로서의 제인 에어가 주는 메시지는 종종 장르적인 스토리 전개를 위해 맥이 끊긴다. 무엇보다 그런 평등성을 추구하는 제인이 택한 상대는 삼촌뻘인 고용주다. 소설 후반까지 제인은 그 상대를 '씨sir'라는 호칭으로 불러야 했다. 개인적으로 제인이 삼촌의 유산을 받은 뒤 손필드로 돌아가지 말고 그냥 세계여행이나 했으면 좋았을 거라는 생각을 한다. 나만 그렇게 생각하는 것도 아닐 것이다.

하지만 작가에게 쓰고 싶은 것을 쓰지 말라고 할 수는 없는 법이다. 그게 재미있는 캐릭터와 이야기로 이어진다면 더욱 그렇다. 이 소설의 남주인공인 에드워드 페어팩스 로체스터를 싫어할 수는 있어도 재미없다고 말할 수는 없다. 솔직히 지나칠 정도로 재미있어서 종종 기괴할 지경이다. 특히 집시 노파로 분장해 파티 손님과 제인을 속이는 장면에서는 '이 남자, 도대체 뭐야?'라는 생각이 안 들 수가 없다. 재미있는 만큼 징그럽기도 한데, 이건 어쩔 수가 없다. 작가가 이성애 욕망을 바탕으로 만든 '매력적인 이성 캐릭터'는 바로 그 욕망 때문에 필연적으로 징그러워진다. 그건 그냥 숙명이다. 그걸 상쇄할 만한 매력을 가질 수밖에.

다만 로체스터의 징그러움에는 일반론 이상의 무언가가 있다. 제인과 로체스터에 대한 묘사에는 작가 샬럿 브론테의 개인적인 경험이 묻어 있다. 이 사람은 벨기에에서 영어교사로 일할 때 유부남 교장 콩스탕탱 에제를 짝사랑했다. 이 경험이 소설에 반영된 것인데, 당연히 에제는 로체스터 같은 사람은 아니었을 것이다. 브론테는 그냥 주변에서 발생한 몇몇 실제 사건들(중혼 사건, 미친 여자가 남편에 의해 저택에 감금되었다가 불타 죽은 사건 등)을 첨가해 자기만의 남주인공을 만든 것이다. 왜 이렇게 소재가 험악하냐고 묻는다면, 당시엔 위험한 남자가 인기 있었기 때문이다. 아무래도 바이런 경에게 여기에 대한 책임을 돌려야 할 것 같다. 하지만 여기서 진짜로 재미있고 오싹한 건 작가가 이 위험한 남주인공을 주인공과 맺어주는 방식이다. 브론테는 이를 위해 남자의 집에 불을 지르고 남자의 왼팔을 자르고 거의 실명시킨다. 그 뒤 제인은 건강한 부자가 되어 손필드로 돌아왔으니 둘의 관계는 '평등'해진다. 변태스러움이 하늘을 찌른다. 애들에게 읽혀도 되나? (물론 된다.)

『제인 에어』는 완벽한 소설이 아니다. 종종 인위적이기도 하고 이상하게 거칠기도 하며 모든 게 만족스럽게 해결되지도 않는다. 몇몇 부분은 별 의미가 없는데도 이상하게 신경을 긁는다. 예를 들어 로체스터는 왜 제인의 초록색 눈을 갈색으로 착각했고 제인은 왜 굳이 그 착각을 독자에게 알리는 걸까? 소설 주인공의 눈 색깔이 뭐가 그렇게 중요하다고? 물론 찾자면 이유가 있을 수는 있는데, 셰익스피어 덕에 초록색 눈은 질투와 연결되곤 한다. 하지만 난 이것도 그냥 설명되지 않은 채 남겨두는 게 좋은 것 같다. 완벽함은 재미가 없다. 사람들을 매료하고 붙잡는 건 불완전성이다.

『제인 에어』에서 사람들을 매료시키는 가장 큰 불완전성은 로체스터의 전처인 버사에 대한 제인과 작가의 태도다. 버사는 이 소설에서 최대의 피해자라고 할 수 있는 사람인데도 작가는 오직 가해자 로체스터를 통해서만 그의 이야기를 들려주고 제인도 여기에 맞서지 않는다. 솔직히 작가 자신도 별생각이 없었던 것 같다. 소설을 읽다 보면 종종 지극히 영국적이라 할 만한 무심한 외국인 혐오와 마주하기도 하는데, 심지어 크리올이기도 한 버사에게 이 사람이 호의적이었을 리가 없다.

작가의 입장이 무엇이건 간에 이런 무덤덤함이 과연 정상인가? 독자들은 당연히 여기에 맞서게 된다. 그리고 그러다 보면 자연스럽게 서구 제국주의와 인종차별의 역사가 소환된다. 사실 여기서 자유로울 수 있는 영국 고전소설은 없다. 안전하기 짝이 없어 보이는 제인 오스틴의 소설들도 마찬가지다. 오스틴의 소설에 나오는 젠트리 계급 사람들이 과연 어떻게 부를 쌓았을까?

『제인 에어』에서 재미있는 건 이런 불만이 그저 불만으로 머무는 대신 창작의 기반이 된다는 것이다. 그렇게 여겨지는 이유 중 하나는 『제인 에어』가 가정교사 소설의 정점을 찍어버려서 이 장르를 선택하면 어떻게 써도 『제인 에어』의 아류작처럼 보이고 어떻게 해도 『제인 에어』에 맞서는 것처럼 보이기 때문이다. 예를 들어 특별히 『제인 에어』를 염두에 두지 않았을 아서 코넌 도일의 『너도밤나무 집의 비밀』은 제인 에어가 페어팩스 부인과 힘을 합쳐 로체스터로부터 버사를 구하는 이야기처럼 보인다. (코넌 도일은 페미니즘과는 거리가 먼 사람이었는데, 이 소설의 주인공 바이올렛 헌터는 제인 에어보다 더 페미니스트인 것 같다.) 헨리 제임스의 『나사의 회전』은 로체스터의 관심을 받지 못한 제인 에어가 망상에 빠져 아이들을 위험에 빠트리는 이야기처럼 읽힌다.

『제인 에어』의 영향을 직접 받은 게 분명하면서도 자신만의 명성을 얻은 작품들 세 편 정도를 추천하고 이 글을 마무리할 텐데, 이 작품들엔 공통점이 있다. 다들 로체스터가 좀 별로라고 생각한다는 것이다. 그러고 보니 『제인 에어』의 유일한 단점은 작가가 로체스터를 지나치게 좋아하는 것이라던 세라 워터스의 말이 떠오른다. 아무리 작가가 특정 캐릭터를 좋아한다고 해도 독자가 그걸 다 받아주라는 법은 없다.

세 작품 중 첫 번째는 물론 빼도 박도 못할 『제인 에어』의

'팬픽'인 진 리스의 『광막한 사르가소 바다』이다. 이 작품은 버사가 주인공인 일종의 스핀오프로, 로체스터의 변명 속에 묻힌 버사의 진실을 당사자 자신의 입을 통해 말하게 한다.

두 번째는 대프니 듀 모리에의 『레베카』이다. 앞에서 언급한 히치콕의 영화로 만들어지기도 했고, 요새 우리나라에서는 뮤지컬 버전에서 덴버스 부인이 쩌렁쩌렁한 목소리로 부르는 노래("레 - 베 - 카!")로 더 친숙하기도 한 이 소설은 마찬가지로 자기와 연애하는 중년 남자보다 그 남자가 어떻게든 묻어버리려고 하는 (죽은) 아내가 훨씬 매력적일 수도 있다는 발상에 기반한다.

마지막은 1940년대 RKO사의 발 루튼 호러 유닛에서 제작한 B급 영화 〈나는 좀비와 함께 걸었다〉이다. 이 영화도 『광막한 사르가소 바다』와 마찬가지로 카리브해의 섬을 무대로 하고 있는데, 이곳 농장주의 병든 아내를 돌보려고 간호사인 주인공이 캐나다에서 온다. 그 아내는 좀비일 수도 있고 아닐 수도 있다. 주인공은 농장주와 사랑에 빠지지만, 환자를 돌봐야 하는 간호사의 의무를 저버릴 수도 없다. 아름다운 영화니 직접 보고 결말을 확인하시길.

브론테 세 자매에 대하여

황야에서 피어난 문학의 꿈

샬럿, 에밀리, 앤 브론테는 기념비적인 영문학 작품을 남긴
세 자매 소설가로 유명하지만, 사실 이들에게는 다른 남매가
더 있었다. 아일랜드계 영국 국교회의 성직자였던 자매의 아
버지 패트릭 브론테와 콘월 출신의 부유한 상인의 딸이던 어
머니 마리아 브랜웰은 슬하에 마리아(1814년생), 엘리자베스
(1815년생), 샬럿(1816년생), 브랜웰(1817년생), 에밀리(1818년
생), 앤(1820년생) 여섯 아이를 두었다.

　　어머니 마리아는 막내 앤을 낳고 병을 얻어 앤이 22개월
이 되던 1821년에 세상을 떠난다. 그 후 마리아의 언니 엘리
자베스 브랜웰이 브론테가에 들어와 살면서 조카들을 돌보
았다. 1824년 패트릭은 앤을 제외한 딸들을 기숙학교에 보냈

는데, 『제인 에어』에서 로우드 학교의 모델이 되었던 그곳의 열악한 환경 때문에 다음 해에 마리아와 엘리자베스는 결핵에 걸려 집으로 돌아왔다. 결국 두 사람은 그해 5월과 6월에 연달아 세상을 떠난다. 패트릭은 샬럿과 에밀리를 집으로 데려왔고 남은 네 아이는 집에서 아버지와 이모에게 교육을 받았다.

아버지의 교구였던 손턴의 황야에서 네 아이는 바깥세상과 별다른 교류 없이 자기들끼리 의지하며 호메로스, 베르길리우스, 셰익스피어, 존 밀턴, 월터 스콧, 조지 바이런, 퍼시 셸리 등 다양한 작가의 작품을 읽었고, 이내 시를 쓰거나 같이 문예지를 만들기도 했다. 특히 글래스 타운Glass Town이라는 가상의 세계를 함께 만들고 이곳을 배경으로 각자 소설을 썼다. 몇 년 후 유달리 사이가 좋았던 에밀리와 앤은 두 사람만의 가상 세계 곤달Gondal을 만들어 새로운 이야기를 썼고, 샬럿과 브랜웰은 글래스 타운의 이야기를 계속 만들어갔다. 어린 시절에 남매들이 공유한 문학적 경험은 이후 세 작가의 작품 활동에 훌륭한 밑거름이 되었다.

샬럿은 1831년 로 헤드 기숙학교에 들어가지만 다음 해에 집으로 돌아와 동생들을 가르쳤고, 1835년에는 교사로서 로 헤드 학교로 돌아가 1838년까지 아이들을 가르쳤다. 1839년부터 1941년까지는 가정교사로 일했고, 1842년 2월에는 동생들과 같이 학교를 열겠다는 꿈을 안고 에밀리와 함께 브뤼셀의 기숙학교에 들어가 프랑스어와 독일어를 배운다. 샬럿은 이 학교에서 영어를, 에밀리는 음악을 가르치기도 했지만 그해 10월 엘리자베스 이모가 세상을 떠나면서 두 사람 모두 집으로 돌아와야 했다. 1844년에는 자매들이 힘을 합쳐 여학생 기숙학교를 열려고 했으나 손턴이 너무 외딴곳이었기에 학생이 모이지 않아 무산되고 말았다. 그러나 이모가 남긴 약간의 유산 덕분에 생업을 접고 글쓰기에 전념할 수 있었다.

1846년 세 자매는 각자 이름의 머리글자를 따 커러 벨 Currer Bell, 엘리스 벨Ellis Bell, 액턴 벨Acton Bell이라는 남성적인 분위기를 풍기는 가명으로 자비를 들여 시집을 출판했다. 샬럿은 자신들의 작품이 '여성적'이라고 생각하지 않았고 비평가들이 여성 작가에게 더욱 엄격하다는 인상을 받았기에 가명을 썼다고 설명했다. 시집은 두 권밖에 팔리지 않았지만 세 자매는 실망하기는커녕 두 독자를 생각하며 더욱 열심히 글을 썼다. 샬럿은 첫 소설『교사The Professor』를 출판사에 보냈다가 거절당했지만, 더 긴 소설이라면 관심이 있다는 출판사의 답장에 힘을 얻어 1847년에 커러 벨이라는 가명으로 두 번째 소설『제인 에어』를 출판한다.『제인 에어』는 곧장 성공을 거두었고 비평도 호의적이었다.

같은 해 에밀리 브론테와 앤 브론테도 나란히『폭풍의 언덕』과『아그네스 그레이』를 출간한다. 이때도 두 사람 모두 가명을 썼다. 『폭풍의 언덕』은 작품이 지닌 그 격정적인 성격 때문에 독자와 비평가 모두 작가가 남성임을 믿어 의심치 않았다. 모든 것을 소모하고 죽음을 불사하며 결국 자신마저 파괴하는 사랑 이야기는 호평과 혹평을 모두 받으면서 고전의 반열에 올랐으나, 에밀리는 책이 나온 다음 해에 세상을 떠났기에 그러한 세상의 찬사를 알지 못했다. 주변 사람들의 회상에 따르면 에밀리는 극도로 수줍음이 많았고 손턴의 황야를 비롯해 자연과 동물을 무척 사랑했다고 한다. 집을 좋아했던 에밀리는 기숙학교에 다닐 때도 심각한 향수병에 걸렸고 언니 샬럿과 함께 브뤼셀에 갔을 때도 그곳 생활에 만족하지 못했다. 에밀리는 브뤼셀에서 손턴의 집으로 돌아와 짧은 생을 마감할 때까지 가족과 함께 살았다. 1848년 9월에는 오빠 브랜웰이 서른한 살의 젊은 나이로 세상을 떠나고, 에밀리는 오빠의 장례식에서 심한 감기를 얻는다. 가족의 권유에도 불구하고 의사와 약을 모두 거부한 에밀리는 병세가 점차 악화하여 결국 그해 12월에 결핵으로 세상을 떠났다.

브론테가의 막내 앤은 집에서 교육받았으나, 기숙학교에 갔던 에밀리가 향수병을 얻어 돌아오자 1835년부터 2년간은 기숙학교를 다니게 되었다. 1839년부터 1845년까지는 언니들처럼 가정교사로 일했으며 1846년 언니들과 공동으로 시집을 낸 후 1847년에는 가정교사로 일했던 경험을 생생히 담아 첫 소설 『아그네스 그레이』를 발표했다. 1848년에는 최초의 페미니즘 소설로 평가받는『와일드펠 저택의 여인The Tenant of Wildfell Hall』을 출간했다. 그러나 오빠가 세상을 떠난 뒤 가장 절친했던 언니 에밀리마저 세상을 떠나자 슬픔을 이기지 못해 몸이 약해졌고, 1848년 크리스마스에 인플루엔자에 걸린다. 이듬해 5월 언니 샬럿과 함께 스카보로Scarborough로 요양을 떠나지만 건강을 회복하지 못하고 그곳에서 세상을 떠났다. 앤이 세상을 떠난 뒤 샬럿은 편집상의 오류 등을 직접 바로잡아『아그네스 그레이』를 새롭게 출간했지만『와일드펠 저택의 여인』의 경우에는 책에 등장하는 알코올중독과 불륜에 대한 묘사가 부적절하다고 생각했기 때문에 재출간을 하지는 않았다. 앤 브론테는 두 언니에 비해 상대적으로 덜 알려졌으나, 그가 남긴 두 편의 소설은 영문학사에서 무척 중요한 작품으로 평가받는다.

샬럿 브론테는 1848년에 세 번째 소설 『셜리Shirley』를 쓰기 시작해 1849년에 출간한다. 샬럿은 형제자매를 연이어 잃은 슬픔을 극복하기 위해 집필에 더욱 전념했다. 1853년에는 네 번째 소설『빌레트Villette』를 발표했고 1854년에 아버지의 밑에서 일하던 부목사 아서 벨 니컬스Arthur Bell Nicholls와 결혼했다. 곧 아이를 가졌지만 극심한 입덧으로 고생하다가 1855년에 태어나지 못한 아이와 함께 38세의 나이로 세상을 떠났다. 샬럿의 첫 번째 소설『교사』는 그가 세상을 떠난 뒤 1857년에야 출간되었다.

브론테 세 자매는 위생 환경이 열악하고 질병이 만연했던 빅토리아 시대였음을 감안하더라도 안타까울 만큼 젊은 나이에 세상을 떠났다. 그러나 세 자매는 여성의 활동 범위가 극히 제한적이었던 시대에도 글을 써서 세상에 내놓는 삶을 포기하지 않았다. '여성 작가의 작품이 여성적이지 못하다'거나 '천박하다'는 비난을 받으면서도 자기만의 인물과 작품을 꿋꿋이 만들어나갔다.

샬럿 브론테는 에밀리와 앤에게 여주인공을 늘 아름다운 인물로 설정하는 것은 잘못된 관습이라 말했다고 한다. 그는 『제인 에어』에서 가족도 재산도 없고 예쁘지도 않은 여주인공을 내세워 주체적이고 독립적인, 그러면서도 그 누구보다 매력적인 인물의 이야기를 선사했다. 자매 중 가장 내향적이고 수줍음이 많던 에밀리 브론테는 『폭풍의 언덕』에서 당시 사회에 충격을 줄 만큼 파격적이고 아름다운 사랑을 그렸다. 그리고 자신의 욕망에 솔직하며, 잊을 수 없을 만큼 강렬한 인물인 캐서린 언쇼를 만들어냈다. 앤 브론테는 첫 소설 『아그네스 그레이』에서 쉽게 무시당하던 가정교사의 날카로운 시선을 통해 당시 중상류층 가정의 잘못된 교육을 다큐멘터리처럼 생생하게 보여준다. 브론테 세 자매의 작품이 오늘날까지 많은 독자에게 생생한 공감을 불러일으키는 불멸의 작품이 된 것은 이처럼 세 작가가 세상의 기준에 순응하기를 거부하고 자신만의 세계를 만들어나갔기 때문일 것이다.

샬럿, 에밀리, 앤 브론테는 세 자매가 나란히 불멸의 고전을 남긴, 영문학사에서도 유례를 찾아보기 힘든 특별한 경우다. 지금까지 샬럿 브론테의 작품은 가장 유명한 『제인 에어』를 비롯해 거의 모든 작품이 국내에 여러 번 소개되었고, 에밀리 브론테가 남긴 유일한 작품 『폭풍의 언덕』 역시 여러 번역으로 출간된 바 있으나 앤 브론테의 작품은 국내에 거의 소개되지 않았다. 그러므로 비교적 널리 알려지지 못했던 앤 브론테의 『아그네스 그레이』까지 함께 엮은 월북의 이번 컬렉션은 브론테 세 자매의 작품 세계를 온전히 만날 수 있다는 점에서 무척이나 뜻깊고 반가운 기획이라 할 수 있다.

허진

월북 클래식 브론테 세 자매 컬렉션에서 앤 브론테의
『아그네스 그레이』를 우리말로 옮겼다.

W   윌북 클래식
    브론테 세 자매 컬렉션

제인 에어

펴낸날 초판 1쇄 2026년 1월 16일

지은이 샬럿 브론테

옮긴이 공보경

펴낸이 이주애, 홍영완

편집장 최혜리

편집2팀 송현근, 홍은비, 최서영

편집 박효주, 강민우, 안형욱, 김혜원

윌북주니어 도건홍, 한수정, 이은일

디자인 윤소정, 박정원, 이현진, 박소현

홍보마케팅 김준영, 김태윤, 백지혜, 박영채

콘텐츠 양혜영, 이태은, 조유진

해외기획 정수림

경영지원 박소현

펴낸곳 (주)윌북 **출판등록** 제2006-000017호

주소 서울특별시 마포구 동교로19길 28(서교동 448-9)

홈페이지 willbookspub.com **전화** 02-323-3777 **팩스** 02-323-3778

블로그 blog.naver.com/willbooks **트위터** @onwillbooks **인스타그램** @willbooks_pub

ISBN 979-11-5581-900-5 (04840)

  979-11-5581-807-7 (세트)